本书为山东省社科规划研究项目"莫言小说创作的历史连续性研究"（项目编号：16CZWJ02）的结项成果。

河南省普通高等学校人文社会科学重点研究基地"河南文化传播与社会发展研究中心"资助成果。

莫言小说创作特色的
历史连续性研究

曹金合 著

中国社会科学出版社

图书在版编目（CIP）数据

莫言小说创作特色的历史连续性研究/曹金合著. —北京：中国社会科学出版社，2023.5
ISBN 978－7－5227－1667－1

Ⅰ.①莫… Ⅱ.①曹… Ⅲ.①莫言—小说研究 Ⅳ.①I207.42

中国国家版本馆 CIP 数据核字（2023）第 048672 号

出 版 人	赵剑英
责任编辑	陈肖静
责任校对	周 昊
责任印制	戴 宽

出 版	中国社会科学出版社
社 址	北京鼓楼西大街甲 158 号
邮 编	100720
网 址	http://www.csspw.cn
发 行 部	010－84083685
门 市 部	010－84029450
经 销	新华书店及其他书店

印 刷	北京明恒达印务有限公司
装 订	廊坊市广阳区广增装订厂
版 次	2023 年 5 月第 1 版
印 次	2023 年 5 月第 1 次印刷

开 本	710×1000 1/16
印 张	24.5
插 页	2
字 数	366 千字
定 价	128.00 元

凡购买中国社会科学出版社图书，如有质量问题请与本社营销中心联系调换
电话：010－84083683

目　　录

引　言

　　莫言小说的创作特色不能采取断裂的方式，人为地划分为几个发展阶段进行孤立的研究和阐释，而应该在他的小说创作的历史动态中寻绎出审美嬗变的内在连续性。可以探究他在探索期、发展期和成熟期的个人创作的历时态演变，或者是在20世纪80年代、20世纪90年代、21世纪的年代学的时代语境下，阐释和分析他四十多年来一以贯之或者变化中有内在逻辑连续性的审美要素，从而在历时态和共时态形成的时空网络中还原出莫言小说创作的审美理念和变化轨迹。既然如此，就没有必要按照先入为主的价值选择和逻辑判断，将一个完整的莫言的创作特色和艺术风格人为地割裂，将其挂一漏万地纳入传统现实主义文学、寻根文学、先锋文学、新写实小说、底层写作、21世纪文学等花样翻新的旗帜中去。面对着敢于并善于叛逆亵渎与大胆创新的莫言，在四十多年的跨越中发生的翻天覆地的变化，任何一个流派的理论归纳的标签和时代的文学商标都不能限制和束缚具有渎神精神和自我意识的他，按照自己对社会生活的细致观察和敏锐感悟建造"高密东北乡文学王国"的脚步。因此，也只能尊重莫言天马行空的想象力和独出机杼的艺术表现力，分析他秉承的"作为老百姓写作"的民间伦理观念和采用的平民视角形成的"在地性"的地域文化特色，以及饥饿和孤独的童年的创伤性体验的执着追寻在小说的审美意蕴中的显影定型。而所有这一切贯穿着莫言文学创作始终的审美理念，在他20世纪80年代中期发表的创作谈《两座灼热的高炉——加西亚·马尔克斯和福克纳》中已基本成型。对照他在两位具有恢宏的哲学风度和独辟蹊径的创新意识的大师的启发下产生的明确的创作目标："一、树立一个属于自己的对人生的看法；二、开辟一个属于自己领域的阵地；三、建立一个属于自己的人物体系；四、形成一套属于自己的叙述风格。"① 不难发现，第一，同情好人也同情坏人的悲悯情怀和对人生的看法，也只有采取边缘化的民间视角才能真正超越阶级、政党和民族的域限，站在全人类的高度感同身受芸芸众生的身不由己和悲欢离合的人生际遇；第二，无所羁绊的艺术想象力和海纳百川、有容乃大的气度，才能使自己的领地的高密东北乡王国跨越地理意义的限制，成为文学和文化意义上的气象万千、蓬勃发展的世界版图的缩影；第三，不幸的童年的创伤性情结犹如执着的怨鬼对他的人物形象体系产生巨大而深远的影响，才使他刻画的或沉默寡言或喋喋不休，或聪明睿智或痴傻呆愣，或四肢健全或生理缺陷的儿童和少年总是那么的栩栩如生；第四，寂寞孤独的童年面对着荒凉的草甸子，只好向蓝天白云、展翅飞翔的鸟儿、不知名的小草花朵、低矮的灌木丛进行诉说，才形成了不受或少受理性规约限制的毛茸茸的感觉化的叙事风格。当这些既不重复别人也不重复自己的创作理念融入小说创作的哲学思想、历史观念、人性意识等主题意蕴，以及情节结构的布局、人物形象的刻画、语言风格的选择、修辞艺术的渲染等审美形式中去的时候，"变"与"不变"的辩证关系就已充分显示出莫言在不同时期小说创作的内在有机性和连续性。

对莫言 20 世纪 80、90 年代至 21 世纪小说创作特色的连续性的宏观把握和微观透视，离不开对他的创作历程、文学观点、审美诉求、风格特色的发展脉络作谱系学的阐释分析，在历时态和共时态组成的文学坐标结构中探赜索隐。在这方面，选择莫言作为个案研究的对象，不仅是因为他是中国本土第一个获得诺贝尔文学奖，从而享有国际声誉的大师级作家，更重要的是他在转型期文学处于低谷的时候，仍然用生命拥抱缪斯，在对自己的潜力才华的重新认识和文学发展规律的辩证思考中确立创作的思路和方向。正如他在和苏州大学的教授王尧

---

① 莫言：《两座灼热的高炉——加西亚·马尔克斯和福克纳》，《世界文学》1986 年第 3 期。

的对话中反思和回顾的那样："1989—1993 年这一段是非常消沉的，这一时期我虽然一直在坚持写，但心态也受到了影响，写了很多游戏的文字，但一直坚定不移地知道自己还是要靠文学吃饭，不可能干别的。"① 所以莫言在市场经济大潮的冲击、外在的政治环境淡化文学的教化功能和读者反应冷漠的时代语境下还在坚持创作实属不易，此时的文学已注定失去社会的轰动效应，从中心走向边缘，但莫言不管外在的时髦话题的风云变幻，还是以天马行空的狂放精神和创新意识写下了《养猫专业户》（1988）、《革命浪漫主义》（1988）、《复仇记》（1988）、《马驹横穿沼泽》（1988）、《遥远的亲人》（1989）、《爱情故事》（1989）、《奇遇》（1989）、《落日》（1989）、《地道》（1991）、《辫子》（1991）、《人与兽》（1991）、《飞鸟》（1991）、《夜渔》（1991）、《神嫖》（1991）、《翱翔》（1991）、《地震》（1991）、《铁孩》（1991）、《灵药》（1991）、《鱼市》（1991）、《良医》（1991）等短篇小说，《玫瑰玫瑰香气扑鼻》（1988）、《生蹼的祖先》（1988）、《二姑随后就到》（1988）、《复仇记》（1988）、《你的行为使我恐惧》（1989）、《父亲在民伕连里》（1990）、《白棉花》（1991）、《环抱鲜花的女人》（1991）、《幽默与趣味》（1991）、《模式与原型》（1992）、《红耳朵》（1992）、《战友重逢》（1992）、《梦境与杂种》（1992）等中篇小说，《天堂蒜薹之歌》（1988）、《十三步》（1989）、《酒国》（1993）、《食草家族》（1993）等长篇小说，还有大量的散文、杂文及创作谈。莫言在文学的发展陷入低谷、文人纷纷下海的浮躁喧嚣的语境中取得的斐然成绩，显示出他敏锐地观察生活的能力、想象并同化"他者"经验的能力、汲取古今中外的优秀文化基因为我所用的兼容并包的能力，以及与时俱进、开拓进取的创新探索能力是无与伦比的，即使是放在"你方唱罢我登场，各领风骚三五天"的当代文坛上也是首屈一指的。更重要的是，这些文体不同、风貌各异的文学作品在题材、人物、情节、结构等外在的"形"的反差之中却具有内在的"神"的相通之处。语言的气势磅礴、感觉化的书写模式、极端化的叛逆意识、以人为中心的悲悯情

① 莫言、王尧：《从〈红高粱〉到〈檀香刑〉》，《当代作家评论》2002 年第 1 期。

怀都显示出转型期文学内在的有机性和连续性。

进入 21 世纪之后，20 世纪 80、90 年代形成的独辟蹊径的文学创作风格和极致化的审美赋型特色，依然一如既往地融汇到小说审美意蕴的表达、思想主题的展示、哲学意识的剖析等方面中，形成了莫言极限式写作的别样风貌。特别是他的四部长篇小说：《檀香刑》（2001）、《四十一炮》（2003）、《生死疲劳》（2006）、《蛙》（2009）都是秉承鲁迅的"表现的深切，格式的特别"的小说创作精髓诞生的艺术奇葩。从主题意蕴上来说，没有 20 世纪 80、90 年代的《红高粱》中对正直刚强的罗汉大爷的扒皮的精致抒写衬托出屠夫孙五的懦弱渺小的人性，没有《灵药》《二姑随后就到》中的血腥刻画表现的人性的丑陋和冷漠，就没有 21 世纪集阎王闩、砍头、大辟、凌迟、檀香刑等暴力酷刑之大成的《檀香刑》中对看客、刽子手、受刑者内在的残酷人性的深入挖掘，对人性的阴暗面的极致抒写就不会达到如此触目惊心的程度；没有 20 世纪 90 年代的《酒国》《红树林》中的欲望化叙事对改革开放之后人们的价值观念、伦理道德和情感意蕴的彻底迷失的精彩描摹，也不会有 21 世纪的《四十一炮》中对原本质朴的乡民的价值观念和思想意识的转型刻画的如此细致入微；没有 20 世纪 80、90 年代对乡村生活的贫困和艰辛深有体会的《透明的红萝卜》《枯河》《欢乐》《丰乳肥臀》中的意蕴积淀，就没有 21 世纪的《生死疲劳》中"生死疲劳，从贪欲起；少欲无为，身心自在"的佛教哲理的深刻阐发；没有 20 世纪 80、90 年代的《爆炸》《天堂蒜薹之歌》《地道》中对计划生育政策造成的人间悲喜剧的揭露和爱恨交织的复杂感情的渗透，就不会有获得第八届茅盾文学奖的《蛙》的横空出世。从艺术形式来看，没有 20 世纪 80、90 年代的以轻松反衬紧张、洁白衬托肮脏、乐景化入哀景的两极审美要素有机融合形成的暴力美学的试练，就没有后来《檀香刑》的极限式写作模式对暴力美学的继承与发展；没有 20 世纪 80、90 年代的黑孩、小虎、大福子、豆官等不谙世事的儿童作为叙事视角产生的新颖感和陌生感，就没有《四十一炮》中的炮孩子罗小通作为叙事者的信口开河、满嘴谎言产生的"叙述就是一切"的审美效果，叙述也就不会从工具论的客体位置上升为叙述就是目的、主题和思想的本体论的高度；没有《透明的红萝卜》中的鸭子视角产生的陌生化的效果和《红高粱》中的狐狸、《狗道》中的狗群体现的换位思考后的众生平等的思想意识，就没有后来的《生死疲劳》中的驴折腾、牛犟劲、猪撒欢、狗精神体现的六道轮回的佛教精髓，也不会有动物以"他者"的眼光打量半个世纪的沧桑变迁带来的震惊的审美效果；没有20世纪80、90年代《天堂蒜薹之歌》《十三步》《酒国》等政治意识形态规训下的结构探索，就不会有21世纪的《蛙》中的将书信和戏剧加以融合的跨文体写作的结构创新，也不会在戴着政治的镣铐跳着艺术的舞蹈的情况之下，仍然游刃有余地将敏感的计划生育政策化为艺术舞台的基础和底色。

此外，20世纪80、90年代的《弃婴》《白狗秋千架》中对启蒙者的资质的反思，在莫言获奖后的短篇小说《等待摩西》（2018）、《诗人金希普》（2018）、《表弟宁赛叶》（2018）中得到了进一步的表现。知识分子自以为接受了现代文明和价值观念，就可以不假思索地拿来作为启蒙的武器，甚至披着知识的外衣行使逢迎拍马、沽名钓誉、自我吹嘘的无耻勾当，独独对自身的缺陷和弱点的反思却付之阙如，对自我的原罪意识和根深蒂固的弱点的剖析也难以下锐利的解剖刀。没有前期小说中把叙事者即启蒙知识分子的"我"作为罪人来写的清醒意识和自我定位，就没获诺奖之后的莫言对知识分子的丑态毫不留情痛下针砭的勇气和胆识。就回归传统向蒲松龄致敬的谈狐说鬼，以"鬼事"比喻"人事"的叙事风格而言，没有20世纪80、90年代的《高粱酒》《奇死》《拇指铐》《丰乳肥臀》等小说对花妖狐魅、神仙鬼怪、精灵异相的人性化抒写，就没有21世纪的《嗅味族》（2000）、《火烧花篮阁》（2003）、《木匠与狗》（2003）、《月光斩》（2004）、《一斗阁笔记》（2019）、《一斗阁笔记（三）》（2020）的现实与灵异的精彩对峙，也就没有天人合一、众生平等的生态理念对斤斤计较于功利的泥潭中不能自拔的现代人起到警醒作用的效果。

莫言在转型期的创作实绩充分表明，以1989年作为20世纪80、90年代文学发展的转捩点的分期标准，只是一种割裂文学具体发展实际的人为操作。对于持有"年代学"的断裂论的学者以二元对立的思维方式大而化之提出的许多似是而非的结论和口号，如"文化人的时代"/"经济人的时代""新时期"/"后新时期""思想的时代"/"学术的时代""精神至上"/"物质至上""精英化写作"/"私人化写作""神性的书写"/"欲望化叙事"等此类的对立，只是为了观点的合理性采取的权宜之计。毕竟研究纷纭芜杂、气象万千的文学现象和文学思潮的时候，首先要划定具体的研究范围，才能在既定的研究框架中得出相对合理的结论。研究者在抱着"理解之同情"的科学态度深入当时提出"年代学"或称"断代史"的历史语境中进行反思和评价的时候，更应在"重返 20 世纪 80 年代""重返 20 世纪 90 年代"和"21 世纪"的时代语境中看到作为整体的莫言创作特色和审美风貌的发展流变的内在连续性。作为在文学的发展潮头上始终立于不败之地的弄潮儿，莫言从 20 世纪 80 年代初登文坛公开发表处女作《春夜雨霏霏》① 到 20 世纪 90 年代末期发表短篇小说《儿子的敌人》②，参与并见证了文学在主题和审美上的发展流变。从外在的形式方面来说，敢于并善于叛逆亵渎与大胆创新的莫言在四十多年的跨越中发生了翻天覆地的变化，从 20 世纪 80 年代的"感觉化书写的领军者""先锋文学的代表""寻根文学的中坚""新历史主义的开拓者"到 20 世纪 90 年代"民间写作的倡导者"再到 21 世纪"大踏步撤退的践行者""向蒲松龄致敬的晚辈""讲故事的人"等不同的文化身份、历史定位和自我认知不难发现，莫言"痛恨所有的神灵"的佛头着粪的亵渎意识、"清醒的说梦者"的自我期许、"好谈鬼怪神魔"的向传统文化的回归和致敬形成的莫氏"独特的腔调"③ 都会让喜欢按照年代学划分文学发展时期的学者头疼不已。所以，在整个 20 世纪 80、90 年代和21 世纪的文学历程中，无论是按照流派的审美演变、思潮的起伏消长还是按照人道主义、个性主义等主题学的标准来对莫言且行且远的文学发展踪迹强行切分，都只能得出远离他创作实际的相互游离或彼此矛盾的结论。因此，从莫言的"变"中挖掘出"不变"的根基，作为

---

① 莫言：《春夜雨霏霏》，《莲池》1981 年第 5 期。
② 莫言：《儿子的敌人》，《天涯》1999 年第 5 期。
③ 带着重号的为莫言的创作谈。

考察他 20 世纪 80、90 年代到 21 世纪文学创作特色连续性的样本，就要打破简单的内容/形式的二分法，深入文本的内在肌理寻绎贯注在其中的永恒的质素。

从文学创作的观念来说，天马行空的狂气和打破陈规陋习的雄风始终是莫言四十多年来贯穿文学创作的圭臬和信条。在 20 世纪 80 年代中期先锋文学如日中天的黄金岁月里，他曾对文学创作的本质意蕴作过界定："什么是文学创作？创作就是突破已有的成就、规范，解脱束缚，最大限度地去探险，去发现，去开拓疆域，其中包括把可能存在的'谎言'说得比真实还真实。这就要求创作者敢于折腾，善于折腾。"① 在 20 世纪 90 年代末期欲望化、私人化、个性化抒写甚嚣尘上的时代语境中，他对于规约作家的创作理论仍然采取了不值一哂的嘲讽态度："任何关于小说创作的理论都是片面的，它更多的是理论的自我满足。作家的自我立论更是情绪化的产物，往往是漏洞百出、难以自圆其说。"② 这样的不受羁绊自创新路的创作理念导致莫言不但把创作时"他者"的影响作为必须绕开的火炉③，而且把自己作为假想敌实施挑战，并突破早已驾轻就熟的写作套路和风格。因此，考察莫言的创作特色和个性特征的历史连续性，就必须深入文学的内部结构来探寻其中蕴含的草蛇灰线。正如莫言在获得诺贝尔文学奖之后发表的创作谈《超越故乡》中所说："剥掉成千上万小说家和批评家们给小说披上的神秘外衣，展现在我们面前的小说，就变成了几个很简单的要素：语言、故事、结构。"④ 语言、故事、结构就是连接莫言 20 世纪 80、90 年代和 21 世纪文学创作的桥梁和纽带，在反叛自造的"大上的神"和"人间的神"的过程中，演绎故事的主体性穿越、情节结构的布局衍化、"莫氏"语言的怪味探寻就成为文学跨越年代学的比较清晰的发展脉络的有力明证。

---

① 莫言：《几个青年军人的文艺思考》，《文学评论》1986 年第 2 期。
② 莫言：《独特的腔调》，《读书》1999 年第 7 期。
③ 比如他认为马尔克斯和福克纳就是两座灼热的高炉。
④ 莫言：《超越故乡》，《名作欣赏》2013 年第 1 期。

第一章 "讲故事"的主题意蕴的
历史连续性

　　获诺奖后，莫言自报家门的"讲故事的人"或者"报信的人"的自我定位，确实是他对步入文坛四十多年来的创作经验和小说理念的概括总结。从 20 世纪 80 年代中期其《白狗秋千架》[①] 受到日本作家川端康成的《雪国》中"一条壮硕的黑色秋田狗"的影响和启发，灵感乍现写下"高密东北乡"[②] 确定了小说写作的基调之后，作为专有的地理名称贯穿于莫言整个文学创作的始终。单对他 20 世纪 80、90 年代的文学创作历程进行发生学和谱系学的梳理就不难发现，光出现"高密东北乡"字眼的就有《秋水》（1985）、《奇遇》（1989）、《鱼市》（1991）、《良医》（1991）、《铁孩》（1991）、《翱翔》（1991）、《丰乳肥臀》（1995）、《姑妈的宝刀》（2000）等小说，还有大量的没有出现这种专有地理名词，但描绘的风土人情和山川河流无一不与高密东北乡一脉相承的小说。这些带有浓郁的地域文化的徽章和标记的小说，就如同一条波涛汹涌、滚滚流淌的河流，是无法单独割裂出某一个环节对莫言的文学创作进行宏观把握和微观分析的。对莫言来说，在受到域外的福克纳的"约克纳帕塔法县"和马尔克斯的"马孔多小镇"影响之后，建构

---

　　① 莫言：《白狗秋千架》，《中国作家》1985 年第 4 期。
　　② 其实，在比《白狗秋千架》早两年发表的《民间音乐》（《莲池》1983 年第 5 期）中出现的马桑镇就是高密东北乡最早的雏形，后来马桑镇在中篇小说《筑路》（《中国作家》1986 年第 2 期）和长篇小说《檀香刑》（作家出版社 2001 年版）中也被作为了故事发生的地点和背景。

"高密东北乡"并深情地寄希望于那邮票般大小的地方就成了他穿越历史与现实的精神和地域文化的载体。随着时间的推移和文学创作经验的不断成熟，莫言在探究历史与现实、生活与政治、民俗与文化、人性和物性的内在根源和本真面貌的时候，对地理意义的文学共和国向文化意义的富有象征色彩的地域概念的认识，也有一个由客观向主观变化的过程：在《说说福克纳这个老头儿》的创作谈中，莫言在《喧哗与骚动》的地域文化氛围中深深感到："我应该举起'高密东北乡'这面旗帜，把那里的土地、气候、河流、树木、庄稼、花鸟虫鱼、痴男浪女、地痞流氓、刁民泼妇、英雄好汉……统统写进我的小说，创建一个文学的共和国。"① 这个时候的文学共和国尽管是在主观化的视角和眼光打量之下，把不同地域中的自然景物和人文风光都搬来融汇到高密东北乡的大旗之下，但毕竟更多地带有实证意义的自然内涵。到 2000 年 3 月在美国加州大学伯克利校区演讲《福克纳大叔，你好吗？》时，莫言认为"高密东北乡是一个文学的概念而不是一个地理的概念，高密东北乡是一个开放的概念而不是一个封闭的概念，高密东北乡是在我童年经验的基础上想象出来的一个文学的幻境"②。"高密东北乡"作为见证 20 世纪 80、90 年代文学发展内在连续性的宁馨儿，终于从单纯的比较幼稚的模仿长成为享誉世界的参天大树。作为莫言演绎和讲述故事的地域背景激活了他备受压抑的童年和少年时代苦难生活的记忆，也养成了莫言习惯站在超越阶级、民族、党派、政治的全人类的立场上探究现实和历史真相的生命冲动。这样就形成了莫言的小说创作的"在地性"与超越"在地性"的特质和意义，正如评论家陈晓明所说："莫言小说创作最突出的特色，可能就是它始终脚踏实地在他的高密乡——那种乡土中国的生活情状、习性与文化，那种民间戏曲的资源，以及土地上的作物、动物乃至泥土本身散发出来的所有气息……一句话，他的小说有一种'在地性'。"③ 的确，若考察莫言在历史与现实

① 莫言：《说说福克纳这个老头儿》，《当代作家评论》1992 年第 5 期。
② 莫言：《小说的气味》，春风文艺出版社 2003 年版，第 42 页。
③ 陈晓明：《"在地性"与越界——莫言小说创作的特质和意义》，《当代作家评论》2013 年第 1 期。

之间既入乎其内又超乎其外的创作规律和演变历程，那么"高密东北乡"作为一个开放的文学概念的衍化踪迹就必将成为见证 20 世纪 80、90 年代文学连续性的活化石。

莫言曾深情地评价高密东北乡对他的小说和人生的启发意义："如果我的小说有一个出发点的话，那就是高密东北乡，当然它也是我的人生那个出发点。"① 但这并不意味着作为精神和灵魂的寄托之地，就在时间的淘洗之下成为了美轮美奂的桃花源，莫言站在现代文明和理性的高度审视打量封闭、愚昧、麻木、保守的故乡的时候，采取的就是超越故乡的启蒙视角。在 20 世纪 80 年代的"红高粱家族"和"食草家族"的鲜明对照中，莫言通过一系列的小说，如《老枪》（1985）、《秋水》（1985）、《大风》（1985）、《枯河》（1985）、《红高粱》（1986）、《狗道》（1986）、《奇死》（1986）、《高粱酒》（1986）、《高粱殡》（1986）、《欢乐》（1987）、《弃婴》（1987）、《红蝗》（1987）、《天堂蒜薹之歌》（1988）、《生蹼的祖先》（1988）、《复仇记》（1988）、《你的行为使我恐惧》（1989）等表现的是故乡"种的退化"的生命主题：一是对照着历史上爷爷辈的敢生敢死、敢爱敢恨、自由洒脱、狂放不羁的生命活力与轰轰烈烈的事业和爱情，父辈的面临生活现实、历史文化和意识形态的束缚和压制，只能为保持自己的尊严，在夹缝中求生存的尴尬现状；二是现实中的儿女们只能在文明和理性的制约下成为苍白无力的畸形儿，莫言对生活在现代都市中的"我"退化为"玲珑精致的家兔子"（《奇死》），以及生活在偏僻的乡村中的婴儿"行动迟缓，腰背佝偻，像老头一样咳嗽着"（《弃婴》）的未老先衰的神态，旗帜鲜明地予以了揭露和批判。无论是对历史上祖先的热情洋溢的赞叹，还是对现实生活中苍白干瘪的儿孙们的深恶痛绝的批判，都充分显示出了莫言在"种的退化"的殷忧下，从未受或少受现代文明浸染的边缘文化的血性和力量中汲取雄强豪迈的生命基因的企图。在 20 世纪 90 年代的创作中，随着私人化、物欲化、色情化的大行其道带来的

---

① 莫言：《寻找红高粱的故乡》，《莫言文集·小说的气味》，当代世界出版社 2004 年版，第 345 页。

人异化为"非人"的无情现实，莫言作为一个有良知、勇于担当的作家，也将自己的笔触从"种"的思考转移为对人欲横流、道德沦丧、为所欲为的世态乱象的揭露和反思上。从《怀抱鲜花的女人》（1991）、《模式与原型》（1992）、《酒国》（1993）、《丰乳肥臀》（1995）、《拇指拷》（1998）、《长安大道上的骑驴美人》（1998）、《师傅越来越幽默》（1999）、《红树林》（1999）、《野骡子》（1999）等以现实生活为题材的小说中，莫言对失去神性一维制约的人在现代市场化的大潮中形成的"单向度"的畸形人格也是忧心如焚的，对在不择手段地发展经济的过程中暴露的"人非人"的异化现象采取了旗帜鲜明的介入态度。这样，莫言在80、90年代的文学创作历程中表现的主题侧重点的变化，并不是对文学发展的断裂论的潜在支撑，而是在尊重文学发展的规律的情况下，一个有责任感的作家正确理解文艺生活与现实政治的辩证关系之后所做出的英明抉择。就其选择的题材、表现的主题和展示的价值观念来说，莫言"20世纪90年代以来的创作对种种'人非人'的变态和病态现象的揭露和批判实质上是其早期创作中'种的退化'的生命寓言在社会、历史、文化各个层面上的展开。在这个意义上，确认莫言早期小说中'种的退化'的生命寓言的文化批判意义并不意味着对莫言20世纪90年代创作选择的否定，而是对莫言创作的连续性和整体性的一种历史性和本质性的概括"①。

时代的潮起潮涌、风云变幻并没有影响到莫言坚如磐石的对社会的黑暗、丑陋、愚昧、不公的现象的揭露和批判，"农民法庭"的赞誉呈现的作家的责任和良知一直在他的心目中铭刻至今，面对着21世纪精英写作、青春写作、网络写作三分天下的局面，莫言不愿在民众的疾苦和社会的缺憾面前闭上自己富有良知的眼睛而甘愿做事不关己高高挂起的"沉默的他者"，他仍然要以自己得心应手的讲故事的方式发出自己的真实声音，表达自己暗喻褒贬的真挚的感情。莫言在自我身份认同的基础上，曾坦然地对作家的职责和表达方式做出回答："一个作家，面对着各种各样的事件，总是要发言的。但发言的方式

---

① 赵歌东：《"种的退化"与莫言早期小说的生命意识》，《齐鲁学刊》2005年第4期。

有两种，一种是把自己的想法糅合到作品里去，用作品发言，一种是对事件直接发表评论……至于我自己，并不缺乏路见不平挺身而出的勇气，但用文学的方式发言可能更符合我的性格。"① 因此，对现实社会的理解、反思和批判，也就成为持之以恒地用讲故事的方式表达的思想主题，从 21 世纪初的长篇小说《四十一炮》（2003）、《生死疲劳》（2006）、《蛙》（2009）到中篇小说《司令的女人》（2000）、《扫帚星》（2002）、《变》（2009），再到短篇小说《冰雪美人》（2000）、《倒立》（2001）、《木匠与狗》（2003）、《火烧花篮阁》（2003）、《挂像》（2004）、《大嘴》（2004）、《麻风女的情人》（2004）、《普通话》（2004）、《月光斩》（2004）、《与大师约会》（2005）、《澡堂与红床》（2011）、《左镰》（2012）、《地主的眼神》（2012）、《斗士》（2012）、《故乡人事》（2017）、《天下太平》（2017）、《等待摩西》（2017）、《诗人金希普》（2017）、《表弟宁赛叶》（2017）、《晚熟的人》（2020）、《贼指花》（2020）、《火把与口哨》（2020）、《红唇绿嘴》（2020），文体的变化中表现的对历史的反思、对社会的批判、对人性的复杂面的理解、对现实的清醒的认知都成为贯穿始终的主题意蕴，只不过进入 21 世纪之后的主题表现凸显出理解之同情后的淡然和旷达，更具有民族特色、民族风格和民俗文化底蕴的"在地性"特征。

这种在"高密东北乡"的文学版图上招兵买马迎接八面来风的开阔胸襟呈现出反映历史和描绘现实的别样景观，采取民间的稗史和野史的视角和评判标准对历史的还原，显然就展示出不同于正统历史的别样风貌。在用文学的虚构性原则讲述民间化的历史的时候，莫言小说中的史诗性的宏大抱负和草莽型的人物的低俗懦弱的行为构成的反史诗性之间，在异质的成分构成的反讽张力中达到了辩证统一。而在历史与现实的主体性穿越的过程中，真相的遮蔽与还原、现实与历史鬼魂的内在纠结，同样显示出莫言带有比较浓郁的主观化色彩的哲学观、历史观和价值观。

---

① 莫言：《作为老百姓写作：访谈对话集》，海天出版社 2007 年版，第 302 页。

第一节 还原历史,史诗性与反史诗性
观念的恒定性

莫言在还原历史的过程中体现的史诗性追求和建构企图,肯定与十七年文学中的"红色经典"有密切的关系。《苦菜花》《林海雪原》《野火春风斗古城》《红旗谱》《吕梁英雄传》《红日》《保卫延安》《踏平东海万顷浪》《三家巷》等对历史本质和时代意识加以宏观把握的史诗性长篇小说,奠定了莫言在文化资源极度匮乏、阅读范围比较狭窄、价值观念保守单一的生活条件下的主流历史观。按照这样的带有本质性的历史观对历史的还原,实际上是受"从一个胜利走向另一个胜利"的进化论影响的主观化的变形还原。莫言在与评论家王尧的对话中曾提到《红日》开篇的悲观描绘背离了自己既定的历史观产生的不适感,以及随着阅历的丰富和创作经验的成熟,对当时偏离约定俗成的审美习惯的由衷赞赏:"《红日》一开始写悲观,失败,我觉得很不舒服。走上文学创作的道路后,才知道当初那些让我看了不舒服的地方,恰是最有文学意义的描写。"① 在少年儿童的类似白板式的认知过程中,这种以再现宏大的历史和战争场面、注重英雄形象在血与火的考验中突出重围的传奇壮举的描摹、追求历史的本质并以"真实"作为衡量小说的社会价值的重要尺度的红色经典,就会以先入为主的认知方式储存于莫言对史诗性的理解和感悟之中,作为一种衡量文学思想和艺术标高的参照系,会潜移默化地影响他的文学创作的时空布局、情节选择、结构安排、人物塑造等的内在肌理。所以,莫言在还原历史的本真面目的时候,是有一种史诗性的因素作为他异于传统经典和当代文坛的创新驱动的有机组成部分的。当然,这种有意模糊"历史真实"和"艺术真实"的相对比较肤浅的文学创作观念,在莫言的心目中也是不断发生变化的。表现在 20 世纪 80、90 年代的新历史主义文学思潮大行其道的时候,莫言在 20 世纪 80 年代中期创作

---

① 莫言、王尧:《从〈红高粱〉到〈檀香刑〉》,《当代作家评论》2002 年第 1 期。

的《红高粱家族》中追求的站在民间的立场上还原历史的"真实"，到了十年之后的史诗性长篇小说《丰乳肥臀》中就转变为尊重艺术自身发展规律的艺术虚构的"真实"。在20世纪90年代的《我的〈丰乳肥臀〉》的创作谈中，他认为："小说家并不负责再现历史也不可能再现历史，所谓的历史事件只不过是小说家把历史寓言化和预言化的材料。历史学家是根据历史事件来思想，小说家是用思想来选择和改造历史事件，如果没有这样的历史事件，他就会虚构出这样的历史事件。"① 尤其在21世纪的长篇小说《生死疲劳》中借助驴、牛、猪、狗、猴等动物的视角对波澜壮阔的半个世纪的社会生活的史诗性描绘呈现出的反讽和荒诞的色彩，更是在旁逸斜出的横生枝节中冲淡了正统庄严的史诗性特征，反映社会生活的时空的广阔性的外衣包蕴的是以动物观察人间百态的黑色幽默内里，二者的语调、氛围、情感和意蕴的巨大反差造成的艺术张力也就成为莫言独出机杼的叙事表征。这样，在反映重大历史事件和社会转型的史诗性框架中出现的带有主观化意识的反史诗性的情节结构，也就成为莫言小说的一大特色。这在洪水和创业神话、革命英雄传奇、百年历史的谱系寻踪中都有比较鲜明的表现。

一　洪水和创业神话的建构与解构

在人类生命的起源和文明的源头上，不同的民族、种族和地域的创世纪神话中总是记录了与洪水和创业密切相关的民间传说。可以说，洪水的原型和创业的原型就作为文化基因和遗传密码，在不同民族的潜意识心理中留下了不可磨灭的印象。无论是西方《圣经》中的创世纪还是中国的女娲补天、抟土造人、大禹治水都意味着人类童年时代的史诗性追求。正像黑格尔所说的："正式的史诗既然第一次以诗的形式表现一个民族的朴素的意识，它在本质上就应属于这样一个中间时代：一方面一个民族已从混沌状态中醒觉过来，精神已有力量去创造自己的世界，而且感到能自由自在地生活在这种世界里；但是另一

---

① 莫言：《我的〈丰乳肥臀〉》，《用耳朵阅读》，作家出版社2012年版，第33页。

方面，凡是到后来成为固定的宗教教条或政治道德的法律都还只是些很灵活的或流动的思想信仰。民族信仰和个人信仰还未分裂，意志和情感也还未分裂。"① 作为深受齐文化"怪力乱神"影响的莫言真诚地相信万物有灵的民俗传说的同时，西方的文学思潮特别是福克纳的《喧哗与骚动》和马尔克斯的《百年孤独》激活了他童年时期被饥饿和洪水所缠绕的记忆。莫言曾深情地回忆："童年留给我的印象最深刻的事就是洪水和饥饿。那条河里每年夏、秋总是洪水滔滔，浪涛澎湃，水声喧哗，从河中升起。坐在我家炕头上，就能看到河中高过屋脊的洪水。"② 因此，儿童时的刻骨铭心的记忆、祖辈创业的传说和域外文艺观念的启发，共同影响了在解放军艺术学院学习的莫言，他在小说《秋水》③ 中表现的就是祖先在洪荒年代与洪水和灾难作不屈抗争的创业神话。作为"高密东北乡"的史前史的地域风貌，就很具有开天辟地的史诗性色彩：在我爷爷带着那姑娘（我奶奶）逃来之前，"那时候，高密东北乡还是蛮荒之地，方圆数十里，一片大涝洼，荒草没膝，水汪子相连，棕兔子红狐狸，斑鸭子白鹭鸶，还有诸多不识名的动物弃斥洼地，寻常难有人来"。在我奶奶分娩的关键时刻发起的大水也具有史前文明记载的洪水的影子，"不知从哪儿来，不知往哪儿去，一股一股的，撞上了土山，扭在一起，弄出一些大大小小的黑旋涡，时时可见一两只笨拙的蛤蟆直奔旋涡而去，进去了，就再也见不到出来"。洪水的淹没一切、摧毁一切的末日神话，同时也是孕育万物、富有生机和活力的创世神话。小说中奶奶在鬼门关上徘徊的死亡阴影和婴儿费尽周折降生的新生过程，与远古的死亡——再生原型非常类似。环境氛围的细致描摹，为洪荒时代人物脱离文明的羁绊和受自我意识的驱使产生的大无畏的创世精神提供了跳板和依据。我爷爷无拘无束的自由个性和决断果敢的精神，在年轻时为了爱情而杀人放火的行为中得到了淋漓尽致的表现。拐着心爱的姑娘离乡背井，"从河北保定府逃到这里，成了高密东北乡最早的开拓者"。从塑造的

---

① ［德］黑格尔：《美学》（第三卷）（下），朱光潜译，商务印书馆1981年版，第137页。
② 莫言：《超越故乡》，《名作欣赏》2013年第1期。
③ 莫言：《秋水》，《奔流》1985年第8期。

人物形象来看，我爷爷、黑衣人、白衣姑娘、紫衣女人的行为方式、处世态度和神态表现都具有传奇的色彩，是史诗性英雄人物惯常的塑造模式。但在具体的情节和细节上，个人的偶尔不被人觉察的行为方式和神态表现又呈现出反史诗性的格调：比如我爷爷在力比多力量的驱使下杀死三个人所体现的英雄壮举，与事后"梦里常忆起那几颗血淋淋的人头"的提心吊胆；面对滔天的洪水和妻子难产的生活困境产生的绝望心理，也与史诗性的英雄人物不畏艰难、越挫越勇、勇往直前的行为表现有比较大的差别。正是这种史诗性和反史诗性的辩证因素有机地统一在对我爷爷的形象的塑造过程中，才使得他老人家成为活生生的"这一个"和过目难忘的圆形人物。从总体来说，尽管是短篇小说的文体格局限制了史诗性追求的宏阔的时空跨度和规模，但表现的主题、渲染的氛围、塑造的人物、凸显的精神都已被皴染上了史诗性的色调。

莫言对古老的创世纪的神话传说情有独钟，短篇小说《马驹横穿沼泽》① 作为《食草家族》中的第六梦，在异类通婚、羽化成仙、洪水再生、兄妹乱伦的神话原型中也包含了大量的史诗性的元素。在代代相传的身份不明的黑色男人对小杂种讲述的小男孩和小马驹横穿沼泽的故事中也包含了远离文明的洪荒神话的因子。当很早很早以前（时代越久远，越带有神话和史诗色彩）的迁徙途中只剩下一匹小母马和一个小男孩的时候，为了满足创世纪的生殖繁衍的神话要求，作为异类的小母马就必须羽化成仙，变为千娇百媚的姑娘才能赢得男孩的爱怜，完成生儿育女、开辟鸿蒙的史诗性任务。所以在流传的史诗性的故事中，小母马在小男孩爽快地答应"结成夫妻之后，你永远不能提一个马字"的誓约后，就变成了一个名叫"草香"的温婉可人的姑娘。他们结为夫妻受尽千辛万苦横穿沼泽到达的地方的环境条件，以及生儿育女的生活方式都具有创业原型的史诗性质素："他们来到这里时，这地方没有一个人种。遍地是没人深的野草，野草里隐藏着狼虫虎豹。他们搭起了草棚，开荒种地，打猎逮鱼，养鸡养狗。一年

---

① 莫言：《马驹横穿沼泽》，《青年文学》1988 年第 11 期。

过去，草香生了一对双胞胎，两个男孩。又一年过去，草香又生了一对双胞胎，两个女孩。"但当男孩在子女乱伦的条件下违背当初的誓言骂道"打死你们这两个母马养的畜生"时，马驹在山崩地裂的巨响中"被那浪涛翻滚般的烟雾卷跑了"。儿女的死去、马驹的逃走、男孩"由一个膘肥体壮的大汉变成了一具又黑又瘦的活死尸"又在演绎着一个毁灭的神话。在"落得一片白茫茫大地真干净"的创世轮回中，凸显的是创业神话的建构和解构的永恒主题。

对于女人与母马之间的象征、暗示和隐喻关系，在《周易》的坤卦卦辞："坤，元亨，利牝马之贞"中得到了比较鲜明的体现。是女性—马（妈）—母亲—大地之间异质同构的本能养育和创业或创世功能，激发了莫言创作史诗性的长篇小说《丰乳肥臀》①的灵感，也将莫言 20 世纪 80、90 年代的史诗性建构和解构的抒写主题有机地贯穿了起来。在现实生活中的亲生母亲死去之后，用了 83 天的时间写就的皇皇巨著《丰乳肥臀》，反映了莫言对"母亲——大地"的孕育再生的同构功能早就了然于胸，从父系氏族社会推翻母权制之后进行的一系列的杀伐和争斗，到进入文明社会之后记载的帝王将相打着冠冕堂皇的旗号，为功名和事业发动的不义战争，在在说明着"乾"的破坏作用；而在漫长的文明进化过程中地势"坤"和母亲的厚德载物起到了创世、创业和建构的功能，这是通晓历史和文明发展的莫言无意识中将母亲与大地联系在一起，并为她们大唱赞歌的最为重要的原因。莫言在 1995 年写的《〈丰乳肥臀〉解》中写道："丰乳与肥臀是大地上乃至宇宙中最美丽、最神圣、最庄严、当然也是最朴素的物质形态，她产生于大地，又象征着大地"② 对于母亲的养育之恩，莫言也把它还原到最原始、最纯洁、最本真的功能和意义上："母亲之恩，大莫大过于养育之恩。养用什么养？育用什么育？用乳、用臀。"因此，把小说命名为《丰乳肥臀》就具有了和滋养万物的大地同构的创业神话的史诗性意义。母亲含辛茹苦抚育九个孩子的过程中，最震撼人心

---

① 莫言：《丰乳肥臀》，作家出版社 1995 年版。
② 莫言：《〈丰乳肥臀〉解》，《当代作家评论》1996 年第 1 期。

的莫过于翻江倒海呕吐粮食的情节："她用手捂着嘴巴，跑到杏树下那个盛满清水的大木盆边，扑地跪下，双手扶住盆沿，脖子抻直，嘴巴张开，哇哇地呕吐着，一股很干燥的豌豆，哗啦啦地倾泻到木盆里，砸出了一盆扑扑簌簌的水声……后来吐出的豌豆与黏稠的胃液混在一起，一团一团地往木盆里跌落。"此时的母亲无私奉献的精神和博大的胸襟就具有了大地母神的象征意蕴，她超越政治、阶级、民族的偏见，对子女一视同仁的平等心态和宽容态度也是富有建设性的阴性母神共有的特征。在百年的家族历史的风云变幻中，母亲就是一个典型的创业原型，是母亲用自己坚韧的臂膀和达观的心态为整整两代人提供了避风的港湾。母亲的超出了传统的伦理道德底线的行为不能按照"百年屈辱，百年荒唐"①的卫道士般的价值标准进行批判和决断，从总体上来看，母亲是真正遵循了"道并行而不相悖，万物并育而不相害"的原则和信条才具有了史诗性的神话色彩。值得注意的是，莫言从来就没有在单向思维的制约下让母亲只成为创业主题的化身和代表，在历史的出人意料的变化中，富有吊诡意味的是在母亲的见证下，除一辈子吊在女人奶头上的窝囊废儿子上官金童之外，家族中的公婆、丈夫、女儿、女婿都在自己的耳闻目睹下走向了死亡，从而精心建构的创业主题又走向了不以人的意志为转移的解构道路。

进入父系社会形成的墨写的权威的谎言也抵挡不住创业与守业、建构与解构的逻辑发展之路，凭借权势、智慧、勤俭和体力的合力建造的创业大厦，迟早会在历史的长河的无情洗礼下成为无人问津的废墟，"青山遮不住，毕竟东流去"的历史发展趋势，也终将成为雄心勃勃的创业与颓败退隐的守业难以摆脱的埃舍尔怪圈。既然如此，以土地为生命之根的乡村创业的父系神话在人畜混杂、阴阳轮回的魔幻色彩中更能凸显颓败的文化寓言，这在21世纪创作的史诗性长篇小说《生死疲劳》中体现得特别明显。小说中对父系文化和价值观念的代表——西门闹创业的神话一笔带过，略微凸显他的勤劳节俭、乐善好

---

① 唐韧：《百年屈辱，百年荒唐——〈丰乳肥臀〉的文学史价值质疑》，《文艺争鸣》1996年第3期。

施、心地善良的一面，以他遭受土改的冤屈为由头，在生死轮回、人畜混杂的循环过程中突出他性格和命运的继承人蓝脸的守业的艰辛。"它通过将西门闹的冤魂数次投胎牲畜来影响人世，参与人世，这也可以看作轮回的叙事结构不仅是西门闹的冤魂转世参与人间事务，也是地府的力量对人世间的参与，阴阳两界合而共谋，推动着某种社会发展的趋势。"① 西门闹的数次投胎轮回、地府的权势力量对现实社会的介入、阴阳两界的合力作用只不过加速了传统的创业神话溃败的结局，所以小说中的蓝脸传承西门闹的衣钵之后创个人之业的殊死斗争只能以失败而告终，轰轰烈烈的合作化运动呈现的创社会主义集体大业的乌托邦在物欲横流、人性异化的商业大潮的冲击下也黯然收场，个人与集体的创业都以二律背反的方式走向了无可奈何的结局，这是莫言为父权文化的创业梦想唱出的悲凉挽歌。

二 革命英雄传奇的史诗性变奏

在黑格尔看来："战争情况中的冲突提供最适宜的史诗情境，因为战争中整个民族都被动员起来，在集体情况中经历着一种新鲜的激情和活动，因为这里的动因是全民族作为整体去保卫自己。这个原则适用于绝大多数史诗。"② 莫言作为一个军旅作家虽然没有参加过对越自卫反击战，但相对熟悉的军旅生活、实弹演习和对战友的体察，也使得他把革命英雄传奇作为自己创作的主旋律。此时，莫言也发表了一些反映革命英雄的带有传奇色彩的生活经历的小说，如《丑兵》《岛上的风》《黑沙滩》等按照流行的英雄形象的塑造方法，铺陈渲染英雄主义基调的僵化模式创作的比较幼稚的小说。这些按照当时革命题材的史诗性标准来创作的小说，显然只是对公认的"历史本质"进行图解和演绎，还算不得对史诗性有任何的创新和感悟。真正对革命的史诗性题材有自己比较独特的看法，并付诸实施写出引起巨大的轰动效应的《红高粱》，实在莫言是出于偶然的年轻气盛，将自己逼上

---

① 陈思和：《人畜混杂，阴阳并存的叙事结构及其意义》，《当代作家评论》2008 年第 6 期。
② ［德］黑格尔：《美学》（第三卷）（下），朱光潜译，商务印书馆 1981 年版，第 137 页。

梁山的无奈之举。在 1984 年冬季的一次军事文学创作座谈会上，面对着有人提出的一些军队老作家经历过战争却没有精力创作、年青一代有精力创作却没有亲身体验战争的尴尬现状，莫言在发言中对这种面对军事文学的发展抱有悲观态度的观点很不以为然，他认为"我们可以通过别的方式来弥补这个缺陷。没有听过放枪但我听过放鞭炮；没有见过杀人但我见过杀鸡；虽然没有跟敌人拼过刺刀，但我在电影上见过。因为小说家的创作不是要复制历史，那是历史学家的任务。小说家写战争，要表现的是战争对人的灵魂扭曲或者人性在战争中的变异。从这个意义上讲，即便没有经历过战争的人，也可以写战争"①。这样，莫言在新历史主义思潮下所形成的革命英雄传奇的史诗性观念与红色经典的史诗性之间就有了比较大的对立和差距，1986 年其发表的《红高粱》（《人民文学》1986 年第 3 期）、《狗道》（《十月》1986 年第 4 期）、《奇死》（《昆仑》1986 年第 6 期）、《高粱酒》（《解放军文艺》1986 年第 7 期）、《高粱殡》（《北京文学》1986 年第 8 期）②就是对革命英雄传奇的重新书写，史诗性的变奏在历史的本源、英雄的塑造、时代的精神、真相的还原、艺术的虚构等方面都得到了鲜明的表现。从历史的本源来说："它用民间化的历史场景、'野史化'的家族叙事，实现了对现代中国历史的原有的权威叙事规则的一个'颠覆'，在历史被淹没的边缘地带、在红高粱大地中找到了被遮蔽的民间历史，这也是对历史本源的一个匡复的努力。"③它对红色经典所遮蔽和过滤的边缘化的历史真相，真正做到了站在民间立场上的还原，无疑是对历史本源的异质的复杂构成和多元存在形态的修正和匡复。由共产党、国民党、土匪、民众组成的力的平行四边形的撕扯和纠结，构成了对红色经典反映的历史本源的反叛和变奏。在英雄形象的塑造上，设置土匪余占鳌而不是抗日的胶高大队队长江小脚作为主角，更

---

① 莫言：《关于〈红高粱〉的写作情况》，《南方文坛》2006 年第 5 期。

② 后结集为长篇小说《红高粱家族》，解放军文艺出版社 1987 年版，南海出版公司 1999 年版、山东文艺出版社 2002 年版。

③ 张清华：《莫言与新历史主义文学思潮——以〈红高粱家族〉、〈丰乳肥臀〉、〈檀香刑〉为例》，《海南师范学院学报》（社会科学版）2005 年第 2 期。

多的是出于回归本源意义上的史诗性英雄人物的塑造目的。追溯人类从童年时期就代代相传的史诗性英雄人物的共性不难发现，无论是《伊利亚特》中的希腊英雄阿喀琉斯和阿伽门农、《尼伯龙根之歌》中的日耳曼民族英雄齐格弗里德和克里姆希尔特、法兰西民族的《罗兰之歌》中的英雄罗兰、俄罗斯民族的《伊戈尔远征记》中的英雄伊戈尔，还是中国少数民族如蒙古族的《江格尔》中的江格尔、藏族的《格萨尔王传》中的格萨尔王都是尽情地舒展个性风采的圆形人物，有的还有不可忽视的人格缺陷和性格弱点。莫言对既是保家卫国的抗日英雄、又是杀人越货的土匪余占鳌进行浓墨重彩的刻画和描摹，就是接续了史诗性英雄人物塑造的优良传统。从时代精神的视角来看，《红高粱》张扬的敢说、敢想、敢做、敢爱、敢恨、敢生、敢死的个性解放的自由精神契合了 20 世纪 80 年代个性觉醒的要求，自由的创造精神和担当意识也就浸染了史诗性的色调。而真相的还原与艺术的虚构的辩证统一，从史诗性的口头传说到整理成文字记录的过程的每一个环节都有明确体现。这首先就是一种历史立场和评价观念的转变，因为"我们心目中的历史，我们所了解的历史、或者说历史的民间状态是与'红色经典'中所描写的历史差别非常大的。我们不是站在红色经典的基础上粉饰历史，而是力图恢复历史的真实"①。所以在《红高粱》中从历史上实有的"孙家口伏击战"和"公婆庙惨案"转变为由"我爷爷"余占鳌带领土匪部队去伏击日本鬼子的汽车队，历史的本事诗学则呈现出不离本源意义的事件的更高的真实。正是莫言用"耳朵阅读"的民间口述史影响了他的历史观、英雄观、道德观和价值观，用桀骜不驯的偏离正统观念的"酒色财气"表现的史诗性的英雄气概，颠覆了红色经典中的英雄崇拜心理。正如作者所说："在民间口述的历史中，没有阶级观念，也没有阶级斗争，但充满了英雄崇拜和命运感，只有那些有非凡意志和非凡体力的人才能进入民间口述历史并被不断地传诵，而且在流传的过程中被不断地加工提高。在他们的历史传奇故事里，甚至没有明确的是非观念……而讲述者在讲述

---

① 莫言、王尧：《从〈红高粱〉到〈檀香刑〉》，《当代作家评论》2002 年第 1 期。

这些坏人的故事时，总是使用着赞赏的语气，脸上总是洋溢着心驰神往的神情。"① 沿着这种带有民间色彩和主体意识的历史观念对革命英雄传奇的抒写就呈现出别样的风貌。无论是 20 世纪 80 年代、还是 20 世纪 90 年代直到 21 世纪的革命英雄的形象刻画和表现的民间的历史价值观念都贯穿于同类题材创作的始终，只不过在表现程度和个性色彩上呈现出一些变奏的差异。这种对史诗性的推崇和个体生命价值的重视带来的艺术观念上的变奏，与中华文化传统开创的史传模式有着密切的关系，正如评论家季红真所说："他对于史诗的推崇，更多地来自对于司马迁所开创的史传文学伟大传统的景仰。这一切都使他区别于 20 世纪域外的经典作家，以民间的记忆恢复历史的宏大与诡谲。对于生命价值的思考穿越了历史理性的冰川，使不朽的人文精神积淀在杂语的喧哗与斑斓的色彩中。"② 《史记》并没有按照成王败寇的历史观念，对失败的英雄项羽进行妖魔化地抒写，而是站在民间的立场上对西楚霸王"力拔山兮气盖世"式的洒脱豪放、天真纯洁、胸无城府的行为方式赞叹不已，莫言也通过改编话剧《霸王别姬》进一步领悟了其中的人性的精髓，所以他在他的革命传奇题材的小说中尽量还原历史真相的同时，更多的是用历史参与者的本源意义上的生命价值的思考来激活僵硬冰冷的历史理性。在《凌乱战争印象》③ 中的游击队姜司令对盗卖军火的一母同胞亲兄弟大义灭亲，按照军法和理性原则处置亲情的时候，也设置了站在人性的角度上，对姜司令为死去的兄弟的亲情眷顾而伤心痛苦的情节。在军纪严明、执法如山、英勇善战不顾生死的英雄的刚烈果断的传奇行为中，也描绘了他与三老妈柔情缱绻、儿女情长的一面。《革命浪漫主义》④ 中对英雄形象的塑造和主题的表现更多地倾向于"食、色"等形而下的需求层面，"时势造英雄"的价值观和命运观也使得他对英雄的表现渲染了黑色幽默的色

① 莫言：《用耳朵阅读》，《天涯》2002 年第 2 期。
② 季红真：《神话结构的自由置换——试论莫言长篇小说的文体创新》，《当代作家评论》2006 年第 6 期。
③ 莫言：《凌乱战争印象》，《虎门》1987 年第 1 期。
④ 莫言：《革命浪漫主义》，《西北军事文学》1988 年第 5 期。

调。"我们本来是跟着炮弹往越军的地窖子里扔手榴弹的，我本来是背着火焰喷射器往越军的猫耳洞里喷射火焰的，可是，我的命运不济，我一跤跌倒我就知道坐在地雷上了。"愿望与现实的巨大反差使得"我"本来能成为战斗英雄的感人壮举，被一不小心使自己的屁股坐在越军埋设的一颗小香瓜那么大的地雷上，不敢有一丝松懈的滑稽行为所解构。在炸掉屁股成为残废军人住进疗养院之后，"我"非常渴望与在此工作的护士结婚生子。出生入死的红军老战士按照严酷的革命现实主义讲述的故事，凸显的是在危及个人生命的情况下，"食"本能包含的人性自私的一面。这些战士在与敌人浴血奋战的时候，表现出来的可歌可泣的动人事迹，确实是无愧革命英雄的称号，但在行军途中只要有一口青稞面，就可以决定一个人的生死存亡的危急关头，让任何一个人拿出决定自己命运的口粮都是比较困难的。

也许是战争的偶然因素改变一个军人的命运的机遇对莫言来说有太深的感触，他也是在军旅生涯中因偶然的机遇改变人生命运的受益者，所以他对"壮志未酬身先死"的身体和技术素质过硬的英雄总是从人性方面予以表现。《战友重逢》① 中的钱英豪"大行不顾细谨"，在生活细节上对军队比较僵化的管理模式和太注重形式的评价标准比较反感。在对越自卫反击战的前夕，对连长和指导员的柔性政策所发的牢骚："老子上去是要生得伟大死得光荣，凭本事打。少来这套猫盖屎的把戏。死了给俺爹娘挣块烈属牌子，每年补助二千工分一百五十元人民币。活着就要戴一胸脯功劳牌子给你们这些马屁精看看我钱英豪是真英豪还是假英豪！"就将一个满身正气、不怕牺牲、"位卑未敢忘忧国"的英雄人物的豪爽英姿表现得淋漓尽致。但就是这样一个被授予一级投弹能手的荣誉称号，无论是射击、投弹、拼刺刀还是爆破、土工作业都在守备团拔尖、在军区挂号的英雄，为了掩护身边的战友，"却一枪未发就成了敌人枪下的冤屈的孤魂"。小说通过与生前的好友赵金阴阳两隔的往事回忆，对传奇式的英雄的不幸命运给予了更多的理解和同情。这种感同身受到英雄多舛的命运并给予宽慰的悲

---

① 莫言：《战友重逢》，《长城》1992 年第 6 期。

悯情怀，在 90 年代末期的小说《儿子的敌人》①中却发生了变奏。如果说在此前的革命题材小说中也出现了对土匪式的英雄的赞叹和赏识，那是在民族/国家的宏大话语中凸显的抗日御侮的国族意识起到了情感铺垫的保护色的作用；而在这部比较精致的短篇小说中出现的被我方击毙的敌人，在你死我活的严酷的战争条件下，设置的把敌人的尸体错当作烈士的给抬回来，让烈士的母亲辨认的情节，实际上就把革命英雄传奇的变奏推向了极致。这突出地表现在烈士的母亲孙大娘在认出不是自己的儿子，而在幻觉中听到"一个细弱的像蚊子嗡嗡的声音在耳边响起：'大娘，我不是您的儿子，但我请您说我就是您的儿子，否则我就要被野狗吃掉了，大娘，求求您了，您对我好，我娘也会对您的儿子好的……'"，于是按照人性的本能认下了这个儿子的敌人作为自己的儿子。莫言采用了"这种与主流意识形态话语不相融的言语形式叙述和塑造人物，显示了震撼读者灵魂的威力。莫言的小说展现了中国现代芜杂混乱、战乱不断的历史，但叙写的历史事件与主流意识形态话语的历史叙述若即若离，创造出边缘性的故事和人物，再现人物生活的真实生存环境及历史"②。这是莫言真正站在超阶级的人性立场上，对边缘化的英雄人物按照"人"的样子进行刻画和描摹的典范之作，也是莫言的自由思想在 20 世纪 90 年代的英雄形象的探索中最鲜明的表征。

长篇小说《檀香刑》③中塑造的钱雄飞和孙丙的革命英雄形象，让莫言进入 21 世纪之后的革命英雄传奇的变奏表征暴露无遗。莫言秉承既不重复别人也不重复自己的创新意识，对英雄传奇人物的塑造的独特性，主要表现在生活环境与人物行为的逆反方面，事理逻辑和情感心态的反常表现带来的阅读期待视野的受阻正是传奇的应有内涵。对钱雄飞的塑造主要突出在事件的偶然性、事理的反常性、氛围的紧张性和性格的坚韧性等内外因素的综合作用对历史和看客所产生的巨大影响。一方面，从外在的事理逻辑来说，爱枪如命的神枪手钱雄飞面对近在咫尺的窃国大盗袁世凯不应该有任何闪失，天时地利人和的

---

① 莫言：《儿子的敌人》，《天涯》1999 年第 5 期。
② 庄森：《莫言小说的自由思想》，《当代作家评论》2013 年第 2 期。
③ 莫言：《檀香刑》，作家出版社 2001 年版。

得天独厚的条件，再加上他的聪慧睿智已为他刺杀成功打下了坚实的基础，他的失败也只能用"天不灭袁袁不死"的所谓天意勉强解释；另一方面，钱雄飞面对凌迟五百刀的酷刑表现出来的精神与肉体的反应也带有传奇性，一般人对大清第一刽子手的威势和魄力产生的压抑感会逐渐让坚强的神经走向崩溃，但钱雄飞内心的刚硬、心理的强大和非凡的承受力却让他成为不同凡响的人物。在表现传奇英雄的视死如归的高迈的精神毅力方面，从细微处放大传奇英雄生理的不受控制的波动，显示出莫言塑造英雄的变奏特征。对于小说中的另一位抗德的民族英雄孙丙来说，他的性格和情感变奏主要表现在两件事情上：一是乞丐王用徒弟小山子偷梁换柱的计谋救出孙丙的行为为他所不齿，他执意用旷古未闻的檀香刑来成就自己的一世英名的反常行为，让人感到匪夷所思；二是把酷刑当作无上荣耀的受虐心理也超出了常人的理解，但从他看重流芳百世的"好名声"的性格来看，忍受常人所不能忍受的酷刑、敢于为天下先的名声追求、有意迎合刽子手的杰作的行为动机来衡量，又有反常中正常的一面。反常与正常的矛盾张力和审美意蕴，让两位传奇英雄的变奏接续了 20 世纪 80、90 年代莫言英雄塑造的一贯表征。

三　百年历史的史诗性创生与颠覆

如果把莫言在 20 世纪 80、90 年代创作的小说看作一个对历史的镜像反映的大文本的话，那么这部大文本集中表现的就是中华民族百年历史的沧桑变迁。莫言从民间的边缘视角审视和把握历史的发展规律和社会的风云变幻的时候，一般是带有史诗性企图的。这首先与莫言的不同于主流意识形态的自由立场和自由思想有密切的关系："莫言小说的自由思想也体现为超越意识形态制约的历史观。莫言站在自由的立场创作小说，叙事历史，褒贬人物和事件，关注每一个人的生存状况、话语及灵与肉的搏斗，形成与主流意识形态话语不相融的言叙历史的方式，不受主流意识形态话语的历史观约束或制约。"① 也就是说，在莫言对教科书抒写的正统的历史，不再采取红色经典的图解

① 张军、莫言：《反讽艺术家——读〈丰乳肥臀〉》，《文艺争鸣》1996 年第 3 期。

和演绎的方法，论证主流意识形态的权威性和唯一性，而是在地域文化的集大成者——高密东北乡的文学王国中重新建构方志式的自然和人文景观的时候，史诗性的创生与颠覆的叙写策略，就形成了不同于社会主义现实主义叙事的历史风貌。

从 20 世纪 80、90 年代莫言小说史诗性创生和颠覆的内在连续性方面来看，他对百年历史的反映采用的是以人物的行为表现为纲、历史事件的发展变化为纬的纪传体式的方法。对历史事件和社会生活的反映统摄在人物形象的刻画中，尽量淡化历史和时代背景。但通过对莫言小说反映的时间和事件的谱系寻踪不难发现，百年历史上发生的重大历史事件在他的作品中都有比较鲜明的反映。特别是抗日战争（《红高粱家族》1987、《红耳朵》1992、《丰乳肥臀》1995）、解放战争（《遥远的亲人》1989、《父亲在民伕连里》1990、《我们的七叔》1999、《儿子的敌人》1999）、"文革"（《黑沙滩》1984、《枯河》1985、《透明的红萝卜》1985、《筑路》1986、《飞艇》1987、《复仇记》1988、《白棉花》1991、《三十年前的一次长跑比赛》1998、《牛》1998）、对越自卫反击战（《丑兵》1982、《断手》1986、《革命浪漫主义》1988、《战友重逢》1992）、计划生育（《爆炸》1985、《弃婴》1987、《地道》1991）、农村改革（《民间音乐》1983、《球状闪电》1985、《欢乐》1987、《天堂蒜薹之歌》1988）、市场经济（《酒国》1993、《红树林》1999、《师傅越来越幽默》1999、《野骡子》1999）等贯穿百年纷纭复杂的历史与现实生活的描摹，更无意中凸显了莫言要为历史的发展做书记官的史诗性诉求。正是因为莫言不同于巴尔扎克式的逼真的、细腻的、鲜活的反映历史本质的企图和雄心壮志，所以他对历史事件的处理总是采取模糊或淡化的方式。正如《透明的红萝卜》对"文革"的反映一样："有意识地淡化政治背景，模糊地处理一些历史的东西，让人知道是那个年代就够了。"① 在历史背景的淡化背后站立的是一个能够反映历史另一番面貌的有血有肉的人，在这篇小说中，对"文革"期间农村的欢乐与痛苦并存、理想与现实联

---

① 贺立华、杨守森编：《莫言研究资料》，山东大学出版社 1992 年版，第 81 页。

姻、贫穷（物质）与富有（精神）携手的多色调的历史生态的还原，是莫言在"文革"时期的乡村生活的记忆对拨乱反正时期意识形态的宣传和血泪斑斑的伤痕文学的反叛，也是莫言采取唯物主义的辩证法对"文革"时期的乡村进行民间抒写的时候追求的史诗性的"真"。但当莫言刻意追求生活艺术的朦胧美、含蓄美和神秘美的时候，文本所展示的主观化的夸张和变形显然又是对史诗性的"真"的背离。如小说中小黑孩在昏暗的铁匠铺子里看到的一幅奇特美丽的图画："光滑的铁砧子，泛着青幽幽蓝幽幽的光。泛着青蓝幽幽光的铁砧子上，有一个金色的红萝卜。红萝卜的形状和大小都像一个大个阳梨，还拖着一条长尾巴，尾巴上的根根须须像金色的羊毛。红萝卜晶莹透明，玲珑剔透。透明的、金色的外壳里包孕着活泼的银色液体。红萝卜的线条流畅优美，从美丽的弧线上泛出一圈金色的光芒。光芒有长有短，长的如麦芒，短的如睫毛，全是金色……"只能是一个人在特定的环境条件下的可遇不可求、既无法证实也无法证伪的幻觉体验，这种体验所带有的瞬间性、一次性以及不可重复性的特征就构成了对史诗性的"真"的颠覆与消解。对他来说，史诗性的复调和驳杂色彩的形成，与他对既定的文学规范的反叛和历史生活中作为主体的人的重视有很密切的关系。莫言的深刻性就体现在这个地方："他试图超越历史直接窥察人的本性，历史在他这里只提供了一种外在的刺激，他更关心人心和人性的种种反应。他不愿恪守任何关于文学的既定规范，甚至也对还在禁锢人们的道德律条产生怀疑。"① 这样，在莫言 20 世纪 80、90 年代创作的人文本的史诗性框架下，物是人非、难以真正恢复原貌的历史就成为人性的试验场和展示人物主体性的参与意识的舞台。由此带来的问题则是也许莫言太关注人性在历史的封闭区间的发展变化，而史诗的碎片化和模糊化又在创生与颠覆的力量纠结中呈现出变动不居的风貌。

在莫言 21 世纪的小说创作中，以人物的思想行为、心理动机、精神状态和欲望需求带动历史事件发展的纪传体的史诗性风格有所减弱，

① 夏志厚：《红色的变异》，参见杨扬主编《莫言研究资料》，天津人民出版社 2005 年版，第 217 页。

这种以人物的遭遇和经历贯穿历史的宏大的史诗性企图，只有在长篇小说《檀香刑》（2001）、《生死疲劳》（2006）和中篇小说《变》（2009）中才得到勉为其难的表现。按照学者洪子诚的观点："'史诗性'在当代的长篇小说中，主要表现为揭示'历史本质'的目标，在结构上的宏阔时空跨度与规模，重大历史事实对艺术虚构的加入，以及英雄'典型'的创造和英雄主义基调"①。那么，莫言在 21 世纪的中长篇小说创作的史诗性的创生和颠覆更为明显，从时间跨度、结构规模和英雄人物的塑造等方面来说，这三篇小说具有史诗性的色彩，但它们表现的历史本质方面的世俗化、欲望化和狂欢化的特征，又是对史诗性本体特征的颠覆和消解。莫言的无所羁绊的创造力、天马行空的想象力、敢于向圣杯撒尿的亵渎意识、勇于向既有的规范挑战的反叛精神，自然在炉火纯青的 21 世纪文学创作中延续史诗性风格的变异风采。既然传统史诗性色彩的历史本质，已不再成为反映社会生活的核心所在，那么信口开河、妙趣横生的带有民间化、动物性表征的细枝末节处，就自然成为作者漫漶和掩盖传统的史诗性特征的关注焦点。如果说《檀香刑》中的钱雄飞和孙丙、《变》中的莫言和何志武作为承担史诗性特征的符码还具有英雄本色的话，那么《生死疲劳》中作为历史承担者的西门闹投胎轮回转世为驴、牛、猪、狗、猴的过程中表现的兽性对人性的压制就带有太多的闹剧意味，动物的混乱的逻辑思维、狭隘的生活视野和兽性的情感表现，只能起到解构庄严神圣的史诗性的作用，人的兽性和兽的人性的相互混杂就是对史诗性的创生和颠覆的最好明证。

从莫言小说创作史诗性追求的大文本观照对不同时期的社会生活真实反映的小文本，不难发现在短篇小说中，他作为对"文革"和改革开放两个时段逼真反映的历史书记官确实名副其实。接续 20 世纪 80、90 年代短篇小说在题材和主题方面的特点进一步挖掘，莫言在 21 世纪表现"文革"时期的小说有：《天花乱坠》（2000）、《嗅味族》（2000）、《挂像》（2004）、《大嘴》（2004）、《普通话》（2004）、《左镰》（2012）、《地主的眼神》（2012）、《斗士》（2012）、《火把与口哨》

---

① 洪子诚：《中国当代文学史》，北京大学出版社 2007 年版，第 118 页。

（2020），反映改革开放的小说有：《枣木凳子摩托车》（2000）、《冰雪美人》（2000）、《与大师约会》（2005）、《澡堂与红床》（2011）、《天下太平》（2017）、《等待摩西》（2017）、《诗人金希普》（2017）、《表弟宁赛叶》（2017）、《晚熟的人》（2020）、《贼指花》（2020）、《红唇绿嘴》（2020）。这些短篇小说化零为整形成的反映社会现实的大文本，由于有作者刻骨铭心的体验和感受做史诗性社会现实的底子，边缘化视角的客观性更能从各个方面反映历史的细部和肌理的习焉不察的真相，同时拘囿于个人视角和体验色彩的主观性也软化冰冷的社会现实，从而在史诗性的建构和解构的审美张力中体现出莫言独特的叙事策略。

在此，不妨把他在20世纪80年代一举成名的《红高粱家族》和在20世纪90年代引起极大争议的《丰乳肥臀》作一下比较，两部长篇小说在主题意蕴、价值观念、英雄形象的塑造、情节结构的设置等方面对百年历史的史诗性创生与颠覆体现得特别明显。从主题意蕴来说，战争和爱情是百年历史风云中最激动人心的史诗性篇章，抗敌御侮的爱国情怀成为凝聚民族精神在欲火中重生的最关键的因素，在风云变幻的历史背景中出现的轰轰烈烈的爱恨情仇则为僵硬的历史骨架抹上了柔性动人的酡红。《红高粱》中的"我爷爷"在胶平公路的高粱地里伏击日本鬼子的汽车队与《丰乳肥臀》中的司马库炸桥破坏铁路阻击日本人的进攻有一脉相承之处。余占鳌与戴凤莲在高粱地里如火如荼、相激相荡的野合是对人间法规的挑战和蔑视，白日宣淫的惊世骇俗的行为对严守男女之大防的孔孟礼教是一种晴天霹雳式的冲击；司马库与大姨子上官来弟避开众人偷情时的野性勃发，也是对人的生命激情的释放和礼赞，性爱的自由和狂欢是对民间相沿成习的乱伦禁忌的抗议和反叛。以价值观念视之，两篇小说都是"对历史理性的消解，是对'官方'叙述的质疑和解构。他以民间的观点质疑这种建构起来的历史观。中国民间并不认为历史是正义和真理的化身，而是成王败寇的戏剧。中国民间对于英雄的看法也超越于普通的道德善恶的判断之上"[1]。小说中的人物

---

[1] 旷新年：《莫言的〈红高粱〉与"新历史小说"》，《杭州师范学院学报》（社会科学版）2005年第4期。

的情感行为以及隐含作者对他们的价值评价都体现出比较浓郁的新历史主义的色彩，从民间的立场上对教科书宣传的进化的、乐观的、线性的、一维的历史价值观念抱有质疑的态度，以性和暴力的价值力量对历史发展的动力杠杆和社会本质所起的推动作用重新给予认识和评价。这样的历史价值观念对小说秉承的史诗性英雄人物的塑造原则，显然起到了比较重要的指导作用，余占鳌的土匪与英雄的双重身份、杀人越货与精忠报国的行为的极大反差、爱情方面对传统伦理的亵渎和儿子的"独头蒜"能传宗接代所表现的对道德观念的虔诚都不能按照是非、好坏、善恶的二元对立的标准来衡量；司马库的行为表现、思想意识、情感心理就是余占鳌人物的延续和发展，他的"还乡团"头目和抗日英雄的身份、性格方面的残忍与温柔、爱情上的自由欲望、始乱终弃的不耻行为与死去活来、轰轰烈烈的感人壮举同样有着余占鳌的影子，他们都是作者所偏爱的人物。莫言在小说出版七年之后，仍然深情地回忆道："我最喜欢还是司马库这个人物，他是一个还乡团，是一个敌人，从阶级斗争的意义上说，喜欢他就和敌人站到一边了。但从文学意义上，我确实喜欢他，喜欢他敢作敢为的性格。"① 不过，按照实事求是的辩证观点和唯物史观来衡量，人物行为方式的复杂多端和极端化的行为表现，也是对史诗性英雄人物的改写。这种创生与颠覆的吊诡意味也表现在两部小说的情节结构的设置上，"我爷爷"与"我奶奶"的抗日英雄故事和彼此爱恨情仇的情感纠葛，在第一部《红高粱》紧凑的情节结构中已奠定了史诗性的基调，但后来的四部小说对同一时空中发生的不同的琐事的添加和堆积造成的情节结构的"肢体肥大症"，又造成了对宏大的史诗性结构的消解。《丰乳肥臀》中以命运多舛的母亲的行为方式和价值观念贯穿百年风云的史诗性结构，最终又为小说的最后设置的拾遗补阙一至七的情节结构所淡化。

在百年历史的沧海桑田的发展变化中，莫言的小说用天马行空般的自由思想将世界各地的山川风物、人文景观都搬迁到了高密东北乡，生花妙笔的点化和渲染，自然浸润了主体的感觉化色彩。对历史的从

---

① 莫言、王尧：《从〈红高粱〉到〈檀香刑〉》，《当代作家评论》2002 年第 1 期。

点到面、点面结合的反映和表现，搭建了文学故乡的史诗性结构的背景，在历史的前台活动的是一些被主流意识形态所排斥的边缘人物，他们行为的狂放不羁、性格的叛逆与执着、富有野性的生命力和创造力都为历史的发展抹下了多彩的一笔。所以，把莫言的小说作为一个大文本来观察，并将之所反映的历史时代按照时间序列的方式排列起来，就构成了一部比较完整的乡土中国的百年变迁史。值得注意的是，其中地方史的方志体叙事策略所造成的史诗性的漫漶和扩散又使它具有了隐喻的色彩。正如有的学者所评论的："他对高密东北乡全景式的文学书写建构出长河似的历史序列，形成一部文学的地方史。这其中隐含着乡土中国的开拓史、成长史、发展史，在地理形态上历经了荒原—村庄—乡镇—都市百年间的地方变迁，采用了典型的来自民间的想象中国乡土的方法，构成一部关于乡土中国的发展隐喻。"①

由此可见，莫言在还原历史的过程中，按照传统的价值观念理解的历史，已成为表达他的主观化认知愿景的能指，历史的所指成为"借他人酒杯，浇自己块垒"的媒介。他的夫子自道就将他展示主观意义上的历史真相的企图暴露无遗："我认为小说家笔下的历史是来自民间的传奇化了的历史，这是象征的历史而不是真实的历史，这是打上了我的个性烙印的历史而不是教科书的历史。但我认为这样的历史才更逼近历史的真实。因为我站在了超越阶级的高度，用同情和悲悯的眼光来关注历史进程中的人和人的命运。"② 所以，他的小说中呈现的史诗性和反史诗性的辩证统一的特征也就在情理之中了。

第二节　走进现实，民间视野观照的贯穿性

莫言从历史的风尘步入现实的纷纭复杂、气象万千的日常生活的空间的时候，首先建立了与故乡的紧密联系："虽然我身在异乡，但我的精神已回到故乡；我的肉体生活在北京，我的灵魂生活在故乡的

---

① 宋学清、张丽军：《论莫言"高密东北乡"的方志体叙事策略》，《当代作家评论》2015年第6期。

② 莫言：《我的〈丰乳肥臀〉》，《小说的气味》，春风文艺出版社2003年版，第64页。

记忆里。"① 高密东北乡作为祖先的血地和自己生于斯、长于斯、最终也葬于斯的血缘纽带，一直成为他魂牵梦绕的地方。对改革开放以来方针政策的变化带来的农村现实的物质生活和精神风貌的变化，莫言在 20 世纪 80、90 年代直至 21 世纪的小说中一直予以跟踪描述，有时为了表达自己对现实生活中的官僚主义、部门主义、教条主义、不正之风等对无依无靠的底层民众的切身利益造成的伤害的愤恨情绪，甚至不顾小说不能与政治和社会现实生活太靠近的艺术创作规律的禁忌而采取了急就章的方式。当然，莫言也知道采纳文学的"无用之用"的功能来介入和干预现实社会的梦想是太天真了，具体的方针政策的细微变化对民众的社会生活发生的立竿见影的影响，与文学对民众的精神生活进行的潜移默化的渗透所起的作用不可同日而语。况且用文学的方式直接干预政治的后果导致的艺术的直白还在其次，文学的"反干预"的风险倒是主流意识形态借助葛兰西所说的文化领导权轻而易举就能达到的警诫效果。所以，莫言对农村中的现实真相采取了相应的叙事策略来遮蔽某些原生态的风貌。其次，当莫言离开乡村以一个知识分子的身份生活在灯红酒绿的都市之中的时候，对乡村的精神依恋以及青少年时代形成的传统的道德价值观念就与都市文化产生了矛盾冲突，这种存在主义式的"在而不属于"的无根的悬浮状态，就使得他对都市的现实生活更多地采取比较偏激的态度进行揭露和批判，特别是对都市化进程中出现的铺张浪费、官场腐败、权力寻租、色欲膨胀等方面的问题更是感同身受，敏感的神经和保守的心态决定了他对市场化进程中的世态乱象采取了零容忍的态度。但在具体揭发都市的现实生活中可能存在的惊世骇俗的事情的时候，莫言同样采取了民间的边缘视角，通过艺术的模糊处理带来的多元化的想象都市的方法，来隐藏事情的阴暗和卑污的真相。正如莫言自己所说："从民间的视角出发，从情感方面出发，然后由情感带出政治和经济，由民间来补充官方或者来否定官方，或者用民间的视角来填补官方历史留

---

① 莫言：《我的故乡与我的小说》，杨扬主编：《莫言研究资料》，天津人民出版社 2005 年版，第 31 页。

下的空白……尽最大可能地淡化阶级观念，力争使自己站到一个相对超脱的高度，然后在这样的高度居高临下地对双方进行人性化表述。"① 这是莫言在对生活的现实进行细致的观察之后，选择的比较超脱的人性视角，采取这种相对比较自由自在的边缘化的民间视角凸显的人性刻画的深刻程度，不仅是对希腊神庙中雕刻的"认识你自己"的箴言进行形象的演绎，更重要的是对乡村和都市中的男女都采取同一纬度所看到的共同的人性景观的鲜明体现。这样，农村真相、都市百态、人性状貌就成为他站在民间的立场上走进现实的切入点。

一　农村真相的还原与淡化

尽管莫言采用主观化的调侃口吻对建构高密东北乡的文学共和国野心勃勃："我应该举起'高密东北乡'这面旗帜，把那里的土地、气候、河流、树木、庄稼、花鸟虫鱼、痴男浪女、地痞流氓、刁民泼妇、英雄好汉……统统写进我的小说，创建一个文学的共和国。当然我就是开国的皇帝，这里的一切都由我主宰"。② 油滑的语调带有对乡村的社会现实绝不是镜像式的反映的意味，在文学意义上的高密东北乡发生的事情都不能与现实生活对号入座。从文学与现实生活的反映关系来看，文学来源于生活但又高于生活的升华作用对莫言的 20 世纪80、90 年代的创作同样适用。但莫言二十一年于乡村生活的摸爬滚打使得他对乡村生活的文学反映，采纳的不是下乡知青那种肤浅的体验方式，也不是借鉴文人那种春风得意之后的急流勇退，或者是仕途失意之后的韬光养晦而采取的归耕陇亩般的田园生活方式，而是对乡村的诗意浪漫色彩尽情剥离之后展示出的困苦、贫乏、肮脏、污秽的真实生活景观的原生态还原。在《我的故乡与我的小说》的创作谈中，莫言将他对现实生活中的农村刻骨铭心的心理感受表达得淋漓尽致："十五年前，当我作为一个地地道道的农民在高密东北乡贫瘠的土地上辛勤劳作时，我对那块土地充满了仇恨。它耗干了祖先们的血汗，也正

---

① 莫言：《我的文学经验：历史与语言》，《名作欣赏》2011 年第 10 期。
② 莫言：《说说福克纳这个老头儿》，《当代作家评论》1992 年第 5 期。

在消耗着我的生命。我们面朝黑土背朝天，付出的是那么多，得到的是那么少。我们夏天在酷热中挣扎，冬天在严寒中战栗。一切都看厌了：那些低矮、破旧的茅屋，那些干涸的河流，那些狡黠的村干部……"①所以当他把贫困的乡村生活的创伤性记忆转化为对乡村土地的描摹的时候，就出现了《欢乐》（1987）中的中学生齐文栋偏执的价值判断和情感色调："我不赞美土地，谁赞美土地谁就是我不共戴天的仇敌；我厌恶绿色，谁歌颂绿色谁就是杀人不留血痕的屠棍……"这样的情感与艾青的"为什么我的眼里常含泪水？因为我对这土地爱得深沉"显然不是在一个层次上的。莫言面对着贫瘠荒寒的土地对个体生命吞噬的彻骨的悲凉和恐惧感受，所描绘的令人战栗的乡村现实，显然与主流文化的宣传有比较大的差距。所以他对某些距意识形态的要求比较远的不尽如人意的生活现状也采取了淡化的叙事策略，这就形成了莫言不同于其他乡土作家的独特风貌。

偏僻落后的乡村形成的未受现代文明浸染的宿命意识和迷信观念是现实中的乡土社会比较明显的表征。讲究血缘和地缘关系的宗法社会在安土重迁的恋乡情结的作用下，会在狭小的圈子里形成封闭保守的观念；许多的自然事物和现象在无法得到科学解释的情况下，就为迷信观念的登场提供了舞台空间；荒寒的生活环境和代代苦难的生活所形成的宿命意识，也就成为自我安慰的精神胜利法。这样的生活现状和思想观念在莫言反映乡村现实的小说中得到了充分表现。《球状闪电》②中的茧儿只是一味地按照传统的贤妻良母的标准来要求自己，恪守的勤俭持家以实用为标准的朴素的审美观念与丈夫所要求的开放大方、注重形式的衡量标准恰如南辕北辙，导致自己所有的努力都付诸东流之后，只好用"哭也不顶事，命中没有莫强求，胡思乱想不中用"来自我安慰。《天堂蒜薹之歌》（1988）中的高羊（羔羊的谐音）之所以处于社会的最底层，成为被侮辱被践踏的弱者却还能怡然自得、知足常乐，靠的也是宿命意识："都想好，孬给谁？都想进城享福，

① 莫言：《我的故乡与我的小说》，《当代作家评论》1993 年第 2 期。
② 莫言：《球状闪电》，《收获》1985 年第 5 期。

乡下的地谁来种？天老爷造人的时候使用了几种材料，高级的为官为相，中级的当工人，低级的当农民。像咱这道号的，都是下脚料做的，能活在世上为人，就是大福气。"宗法制文明中的等级观念和官本位思想，对民众的依附心态的无情盘剥所造就的宿命意识，并没有在现代文明的民主、平等观念的冲击下退出历史舞台，相沿成习的自我糟践和自我安慰成为培养和传播宿命意识的温床。所以他看到四叔家的两个儿子都还没有娶上媳妇、日子过得比较恓惶的时候，安慰四叔的话："人比人要死，货比货要扔，咱只能跟叫花子比，虽然穷，还没吃了上顿没下顿，穿得破，还强似光腚。日子不顺心，身体还健康，有点瘸腿拐胳膊，还强似得了麻风病，您说是不是四叔？"就是乡村社会真实的生活状态。从四叔默许的神情来看，缺少宗教信仰的乡村社会在失去神性的一维对苦难的超脱之后，宿命就成了大行其道的救命稻草。所以，在四叔被车压死之后，大儿子也用"命该如此"来解释他爹的车祸，并言之凿凿地认为"阎王要人三更死，谁敢留人到五更？想那阴曹地府里也有它的规矩"。为什么千千万万的路人毫发无伤、只有自己的父亲被车压死的钻牛角尖是典型的弱者的思维方式，在这种情况之下，认命也就是自己最好的解决问题的思路。这种对乡村宿命意识的表现，贯穿于莫言 20 世纪 90 年代的小说创作的始终，从小知识分子和土生土长的农民的共性，展示了处于同一个文化圈中的乡民对宿命认同的广度和深度。乡村中的良医作为读书解字的文化人其实更相信命，无论是古道热肠还是见死不救都以"命"作为行为的出发点，"越是医术高的人，越信命，越能超脱尘俗"就是对乡村中像"大咬人""陈抱缺"等有真本事的医生的恰当评价（《良医》1991）；由生理上的异秉引出命运上的截然不同的差距，也是乡民解释"人生有命，富贵在天"的一个令人信服的证据。秦主任的小手按照"大手捞草，小手抓宝"的民间认知标准，生来就是老天爷早就安排的抓印把子的（《三十年前的一次长跑比赛》，《收获》1998 年第 6 期）；杜大爷对自己没有当八路成为"吃香的，喝辣的，屁股下坐着冒烟的"公社书记一类的官员当然是非常后悔的，但他认为"人的命，天注定"，胡思乱想是没有用处的（《牛》，《东海》1998 年第 6 期）。

难能可贵的是，莫言对这种乡村的愚昧、保守、落后的宿命意识并没有采取启蒙者的"哀其不幸、怒其不争"的高高在上的介入姿态进行揭露和批判，而是采取模仿"说书人"的行为，从而让小说回归到艺术的本源状态和原初理想来最大限度地呈现客观对象的原始风貌："小说家没有自己的故事、自己的声音，讲故事如同在讲已经发生、尽人皆知的事，而声音是世界的声音，它封闭在故事中，等待着一张嘴张开让它流动、激荡。"①

宿命意识和迷信观念作为传统文化中的糟粕性基因不仅在乡村和城镇有广阔的市场，即使是文明程度较高的都市人也在传统的迷信观念的浸润下疑神疑鬼，荒诞无稽的文化基因如遗传密码一样左右着接受现代文明熏染的城市人，开放的地域文化空间与现代的文明价值观念的传播，并不能改变现代人固有的非理性的思维认知。所以，进入21世纪之后，莫言先是在《扫帚星》（2002）中借助对一个不幸的少年变性的身世的娓娓道来，显示出城乡文化共有的迷信观念。之所以将一个自然现象饰以不祥的迷信征兆强加在一个孩子身上，是因为孩子作为一个多余的人不是父母爱情的结晶，况且孩子的降生与母亲的难产死去、父亲的厄运的紧密关联，无形中将一个带有鲜明的贬义色彩的"扫帚星"落在了天真无辜的孩子头上，而每一个生活在同样的文化氛围中的现代人却并没有觉得有什么不合适之处。深受人情冷暖折磨的少年"他"在心理的创伤和现实的无情刺激下产生的心理变态，只好通过变性手术得以抚慰，为了打破迷信的魔咒，故意在变性手术成功后的小报记者采访中突出诨号"扫帚星"的所指含义。后是在《火烧花篮阁》中突出城市中心建造的雕梁画栋的楼阁无一例外地都在建成后三个月内被烧成废墟，曾经六次建成又全部毁于火灾的反常现象只能归因于宿命。更为吊诡的是，自然的景观与社会的人事竟然匪夷所思地联系在了一起，就是历任市长花费大量的人力物力建楼阁的目的竟然是为了烧毁，从而带来意想不到的官运亨通的效果。于是，"在花篮岛上建楼阁，是这个城市的一任又一任市长执着到病态

---

① 李敬泽：《莫言与中国精神》，《小说评论》2003 年第 1 期。

的追求，但他们的努力总是迎来那一把将城市的夜空照亮的大火"。建造—大火—官运的系统循环将带有神秘色彩的宿命论表现得淋漓尽致，在小说的最后，当第七任市长想用耐火材料打破宿命的魔咒的时候，换来的是各行各业的群众对市长设计方案的反感，这神来的一笔显示出宿命意识和迷信观念的市场空间已打破城乡区位的隔阂，现代启蒙的任务仍然任重而道远。

莫言问鼎诺贝尔文学奖的颁奖词对他的创作评价是"将魔幻现实主义与民间故事、历史与当代社会融合在一起"。其实，莫言对乡村生活的还原中所出现的鬼怪和神灵等神幻景观，更多地属于本土性的迷信传说，与魔幻现实主义"变现实为幻想而又不失其真"的艺术原则是有比较大的差距。"加西亚·马尔克斯一再声明，他那种种魔幻式的描写'都是以事实为根据的'，他说拉美的现实就是'魔幻的'"。① 但莫言的小说受到拉美魔幻现实主义和本土的《聊斋志异》《封神演义》《西游记》等小说的双重影响下呈现出的"原乡"色彩更多地带有迷信的质素，这种迷信观念对乡民的生活方式、思想情感、伦理道德、个人品格的影响是有目共睹的，它成为还原乡村的生活样貌不可缺少的组成部分。它最大的特点是在"敬鬼神而远之"和"信则有，不信则无"之间游走，封闭的乡村便把这种带有迷信色彩的个人经历或者是道听途说的传奇故事添油加醋地演绎一番，作为一种游戏和娱乐方式也潜移默化地影响了乡村人的价值观念和评判标准。莫言的"讲故事的人"的身份定位与乡村讲古的信息传播模式如出一辙，这样就以普通乡民的一员钩沉打捞沉睡的乡村民间记忆，真正还原出了乡村的本真面貌。《爆炸》② 通过卫生员姑姑之口讲述了荒凉的乡村经常出现邪魔鬼祟的原因："前十几年，咱这地方人烟稀少，孩子少得像星一样，人只要少，邪魔鬼祟就多。那时候，我常常半夜三更去给人看病，遍野都是闪闪烁烁的鬼火。"倒穿鞋子就能追上破布或烂骨头幻化的鬼火、狐狸发光、狐狸炼丹的迷信故事成为乡村信奉

---

① 远浩一：《关于拉美魔幻现实主义小说》，《当代文坛》1985 年第 12 期。

② 莫言：《爆炸》，《人民文学》1985 年第 12 期。

"万物有灵"的重要依据。特别是狐狸的狡猾和灵性更增添了乡民对它们的敬畏心态,《奇死》① 中的老耿被日本鬼子捅了十八刀而大难不死的原因是"以德报怨的狐狸救了他的命",狐仙的故事通过他诉苦大会上的讲述而广为流传。这种带有迷信色彩的传说在莫言的小说中比比皆是:鳖湾里鱼鳖虾蟹的神奇王国(《罪过》1987);断腿狐狸把鲜美的牛肉饺子变成驴屎蛋子来惩戒打死他的愣头小伙子(《弃婴》1987);探亲回家路上遇到前天已死去的赵三大爷用烟袋嘴抵债的事情(《奇遇》1989);帮我捉螃蟹的亦神亦仙的女人,二十五年后再和我在一个"东南方向的大海岛"相见的预言,无论是时间还是地点都与在新加坡相逢的条件吻合(《夜渔》1991);乡村妇女打架羞辱他人的祖先的方式是赤身裸体跳到供养祖先牌位的桌子上,"双腿开叉坐着,呱唧呱唧拍着肚皮哭、骂",导致的后果是失去祖先的庇护之后霉运连连的悲惨结局(《模式与原型》1992);死去的战友钱英豪讲述运河里的鱼精、鳖精、蟹子精被包黑的十二盘铜锏锏得血流成河,把龙王变成的穿青布衫的蓝胡子老头逼得心服口服(《战友重逢》1992);三姐成为鸟仙后未卜先知、明察秋毫的治病行为完全符合迷信的装神弄鬼的理性判断,但三姐把对她开的药方抱有蔑视态度的人的进行惩罚又显示出她是一个得道的高人,并且不仅三姐如此,"在高密东北乡短暂的历史上,曾有六个因为恋爱受阻、婚姻不睦的女性,顶着狐狸、刺猬、黄鼠狼、麦梢蛇、花面獾、蝙蝠的神位,度过了她们神秘的、让人敬畏的一生"(《丰乳肥臀》1995);七叔遭遇车祸死去之后还能修车、喝酒、聊天,还能像活人一样在村头迎接"我"并告诉"我"有关存折的秘密(《我们的七叔》1999);从绝户胡同里刮来的邪风,让少年皮钱感到脖子后边一阵阵地冒凉气。衰老得连站立都不稳的万张氏,突然在阴森的胡同里变得矫健起来。邪风吸引着被革委会主任皮发红扔在地上的烈属证往前跳动,仿佛两个调皮的跳跳歇歇的小精灵。(《挂像》2004);枉死的黑猫显灵复仇,公鸡半夜三更幻化成美少年与富家女幽会(《一斗阁笔记》2019)。

---

① 莫言:《奇死》,《昆仑》1986 年第 6 期。

由此可见，莫言受民间的花妖狐魅的本土资源的影响至深，成为一种挥之不去的创作情结，潜在地规约着他20世纪80、90年代至21世纪小说创作的题材选择和情节设置。可以说，民间的大多与鬼神相关的迷信，多数成为乡村民众茶余饭后的谈资，并且在谈论的过程中一定要加上事件发生的时间、地点、见证人来言之凿凿地说明自己讲述的故事的真实性。其实，众人也只是抱着"姑妄言之，姑妄听之"的态度，当作一种消遣和娱乐，此类最为常见的乡村生活的真相，也只有莫言这样谙熟地域文化的"土著"居民才能还原到位。特别是他的《草鞋窨子》①成为对乡村生活还原的典型样板，在编草鞋的窨子里，男人们在漫长的夜晚谈论的话题，除了与性有关的，便是云山雾罩、天南海北的精灵故事。小轱辘子讲述的破布、烂棉花、死人骨头之类的东西变成的鬼火，以及"脱下鞋来，鞋跟朝前用脚尖顶着跑"才能逮着鬼火的方法，显然是在各地流传的大同小异的迷信故事，但人们却对这样明显是无稽之谈的故事百听不厌，因为这里面充满了神秘性和传奇性。所以整部小说围绕有关鬼怪和精灵的一个个彼此并无关联的故事，还原出乡村漫无边际的聊天风貌。形状比黄鼠狼略小一点儿的会说人话的"话皮子"，每逢傍晚就在断墙边喊："哎哟地，哎哟天，从西来了张老三；哎哟爹，哎哟娘，一砖打倒一堵墙……"；蜘蛛精作为采花贼，要奸污在伏天夜里乘凉的两个少女，被老婆子识破之后用扫帚替换熟睡的女儿躲过一劫；五叔讲的老光棍门圣武家住着"阴宅"和穿一身红缎子的女鬼调情的事情，并为自己的鬼故事的真实性寻找依据："前几年我们这里邪魔鬼祟多啦，后河堤上有一个大奶子鬼，常常在半夜三更嘿嘿地冷笑"；于大身说的抹过人中指血的笤帚疙瘩，受日精月华四十九天之后就成了精，点起火来烧它就会吱吱啦啦地冒血沫子。这些互不相关的民间传奇和迷信故事，无论是见多识广的小轱辘子和于大身的亲身经历，还是不善言谈的五叔讲述的本村刚死去的熟人，目的都是让听众达到信以为真的目的。当然，"莫言小说中的种种传奇的生活现象，实际上是他对笔下中国社会、

---

① 莫言：《草鞋窨子》，《青年文学》1986年第2期。

历史乃至人性反思和表达的一种特殊方式。在莫言的每一个传奇故事的背后，都包孕着他对现实生活的理解和看法"①。乡村生活的传奇性和迷信色彩，正是莫言抛弃先入为主的启蒙意识后，展示乡村生活本相的叙事策略所要达到的效果，也是在科学和文明的发展走向理性的偏执之后，莫言对越界主宰的现代文明的功利主义的警醒和反思，并切身实践起"伪士当去，迷信可存"（鲁迅语）的反启蒙现代性的乡村主题。

乡村的宿命意识和迷信观念的大行其道与贫穷的物质生活、恶劣的生存环境、艰辛的劳作条件有着密切的关系，看不到任何希望的艰辛劳作导致的辛苦麻木的生存状况是莫言刻骨铭心的心理感受。莫言在《饥饿与孤独是我创作的源泉》中曾回忆道："生活留给我最初的记忆是母亲坐在一棵白花盛开的梨树下，用一根洗衣用的紫红色的棒槌，在一块白色的石头上，捶打野菜的情景。绿色的汁液流到地上，溅到母亲的胸前，空气中弥漫着野菜汁液苦涩的气味。"② 所以，莫言在拥有写作的权利来表述自己被乡村苦难和饥饿缠绕的记忆的时候，乡村的超强度劳动和物质的匮乏就成为他描述乡村灰暗的生活面貌的素材支点。《白狗秋千架》③ 中的暖姑并没有因为是女人，就可以减轻乡村劳动的强度。作为一个曾在故乡摸爬滚打，又在城市中接受现代文明熏陶的知识分子，怀着悲悯的情怀"远远地看着一大捆高粱叶子蹒跚地移过来，心里为之沉重。我很清楚暑天里钻进密不透风的高粱地里打叶子的滋味，汗水遍身胸口发闷是不必说了，最苦的还是叶子上的细毛与你汗淋淋的皮肤接触"。通过逃离与回归的知识分子的视角，更能感受到拉开时空的距离之后的劳动艰辛，这场没有任何诗意可言的劳动场景打破了体验生活的外来者做田园诗人的美梦："她的头与地面平行着，脖子探出很长。是为了减轻肩头的痛苦吧？她用一只手按着搭在肩头的背棍的下头，另一只手从颈后绕过去，把着背棍的上头。阳光照着她的颈子上和头皮上亮晶晶的汗水。高粱叶子葱绿、新鲜。她一步步挪着，终于上了桥。"面对着她背上的跟桥的宽度差

---

① 胡秀丽：《莫言近年中短篇小说透视》，《当代文坛》2002 年第 5 期。
② 莫言：《饥饿与孤独是我创作的源泉》，《创作与评论》2012 年第 11 期。
③ 莫言：《白狗秋千架》，《中国作家》1985 年第 4 期。

不多的草捆、被沉重的叶子捆压得凹进去的肩膀、短促的喘息声和扑鼻的汗酸，我的对故乡的蓝天、白云、小河、村庄的思念之情，与"高粱地里像他妈×的蒸笼一样，快把人蒸熟了"的残酷现实相比是多么的苍白无力。这也充分地显示出"莫言小说与鲁迅和沈从文小说的不同，就在他完全是'本地人'身份，他对农活的细切手感和身体感觉，以及农活知识是非常内行的，一看小说就知道这是一个地地道道的本地人"①。这种对农活的精致刻画、劳动场面和劳动艰辛的原生态还原也体现在他的《爆炸》② 中："妻子高抬着铡刀等待着，父亲弯着腰，把一个麦捆塞到铡刀下，妻子一弯腰，铡刀'嚓'一声，麦捆一分为二。母亲努力蹒跚着，用那杆桑木老杈把麦穗挑起来，挑到场上散开。我的女儿在麦场上打滚，她吃麦粒吃到嘴里一根麦芒子，麦芒子噌噌地往嗓子里爬，她脸憋紫了，一边哭一边咳，妻子吓出一脸冷汗……"这种农村见怪不怪的麦收场面绝没有《过故人庄》中所描绘的"开轩面场圃，把酒话桑麻"的浪漫诗意，简单机械、单调乏味的劳作生活时时都有可能发生意外和危险，女儿没有卫生意识和经验常识，吃麦粒被麦芒子卡住的细节描绘确实触目惊心，为了生存没有时间和精力照顾孩子的现状，也是农村中最突出的现象和问题。莫言就是这样无情地撕碎了笼罩在乡村田园风光的温柔面纱，显示出不避丑陋和肮脏的本真面目。

当然，农村的贫穷和落后除了与生产力水平的低下导致的生产效率不高有关，还与城乡不平等的剪刀差和政策中的农民负担过重有密切的关系。正如《欢乐》（1987）中的大哥对鲁连山的三儿子所发的牢骚："庄户孙，庄户孙，不知是哪个皇帝爷封的……你们想想，哪还有庄户的人好？种一亩地要交五十元提留……修路要庄户人出钱，省里盖体育馆要庄户人出钱，县里盖火车站要庄户人出钱，乡里办学校要庄户人出钱，村里干部喝酒也要庄户人出钱……羊毛出在羊身上，庄户孙！"这是20世纪80年代农村搞联产承包责任制分田到户之后，庄户

---

① 程光炜：《小说的读法——莫言的〈白狗秋千架〉》，《文艺争鸣》2012 年第 8 期。
② 莫言：《爆炸》，《人民文学》1985 年第 12 期。

人的不堪承受的公粮国税的真实反映。税负让农民的微薄收入用在改善生活的消费方面的少之又少，"农村真穷，农民真苦"的生活真相，在莫言的小说中得到了淋漓尽致的表现。在穿戴方面，"新三年，旧三年，缝缝补补又三年"的消费规则就是20世纪70、80年代的偏僻乡村最生动的写照。《透明的红萝卜》（1985）中的黑孩在深秋还"赤着脚，光着脊梁，穿一条又肥又长的白底带绿条条的大裤头子"；《白狗秋千架》（1985）中的少妇暖把那件泛着白碱花的男式蓝制服褂子脱下来之后，上身就"只穿了一件肥大的圆领汗衫，衫上已烂出密麻麻的小洞"；《天堂蒜薹之歌》（1988）中的四婶平时就穿着一件"用蚊帐布缝成的半袖小褂，长久不换洗，白色蚊帐布早失去了本色"。无论男女老少，穿戴的破旧与肮脏就是当时乡村生活真相的逼真反映。在饮食方面同样没有任何讲究，《透明的红萝卜》（1985）中的队长"一手里抹着一块高粱面饼子，一手里捏着一棵剥皮的大葱"就是一顿饭，《牛》① 中围绕阉割牛的风波引出的有关吃的悲喜剧，就将"文革"时期的乡村生活状况暴露无遗。《嗅味族》② 中反映的"文革"时期的一家人每天的饭食是黑乎乎的野菜汤和用来下饭的发了霉的咸萝卜条子，这是在以阶级斗争为纲的时代最常见的乡村生活的风景，所以"我"吃了肉食打了一个饱嗝发出的美好气味，竟然引起了我的兄弟姐妹们都把鼻子翘起来的生理反应，嗅觉的特别灵敏暗喻当时饥饿的无情现实引发的生理的补偿机制，其中的辛酸尽在不言之中。《大嘴》③ 中先天失明的小妹妹哼唧着"我要吃红糖……"却被母亲训斥的冷酷现实，就是对物资极端匮乏的"文革"时代的真实反映。总之，20世纪70、80年代的乡村贫穷落后的生活现状，在莫言的笔下得到了逼真的刻画和描摹。

从哲学意义上讲，由于理解的历史性所导致的主体对观察对象的盲视和洞见在现实生活中的不可避免，所以熟悉乡村生活、尽量还原真相的莫言也不可能穷尽对象的各个方面而不带有主观的色彩。其实，选择什么、不选择什么作为自己的观照和描述对象就已经带有个体的

① 莫言：《牛》，《东海》1998年第6期。
② 莫言：《嗅味族》，《山花》2000年第10期。
③ 莫言：《大嘴》，《收获》2004年第3期。

价值判断，这是莫言在创作中不以自己的主观好恶和独立意志为转移的客观规律。但对莫言的乡土小说组成的大文本作整体上的考量和评价的话，他的小说采用的某些叙事策略和艺术技巧又有意识地造成了对乡村生活真相的遮蔽。这首先体现在哲理化意蕴的追求对乡村生活的模糊化处理上，莫言认为"没有象征和寓意的小说是清汤寡水。空灵美、朦胧美都难离象征而存在"①。在他的前期小说中，因他刻意地追求"球状闪电""金发婴儿""红萝卜"等意象所具有的象征、暗示、隐喻等艺术色彩，就不可避免地要在对乡村生活进行模糊化处理的过程中遮蔽掉某些具有明示意义的真相。特别是由一个美丽的梦境引发的《透明的红萝卜》（1985）的创作，在题材的选择和处理上涉及的"文革"时期意识形态比较敏感的话题所采取的淡化处理方式，是以对乡村生活真相的变形和扭曲为代价的。借助黑孩的行为特征来表现"颠倒的世界混沌迷茫，不灭的人性畸曲生长"的主题的时候，"透明的红萝卜"作为他生活希望和精神追求的象征，淡化了他在严酷的生活环境中所遭遇的苦难，刻意追求生活的明亮色调，并没有在特定地域文化的多色调中达到辩证统一的效果。"文革"时期的苦难遭遇对乡村的生活方式和价值观念的影响，给人的感觉是点点星光之下的暗哑与苍凉，欢乐和幸福的感受只是点缀在无边的痛苦深渊中的若有若无的陪衬。《球状闪电》（1985）中出现的发展现代养殖方式所带来的独立、自由的价值观念与传统的依赖、保守的价值观念的冲突，也不是"球状闪电"所能解决的。农民企业家蝈蝈对爱情的大胆追求、对结发妻子的冷淡、对父母教导的忤逆等改革开放后出现的一系列的问题，作者并没有如实地、逼真地予以刻画。特别是对于两代人的文明和文化、思想意识和价值观念的代沟问题，仅仅通过蝈蝈的娘说的"你娶了老婆忘了娘，老天爷不会饶过你……天老爷圣明着呢，你要是敢和爹娘分家，就让滚地雷劈了你个狗杂种"。结果就真的一语成谶，落下球状闪电劈了儿子，这于情于理都难以服众。《四十一炮》（2003）中炮孩子罗小通的真假互现、云山雾罩的喋喋不休的诉

---

① 莫言：《天马行空》，《解放军文艺》1985 年第 2 期。

说，对屠宰村的翻天覆地的变化也造成了一定的遮蔽，坚守的"诉说就是一切"的人生格言，无疑把过量的词汇夸饰到真实的乡村身上。《天下太平》（2017）中的小奥被乌龟咬着手指引起的纠纷、袁武搞养猪场带来的环境污染、两个打渔人在金钱的刺激下的贪婪表现、留守儿童的生活、教育和心理问题，所有的不和谐的音符被在最后放生的乌龟壳中出现的"天下太平"四个字和谐掉了，21世纪乡村的空心化、颓败化、城镇化带来的一系列的问题都没有在小说中得到如实的表现。

其次，天马行空的创造力和想象力的极端发展，打破了反映生活真相的主客观之间的平衡，视界融合的缺失导致生活真相的夸张变形和匪夷所思。莫言太相信不受任何文学陈规和创作规律压制束缚的想象力的自由飞翔，就是创作的最佳状态的误导，认为只要"痛恨所有的神灵"就能独辟蹊径到达顶峰。如他所说："我看，艺术方法无所谓中外新旧，写自己的就是了，想怎么写就怎么写，只要顺心顺手就好……我主张创作者要多一点天马行空的狂气与雄风，少一点顾虑和犹疑。无论在创作思想上还是艺术风格上，不妨有点随意性，有点邪劲。"①《爆炸》（1985）中感觉化的爆炸导致的生理感觉和心理感觉、外感觉和内感觉的变化太过随意，味觉、嗅觉、听觉、视觉、触觉的辩证统一，在走向太随意的对立分裂之后，大大超出了还原乡村生活真相的企图和人们可以理解接受的感觉阈限。特别是父子之间围绕流产问题激发的父亲揍儿子一巴掌的刻骨铭心的感觉："父亲的手缓慢地举起来，在肩膀上方停留了三秒钟，然后用力一挥，响亮地打在我的左腮上。父亲的手上满是棱角，沾满了成熟小麦的焦香和麦秸的苦涩。六十年劳动赋予父亲的手以沉重的力量和崇高的尊严，它落到我脸上，发出重浊的声音，犹如气球爆炸……我感到一股猝发的狂欢般的痛苦感情在胸中郁积，好像是我用力叫了一声。"一巴掌能打出如此上天入地、感觉复杂、包罗万象的爆炸效果，显然是具有太多的随意性。在猝不及防的疼痛的负面情绪占据主导地位的情况之下，主人公竟然能克制住内心的冲动，比较悠闲地观察周围的山川风物，

---

① 莫言等：《几位青年军人的文学思考》，《文学评论》1986年第2期。

这不符合事情发展变化的逻辑和常识。况且父亲在"不孝有三,无后为大"的传统观念影响下,情急之中对儿子的暴力发泄本来是乡村生活中最常见的风景。但在这里,简单的生活真相被"圆球""大彗星""平川""河流""大气""太阳""地平线""电"等科学术语所稀释和遮蔽。即使是辩证的"狂欢般的痛苦感情"的逼真描绘,也难以在文意的承续中得到读者阅读期待视野的接纳和认可。这样的例子在他早期的极端化书写中比比皆是,如备受诟病的《红蝗》(1987)中对乡村民众喜欢在田野间拉屎的行为方式和粪便的铺张夸饰的描绘就大大超出了人们的心理承受能力。四老爷再喜欢拉屎、再喜欢拉屎的时候思考问题,也无法从三段论的逻辑推理中得出"他拉出的是一些高尚的思想"的结论;高密东北乡的大便如何成形、网络丰富也不可能"像贴着商标的香蕉一样美丽"。这些匪夷所思的天才结论和"美丽"的比喻不仅是对艺术审美的极端反叛,也是对现实生活中美好的事物的极端亵渎。这是对想象力太过信任的莫言在早期的乡土小说的创作中留下的缺憾,直到21世纪之后他才有所反思:"我过去总是以想象力为荣,认为只要有了想象力,什么都可以写。现在明白,想象力必须有所依附,如果没有素材,想象力是无法实施的。"①

二 都市现实的凸显与遮蔽

莫言进城之后,在城市和乡村之间的"离去——归来"的生活方式,使他难以按照先入为主的乡村价值观念和处事原则融入都市的现实生活,拔地而起的高楼大厦、宽阔的柏油马路、车水马龙的拥挤与喧嚣、闪烁的霓虹灯让莫言无所适从。小说《幽默与趣味》② 中的大学中文系教师王三过斑马线买拖把的经历,就来源于他对都市生活的刻骨铭心的感受,红绿灯的信号提示对习惯了乡村自由散漫的生活方式的人也是一种束缚和挑战。外乡人的身份和卑微的地位,也让他感受到都市中人际关系的复杂与微妙,乡村独特的地域文化和现代都市

---

① 莫言:《文学与世界》,《东吴学术》2012 年第 1 期。
② 莫言:《幽默与趣味》,《小说家》1991 年第 4 期。

开放的文化观念之间的矛盾冲突成为莫言难以排解的困惑和问题。乡村的固执、诚实和质朴与都市的圆滑、城府、虚与委蛇之间的比照也是一目了然的。因此，进城初期对都市文化价值观念的排斥，越发让莫言把故乡作为逃避现实、安慰自己苦闷心灵的港湾："故乡对我来说是一个久远的梦境，是一种伤感的情绪，是一种精神的寄托，也是一个逃避现实生活的巢穴。"① 即使是经过了两种文化碰撞和交融的磨合期，莫言的这种根深蒂固的乡土情结也难以改变。在中篇小说《奇死》② 中描述的孙子"我"经历十年的都市生活，被改造得面目全非、失去自我的自画像的自嘲表征，也有他自身的影子："我逃离家乡十年，带着机智的上流社会传染给我虚情假意，带着被肮脏的都市生活臭水浸泡得每个毛孔都散发着扑鼻恶臭的肉体，又一次站在二奶奶的坟头前。"在向自己的祖先致敬的同时，也希望从家乡的无边无际的纯种红高粱的高拔茎秆和血红颜色上获得精神的图腾，把从都市中沾染了"聪明伶俐的家兔气"的眼睛、处于失语状态的"的确在发出不是属于我的声音"的嘴巴、迷失自我的"盖满了名人的印章"的身体解救出来，由"像饿了三年的白虱子"的干瘪状态还原为血气方刚、精力充沛、充满生机活力的鲜活样子。所以，当莫言按照传统的价值观念和审美标准来反映都市现实生活的时候，既充分地凸显出灯红酒绿、声色犬马的都市现代生活的喧嚣芜杂的状态中沉潜的色情和饕餮的底子，乡村的勤俭节约更能反衬出都市铺张浪费的事实真相；又以比较偏执的乡村文化价值观念遮蔽了都市现实生活的文明形态和现代意识，呈现出斑驳陆离的多色调的景观。

莫言进入现代化都市之后，感受最深的还是欲望化的都市景观激发的人们的性意识的觉醒与泛滥。从人性本身与生俱来的欲望来看，"人类所有的一切欲望之内，生存欲和食欲之外，性欲最为强烈，要繁殖种族的欲望是'生存意志'最强烈的表现"③。满足性欲的要求是

---

① 莫言：《我的故乡与我的小说》，《当代作家评论》1993 年第 2 期。
② 莫言：《奇死》，《昆仑》1986 年第 6 期。
③ ［德］倍倍尔：《妇女与社会主义》，葛斯、朱霞译，生活·读书·新知三联书店1995年版，第96—97 页。

健康和谐的社会所必须具有的基本条件，但都市灯红酒绿的暧昧色调和各种广告的性暗示，无一不在挑逗人的本能欲望，再加上他人的比较开放的性观念对自我的影响，这就成为莫言抒写城市化的现实生活的一个简洁方便的切入点。《红蝗》① 中给学生讲授马克思主义伦理学的银发飘动的老教授，用自己表里不一的行为方式，非常形象地诠释了什么是"满口的仁义道德，满肚子的男盗女娼"的"叫兽"。在课堂上衣冠灿烂的教授面对学生宣称"挚爱他的与他患难与共的妻子，把漂亮的女人看得跟行尸走肉差不多"，可是背后又与一个可以做他女儿的清纯美丽的大姑娘搞不伦之恋。每到黄昏时候，"小树林的长条凳上坐满了人，晦暗的时分十分暧昧，树下响着一片接吻的声音"，在这样暧昧的环境氛围中，"我"惊讶地发现自己身上所具有的堕落因素，"苦读十年孔丘著作锻炼成的'金钟罩'"，被一个神秘的女人用她柔软的手掌温柔地打了两巴掌就彻底粉碎，兽性的勃发和人性的退隐使"我"非常想堕落和犯罪。不只是"我"，生活在都市中的男女都沉浸在情天欲海的氛围中不能自拔。"我的戴金丝眼镜的同学说，这座城市里只有两个女人没有情夫，一个是石女，另一个是石女的影子。"对这种淫乱的情欲的形而下的观察自然会有偏执的成分，但他确实揭示了都市生活中难以忽略的一道暧昧的风景。

随着都市化进程的加快和市场经济的发展不完善带来的权色交易在20世纪90年代的社会生活中形成的灰色链条，"卖淫""包二奶""鸭子""三陪小姐"等各种色情行业也点缀在都市生活的各个角落。莫言作为一个深受儒家传统文化影响的作家，奉行的是"铁肩担道义，妙手著文章"的介入社会生活的功利文学观念。对消费化和欲望化的都市生活的揭露和批判，在20世纪90年代的文学创作中进一步加深。相比较而言，如果说20世纪80年代的《红蝗》中的欲望化叙述，只是表现小说主题的一个片段的话，那么在20世纪90年代的同类题材的创作中已作为一个主题线索贯穿始终。《酒国》（1993）中的省高级侦查员丁钩儿在来酒国的路上，与女司机"盐碱地""上等的肥田粉"之类的性挑逗

---

① 莫言：《红蝗》，《收获》1987年第3期。

的语言就拉开了酒国市的民众难以压抑的性欲望的序幕。这里有酒博士李一斗对岳母的乱伦之恋，有美人计下花样翻新的性爱描绘，更有凭借手中的权力和财富扬言要奸遍酒国所有美女的侏儒余一尺。事实上，从组织部长的妻子是他的第九号情妇、电视主持人是他的胯下之物的成功征服来看，侏儒的荒唐之言在酒池肉林的欲望宣泄中完全有可能实现。

《丰乳肥臀》（1995）中的大栏乡发展为大栏市的过程中出现的欲望化景观是中国乡村城镇化转型的一个缩影，在"文化搭台、经济唱戏"的把戏中树立起的是"饱暖思淫欲"的欲望化的旗帜。最典型的表征是"独角兽乳罩大世界"正式开业那天氢气球上挂着两条红布大标语："抓住乳房就等于抓住女人"和"抓住女人就等于抓住世界"，乳房作为女性的副性征通过小巧玲珑的乳罩的凸显，满足的是男人的窥阴癖。由司马粮导演的活模特节目也是20世纪90年代的都市商业中色情文化宣传促销的一个典范："他重金聘请了正在'伊甸园歌舞厅'跳舞的七个俄罗斯舞女，来当我们的活模特……七个舞女，穿着七套精美的乳罩和裤衩，颜色分成赤、橙、黄、绿、青、蓝、紫。裤衩小得不能再小，而且是网状的。乳罩造型优美，做工考究，是专门去法国定做的。由于是表演性的，乳罩的尺寸较小。"女性作为"他者"消费和窥视的对象，就由有血有肉的活生生的个体异化为金钱的奴隶，或者是男性发泄性欲的对象工具。不仅这七个风骚妖娆的俄罗斯舞女都是司马粮的玩物，在日常生活中他依靠金钱玩弄的女性早已不计其数。20世纪90年代流传的"女人变坏就有钱，男人有钱就变坏"的格言，将男人和女人、金钱和欲望的辩证关系暴露无遗。一旦都市化的潘多拉魔盒打开，首当其冲的色欲化将一个个清纯的玉女转化为不知羞耻、没有道德底线的欲女是都市现实中最常见的风景："说话间有两个身材修长的姑娘轻车熟路地进入他的卧室……几分钟后，那两个女青年就毫无顾忌地喊叫起来。"这种不分昼夜、不顾场合、不避他人的肆无忌惮的性爱行为不是女性的主体人格和独立意识的觉醒，而是人性的堕落和退化的典型表征。正如鲍德里亚对在资本主义社会，现代生活的欲望化的极端发展所总结的那样："性欲是消费社会的'头等大事'，它从多个方面不可思议地决定着大众传播的整个意义领域。一切给人看和给人听的东西，都公然地被谱上了性的颤音。一切给人消费的东西都染上了性暴露癖。"① 都市生活中感官化、娱乐化、消费化的极端发展就带有"娱乐至死"的色情化的音调，更富有讽刺意味的是，都市作为文明的发祥地和文化思潮的领先者，竟然发展到"衡量一个城市的文化水准，只要看看这个城市的妓女就行"的荒唐程度。在《红树林》（1999）中对都市中的"鸡"和"鸭子"的详细介绍就是对20世纪80、90年代灰色产业链的从业者的描形画像："鸡都是比较年轻的，而且都是浓妆艳抹的，另外她们的穿着也有行业特点。譬如说：皮短裙、毛边牛仔超短裤，等等。当然，现在也有一批打扮得清纯无比的纯洁少女型小鸡——这样的文化鸡多数在超大城市工作，进出的都是五星级饭店和高雅艺术殿堂。她们谈吐不俗，情调高雅，跟她们在一起是要长学问的。""鸭子都是年轻健美的小伙子，他们的头发上都用了很多保湿摩丝，而且额前总有一撮毛支棱着，就像小公鸡似的。另外他们都喜欢穿单件头西装上衣，一般的是浅色西装上衣深色老板裤子，也有穿名牌休闲运动服的。""鸡"用高雅的谈吐、万方的仪态、文化的品位包装自己低俗的欲望来赢得嫖客的欢心，"鸭子"凭自己男性的风度和气质换取寂寞空虚的富婆的青睐与包养。没有钱、享受不起高档的富有情调的中下层民众也可以降而求其次，到类似丁师傅的休闲小屋里解决问题，《师傅越来越幽默》（1999）中的老丁在下岗之后建立了一个休闲小屋，里面放上了"男女欢爱所需要的一切东西，还放上了啤酒、饮料、鱼片、话梅等小食品"供情侣消费赚取生活费，这就是都市生活中不被人觉察的另类现实。《四十一炮》（2003）中的男女即是剥去了都市文化和文明的光环，显示出了赤裸裸的原始欲望。成功的企业家兰老大凭借自己的财富、权势和超强的性能力，像一匹不知疲倦的公马一样和不同的女人发生性关系，女人，无论是光环耀眼的歌星还是花枝招展的美女都在金钱的诱惑下异化为只有感官功能的动物。兰老大的辉煌业

---

① ［法］让·波德里亚：《消费社会》，刘成富、全志钢译，南京大学出版社2001年版，第159页。

绩是凭借其硕大的生殖器，与四十一个金发碧眼的洋妞在众目睽睽之下发生性关系，以令人眼花缭乱、叹为观止的动作取得巨大的成功。

莫言童年时期饥饿的生命体验，使他对都市饮食方面的铺张浪费有着异于常人的敏锐感悟，都市中复杂的人情世事和交际关系都是在酒场和筵席中体现出来的。以礼仪文明著称的国度，在传统的烦琐礼节和现代的花样百出的胡吃海喝中已经走向了追求浮华和奢侈的浪费之路，这对都市生活中的莫言的心灵有很大的触动。莫言深有感触地回忆道："饥饿的岁月使我体验和洞察了人性的复杂和单纯，使我认识到了人性的最低标准，使我看透了人的本质的某些方面，许多年后，当我拿起笔来写作的时候，这些体验，就成了我的宝贵资源，我的小说里之所以有那么多严酷的现实描写和对人性的黑暗毫不留情的剖析，是与过去的生活经验密不可分的。"① 所以，在现实生活中看到的一篇刊登在某家报刊的《我曾是个陪酒员》的文章触发了他写《酒国》（1993）的灵感，《酒国》中的酒池肉林的逼真描绘和吃红烧婴儿的荒诞不经的情节安排，显然具有浓郁的寓言色彩，在这方面，莫言对权势者打着冠冕堂皇的招牌搜刮民脂民膏来满足自己口腹之欲的卑劣行为的批判，延续的是鲁迅先生有关中国文明吃人的启蒙主题。鲁迅说："所谓中国文明者，其实不过是安排给阔人享用的人肉的筵宴。所谓中国者，其实不过是安排这人肉的筵宴的厨房。""大小无数的人肉的筵宴，即从有文明以来一直排到现在，人们就在这会场中吃人，被吃，以凶人的愚妄的欢呼，将悲惨的弱者遮掩，更不消说女人和小儿。"② 不管酒国中的官员是否吃的就是贫穷的乡村供应的婴儿，单就从压轴大菜"麒麟送子"的色泽、香味、装饰、工序等方面来说，就远远超过满足"食不厌精、脍不厌细"的口腹之欲的目的："盘里端坐着一个金黄色的遍体流油、异香扑鼻的男孩。那男孩盘腿坐在镀金的大盘里，周身金黄，流着香喷喷的油，脸上挂着傻乎乎的笑容，憨态可掬。他的身体周围装饰着碧绿的菜叶和鲜红的萝卜花。""这是男孩的胳

---

① 莫言：《饥饿与孤独是我创作的源泉》，《创作与评论》2012 年第 11 期。
② 鲁迅：《灯下漫笔》，《鲁迅全集》（第一卷），人民文学出版社 1981 年版，第 216—217 页。

脯，是用月亮湖里的肥藕做原料，加上十六种佐料，用特殊工艺精制而成。这是男孩的腿，实际上是一种特殊的火腿肠。男孩的身躯，是在一只烤乳猪的基础上特别加工而成。"就是按照酒国市宣传部部长金刚钻的简单介绍，也可以看出这道菜的原料的稀奇珍贵和工艺的精细复杂。矿长和书记招待从省里来的高级侦查员丁钩儿的普通的宴席是"中华牌香烟，极品云烟，美国产万宝路，英国产555，菲律宾大雪茄，特制彩盒大红头火柴，镀金气体打火机，孔雀开屏形状假水晶烟灰缸。第二层已摆上八个凉盘：一个粉丝蛋丝拌海米，一个麻辣牛肉片，一个咖喱菜花，一个黄瓜条，一个鸭掌冻，一个白糖拌藕，一个芹心，一个油炸蝎子"，还有在宴会进行中车轮一般端上来的一道道热气腾腾、色彩鲜艳的大菜："擀面杖那般粗的大对虾""浮在绿色芹叶汤里的青盖大鳖""遍体金黄、眯缝着眼睛的黄焖鸡""周身油响、嘴巴翕动的红鲤鱼""垒成一座玲珑宝塔形状的清蒸鲜贝"等美味佳肴就是公款招待中最常见的一幕。而事情的解决、人情关系的亲近、圆满的收尾依靠的则恰是酒场上不分彼此的热烈气氛。因此，五花八门的劝酒理由把"酒场如战场"的戏言落实到都市生活的各个方面。为了让执行公务的丁钩儿放松警惕、开怀畅饮，他们动用了各种难以推辞的冠冕堂皇的理由："酒是国家的重要税源，喝酒实际上就是为国家做贡献"的政治辞令，"先喝为敬"的榜样力量，"好事成双入座三杯"的入乡随俗，"全矿干部和工人敬您三杯，您若不喝就是瞧不起俺工人阶级瞧不起俺挖煤的煤黑子"的无限上纲上线，"八十四岁老母亲的名义"体现的"老吾老以及人之老"的孝道观念都成了张口就来的劝酒理由。莫言由此而认为："中国的酒场，已经成为罪恶的渊薮；而大多数中国人的饮酒，也变成一种公然的堕落。尤其是那些耗费着民脂民膏的官宴，更是洋溢着王朝末日奢靡之气。"①

　　都市中以万物的主宰自居的现代人对食物的范围无限制的扩张引发的生态危机，也引起了莫言的深深思索，对生命的漠视和口腹之欲的片面追求的揭露成为莫言20世纪90年代反映都市生活的一个切入

---

① 莫言：《我与酒》，《会唱歌的墙》，作家出版社2005年版，第292—293页。

点。在《酒国》的全驴宴中，用公驴和母驴的生殖器制作的"龙凤呈祥"绝不是化丑为美的一道菜，而是纯粹满足人们无聊的猎奇心理的变态创意。《丰乳肥臀》（1995）中大栏市的五一宾馆推出的名菜"癞蛤蟆吃到天鹅肉"，"菜的主要配料是：新鲜的去皮癞蛤蟆七只，扒去内脏的天鹅一只。将七只癞蛤蟆塞到天鹅肚子里，文火烘烤。"则公然违背对珍稀动物天鹅的动物资源保护法。耿莲莲为贷款请各位首长的"百鸟宴"："要吃大的有鸵鸟。要吃小的有蜂鸟。绿头鸭，蓝马鸡。丹顶鹤，长尾雉。旗翼夜鹰座山雕。大鸨，朱鹮，蜡嘴雀。鸳鸯，鹈鹕，相思鸟。黄鹏，画眉，啄木鸟。天鹅，鸬鹚，火烈鸟……"让人大开眼界，也将社会生活中出现的"天上飞的、水里游的、地上爬的"都是人们的口中之物的谚语落到了实处。更让人难以想到的是《红树林》（1999）中"蟋蟀王子"卢面团宴请三虎吃的裸体宴，"清蒸贵妃奶头""椰奶鱼翅汤""乳猪""龙虾船""老虎菜"都是在一个赤身裸体的少女身上完成的，将美食与色情的元素组合起来的创意想法，是陆文夫的《美食家》中吃遍山珍海味的资本家朱自冶无法想到的。现代的高科技将见不得人的违法勾当，用天衣无缝的豪华暗室隐藏起来，在创意和隐藏中凸显的人性的沦丧和缺失，不经意间透过食物的窗口折射得淋漓尽致。这样，莫言用他的如椽大笔也将都市中阴暗的一角充分地揭示了出来。

进入 21 世纪之后，都市人的生活观念、思维方式、饮食习惯也会随着时代的发展呈现出开放性和多元化的景观。作为对现实生活的反映的文学和做时代的书记官的莫言来说，与时俱进、开拓进取的精神也是表现的主题内容和艺术探索的基本诉求。《四十一炮》（2003）中借助高科技手段升腾到距地五百米的高空爆炸的重型礼花，变幻出一个红色的大"肉"字对人的食欲的挑逗，就是广告媒介引领民众的消费需求和物质欲望的成功案例。都市的声色犬马、狂轰滥炸的消费信息，无处不在地刺激着民众敏感的神经，奇思妙想、花样繁多的吃食呈现出鲜明的消费化、欲望化的都市特征。从烧烤技术的时代变迁也可窥见饮食文化的发展呈现出几何级数的递进态势，从传统的只有用木炭烤羊肉串儿的单一品种到现在的"韩国烧烤，日本烧烤，巴西烧烤，泰国烧烤，蒙古烤肉。有铁板鹌鹑，火石羊尾，木炭羊肉，卵石炮肝，松枝烤鸡，桃木烤鸭、梨木烤鹅……"将烧烤的技术和品种的"只有你想不到的，没有我做不到的"广告语落到实处。加入世贸组织后，物资的进出口业务的便捷也为食品资源的丰盛提供了最有利的条件。《蛙》（2009）中描写的市场上不仅有五彩缤纷、果体奇形怪状的进口水果，还有来自五湖四海的山珍海味："那一条条犹如猪崽般的、银光闪闪的鲑鱼，是从俄罗斯进口的。那展开螯足犹如巨大蜘蛛的毛蟹，是从日本北海道进口的。还有南美的龙虾，澳洲的鲍鱼"，也只有采取这种赋体形式的铺排渲染，才能将现实生活中琳琅满目的商品如实地呈现出来。

　　无可避讳的是莫言的乡村之子的身份，也会遮蔽他对都市生活客观冷静的审视和思考，用传统文化中比较保守和偏执的价值观念来对变动不居的都市开放的包罗万象的生活作选择和判断，进入视界的事物和现象也就打上了浓郁的主观化的色彩。特别是莫言"身在都市、心在乡村"的二元对立式的情感体验，更在阻碍他真正融入都市生活中去，在《红蝗》中"我"的感觉是："蝗虫一样的人和汽车充塞满了城市的每个角落，'太平洋冷饮店'后边的水泥管道里每天夜里都填塞着奇形怪状的动物。我预感到，总有一天我会被挤进这条幽暗的水泥管道里去。"对自我的定位和评价是："我清楚地知道我不过是一根在社会的直肠里蠕动的大便。"这样，莫言就不可能像张爱玲、王安忆等都市作家一样，真正以主人公的身份进入都市的芯子里，细细地咀嚼和打量飞扬繁华的日常生活中的悲欢离合，从喧嚣和宁静、浮躁和沉潜、热闹和冷清、低俗和高雅等的辩证关系中观察到一个都市的色彩斑斓的全貌。这样，他的小说对都市生活的变形和扭曲的描绘，就是他"无市"的悬浮状态的典型症候。比如在都市的黄昏，一对对情侣坐在公园的长椅上激情接吻，享受爱情的甜蜜生活的温馨一幕，反映在《红蝗》中却是如此粗俗不堪："晦暗的时分十分暧昧，树下响着一片接吻的声音，极像一群鸭，在污水中寻找螺蛳和蚯蚓。""月上柳梢头，人约黄昏后"的美好意境，是无法在想"捡起一块碎砖头"破坏情侣的约会的叙述者"我"身上感受到的，"我"能感受到的是声色犬马、灯红酒绿的都市生活中男女之间彼此的随意暧昧和逢场作戏。因此，在莫言涉及都市题材的《红蝗》《十三步》《幽默与趣味》《丰乳肥臀》《红树林》《师傅越来越幽默》《四十一炮》《与大师约会》《蛙》等小说中，很难发现像梁山伯与祝英台、罗密欧与朱丽叶、贾宝玉与林黛玉那样生死相依、刻骨铭心的真爱描写，即使偶尔有沙枣花对"南韩巨商"司马库（《丰乳肥臀》）、大虎对珍珠姑娘（《红树林》）、兰老大对沈瑶瑶（《四十一炮》）的真情流露，也很快就淹没在对都市欲望的浓墨重彩的铺陈和渲染上。这种对都市生活的偏见，遮蔽了现代人在快节奏的工作中也渴望相濡以沫的情感安慰的一面。

当然，在莫言的小说中，有些对都市生活的遮蔽是作者或叙事人有意识地刻意追求的结果，特别是深谙文艺与生活关系的莫言，在"讲述"故事的过程中更喜欢在"怎么讲"上追求含不尽之意见于言外的寓言色彩。《幽默与趣味》（1991）中的大学中文系教师王三在众人的围攻堵截下变成猴子的描写，显然不是对都市生活的逼真描绘，但他在都市烦琐的交通规则、警察的颐指气使的训斥、横冲直撞的轿车的刺激、居委会的老大妈们的追赶、妻子的管教和约束等各种因素的综合作用形成的巨大压力下，由人退化为一只猴子的行为表现更具有深远的寓言意义。他在外在的变形中揭示出的内在本质的艺术效果，与卡夫卡《变形记》中的格里高利有异曲同工之处，荒诞的表象下其实更凸显出内在的本质的真实。这种颇值得咀嚼和寻味的寓言风格也体现在小说《酒国》中，莫言在与日本作家大江健三郎的高端对话中写道："《酒国》看上去写的是与酿酒、饮酒有关的故事，但其实我写的是一个巨大的寓言。小说中有许多看起来荒诞不经的情节和许多戏谑的语言，但我真正要表达的还是那样一种对人世悲悯的精神。"① 小说对酒国市的食婴事件的描绘，也不是中国 20 世纪 90 年代的都市生活中会有的现象，但作者按照艺术来源于生活又高于生活的原则展开的天马行空的想象和描绘，又是对都市中无所不吃的贪欲心理的恰切

---

① ［日］大江健三郎、莫言、庄焰：《二十一世纪的对话——大江健三郎 VS 莫言》，《世界文学》2004 年第 3 期。

展露。所以，莫言的这种"失事求似"的寓言风格有着更高层次上的对都市生活的表现。

三 政治方针对现实的介入

政治对社会生活的影响是任何一个有良知的作家都无法回避的现实问题，无论是宏观的大政方针对社会的经济和文化的立竿见影的制约或引导，还是微观政治潜移默化对日常生活中的人们进行的柔性浸染，都会对具体的现实生活的表现特征和存在状况发生或深或浅的影响。对一个作家来说，反映中国改革开放的方针政策下，20世纪80、90年代至21世纪社会生活发生的翻天覆地的变化的小说，主观意图和客观效果都是对现实的介入。莫言在回顾过去中国的文学和苏联的文学都是把文学作为政治的表达工具、后来20世纪80年代的新文学又以谈政治为耻、远离政治为荣的两极分化的误区之后，采取了辩证的态度和客观公正的眼光对文学与政治的关系作了概括和总结："我想社会生活、政治问题始终是一个有责任感的作家不可不关注的重大的问题。政治问题、历史问题、社会问题也永远是一个作家所要描写的最主要的一个题材。"① 在莫言20世纪80、90年代的小说创作中，有些直面现实、触及政治的非常尖锐的问题小说，并没有随着时代的逝去而成为过眼烟云，相反，痛贬时弊的政治化的小说因为触及作者的为民请命的担当责任和义愤填膺的激情而震撼读者的心灵。所以，莫言无论是反映计划生育政策对农村的生活现实造成巨大冲击的小说，还是对20世纪80、90年代以来，改革开放的过程中由于监督机制和政治制度的不健全造成的权力腐败、不正之风的问题进行不遗余力地揭露和批判的小说，产生的社会效应就像鲁迅的针砭时弊的杂文一样，给人以思想和艺术上的启迪。

从国家的长远发展和宏观调控方面制定的计划生育政策对乡村生活的深远影响，是任何一个乡土作家无法回避的现象和问题，国家的政治伦理与民间的乡土伦理之间的矛盾冲突，在20世纪80、90年代的乡村大地上不断上演。在民间无法采取强硬的态度和方式与国家政

---

① 莫言：《千言万语　何若莫言》，《山东图书馆季刊》2008年第1期。

策相抗衡的情况之下，乡村的民众便充分发挥自己的智慧和才能，为有一个延续香火的儿子而采取拖延、躲藏、失踪、耍赖等各种意想不到的抗争策略。这样，上有政策下有对策的计划生育对乡村的世态百相和伦理观念的冲击，就成了莫言窥视乡村生活真相的一个重要窗口。在乡村的现实生活中，"不孝有三，无后为大"的儒家伦理观念是将女孩排除在外的，"嫁出去的女，泼出去的水""女儿是给人家养的""传宗接代""传男不传女"等耳熟能详的乡村谚语都明确无误的说明，儿子在一个宗族观念浓郁的社会中所具有的主体地位，女儿的血缘伦理在强大的宗法伦理的压制下变得可有可无。莫言从小在这种聚族而居的乡村伦理文化的熏陶下，深刻地感受到男丁在一个家族中所具有的分量。而控制人口增长、提高人口质量又是一项刻不容缓的基本国策。直到 2011 年出版的小说《蛙》中，莫言借叙述人蝌蚪之口对计划生育的反思仍然是非常客观公允的："历史是只看结果而忽略手段的，在过去的二十多年里，中国人用一种极端的方式终于控制了人口暴增的局面。实事求是地说，这不仅是为了中国自身的发展，也是为全人类做出贡献。从这点来说，西方人对中国计划生育的批评，是有失公允的。"所以，莫言在目标与手段、长远与近期、理智与情感上的纠结使他能真正深入人物的内心，还原出控制人口增长的条件下乡村的无奈和伤痛。在传统的多子多福的生育观念的驱使下，高密东北乡的乡民与作为国家意志代表的姑姑斗智斗勇的悲壮剧，就是当时神州大地的一个缩影。

作为乡村之子的莫言对民众在计划生育政策之下"八仙过海，各显神通"的行为方式是抱着理解与同情的态度的，受过现代文明洗礼的莫言也清楚地知道，按照一个民族国家强盛发展的现代性逻辑思路，就必须将最自然的"生育权"纳入政治统筹计划的轨道。因此，莫言在 20 世纪 80、90 年代至 21 世纪的小说中始终对这个问题进行了密切关注，站在民间的立场上对政策具体执行过程中不太人道的行为，也在微露嘲讽的语调中予以客观公正的描绘。《爆炸》① 中的父亲遵循

---

① 莫言：《爆炸》，《人民文学》1985 年第 12 期。

"女儿不是儿，女人不算人"的传统伦理观念，强烈地要求在外当兵的儿子要二胎，为了延续香火替儿子蹲监坐牢也在所不惜。作为吃公家饭的儿子，自然对乡村的男尊女卑的观念比较淡漠一些，他所列举的"印度总理、英国首相、丹麦女王、田副县长"都是女人的例子无法说服顽固保守的父亲，这样的因计划生育政策产生的父子观念的代沟和彼此的矛盾冲突，在乡村也比比皆是。更重要的是，乡村的妻子在重男轻女的传统文化氛围的熏染下，也早已异化为这种畸形观念的同谋者和支持者，见"我"坚决要她到卫生院做流产手术之后，"她用那两只幼稚的大手，抱住我的腿，我听到她喉咙里格格地响几声，见她嘴角下垂，好像要呕吐，不是呕吐，她悲伤地哭了，她真哭了"。现代的启蒙价值观念无法让民众接受，哪怕是以纯粹至性的亲情的名义也无法改变乡村根深蒂固的落后的生育观念，莫言就将乡村启蒙者按照民族国家的宏大话语涤除陈规陋习和保守观念的行为方式置于了一种尴尬的境地，从而将乡村的真实状况展示了出来。在小说《弃婴》①中，借助当兵回家探亲的"我"在葵花地里捡到一个被父母抛弃的女婴为切入点，揭开了实行独生子女政策和超生罚款的措施之后，乡村生育屡禁不止的触目惊心的现状。乡镇作为国家的基层组织，在具体落实计划生育政策的过程中碰到的新情况和新问题层出不穷。面对着国家提倡的"一对夫妻一个孩"的独生子女政策，农民怀着"养不着男孩死不罢休"的大无畏精神连生二胎、三胎、四胎、五胎，导致每个"乡里也有三百二百的没有户口的黑孩子"的人口失控现状。应对超生的罚款政策，"有钱的不怕罚，没有钱更不怕罚"的对策，更会让有法可依的基层工作者束手无策，无钱缴纳超生罚款，用"孩子抵债"的流氓无产者行为和逃避"强行结扎"、一有风吹草动就搞游击战术的躲藏生养，让乡村的计划生育名存实亡。在这样的环境条件下，男孩的金贵更加剧了乡村男人对待产妇生男生女冰火两重天的反应态度和处理方式，《天堂蒜薹之歌》（1988）采用对比的手法，借助公社卫生院这个小小的窗口折射出生养男孩还是女孩对一个男人和

---

① 莫言：《弃婴》，《中外文学》1987 年第 2 期。

家庭生活的重要性，以及对生女孩的产妇的非人道的行为。周金花的男人听到妻子生了一个小嫚之后的反应是"身体晃了晃，仰面朝天跌倒在地，后脑勺子碰到一块瓦片上，发出啪嚓一声响，大概连瓦片都砸碎了"，在号啕大哭和数落女人不争气之后，竟然把老婆和刚出生的婴儿从车子跌了下来；小个子男人得知妻子给他生了一个"带把的"之后，立马挺直腰，身高增长了两寸，把自己的婆姨背出产房体贴入微，而妻子也因此作为家庭的有功之臣，提出了买尼龙褂子和袜子来慰劳自己的要求，男人也满口答应。家庭的欢乐和忧愁的背后折射的是"重男轻女""传宗接代""母凭子贵"等陈腐愚昧的生育观念。但在贫困的乡村中摸爬滚打的子民们切身感受到的是生儿子的荣耀和尊严①，因此不惜一切代价、想尽一切办法也要生一个儿子。这在莫言20世纪90年代创作的短篇小说②《地道》中体现得最为明显，也许是受到民间流传的《水浒传》中风流成性的皇帝宋徽宗设置地道来私会妓女李师师的启发，或者是电影《地道战》的影响，莫言设置的地道这个封闭的空间，作为超生专业户（他已有三个女儿）方山逃脱计划生育的根据地，就是农村生育现实的真实写照。当然，莫言站在民间的立场上，对计划生育的执行者郭主任非人道的极端行为还是流露出一种嘲讽的态度，"宁要家破，不要国亡""上吊不解绳，喝毒药不夺瓶"的扯大旗作虎皮的"新指示"，显然是违反国家大政方针的土政策。用这种极端野蛮的行为和方式推倒房屋，甚至搞宗法的连坐制度逼迫超生妇女流产的比较残忍的办法，都是乡村实行计划生育的过程中出现的事情。所以，在方山妻子终于在地道里生了儿子之后，他喊出的"老婆，我们胜利了！"也是民间智慧采取迂回曲折的方式抗击过分的计划生育政策的胜利。由此可见，"'生命'这个看上去似乎最自然、最本真的东西在现代社会难以独善其身，它早已被编织进现代性的逻辑之中，从而与'政治'深刻地联结在一起"③。因此，政

---

① 在乡村没有儿子会被别人骂"绝户头"，认为是上辈子没干好事，老天爷的报应，因此生儿子不仅是延续香火，更是一种身份和地位的象征。

② 莫言：《地道》，《青年思想家》1991年第3期。

③ 李松睿：《"生命政治"与历史书写——论莫言的小说〈蛙〉》，《东吴学术》2011年第1期。

治介入生命的举措，实际上是像中国这样的后发外生型的现代民族国家建构小康社会的现代性逻辑链环中不可缺少的一环。莫言站在庙堂和民间相互沟通的桥梁上，揭开了乡村社会生活真实的面纱。

"在传统中国社会中，'不孝有三，无后为大'的观念影响着民众的日常生活，'种的延续'是一个家族中的头等大事，特别是在'重男轻女'的乡土社会，下一代是否诞有男丁显得异常重要，因为这关乎'香火的继承'和单系继嗣群体的发展。"① 这种根深蒂固的依靠男丁延续香火的宗族文化观念已严重制约国家的计划生育政策的有效实施，这无关乎城市和乡村、闭塞与开放、文明与愚昧的条件的拘囿和限制，只要生活在这种宗法文化圈中的民众都要在心理、思想和言行上受到男丁价值观念的影响。所以进入21世纪后的莫言一如既往地探讨着计划生育政策对民众的心理产生的变化，以及在"上有政策下有对策"的辩证观点的支配下，民众绞尽脑汁钻政策的空子产生的社会悲喜剧。《生死疲劳》（2006）中的陈大福在有五个丫头的情况下得知自己的媳妇生了一个带把的，就像范进中举一样欣喜若狂的情感，只能通过"双手捂着脸，在窗前的雪地里转起圈来，一边转一边哭"的反常举动才得以发泄。他发自肺腑的话语"老天爷，你这次开了眼了，我陈大福有了接续香火的了"，表达的是民众在艰难的乡村生活中养成的超出人的范围控制的宿命观念，以及这种超自然的神灵降福自己的崇拜和感恩的心理。把男丁的降生看得如此虔诚，正反映了底层民众代代相传的香火意识和告慰祖先的解脱心理。即使是眼界开阔、拥有城市户口的工人也在"撑死大胆的，饿死小胆的"的心理支配下，与严密的计划生育政策周旋，不是在政策的威严下想到如何在政策允许的范围内遵守计划生育的规章制度，而是借助没有条件也要创造条件的瞒天过海之术千方百计地寻找政策的缝隙，在满足自己的需求和政策的灰色地带的夹缝中游刃有余地玩弄庖丁解牛的游戏。所以《澡堂与红床》（2011）中的棉花加工厂原厂长董家晋道出了执行独生

① 王玉德、尹阳硕：《文化人类学视野下的莫言小说——兼述莫言小说获奖原因》，《学习与实践》2012年第11期。

子女政策之后还能要二胎甚至三胎的对策："生出来，先藏在亲戚家养着，形势一缓，就名正言顺了。"这种避其锋芒、暗度陈仓的缓兵之计，让城市的工人们基本上得其所愿地完成了老祖宗留下的任务。除董家晋是两嫚之外，蒋大田是一嫚一小，花建是两嫚一小。这样的细节直到《晚熟的人》（2020）中还是在重复出现，工人单雄飞在国家实行计划生育后仍然拥有两个女儿一个儿子，是采用谣言和欺骗之术，将女儿送到孩子的大姨家抚养，对外宣称孩子不幸夭折。情节与细节的重复不是莫言的天才的想象力匮乏的结果，而是当时的社会现实在一遍遍地重演政策的实施与有效的躲藏之间的悲喜剧。

计划生育政策作为新中国的一项基本国策所表现的传后的价值观念，与相沿成习的民众固有的多子多福的评价标准之间的差距是显而易见的，也可以说，自新中国成立以来制定的方针政策，没有哪一条产生的威力和贯彻实施的难度能与计划生育政策相比拟，二者之间的价值观念、伦理意识、文化积淀、评价标准的巨大差距造成的具体实施过程中的创伤性记忆，促使莫言将久遭抑制的刻骨铭心的感受，借助"自我"和"他者"自剖的方式反思其中的功过得失，敏感的话题和创伤情结的激烈碰撞还是在文学与政治的异质纠结中得到了充分展示，这便是获得第八届茅盾文学奖的《蛙》（2009）表现的思想主题。就计划生育政策的制定与实施的切实有效的机制所涉及的比较复杂的文化意蕴来说："种族的需要绵续并不是靠单纯的生理行动及生理作用而满足的，而是一套传统的规则和一套相关的物质文化的设备活动的结果。"① 站在不同的立场和不同层面的行为主体对计划生育政策的理解恰好是南辕北辙的，处在强大的政治体制和现实的文化土壤中的夹缝人的两难选择，以及选择之后永难赎罪的忏悔心理，可能是这部小说最能震撼读者心灵的地方。我为了自己在部队的前途和命运逼迫妻子王仁美二胎大月份流产，是当时的时代背景下体制中的人响应国家的"一对夫妻一个孩"的计划生育政策的正常选择，导致母子双双毙命的人间惨剧是谁都不愿意看到的事情，与我的责任关系不大。但

---

① ［英］马林诺夫斯基：《文化论》，费孝通译，商务印书馆1946年版，第26—27页。

主人公万足在时过境迁之后，对自己是把王仁美娘俩送进了地狱的唯一的罪魁祸首的定性，带有严格剖析罪责的赎罪和忏悔的心理，也是贯彻21世纪刻画人物的时候，"把自己当罪人写"的写作信条的突出表现。

同情好人也同情坏人、理解懦弱的人也理解刁民的大悲悯意识，注定《蛙》在反映敏感的计划生育政策实施过程中出现的对人性、人情和人道的伤害抱着理解之同情的态度，站在全人类的立场上超越国家和个人之间不可逾越的鸿沟的气魄和胸襟，带来的是深刻地看待矛盾中的不同主体只站在自己的角度上看待问题的盲点与症结的反思，貌似不可调和的两极对立，其实有着根本利益和长远目标的和解之处。国家严格实施计划生育政策的长远目标与个体为使子孙后代过上幸福的好日子的根本目的是完全一致的，差别在于传统文化中种族的男丁延续传统和现实生活中乡村养老保障体系的不健全的运作机制，让民众只顾及自己的一亩三分地，把延续香火看作人生中最大的事情来对待。所以理论与实践、政策的制定与实施的错综复杂的环节冲突，只能以牺牲所谓的人性和人道为前提。"喝毒药不夺瓶！想上吊给根绳！"的土政策，对于苦口婆心讲道理、讲政策等于嘴上抹石灰的农民来说，既是无奈之举，也是最有效的解决问题的办法。特别是借助与我有着亲缘关系的赤脚医生姑姑在执行国家的命令、完成上级的计划生育指标，与胡搅蛮缠、暗中报复的乡民之间"左支右绌，困不可忍"的尴尬处境的原生态抒写，留下了计划生育政策在乡村具体实施过程中的真实面影。

除从计划生育政策对乡村农民生活的微观透视和感同身受的民间立场来反映政治对现实的介入以外，政治制度和具体的方针政策在基层实施的过程中出现的权力寻租、权色交易、官员腐败、监管漏洞等不公正的现象，对国家和民众的利益造成伤害的卑劣无操守的行为，也成为莫言小说观察社会万象的一个窗口。"举凡莫言三十多年的小说创作，我们看得最多的，也许就是利用小说叙述技巧的掩护，去表达对人间不平的愤怒、批评，对农民命运的怜悯，这是他对这个世界的总的看法。"[1] 实际上，莫言20世纪80、90年代至21世纪的小说对

---

① 程光炜：《莫言与高密东北乡》，《暨南学报》（哲学社会科学版）2015年第3期。

改革开放的过程中出现的钻法律的空子、坑害农民的利益的行为总是给予了不遗余力的批判。从 20 世纪 80 年代中后期的《欢乐》（1987）、《天堂蒜薹之歌》（1988）、《十三步》（1989），到 20 世纪 90 年代的《模式与原型》（1992）、《酒国》（1993）、《丰乳肥臀》（1995）、《红树林》（1999）、《藏宝图》（1999）、《野骡子》（1999），再到 21 世纪的《四十一炮》2003）、《生死疲劳》（2006）、《蛙》（2009），成为莫言难以排解的心理情结和永恒主题。不过，即使是对社会不公的义愤填膺的行为和超越伦理道德底线的无耻勾当，莫言也遵循"感情浓烈时不宜作诗"的创作规律，自觉地在理想与现实、文学与政治、经验与超验、形而上与形而下之间采取相应的叙事策略来求得艺术的价值平衡。正如他声称的："我的意思是说，作家还是应该时刻提醒自己，使作品相对地超脱一点。即使要描写政治，最好不要直接去描写政治事件，而应该把事件象征化，应该把人物典型化。"① 所以，莫言反映政治生活的各个方面的小说尽管与现实的进行时态有着密切的关系，甚至个别小说就是在政治事件的刺激下的急就章，但通过象征化的暗示意蕴或者作擦边球式的淡化处理来间离文学与政治的关系，就使得小说具有了超越政治意味的审美内涵。这突出地表现在两个方面：首先是对大小官员的以权谋私的腐败问题进行揭露和批判。莫言的小说不是黑幕或者是反贪题材的主旋律作品，但他通过戏谑、反讽、油滑等艺术技巧或者是他人的转述、佯装无知者的言语等叙事策略来淡化处理，其中蕴含的讽刺意味和批判思想就呼之欲出。《欢乐》（1987）中的落榜生齐文栋对公社原党委副书记的评价是："这个当年鱼肉乡里的新恶霸落到了亲自动手拉鱼的地步已是农民的洪福，尽管他天天拉鱼卖钱国家还要开给他每月近百元的工资。"在感叹命运的不公的同时，其采用正话反说的方式表达的对人物的厌恶和憎恨之情是显而易见的。更有讽刺意味的是《十三步》（1989）中的王副市长，生前利用手中的权力不顾廉耻，将李玉婵母女先后发展为自己的情人，死后为了让民众看到一个清瘦廉洁、勤劳奉公、积劳成疾的公仆形象而进行遗体整

---

① 莫言：《说吧·莫言》（上卷），海天出版社 2007 年版，第 244 页。

容，恰巧是悉知内情的情人李玉婵为大腹便便的王副市长化妆整容，开膛破肚之后的白花花金灿灿的脂肪，显然就是对腐败官员搜刮民脂民膏中饱私囊的隐喻。进入 20 世纪 90 年代之后，官商勾结、以权谋私、官二代的官场乱象在莫言的小说中都有反映。《酒国》（1993）中"大名赫赫的余一尺先生，一尺酒店经理，市政协常委、市作家企业家联谊会常务理事、省级劳模、候选全国劳模"，冠冕堂皇的政治头衔显然难以掩盖其借助于金钱和政治的权力，满足自己扬言要奂遍酒国美女的肮脏目的的真相。酒国市政府要员们在吃那道红烧婴儿的著名大菜时说的话："我们吃的不是人，我们吃的是一种经过特殊工艺制成的美食。"显然是自欺欺人的谎言，由现实生活的"或然之事"到艺术虚构的"必然之事"的逻辑转换，实际上是更为真实地反映出愈演愈烈的吃喝之风的本质内涵。他们甚至违反国家的禁令大吃大喝铺张浪费，并以此作为向自己的孙子炫耀的资本，"鳄鱼宴上，尽是些手握印把子的人啦，还有他们的情人们啦"（《丰乳肥臀》）。还有土皇帝乡镇的党委书记之类的基层官员充分发挥权力的主观能动性，以达到个人私利最大化的目的，在政策的空子中游刃有余地玩弄法律的游戏："咱们乡那个党委书记，坐着奥迪，手持大哥大，老家一个老婆，县城里一个老婆，在乡里还和妇女主任睡一个被窝子。重婚？我说你怎么这样弱智呢？老家的老婆是离婚不离家，乡里的老婆是睡觉不结婚，人家根本就不会干犯法的事。抽烟靠送喝酒靠贡自己的工资基本不用自己的老婆基本不动，三年乡镇长，十万雪花银"；县委书记的敛财之道更是叫绝，他的老婆"做了一次人工流产手术就收了八十万元的红包，她每年人流两次"（《藏宝图》）。村支部书记西门金龙和县委副书记庞抗美暗中勾结，打着建设"文革"旅游村的冠冕堂皇的旗号中饱私囊的无耻行为更令人发指（《生死疲劳》）。花样百出的权力腐败和寻租现象是改革开放的过程中不可避免地出现的党的肌体上的恶性肿瘤，对党的声誉和民众的生活造成了恶劣的影响，莫言在 20 世纪 80、90 年代至 21 世纪的小说中对此类现象的不遗余力的批判显示了作家的良知。

其次，莫言对政治体制和经济政策改革过程中出现的危害人们生活的乱象作了逼真的描绘，忧心如焚的焦虑意识和对孤独无助的弱势者的同情，表现了作者悲天悯人的博大情怀。微观政治对人们日常生活中秉承的价值观念潜移默化的改塑，会在长久地积淀之后成为一种共识和潮流。当"一切向前看"的政治口号演变为"一切向钱看"的民间价值观念并深入人心之时，20世纪80、90年代的市场经济激发的物欲膨胀和"有钱能使鬼推磨"之类的沉渣泛起的现象就会在神州大地上蔓延。损害农民利益、损人利己、坑蒙拐骗、招摇撞骗等触目惊心的问题也触发了莫言的沉思，成为他20世纪80、90年代至21世纪小说延续的一个主题。在20世纪80年代，《欢乐》中反映的处于金字塔底层的农民负担过重的问题、《天堂蒜薹之歌》中多如牛毛的杂税和视蒜农的利益为儿戏的官老爷的行为，都是作为"地之子"的莫言难以忍受的，他为此而赢得的"农民法庭"的称号，实在是他的"无心插柳柳成荫"的无奈之举。到了20世纪90年代，在钱的魔杖下，道德和信誉的丧失导致的人心不古、物质与精神的二律背反现象触动了莫言的灵魂。《酒国》反映的治疗胃病的"猴头菌片"竟然是望文生义，弄点木耳、蘑菇加进去代替猴头菌，"药里都敢掺假，还有什么是真的呢?"的疑问确实是非常让人困惑的问题。《丰乳肥臀》中的独乳老金之所以能成为富甲一方的破烂王，是因为请客送礼偷税漏税、拿出一半的收入去"喂那些混帐王八羔子"、用自己的肉体与"那些头头脑脑、体体面面的人物"搞权色交易。打通所有的关系之后，"成箱的电焊条，没开包的电器、钢筋、水泥，啥都有。我呢，来者不拒，按废品价收，当成品价卖，转手牟取暴利"。《野骡子》[①] 中村长老兰发明的注水肉，甚至是不顾消费者的身体健康，用福尔马林溶液注入肉中保持猪肉鲜艳的色泽来换取高额的收入，收废品的杨玉珍在卖之前都要向废品上泼水以增加重量，这种以次充好、以假乱真、不顾人民的生命财产安全、严重扰乱市场秩序的违法行为是市场经济发展中不可避免的现象和问题。再加上言过其实的广告词的煽风点火，如《红树林》(1999)中三虎珍珠总公司的小广告的夸大胡说："本公

---

① 莫言:《野骡子》,《收获》1999年第4期。

司中外合资，技术力量雄厚，领导珍珠生产加工新潮流。产品行销五大洲，英国首相撒切尔夫人脖子上的项链、美国总统克林顿夫人希拉里耳朵上的坠子，都是本公司制作。本公司实行浮动工资制，工资最低月薪五百，没有上限。工作表现突出者，可转为城市户口。"就导致乱象丛生、鱼龙混杂的劣币驱逐良币的"格雷欣效应"。《蛙》（2009）中的袁腮创建的牛蛙公司挂羊头卖狗肉，实质上是为富人服务的利润巨大的代孕产业链的典型代表。最腐朽的传宗接代的文化价值观念却以最先进的公司经营理念的包装，堂而皇之地成为明星企业，其中包含的道德的沦丧、人性的异化和金钱的腐化内涵显示了作者的焦虑和忧思。莫言质朴的乡土本性和诚信的人格原则，使得他对金钱的腐蚀下人性的异化格外敏感，对政治政策的实施造成的乡村和城市生活的翻天覆地的变化感受特别深刻，所以他才在其他作家回避政治的时候更加深切地理解了文学与政治的关系："你想逃离政治是不可能的，但是一个小说家不应该在写小说的时候，把小说变成表现自己政治观点的一种工具，还是要牢牢记住写小说是塑造人物，也就是说小说离不开政治，但是好的小说是大于政治的，超越政治的，作家有国籍，但是文学没有国界。"①

在这方面最突出的例证是因苍山蒜薹事件而写的急就章《天堂蒜薹之歌》（1987），近三十年的岁月淘洗证明这篇与政治最密切的小说仍然是文学史的经典。就小说的本事诗学方面来看，无论是现实中的蒜薹事件，还是作者记忆中的四叔被乡政府的小轿车撞死的悲惨命运，都与政治有密切的关系。从本事和原型的政治因素转化为审美因素的过程中，凸显的是莫言最刻骨铭心的青少年记忆和熟稔关心民众的拳拳之心。官僚主义者从上到下的飞扬跋扈，对农民利益的伤害之深引发的骚乱，站在庙堂的立场上看到的是冲击政府要害部门、打砸抢的暴乱行动；而莫言站在民间的角度上由果溯因，更看到了层层黑幕包裹的阴暗面把善良、勤劳、懦弱、保守的农民如何逼上了绝路。这是乡土之子的正义和良知，让其在创作中无法

---

① 莫言、木叶：《文学的造反》，《上海文化》2013年第1期。

避开政治的宿命纠缠，正如他在新版后记中提及他杜撰的一段斯大林语录所说的那样："小说家总是想远离政治，小说却自己逼近了政治。小说家总是想关心'人的命运'，却忘了关心自己的命运。这就是他们的悲剧所在。"莫言在小说中围绕抓捕蒜薹事件的闹事者，以及高马和金菊的爱情悲剧将基层组织的官僚行为表现得淋漓尽致。抓捕高羊（羔羊的谐音）时，高个子和矮个子警察对手无寸铁的懦弱嫌疑犯残忍的体罚，显然是超过政策规定的非人道行为；收监之后，高羊在监狱中被逼喝自己的尿液和犯人之间打架斗殴置他人于死地的行为，反映了监狱管理的混乱。而监狱中恶劣的生存环境和居住条件也与具体的宣传政策有着巨大的距离，监狱中的看守让犯人叫自己"政府"的行为，显然是把自己摆在了高高在上的国家的位置上对嫌疑犯发号施令。基层为人民服务的机构就由个别人的操纵，把人民赋予的权力做了为虎作伥的筹码，特别是一个小小的乡镇助理员，不但为了自己的外甥不合法的换亲，利用手中芝麻大的权力百般阻挠高马和金菊的合法婚姻，还狐假虎威为王书记压死四叔的人命案件软硬兼施，利用民众愚昧无知、不懂法律的弱点偷换命题、转移概念来掩饰事实的真相。

另外，就天堂县蒜薹事件而言，叙事者抽丝剥茧地还原出事件的来龙去脉的目的，在于对各级政府和官僚体制的反思和批判。为了保护地方利益的最大化，不惜一切代价挤走了前来收购蒜薹的外地客户；当地供销社在收购蒜薹时，大开后门并无理克扣为卖蒜薹昼夜奔波的农民，进一步激化了矛盾；事件发生时，县长仲为民严重渎职，拒绝到场与群众见面解释事情的意想不到的发展现状或做安抚工作，最终导致民怨沸腾、酿成大乱，造成严重后果。所以叙事者透过蒜薹事件看到了基层官员的明哲保身、贪污腐败、无视民瘼的内在政治本质："因为卖不了蒜薹，是这次案件的导火索，而根本的原因在于天堂县昏愦的政治！"并借助青年军官为父亲郑常年辩护的机会，对农村的困苦现状和有关部门违背国家政策乱收费的现象作了痛心疾首的揭示和批判："我父亲所在村庄，种一亩蒜薹，要缴纳农业税九元八角。要向乡政府缴纳提留税二十元，要向村委会缴纳提留三十元。要缴纳县城建设税五元（按人头计算），卖蒜薹时，还要缴纳市场管理税、计量器检查税、交通管理税、环境保护税，还有种种名目的罚款！所以有的农民说雁过拔毛。再加上近年来化肥、农药等农业生产所需物资大幅度涨价或变相涨价，农民得到的利益已经很少。"没有对农民疾苦刻骨铭心的感受、没有深切地了解多如牛毛的杂税对农民利益的层层盘剥、没有站在民间的立场上探寻农村生活真相的人道主义精神，青年军官是不可能对政策的具体落实的过程中出现的偏差有着如此的义愤填膺的激情，并对高马高呼的"打倒贪官污吏！打倒官僚主义！"口号完全认同并自觉地为之辩护的。在这里，"哀民生之多艰"的知识分子话语从底层的民间中寻求到了道义和力量的支撑，从而对冠冕堂皇的政治话语作了有力的批判。在小说的最后，叙事者又借用坊间的小道消息说，在蒜薹事件中犯有严重错误的纪南城、仲为民深刻检查思想、勇于改正错误、弥补过失，已经由省委、省政府批准到异地做官，并说"我们的小道消息几乎总是准确的"。这则小道消息的可靠性显然对此前连篇累牍的《群众日报》的报道"本报讯""述评：《天堂"蒜薹事件"的反思》""本报社论：《应当吸取的教训》"构成了莫大的讽刺，它和"正文纠缠不休，它们常常以调侃和顽皮的方式挤弄和瓦解正文的严肃性"①。小道消息道听途说的民间性质与神圣严肃的报刊社论的政治性之间形成了异质的巨大张力，坊间以卑微的姿态对宏大政治的颠覆和消解的作用，使得作者对现实的官僚政治和审查用人制度的批判赋予强大的艺术力量。可以说："莫言直面现实尖锐的矛盾，将刚刚发生的社会重大事件转化为结构完整、蕴涵丰润的长篇小说，其创造性才华不能不令人称道。"② 个中原因在于莫言的写作策略中，小说家而非政治家的自我定位将小说与政治的关系处理得恰到好处，从艺术的角度寻求介入和走进现实政治的切入点。

综观莫言的20世纪80、90年代至21世纪介入现实政治的小说不难发现，无论是计划生育政策对乡村的生活产生的正面或负面的影响

---

① 汪民安：《身体空间与后现代性》，江苏人民出版社2006年版，第216页。

② 王学谦、邵丽坤：《莫言〈天堂蒜薹之歌〉的艺术价值》，《社会科学战线》2014年第9期。

的逼真刻画，还是改革开放之后，对陈腐的封建特权思想与现代的官僚主义相结合，形成的极端个别的昏聩专横的官僚体系的揭露和鞭挞，都显示出莫言干预现实、直面生活的勇气和信心。由于政治的权威性、敏感性和时代性的特征性，莫言在特定的时代和语境中，对于敏感的政治体制和方针政策的反思，只能在夹缝中采取迂回曲折的擦边球方式表达出来。正如作者与王尧的对话录中所说："这种小说里的故事和作家创作之间的融合，我想也是逼出来的。对社会黑暗和丑恶的现象，如果不用这种方式来处理的话，我也就没有办法……这种写法实际上是戴着镣铐的舞蹈，反而逼出了一种很好的结构方式，结构也是一种政治。"① 所以，莫言在敞亮和还原现实政治的某些真相的同时，也采取艺术的技巧或"王顾左右而言他"的障眼法的方式，淡化或遮蔽个别比较尖锐的政治问题。这突出地表现在莫言反映现实政治的小说中，从没有以腐败的官员为个案，浓墨重彩地展示官僚体系的盘根错节和根深蒂固的特性，也没有对官商勾结、权色交易、贪污败绩的黑暗内幕进行细节的刻画和描摹。相反，他只是在小说中借助人物之口偶尔发的牢骚中轻描淡写地捎带一笔，或者借叙述人对肮脏龌龊的官场黑幕的云山雾罩的议论淡化真相的是非判断。以权谋私的社会蠹虫在具体的文本中，处于"他者"的缺席和失语的状态对真相的还原是极为不利的，却对淡化政治色彩的艺术表达策略提出了更高的要求，这是莫言的干预现实的政治小说能够超越具体事件的拘囿而成为经典的一个很重要的原因。另外，莫言的小说中从来没有提及省部级以上的高官的腐败，贪污受贿、生活腐化的官员中，级别最高的是《丰乳肥臀》中大栏市的市长鲁胜利，其次是《天堂蒜薹之歌》中的县委书记纪南城和县长仲为民，《红树林》中南江市的副市长林岚、《十三步》中的王副市长和《生死疲劳》中的县委副书记庞抗美。也就是说，县市级干部的正职和副职正成为莫言观察变化莫测的官场的窗口，这也反映了莫言善于保护自己的"农民式"的狡猾和智慧吧。

---

① 莫言、王尧：《莫言王尧对话录》，苏州大学出版社 2003 年版，第 155 页。

第三节 穿越古今,现实与历史的内在
纠结的不变性

莫言的原乡色彩的小说深受神话思维、鬼神禁忌和巫术观念的影响,这使得他在对乡土社会的原生态风貌进行刻画和描摹的过程中,总是超越了时空的限制,按照循环论、退化论、民间化的历史观念对现实生活中的人情世态、社会事件、人性弱点、生活百态进行剖析和反思的时候,更多地看到现实与历史脉络上的统一性和内在的鬼魂般的纠结。因此,"一切历史都是当代史"(克罗齐语)的史学观,在展示现实与历史的思想精神、文化传承、文明生态等方面的复杂关系的时候,也为莫言穿越古今、自由地驰骋在历史与现实的时空中的文体创新和叙事策略提供了依据。正如评论家季红真所说:"泛乡土社会是莫言叙事最基本的视角,这是决定他神话思维的要素。他的视野则在时空的自由转换中,频繁地切换在历史和现实之间。"[①] 纵观莫言的长篇小说创作历程,从 80 年代的《红高粱家族》(1987)、《天堂蒜薹之歌》(1988)、《十三步》(1989),到 90 年代的《酒国》(1993)、《食草家族》(1993)、《丰乳肥臀》(1995)、《红树林》(1999),再到 21 世纪的《四十一炮》(2003)、《生死疲劳》(2006)、《蛙》(2009),都能深切地感受到莫言对历史的往复循环所产生的悲天悯人的情怀。这种感受在 20 世纪 80、90 年代至 21 世纪的中短篇小说中也有非常明显的表现,如《老枪》(1985)、《枯河》(1985)、《弃婴》(1987)、《红蝗》(1987)、《复仇记》(1988)、《模式与原型》(1992)、《野骡子》(1999)、《天花乱坠》(2000)、《扫帚星》(2002)、《挂像》(2004)、《大嘴》(2004)、《左镰》(2012)、《地主的眼神》(2012)、《斗士》(2012)、《等待摩西》(2017)、《晚熟的人》(2020)等文本中蕴含的现实的宿命、人性的残忍、社会的冷漠、生存的异化之类的思想主题,如果割

---

① 季红真:《神话结构的自由置换——试论莫言长篇小说的文体创新》,《当代作家评论》2006 年第 6 期。

裂了历史的维度是无法把纷纭复杂的现实生活揭示清楚或还原到位的。其实，这种循环的历史感受牵引的现实生活中的宿命意识，在古今中外的著作中都有鲜明的体现。《旧约》中说的"虚空的虚空。已有的事后必再有，已行的事后必再行。日光下并无新事"就是一种典型的循环论；鲁迅的名言："历史上都写着中国的灵魂，指示着将来的命运。"① 也将历史对现实的制约明白无误地表示了出来。莫言最大的特点就在于以开阔的胸襟从善如流，擅长吸收他人的哲学思想和历史观念的同化能力，并把它们转化为血肉丰满的人物形象、独具匠心的情节结构和意蕴丰富的鲜活主题，在历史观念、人性弱点、启蒙意识等方面将历史与现实的纠结表现得淋漓尽致。

一 民间化的历史观念

当莫言站在野史、稗史、民间史的立场上打量和追溯历史与现实的关系的时候，他那淡化事件的是非评判、超越党派之争的立场态度、站到全人类高度的博大胸襟都意味着与主流意识形态的历史观念拉开了比较大的距离。这种丢掉知识分子的优越感、用老百姓的思维观念进行批判、独立于庙堂的个体精神来进行写作的方式才是真正的民间写作："民间写作，实际上就是一种强调个性化的写作，什么人的写作特别张扬自己个人鲜明的个性，就是真正的民间写作。"② 这种区别于精英立场的"民间"的抒写标志就在于作为老百姓的一员，用坊间的历史观去触摸物是人非的历史，感受历史与现实的藕断丝连的关系，看透造化的把戏之后更深切地理解现实。莫言通过《红高粱家族》《丰乳肥臀》《檀香刑》等新历史主义小说体现的历史与现实关联的创新意义，在于他"不再满足于站在历史门外追慕历史、揣摩历史，谨慎地摹写历史，再现历史；而是站在历史之中，以当代人的意识和心灵重新温热历史、自由地理解历史，以怀疑精神重新改写历史，让历史更紧地拥抱现实"③。他秉承的退化史观、循环史观、比较史观都是

① 鲁迅：《鲁迅全集》（第 3 卷），人民文学出版社 1981 年版，第 17 页。
② 莫言、王尧：《莫言王尧对话录》，苏州大学出版社 2003 年版，第 185 页。
③ 雷达：《历史的灵魂与灵魂的历史》，《昆仑》1987 年第 1 期。

在民间化的视野中审视现实生活与历史真实的关系，在用文学的真实介入现实和历史的时空时，补充和完善了现实生活中的人和事件与历史背景的沟通渠道。

首先，退化论史观是莫言在自由自在、生动活泼的民间文化中最为深刻的生命感受。民间现实生活的灰暗和苦难的制胜法宝，便是历史上传奇化的人物事件对疲惫的心灵的精神鼓舞作用，特别是祖先崇拜意识更是时间的过滤和淘洗之后放大的英雄业绩，在后代的灵魂中的显影和定型。莫言认为："历史是人写的，英雄是人造的。人对现实不满就怀念过去，人对自己不满便崇拜祖先……事实上，我们的祖先和我们差不多，那些昔日的英雄和辉煌大多是我们的理想。"① 这种把祖上的英武和灵光无限放大的阿Q精神架起了历史与现实相互沟通的桥梁，历史上的祖先由"麻雀变成了凤凰、野兔变成了麒麟"，现实中的孙子就像"饿了三年的白虱子一样干瘪"，就是莫言的新历史主义小说最突出的表现主题。《红高粱家族》（1987）中的爷爷余占鳌、奶奶戴凤莲、二奶奶恋儿、罗汉大爷、余大牙、哑巴等人的杀人越货与精忠报国都遵循个性张扬、自由自在的生命理念，让生命的烈火雄风在敢生敢死、敢爱敢恨的因缘激发下展示得淋漓尽致。《丰乳肥臀》（1995）中的司马库的生命强力通过性爱、潜能、死亡的浓墨重彩地铺陈和渲染充分展示了出来，他和来弟的乱伦、和寡妇崔凤仙的通奸表现得野兽般的力比多冲动，在被捕渡河时的机智从容和四面楚歌时的韧性乐观显示的生命潜力，在为拯救一家人的生命而自投罗网的大义牺牲精神都凸显了健拔豪迈的英雄品格。不管是作为"还乡团"的头目还是打日本扒铁桥的抗日英雄，表面身份不同的背后呈现的是一样的爱恨分明、率性而为、自由坦荡、豪爽义气的血性汉子的内在本质。这样，莫言在对原乡色彩的乡土人格的理想形态注入元气淋漓的刚健兽性和原始人性的综合因子的时候，他"撇弃了一切既定的生命程式，还原了一个真实的生命世界，在'文明/愚昧'的二元对立模式的反驳中，寻找一种新的生命理念，并将这一理念还原民间，

① 莫言：《会唱歌的墙》，作家出版社2005年版，第24页。

创造了一个血性的野性的生命神话。"①

相比较祖先们的英雄业绩和狂放不羁的自由心态，作为后代的懦弱子孙在种的退化和文明的束缚的双重作用下导致的先天缺失、后天不足的阉寺状态，让他们在祖先的比照和映衬下越发显得孱弱和瘦小。在《红高粱》中，莫言借助叙事者之口对祖先的人格魅力发出了由衷赞叹的同时，也深切地感受到了现代文明熏陶下血性基因的匮乏导致的人种退化："他们演出过一幕幕英勇悲壮的舞剧，使我们这些活着的不肖子孙相形见绌，在进步的同时，我真切感到种的退化。"这并不是故弄玄虚的危言耸听，在《弃婴》（1987）中回乡探亲的军人"我"抛弃先入为主的进化论的机制和观念来观察印象中的钟灵神秀的故乡的时候，发现"红高粱家族"的后代已经成了"种的退化"的标本："我以前总以为我的故乡是个人杰地灵的地方，几天的奔波却完全改变了我的印象。我见到了那么多丑陋的男孩，他们都大睁着死鱼样的眼睛盯着我看，他们额头上都布满了深刻的皱纹，满脸苦大仇深的贫雇农表情。他们全都行动迟缓，腰背佝偻，像老头一样咳嗽着。我更加深刻地体会到了人种的退化。"这种"出窝老儿"的与年龄极不相称的没有生机活力的老态龙钟与老舍在《二马》中写的如出一辙："民族要是老了，人人生下来就是'出窝老儿'，出窝老儿是生下来便眼花耳聋、痰喘咳嗽的，一国里要有这么四万万出窝老儿，这个老国便越来越老，直到老得爬也爬不动，便一声不出地呜呼哀哉了。"相差半个世纪的两部作品所反映的人种退化问题是如此惊人的相似，只能感叹历史与现实之间岁月的流逝、生命的进化独与我们民族无关。现实中无论是小孩还是大人都是缺少生命活力和勇敢胆识的窝囊废，甚至如《复仇记》②中的孪生兄弟面对着仇人老阮亲自砍下的双腿吓得唯唯诺诺、望风而逃，为父报仇的传统伦理道德和价值观念都难以支撑兄弟二人的英雄气概。面对仇人的神态自若、将双腿用尺子量好、用斧头齐整砍断、亲自送给兄弟二人，并再三询问还需要什么的言行

---

① 朱德发：《20世纪中国文学理性精神》，上海人民出版社2003年版，第352页。
② 莫言：《复仇记》，《青年文学》1988年第11期。

举止就将复仇的反讽意味表现得淋漓尽致，复仇寓意的逆转更显示出后代的性格懦弱与血性的匮乏。《蛙》（2009）中已充分文明化了的"我"在生着两只斗鸡眼的小男孩的追赶下气喘吁吁、垂死挣扎，最后气力衰竭地瘫倒在中美合资家宝妇婴医院的门前，"我"由道义化身的追赶者逆转为被不明真相的群众喊打的逃亡者，由气定神闲的文明人变为由求生本能支配的废物，身份、修养和地位的巨大反差将现代文明对种性和血性的压制和束缚的现状暴露无遗，也反映了作者对金钱至上、道德退坡的商业社会所秉承的伦理观念的殷忧。

莫言对种的退化的殷忧实际上是对隐喻的国民劣根性的反思和批判，他甚至希望借助西方的蛮强种性来改良被过熟过烂的传统文化浸染的温顺、胆怯、懦弱、保守、退隐的人格根性，不过，"橘生淮南则为枳"的水土不服现象也会带来二律背反的意想不到的效果。这突出表现在他在 20 世纪 90 年代创作的史诗性小说《丰乳肥臀》上，瑞典牧师莫洛亚从欧罗巴带来的龙种播到高密东北乡的土地上收获的却是跳蚤，徒有金色的头发和漂亮的脸蛋的上官金童却是一个一辈子吊在女人奶头上不思进取的废物，难怪亲生母亲用挑战的、发狂的声调说："你给我有点出息吧，你要是我的儿子，就去找她，我已经不需要一个永远长不大的儿子，我要的是像司马库一样、像鸟儿韩一样能给我闯出祸来的儿子，我要一个真正站着撒尿的男人！"外甥媳妇耿莲莲说他"更像一只饿了三年的白虱子"就是对他的苍白、懦弱、无力的生命状态的恰切比喻。由此可见，在 20 世纪 80、90 年代至 21 世纪的文化语境中发生的一些文学思潮和文化热点，并没有妨碍莫言进一步思考人种退化的问题，退化论的历史观贯穿于他创作的始终。

莫言虽自谦不是思想家，但他对人种退化的思考也包含着丰富的哲理意蕴。当他把眼光从人文景色转向广袤的大地的时候，"一方水土养一方人"的地域风光对人种的影响和制约就成了他考察的目标。他发现退化论的史观不仅适用于人种的变异，对自然景物也同样适用。《红高粱》（1986）中我爷爷生活的年代，高粱的红色激情早已融入他们的血液之中"八月深秋，无边无际的高粱红成洸洋的血海。高粱高密辉煌，高粱凄婉可人，高粱爱情激荡。"物产丰饶、人种优良、民心高拔健迈的故乡心态是天人合一、物我混融相互激荡的结果。到了孙子的"我"受现代文明的熏染成为"可怜的、孱弱的、猜忌的、偏执的、被毒酒迷幻了灵魂的孩子"的时候，故乡红得像血海一样的红高粱已被郁郁葱葱覆盖着高密东北乡黑色土地的杂种高粱所代替了。"它们空有高粱的名称，但没有高粱挺拔的高秆；它们空有高粱的名称，但没有高粱辉煌的颜色。它们真正缺少的，是高粱的灵魂和风度。它们用它们晦暗不清、模棱两可的狭长脸庞污染着高密东北乡纯净的空气。"《丰乳肥臀》中的强梁好汉司马库以后恐怕就要从高密东北乡的大地上绝迹了，这种优质人种的缺失也与生养的土地由广袤的沙堆、土丘、河流变为拥挤的高楼大厦有密切的关系。现代化的都市环境在方便人们的衣食住行、吃喝拉撒的同时，也使人种由于缺少大自然严峻的考验而走向退化的不归之路，这就是莫言在《奇死》[①]中觉察到的生活的文明舒适与人种优良基因的退化之间的二律背反现象："那时候一律土法接生，医疗条件极差，婴儿死亡率极高，活下来的都是人中的强梁。我有时忽发奇想，以为人种的退化与越来越富裕、舒适的生活条件有关。但追求富裕、舒适的生活条件是人类奋斗的目标又是必然要达到的目标，这就不可避免地产生了一个令人胆战心惊的深刻矛盾。人类正在用自身的努力，消除着人类的某些优良的素质。"作为一个乡土之子从自身切实的观察和感受中体会到的现代文明对人种的进化戕害确实发人深思，显示了作者站在民间立场上的忧思和焦虑意识。

其次，循环论史观在民间的广阔市场显然也影响了莫言的创作理念。熟读《三国演义》的他自然知道历史发展的"分久必合，合久必分"的规律，生活中千年不变的小亚细亚的耕作方式形成的"日出而作，日落而息"的永恒轮回仿佛与历史的发展无关，这种无可记载的哀矜的边缘历史正是乡村生活的"常"与"变"的轮回交替的真实写照。所以，《红高粱家族》中的土匪余司令无论是伏击日本鬼子的汽车队，还是联合冷支队、偷袭胶高大队都没有逃出历史循环的埃舍尔

---

① 莫言：《奇死》，《昆仑》1986 年第 6 期。

怪圈。无论是情节的安排、结构的布局、展示的主题都与《三国演义》中表现的在私人利益的指挥棒下联合或打击对方的循环厮杀相类似，以实利相交的朋友与敌人的划分标准，在民间就变成了"没有永远的朋友，也没有永远的敌人"的循环模式。特别是在《高粱殡》①中，通过饱读诗书、熟知历史、深谙谋略的五乱子与爷爷余占鳌谈论赶走日本人之后、天下交给谁治理的国家大事，充分表现出民间受皇权意识影响的史观，改朝换代，但换汤不换药的朝代更替模式培养的是家国一体的固若金汤的观念。表面上对国家和党派不感兴趣，只知道杀人放火的"我爷爷"，实际上最心仪的是遵循老祖宗的章程做铁板国的皇帝。所以在听到五乱子的历史观和治国方略"中国还是要有皇帝！我从小就看'三国''水浒'，揣摸出一个道理，折腾来折腾去，分久必合，合久必分，天下归总还要落在一个皇帝手里，国就是皇帝的家，家就是皇帝的国，这样才能尽心治理，而一个党管一个国，七嘴八舌，公公嫌凉，婆婆嫌热，到头倒弄成了七零八落"时颇有种相见恨晚的知音之感，等到五乱子给他谋划怎样治国平天下登基称帝的谋略之后，老成稳重、见过世面的余占鳌竟然被强烈的兴奋刺激得失态，"狼狈不堪地滚下鞍来"。由此可见，即使是乡间的英雄人物和精英知识分子念念不忘的也是陈腐的宗族观念、封建等级制度和皇权意识，民国推翻了满清皇朝的帝王制度，但没有彻底根除千百年来形成的根深蒂固的皇权崇拜和膜拜意识。后来的高晓声在《李顺大造屋》《陈奂生上城》等系列小说中表达的"他们的弱点不改变，中国还会出皇帝的"观念，确实反映了历史的鬼魂对现实生活中的人们的思想观念的纠缠，真的如怨鬼那样执着，莫言在 20 世纪 80 年代的系列中篇小说中对历史的还原，也同样起到了振聋发聩的效果。

莫言在 20 世纪 90 年代的长篇小说《丰乳肥臀》中更多地表达的是对历史上革命循环论的反思和叩问，民间"成王败寇"的历史观念是没有是非原则的价值判断的，有的只是对历史风云中强梁人物的由衷赞叹和向往。革命抛弃了宏大的意识形态理念赋予的正义性、正确

① 莫言：《高粱殡》，《北京文学》1986 年第 8 期。

性和必然性的内涵支撑，就成了民间走马观花、你方唱罢我登场的没有道义的闹剧。在以母亲上官鲁氏的坎坷一生贯穿起来的历史发展脉络中，凸显的是各种党派和政治势力的循环绞杀，他们打着神圣的革命旗号，实际上都是中饱私囊、坑害老百姓的高密东北乡的蠹虫。无论是沙月亮的汉奸别动队与还乡团司马库的火拼，还是抗日大队鲁立人对司马库的反扑，无论是司马库杀了沙月亮，还是鲁立人以革命和人民政府的名义枪毙司马库，包括众多无辜的士兵在战场上成为革命旗号下的炮灰，都是历史的循环。革命的起源、价值意义、是非功过都是一团说不清道不明的乱麻，看到的只是革命对反革命的无情镇压与反革命对革命的疯狂报复。正如鲁迅所说："革命，反革命，不革命。革命的被杀于反革命的，反革命的被杀于革命的，不革命的或当作革命的而被杀于反革命的，或当作反革命的而被杀于革命的，或并不当作什么而被杀于革命的或反革命的。革命，革革命，革革革命，革革……"① 对普通的老百姓来说，不懂政治、感悟不到党派之争的正义与非正义之间的区别，他们切身感受到的是"暂时做稳了奴隶的时代"和"想做奴隶而不得的时代"的交替循环。

这种循环观念还体现在莫言对人的生死轮回的佛教思想的借鉴和讲究怪力乱神的齐文化的影响上。在民间的乡土社会中佛教的因果报应深刻地影响到了现世生活的人们，因为人们坚信死后会进入阴间，经过阎王爷生死簿的功过是非的宣判之后，只要是行善之人就可以善有善报，投胎转世到富贵之家。地域文化中有神论的盛行，自然对崇奉多元神的乡间产生对万事万物的敬畏感和神秘感。莫言在青少年时代受佛教文化和齐文化的熏陶形成的轮回观念确实具有比较浓郁的"魔幻"色彩，季红真在谈到莫言作品中的轮回死亡形态时说："正是由于中国民间把死看作生的延续，才有生的执着与死的悲壮，也还是由于在这样神秘的生死意识中升华起来的朴素生存信仰，能够诞生出豪强气息极浓的本色英雄，并且口头创造出无数英雄的史诗。"② 也许

---

① 鲁迅：《鲁迅全集》（第3卷），人民文学出版社1981年版，第532页。
② 季红真：《神话世界的人类学空间》，《北京文学》1988年第3期。

由于莫言在乡间听到太多的鬼故事和自身的现实经历的相互发酵，这使得他在 20 世纪 80、90 年代至 21 世纪的小说中出现了一系列有关人死后生命轮回的故事。《草鞋窨子》[①] 中的五叔讲的老光棍门圣武家住的"阴宅"，显然是指穿一身红缎子的女鬼住的地方，深更半夜"女人就在他身后叽叽嘎嘎地笑"和"一个小黑孩赶着匹小毛驴在屋里咯噔咯噔地走"，描绘的自然都是阴间的事情。《天堂蒜薹之歌》（1988）中被车压死的四叔夜里托梦给四婶，嘱咐她"有朝一日你出狱，把钱取出来，拿出一百元，给我扎座金库，多装进些财宝，阴间和阳间一样，干什么事都要走后门，没钱玩不转"。《奇遇》[②] 中的邻居赵三大爷死后念念不忘生前欠我父亲的五元钱，专门在清晨等我回家探亲时交给我玛瑙烟袋嘴抵债。《生死疲劳》（2006）中的地主西门闹怀着满腔的义愤和冤屈到阎王爷那里告状，阎王爷为了让复仇心理迫切的鬼魂洗净火气，以打破"冤冤相报何时了"的民间受血缘支配的不辨是非曲直的复仇模式，通过六道轮回的循环过程让冤孽深重的西门闹脱胎为大头儿蓝千岁。莫言虽从蒲松龄的文言小说《席方平》和佛教壁画中获得建构五十年乡村沧桑变迁的灵感，但特别凸显的对阎王、小鬼、黑白无常、油炸酷刑、孟婆汤等民间传说中的生死轮回的审美元素的描摹，不经意间暴露出好谈鬼怪、雅爱搜神的民间循环历史观念的神韵所在。特别是《战友重逢》[③]，对在对越自卫反击战中牺牲的战友钱英豪阴间生活的浓墨重彩的描绘，让活着的人窥见了革命烈士在墓地仍然列队军训、抛弃个人情感、舍小家顾大家的英雄风采。诸如此类的小说反映出莫言在齐文化的影响下，谈神说鬼的高超技艺，但也在不经意之间流露出投胎转世、生死轮回的宿命观念。

最后，民间独特的比较史观对莫言 20 世纪 80、90 年代至 21 世纪小说的素材选择、主题提炼、谋篇布局等方面都有明显的关联和影响。"比上不足比下有余""人比人得死，货比货得仍""有抬轿的就有坐轿的""都要好，孬给谁"之类的泯灭是非价值判断的比较史观，打

---

① 莫言：《草鞋窨子》，《青年文学》1986 年第 2 期。
② 莫言：《奇遇》，《北方文学》1989 年第 10 期。
③ 莫言：《战友重逢》，《长城》1992 年第 6 期。

破了辉煌的历史与不如意的现实之间壁垒森严的界限。设置祖先的辉煌业绩作为炫耀的资本，对照今人的庸庸碌碌产生的羞愧之情的情节作比较，显示出莫言穿越时空、实现古今对话的叙事意图，特别在早期的《红高粱家族》中更是如此。《高粱酒》中的奶奶违背生活常识，独出心裁地在鹿背上栽梅花、让蝈蝈出笼和唱歌的剪纸艺术，充分说明了她是一个不受理性约束的富有创造性和审美性的女强人。后代对她的独立果敢、天马行空的自由精神发出了由衷的赞叹："奶奶剪纸时的奇思妙想，充分说明了她原本就是一个女中豪杰，只有她才敢把梅花栽到鹿背上。每当我看到奶奶的剪纸时，敬佩之意就油然而生。"相比较奶奶造物主般的生气贯注、主动意识和创新精神，其孙子却"显得像个饿了三年的白虱子一样干瘪"。在故乡的"最英雄好汉最王八蛋"的历史上，《奇死》中的二奶奶恋儿以她诡奇超拔的死亡，为高密东北乡的大地涂抹了辉煌的色调，也唤起了深受现在理性和文明熏染的后代心灵深处某种昏睡着的神秘感情。和二奶奶的容光焕发、精神健硕的自然状态相比："二奶奶衣衫裙裾翩翩，一如入殓时的情景，她的实际相貌比我想象的要年轻、要漂亮"，我在二奶奶的铜镜中看到了"我的眼睛里的确有聪明伶俐的家兔气"的异化面貌；二奶奶的指点迷津的声音中所包含的大度思想，与我在城市中学来的没有生命体验的浅薄思想相比也是不可同日而语的："她的声音里透露出来的信息说明她的思想比我的思想要无边地深刻；她的思想宽厚、凝重、富有弹力而又安详坚固，我的思想像透明的笛膜一样在空气中颤抖。"因此，面对着祖先蔑视人间法规的不羁心灵、健拔豪迈的文化心态、创造的惊天动地的奇迹造成的巨大压力，后代在感到相形见绌的同时，也萌发了追随纯种红高粱的精神图腾来救赎自己在都市生活中被异化的勇气和决心。所以小说末尾的献词中写道："谨以此书召唤那些游荡在我的故乡无边无际的通红的高粱地里的英魂和冤魂。我是你们的不肖子孙。我愿扒出我的被酱油腌透了的心，切碎，放在三个碗里，摆在高粱地里。伏惟尚飨！尚飨！"在这种"招魂"文体中体现的"抉心自食，欲知本味"的解剖精神，正是在与祖先的不屈不挠、蓬勃旺盛的野性生命精神的比较中获得的拯救充分文化化了的柔弱生命力的药方。即使是退化为父子反目、兄弟阋墙、姑嫂勃豀、通奸乱伦的"食草家族",父辈中的某些行为仍然是后代的楷模。《二姑随后就到》(1988)中的父亲在向后代讲述他跟随两位表哥残杀了他的大爷爷和大奶奶的经过,展示了轰轰烈烈的食草家族辉煌的历史的丰富性和复杂性,浅薄的我们"坐在通风良好的宽敞的门楼里,目送着钢铁般坚强的父亲光膊赤足走向被强烈阳光照耀着的田野,感到我们自己的灵魂像被雨水浸泡过的草纸一样苍白",年老的父亲仍能在历史与现实之间不断变换视角,宛转自如地讲述过去的事情,仍能够在一遍一遍地讲述中不断加入自己的生命感悟,让后代觉得趣味无穷,这种能力和水平也让逻辑思维混乱、想象力贫乏、创造精神缺失的后代感到汗颜。

莫言在20世纪90年代的小说中不再将爷爷——父亲——儿子之间的生命力退化的差序格局作为相互比较的主题,当他的视角从家族文化的狭小天地转移到十字街头的现实生活的时候,通过插入的情节或偶尔的评论,在历史与现实的比较中发现世风日下、人心不古的现状。对过去的追怀和缅想,正是为了促使市场化的今天童心已泯、真情难觅、投机取巧、追名逐利的社会乱象逐渐走向良性循环的发展轨道。特别是在中篇小说《三十年前的一次长跑比赛》[①] 中,莫言以不太遥远的过去淳朴的风气和真挚的人性作为参照系,与以追求实利、功利和名声的现实相比较的良苦用心昭然若揭。在过去,大羊栏小学的五一运动会,在县领导高风同志的支持和关怀下,实际上已升格为县里的春季运动会,创造了被省体育界的人士认可的运动会的金牌含金量比全省运动会的金牌还要高的奇迹。"这样的奇迹大概只有在那个特殊的年代里才可能发生,那时人们的思想其实满开放的,没有那么多清规戒律,也没人把成绩看得太重,大家把运动会看成了盛大的节日,人人参加,个个高兴,绝对没有现在的运动会这样多的猫儿尿,什么高价雇用国家队的退役运动员冒充农民运动员,把全国农民运动会搞成了假冒伪劣运动会,什么喝鳖血的,吃疯药的,那时人民比现

---

① 莫言:《三十年前的一次长跑比赛》,《收获》1998年第6期。

在要纯洁一千多倍，不像现在这样有那么多不健康的思想。"宽松自由的环境条件和重在参与的健身目的，真正体现了"和平、友谊、进步"的奥林匹克宗旨。没有清规戒律产生的焦虑意识，才让每一个运动员超水平发挥创造人间的奇迹，以平和的心态对待竞赛的成绩、运动会成为人人参与的盛大节日、绝假纯真的实实在在的运动精神都为如今的运动会弄虚作假的行为树立了改正的标杆。那时候人的感情的纯洁和官员的廉洁自律，也是非常值得今天的社会珍惜的稀有元素，地区革委会主任秦穹视察运动会时，和老百姓一样用粗瓷大碗到大缸里舀水喝，"现在的地委书记，给他一根金条他也不会跟我们这些草民在一口大缸里舀水喝"。那时百姓和官员的鱼水之情也是如此的真挚和美好，为了欢迎地革委秦主任前来视察，赵红花的妹妹赵绿叶即使因为低血糖晕倒在地也不愿回家休息。"由此可见我们对秦主任的感情是很真的。现在当然不行了，现在别说是一个地区级干部，就是美国总统来了，让我们去欢迎，我们也不一定愿意去。"莫言在小说中不断地在历史与现实之间穿插闪回作比较，就是要达到知古鉴今的目的。正是这种比较史观使得小说在扩大了生活容量和思想意蕴的同时，也为喧嚣浮躁的当今社会敲响了警钟。

进入21世纪之后，莫言在小说中对历史与现实的生活状态的比较，更加侧重于工具理性的过度发展带来的负面因素的揭露和批判，尽管在文本的情节中由现实生活中出现的科技改变饮食、习惯、感觉、心态等方面的时候，偶尔提及技术水平落后的过去生产的无污染性的食品和匮乏的物质环境更能凝聚人的精神的反常现象，但在偶作比较的过程中体现的不以时尚为评判标准的保守退隐的心态还是显而易见的。从作者回忆历史的源泉和在小说中复现历史的叙事方式的影响策略来说，"回忆源自个人经历中的真实体会，但讲述回忆的方式则始终与回忆者在历史中形成的知识结构及其身处的当下情境有关。"[1] 莫言从饥饿的20世纪50年代的刻骨铭心的童年感受到21世纪琳琅满目

① 杨晓帆：《安置记忆的"历史"——读〈生死疲劳〉兼谈莫言长篇创作的有效期问题》，《南方文坛》2016年第5期。

的物质财富和生产力的极大提高带来的声色犬马的生活方式的嬗变，冰火两重天的巨大反差，更能让他在物质的极端匮乏的参照下强烈地感受到当下生活情境的过度消费带来的负面基因。所以这种两个时代的比较产生的心理落差，在21世纪初的短篇小说《姑妈的宝刀》（2000）中得到了充分展示。物质的贫困与精神的富足形成的鲜明对比，以及由此所表达的怀旧的思想主题与谈歌的《天下荒年》比较类似。也许在回忆历史的过程中有选择的记忆美化了曾经困苦的物质生活，主观化的记忆和感受在今昔的相互对比中更加突出物质和精神的二元对立，过去的衣不蔽体、食不果腹的生活比现在的脑满肠肥、衣衫臃肿更有滋味和奔头，回忆过去，既是一桩饶有趣味的工作，也有可能成为治疗脂肪多余症的药方。所以《天花乱坠》（2000）中特别强调过去的文化生活虽然没有现在的丰富多彩，但当年用灵魂看演出得到的印象要比现在用皮肉看演出的走马观花深刻数百倍。

"作家应该关注的，始终都是人的命运和遭际，以及在动荡的社会中人类感情的变异和人类理性的迷失。"[1] 莫言始终关注现代人的生活环境和优越条件的变化引起的人的心理情感、思想意识和价值评判标准的反映，浮躁的社会形成的各种不同的价值观念的碰撞，无论是富有人性的进步表现还是沉渣泛起的糟粕都在他的历史和现实的穿越对比中得到了真实反映。首先，从民众的饮食习惯、食品的种类、安全营养等方面的历史和现实的比较来说，20世纪70年代物资的极端匮乏导致的人们的饮食习惯是最喜欢吃那种入口即化的肥肉，莫言不无调侃地说自己从事文学创作的动机就是渴望一天吃三顿肥肉饺子，一咬饺子里面的肥油就冒出来，令人垂涎欲滴，这种美味和美食的评价标准已经随着时代的发展、物质生活的丰富发生了巨大变化，富裕起来的人们"嘴巴越来越刁，已经不满足于吃家养的东西，更喜欢吃野味"。片面追求口感的舒适和速成化的快速消费模式也会造成一系列的问题，所以在《生死疲劳》（2006）中叙事者见缝插针式的今昔对比更加表现出作家的良苦用心。20世纪70年代"大养其猪"的时

---

① 莫言：《小说的气味》，春风文艺出版社2003年版，第65页。

候，由地主西门闹投胎转世的猪十六吃的饲料用现代的标准来衡量就是真正的健康食品。由豆饼、薯干、麸皮和少量的优质树叶混合而成的无公害、纯天然的绿色食品，其营养价值和安全性远远超过现在的鸡鸭鱼肉和精粮细米；那时用健康的饲料喂养的猪蹄腿矫健、智力非凡，现代的猪被配方饲料和化学添加剂毒害得半痴半呆，绝对弱智，所以才有对这群各个脸谱生动、性格鲜明、神态各异的猪在"地球上再也找不到了"的伤感；喝过五粮液、茅台、白兰地、威士忌等中外名酒之后的狗小四才恍然大悟，前世投胎为猪时喝的虽是那种劣质薯干白酒，但还没有坏到现代人丧尽天良，用工业酒精勾兑白酒害人的程度。两相对比，现代人的道德底线一再降低、毫无操守的行为就在细节的轻轻点染中暗寓褒贬。其次，生活环境的变化带来的人们的思想和文化价值观念的嬗变，始终是莫言关注人类的命运和遭际的焦点。文学以人为中心、思考时代思潮、文化观念、精神信仰等形而上的意蕴也是莫言小说重点关注的对象。小说通过猪十六对竞争猪王的有力对手刁小三来自山林和大地的蓬蓬勃勃的野性精神的由衷赞赏，以及把这种原始的艺术气息和精神抬到远古的壁画和口头流传的英雄史诗一样的高度，正是对现代这个过分浮夸、矫揉造作、扮嫩伪酷的时代所匮乏的精神的深切感悟。当然，人类理性的狂热和本性迷失在任何一个时代的环境条件下也都存在，这是人类受生存处境的遮蔽必然存在的盲视与偏见，莫言在《蛙》（2009）中也毫不避讳这一点。"文革"中的红卫兵"破四旧"战斗队高呼口号："计划生育就是好，娘娘下河去洗澡！"，然后把送子娘娘抬出来扔到大河中的拆庙毁神行径，显然没有考虑到寺庙文化的传承积淀对民众的生育观念的深远影响，民俗文化在激进的破旧立新中的价值意义已没有人关注，唯新是尚的民族虚无主义的文化价值观念恰恰是作者批判的靶心；"三十年河东，三十年河西"的风水循环效应也降临到被毁坏的娘娘庙旧址上，重建辉煌庙宇、再塑灿烂金身的大张旗鼓的文化行为是以显著的经济效益为根底的，来到娘娘庙里怀着虔诚的心态求子的行为是多么的严肃与荒唐，极端毁坏又极端修建、极端亵渎又极端崇拜的两个时代的宗教文化价值观念的比较，令人触目惊心地看到彼此之间的弊端，二者殊途同归地指向理性迷失之后的人的愚昧的根源所在。

当然，社会的进步和发展对人的陈腐保守的价值观念的冲击也是有目共睹的，莫言在表现自己的怀旧的心理和情绪的时候，也采取辩证的思维方式和客观的评价标准将更加尊重人的隐私、更加符合健康人性的一面采取比较的方式展露出来。《生死疲劳》（2006）中的银河公社第一书记程正南对金美丽一见钟情，经过十年的苦苦追求，终于实现了有情人终成眷属的美满姻缘，只因为两人年龄相差二十六岁，在当时颇遭非议的舆论反应，归根结底是民众的保守的心理观念和习惯的婚恋标准在作祟，跨越年龄障碍的真爱，只要是合情合法都应该得到人们真挚的祝福，所以叙述人的"放在现在，谁还会去非议"的评价，便是显示了当今社会文化的多元化和民众的宽容心态。自传体小说《变》（2009）中提到20世纪80年代发生的两件事情，与放在今天可能具有的舆论反应的比较，由衷地赞叹人的命运和遭际与时代的思想观念的关系。一件事是拍摄电影《红高粱》的演员们给当地人留下的印象并不好，原因是他们打长途电话竟然达到四个小时，尽管电话费都是个人交的，也不妨碍其他人的事情，但关心别人的闲事和隐私胜过自身的利益的行为，其实是一种心理扭曲和变态的典型表征，而现在再也没人去管这些闲事即是代表着时代的进步。另一件事是20世纪80年代初的一个电影演员与几个女人发生过两相情愿的性关系，竟被认为是犯了严重的罪行，被判了十年徒刑，当时大多数人认为他罪有应得，没有人觉得量刑不当，事过境迁之后，叙事者采取归谬法认为："如果按照那时的标准来衡量当今社会的男女……那需要多少监狱啊！"将时代的发展带来的对人的尊重、谅解和宽容的人文精神表达了出来。

总体来说，莫言在乡土文化的浸染下深深感到历史传承和积淀的惯性力量远远大于现实生活中的变革力量，历史的古老鬼魂对现实生活中的人们的行为举止、思想观念和文化心理纠缠不休。正如鲁迅所说："我们一举一动，虽以自主，其实多受死鬼的牵制。将我们一代的人，和先前几百代的鬼比较起来，数目上就万不能敌了。"① 因此，

---

① 鲁迅：《鲁迅全集》（第1卷），人民文学出版社1981年版，第313页。

莫言更多地站在民间的立场上，远离政治意识形态的牵制和纠结，从人类的高度俯瞰人性的健康自由与懦弱异化的内在机制，表现出来的循环论、退化论和比较论史观确实启人深思。

二 "在地性"的启蒙意识

莫言揭开知识分子虚构的田园风光和桃花源梦想的虚幻面纱，露出的是乡村大地的贫瘠、麻木、闭塞、落后、荒凉的灰暗色调，展示的是对祖祖辈辈生活期间的人们的沉重的心理压抑的原始风景。土著人的身份特征注定了他与下乡知青这些"外来者"或"闯入者"对乡村情感、生活观念、价值选择、启蒙意识等方面的不同，相比较于知青受到西方的现代文化观念的刺激形成的"反应—回馈"式的文化寻根机制，他的寻根小说的文化反思所呈现出的启蒙意识具有鲜明的"在地性"特征。"他对那块故土又爱又恨的情感，决定了他的'寻根'并没有知青群体的那种观念性的文化反思态度，他只有与乡村血肉相连的情感和记忆——这就是他始终的'在地性'。"① 比照《红高粱》中，对埋葬祖先灵骨的故乡按照马克思主义的辩证法所作的是非美丑的两极评价："高密东北乡无疑是地球上最美丽最丑陋、最超脱最世俗、最圣洁最龌龊、最英雄好汉最王八蛋、最能喝酒最能爱的地方。"不难发现极端热爱和极端仇恨的背反情感，都是他逃离故乡与生养自己的故土拉开一定的时空距离之后启蒙意识的表现。因为只有借助于"离去—归来—再离去"的回乡记忆形成的"他者"文明的视角，才能对原乡风物和世态人情的打量和评判采取综合辩证的态度。难以割舍的情感关系让莫言在故乡中选择的入乎其内、又超乎其外的启蒙意识具有浓郁的在地性特征，这在莫言离开家乡十年、接受现代大学教育和都市文明的熏染之后，回忆自己与故乡的关系时说的肺腑之言中表现得特别明显："尽管我骂这个地方，恨这个地方，但我没有办法割断与这个地方的联系。生在那里，长在那里，我的根在那里。

① 陈晓明：《"在地性"与越界——莫言小说创作的特质和意义》，《当代作家评论》2013年第1期。

尽管我非常恨它，但在潜意识里恐怕对它还是有一种眷恋。这种恨恐怕是这样的，我一直湮没在这种生活里，深切地感到这地方的丑恶，受到这土地沉重的压抑。"① 如果没有离开故乡形成的现代思想意识和价值评判标准，就只能感受到闭塞保守的贫困乡村和苦难沉重的贫瘠土地对年轻的生命造成的心理压抑；而一旦有机会离开故乡，隔着异乡的审美距离遥望出生之地的山山水水的时候，一种眷恋之情便会油然而生。这就是莫言带着启蒙的眼光反思回顾乡村时形成的爱恨交织的心理机制和情感评价特征，由此也形成了他的"在地性"启蒙意识的隐性色彩和斑斓色调。

首先这种启蒙意识在莫言20世纪80、90年代的小说中体现为对文明理性的倡导和反思上。从词源上说，"启蒙"一词的总词义是"教导蒙昧""开导蒙昧"，它"具有两个鲜明的特点，一是强烈的教育他人的意味，所谓'教育童蒙'，'教导初学'；而另一个则带有工具、功用性质，所谓'示人门径'。而这正体现了汉语文化思维的特征"②。对莫言来说，西方的现代文明和工具理性带来的科学、民主、独立、自由的价值观念，对高密东北乡的历史与现实生活中的蒙昧、无知、野蛮、丑陋的习俗将是一种改变和拯救的方药。莫言目睹乡村大地上的金莲情结对女性身心的压抑和摧残是充满着同情和悲悯之心的，千百年来根深蒂固的男权意识是把女性的脚作为第二性征进行审美和赏玩的，儿时目睹母亲伤痕累累的畸形小脚造成的行动不便，激发起莫言跨越历史时空的深思和评判。他在《红高粱》（1986）中对奶奶戴凤莲的小脚引发的与轿夫余占鳌天凑地合的情缘，是站在现代启蒙的立场上向封建礼教发出的挑战和宣言，但他对小脚本身所体现的病态审美和残忍通过曾外祖母——奶奶——母亲的女性谱系淋漓尽致地揭示了出来："曾外祖母是个破落地主的女儿，知道小脚对于女人的重要意义。奶奶不到六岁就开始缠脚，日日加紧。一根裹脚布，长一丈余，曾外祖母用它，勒断了奶奶的脚骨，把八个脚趾，折断在

---

① 莫言、陈薇、温金海：《与莫言一席谈》，《文艺报》1987年1月10日。
② 黎保荣：《何为启蒙——中国现代文学启蒙内涵及其演变新论》，《文学评论》2013年第1期。

脚底，真惨！我的母亲也是小脚，我每次看到她的脚，就心中难过，就恨不得高呼，打倒封建主义！人脚自由万岁！奶奶受尽苦难，终于裹就一双三寸金莲。"对于未受现代文明洗礼的愚昧民众，就只能像《丰乳肥臀》（1995）中的于大巴掌一样，不仅大张旗鼓地在自家大门口上挂了莲香斋的牌子，对自己的妻子的小脚反复欣赏把玩，还对小脚出众的侄女璇儿视为待价而沽的奇珍异宝。冯骥才的《三寸金莲》中所说的"小脚里藏着一部女人的历史"，就是莫言最刻骨铭心的体会和感受。所以他总是喜欢从历时态的顺序探究小脚里面包含的女性辛酸史和苦难史，落脚点也总是在与叙述者自己有着最密切的亲缘关系的母亲的角色上。在《丰乳肥臀》中也是从母系的血缘关系梳理代代相传的男权文化语境中的金莲情结，以及对女性的同化和异化。鲁五乱家（姥姥）"那两只只有一只指甲盖的尖脚"让德国兵惊愕不已，大姑姑（姑奶奶）"窄窄的尖脚"也让天足的侄女从幼小的心灵中发出真挚的赞叹，然后浓墨重彩地铺陈和渲染母亲的姑姑为把她培养为最模范的淑女而精益求精的裹脚过程："她用竹片把母亲的脚夹起来，夹得母亲像杀猪一样嚎叫，然后用洒了明矾的裹脚布千层万层一层紧似一层地缠起来，缠紧了再用小木槌均匀地敲一遍。"有意迎合男性畸形扭曲的审美癖好的阴暗目的与自私残忍的手段的比照产生的激愤之情，显然是深谙陈规陋习对女性的压制和束缚的莫言，站在男女平等、女性自立、妇女解放的启蒙立场上的情感态度。这样的启蒙主题不仅从 20 世纪 80 年代延续到 90 年代，而且在 21 世纪出版的长篇小说《檀香刑》（2001）中也在对知县钱丁的妻子的小脚描绘中予以贯穿，由此可见，莫言由现实生活中母亲的小脚本事，演绎为虚构的诗学的过程中一以贯之的启蒙意识。

对于故乡的针对女性的陈规陋习不是哪一个具体的男人的奇思妙想的结果，而是千百年来形成的习焉不察的文化价值观念和约定俗成的审美习惯，惯性成自然、日用而不知的愚昧恶习成为"无意识无主名"的杀人团而不受任何的谴责，这只有在跳出乡村文化的圈子，用"他者"的异质文化的视角打量，才能切身感受到它的野蛮无人性。莫言的小说深受故乡的"在地性"的牵制和拘囿，他说："我就隐隐约约地感觉到了故乡对一个人的制约。对于生你养你、埋葬着你祖先灵骨的那块土地，你可以爱它，也可以恨它，但你无法摆脱它。"① 在故乡长达二十一年的生活中，莫言感受最深的除了小脚对女人的残酷折磨，可能就是包办婚姻或换亲，把女性作为传宗接代的工具造成的悲惨命运。因此，在莫言20世纪80、90年代至21世纪的小说中，也始终把女性命运的关注作为贯穿始终的启蒙主题。历史上的"我奶奶"（《红高粱》）尽管憧憬着如意郎君与自己相亲相爱，但还是在贪财的父亲的一手包办之下，把她嫁给了患有麻风病的单扁郎来换取一头大黑骡子。所谓的"父母之命，媒妁之言"，不过是打着冠冕堂皇的旗号行使见不得人的私欲的遮羞布，这就是在三从四德的礼教文化中培养的大家小姐或小家碧玉的共同命运。莫言深切地感受到男权文化对传统的女性戕害之深，所以他才对打破封建礼教的条条框框、无所顾忌、自由自在、白昼宣淫的祖辈发出由衷的赞叹："奶奶和爷爷在生机勃勃的高粱地里相亲相爱，两颗蔑视人间法规的不羁心灵，比他们彼此愉悦的肉体贴得还要紧。他们在高粱地里耕云播雨，为我们高密东北乡丰富多彩的历史上，抹了一道酥红。我父亲可以说是秉领天地精华而孕育，是痛苦与狂欢的结晶。"这是站在女性解放的高度上表现出的比较鲜明的启蒙意识，因为莫言知道在爷爷奶奶生活的年代，性观念比较保守的乡村是不太可能出现蔑视封建礼教、崇尚恋爱自由的叛逆者的，所以他才特别鼓励那些冲出封建礼教的牢笼、自由自在地追求爱情的先行者，哪怕是触犯禁忌的乱伦，站在真挚的爱情所具有的触动人的灵魂的力量上，也不能轻易地以封建卫道者的面目作出简单的批判和否定。这是他在中篇小说《红蝗》（1987）中对食草家族的生蹼祖先发生的为了爱情甘愿触犯乱伦禁忌接受烧死酷刑的悲剧所作的评论："这场轰轰烈烈的爱情悲剧、这件家族史上骇人的丑闻、感人的壮举、惨无人道的兽行、伟大的里程碑、肮脏的耻辱柱、伟大的进步、愚蠢的倒退……已经过去了数百年，但那把火一直没有熄灭，它暗藏在家族的每一个成员的心里，一有机会就熊熊燃烧起

---

① 莫言：《我的故乡与我的小说》，《当代作家评论》1993年第2期。

来。"他之所以用不避嫌疑、自揭其短的方式为祖先的异端行为大唱赞歌，就是因为他希望现实生活中家族的每一个成员都要寻求机会，点燃恋爱自由、婚姻自主的理想之火。

当莫言从虚幻的历史时空穿越到坚实的民间大地上的时候，他发现丰满的理想与骨感的现实之间有太大的距离。哪怕到了 20 世纪 80 年代改革开放的春天，也不能把根深蒂固的女性工具论从爱情和婚姻的殿堂中除去。在比较偏僻的乡村，如果家庭贫寒或者儿子身心有残疾娶不上媳妇，就要拿姐姐或妹妹为自己换亲或转亲，这当然是"在男尊女卑、传宗接代等陈腐思想意识的支配下，以牺牲女儿为代价，来成全儿子的行为"①。这种以牺牲女儿的终身幸福为代价达到传宗接代的目的的野蛮习俗，在乡村看来是天经地义的行为，但莫言显然对这种一遍遍重演的悲剧，持有启蒙意义上的否定态度。《天堂蒜薹之歌》（1988）中金菊的大哥是个瘸子，三家有残疾的男子只好用彼此的妹妹转亲来完成自己的婚姻大事，金菊、自己未来的嫂子曹文玲和未来的小姑子就成为宗法制文明下的牺牲品，在无爱的婚姻中了此残生。由于金菊和高马的自由恋爱破坏了三者之间的转亲关系，金菊遭受禁闭、高马遭毒打以及二人的恋爱悲剧都在强烈地控诉封建礼教的野蛮行径。《翱翔》（1991）中的亲妹子杨花为了给四十岁的老光棍哥哥换媳妇，嫁给了燕燕的哑巴哥哥，燕燕自然嫁给了杨花的黑脸大麻子哥哥洪喜，彼此都是在母爱的要挟下不得不尽的责任和义务。但洪喜的面目丑陋、惨不忍睹吓坏了拜完天地的燕燕，她为了反抗这无爱的婚姻，逃跑之后获得飞翔的本领，冲出男人猎捕的包围圈，显然具有明显的隐喻色彩，它意味着女人只不过是男人即将捕获的猎物，即使是获得了神助的飞翔的奇迹也难逃众人布置的天罗地网。平等、自由和文明借助国家意识形态的宣传并没有在民众的心中真正扎根，启蒙的局限性在残酷的现实面前已昭然若揭。

即使是生活在比较开放的地方的不用换亲的女性，也逃脱不了被羞辱的凄惨命运。长久以来形成的对富有个性意识的女性的傲慢和偏

---

① 王义祥：《当代中国社会变迁》，华东师范大学出版社 2006 年版，第 37 页。

见，注定了觉醒的女性的生活悲剧。进入 21 世纪的莫言，当把笔触从熟悉的爱情婚姻题材转向固若金汤的男权文化宿命地造成女性完全可以避免的悲剧的时候，其流露出的悲悯和同情便显示出作者浓郁的人道主义情怀。《冰雪美人》（2000）中的少女孟喜喜因为胸脯高耸，"头发浅黄，波浪着，披在肩上"的时髦打扮，在中学阶段就受到了戴有色眼镜的年级主任在全年级大会上指名道姓的批评，对她爱美的天性和纯洁的心灵予以压制和污蔑，甚至在神圣的课堂上用下流的语言污蔑她干上了"那一行"。当孟喜喜有病到叔叔开的诊所看病的时候，叔叔和婶婶的阴阳怪气的讽刺、话里有话的嘲弄、故意拖延的傲慢，终于将一个如花似玉的少女送进鬼门关。小说选择学校和医院这样的公共空间对个体的私人空间的规训和惩罚，显示出社会对觉醒的女性的个体意识、主体行为和独立人格的漠视。女性逃脱不出被消费和戏弄的"她者"的命运，所以《倒立》（2001）中的谢兰英在省委组织部副部长孙大盛和其丈夫"小茅房"的怂恿和逼迫下，只好不顾自己年老体衰的无情现实，当众表演年轻时候的绝活——在舞台上拿大顶。当她沉重的双腿终于举起来的时候，"她腿上的裙子就像剥开的香蕉皮一样滑下去，遮住了她的上身，露出了她的两条丰满的大腿和鲜红的短裤"。这种带有情色意味的低俗景观是心理肮脏龌龊的孙部长和逢迎拍马的丈夫都能预见到的，看与被看的主动和被动的关系，充分显示出当今社会女性在官僚文化和男权文化的合谋中的可怜地位，即使是接受现代文明浸染、懂得自尊自爱的都市白领也在男人设置的陷阱中乖乖地跳下去，无奈地成为牺牲品。她在表演完后"慌忙站起，双手捂着脸，歪歪斜斜地跑出了房间"的举动，也是对酒桌上窥视隐私的男性的一记耳光，倒立的形体和精神、有形与无形的双重含义造成的讽刺意味，也是对具有霸主地位的男权意识的无声反抗，说和做、感性和理性、接受文明的观念与具体实施之间的鸿沟，在在说明启蒙的任务任重而道远。

莫言由此看到了启蒙的无效性，具体的启蒙的比较复杂的环节间任何一个链条出了问题，就会将启蒙的效果功亏一篑。不是人们不理解启蒙的重要性问题，而是具体实施过程中存在的各种思想、习俗和文化因素制约着启蒙的顺利进行。因此，不仅在启蒙的对象和对象的启蒙之间要寻求到相互沟通的最佳渠道，要在尊重民众启蒙的意愿和启蒙民众的方法之间架起跨越艰难鸿沟的桥梁，还要对启蒙的武器本身和我启你蒙的主客体的启蒙方式进行反思和批判。但对启蒙的武器再启蒙本身就意味着启蒙的内涵发生了逆转，从而使启蒙呈现出复调的特征。具体在莫言的小说中，乡土文化的"在地性"特征使得他不太相信现代文化和文明的工具理性能够带来拯救纤弱退化的人性的药剂，启蒙武器中的现代文明本身就蒙蔽了原始文化中粗犷野蛮的活性基因，所以他要采取祛蔽和返魅的方式，重新打捞被现代文化遮蔽的雄强蛮力，来增强文化的生机和活力。在《高粱酒》（1986）中的一段神来之笔，可谓将野蛮文化的力量渲染得淋漓尽致："高密东北乡红高粱怎样变成了香气馥郁、饮后有蜂蜜一样的甘饴回味、醉后不损伤大脑细胞的高粱酒？……正像许多重大发现是因了偶然性、是因了恶作剧一样，我家的高粱酒之所以独具特色，是因为我爷爷往酒篓里撒了一泡尿。为什么一泡尿竟能使一篓普通高粱酒变成一篓风格鲜明的高级高粱酒？这是科学，我不敢胡说，留待酿造科学家去研究吧。"时隔三十年创作的《生死疲劳》（2006）中对这种未受现代文化熏染的原生态的野蛮精神还是通过动物之口再次表达出来，猪王猪十六之所以不想让自己的最强大的竞争对手刁小四死掉，是因为感到这个杂种身上有一种蓬蓬勃勃的野精神，"这野精神来自山林，来自大地，就像远古的壁画和口头流传的英雄史诗一样，洋溢着一种原始的艺术气息，而这一切，正是那个过分浮夸的时代所缺少的，当然也是目前这个矫揉造作、扮嫩伪酷的时代所缺乏的"。这显然是对启蒙文化中理性和科学的快意叫板，非理性的、丑恶的、野蛮的文化往往能对理性的、熟烂的、柔弱的现代文化起到补偏救弊的作用。对善恶并存的文化基因中"恶"的因素的重视，显然是因为莫言看到了启蒙的武器本身所具有的缺陷，所以他才像沈从文的原乡主题所表现的那样，希望"把野蛮人的血液注射到老态龙钟、颓废腐败的中华民族身体里去，使他兴奋起来，年轻起来，好在 20 世纪舞台上与别个民族争生存权利"①。

---

① 苏雪林：《沈从文论》，《苏雪林选集》，安徽文艺出版社 1989 年版，第 456 页。

另外，莫言看到中国儒家文化的教化作用对五四以来的启蒙者潜移默化的影响，他们基本上采取"我启你蒙"的高高在上的姿态让被启蒙的对象处于尴尬的失语状态，这样，启蒙者滔滔不绝的布道实际上就是在缺席"他者"状态下的自说自话。当打破这种源远流长根深蒂固的教化意识，去采取以宽容为根基的"对话"方式进行启蒙的时候，实际上就将启蒙的重心下移到了启蒙的对象和教化的方式等方面。这样，"不仅使'被启蒙者'发出了自己的'声音'，而且能反剖其自身弊病。在这一方面，反观莫言的小说，便与鲁迅有着不小的相似之处"①。不妨拿鲁迅的《祝福》和莫言的《白狗秋千架》作一下比较，就可以看到二者在启蒙的方式方面上的相似之处。《祝福》中的"我"作为见过世面、接受现代教育、富有新思想的知识分子，面对着像祥林嫂那样迷信、愚昧、麻木、保守的大众正承担着启蒙者的责任，可面对被启蒙者的询问"人死后有没有灵魂""地狱是否存在""死掉的一家人能否见面"等最需要解答的问题，启蒙者信仰的科学、民主、文明等锦囊妙计全失去了用武之地，所以我的"也许""然而""未必"等模棱两可的回答，"吞吞吐吐"和"支吾"的说话神态和表情都充分展示了启蒙者的尴尬状态。这样的尴尬状态在《白狗秋千架》（1985）中回乡的大学讲师"我"面对着儿时的青梅竹马"暖"渴望要一个响巴的卑微愿望时也同样存在，"暖"因为破相只好嫁给了"弯刀对着瓢切菜"的哑巴，连生了三个哑巴的"暖"并没有被生活的磨难压得丧失生活的信心，所以在小说的最后，她颇费心机地等到我，说明自己卑微的愿望和要求："我正在期上……我要个会说话的孩子……你答应了就是救了我了，你不答应就是害死了我了。有一千条理由，有一万个借口，你都不要对我说。"面对着合乎人性但不符合文明理性和伦常道德的要求，启蒙者是无法按照理性设计的单声道的话语方式，指责被启蒙者的愚昧和荒唐的心愿，此时用"……"戛然而止就将启蒙者的失语状态暴露无遗。的确，让被启蒙者开口说话之后，"如何启蒙"就成为二者展开沟通和对话必须思考的问题。

---

① 张博实：《莫言之后——莫言小说与文学审美价值判断》，《当代文坛》2013年第4期。

其次，莫言的启蒙意识也体现在对人性弱点的揭示和自审上。对于生于斯、长于斯最终也葬于斯的故乡的人和事，有很多都化为小说的题材、情节和细节，成为他建构高密东北乡王国的不可缺少的组成部分。但当作者采取外来者的启蒙视角直面那些熟悉的生活、钩沉历史的蛛丝马迹、探赜人性的幽深暗箱时，他"不是安静地沉下去，温存地咀嚼着，而是搅动着古老的宁静，让沉渣泛起，一切隐性的罪过和恶习在善恶交错里浮现着"①。莫言以"在地性"的平视视角打量历史与现实中的罪过和恶习时，他对在恐怖与陷阱、谎言与欺骗、虚伪与敷衍、尔虞与我诈的生存环境中养成的伪善和城府的人性弱点感受特别深，"依自不依他"的启蒙意识很容易被善于伪装的生活氛围所吞噬。所以他才对"身在江湖、心不由己"的生存现状孕育的人性虚伪的弱点作不遗余力的揭示和暴露，成为他20世纪80、90年代至21世纪的小说透视人性的一个窗口。在《民间音乐》② 中游手好闲的三斜在黄眼的油条铺子前与店主搭讪的目的是吃不花钱的油条，"诡诈地笑笑"与"说了一通鬼话"都是为了达到目的的手段，为了自己卑俗的欲望而采取迂回曲折的战略和战术，无意之中展示了人性虚伪的一面。《红蝗》③ 中叙事者站在超阶级的人类的立场上，挖掘习焉不察的日常生活中表现出来的丑陋和卑琐的人性："狼与小羊"的寓言故事中表现的狼的凶残、恶毒，与人"吃了羊羔肉却打着喷香的嗝给不懂事的孩童讲述美丽温柔的小羊羔的故事"相比，人性的虚伪比起丛林法则支配下的狼的行为不是太令人汗颜了吗？人类用美丽的谎言将语言的修饰功能发挥到极致的目的，在于掩饰自己内心卑鄙无耻的欲望，"聪明反被聪明误"就是人类玩弄文字游戏所遭受到的物极必反的报应结果。所以莫言站在启蒙的立场上，对自以为是的深陷欲望的泥淖中难以自拔的现代人发出了警告："人，不要妄自尊大，以万物的灵长自居，人跟狗跟猫跟粪缸里的蛆虫跟墙缝里的臭虫并没有本质的区别，人类区别于动物界的最根本的标志就是：人类虚伪！"也许

---

① 孙郁：《莫言：与鲁迅相逢的歌者》，《当代作家评论》2006年第6期。
② 莫言：《民间音乐》，《莲池》1983年第5期。
③ 莫言：《红蝗》，《收获》1987年第3期。

人类的习惯成自然的虚伪本性，通过一个畸形儿的"他者"视角进行细致的观察会更鲜明地表现出来。莫言在《罪过》①中设置了一个弱智儿童大福子站在边缘的角度观察弟弟淹死之后男女老少的表情："我看到了他们貌似同情，实则幸灾乐祸的脸上的表情。"他们怀着看热闹的目的为自己单调贫乏的生活增添一点色彩和乐趣，却又为自己不可告人的想法涂抹上同情的油彩，在传统的道德规范和人情世故的熏染下成为非本真存在的异化的人，这一切在大福子不谙世事的眼光打量下就露出了麒麟的马脚。即使是至亲的人也不例外，由于聪明伶俐的弟弟和弱智愚笨的哥哥之间的巨大差距，导致亲生母亲在二者之间失态的虚伪表现深深刺痛了大福子的稚拙心灵。在还没有确定小福子是否死去的时候，"娘跑到牛的近旁，梦呓般地说：'小福子，小福子，娘的好孩子，醒醒吧，醒醒吧，娘包粽子给你吃，就给你吃，不给大福子吃……'"；而在确认小福子已死之后，娘的感情和态度发生了一百八十度的大转弯，抱住大福子的胳膊做出亲密状、"我的儿"和"指望你"之类的亲情话语显然都带有太多的做作和伪饰的色彩。

在20世纪90年代的欲望化和消费化的时代语境中，莫言发现拥有现代理性和文明的人们，在金钱和色情的双重夹击下退化为康德所说的无法使用理性的"未成年"人。在康德的启蒙理性看来："所谓未成年，指的是人在一种无法使用理性（raison）的愚昧状态下屈从于他人的权威。……只有人自身发生改变，才可能摆脱这种盲目屈从的未成年状态，而这种改变只有通过人对理性的自觉使用，正是让理性使人在自己的意愿里从对权威的盲从中走出来。所以，康德的'启蒙'是由意愿、权威、理性之使用这三者的原有关系的新变化中重新构序的。"②人类单薄脆弱的理性在权威和意愿的合谋中就走向了启蒙的反面，特别是潘多拉魔盒的打开使得欲望化的行为方式按照"压抑—反弹"的规律走向了极致，人性的虚伪就以赤裸裸的方式呈现在光天化日之下，这对渴望以西方的启蒙意识和价值观念帮助国人脱离感

① 莫言：《罪过》，《上海文学》1987年第3期。
② 张一兵：《批判与启蒙的辩证法：从不被统治到奴役的同谋》，《哲学研究》2015年第7期。

性化和欲望化的泥潭的莫言来说，无疑有很深的感触。所以，在20世纪90年代的小说创作中，他重点将人性放到了金钱和美女的实验平台上，进一步剖析"食色"的本性内涵对虚伪的人性养成所起的重要作用。在中篇小说《怀抱鲜化的女人》①中的上尉王四本来是回家结婚的，可是怀抱鲜花的女人洁白如玉的臂膀和温柔优雅的举止勾起了他的情欲，心中欲望的黄色火焰熊熊燃烧起来的焦渴和邪念，却用"调皮鬼""小坏蛋""支使你的狗咬了我"之类的玩笑的方式把它遮掩起来，用灼热的嘴唇感受了她的凉森森的皮肤和发出的淡淡的青草味道。并且在女人用沉默不语的方式弄得他身败名裂、未婚妻分手、亲人离散之后，他本来对这个紧追不舍的怀抱鲜花的女人毫无兴趣，但还是表现出很热情的样子搂抱了她赤裸的身体和她亲吻。当然，莫言也感受到了市场经济条件下商品拜物教对蒙蔽人的本性所起的重要作用，他把这一切发生的事情以原生态的方式赤裸裸地揭示的目的，自然也是为了引起疗救的注意。《酒国》（1993）中的"莫言"集作者、叙事者、参与者于一身显然也具有调侃的成分，在滑稽的背后所体现的勇于自剖的自省精神更体现了启蒙的精髓。小说中的人物"莫言"对酒店经理余一尺的逢迎拍马："大哥，大哥，什么钱不钱的，为大哥这样的奇男子树碑立传，是小弟应尽的义务，什么钱不钱的……""大哥的魅力也很重要"，显然是在金钱的魔棒之下言不由衷的虚伪套话。如果金钱和性结合起来，那么女人卖春、男人卖笑就作为人性的试金石将虚伪和邪恶的本质特征暴露无遗，这是莫言在20世纪末的长篇小说《红树林》（1999）对城市色情化景观的细致观察和认真思考之后，本着一个启蒙知识分子的良知得出的结论。在都市华丽的外衣包装的暧昧氛围下，工具理性的过分膨胀导致启蒙理性的全线溃败。做鸭子的俊俏男子为了金钱要克服心理上的排斥情绪，虚情假意地和富婆调情；妓女为了提高自己的高雅品位换取更多的钱财，竟然用思想、知识和文化包装自己。涵养、教化、知识、思想、文明、理性等启蒙内涵中的基本元素竟然成为奴役自己、成为金钱奴隶的帮凶，人类的虚

---

① 莫言：《怀抱鲜花的女人》，《人民文学》1991年第7—8合期。

伪与堕落反而随着科技文明的发展愈演愈烈，这难道也是启蒙的辩证法吗？所以面对此情此景，"我实在没有想到，人类也已经堕落到了这种程度"，便是莫言对性交易的丑陋表演的真实感受。

这实际上已涉及对启蒙的本体内涵进行反思的问题，而莫言的可贵之处在于他对启蒙者自身的文化心态、人性弱点和行为方式的反思触及启蒙的病根和盲区，启蒙者总是在高高在上的等级秩序中，把自己排除在需要启蒙的对象和范围之外。"在近现代中国，知识分子大多是自以为是地扮演着'启蒙者'的角色来启蒙大众，如祥林嫂这样的'大众'。他们建构一种知识分子／大众这样的等级秩序，进而来树立他们自己'导师'的权威形象。而这些知识分子在自以为处于'优等'地位的同时，实际上也是另一种'愚昧'的表现。"① 启蒙者由于视域的限制，总是把自己放在真理在握、不需要反思和解剖的导师的位置上，这是很成问题的事情。莫言在 20 世纪 80 年代的小说中就以超前的意识，对启蒙主体的身份特征、资格能力、文化信仰、道德品质等方面作了不在场的反思与批判，《奇死》（1986）中本来作为启蒙者的知识分子，在家族的亡灵发出的指点迷津的启示下，发现自己竟成为需要启蒙的"可怜的、孱弱的、猜忌的、偏执的、被毒酒迷幻了灵魂的孩子"，需要从大地安泰中获取一株纯种的红高粱作为自己闯荡荆棘丛生、虎狼横行的世界的护身符，启蒙者与被启蒙者身份的逆转是莫言"在地性"的启蒙意识的独特发现，在 20 世纪 80 年代"文明与愚昧的冲突"成为主旋律的时代语境中尤为可贵。另外，启蒙者的道德修养和人格自律的问题也是需要自审和叩问的，《红蝗》（1987）中受过高等教育的"我"被一个都市女人打的两巴掌，就把几十年的道德教育铸造成的"金钟罩"打得粉碎，面对女人鲜红、丰满的嘴唇所具有的性诱惑，"我惊讶地发现我身上也有堕落的因素"，文明的人性向野蛮的兽性的转化，实际上是对启蒙者自身具有的善恶二重性表征的理性认识，是真正意义上的对启蒙主体的启蒙。也许莫言对"传道、授业、解惑"的教师，作为启蒙者高高在上的教化意识比较反感，

---

① 张博实：《莫言之后——莫言小说与文学审美价值判断》，《当代文坛》2013 年第 4 期。

所以他在《红蝗》中对满头银发的教伦理学的教授道貌岸然的行为下着锐利的解剖刀，"教授说他挚爱他的与他患难与共的妻子，把漂亮的女人看得跟行尸走肉差不多"。可实际上，老不正经的教授暗地里却在和可以做自己女儿的大姑娘搞不伦之恋。《十三步》（1989）中德高望重的重点中学的马校长在向王副市长哭诉学校的困难情况时，简直就是一个"做戏的虚无党"和典型的职业演员："马校长擤了一下鼻涕，眼圈子通红，只要稍微努一下力，泪水就会盈出眼眶。但最能打动人心的是欲流不流的泪水。文明节制不失分寸，只有十足的笨蛋才在政治家面前哭得鼻涕一把泪一把。"启蒙者为了外在的利益，就匍匐在政治权力的脚下无操守的虚伪行为是非常令人不齿的，是对启蒙不依附于权威、充分发挥意愿的主观能动性、独立运用理性的莫大讽刺。

对于启蒙者的犬儒主义的心态和行为方式，莫言随着生活阅历的增长也抱着设身处地的理解。启蒙者的光环褪色之后流露出的人的社会属性与自然属性的对立关系，注定了人性固有的弱点和缺陷。人的自然属性受文化教养、社会制度、宗法习俗等因素的制约，但不会根除。"人来源于动物界这一事实已经决定人永远不能完全摆脱兽性，所以问题永远只能在于摆脱得多些或少些，在于兽性或人性的程度上的差异。"① 既然如此，就没必要将启蒙者的道德品质放到超出普通人的另类的比较高尚严格的标准上加以要求，还原为一个普通的人而不是公众良知的有机知识分子的角色认知，成为莫言在 21 世纪刻画启蒙者形象的一个突出表征。《蛙》（2006）中的作家蝌蚪按照传统的职业身份的自我期许应该是"铁肩担道义，妙手著文章"的认真实践者，对社会的不公平的现象和问题应该秉承着彻底的不妥协的态度斗争到底。但通过一件抓抢劫要饭人的一百元的小孩子的小事，却将良知、正义、牺牲、独立、自我等启蒙者应具有的基本素质抛到了九霄云外。本来是见义勇为的启蒙者对不劳而获的蒙昧者进行理直气壮的教育的

---

① 中共中央马克思恩格斯列宁斯大林著作编译局：《马克思恩格斯选集》（第三卷），人民出版社 1995 年版，第 442 页。

绝佳机会，到头来追捕与反追捕的剧情却发生了逆转，启蒙者蝌蚪成为狼狈不堪的被追赶者，残酷的现实为他上了生动的一课。但叙事者并没有让精疲力竭的启蒙者的狼狈行为到此为止，而是采取了"盯着人物写"的方式深入挖掘启蒙者内在灵魂方面所具有的国民劣根性。比如如此潦倒狼狈的蝌蚪自我安慰的方式与阿Q如出一辙，"与这种人，又有什么道理好讲？算了，算我倒霉。不，这是上帝在考验我，忍了吧，能忍则安，我是胸有大志的人，我是正在创作一部话剧的作家，这些遭际和感受，都是上等的素材。大人物之所以能成为大人物，就是能忍受常人不能忍受之苦难、之屈辱，比如能忍胯下之辱的韩信，比如能忍陈蔡之饥的孔夫子，比如能吞下自己粪便的孙膑……与这些圣人、先贤相比，我吃这点苦，受这点委屈算什么？"于是，在"天将降大任于你"的神圣考验的支撑下获得了心理的安慰和满足，心胸开阔、呼吸顺畅、眼睛明亮的生理反应就是他的健忘的精神胜利法的最真切的表现。《诗人金希普》（2017）中的诗人并没有从俄罗斯著名诗人普希金那里继承启蒙者的圣火，而是如鲁迅的《高老夫子》里面的高尔础一样附庸风雅，赚取名声为自己的招摇撞骗打下坚实的基础。为了成功欺骗他人，金希普采纳的博取名声的措施主要有两条：一是到处散发名片，名片上赫然印着："普希金之后最伟大的诗人：金希普。下面，还有一些吓人的头衔。"二是到处炫耀跟各级领导人的合影显示出自己丰富的人脉资源。打着为表弟找工作的幌子骗了姑父两万元钱，最后导致姑父心脏病猝发而去世，他知道这个消息后，最无耻的行径是为自己继续行骗找一些开脱罪责的理由，没有从一个普通人最起码的良知的角度承担起自我反思的责任。我的表弟宁赛叶（《表弟宁赛叶》2017）作为一个志大才疏的愤青，也是启蒙者的反面典型，认为自己有满腹的才华却无人赏识，有经世伟才却没有展示自己才华的舞台，典型的眼高手低，最终只能成为靠父母养活的废物。在这里，莫言通过小说反复强调启蒙者自身急需反思的突出问题，就是启蒙者首先要明白什么是启蒙的问题。对照康德的《对这个问题的一个回答：什么是启蒙》中对启蒙内涵的概括："启蒙就是人类脱离自我招致的不成熟。不成熟就是不经别人的引导，就不能运用自己的理智。如果不成熟的原因不在于缺乏理智，而在于不经别人的引导就缺乏运用自己理智的决心和勇气，那么这种不成熟就是自我招致的。Sapereaude！（敢于知道）要有勇气运用你自己的理智！这就是启蒙的座右铭"。① 对启蒙者要有勇气和决心独立运用理智来摆脱自己所招致的不成熟状态的自我启蒙，无论是改朝换代的历史，还是纷纭复杂的现实都是任重而道远的事情。

最后，这种启蒙意识最显的标志就是秉承鲁迅精神对国民劣根性的批判和质疑。莫言对鲁迅的启蒙精神的理解和接受有一个比较缓慢的过程，"鲁迅走进莫言的视野，是在 20 世纪 70 年代。那些暗含的精神对他的辐射是潜在的。近五十年的文学缺乏的是个人精神，莫言那代人缺少的便是这些。我以为他的真正理解鲁迅还是在 20 世纪 80 年代后期，一段特殊的体验使其对自己的周边环境有了鲁迅式的看法，或者说开始呼应了鲁迅式的主题"②。当他真正理解鲁迅的独立意识和启蒙精神之后，在他的 20 世纪 80、90 年代至 21 世纪的小说创作中总是设置不同的细节和情节来呼应批判国民劣根性的启蒙主题。尽管莫言并不刻意表现启蒙主题的深度和广度，但他对乡村的地域文化、风俗习惯和道德伦理的熟稔，使他能够在历史的谱系寻源中探赜小亚细亚式的耕作模式、浓厚的宗法观念、皇权意识、等级制度对现实生活中的草根阶层的性格影响。奴性意识、看客心理和自轻自贱的阿Q精神都是祖宗留下来的劣性遗产，对现实生活中的人们产生的影响并没有因为有形的皇权制度废除就退出了生活的舞台，相反，无形的牵制力量就像信息的遗传密码一样在闭塞的乡村民众的心里代代相传。因此，莫言感同身受到地域文化和历史观念对人的性格意识的根深蒂固的影响，也就对底层民众的愚昧、麻木、冷漠、奴性等心理缺陷，不会采取疾言厉色的方式予以批判，这样也就使莫言的批判国民性的启蒙主题具有了隐性的色彩。

其实，如果采取文本细读的方式通读莫言的小说，就不难发现莫

---

① ［美］詹姆斯·施密特编：《启蒙运动与现代性》，徐向东等译，上海人民出版社 2005 年版，第 61 页。

② 孙郁：《莫言：与鲁迅相逢的歌者》，《当代作家评论》2006 年第 6 期。

言对劣根性的揭露和批判是全方位的，举凡在现实生活中出现的看客心理、流言蜚语、奴才心态、泯灭个性等典型的丑陋根性都有比较鲜明的表现。也许中国人在灰暗无趣的生活状态造成的沉闷压抑的心理影响下，迫切地希望现实生活中发生意想不到的事情在满足自己看热闹的心态的同时，也让自己颇受压抑的心理获得宣泄和缓释的渠道。莫言感受到这种民间文化的野蛮残忍与存在的合理之处，所以他一般采取客观展示而不做主观评论的方式，去引导读者根据自己的文化修养和知识储备作出合乎逻辑的价值批判。在其成名作《透明的红萝卜》（1985）中，小铁匠和小石匠因为争夺菊子姑娘的爱情而借铁钻子的问题爆发的打斗成为反射人性的一面镜子，人们看到二人动真格的打斗起来之后的神态和表现是："人们惊叫着围拢上来，高喊着：'别打了，别打了。'但没有人上前拉架。后来，连喊声也没有了，大家都睁大眼，屏住气，看着这两个身段截然不同的小伙子比试力气。"当小石匠体力不支被小铁匠仰面朝天摞倒在沙地上的时候，"人群里爆发了一阵欢呼"。正是在看客的起哄和欢呼中点燃的斗殴的烈火越烧越旺，最终导致了菊子姑娘的眼睛被小铁匠扔的尖锐小石片打坏的悲剧。《屠户的女儿》①中人们围观无腿的残疾人香妞的行为更让人心寒，并且孩子们在观看的时候，竟然用石头来回报不谙世事的香妞对他们的友好微笑，给她的心灵和性格造成的伤害也许终生都难以弥补。所以莫言对看客的阴暗心理和冷漠麻木的情感心态是深恶痛绝的，为此他甚至采取了两种极端的方式对看客的看热闹的无聊心态进行揭露。在《长安大道上的骑驴美人》②中，他让现代车水马龙中的都市出现前现代的骑马佩剑的武士和穿古装的骑驴美人，勾引起众多看客的好奇欲望，最后让看客中的忠实粉丝侯七在驴拉下屎蛋子扬长而去的嘲弄中无戏可看，驴马拉完屎后转眼无影无踪所具有的隐喻色彩，显然是针对看客的无价值、无意义的行为的，让他们无戏可看或看到无聊倒是惩治看客的一种有效的极端方式。另一种方式是借助酷刑的大戏

---

① 莫言：《屠户的女儿》，《时代文学》1992 年第 5 期。
② 莫言：《长安大道上的骑驴美人》，《钟山》1998 年第 5 期。

让看客看足看够，让他们卑鄙龌龊、丑陋阴暗的心理得到淋漓尽致的展示的舞台和机会，这突出表现在他 21 世纪出版的长篇小说《檀香刑》（2001）中，面对着刽子手和国色天香的妓女联合演出的凌迟惨剧，北京城的看客万人空巷，在受刑者凄惨的、节奏分明的哀号中激发起来的看客的虚伪的同情心和邪恶的审美趣味，实际上比施刑的刽子手还要凶狠无情。所以师傅行刑多年后悟道："所有的人，都是两面兽，一面是仁义道德、三纲五常；一面是男盗女娼、嗜血纵欲。面对着被刀脔割着的美人身体，前来观刑的无论是正人君子还是节妇淑女，都被邪恶的趣味激动着。"这是对看客心理和本质的最好概括。更让人难以忍受的是看客对行刑的囚犯越俎代庖喊出的口号，在处死赵甲舅舅时，路两边被邪恶的心态支配着的看客高叫着："汉子，汉子，说几句硬话吧！说几句吧！说'砍掉脑袋碗大个疤。'说'二十年后又是一条好汉。'"更能说明看客阴险毒辣、蛇蝎心肠、凶残邪恶、虚伪冷漠的吃人本质。对这些刑场上的看客喧哗和骚动的无耻行为的价值意义，鲁迅在《坟·娜拉走后怎样》一文中写道："群众，——尤其是中国的，——永远是戏剧的看客。牺牲上场，如果显得慷慨，他们就看了悲壮剧；如果显得觳觫，他们就看了滑稽剧。北京的羊肉铺前常有几个人张着嘴看剥羊，仿佛颇愉快，人的牺牲能给与他们的益处，也不过如此。而况事后走不几步，他们并这一点愉快也就忘却了。"① 莫言不过是秉承鲁迅的启蒙观念对他们麻木、愚钝的心理和行为描形画像而已，但通过对看客历时态的追溯，莫言在 20 世纪 80、90 年代至 21 世纪的小说中对历史和现实的描摹刻画就具有了历史的深度，看到了历史的痼疾在当代看客的心理中阴魂不散。

这实际上已挖掘到人在传统礼教和文明的熏染下异化为两脚兽的吃人的本质问题，国民劣根性的外在表征就是在弱肉强食的丛林法则支配下，毫无愧疚和同情心地将同类的牺牲作为调剂生活的作料。不幸的事情总是希望落在别人的头上，以此安慰自己痛苦乏味的生活状况，健忘的心态又很快将弱者的牺牲所具有的惊醒意义抛到九霄云外，

---

① 鲁迅：《鲁迅全集》（第一卷），人民文学出版社 1981 年版，第 170 页。

于是历史与现实的吃人悲剧就在循环往复中难以走出埃舍尔怪圈。正如鲁迅所说："所谓中国文明者，其实不过是安排给阔人享用的人肉的筵宴。所谓中国者，其实不过是安排这人肉的筵宴的厨房。""大小无数的人肉的筵宴，即从有文明以来一直排到现在，人们就在这会场中吃人，被吃，以凶人的愚妄的欢呼，将悲惨的弱者遮掩，更不消说女人和小儿。"① 莫言从历史与现实中更多地感受到实际吃人的阴森森的鬼气，所以他对吃人本质的揭示就从形而上的传统文化和封建礼教的吃人，转化为形而下的带有血腥和暴力的事实吃人。当然在对吃人现象的精致描摹中也具有形而上的隐喻色彩，这样莫言在感性和理性的有机融合中就更深切地表达了对吃人现象的愤恨，体现出比较浓郁的启蒙意识。在《弃婴》② 中，他写道："我想起在故乡的遥远的历史里，有一个叫易牙的厨师，把自己亲生的儿子蒸熟了献给齐桓公，据说易牙的儿子肉味鲜美，胜过肥羊羔。"历史的阴暗肮脏穿过人性的隧道，在现实生活中的每个人的无意识深处潜藏和滋生，莫言看透了脆弱得像一张薄纸一样的人性，难以阻挡历史沉淀下来的污垢和丑恶的堕落基因，所以他在20世纪90年代发表的长篇小说《酒国》（1993）中对红烧婴儿的流程作了不厌其详的描绘。先是郊区的农民作为草根阶层的被吃者，为了自身的经济利益将生养的孩子卖给酒国市的采购站；采购站提供优美的环境、精致的饮食、科学的配方、严格的管理，目的在于让这些"人形小兽"在快乐的心情支配下长出更细嫩、更优质、口感更佳的鲜肉；达到合格标准的婴儿就经过特殊工艺制成美食，供酒国市的政府要员和远道而来的贵宾享用。在这个经济产业链的采购——宰杀——烹制的流程中，最没有人性的是将一个鲜活的婴儿在人形小兽的暗示之下慢慢屠戮的过程："选择切口的位置，是为了保持肉孩的完整性，一般采用从脚底切口，暴露出动脉血管，然后切断引流。……大概一个半小时后，肉孩的血被控干，第二步，要尽可能完整地取出内脏；第三步，用70℃的水，屠戮掉他的毛

---

① 鲁迅：《灯下漫笔》，《鲁迅全集》（第一卷），人民文学出版社1981年版，第216—217页。

② 莫言：《弃婴》，《中外文学》1987年第2期。

发……"经过各种复杂工序的精致烹饪之后，呈现在省级侦查员丁钩儿面前的就是一道色香味俱佳的名为"麒麟送子"的大菜："那男孩盘腿坐在镀金的大盘里，周身金黄，流着香喷喷的油，脸上挂着傻乎乎的笑容，憨态可掬。他的身体周围装饰着碧绿的菜叶和鲜红的萝卜花。"尽管在丁钩儿开枪打掉婴儿的头部之后，酒国市宣传部部长金刚钻解释是用月亮湖里的肥藕做原料，用特殊工艺精制而成的男孩的胳膊，用特殊的火腿肠制造的男孩的腿，用特别加工的烤乳猪组成男孩的身躯，银白瓜制作的头颅，发菜点缀的头发，让人又对是否是用肉孩为原料制作的红烧婴儿抱有怀疑态度和不确定的心态。但无论是真实的吃人还是合法的地方名菜都将搜刮民脂民膏的隐喻意义上的"吃人"表现得淋漓尽致，也将食肉者内心深处"吃人"的欲望暴露无遗。这也是莫言继鲁迅之后对"吃人"主题的最形象的演绎，感性与理性、现实与想象、形象与意象、实有与象征之类的异质因素的奇妙融合，显示出莫言追求深广意义上的启蒙诉求。

另外，国民劣根性最鲜明的内在表现就是退缩麻木的奴性意识，千百年来宗法文化和等级观念形成的奴性意识，作为原型内化在每一个炎黄子孙的心中，在外界壁垒森严的等级制度的压制下，人性中的主奴二重性，更多地表现为"奴在心者"的个体依附性和屈从性。"人的奴役不但在于外在力量在奴役他，而且在更深刻的意义上，还在于它同意成为奴隶，在于它奴隶般地接受奴役他的力量的作用。"① 对这种逢迎强势权威的规则，泯灭自己的个性意识，并且是死心塌地甘做奴才的行为，莫言是深恶痛绝的。不过，他在秉承鲁迅针砭痼弊一针见血的启蒙精神的时候，并没有采取疾言厉色的方式对被启蒙者的愚昧、麻木、诣媚的奴性心态作高高在上的批判，而是用呈现的平等观念让缺席的失语者开口说话。即使这样，里面揭示的奴性，由于有莫言上中农的家庭成分在"亲不亲，阶级分"的岁月中刻骨铭心的体验作支撑，更让人对这种奴性在外在机缘的诱导下就表现出媚态十足、在屁

---

① ［俄］尼古拉·别尔嘉耶夫：《论人的奴役与自由》，张百春译，中国城市出版社2002年版，第153页。

大的官面前丧失独立个性的社会现状进行思考。也许莫言在逆反的心态支配下，对"文革"期间的父亲对内威严十足、一家独大，对外谨小慎微、唯唯诺诺的行为的极端反感，他才在 20 世纪 80、90 年代至 21 世纪的小说创作中，不遗余力地展示和批判这种在乡村贫瘠的文化土壤中孕育的奴性意识。《枯河》① 中的小虎成为村支书逗趣的笑料和玩物，他的父亲却在众人的哄笑中没有多少尴尬，理由是"书记愿意逗他，说明跟咱能合得来，说明眼里有咱"。莫言这种只作叙述不作评论的方式，让草根阶层的奴性心理暴露无遗。让沉默的大多数开口说出的理由包蕴的含泪辛酸，又充分地说明启蒙的道路任重而道远。因为奴性产生的适宜温床和飞扬跋扈的强梁人物，为一批批顺从懦弱的奴才的不断出现创造了条件，《天堂蒜薹之歌》（1988）中的高羊就是在阶级斗争和治保主任等土皇帝的双重压制下形成了根深蒂固的奴性意识，面对着黄书记的审讯，他竟然像阿 Q 那样不由自主地双膝一屈就跪在了地上，一个芝麻大的小官的权威就成为他内心潜藏的奴性的试金石，由此可见他内心奴性的阴霾早已将他自立自强的主体性完全遮蔽掉了，所以在治保主任与两个民兵的监视下，他很顺从地喝自己的尿液，在关押在同一个监狱的中年犯人的逼迫下也毫无反抗地喝尿。尤其是从被捕到坐监的过程中所体现出的愚昧卑下的阿 Q 精神，让人感到灰暗和沉重。他看到坐的囚车像飞一样奔驰，"一种自豪感在高羊胸膛里爬动着，他问自己：你坐过这么快的车吗？没有，你从来没有坐过这么快的车！"；在监狱中，一个女狱医用手触摸他的额头，为生病的他测试体温这样一件习以为常的小事，竟然在他的内心深处掀起了轩然大波："哪怕立刻死在这间监室里，我也够本啦！一个高级的女人摸过我的额头，……人活一世，也不过如此了"；医生遵从自己的职业道德，不避他身上的异味和肮脏给他在屁股上打针治病这种微不足道的事情，在他看来具有比他的性命都重要的价值和意义："我够本啦！真够本啦！她是个高级的女人，她一点不嫌我脏，她用那么干净的手打我的屁股！死在这监室里也不委屈啦！"；他在女

---

① 莫言：《枯河》，《北京文学》1985 年第 8 期。

理发师给他剃头时产生了一种如痴如醉的感觉，剃完之后，"他想：这么高级的女人给我剃过头，死了也知足了"。在高羊的心目中，人的低级和高级的划分标准是由城市/乡村、城里人/乡下人、公家/私人、政府/囚犯等一系列指标所决定的，城市所代表的现代文明和政府所呈现的政治权威是只能顺从不可置疑的高标所在，所以前者给对方一点小小的恩赐，甚至是略微承担分内的责任就会让后者产生受宠若惊的感觉，这是一种真正的"奴在心者"。

这样的自卑、自轻、自贱的奴性心态，作为一种生存模式和原型意识并没有退出历史的舞台，所以莫言在 20 世纪 90 年代的小说《模式与原型》①中通过青年"狗"的所作所为进一步诠释了启蒙的重要性。"狗"和高羊的心理如出一辙，认为吃公家饭的姑娘作为高等人是为城里人预备的媳妇，自己根本就不能有非分之想，这显示了他的自卑心理和奴性心态。同时为了博得上等人的欢心，他又自轻自贱地学狗叫，"狗"看到"宋梨花那高贵的嘴边也绽开了一朵花……狗的心里像融化了半斤蜜"，为了更加引人注意，竟然把前来规劝自己不要当膘子的亲娘一头顶到沟渠冰冷的水里，这种亲情沦丧、没有廉耻、不辨是非的媚态，确实是一个动物而不是一个稍有理智的正常人的作为。他放火烧死自己的母亲回到高密东北乡游街时的想法："可以把很多新鲜事儿讲给他们听，准把他们唬得大眼瞪小眼。"和阿 Q 上了一回城见过世面之后对乡下人的鄙薄心态如出一辙，阿 Q 的种子并没有随时代的远去而消失，阿 Q 后继有人。的确，在这种民族奴性的土壤形成的酱缸文化里，比较缺乏那种出淤泥而不染、洁身自好的主体人格，即使是采取换种的极端方式也难免有"播下去的是龙种，收获的是跳蚤"的背反效果。无论是"西体中用"还是"中体西用"，都难以消除浸染已久的奴性根基，这是莫言在长篇小说《丰乳肥臀》（1995）中思考的结果。上官金童浸染的奴性的毒素之深，使他身为瑞典父亲莫洛亚的洋种也无法改变奴性的根基。他的许多的行为方式和心理观念都在明白无误地指示着他与阿 Q 的血缘关系，自己的老婆和别的男

---

① 莫言：《模式与原型》，《小说林》1992 年第 6 期。

人睡觉这样的奇耻大辱,在他无法改变现实的情况之下,就用阿Q的精神胜利法自我安慰:"你已经五十四岁,黄土埋到脖颈了,不要再折腾了。汪银枝就算跟一百个男人睡觉,又能损伤你上官金童什么呢?"被自己的外甥媳妇从"东方鸟类中心"驱逐出来面临无家可归的困境时,他的想法和行为表现是:"大丈夫能伸能屈。磕头不过头点地。我错了。我不是人,我是畜生还不行吗?他啪啪地扇着自己的嘴巴子说。"这与阿Q打架失败后自认为是虫豸、赌博被别人抢去所赢的钱后啪啪打自己的嘴巴子,好像是打的别个自己以抚慰不平的情绪有何区别!

进入21世纪的莫言更加关注外在的风俗文化、社会习俗和心理特征对个体的人的独立意识的影响。从心理学的角度来说,一个人心甘情愿地放弃自己独立判断的权利,与从众的心理获得的安全感有密切的关系。"只有在某些特定条件下,人群会表现出完全不同于个人的新的特点,这些人的情绪和思想全都转化到同一方向,随着自觉个性的消失,逐渐形成了一种集体心理。"[1] 因此,即使是众人知道启蒙对个体的独立人格的养成具有重大的价值意义,在特殊的社会条件下还是会义无反顾地加入乌合大众的集体认知中去。《四十一炮》(2003)中的屠宰村的村长老兰因为同情我家孤儿寡母的生活困境,用废铁的价钱将他家淘汰下来的拖拉机卖给了我们,还手把手地免费教会了我母亲驾驶拖拉机。这样正大光明的行为举止在长舌妇的肮脏龌龊的心目中却变成了见不得人的无耻勾当,任何孤男寡女的正常交往在有色眼镜的打量下都变成了怀有目的和企图的勾引,众人怀着嫉妒的心理幸灾乐祸地传播谣言,恰恰忘记了理性地思考就可以让谣言止于智者的常识。腰缠万贯、仪表堂堂的村长老兰与不修边幅、不解风情的破烂王之间地位、性格、形貌悬殊,他怎么可能喜欢蓬头垢面、衣衫褴褛的我母亲?对于捕风捉影的谣言造成的无数的人间悲剧和惨剧,莫言是恨之入骨,所以才怀着对弱小者的同情和对卑鄙下作的谣言者的

---

[1] [法]古斯塔夫·勒庞:《乌合之众——大众心理研究》,冯克利译,中央编译出版社2014年版,第1页。

愤恨，在小说的不同情节中插入如何制造谣言的情境予以批判。《左镰》（2012）中的少妇欢子的两任丈夫铁匠小韩和老三先后死去之后，她就像《祝福》中的祥林嫂一样被视为不洁和不祥的女人，谣言说她是克夫命，这种毫无根据的谣言能够在人们的生活中肆意传播，并为众人所深信，显示出闭塞的乡村人性的麻木与荒寒。《等待摩西》（2017）中的柳卫东借助改革开放的春风和活络精明的经商头脑，成为率先富起来的那一部分人，而为此得了红眼病的民众在暂时无法得到经济条件改善的情况之下，不是借他人之经验奋起直追，而是在王超开的小卖部里传播谣言糟蹋他人以获得心理的平衡，"不患寡而患不均"的痼疾已成为民众文化心理的原型，确实很难改变，因此小说中通过叙事者之口说出的"天下人皆如此吧"便带有理解传统文化制约人的行为方式和价值观念的同情感受。其实这些人做出的损人不利己的无意义的行为举动，很多时候与个人的道德品质无关，而与长期浸润在封闭的文化语境中积淀的原型意识有密切的关系，这种固定僵化的心理模式和处事标准很难在理解启蒙的文化蕴涵之后就自动退出人性的视野，它会在潜意识中左右着人们的具体行动。尤其是长期贫穷造成的对物质的强烈追求已化作民众的原型意识支配着他们非理性的举动，《生死疲劳》（2006）中描绘的在老百姓普遍营养不良的年代，从天上掉下的大雁成为人性的试金石，人们比一群饿疯了的狗还可怕地疯狂抢夺，在在诠释"人为财死，鸟为食亡"的思想主题。为了抢夺大雁不要命的弱肉强食的武斗导致被踩死的人有十七名，被挤伤的人不计其数。人性已被物欲所遮蔽导致的兽性的肆意猖獗也是文化基因的一个组成部分，只要物欲的力量足够大，收获的物质利益足够多，人们便会在明知违法的前提下也抱着从众的心态铤而走险，清醒的理性根本抵御不住物欲的昏聩的非理性的强大冲击，这就是进入21世纪之后出现的政府拆迁与房产升值的辩证关系造成的一夜暴富的神话，以及由此充分勾引起民众违章搭建临时建筑、等待政府收购时讨要高价的欲望。比如《红唇绿嘴》（2020）中的村民听信在他们祖祖辈辈居住的地方建一个"文革"时期的红色村庄吸引旅游者的谣言，便各显神通开始私下买卖房前宅后的土地，或者是在自家房前屋后的空地上私自搭建，这样的群起效尤的违法行为是很难采取启蒙的方式收到立竿见影的效果的。更重要的是，一旦民众接受了现代的文明、政策、法律、条例的精髓，却把这些公器当作为自己谋取私利的工具，启蒙便已走向了它的反面，不是民众没有勇气独立地运用自己的理智，显示出作为一个现代人应具有的成熟稳重，而是民众借助启蒙的跳板，从内部颠覆启蒙的本源意义，这是莫言在网络化的时代对个别见多识广、脑筋灵活的民众，充分运用媒介资源钻法律空子的无耻行径进行无情批判的启蒙心态的真挚表达，小说对外号"高参"的覃桂英利用网络舆情煽风点火、颠倒黑白、坑蒙拐骗的无赖相和破坏性暴露无遗。覃桂英打着为弱小者伸张正义的旗号，把自己打扮成正义化身的公知形象，却干着令人作呕的无耻勾当，就是对网络时代个别打着大师的旗号启蒙民众，实际上却中饱私囊的宵小之徒的无情讽刺。这是莫言的独特发现，也是时代的启蒙走向反面催生出来的怪胎。

总之，假若一个现代人的人格尊严和个性意识在奴性的阴霾中都失去了应有的光彩，逆来顺受、随遇而安的奴性和无操守成为难以根除的恶性肿瘤，或者是充分运用网络媒体的隐蔽性、匿名性和无远弗届性的特点，为自己的卑劣的目的招摇过市，明知启蒙真正的价值意义，却为了不可告人的私欲甘愿充当一个睡在铁屋子里的人，那么启蒙和救赎的道路何在？莫言对这个问题的思考是比较悲观的。从传统文化开出的治疗民族痼疾的药方来看，无论是孟子的"性善论"、荀子的"性恶论"还是孔子的"性相近，习相远"的"教育论"，都不是药到病除的妙方。鲁迅"救救孩子"的呼声，意味着白板般的天真无邪的孩子是可受启蒙教育的对象和客体，而莫言从切身的体会和对生命的文化思考中得出的结论是，启蒙的客体也应在启蒙的循环系统中必须予以反思和质疑。这样莫言看到的是启蒙的对象中，有些受到先天的遗传基因的影响是难于启蒙的。《弃婴》（1987）中的婴儿一出生额头上就"布满深刻的皱纹……行动迟缓，腰背佝偻，像老头一样咳嗽着"。《生蹼的祖先们》（1988）中的我儿子作为一个儿童却有着野兽的凶残：他抓住小鸡摔死后，再用两只胖胖的小手扯着两条小鸡腿裂成两半；抓住"大雨过后到地面上来呼吸新鲜空气的白脖蚯蚓，用玻璃片切成碎段";看到羊羔就咯咯吱吱磨牙齿，稍不注意就把其中的三只羊羔咬死了两只。面对着未老先衰的"孩子"或者是丧失人性的凶残"儿童"，如何启蒙？难怪莫言在《生蹼的祖先们》的结尾处写道："人都是不彻底的。人与兽之间藕断丝连。生与死之间藕断丝连。爱与恨之间藕断丝连。人在无数的对立两极之间犹豫徘徊。如果彻底了，便没有了人。"人性与兽性之间并不是简单的配方关系组成的一个巧妙结合体，对启蒙的对象进行必要的反思也反映出莫言启蒙的睿智和胆识。

由此可见，莫言对启蒙的本体、启蒙的主体和客体的思考是全方位的，对启蒙的三要素的质疑和反思，充分体现出莫言是继鲁迅之后当代文坛重要的启蒙者之一。尽管他在 21 世纪提出"作为老百姓写作"的口号和理念，认为与"为老百姓写作"的高高在上的写作模式相比，"他在写作的时候，没有想到要用小说来揭露什么，来鞭挞什么，来提倡什么，来教化什么"① 好像与启蒙的文化理念和思想意蕴有比较大的距离，但其实考察一个作家，不仅要看他说什么和怎么说的，还要看他如何将自己的创作理念融汇到鲜活的文本中去。对莫言来说，由于他采取了低视角的"在地性"的观察方式，使得他反观到了启蒙本体先天具有的缺陷、启蒙者自身存在的问题以及被启蒙者的资格等过去被忽视的启蒙的盲区，让"被启蒙者"为自己不合理的存在方式和思想观念发出了真实辩护的"声音"，让蒙面人睁开眼睛，让沉默的人开口表达自己的观点，这是莫言的启蒙文学所具有的最重要的启示意义。

---

① 莫言：《文学创作的民间资源——在苏州大学"小说家讲坛"上的讲演》，《当代作家评论》2002 年第 1 期。

第二章　铺排情节结构的历史连续性

　　莫言天马行空的想象力和无所羁绊的自由心态，为激活他浸润已久的故乡记忆提供了充分的条件。莫言在 20 世纪 80 年代中期西方的文学思潮和价值观念的影响之下处于创作的井喷状态的时候，感觉到不是"我写小说"而是"小说写我"的主客体互易的灵动和勃发。那时故乡的山川草木、河流湖泊、荒草甸子等各种自然景观，痴男浪女、英雄传奇、泼妇刁民、五行八作、三教九流的人物和事件组成的人文风光都纷纷融入作者神采飞扬的文笔之中。但这并不意味着莫言就不重视作为文本肌理的情节结构，在增强叙事的艺术和功能等方面的价值和意义，在"内容的形式化"与"形式的内容化"的动态博弈中，莫言在尊重艺术的创作规律和总结自身的创作经验的基础上提出的简明扼要的观点抓住了叙事的本质："我想作为一个作家，不管他是重视还是不重视，他在写作时，所面临的两大问题，就是写什么和怎么写。……我希望你们不要满足于按部就班地、平平板板地讲述一个故事，而要在讲述故事的时候优先考虑到语言问题、结构问题。"①纵观莫言的小说创作历程，从 20 世纪 80 年代初的《春夜雨霏霏》《丑兵》《为了孩子》《售棉大路》等模仿现实主义的创作方法讲述的有头有尾比较完整的故事，到 20 世纪 80 年代中期军艺学习期间受域外的先锋思潮影响写的《透明的红萝卜》《球状闪电》《爆炸》《红高粱家族》等充满感觉化色彩的故事，20 世纪 80 年代中后期具有极端

---

① 莫言:《说吧莫言之演讲创作集》，海天出版社 2007 年版，第 195 页。

实验色彩的《欢乐》《红蝗》《十三步》《食草家族》等系列小说呈现出非逻辑的情节和碎片性的结构，"怎么写"的刻意追求和眼花缭乱的视角变换将一个完整的故事切割得七零八落，大大超越于读者和评论家的阅读期待视野的情节选择和结构安排也引起了批评争议。这也引发了善于虚怀若谷地接受别人的建议的莫言对小说结构的思考，如何在期待受阻和提高挑战的兴趣构成的情节结构的张力中，找到"山重水复疑无路，柳暗花明又一村"的最佳契合点和创新点，成为莫言结构小说、铺排情节、寻绎线索的重心所在。正如他所说："我不愿四平八稳地讲一个故事，当然也不愿搞一些过分前卫的、让人摸不着头脑的东西。我希望能够找到巧妙的、精致的、自然的结构，这个难度是很大的，甚至是可遇而不可求的。"① 所以到了 20 世纪 90 年代写的《白棉花》《酒国》《丰乳肥臀》《三十年前的一次长跑比赛》《红树林》《牛》《师傅越来越幽默》《野骡子》等小说，就是在"四平八稳"与"过分前卫"的叙事结构中汲取二者的优长创作的耐人寻味的作品。在小说整体的结构框架下增添一些节外生枝或枝外生节的情节片段，来打破读者的惯性阅读的同时，又能让读者阅读完之后，根据自己的知识储备、生活经验和阅历修养还原出一个比较完整的故事。特别是史诗性的长篇小说《丰乳肥臀》，从抗日战争、解放战争、中华人民共和国成立、合作化运动、三年困难时期、四清运动、"文革"爆发到拨乱反正、分田到户、改革开放、城市改造、市场经济的历时态的发展过程都在小说中得到了鲜明表现。但作者在叙述这个联系新旧社会、勾连历史与今天的宏大故事并没有采取平铺直叙、平淡无味的线性顺叙结构，而是尊重"文似看山不喜平"的审美规律和创作经验，采取了倒叙、插叙和补叙等各种结构技巧，把故事讲得津津有味且风起水生，被评论家张清华认为是："新文学诞生以来迄今出现的最伟大的汉语小说之一，至少它已经具备了某些这样的品质。"② 所以在考察莫言小说情节结构的布局和衍化的发展脉络的时候，是无

---

① 莫言、王尧：《从〈红高粱〉到〈檀香刑〉》，《当代作家评论》2002 年第 1 期。
② 张清华：《叙述的极限——论莫言》，《当代作家评论》2003 年第 2 期。

法采取二元对立的思维方式，将莫言 20 世纪 80、90 年代至 21 世纪的小说创作人为地割裂开来的。对照莫言小说结构"之"字形的发展轨迹不难发现，他那 20 世纪 90 年代注重好读与耐读的艺术追求的小说是对 20 世纪 80 年代现实主义小说更高层次上的回归，螺旋式的发展道路让莫言寻绎小说结构的潜质得到了充分展示。

莫言凭借天才的感悟能力、深厚的传统文化修养和异域的先锋意识的综合作用形成的巨大的艺术创新力，不断地进行着小说结构和文体的探索和试验。即使是到了先锋文学思潮风流云散、溃不成军的 20 世纪 90 年代，莫言也依然对小说的"写什么"和"怎么写"之间的动态博弈有着浓厚的创新兴趣。他对于高密东北乡丰厚的素材馈赠，并没有采取竭泽而渔的方式随意敷衍成篇，而是在素材的酝酿发酵的过程中，绞尽脑汁地寻求与这种素材相匹配的最佳表达方式，如果没有找到相应的线索结构来贯穿整个事件的来龙去脉或历史的错综复杂的发展历程，他宁可不写这样平淡无奇的故事。最突出的例子就是他 21 世纪写《生死疲劳》的时候，采用的六道轮回的结构方式，串联起新中国成立到千禧年的钟声敲响期间发生的整整半个世纪的风云变幻史。莫言之所以对那段非常熟悉的题材，也有独到的历史感悟、深刻的政策反思和丰富的人生体验的小说迟迟不动笔，就是因为没有找到反映那段历史的最佳结构。直到看见寺庙中六道轮回的壁画，才进一步激发起他先前看过的《聊斋志异》中的席方平为父报仇的生死轮回的潜在记忆，于是小说结构的六道轮回与反映内容的内在脉络之间形成了有机融合。其实，在莫言走出模仿期，形成自己独特的创作风格的 20 世纪 80 年代中后期至 21 世纪的小说中都是如此。难怪即时跟踪莫言小说创作风格演变的评论家张清华在 1993 年就断言："迄今为止，莫言仍然是新时期以来最具文体意识和文体价值的作家之一。他以多重的文化素养和自觉以及特有的创造素质建构了自己独特的叙述方法与表现模式，这将是他对当代文学做出的最突出的贡献。"[1] 的确，莫言在小

---

① 张清华：《莫言文体多重结构中传统美学因素的再审视》，《当代作家评论》1993 年第 6 期。

说故事情节的设置、传统结构和现代结构的贯穿和融合等方面所体现出来的创造素质和创新能力，终使他成为一个无愧于时代的领军人物。

第一节　故事情节始终如一的巧妙设置

莫言在 20 世纪 80、90 年代至 21 世纪的小说创作中，对故事情节的选择、甄别、设置和安排一般是出于陌生化的艺术目的，通过对熟悉的生活景观作片段式的切碎和重组构成对读者阅读的挑战，情节之间的非逻辑性和非连贯性在上下文的语境中造成了语意衔接的障碍和断裂，这与传统的情节概念的内涵和外延之间有明显的差距。按照小说从叙事学理论对情节的界定："所谓情节，概括地讲，也就是对人的行为的有目的地加以使用，其功能是对生活原来形态中那些相对混乱与无序状态做出挑战，这种挑战实现前提是：被纳入文本中的那些表现人的行为的时间，通过对某种因果关系而达到一种高度的统一。"[1] 不难发现情节通过因果逻辑关系，将生活现状或事件的无序混乱状态整合为一个秩序井然的和谐整体，为深受理性关系与和谐原则影响的现代人提供了一个天衣无缝、无须推敲的逻辑线条。其实，那样的情节安排在莫言早期的小说中大量存在，但在形成自己的艺术风格的比较成熟的作品中，他就有意打破情节之间的逻辑链条，让没有关联的事物按照它们在自然界中的本然状态呈现出来，在此刻性、一次性、互不关联性的情节横向铺排比较的过程中留下大量的意义空白点。这样的情节设置接续了中国传统文化中讲究艺术"飞白"或"留白"的含蓄节制、意蕴无穷的审美品格，也是莫言的创作理念融汇到鲜活的文本中去刻意追求的结果。正如他自己所言："没有象征和寓意的小说是清汤寡水。空灵美、朦胧美都难离象征而存在。"[2] 所以，莫言在小说中施展闪转腾挪的功夫，将情节的设置按照自己出其不意的创新要求不断地变换不同的方式，这样就形成了故

---

[1]　徐岱：《小说叙事学》，中国社会科学出版社 1992 年版，第 221 页。
[2]　莫言：《天马行空》，《解放军文艺》1985 年第 2 期。

事情节五彩缤纷的艺术景观。

一 互文性情节的比照

尽管从广义上来说，任何小说的情节都是在与其他情节构成的知识、代码和表意实践的网络系统中确认具有的价值意义的，但互文性构成的泛文本化，将使文本和情节的无限开放性难以收束。因此，在考察莫言的小说互文性情节的时候，取它的狭义内涵，即"互文性就是指两个或多个文本之间的互现关系，从本相上经常地表现为一个文本在另一个文本中的实际出现"①。在莫言 20 世纪 80、90 年代的小说中，总是在情节的设置中有意无意地使用先前发表的小说中的某个情节片段，或者是现实生活中确有的人物和事件，这样，两个不同的情节形成跨越时空的共存关系后，不同的思想蕴涵、价值观念、意识形态脱离语境生成的原发意义，就构成了一种反讽、对立、比照等各种复杂的关系。当然，莫言娴熟运用互文性情节的目的，在于意义蕴涵的开放性和包容性的对照。由于莫言广博的学识、丰富的人生阅历、传奇化的民间文化的熏染，使得他在互文性情节的选择方面取精用宏，博而反约，恰到好处。

这首先体现在自己正在创作的小说中的某个情节与"他者"文本中的情节的互文上。最早进行这方面的互文性情节的设置是在《爆炸》（1985）中的姑姑与《人到中年》的陆文婷形象的比照上，姑姑作为乡村公社的赤脚医生，人到中年还两地分居，克服家庭的重重困难创造了"接生一千多个孩子"的辉煌业绩。"吃的是草，挤出来的是奶"、兢兢业业、任劳任怨、不计功利、无私奉献的精神就具有了和陆文婷一样的道德品格。通过对比，要重视基层医务工作者的个人生活和工作问题的介入意识、焦虑心态和忧患色调已昭然若揭。《红耳朵》（1992）中的主人公王十千与众不同的大耳朵实际上已成为具有灵性的准性器官，他为了吸引女教员姚先生的注意把自己的耳朵涂红，并在暗恋的女教师和全班同学的注意下让耳朵翩翩起舞，显然已

---

① 董希文：《文学文本互文类型分析》，《文艺评论》2006 年第 1 期。

达到了自己的初衷和目的。那么，他涂耳朵时的心理活动和姚先生看后哭泣着离开教室引发的他的心理变化是怎样的？莫言引述了我国台湾地区的姚一苇写的话剧《红鼻子》的情节作比较，"说一个马戏团的小丑，只要戴上他的红鼻子面具，便妙语连珠、妙趣横生，忘掉人世间一切烦恼。只要摘下红鼻子面具，他立刻地萎靡不振、痛苦不堪。戴上红鼻子面具是他逃避现实生活的一种方式"。没有姚先生的注视，红耳朵立刻变得无精打采、失去了生机和活力的表现与小丑摘下红鼻子面具的特征如出一辙，也就是说，红耳朵和红鼻子作为一种道具已成为检验主人公情感心理和精神状态的晴雨表。在这里用互文性情节，将王十千内心情感的变化和具体的心理活动淋漓尽致地表达出来，显得含蓄蕴藉，意味无穷。

进入21世纪，莫言对这种与他人的作品构成互文的方式仍然延续了20世纪80、90年代的风格，由于知识的丰富、联想的巧妙、思维的活跃和经验的成熟带来的艺术技巧的变革在莫言的心目中酝酿已久，哪怕是神来一笔的互文本的小花样，莫言也要尽量做到推陈出新。所以在21世纪的小说中穿插的互文本的情节和细节在艺术的革新中就出现了两种情况：一种是作品中不出现前文本的作者和作品名，让读者根据自己既有的知识储备，在前后文本形成的互文对照中加深对情节的理解。如《檀香刑》（2001）中描述的一个干巴老头子运用超人的口技模拟杀猪、卖肉、数钱、喝粥的场面，各种各样的声音组成的热闹情景震惊众人，老头惟妙惟肖地模拟狗、老太太、老婆婆、老头、女人和孩子的声音的绝技，叙事者做了逼真的描述，并没有提及其他文本描写口技的场面，但稍有文学常识的读者马上就将这段描写与林嗣环的《口技》和《聊斋志异》中的《口技》联系起来，二者构成了明显的互文性，尤其是这段故事的情节、结构、语气、神态和众人的反应、出人意料的结局与林嗣环的《口技》更加相似，这样在潜文本铺垫的艺术欣赏的基础上，读者就会对民间艺人高超的口技水平有一个更深刻的理解和认识。《四十一炮》（2003）中的调皮鬼罗小通上学的时候专门与老师作对，感觉到自己的学问和知识比老师都厉害，认为"尽管我不识字，但我感觉到那些字都认识我。世界上有很多东西是不用学习的，起码是不必要在学校里学习的"。这样的叛逆者的行为和心态在 20 世纪 60 年代老舍的自传体小说《正红旗下》的贵族定大爷身上有过闪现，与 20 世纪 90 年代余华的长篇《活着》中的少爷福贵上学的表现如出一辙，小说中虽没有提及这两部作品，但罗小通的行为举止与两位贵族前辈的精神谱系是一脉相承的。《生死疲劳》（2006）中的村支书洪泰岳安慰西门金龙所举的例子："太平屯那个李仁顺，用印有毛主席宝像的报纸包了一条咸鱼，就判了八年，现在还在沙滩农场劳改"，莫言举这个荒唐和荒诞的例子，并没有与其他小说中描绘的相似事迹作比较，但它实际上与张弦在 1979 年发表在《人民文学》上的《记忆》构成了明显的互文关系，"文革"时期的组织部部长秦慕平，无意之中用了一张带有毛主席接见某外国代表团的合影的报纸包了自己的一双旧解放鞋，圣物的不可亵渎性就成为犯了弥天大罪的铁证，被打成"现行反革命"。尽管莫言在小说中将前文本的臭旧鞋换成咸鱼，但道具的亵渎性和政治性的功能并没有发生变化。这是莫言在接受美学的影响下，注重读者的参与意识和主体精神在文本中的典型表现。

当然，莫言也考虑到在快餐化、娱乐性至上的浮躁时代，可能对绝大多数读者来说，他们没有那么多的时间搜寻历史的记忆、挖掘大脑储备的知识来互证情节结构的内在相似性，所以莫言在 21 世纪创作的小说中绝大多数将互文性情节的两个文本都呈现在小说中，这就是前文本和后文本的名称都明白无误地告诉读者的第二种情况，而且这种情况贯穿了莫言四十年创作的始终。接续 80 年的《爆炸》和 20 世纪 90 年代的《红耳朵》的互文模式，在 21 世纪的小说创作中进一步发扬光大。

《养兔手册》（2004）中的"我"少年时期成为毛泽东思想宣传队的队员，但我只能演样板戏《智取威虎山》选场里的小炉匠栾平，小说《林海雪原》和剧本《智取威虎山》中刻画的反面人物与现实生活中"我"的形象构成了互文，暗示着我的相貌的丑陋，无须认真化装，只要从锅灶下摸两手锅底灰，往脸上一抹，将我爷爷的光板子羊皮袄毛儿朝外往身上一披就是典型的栾平形象。这也为我留部队之后，回家探亲之际，带着炫耀的心态找江秀英碰上软钉子埋下了伏笔。《小说九段》（2005）中的陈蛇是一个很有资历的捕蛇人，他捕蛇的高超水平小说中并没有描绘，但通过提到柳宗元的《捕蛇者说》写的就是他的祖先，就可在前文本对捕蛇者的技艺的描摹中深切领会后代青出于蓝而胜于蓝的风采。《生死疲劳》（2006）中的叙述者大头儿蓝千岁对别人插言的童稚与沧桑兼而有之的神情，在苍白的词语面前是很难找到准确的词汇描述这种对立矛盾的状态，因此作者就选择了《西游记》中的小妖红孩儿、《封神演义》中大闹龙宫的少年英雄哪吒、金庸的《天龙八部》中的那个九十多岁了还面如少年的天山童姥、莫言的小说《养猪记》中那头神通广大的公猪作对比，在互文中理解被理性的语言所遮蔽的鲜活形象的共性特征。对于这篇小说中出现的两对生死不渝的恋人之间刻骨铭心的爱情描写，莫言不想在梁山伯与祝英台、罗密欧与朱丽叶之类的俗套的爱情描写面前再增添毫无新意的陈词滥调，但又要表现主人公不顾一切，打破等级、地位、身份等世俗的鸿沟阻碍的死去活来的爱情，所以就采取了正大光明地借他山之石的讨巧方式，在前文本的经典爱情的描写中给予读者现文本中此情此景想象的空间。比如在写副县长蓝解放不顾年龄的差距、官职的大小和有妇之夫的身份和新华书店的少女庞春苗私奔，历经磨难终于修成正果之后，庞春苗却被醴泉大道上一辆逆向行驶的红旗牌轿车撞飞，从此阴阳两隔。对于视庞春苗为生命的全部的蓝解放来说，看到死去的妻子的心痛的心情和感受是无法用语言来描述的，所以莫言直接引用苏联作家肖洛霍夫的小说《静静的顿河》中阿克西妮娅中流弹死后，他的情人葛利高里的心情和感觉的描写："有一种莫名其妙的力量朝着他的胸膛推了一下，他往后退着，脸朝下跌倒了""他好像从一场噩梦中醒了过来，抬起脑袋，看见自己头顶上是一片黑色的天空和一轮耀眼的黑色太阳"。前后文本的互文性让稍有审美常识的读者认识到，失去情人的葛利高里无法用语言描述的痛苦，致使自然界中的天空和太阳都在"有我之境"的浸染下变成了令人悲伤绝望的黑色，那么蓝解放的悲痛心情同样会使日月无光、山河变色的，这样就达到了"不着一字尽得风流"的含蓄蕴藉的效果。在写另一对恋人庞凤凰和蓝开放的爱情时也是如此，对于爱到魔怔的蓝开放把庞凤凰故意不接受他的玩笑话信以为真，要忍受剧痛做植皮手术去掉脸上的蓝痣毫不犹豫的行为，作者引述了蒲松龄的《聊斋志异·阿宝》中那个名叫孙子楚的书生作对比，孙子楚只为了阿宝小姐一句戏言，便毅然剁去自己的骈指。二者用情至深、至死不渝的情爱伦理观念构成了互文。《蛙》（2009）中的姑姑在不知情的情况下，被他们蒙骗吃过青蛙肉剁成的丸子的痛苦感受，作者引用了《封神演义》中的周文王被惨无人道的纣王所骗，吃了自己的儿子的肉剁成的丸子的难受心情作对比，非常形象生动。后文又对姑姑流产那么多孩子的扭曲的心理寻求安慰，只能采取自我欺骗的方式获得生活下去的希望，叙事者举了鲁迅小说《祝福》中那个捐门槛的祥林嫂的例子，并从心理学的角度予以理解："一个自认为犯有罪过的人，总要想办法宽慰自己。"那么备受精神煎熬的祥林嫂的心理状态和补救的生活方式就是晚年姑姑的缩影，尽管没有写姑姑的精神和心理如何，互文性的关系就恰到好处地表达了姑姑的心境。

莫言作为一个具有清醒意识和自剖精神的作家，总是要打破既定的写作套路和条条框框，为自己天马行空的创作开辟一方新的天地。如他所说："我想每一个清醒的作家，都会有自己的追求。这种追求对我来说，就是希望能够不断地自我超越。"① 因此，在20世纪90年代的创作中他也跳出先前形成的互文性情节相互融合、相互激发的惯性模式的限制，采取对立或反讽的方式，对相关的互文情节进行逆向的反思和评判。面对《酒国》（1993）中的酒博士李一斗在文学处于失去轰动效应的低谷条件下，仍然一如既往地痴迷文学创作的不合时宜之举，小说中引述的情节片段："有一位叫李七的人写了一篇《千万别把我当狗》的小说，那里边写了几个地痞流氓，在坑蒙拐骗偷什么勾当都干不了的情况下，才说：咱他妈的当作家去吧！"显然是对在20世纪90年代的文坛上大红大紫的王朔作践和调侃作家的身份、职责和责任的反调侃，《千万别把我当狗》的名字是对王朔的小说

---

① 莫言：《文学创作的民间资源》，《当代作家评论》2002年第1期。

《千万别把我当人》的戏仿，几个地痞流氓在无所事事、一无所能的情况之下，只好委屈自己当作家的情节来源于王朔的《一点正经也没有》。在这里，采取作者的名字和小说的内容都张冠李戴的障眼法，显然是为了表达对严肃、神圣、高尚、理想、正义、道德等一切正价值都用游戏调侃的虚无态度来对待的质疑和反思。情节的互文性就在否定对立的意义上，显示出作者自我超越的个性化追求的目的。这种个性化的追求也体现在站在人道主义的立场上，对以往经典情节的再解读方面，比如《藏宝图》①中的"我"偶然碰到不远千里来看老虎的小学同学时的尴尬境遇（此兄太习惯把别人的家当作自己的家），叙述者用感同身受的人性话语而不是色厉内茬的阶级话语，对红色经典《青春之歌》中的新婚夫妻余永泽和林道静作出反向评判。面对大年夜闯入他们温暖的小家、打扰了他们浪漫温馨的家庭氛围的老乡的不同表现引发的夫妻口角，原文本是把它作为表现余永泽自私伪善的丑恶本质的目的而选择的典型情节，而在现文本中引述这个情节的目的，就是在相互比照的过程中重新审视其中包蕴的人性内涵："我看到这里，感到余永泽做的基本没错，感到林道静有点虚伪，用北京人的语言说就叫做'装丫挺'，感到那老头子有点不知趣，甚至有点讨厌。"因此，"我"遵循"请神容易送神难"的原则，坚决不让同学到家里去，而是把他带到附近的饭馆里点上一些鸡零狗碎，等他吃饱喝足之后给点钱打发他滚蛋的个人选择，就与余永泽怀着极不满意的心态比较冷淡地招待曾经给他家当过长工的老头，然后给他十元钱打发他滚蛋的方式形成了互文，目的是对红色经典"舍小家，顾大家"的阶级情感和以出身论分辨好人/坏人的原则标准进行质疑，二者的相互比照就在矛盾对立中更加显示出阶级论的荒谬和虚伪。

进入 21 世纪，莫言的一部分作品仍然延续着带有讽刺意味的互文表达自己的想法和感受，在人情和人性的细致描写中，前后文本表达的人物内心的阴暗心理、龌龊念头、肮脏想法已昭然若揭。《天花乱坠》（2000）中讲述的丑陋的皮匠得到小姐的绣鞋之后摩挲把玩、春

---

① 莫言：《藏宝图》，《钟山》1999 年第 4 期。

心萌动的借代行为，显然是受变态的心理支配的，所以与《红楼梦》里得了风月宝鉴的贾瑞大爷相比，具有明显的讽刺意味，品行不端、癞蛤蟆想吃天鹅肉的贾瑞与皮匠都是一丘之貉，虽然没有对皮匠的行为和心理作明面上的批评，但互文性所具有的褒贬意义早已在前文本提供的形象中得到了明确表达。《月光斩》（2004）的最后我在给表弟回复的邮件中嘱咐他宁得罪君子，不得罪小人，举的例子是"遇见韦小宝的后人，一定要礼貌周全"，韦小宝是金庸的《鹿鼎记》中耍弄诡计取得巨大成功的无赖典型，与韦小宝一脉相承的后人必是耍弄阴谋使坏的小人；规劝表弟天涯何处无芳草，"不必死缠着小龙女不放，我看那个还珠格格就不错"，也是对现实社会中世俗的婚姻导致爱情变味的无奈现实发出激愤之语的表征。《神雕侠侣》中的杨过和小龙女的心心相印的爱情是打破门第、等级、辈分的纯粹的爱情，而琼瑶的《还珠格格》中的小公主代表的权势、地位和荣耀正是商品社会的男人最看重的爱情附加物，作者通过规劝表弟在二者之间的选择，实际上对当今社会金钱和门第至上的爱情观念作了讽刺。《生死疲劳》（2006）中的西门金龙用劣质酒让不服管教的沂蒙猪王刁小三失去了反抗能力，金龙拍着巴掌说："倒也，倒也！"的情节，模仿的是《水浒传》中的《智取生辰纲》的片段，酒里加上蒙汗药的欺诈行为与用酒精麻痹刁小三的骗局如出一辙，成功后的得意忘形的言行举止，反映了西门金龙的敢于冒险和奸诈的性格。耍猴要饭的庞凤凰对派出所所长蓝开放将一个月的工资全部施舍自己的行为极为不满，模仿着流行歌手唱红了的那首《东北人都是活雷锋》的旋律大声地、恶作剧地唱着："俺们俺们高密人～～个个都是活雷锋～～送俺一沓人民币～～做了好事不留名～～"实际包含着双重的讽刺，流行歌词与篡改歌词构成的互文本，在词语旋律的相似中由于语境的差异构成了一重讽刺，篡改文本的歌词与当事人的心理感受的巨大反差构成了另一重讽刺。《蛙》（2009）中的侵华日军首领杉谷，从《三国演义》里学了诡计，采取"围魏救赵"的迂回曲折的方式和计谋，把我大奶奶和姑姑绑架到平度城中扣作人质来逼迫我大爷爷就范，但足智多谋的大爷爷识破敌人的阴谋诡计，就使得博大精深的《三国演义》蕴含的传统文化的精髓，形成了对画虎不成反类狗的山谷的愚蠢行为的莫大讽刺！当然，莫言在小说的互文叙事中也不仅是对人物行为和心理的不合时宜性进行讽刺，他对文坛上形成的固定的叙事套路有时也采取互文的方式讽刺一番。比如《生死疲劳》中的猪十六救落水儿童的生死时刻转瞬即逝，如果用从 20 世纪 80 年代以来比较流行的客观冷漠的"白痴叙述"来描写猪十六临死之前的表现，只能是采取外聚焦的非人格化的视角。莫言有意识地列举了古今中外的名著中的例子予以对抗，罗列的托尔斯泰小说《安娜·卡列尼娜》中的安娜·卡列尼娜卧轨自杀前的浮想联翩的内心想法，莫言的小说《爆炸》中那个挨了父亲一记响亮耳光后的儿子上天入地、天马行空的联想，金敬迈的代表作《欧阳海之歌》中的欧阳海跃上铁轨、奋力推惊马即将被火车撞死的一瞬间内心成长历程的回顾，这种叙述时间远远超过故事发生时间的带有浓郁的主观化叙述的上帝视角也是对形成霸主地位的白痴叙述的讽刺，所列举的三部小说的人物内心的精致描摹与文坛上流行的客观文本之间构成的互文关系，警醒人们注意小说叙事技巧的多元化的表现特征。

其次，体现在目前自己创作的与以前发表的小说之间情节的互文上。因为"任何文本都是对另一文本的吸收和改编。这里的另一文本，也就是我们通常所说的互文本，可用来指涉历时层面上的前人或后人的文学作品，也可指共时层面上的社会历史文本"[1]，但莫言在小说中谈论自己以前发表的小说的时候，现在进行时和过去完成时的时态转换，意味着吸收和改编的前文本中的情节已脱离原初的上下文语境，在新的语境的映照下，思想意义和文化蕴涵都已发生了变形和扭曲。特别是在长篇小说《酒国》中，莫言还把此前创作的《高粱酒》《欢乐》《红蝗》中备受诟病的情节专门抽取出来。米歇尔·布托尔曾明确指出："从某种程度上讲，哪怕是原封不动的引文也已经是戏拟。只要把将某段文字单独提取出来，便已经改变了它的意义，选择将引言被安插和截取的方位、被删节的方式，经过此类处理之后的规则可

---

① 王瑾：《互文性》，广西师范大学出版社 2005 年版，第 1 页。

能会完全两样，当然也会代替我表述和评论它的方式。"① 小说引述的《高粱酒》中我爷爷的一泡尿让普通的高粱酒变成一坛"香气馥郁、饮后有蜂蜜一样的甘饴回味"的高级名酒"十八里红"的情节，本来是具有超越文本意义的文化蕴涵的，它隐喻着民族文化的发展过程中缺少了恶的因素的相互激荡是很难焕发出生机和活力的。可用在这里，却让酒博士的披着科学外衣的歪理邪说寻找诡奇超拔的创造依据，说什么"pH 值，水质，对酒的品格具有多么大的制约作用。水质偏酸，酒生涩难以下咽，撒上一泡健康的童子尿……没有任何的荒谬，何必少见多怪！"作为小说叙述者和参与者的"莫言"对用科学理论来论证这一细节的合理性与崇高性的酒博士万分敬佩和感激，认为这才叫"内行看门道，外行看热闹""有心栽花花不开，无意插柳柳成荫"。这样，他在与酒博士的讨论和通信中唱着双簧戏，为自己极端的审丑艺术作辩解的目的已昭然若揭。其实，在现实的创作中，莫言的《欢乐》《红蝗》在对大便、阴道、经血、阴茎等难登大雅之堂的东西的细致描摹，已超越了当时的评论界可接受的审丑艺术的底线，引发的集束式的批评是可以理解的。比如《红色的变异》《人性战胜兽性的艰难历程》《幽闭而骚乱的心灵》等中提出的比较严厉的剖析意见，特别是《毫无节制的红蝗》中认为这是作者毫无节制地变态发泄和创作失策："毫无节制地纵容自己的某一情绪，毫无节制地让心理变态，毫无节制地滥用想象，毫无节制地表现主观的意图。"② 可能对作者造成了巨大的心理压力和强烈的叛逆意识。所以在《酒国》中借用公驴和母驴的外生殖器为基本原料精心制作的大菜"龙凤呈祥"，认为和自己在《欢乐》《红蝗》中表现的化丑为艺术的初衷是一样的，但对遭受的批评和误解一定要有心理准备。并作了自我经验之谈："我因为写了《欢乐》、《红蝗》，几年来早被他们吐了满身黏液，臭不可闻。他们采用'四人帮'时代的战法，断章取义，攻击一点，不及其余，全不管那些'不洁细节'在文中的作用和特定的环境，不是用文学的

① ［法］萨莫瓦约：《互文性研究》，邵炜译，天津人民出版社 2003 年版，第 116 页。
② 贺绍俊、潘凯雄：《毫无节制的红蝗》，《文学自由谈》1988 年第 1 期。

观点，而是用纯粹生理学和伦理学的观点对你进行猛攻，并且根本不允许辩解。"并借助酒博士之口对那些手持放大镜、专门搜寻作品中的肮脏字眼的"英雄豪杰"做了回击："那些骂您的人因为吃胎盘和婴儿太多，热力上冲，把脑子烧昏了。"在《姑妈的宝刀》（2000）中将小韩得心应手的打锤和淬火的技术和成名作《透明的红萝卜》作比较，选择的情节"小铁匠为了偷艺把手伸进师傅调出来的水里，被师傅用烧红的铁砧子烫了手，从此小铁匠便出了师，老铁匠便卷了铺盖"增加了小说的幽默趣味，但又用调侃的方式，用现实生活中的评论家李陀的意见否定了描述的情节的合理性："淬火时挺神秘，我在《透明的红萝卜》里写过淬火，评论家李陀说他搞过半辈子热处理，说我小说里关于淬火的描写纯属胡写。"小说紧接着由张老三给讲的民间传奇情节"从前有个中国小铁匠跟着一位日本老铁匠学打指挥刀，就差淬火一道关口，打出来的刀总不如日本师傅打出来的锋利。有一次日本师傅淬火，中国小铁匠把手伸到桶里试水温，那个老日本鬼子一挥刀，就把中国小铁匠的手砍落在水桶里。"又似乎证明着淬火技术中温度的重要性，一波三折的互文情节的铺排，充分地说明了莫言对互文性历史诗学原则的反叛、修正和编缀都是以满足自己的艺术个性和创新需要为鹄的。在这里，文本内外的互文情节形成了一个意义生发和创造的潜在网络系统，莫言巧妙设置的互文情节在主题意蕴和审美内涵上都达到了一个比较高的层次。

进入21世纪之后，莫言创作过程中出现的与自己以往的作品中的情节互文的现象还是屡见不鲜，但在互文过程中表现的宽容的心态、大度的思想、调侃的态度与20世纪80、90年代有所不同。如果说年轻时候的莫言因为锋芒毕露的极端化抒写引起评论界的激烈反对，在小说中借助互文性的情节为自己进行严肃认真的辩护，发出自己对文学认识的真实的声音，那么步入中年的莫言则终于成熟起来，他认识到"文学是吹牛的事业，但不是拍马的事业，骂一位小说家是吹牛大王，就等于拍了他一个响亮的马屁"①。既然文学在虚构的艺术世界里

---

① 莫言：《莫言：散文新编》，文化艺术出版社2010年版，第6页。

吹牛撒谎成为一个典型的职业作家的本分，就没必要对自己在虚构的世界里出格的艺术创新造成的纠纷太当回事，有时候自我调侃一下，把自己当成胡扯蛋的小丑式的人物，反而会使自己互文叙事中的过激的情节描述获得更多的自由空间。这样活跃的思维就可以把过去和现在的回忆像一条咬着自己尾巴的蛟龙一样融合成为一个整体。"文学的写作就伴随着对它自己现今和以往的回忆。它摸索并表达这些记忆，通过一系列的复述、追忆和重写将它们记载在文本中，这种工作造就了互文。"① 莫言从自己先前文本中获得的记忆与现在文本中的情节构成的互文性，更显示了他21世纪艺术创作的成熟，这突出地表现在以下三个方面。

第一，调侃自己的互文。莫言对小说中出现的自我和前文本采取王朔的"我是流氓"式的贬低策略，站在角色的最低处的自我定位和对自己的天花乱坠的前文本胡乱调侃的方式，才真正获得了与自己无所羁绊的个性相契合的轻松随意的叙事风格。《生死疲劳》（2006）中提到的"莫言在他的小说《苦胆记》里写过这座小石桥，写过这些吃死人吃疯了的狗。他还写了一个孝顺的儿子，从刚被枪毙的人身上挖出苦胆，拿回家去给母亲治疗眼睛"。从描述的故事情节来看，这应该是莫言1991年写的短篇小说《灵药》，但莫言马上对自己和作品进行调侃，认为用人胆治病的事是莫言那小子胆大妄为的编造，基本上都是毫无根据的胡诌，这样匪夷所思的瞎编乱造也就没人当真，文学对现实生活真实反映的传统写作信条也就于无形中得到瓦解。既然这样，自己在现实生活中从来没写过的作品也可以吹吹牛皮按在自己的头上，从而使编造的文本与正在写作的文本构成了调侃性的互文叙事。如莫言从未在现实生活中编过吕剧《黑驴记》，但不妨碍他在《生死疲劳》中贬低莫言那厮，并引用现实中无中生有的新编吕剧《黑驴记》中的一段唱词："身为黑驴魂是人//往事渐远如浮云//六道中众生轮回无量苦//皆因为欲念难断痴妄心//何不忘却身前事//做一头快乐的驴子度晨昏"，将戏剧中的唱词表现的黑驴的性格、心理和欲望与小说中西门闹投胎的黑驴构成了互文叙事。《澡堂与红床》（2011）

---

① ［法］蒂费纳·萨莫瓦约：《互文性研究》，邵炜译，天津人民出版社2003年版，第35页。

中直接让小说中的人物吴科评价自己在 20 世纪 90 年代初写的《白棉花》："你那篇破小说《白棉花》，基本上是胡编乱造，芝麻粒儿大小的事被你写得比瓜还大！"借助小说中的人物进行自我调侃构成的互文叙事显示出莫言叙事的独具匠心，由于工人吴科有与曾经的自己是棉花加工厂的工友的时代背景，并且认为若不是厂长老董拦着，就凭在小说《白棉花》中把他写成流氓这一点，就可以告作者诽谤罪。这里，前文本和后文本、作者和叙述人、小说中的人物和现实生活中的人、虚构和现实的界限弄得模糊不清，再加上极有可能是现实生活中真实存在的人，也有可能是作者虚构的子虚乌有的人物吴科的插科打诨，就将《白棉花》连同正在写作的小说《澡堂与红床》都置于假定性叙事的语境中去了，那还有哪一位不识时务的读者信以为真去挑小说描写不真实的刺？！

第二，单纯对照加深印象的互文。通过前后文本的直接引用或简略复述提及的情节和细节构成的互文可以相互比较、相互佐证，进一步达到为表现的思想主题服务的目的。《生死疲劳》（2006）中面对临近春节时，杏园猪场的饲料完全吃光、甚至那两垛烂豆叶也消耗干净的最危急的时刻，叙述者提到"正像莫言那小子在《复仇记》中写的那样"，后文本描述的养殖场面临的饲料的危机与前文本描述的凄惨境地构成了互文关系，并进一步加深了危急情况的印象。地主西门闹投胎的狗小四少小离家，对出生的屯子并没有多少感情和印象，但毕竟是生养自己的地方，这种血缘纽带牵系的扯不断的情感关系"就像莫言那小子在一篇文章里写的那样——'故乡是血地'"，这篇文章是莫言的《超越故乡》中对故乡埋葬自己祖先灵骨的地方和母亲生养自己所流的血的形象评价，用在这里，对狗小四的故乡感受的真实性提供了逻辑依据。庞凤凰对蓝解放抛弃官位和妻女，不顾世俗的眼光和功利得失与小姨庞春苗的私奔是爱恨交织的，所以对蓝解放的评价是"用咱们县那个魔头作家莫言的话说，那叫'最英雄好汉最王八蛋、最能喝酒最能爱！'"用莫言 20 世纪 80 年代的代表作《红高粱》中对故乡人事的辩证评价来定性蓝解放的所作所为是十分恰当的，前后文本的互文关系突出了故乡人物的超脱功利羁绊的自由健迈的心态。

《地主的眼神》（2012）中少年的"我"对地主的儿媳妇喂孩子吃奶的观察得出的乳房的结论，就直接引用20世纪80年代中期发表的《白狗秋千架》中的农村俗语："没结婚是金奶子，结了婚是银奶子，生了孩子是狗奶子"，在世俗的眼光中带有不道德意味的情色描绘在乡村质朴自然的民俗中是极其自然的事情，所以以红霞给孩子喂奶根本就不避讳我，才有了我的纯洁眼光的观察和剥去了文化的外衣矫饰的对乳房的评价，前文本中引述的民间俗语为后文本的人物性格塑造和乡邻伦理关系的表现埋下了伏笔。此外，《澡堂与红床》（2011）中提到的散文《洗热水澡》、《红唇绿嘴》（2020）提到的小说《黄玉米》（是莫言的障眼法，实为《红高粱》）中的土匪花脖子都与后文本中的情节构成了加深印象的互文关系。

第三，带有元小说色彩的互文。莫言也像马原那样，采用这种带有元小说色彩的互文告诉读者小说是胡编乱造的虚构的本质、小说中的故事原型和材料来源、小说作者创作的心理动机等。他的这种艺术形式探索和革命的目的在于破除读者惯常的"真实性"的幻觉，对"传统叙事的似真幻觉的破坏以及随之而来的经验的主观性、片段性和不可确定性，打破了任何一种宏大叙事重新整合个体经验的可能性，这使得充满个人性和主观性的现实凸现了出来"[1]。《生死疲劳》（2006）让虚构的人物副县长蓝解放揭露莫言20世纪90年代初发表的小说《辫子》就是以他和庞春苗的恋情为故事原型，并提醒读者注意"跟写小说的人交朋友，弄不好就成了素材"。前文本《辫子》写一个县委宣传部的副部长与一个在新华书店卖连环画的姑娘搞婚外恋的故事，后文本《生死疲劳》写一个副县长与一个在新华书店卖连环画的姑娘搞婚外恋的故事，二者的情节结构高度吻合，确实具有互文性，但素材和故事原型来源于虚构人物蓝解放的说辞，就将真实与虚构的壁垒森严的界限弄得模糊不清，作者或叙述人的主体性和个体性就充分体现了出来，这是莫言在21世纪的小说中频频出现以自我为原型的"莫言"或叙事者"我"的重要原因。自传体小说《变》（2009）提到自

---

① 陈思和：《中国当代文学史教程》，复旦大学出版社1999年版，第295页。

己先前写的小说《大嘴》，里边那个男孩就是以我自己为模型塑造的；小说中描写的下放到国营胶河农场的知青和右派的欢天喜地、声色犬马的生活场景，在我（莫言）那部中篇小说《三十年前的一次长跑比赛》（1998）中也写到了。本来叫以通过后文本的描写进一步加强自传性具有的真实色彩，让读者在似真性或仿真性的幻觉中获得逻辑严密、统一完整的印象，但作者偏偏告诉读者："但那是一部小说，里边许多事是我瞎编的，而这一篇，则基本上是回忆录，如果有与历史事实不符之处，那也是因为事隔多年，我的记忆出了偏差。"自曝其短的前文本的瞎编与后文本的文体形式的统一造成的逻辑理解的悬疑性，无疑打破了真实性的阅读经验，再加上有可能记忆出现偏差，就更明白无误地告诉读者描写右派生活的虚构成分。《一斗阁笔记（二）》（2020）中的《蛙泳》告诉读者："三十二年前，我曾写小说《生蹼的祖先》，描写了一个生活在沼泽地里手足上生有蹼膜的家族。这部小说最根本的灵感来源于我的一位小学同学。他手指与脚趾间有蹼膜相连，大家也不以为怪。"1988年莫言发表在《长河》创刊号上的中篇小说《生蹼的祖先》距离写《蛙泳》正好三十二年，这是有据可查的历史事实；但又告诉这部小说的素材来源于一位手指与脚趾间有蹼膜相连的小学同学，素材与题材、现实与虚构之间的质的区别，意味着小说不可避免地具有虚构的人为成分，进入艺术的殿堂中的某些情节和细节不要信以为真，这样真实和虚构就在前后文本的互文张力中形成了需要读者参与的艺术空间。对于自己在长篇小说《丰乳肥臀》、中篇小说《透明的红萝卜》、短篇小说《姑妈的宝刀》里都写过铁匠炉和铁匠的故事，打铁的情景和氛围作为一种潜意识一直左右着莫言小说情节和素材的选择，为什么喜欢写打铁的心理动机和创作动机，莫言在短篇小说《左镰》（2012）的小引中明白无误地告诉读者：第一个原因是我童年时在修建桥梁的工地上，给铁匠炉拉过风箱；第二个原因是我在棉花加工厂工作时，曾跟着维修组的张师傅打过铁。这种童年和少年时期刻骨铭心的打铁经历就形成一幅色彩斑斓的画面，不断萦绕在作者的脑海里，从而为从创作心理的角度探究作者创作情结的读者提供了佐证，就像马原的《虚构》在结尾提供的素材来源证明了小说虚构的本质一样，元小说的互文本叙事也就解开了文学创作的神秘的面纱。

莫言在《红蝗》《酒国》《生死疲劳》中出现的叙事者"莫言"，在《酒国》中提到的《凤凰涅槃》的作者郭沫若、《我的大学》的作者高尔基、托尔斯泰、王蒙、阮籍、李陀等古今中外的作家，提到"根据原著改编、并由您（莫言）参加了编剧的电影《红高粱》""在保定军官初级学校担任政治教员"的经历，这些有据可考的人物的生平经历作为社会文本也与文学文本构成了互文关系，莫言选择这样的一笔带过的简略情节，看中的是人物作为一个文化符号所具有的社会和思想意义，但人物和事件离开现实的生活环境进入虚构的小说语境的时候，也会产生大于其自身价值的意义。既然"一个文本无法离开其他文本独自存在，此文本与其他文本，现在的文本与过去的文本一起构筑成文本的网络系统，每个文本的意义总是超出自身所示，表现为一种活动与一种构造过程，一种文本与文本之间的相互作用，互文性因而成了生发和分配意义的场所"①。那么，在理解莫言的"互文性"情节的时候，也就要在真实的文本和虚构的文本、社会的大文本与文学的小文本、前文本与后文本之间的错综复杂的关系网络中感悟和欣赏他的巧妙设置。

二　对比性情节的插入

土生土长的莫言深受传统文化特别是民间文化的影响和熏陶，其实，"包括中国文化在内的东方文化的特点是高度的间接性，即作者不愿意清晰地表达自己的观点或立场，通常不是直接地讨论主题，而是用一些相关的观点间接地接近主题"②。因此，莫言在小说创作中也喜欢运用对比性的情节来"拐弯抹角"或"旁敲侧击"地表达自己的主题观念。在民间中"有比较才有鉴别"的思维方式和价值观念，也潜移默化地影响到莫言选择对比性情节的心态和情感。在他20世纪80、90年代至21世纪的小说中，主要是采取古今对比和美丑对比的

---

① 王瑾：《互文性》，广西师范大学出版社2005年版，第141页。

② 张延君：《对比修辞理论及其在学术写作中的应用》，《东岳论丛》2005年第4期。

情节表达自己的思想观念和审美意蕴。

莫言采用古今对比的情节，主要是为了以民间化的历史和主流意识形态的历史相互比照中展示历史的可能样貌，并在历史与现实的对比中挖掘其内在的关联性和延续性。莫言对民间的野史和稗史将发生了的历史事件传奇化、神秘化、史诗化的演变方式是非常熟悉的，"父亲一辈的人讲述的故事大部分是历史，当然他们讲述的历史是传奇化了的历史，与教科书上的历史大相径庭。在民间口述的历史中充满了英雄崇拜和命运感，只有那些有非凡意志和非凡体力的人才能进入民间口述历史并被不断地传诵，而且在流传的过程中被不断地加工提高"①。因此，莫言在情节的对比中，对民间的野史和教科书的正史都采取了反思质疑的态度，无论是讲述的惊心动魄的故事还是塑造出性格鲜明的人物，都在穿插对比的过程中提供了富有哲理意蕴和文化内涵的情节启人深思。《狗道》（1986）中描绘的历史上为了国家、民族和阶级的利益而浴血奋战的死难者，生前的将军、士兵、狗等不同的身份，日本人和中国人等不同的国家和民族的牺牲者，在同一个硝烟弥漫的时空中走完或长或短的生命旅程，只留下"千人坟"供后人凭吊。一场雷电劈开坟墓，也使得先前有着泾渭分明的阶级观念和民族意识的死难者，在冰冷的现实面前化为无法辨识的混沌。在现实中，"我发现人的头骨与狗的头骨几乎没有区别，坟坑里只有一片短浅的模糊白光。像暗语一样，向我传达着某种惊心动魄的信息。光荣的人的历史里掺杂了那么多狗的传说和狗的记忆、狗的历史和人的历史交织在一起"。这样，通过古今情节的对比，作者站在人类的超阶级的立场上，对穷兵黩武的战争狂人打着"共存共荣"的旗号发动的不义之战，发出了人性和人道的强烈谴责。"狗的历史和人的历史"的相互交织，实际上就是对战争的发起者退化为四肢动物的显在隐喻，站在悲悯的人道立场上发出的"丧钟为谁而鸣"的反思和叩问，只有通过古今情节的对比才能得到充分的显示。事实上，莫言通过古今对比，更看重的是历史和现实生活空间中的人的本性和命运，"他试图超越历史直接窥查人的本性，历史在他这里

① 莫言：《用耳朵阅读》，《秘书工作》2013 年第 7 期。

只提供了一种外在的刺激，他更关心人心和人性的种种反应"①。

这种跨越历史的时空，自由地穿梭于现实生活中的对比情节，贯穿于莫言20世纪80、90年代至21世纪小说创作的始终。《天堂蒜薹之歌》（1988）中的四婶因为蒜薹事件被警察拘捕的现实情节引发了高羊历史的回忆："四婶不出声了，跪在地上，垂着头，头发披到地上，嗓子里克噜克噜响着，好像睡过去了。他的眼前又闪过'文革'初起时自己的老娘跪地挨斗的情景……膝盖下垫着两块砖，双手背在身后……她把手按到地上，想减轻些痛苦，一只穿着翻毛皮鞋的大脚踩在了手上……娘叫了一声……那只手就像老鸡的爪子一样勾勾着，再也伸不直啦。"通过历史上按照"亲不亲，阶级分"的价值评判立场对地主婆的无情批斗和非人折磨的情节，对照现实生活中的四婶在随大流闯入县政府打砸抢之后被警察虐待的非人道行为，作者的人文关怀和以人为本的价值理念，就在巧妙设置的古今情节的对比中隐晦曲折地表现了出来。

由此可见，由知识分子的价值立场、民间底层的价值选择、主流意识形态的价值观念组成的多种声音的对话和交锋，成为莫言古今情节的对比中"众声喧哗"、还原现场、剖析人性的重要方式。《丰乳肥臀》（1995）中描述的现实生活中的雇农的儿子张中光，在革命教育展览室中做戏的表现："雀斑脸上抹着一道道发亮的口水，他用双手轮番拍打着胸脯，不知道是表示愤怒还是悲痛。"和新中国成立前的大栏集上经常跟着他的靠赌博为生的爹胡吃海喝的情节对比："双手捧着用新鲜荷叶包着的红烧猪头肉，走一步咬一口，弄得两个腮帮子、连同额头上，都是明晃晃的猪油。"不难发现，历史上的流氓无产者和现实中做戏的虚无党之间并没有壁垒森严的界限，二者在内在的精神渊源和价值谱系上都有源远流长的同源关系。所以，对历史上按照阶级观念加冕为苦大仇深的贫雇农和妖魔化为十恶不赦的吃人野兽的坏蛋，最好的方式是通过现实的对比戳穿历史的谎言，让无可辩驳的

---

① 夏志厚：《红色的变异》，参见杨扬主编《莫言研究资料》，天津人民出版社2005年版，第217—218页。

事实对涂抹的不辨是非的历史烟云重新澄明清晰起来。小说中描述的司马库在革命教育的漫画中是"张着大嘴露出锯齿獠牙，耷拉着一条滴着鲜血的红舌头"的杀人不眨眼的丧失人性的野兽，紧接着选择了侥幸生还的郭马氏作现身说法的情节："说一千道一万，司马库还是个讲理的人，要不是司马库，我就被小狮子那个杂种给活埋了"就将妖魔鬼怪的司马库还原为一个通情达理、富有人性的真人。历史与现实的巨大反差，只有通过这种对比情节的设置才能淋漓尽致地呈现出来，"忘记历史则意味着背叛"的信条，在现实语境的扭曲之下，总会产生让人深思的现象和问题。《祖母的门牙》① 中的祖母在九十多岁的时候长出的两颗新牙被炒作成新闻事件，吸引了各地的人络绎不绝地前来参观。其实，宣传与实际是有比较大的距离的，所以宋大叔为了让母亲接受既定的夸张失实举的例子："一九五七年，谁不知道吃不饱？可谁要说吃不饱，马上就是个'右派'！一九五八年，说一亩地能产一万斤麦子，谁不知道这是放屁？可谁敢说这是放屁，立马让你屁滚尿流！"就让人在对历史的记忆中产生的黑色幽默报以哭笑不得的心态，历史竟然以反面的方式成为现实生活中应对不虞事件的法宝，对比性情节的设置显示出作者回顾历史、介入现实的良苦用心。

在莫言古今对比的情节中大多选择与家庭出身和个人身份有关的"地富反坏右"作为反思历史、表现人道情怀的媒介，这种情况与莫言的中农出身有关。可以说，"中农出身给莫言带来了巨大的困惑和痛苦，但也给他带来了观察社会与体验人生的不同的文学视角，从而构成了莫言创作独特的'中农情结'。作为一个历史形成的精神结点，'中农情结'对莫言的创作产生了重大的衍生效应"②，使得他潜意识地选择这样的情节表达对人物的不幸遭遇的深切同情，站在民间的立场上，对贴上反动的政治标签就判定了一个人的道德品质好坏的荒唐行为进行揭露和批判。延续 20 世纪 80、90 年代的小说中表现的五六十年代的"左"倾路线和阶级斗争对人的命运的影响的情节选择，这

---

① 莫言：《祖母的门牙》，《作家》1999 年第 1 期。

② 杨新刚：《"中农情结"对莫言创作的影响——兼析莫言小说对土改、合作化叙事模式的突破》，《齐鲁学刊》2014 年第 3 期。

种对比性情节的设置在 21 世纪的小说中也得到了充分表现。《四十一炮》（2003）中运用联想的方式，由眼前的改革开放的年代母亲因为贪恋高利息，借给沈刚两千元钱做生意，结果眼看着借出的钱血本无归，难免悲愤难平的事情为由头打捞历史的记忆，由两千元足可以买两匹拉大车的骡子，想到"在土地改革的时代里，家里如果养着两匹大骡子，绝对会被划成地主成分，而一旦成为了地主，苦难就对你敞开了大门"。由两千元的货币的使用价值联想到两匹大骡子——地主——苦难，现在和过去的对比就将莫言内心深处习焉不察的中农情结造成的对阶级划分的敏感表现了出来。更荒唐的是《蛙》（2009）中表现的偏僻乡野的儿童陈鼻在不知道中苏关系正在恶化的情况下，拿苏联飞行员来贬低我军飞行员的无意之举，竟在"文化大革命"中给自己和爹娘造成了巨大灾难。从他家搜出的一本苏联小说《真正的人》是一本货真价实的革命励志小说，"竟也成了陈鼻的母亲艾莲是苏修飞行员的姘头、而陈鼻则是艾莲与苏修飞行员留下的杂种的罪证"。《晚熟的人》（2020）中的老邻居蒋二，其实他的原名叫蒋天下，"在阶级斗争天天讲的年代，这名字能演绎出吓死人的结果"。其实，名字只是现实生活中一个人的代号，并没有多少实际的意义，尤其是穷乡僻壤中的孩子起的名字更不会考虑其中可能包含的政治、思想和文化价值，但在"左"倾的年代，这种奇特的联想、无限的上纲上线、置他人于死地的非人道的行为正是作者感同身受的，也是深恶痛绝的，潜在的现在社会的人性和人道的生活现状就会成为参照标准映衬出"文革"的荒谬无人道。

莫言对过去的阶级斗争的历史比照，只是为了警醒后人忘记历史则意味着背叛，以史为鉴才能有一个更美好的明天，因此，他在 21 世纪的小说中通过古今对比表现社会进步的情节也比较多，显示出莫言辩证地看待历史发展的唯物主义观点。曲折的道路终将换来一个光明的未来，《天花乱坠》（2000）中提到天花这种夺去过无数儿童生命的恶症在旧社会是无法进行有效预防的，"直到中国共产党领导人民群众建立了新中国，接种牛痘预防天花才真正开始全面实行并被广大老百姓接受"。无数的先烈用自己的生命建造的新中国，才将普通百姓的生命放在第一位的位置，那个在一百年前怀揣着绣鞋，死在雪地里的麻子是黑暗的旧社会医疗条件的缩影，新社会麻子也基本上绝迹的辉煌成就，就是新旧社会两重天的典型体现。《蛙》（2009）中借助我去看住院的小学同学陈鼻的眼光打量现在的干净的病房，回想起二十年前自己曾陪母亲在公社卫生院住过一星期院，卫生院病床上虱子成堆、墙壁上全是血污、苍蝇成群结队的脏乱差的卫生条件，今昔对比更能生发感慨，以人为本的现代医疗条件代表着社会的巨大进步。当然，在今昔对比中不难发现社会的进步是全方位的：《生死疲劳》（2006）中表现的饮食方面，人们由 20 世纪 70 年代最喜欢吃的是那种入口就化的肥肉，到现在生活水平大大提高后更喜爱野味的生活习性的变化；人性方面，20 世纪 70 年代，县政法委书记程正南和妻子金美丽因两人年龄相差二十六岁而颇遭世人的非议，但放在现在，谁还会去非议别人的合情合法的隐私？交通方面，《变》（2009）中提到过去坐火车，从潍坊到高密一百多公里需要三个多小时，2008 年的和谐号动车组，从北京跑到高密全程近八百公里，只需五小时多一点儿。而且二者的坐车环境、旅行的舒适度、配备的生活条件都有着天壤之别。科技带来的日新月异的变化，在今昔旅行条件的对比中更显得当今社会的优越性。尽管外在的政治、经济和历史条件的变化会在古今对比中更会显而易见地被人所觉察，但在莫言小说的情节比照中这些都不是着意描摹的重心，他的小说关注和刻画的焦点"始终都是人的命运和遭际，以及在动荡的社会中人类感情的变异和人类理性的迷失"①。因此，无论是古今情节对比中表现的"左"倾路线的惨烈，还是现代社会进步的思想理念，在对比的中心冉冉升起的始终是活生生的人的形象。

如果说古今对比的情节设置显示了作者的历史观念、现实态度、价值选择、道德评判等思想蕴涵，那么，美丑情节的对比则表现出莫言"痛恨所有的神灵"的反叛和亵渎的艺术追求特征。尽管雨果在《〈克伦威尔〉序》中提出著名的"美丑对照原则"："丑就在美的旁边，畸形靠近着优美，丑怪藏在崇高的背后，恶与善并存，黑暗与光

---

① 莫言：《小说的气味》，春风文艺出版社 2003 年版，第 65 页。

明相共。"莫言也在小说中用词义反差极大的修饰词来形容丑陋的事物，如《红高粱》中的"尿打桶壁如珠落玉盘""嘹亮的屁"，割掉的耳朵"苍白美丽"，华丽的肠子"像花朵一样溢出来"，《罪过》中大福子"左膝下一个新的毒疮已经蓬蓬勃勃地生长起来"等打破了美丑之间的界限，采取叛逆的心态和极端化的美丑对照的方式，挑战约定俗成的审美习惯和设定的条条框框。但引起更大争议的还是他采取美丑对照的情节，对既定的审美观念造成的强有力冲击。在具有逻辑性、条理性和因果性的情节中，莫言以逆向思维的方式将不可能有任何联系的语词和意象捏合在一起，在美丑的鲜明对比中挑战了人们惯常的审美底线。对鲁迅所说的现实生活中有的东西如毛毛虫、鼻涕、大便是无法采取化丑为美的方式融入小说之中的的说法，莫言并不赞同，他认为："毛毛虫一转身，不就变成了美丽的蝴蝶吗，我们在写蝴蝶之前，写两笔毛毛虫也不是不可以。写鼻涕嘛，在我的《透明的红萝卜》里有一个小男孩，用深秋的枫叶给他弟弟擦鼻涕，这好像也没有什么特别的让人生理上反感的地方，这就是说，鼻涕也是可以写的。当然大便这种东西，要看怎么说了，按照我们的审美习惯，好像确实是不能写，不好写，但我在我的小说《红蝗》里也写过大便，而且，在拉伯雷和韩国诗人金芝河作品里面，都有大谈大便的地方。"[①] 所以莫言采用美丑对比的情节的时候，更多的是向审丑的一端倾斜。喋喋不休地谈屎、尿、月经、生殖器的目的在于为这些不能登大雅之堂的丑恶的东西加冕，同时又在鲜明的对比中，对爱情、乡情等美好的情感予以亵渎和脱冕，这样，美中之丑和丑中之美的刻意挖掘就形成了莫言美丑对比的艺术辩证法。当然，莫言的这种美丑情节对比的极端化书写策略有一个发展嬗变的过程。在初期的《红高粱》（1986）中美丑对比的情节的设置还是独具匠心的，这体现在写余大牙因为强奸民女玲子，在任副官的强烈要求下被枪毙的情形："额头像碎瓦片一样迸裂了""脑浆糊满两耳，一只眼球被震到眶外，像粒大葡萄，挂在耳朵旁"。不厌其烦的暴力抒写是带有审丑色彩的，但在他死去的

---

① 莫言：《作家的魅力在于张扬小说的艺术性》，《探索与争鸣》2006 年第 8 期。

地方设置的荷花的情节又带有唯美的情调："那株瘦弱的白荷花断了茎，牵着几缕白丝丝，摆在他的手边。父亲闻到了荷花的幽香。"洁白如玉的荷花象征的纯洁高雅，不也是对草莽余大牙临危不惧、豪爽洒脱的英雄气概的礼赞吗？在这里丑与美的相互对比和融合，更能体现出作者对祖先作为化外之民的昂扬豪情、野蛮雄强、自由自在和爽快坦荡的精神品格的追慕之情。但其心态从《高粱殡》（1986）起就走向了审丑的偏执，对无数的英雄好汉、淑女才媛都梦寐以求的爱情，在众多典籍中被无数的骚人墨客吟咏过的爱情，在现实的生活中被无数凡夫俗子视为生命的爱情，在莫言的亵渎心态的作用下，对为之珍惜和向往的爱情的构成要素的分析是："构成狂热的爱情的第一要素是锥心的痛苦""构成残酷的爱情的第二要素是无情地批判""构成冰凉的爱情的第三要素是持久的沉默"，所以得出的结论是："狂热的、残酷的、冰凉的爱情＝胃出血＋活剥皮＋装哑巴。如此循环往复，以至不息。爱情的过程是把鲜血变成柏油色大便的过程，爱情的表现是两个血肉模糊的人躺在一起，爱情的结局是两根圆睁着灰白眼睛的冰棍。"即使是根据爷爷的恋爱史、父亲的爱情狂澜、我的爱情沙漠等历时态的发展总结出来的爱情的经验和规律，明眼人也一眼就可以发现这是叙述者的障眼法，作者设置的披着科学外衣的富有条理性的美丑对比的情节，已将对爱情的亵渎心态昭然若揭。

当然，莫言把美丑对比的情节推向极致后引发争议的作品非《欢乐》（1987）和《红蝗》（1987）莫属。前者主要是对月经、阴毛、阴道等生殖器的肆意描摹，挑战了深受传统文化的优雅情感和审美方式浸染的现代人所能承受的最根本的伦理道德底线。作为婴儿来到这个世界的"玫瑰门"，母亲的生育艰辛和爱心的伟大激荡着深受传统孝道观念影响的炎黄子孙，那最神圣和纯洁的出生地总是会引起虔诚的朝拜心态。但在《欢乐》中莫言选择最肮脏恶心的"跳蚤"意象来描摹母亲最神圣美好的"玫瑰门"："跳蚤在母亲的金红色的阴毛中爬""跳蚤不但在母亲的阴毛中爬，跳蚤还在母亲的生殖器官上爬，我毫不怀疑有几只跳蚤钻进了母亲的阴道"，在描述完母亲的阴道之后，莫言又通过对女人的月经的变态设问和详细辨析，进一步反叛传统的审美观念："你吃过男人的阴茎，但你喝过女人的月经吗?"月经"味道不坏，有点腥，有点甜，处女的干净，纯正；荡妇的肮脏、邪秽、掺杂着男人们的猪狗般的臭气"。亵渎把玩的心态在美丑对比中更加鲜明地突现出来，淫秽狎邪心理的逼真刻画大大超出了读者的阅读期待视野和审美惯性的要求。后者主要是对大便的美丽外表、薄荷的气味、富有文化哲理的思想意蕴的极端化描写，借以不断挑战人们的心理承受能力。美则丑之、丑则美之的反题写作，成为莫言贯彻自己的审美理念的不二法门："大便像贴着商标的香蕉一样美丽""大便味道高雅""像薄荷油一样清凉的味道""大便量多纤维丰富，味道与干燥的青草相仿佛，因此高密东北乡人大便时一般都能体验到磨砺黏膜的幸福感"，绚烂辉煌和超凡脱俗的"大便"甚至"达到了宗教的、哲学的、佛的高度"，"四老爷蹲在春天的麦田里拉屎仅仅好像是拉屎，其实并不光是拉屎的，他拉出的是一些高尚的思想"。试问如此美丽辉煌、气味芬芳、神圣庄严的大便，还是现实生活中腥臭肮脏、臭气熏天、众人掩鼻而过避之唯恐不及的实物吗？在这种"大便情结"的支配下，"那些龌龊、卑贱、丑陋、残酷、恐怖、恶心一类为昔日规范所不容忍的现象和情感便充斥在莫言的小说中，……他似乎要把有生以来所感受到的、经历的、听到的、看到的、想象到的全部龌龊全部抛出来，竭尽刺激感官之能事，仇恨、诋毁、诅咒既有的一切文化形态，包括他曾经满怀激情所歌颂过的红高粱、土地、野性。而把当年的那股热情全部倾注给人间的种种丑恶，以玩赏丑恶为快事"①。当然，设置这样的美丑对比的情节与莫言的创作观念有密切的关系，他在《红蝗》中曾借助一位头发乌黑的女戏剧家的庄严誓词，来表达自己对美丑的二元对立的辩证关系的看法："总有一天，我要编导一部真正的戏剧，在这部剧里，梦幻与现实、科学与童话、上帝与魔鬼、爱情与卖淫、高贵与卑贱、美女与大便、过去与现在、金奖牌与避孕套……互相掺和、紧密团结、环环相连，构成一个完整的世界。"异质因素的相互融合产生的一种生机和活力始终是莫言心向往之的美好

---

① 王干：《反文化的失败——莫言近期小说批判》，《读书》1988 年第 10 期。

境界。

到了20世纪90年代，莫言在小说中对审丑以极端喷涌之后也进入了比较理性的节制时期，但这并不意味着莫言对审丑一维已丧失了信心和兴趣。设置美丑对比的情节作为一种叙事策略，在他具体的作品中仍时有发生。比如长篇小说《酒国》（1993）中对尿的组成元素、医疗效果、食用价值、哲学意蕴上升到科学的高度作的阐释和分析："可老师您的爹洒到酒篓里的是一池清明如山泉的原装童子尿。我国的杰出药物学家李时珍先生的经典著作《本草纲目》里明明白白写着，童子尿做药引能治疗高血压、冠心病、动脉粥样硬化、青光眼、乳汁不下等诸多顽症，难道他们连李时珍先生都要骂吗？童子尿是地球上最神圣最神秘的液体，里边含着多少宝贝元素鬼都搞不清楚。日本国许多政要名流为了身体健康精神愉快每天早晨都要喝一杯尿。我们酒国市委蒋书记用童尿熬莲子粥吃，治愈了多年的失眠症。尿神着哩，尿是世界上最美好的液体，更是最深奥的哲学。"云山雾罩的歪理邪说对尿的夸赞显然与《红蝗》中对屎的描绘如出一辙，都是对美丑观念和标准的反其意而用之的极端书写策略。

进入21世纪，莫言在评论家正反对立观念的基础上，深入反思现实生活中肮脏丑陋的事物和现象如何艺术化地进入文本的问题，是采取有意地夸饰美化现实中存在的令人作呕的自然物，还是秉承自然主义精神如实地、逼真地刻画和描摹它，莫言是一如既往地延续了20世纪80、90年代的创作态度。他认为："直面现实的作家，难免作品出现屎尿横流的场面，这是他生活的本来面貌，只有这样写，才能真实反映这个世界，如果不这样写，你就要掩盖它，就要说假话，屎尿横流都是我对现实的一种态度，也是我对人生的一种态度，我不想说假话，我想把我所想到、我所看到的全部在小说里反映出来。"① 所以，《四十一炮》中的老兰为羞辱我父亲有预谋地撒一泡长尿的精细描绘："一股焦黄的液体在我们父子眼前刺刺啦啦地落下来。我的鼻子马上就嗅到了热烘烘的臊气。他这泡狗尿可真够长，伸展开来最少十五

① 莫言：《〈生死疲劳〉：43年酝酿，43天写就》，《第一财经日报》2006年2月8日。

米"，显然具有以丑为美的叙事策略。即使焦黄的液体、热烘烘的臊气等视觉和嗅觉留下的坏印象，也掩盖不住"伸展开来最少十五米"的炫耀和崇拜色彩。莫言采取的对传奇化的人物行为的民间评价标准，使得他在美丑并存的意象描绘中常常有出其不意的感觉化的发现。这篇小说的第十三炮写的老兰的三叔撒出来的尿足以淹死一棵小树，"许多的尿液，漾着啤酒般的泡沫，环绕着大和尚的破蒲团流淌。"用啤酒般的泡沫的美好意象来形容尿液的状态是典型的化丑为美，这种美丑对照的方式是莫言感觉化书写的常用策略。到了《生死疲劳》中对尿液的功能、颜色和状态的描绘就进一步继承了 20 世纪 90 年代《酒国》中对尿液的化丑为美的传统，乘坐"阿波罗 17 号"飞船登上了月球的美国宇航员在太空中撒的尿，"因为月球的引力很小，那些尿液，像黄色的樱桃一样飞溅起来"。日本国一批高级知识分子中流行喝尿疗法，没结婚的童年男子的尿价格昂贵，胜过琼浆玉液……童子猪尿杀菌消毒，效果不亚于氯霉素，是起死回生的神奇液体，所以猪十六的一泡童子尿将奄奄一息的刁小三救活就是情理之中的事情。无论是黄色的樱桃的意象，还是起死回生的神奇液体的功效特征都给人以美的感受，任谁也想不到这就是与每个人的生理特征相伴的尿液。同样，莫言对于臭气烘烘的屎的美化堪与尿相媲美，《生死疲劳》中的地主西门闹对臭味熏天的狗屎怀有深厚的感情，鼻子灵敏大老远就能嗅到狗屎的气味；《檀香刑》中的孙眉娘用县令的粪便治好了难以治愈的相思病，粪便竟成了药到病除的神奇灵药。由此可见，美则丑化、丑则美化的美丑对照原则，仍然是莫言安排小说情节的制胜法宝，貌似美丑两极对立的审美悖论就统一在小说情节的化丑为美的艺术风格之中。

　　莫言对于自然界中丑陋和粗俗的意象的汪洋恣肆的抒写，当然不会因 21 世纪的到来而改变，对于阴蒂、阴门等生殖器官的描写，对于男女动物本能式的性爱的喋喋不休的叙述仍然在作品中时有闪现。这当然与莫言自己评判美丑的创作观念有关，他认为："描写人的肉体，描写物质性的肉体，尤其是描写人的下部，看起来是很丑陋的，但实际上却包涵了一种巨大的魅力，看起来丑陋下流的东西其实有着众多的含义，像卑贱和高贵的混合，死亡与诞生的混合，它是一种生命力，是一种母性的力量。"① 所以，20世纪90年代的小说《丰乳肥臀》不忌讳描写上官家的母女极为开放的性爱激情，21世纪的长篇《四十一炮》也不避讳青出于蓝而胜于蓝的花样翻新。不仅写到老兰胯下的那个黑不溜秋的家伙，土地神的石头阴茎，影星黄飞云每天夜里都梦到一匹种马和她来交合，自己认为就是一匹母马的变态心理和行为，还写到惊世骇俗的兰大官用昂然挺立的硕大生殖器在戏台上公开与四十一个金发碧眼的裸体女人交合，他像一匹种马一样在性爱的过程中展现出所有的令人眼花缭乱、叹为观止的动作……打败洋人的傲慢与偏见，从而用强大的性爱能力为国争光的事情。这种对性爱的化丑为美的艺术在短篇《与大师约会》（2005）中也有鲜明体现，大师采用绘画、摄影、雕塑等手段，把和他的爱妻的各种各样的做爱姿势表现得栩栩如生，甚至有一组大师和他的爱妻用面对面体位交欢的雕塑是可以发声活动的，大师和他的爱妻的呻吟声此起彼伏。这种将高贵和低贱、爱情和肉欲融合在一起突出生理本能的艺术，并在大庭广众之下被展览和欣赏的行为确实是美丑混杂的前卫做派。雕塑中把大师和他的爱妻的生殖器进行适度夸张的清晰的塑像既可以说是有违道德的无耻行为，也可以评价为神圣和凡俗有机融合的化丑为美的艺术典型，其中的含混正是莫言在美丑对照的情节铺开中要达到的艺术效果。

三 评论性情节的妙用

莫言在自己独特的生活体验和丰富的学识作用下，也形成了某些高于常人的见识，在小说中借助评论性情节的巧妙运用，也为主题意蕴的生发增添了耐人寻味的魅力。正如他所说："作为一个作家来讲，没有一点想法是不可能的。我以没有思想为荣，说的是那种'伪思想'，不是自己的想法，是别人的想法，摆出一副所谓思想家的架势来写小说。我觉得作家应该有思想，但是作家的思想不能凌驾于小说

---

① 莫言：《作家的魅力在于张扬小说的艺术性》，《探索与争鸣》2006年第8期。

人物之上，不能借小说人物之口强行向读者推销作家所谓的思想。"①
那么，在莫言的小说中合理地安排某些情节来表达自己的民间意识和现代思想观念，或贴着或盯着人物的心理状态和性格行为，让人物在特定的地域和时空背景下，说出一些符合当时情境的评论意见，都显示出一个成熟作家介入现实、启蒙民众的良知和责任。在《红高粱》（1986）中对余占鳌在抬轿的途中握了一下我奶奶的三寸金莲，唤醒了彼此潜在的情感和欲望，最终成就了一段美好的姻缘，作者借助孙子"我"之口发的议论就典型地体现了作者深受地域文化影响的民间思想意识："我想，千里姻缘一线穿，一生的情缘，都是天凑地合，是毫无挑剔的真理。"用宿命意识来解释说不清道不明的姻缘是民间惯常的思维方法，月下老人早用一根红线将彼此陌生的一对男女拴在了一起，在这里通过插入的评论性情节非常吻合上下文的语境，收到了良好的艺术效果。

　　莫言毕竟是熟读马列著作、接受现代大学教育、受到都市文明熏染的现代知识分子，所以当他拉开与乡村的文化、思想和审美距离，用"他者"的视角审视乡村历史和现实中发生的一系列事件的时候，他会更多地采用现代文明的价值评判标准和辩证唯物主义的方法对之作出评论。对《红高粱》（1986）中我奶奶和罗汉大爷的可能突破传统的伦理界限的风流韵事，叙事者"我"的评论是"她老人家不仅仅是抗日英雄，也是个性解放的先驱，妇女自立的典范"；对我奶奶白昼宣淫，在高粱地里和余占鳌野合的行为，"我"作为后辈站在人性的立场上也给予了最高的礼赞："奶奶和爷爷在生机勃勃的高粱地里相亲相爱，两颗蔑视人间法规的不羁心灵，比他们彼此愉悦的肉体贴得还要紧"；奶奶的小脚是付出折断八个脚趾压在脚底的惨痛代价得到的，面对缠脚对女性的心理和生理摧残以满足男人阴暗的"金莲癖"的社会现实，"我"就恨不得高呼"打倒封建主义！人脚自由万岁！"通过这些议论性情节的不断出现，显现出作者对封建礼教"存天理，灭人欲"的禁欲主义和传统观念中泯灭人性的一面深恶痛绝的

---

① 莫言、木叶：《文学的造反》，《上海文化》2013 年第 1 期。

现代意识。也许是作者作为原乡人切身感受到宗法意识和礼教观念的相互契合对民众的自然人性的禁锢达到了固若金汤的程度，消除无形的陈腐的思想意识和价值观念需要不断地冲击和挑战，所以他在以后的小说创作中，不断插入评论性的情节来为人性的自然回归作开路先锋。《高粱酒》（1986）中借助奶奶被子弹洞穿过的挺拔傲岸的乳房发出的议论，说它"蔑视着人间的道德和堂皇的说教，表现着人的力量和人的自由、生的伟大爱的光荣，奶奶永垂不朽！"《红蝗》（1987）中对四老妈被休后，骑在飞奔的毛驴上回娘家的途中，脸上呈现的一种类似天神的表情，"我"竟然动用了弗洛伊德的精神分析理论来解释四老妈被压抑的情欲，在"刺激—反应"的心理机制下出现猛然爆发的反常现象，并插入评论表达自己的观点："四老妈因被休黜极度痛苦，突然受到来自几个部位的强烈刺激，她的被压抑的情欲，她的复杂的痛苦情绪，在半分钟内猛然爆发，因此说她在那一瞬间超凡脱俗进入一种仙人的境界并非十分的夸张。"甚至借助家族历史上出现的一个奇丑的男人曾与一头母驴交配，发现后被威仪如王的大老爷召集了十几个膀大腰圆的汉子，用生牛皮拧成的皮鞭，把恋爱过的驴和人活活打死了事的丑闻，来对斑斓多彩的家族历史上升到家国同构的王朝历史的高度进行揭露和控诉："家族的历史有时几乎就是王朝历史的缩影，一个王朝或一个家族临近衰落时，都是淫风炽烈，扒灰盗嫂、父子聚麀、兄弟阋墙、妇姑勃豀；——表面上却是仁义道德、亲爱友善、严明方正、无欲无念。"这些评论性的情节通过叙述者睿智的表达，对提升小说的思想蕴涵有比较重要的作用。

另外，莫言用辩证唯物主义和历史唯物主义的观点方法全面分析问题的评论性情节，也给人以比较深刻的方法论上的启迪。《红高粱》中首先对高密东北乡的评价就充满了辩证的色彩，小说通过一个对故乡极端热爱又极端仇恨的叙事者"我"，根据马克思主义的辩证法对故乡的两极评价："高密东北乡无疑是地球上最美丽最丑陋、最超脱最世俗、最圣洁最龌龊、最英雄好汉最王八蛋、最能喝酒最能爱的地方。"确实体现出莫言在尊重感觉的丰富性的基础上追求感觉的辩证化的目的。其次，对我奶奶这样一位从小刺花绣草、精研女红的女流之辈，在外在的因素的激发下质变为临危不惧、具有处理重大变故的能力和胆魄的女中豪杰所作的缘由探析："在某种意义上，英雄是天生的，英雄气质是一股潜在的暗流，遇到外界的诱因，便转化为英雄的行为。"又在《高粱酒》中对奶奶"大行不顾细谨，大礼不辞小让"的豪放性格的发展作了辩证的评论："所谓人的性格发展，毫无疑问需要客观条件促成，但如果没有内在条件，任何客观条件也白搭。正像毛泽东主席说的：温度可以使鸡蛋变成鸡子，但不能使石头变成鸡子。孔夫子说：'朽木不可雕也，粪土之墙不可污也'，我想都是一个道理。"这一切在在说明莫言的评论性情节显得深刻全面的缘由，就是能灵活运用马克思主义的辩证法和唯物论对事物作出恰如其分的阐释和分析。在《高粱殡》中对我爷爷领导的铁板会成了高密东北乡最强的势力后，就忘乎所以敛财集资、抢棺杀人为奶奶出回龙大殡的招摇放肆的做法，叙事者作的评论是"余家的声名如繁花缀锦，火上浇油，但爷爷忘记了日满则仄，月满则亏，器满招覆，盛极必衰的朴素辩证法，为奶奶出大殡，是他犯下的又一个重大错误"，还有对《红蝗》中的九老爷双重性格的描绘："九老爷在弱者面前是条凶残的狼，在强者面前是一条癞皮狗——介于狼与狗之间，兼有狼性与狗性的动物无疑是地球上最可怕的动物"，都是莫言非常精彩的评论。插入这样的评论性情节无疑会开阔读者的视野和思维，更重要的是评论的观点和被描绘的对象之间达到了有机契合的程度，提供的方法论上的价值意义是不言而喻的。

进入 21 世纪，莫言小说对评论性情节的运用达到了炉火纯青的程度，它能够根据上下文的语境表达的真挚情感、表现的思想主题、运用的艺术技巧恰切地加入几句评论来达到作家个性尽情展示的目的。由于莫言采取的第一人称叙事者讲述自己的经历和感受属于"同故事"叙述，叙述者"既在故事之外，又在故事之中。在故事之外，叙述者可以随意中断故事进行指点干预或者评论干预，这就赋予叙述者和传统说书人同样的控制权力"①。所以，叙述者就可以跳开故事情节

---

① 张相宽：《莫言小说"类书场"的建构与异变》，《中国现代文学研究丛刊》2016 年第 6 期。

的讲述，随时采取零聚焦的视角表达带有个性化、感性化、审美化的评论。只是莫言在评论的过程中紧贴讲述的故事内容的审美意蕴，是站在超越阶级、民族、时代的全人类的立场上表现的个性意识和悲悯情怀，这就使得评论的情节进一步升华了文本的思想主题。众多的评论性情节的插入升华出的不同的小的思想意蕴，甚至形成了沿路开花、众声喧哗的复调叙事景观。这主要表现在以下三个方面。

一是有关文学创作体会的评论性情节。文学理论来源于创作的实践并用于指导实践的前提是作家的创作，任何抽象的、玄奥的、神秘的创作理论一定要接受具体的、感性的、审美的创作过程的检验。所以莫言对评论家脱离文本创作语境的闭门造车式的缠绕评论极为反感，他才在丰富的创作经验的基础上，借助 21 世纪小说的个别情节片段表达自己的创作观点，插入的感性的、非逻辑的评论往往一语中的。《生死疲劳》（2006）在同故事"我"（西门闹托生的猪十六）的言之凿凿地叙述"文革"时期发生在杏园猪场的事情之前，插入的评论性情节"这绝对是一篇梦话连篇的小说，是莫言多年之后对酒后幻觉的回忆"其实起到了提纲挈领的作用，它把评论家在真实与虚构之间绕来绕去的抽象理论还原为简单、明了、清晰的感性评论，文学的本体就是梦话连篇、酒后幻觉的虚构的艺术，才为下面猪十六讲述的谎话、梦话、吹牛皮的话统统被作为真实的话的讽刺性讲述埋下了伏笔，把叙述者"我"自封为是历史的唯一的权威讲述者的自我定位，非常形象地说明了新历史主义的内涵和本质。由西门闹投胎为狗小四的叙述者"我"的回忆里，插入的"曾亲耳听莫言对你说过，要把他的《养猪记》写成一部伟大的小说，他说要用《养猪记》把他的写作与那些掌握了伟大小说秘密配方的人的写作区别开来，就像汪洋大海中的鲸鱼用它笨重的身体、粗暴的呼吸、血腥的胎生把自己与那些体形优美、行动敏捷、高傲冷酷的鲨鱼区别开来一样"就将莫言的伟大小说的理念表达的个体性、独立性、特异性的表征呈现了出来，这与他同年发表的评论文章《捍卫长篇小说的尊严》的创作观念如出一辙，"伟大的长篇小说，没有必要像宠物一样遍地打滚，也没有必要像鬣狗一样结群吠叫。它应该是鲸鱼，在深海里，孤独地遨游着，响亮而沉重地呼吸着，波浪翻滚地交配着，血水浩荡地生产着，与成群结队的鲨鱼，保持着足够的距离"①。在这种插入的评论性情节的统摄下，谈论的"不在乎写什么，而在于怎么写"的观点与前面构成了文脉和文意上的同构呼应关系，下面讨论的具体实例蓝解放与比自己小二十多岁的黄花姑娘庞春苗谈恋爱，超乎常人理喻的挂印弃家携女私奔行为的道德评价的分歧：连县城里的狗都认为卑鄙，但莫言认为十分高尚的对比，实际上形成了与插入的评论中的创作比喻鲨鱼与鲸鱼的观点的呼应。《蛙》（2009）中针对第五部话剧中的人物姑姑和蝌蚪的对话："剧中的人物'姑姑'是我呢，还是不是我？""既是您，又不是您。"借助蝌蚪之口插入的评论"这是艺术创作的一条普遍规律，就像他们捏的这些泥娃娃，既是从现实生活中取来的形象，又加上了他们自己的想象和创造。"实际上非常形象地说明了理论与创作间的同构关系，正是有前面剧中的人物姑姑与现实生活中的姑姑既是又不是、既像又不像的"熟悉的陌生人"的艺术加工规律，插入的评论的艺术创作来源于现实生活又高于现实生活的升华才进一步起到画龙点睛的作用。《左镰》（2012）中提到的"我"为什么一开始写小说就想写打铁和铁匠的原因插入的评论："一个人，特别想成为一个什么，但始终没成为一个什么，那么这个什么也就成了他一辈子都魂牵梦绕的什么"，实际上涉及创作冲动与创伤性情结相互关联的创作心理学问题，二者构成了问题与阐释的关系，也为下边写铁匠为何打一把引人好奇的左镰的情节作出铺垫。《红唇绿嘴》（2020）由"文革"时期演讲的内容基本上是套话、假话、空话，引申出的评论性的结论"一个社会的败坏总是与文风的败坏相辅相成，浮夸、暴戾的语言必定会演变成弄虚作假、好勇斗狠的社会现实，反过来说也成立"也是直接地对存在主义大师海德格尔所说的"语言是存在的家园"的形象演绎，更间接地成为对"文革"时期人们为何会成为丧失理智的乌合之众的深刻反思，为号称"公知"和"高参"的表妹覃桂英从"文革"时期的空洞的豪言壮语到21世纪谣言满天飞的华而不实的网络用语所左右的异化

① 莫言：《捍卫长篇小说的尊严》，《当代作家评论》2006年第1期。

心态提供了依据。由此可见，莫言在 21 世纪小说中对文学创作规律的体会、概括和总结的评论性情节，接续的是 20 世纪 80 年代《红高粱》中插入的评论性情节"奶奶剪纸时的奇思妙想，充分说明了她原本就是一个女中豪杰……她就是造物主，她就是金口玉牙，她说蝈蝈出笼蝈蝈就出笼，她说鹿背上长树鹿背上就长树。"用形象而简洁的语言将深奥而晦涩的抽象理论加以演绎的创作套路，鲜活生动的例子与形象鲜明的理论相互叠加，形成的色彩缤纷、杂花生树的艺术景观是莫言的个性化创作的最突出的表征。

二是有关人性的评论性情节。莫言的 21 世纪小说中插入的有关人性的评论，对小说中人物形象的塑造起到了重要作用，人物的行为，哪怕是比较反常的行为都是在人性的支配下形成的，小说中塑造的带有"莫氏"印记的栩栩如生的人物当然与莫言刻画人物的创作观念有关，莫言认为："沈先生的经典之言就是：'小说就是要贴着人写。'在前不久，我又稍微改了一下，改为'盯着人写'。"① 无论是"贴着人写"还是"盯着人写"，其实都离不开普遍地对人性的共时态和历时态的观察和思考，离不开人物在特定语境中的人性的形象化和审美化的表现。《生死疲劳》（2006）中用"世间的万物就是这样，小坏小怪遭人厌恨，大坏大怪被人敬仰"来刻画诡计多端、受人敬仰的野猪刁小三，用"在时间这个伟大的医生面前，无论多么深刻的痛苦，都会结疤平复"来描述人物的创伤性心理的疗救和治愈，《蛙》（2009）中用"富贵者越是迷信，富贵的程度与迷信的程度成正比"来表现袁腮、肖上唇等富人超乎常人的宿命信仰，都是建立在普遍的人性的基础上，看到的人物在积淀的潜意识心理的作用下反常却又正常的行为。没有这些有关人性评论的情节作铺垫，就不会形成如此众多的鲜活的人物形象的艺术局面。

三是有关社会现象的评论性情节。莫言作为一个有良知的作家，在"去政治化"的浪潮中玩弄叙事技巧的同时，从来就没有忘记社会现象中的政治因素、政策方针对民众的思想观念的影响和制约。正如

① 莫言：《文学与我们的时代》，《中国作家》2012 年第 14 期。

他所说："我想社会生活、政治问题始终是一个有责任感的作家不可不关心的重大问题。政治问题、历史问题、社会问题也永远是一个作家所要描写的最主要的一个题材。"① 所以莫言在 21 世纪的小说创作中，通过对意识形态、历史因素对社会生活的微观渗透的评论性情节的铺排和渲染，小说中安排的情节结构、表达的情感意蕴、展现的思想主题的巧妙之处就呼之欲出。《檀香刑》（2001）中对政府公开对犯人行刑的政治动机并鼓励民众观看酷刑的目的进行的细致分析，就是对鲁迅所代表的启蒙者反复描述的看客现象产生的法律和心理基础的社会学阐释。其中插入的评论性情节分析的三点："一，显示法律的严酷无情和刽子手执行法律的一丝不苟。二，让观刑的群众受到心灵的震撼，从而收束恶念，不去犯罪，这是历朝历代公开执刑并鼓励人们前来观看的原因。三，满足人们的心理需要。"将看客为何成为国民劣根性的代表的内在原因和客观条件条分缕析地表达出来，描写重心的转移带有的主观化的情感因素和悲悯意识融会贯穿到对社会现象的批判的过程之中，显示出莫言别样的情怀和思想意识。为这篇小说写大辟、凌迟、腰斩、檀香刑等酷刑引起万人空巷的社会现象提供了理论依据，同时也为小说描写刽子手的心理和神态的重心转移埋下了可供理解的草蛇灰线，之所以浓墨重彩地渲染刽子手的高超的杀人技艺，是因为刽子手在与犯人、看客形成的三角色中占据核心位置，行刑的过程成为刽子手和受刑者联袂演出的大戏。《四十一炮》（2003）中借助村长老兰之口对社会普遍的猪肉注水的现象作出的评论"原始积累就是大家都不择手段地赚钱，每个人的钱上都沾着别人的血。等这个阶段过去，大家都规矩了，我们自然也就规矩了。但如果在大家都不规矩的时候，我们自己规矩，那我们只好饿死"形象化地演绎了资本原始积累时期肮脏和血污的本质特征，从一个见过世面但又识字不多的村长之口形神毕现地描绘出资本市场初期不讲道德的残酷竞争的无序状态，将一个识时务的枭雄的违背法律和道德的行为背后的逻辑依据表达了出来，同时也为小说安排大量的如何给肉注水的情节和

---

① 莫言：《千言万语　何若莫言》，《莫言作品精选》，长江文艺出版社2012年版，第310页。

塑造独创活牲畜注水法赚取大量昧心财的罗小通都提供了逻辑线索。《蛙》（2009）对实施的计划生育政策的评论"历史是只看结果而忽略手段的，就像人们只看到中国的万里长城、埃及的金字塔等许多伟大建筑，而看不到这些建筑下面的累累白骨。在过去的二十多年里，中国人用一种极端的方式终于控制了人口暴增的局面"成为整本小说在政治与艺术的夹缝中表达比较敏感的思想主题的总基调，没有从宏观的全局出发，从中国实施计划生育政策的时代语境出发，从民众根深蒂固的多子多孙的思想观念出发，就很难理解小说中提到的实施计划生育政策的过程中出现的非人道的情节铺排，也很难理解姑姑晚年认为自己双手沾满鲜血经常忏悔的心理基础。所以，貌似几句简单的计划生育政策的评论性情节的安排，实际上是匠心独运地贯穿起粗暴地实施计划生育政策的手段达到控制人口增长的目的的思想主题与姑姑和我的忏悔心理的一根红线。此外，《生死疲劳》（2006）中插入的社会评论"现代人闲得无聊，把许多根本不相干的动物弄到一起杂交，弄出了一些莫名其妙的怪物，这是对上帝的公然亵渎，总有一天他们要接受上帝的惩罚"显示的对违背自然规律的乱弹琴现象的清醒警示，接续的是20世纪90年代《丰乳肥臀》中描写的农场异种动物之间乱杂交现象的反思；《火把与口哨》（2020）中插入的"世界上许多事，有时候是想什么就来什么，有时候是怕什么就来什么，有时候是说什么就来什么"表现的说不清道不明的非理性的宿命现象，为下文三婶的儿子清泉被狼叼走的意想不到的情节提供了契机。正是这些社会性评论情节的巧妙设置，才将丰富多彩的情节片段勾连成一个完整的统一的文本。

莫言说："我相信文学创作是作家自我心声的流露。所谓自我，就是作家个人的生活体验。一个作家没有一点个人的独特体会，是写不好小说的，这种体会也不是刻意生造出来，而是在漫长的岁月中自然积累起来的。"① 那么，无论是互文性情节、对比性情节还是评论性

① 莫言、杨扬：《小说是越来越难写了》，杨扬主编：《莫言研究资料》，天津人民出版社2005年版，第12页。

情节都是他在个人生活中的独特体会，形成了对事物和现象的与众不同的看法，并把它们融汇到小说的具体情节的设置中去，这也是莫言的小说细节大于形象、意蕴大于思想、内涵丰富、意味无穷的一个重要因素。

第二节　传统结构绞尽脑汁的稳中有变

　　莫言在具体的创作过程中始终在内容与形式、"写什么"和"怎么写"之间寻求最佳的结构方式。作为一个不断创新、不断超越自我的作家，莫言始终在小说的结构方面的"稳"和"变"之间进行着不懈的探索。综观莫言的小说，他在采取传统的结构讲述一个有头有尾的故事的时候，始终在考虑小说的内部组织构造和外在的艺术形态，如何与所要表现的主题意蕴达到有机的契合问题；在讲述内容的故事线索和先后顺序上采取哪种方式才能最得心应手；在没有纯粹的形式也没有完全的内容的辩证关系中，如何真正达到"内容即形式，形式即内容"的水乳交融的境地；在花样翻新的"小把戏"和沉实稳重的"大结构"之间，如何将一个"讲故事的人"的聪敏才质发挥得淋漓尽致；在尊重传统的读者阅读经验和审美期待视野的基础上，如何在线性的结构中插入一些出其不意的情节和线索使得小说陡起波澜又风生水起。诸如此类的问题都显示出莫言作为成熟的大家，一种非常鲜明的文体意识。正如他所说："小说的结构，我认为一个题材一个故事必有一个与它最适合的结构，找到了这个结构这部作品肯定是一个好作品，作家写的时候也会得心应手。找不到那个结构，就会影响到故事的表述。"[1] 故事与结构的如影随形的密切关系，始终是莫言按照传统的小说观念所念念不忘的关注重点。尽管莫言也搞过极端先锋的文体实验和结构上的现代性，如《十三步》那样的连自己也看不懂的小说，但他绝大多数小说都是在传统小说的结构框架内进行小的变革与创新，并且在遵循基本的小说创作规律和结构技巧的基础上，尽量

---

① 莫言、木叶：《文学的造反》，《上海文化》2013 年第 1 期。

找到表达自己的情感意蕴和思想主题的最适合的结构。他在接受《南方周末》记者的采访时说"每一部小说一定有一个最适合它的结构，如果找到了这个形式，那形式本身也会变成内容的一个重要部分，内容和形式就会互相补充、相得益彰。如果找不到这个形式，写作就会很痛苦，始终不知道该先说哪一部分，后说哪一部分，也找不到讲话的语调。"所以，莫言在创作中会根据所要表现的故事内容、表达的主题思想、展示的情感内涵选择不同的小说结构，但线性的讲究因果逻辑关系的传统结构和文体意识，始终是他一以贯之的创新底色。从历时态的发展来看，传统模仿—先锋实验—浪子回头成为他不同时期小说结构的侧重点的突出表征，单线、复线、多线式结构就是他按照逻辑顺序和意义归类的标准选择的外在表现形式。

一 单线式结构

从小说结构的本体特征来衡量，"单线只借助一条线索组织材料、安排结构、展开情节、一贯到底"[①]，这样，小说采取线性的一维的逻辑发展线索，按照一件事情的开端、发展、高潮、结局的单一顺序来安排小说的情节结构，即使偶尔有倒叙、插叙、预叙等节外生枝的叙事结构的铺排，也不妨碍整个事情的逻辑发展进程。这比较符合深受史传传统和"说—听"的口传模式影响的民众的阅读兴趣，采用单线式的结构显得非常紧凑集中，满足了识字不多的民众喜欢结构单一、意义明确的欣赏要求。莫言在会讲故事的大爷爷以及周围邻居讲的花妖狐魅、鬼神禁忌、英雄传奇、痴男浪女的故事中，感受到意义的明确性和线索的连贯性对口耳相传的信息接受模式所起的重要作用。因为"无论是在叙事作品和生活中，还是在词语中，意义都取决于连贯性，取决于由一连串同质成分组成的一根完整无缺的线条"。[②]所以，莫言的单线式结构的小说都非常注重文脉和文意在起承转合中的意义连贯性，在文脉的草蛇灰线中寻绎出能够连接上下情节的最佳过渡衔

① 姚朝文：《小说线索对结构的单值对应关系》，《广播电视大学学报》（哲学社会科学版）2005 年第 1 期。

② ［美］希利斯·米勒：《解读叙事》，申丹译，北京大学出版社 2002 年版，第 59 页。

接点。因此，在起承的波澜不惊与转合的风生水起之间的辩证关系上，莫言在 20 世纪 80、90 年代至 21 世纪的小说中贯彻如一。但由于单线式结构不能很好地容纳丰富的现实生活、反映广阔的社会历史画面、表现错综复杂的社会关系、展示风俗文化的社会变迁，所以其主要存在于莫言的短篇小说的结构之中。

在处女作《春夜雨霏霏》（1981）中，通过一个军人的妻子在春雨之夜抒发自己对丈夫浓浓的思念之情，来表现军人的"舍小家，顾大家"的高风亮节和军嫂的深明事理、默默奉献的无私情怀。采用单线式的结构让军嫂采取内心独白的方式和回忆的视角、丈夫处于缺席的"在场者"和沉默的"他者"的位置上，这样，结构的紧凑集中使表现的好人好事的主题更为突出。同时，单声道的回忆方式可以打破时空的先后顺序，在顺序的主干上加入倒叙、插叙、旁叙等各种叙述技巧又显得结构摇曳多姿。在小说的开篇就写道："现在，我也咬住了自己的手指，直咬得隐隐作痛。但愿这信号已经传导给你，使你也知道我正在思念你：让你在这神秘的雨夜里也像我一样静坐在窗口，听听你这个饶舌的妹妹向你叙说我突然想起来的那些过去的、现在的和将来的事。"实际上就奠定了这篇小说以现在为起点回忆过去、展望将来的叙述结构。在进入过去的时空中打捞两人的相识、相知、相恋、结婚以及婚后的生活的时候，基本上按照历时态的顺序结构串联起一系列非常值得珍惜的难忘镜头。参军后对"我"（兰妹）的庄严承诺、实现诺言迎娶"我"的幸福时刻、婚后聚少离多的思念之情都按照时间顺序充分表现了出来。这一切的回忆都是在一个特定的时间段展开的，从小说开头的"这雨从八点开始到现在已经下了两个多小时"到结尾的"天就要亮了，雨声也零落起来"，不仅首尾相互照应，而且将整个回忆性的故事片段按照历时态的顺序，装在了一个依照时间的先后逻辑顺序发展的时空框架内，显得条理清晰，脉络一目了然。

实际上，尽管《春夜雨霏霏》是莫言初登文坛时的幼稚模仿之作，里面的歌颂兰妹对丈夫的忠贞不渝的爱情和丈夫保卫祖国舍弃个人幸福的奉献精神都非常符合那个年代的主旋律格调，但作为单线式结构的旁逸斜出的灵活运用，却也显示出莫言在结构的安排方面善于琢磨的个人潜能。在以后的小说创作中，他总是秉承讲好故事的理念，寻绎最佳的结构框架来容纳表现的主题思想、情感意蕴和伦理诉求。此后的《卫兵》（1982）、《因为孩子》（1982）、《售棉大路》（1983）、《民间音乐》（1983）等短篇小说都是围绕一个常见的歌颂心灵美的主题来安排结构，讲述一个完整的故事，一定要让人物起伏不定的命运和事件的发展历程有一个结果。《丑兵》在倒叙结构中讲述主人公从入伍不讨人喜欢的外在表现，到结尾为保卫祖国壮烈牺牲的内在优秀品质的展露，为人物的命运结局画上一个震撼人心的句号，在排长"我"的回忆视角下形成首尾呼应的对照结构；《因为孩子》完全按照时间顺序把大胖和秋生两个孩子的打架蔓延到双方大人之间的争吵，最后二毛又不计前嫌救了落水的秋生一命，将两家的大人和孩子和好如初的故事讲得波澜起伏，其实在顺序的结构中包含了分—合的内在结构，又将琐碎的故事情节结合为一个完整的统一的整体；《售棉大路》的杜秋妹、蜡梅嫂、车把式、拖拉机手等人在去棉花加工厂卖棉的路上发生的一些矛盾冲突、生活的小斑斓、彼此之间的谅解和关爱都用明确的时间线索表示出来，从前天的后半夜到今天的中午时分终于过磅、到结算室算账领款，一个完整的故事就和盘托出。甚至遵循契诃夫所说的"墙上挂着一把枪的话，那么在后边一定要放"的情节照应的原则，让车把式的"电子表"作为道具串联起前后的故事情节，车把式卖了自己心爱的电子表为杜秋妹买东西的情节，在小说的前半部分没有明说，只在小说的最后作了暗示："临分手时，杜秋妹突然想起：一整天没见车把式捋着袖子看电子表了。"然后用省略号来表现两人之间可能发生的恋情，这样的开放性结尾非常自然地符合终点又是起点的环形结构，显示出莫言的独具匠心。显然，这种开放性结局的含蓄朦胧、计白留黑、意味无穷的召唤方式能激发起作为主体的读者的参与热情，莫言对这样的结构安排也是比较满意的，所以在时隔两个月后的同一期刊《莲池》上发表的《民间音乐》也采取了这种令人回味的结构。小说中的花茉莉和小瞎子的故事，遵循偶遇——同情收留——产生恋情——私奔的线性结构模式描绘得荡气回肠。在小说的结尾，花茉莉沿着河堤向西去追离家出走、寻找灵感和音乐素材的小瞎子，"追上了没有呢？不知道。最后结局呢？……"大量的意义空白点形成的开放性的结构，为小说的思想意蕴的表达和人物命运的思考提供了发挥想象的舞台空间。由此可见，莫言在没有形成自己的创作风格的时候，就已比较注意在线性的逻辑顺序中遵循"文似看山不喜平"的艺术规律，寻求颇耐咀嚼的小说结构。

　　到20世纪80年代中期，莫言在军艺比较宽松的学习环境、西方的现代主义文学思潮和本土的先锋文学观念影响下，在小说的线性结构中插入了一些小的形式技巧，在尽量顾及读者喜欢读一个有头有尾的完整故事的期待视野和审美习惯的同时，也留下了一些意义空白点和结构上的断层供读者填充和挖掘。他转型后发表的第一部短篇小说是《白狗秋千架》[①]，在单线式的叙述中融入了"看"/"被看"与"离去——归来——再离去"的回乡结构模式。采用顺序的方式讲述了大学教师"我"与儿时的伙伴暖的偶遇，信守承诺到她家做客，回来的路上被通人性的白狗引到高粱地里重见暖。在顺序的框架中插叙了小的时候二人青梅竹马一起荡秋千，结果暖从秋千架上摔了下来，被刺槐针扎瞎了右眼，破相之后不得不嫁给哑巴的不幸遭遇。这部小说结构上的独特之处表现在四个方面：一是"看"/"被看"的结构模式将知识分子"我"置于被看的"他者"的位置上，接受被启蒙者暖的审视和拷问，让过去被认为是愚昧、麻木、保守、钝化的民众真正作为主体发出自己真实的声音，而不是作为"沉默的大多数"成为启蒙者的代言人角色；二是"归去来"的回乡模式在为线性叙事提供明确的时空标志的同时，也为现代知识分子在城乡之间"在而不属于"的无根的悬浮状态寻求着表现的舞台空间；三是在个别情节中穿插的蒙太奇式的对比结构。在我的笛子伴奏下，校革委刘主任让暖唱的《看到你们格外亲》来欢送解放军过河的场面，歌词与具体场景的交叉叙述就打破了情节的连贯性，形成了在"花开两朵，各表一枝"的传统结构之外，另一种比较新颖的讲述同一时空中同时发生的事情

---

① 莫言：《白狗秋千架》，《中国作家》1985年第4期。

的叙事模式："战士们一行行踏着桥过河，汽车一辆辆涉水过河。（小河里的水呀清悠悠，庄稼盖满了沟）车头激起雪白的浪花，车后留下黄色的浊流。（解放军进山来，帮助咱们闹秋收）大卡车过完后，两辆小吉普车也呆头呆脑卜了河"；四是开放式的结尾为读者的想象插上了腾飞的翅膀，表现在暖强烈要求"我"要无条件地配合，给她一个会说话的响巴的卑微愿望："我正在期上……我要个会说话的孩子……你答应了就是救了我了，你不答应就是害死了我了。有一千条理由，有一万个借口，你都不要对我说"，然后用"……"作为结尾，让读者为此时此刻接受现代文明和价值观念的知识分子如何脱离这种尴尬的处境提供思索的空间，也思考文明与愚昧的二元对立所遮蔽的漏洞，是否要采取换位思考的方式重新予以弥补和考量？

其实，这种在单线式结构中采用插叙、倒叙，玩弄一下不确定的结尾之类的小把戏，在同一时期的小说中比比皆是。《老枪》（1985）按照时间的先后顺序讲述了大锁打猎的悲惨故事，从开始到大洼子里埋伏打野鸭子的时候"太阳沿着一道平滑的弧线飞快地下落"，到大锁被枪走火打死"半块月亮在西南仰角"的时间提示，表明在黄昏到夜晚月亮初升的封闭的时间段内，发生了大锁连续两次尽心尽力扣动扳机都没有打响、最后一次漫不经心地勾动枪机却发生了沉闷钝重的爆炸惨剧。按照历时态的发展顺序，对打猎过程的细致描摹建构了小说线性的结构框架，一个比较完整的故事按照开端、发展、高潮、结局的顺序显得脉络清晰。但戛然而止的结尾却留下了按照真实的想象逻辑难以解开的谜底，为什么打野鸭子的时候精心策划，扳机怎么扣动都无动于衷；而绝望之后冒着不甘之心，偶然随意一勾却响了。响与不响的意义空白点是很难按照现实的生活经验为参照点进行阐释的，却也更能勾起读者的好奇之心。另外，这篇小说的顺序结构中还插入了三个小故事将前后连续的情节予以断开：大锁的娘为防止他拿枪，将他的手指用刀砍断；大锁的爹为反抗柳公安对自己的侮辱，奋起斗争后用枪自杀；大锁的奶奶用枪毙掉了在自己生病期间狂嫖滥赌的丈夫。这样，不同故事的结构对照，就让形式生发出了令人深思的意味，"枪"在作为道具串联起老少三代男丁同样的不幸命运的同时，也通过宿命意识和传奇意味将无生命的"枪"上升为统摄人的性格命运的主体。《秋水》（1985）先用倒叙结构，将我爷爷八十八岁高寿的时候仙逝，面色红润、栩栩如生、非常体面地死去，引发众人按照民间因果报应的伦理观念得出的"爷爷生前积下善功"令人敬仰的结论作为开端，然后按照线性发展顺序，讲述爷爷杀死三个人和奶奶私奔到高密东北乡的创业历程。重点讲述在洪水泛滥、奶奶分娩的关键时刻出现的紫衣女人、黑衣人和盲女的不明身份和言行举止。小说意味深长的结尾同样存在着大量悬疑之处，黑衣人具有敏锐的观察能力，怎么就没有发现紫衣女人就是为父报仇的侄女？黑衣人的枪法已在高密县堪称一绝，为什么还要打死枪法不如自己的老七？盲女在保护自己的黑衣人死去之后，为什么还那么神态自若、旁若无人地弹着弦子唱歌？《大风》（1985）的结构和《秋水》类似，都是采用倒序，先写爷爷的死去引出回家奔丧的主人公的回忆。在插叙了爷爷割麦子"紧腰齐头根子"的绝活之后，按照时间的先后顺序讲述了儿时和爷爷到草甸子割草突遇大风时的情景。在展示爷爷面对困难和挫折所具有的圣地亚哥式的硬汉精神的时候，用了大风过后，一车子野草只剩一根不知是红色还是绿色的普通"老茅草"作为结尾，显然具有浓郁的象征意蕴。由此可见，豹尾式的简短有力的结尾是莫言在短篇小说的结构中最常用的一种艺术技巧，包含的言说不尽的思想和审美意蕴又显示出他从"真实的想象"到"想象的真实"的质的飞跃。

　　从20世纪80年代末文学失去轰动效应到整个20世纪90年代商业化思潮中凸显的读者至上的创作观念，都会对莫言的短篇小说的结构布局产生或深或浅的影响。但莫言并没有完全放弃对小说结构的探索，正如他所说："好的结构，能够凸现故事的意义，也能够改变故事的单一意义。好的结构，可以超越故事，也可以解构故事。"[①] 从这一时期莫言的小说结构来看，他对此前花样翻新的线索结构尽管有所收敛，但在注重满足读者的感官化、欲望化、好奇心之类的传奇性结构模式中也会想方设法地穿插一些小花样，从中不难寻绎到先锋叙事

---

① 莫言：《捍卫长篇小说的尊严》，《当代作家评论》2006年第1期。

的结构在跨越时代的文学潮流中，仍然会以特殊的方式潜在地制约着作者的谋篇布局的思路。在先锋文学思潮溃不成军的时代语境下发表的《爱情故事》①就非常迎合读者的情节连贯、线性结构的审美诉求。本来知青何丽萍与小弟相差十岁的爱情就带有比较浓郁的传奇色彩，在按照事件的先后顺序讲述小弟在不正经的郭三老汉的性启蒙下觉醒的经历的时候，又穿插了何丽萍在毛泽东思想宣传会表演"九点梅花枪"的传奇故事，以及郭三在浇菜之余和李家独守空房的女人相好的事情。这样围绕人性本能的欲望化叙事的自由穿插，为小弟何以能在禁欲主义大行其道的"文革"时代，不顾政治禁忌和出身不好的知青相好的极端行为解开了结构上的扣子。而"第二年，何丽萍一胎生了两个小孩。这件事轰动了整个高密县"的结尾，又让人对事情的前因后果陷入深思，这两个孩子是乳臭未干的小弟的吗？如果不是，那又是谁的呢？开方式的结尾和传奇式的结构在在显示着与前期创作的内在关联性。

在 20 世纪 90 年代的创作中，莫言一直延续着《爱情故事》的结构模式，1991 年集中发表的《飞鸟》《夜渔》《神嫖》《翱翔》《地震》《铁孩》《灵药》《鱼市》《良医》等小说是向老乡蒲松龄致敬的传奇故事，在心灵想象的真实支配下，对线性的情节结构作了传奇化的处理。相对来说，这些脱离了外界条件和现实逻辑的制约，而只受内心的想象真实支配的传奇性的情节，在小说的结构安排上呈现出更大的自由度和随意性。比如《夜渔》用"吃过晚饭""月亮爬到很高的地方""红日初升的时候"来表现小说的单线式结构，是按照我跟随九叔夜晚捉螃蟹的时间先后顺序来安排的。但里面有很多荒诞不经的情节对线性的逻辑结构造成了颠覆和消解，那个用灌木上的一片亮晶晶的树叶吹出一些唧唧啾啾的怪声、目光绿幽幽的、脊背竟然凉得刺骨的不是九叔的东西到底是人是鬼？帮我捉蟹的面若银盆的年轻女人是神仙还是凡人？二十五年之后，我在新加坡遇到的那个"面若秋月，眉若秋黛，目若朗星，翩翩而出，宛若惊鸿照影"的少妇，是否就是遵守诺

---

① 莫言：《爱情故事》，《作家》1989 年第 6 期。

言和我还有一面之缘的捉蟹女人？在这里由反映论的真实转化为本体论的真实，为小说情节结构的设置提供了自由驰骋的空间，也是读者由被动的客体上升为能动的主体，增强对文本的开放结构填充自己经验和想象的参与程度的体现。

在20世纪90年代末发表的《拇指拷》（1998）、《长安大道上的骑驴美人》（1998）、《白杨林里的战斗》（1998）、《一匹倒挂在杏树上的狼》（1998）、《蝗虫奇谈》（1998）、《祖母的门牙》（1999）、《儿子的敌人》（1999）等短篇小说采取的仍然是《夜渔》之类的传奇性结构，即使是现实生活中出其不意的事情，也在结构的安排上留下了大量的疑点供读者参与和思考。在《拇指铐》中阿义的行为状况完全是按照历时态的顺序，描述出他为生病的母亲抓药途中所发生的匪夷所思的事情。"临近黎明时"母亲的呕吐声惊醒阿义，他拿着银钗和药方从家里跑向八隆镇的药店去抓药；"红日尚未升起"，他来到镇上的药铺紧闭的大门前耐心等待；"赤红的太阳迎着他的面缓缓升起"，他在苦苦哀求下终于抓到药，跑着离开了镇子；"到半上午，高悬东南的太阳红色褪尽"，他忍受着饥渴和烈日的暴晒挣扎着要摆脱被拇指铐拷牢在松树上的悲惨境况，但松树繁茂的枝杈粉碎了他想让树冠从自己的怀抱中滑过获得自由的幻想；"不知过了多久"，黑皮女子、老Q、大P、小D等人从拖拉机上下来，使出浑身的解数也没有将拇指铐解开，只能用"解铃还靠系铃人"安慰被铐在松树上的阿义；"下午一点多"，毒辣的阳光晒得他头疼欲裂，在昏昏沉沉中做了一场噩梦；"傍晚的时候"，他绝望地看到为母亲抓的药已被冰雹打烂、被雨水浸湿、与泥巴和杂草混在一起；"一轮皎皎的满月在澄澈的天空里喷吐着清辉"，他头重脚轻地栽倒在地，看到从自己的身体里钻出来一个小小的赭红色的孩子，"扑进母亲的怀抱，感觉到从未体验过的温暖与安全"。小说用民间的不太讲究准确的时间观念，将一个孩子一天的不幸遭遇有机地贯穿起来，在时间结构上留下了大量充满想象力，但违背常规经验和逻辑判断的意义空白点，有评论家说这是莫言真实的想象在小说结构上的映象。认为"心灵活动即为真实，真实的心灵活动以其自身、以人的尺度为判别标准，想象的天地不再受外界的制约而只受心灵的拘羁，心灵与想象同一。在文学中，则是由反映论的真实演变为本体论的真实，由认识作用的强化演变为情感作用的凸显"①。所以，莫言在小说中对戴铐者、施救者及被铐者的人性的美丽和丑陋、善良和凶狠、同情和冷漠、悲悯和沉沦的情感拷问本身就具有比较明显的象征意味，事实的逻辑认识和经验推理对结构的严密性的挑战正是小说刻意安排的效果。阿义在翰林墓被铐在树上的不合常规的情节，正是作为小说结构的扣子，串联起不同身份、不同性格和职业的人对弱小者不幸命运的反应，以此作为特定的时空中人性的试金石。在同一时期创作的其他小说都是用带有魔幻和传奇的色彩来谋篇布局，结构上留下的疑点在激发读者的好奇心的同时，也为按照结构提供的线索，寻找着更让人觉得完整合理的证据链提供创新性的思维。由此可见，莫言 20 世纪 80、90 年代的小说在单线式结构的安排上，并没有像年代学那样采取断裂的方式，而是在内在的关联与延续中形成了结构的稳中有变的肌理表征。

　　进入 21 世纪之后，莫言的小说创作采取返璞归真的方式进一步向讲述故事回归，因此他说："不知是不是观念的倒退，越来越觉得小说还是要讲故事，当然讲故事的方法也很重要，当然锤炼出一手优美的语言也很重要。能用富有特色的语言讲妙趣横生的故事的人我认为就是一个好的小说家。"② 按照时间发展的先后顺序讲述一个有头有尾的完整的故事，以事件为中心，特别讲清楚事件发展的逻辑线索，成为莫言单线式结构的突出表征。如《倒立》（2001）、《挂像》（2004）、《月光斩》（2004）、《天下太平》（2017）等小说，"它们都是以事件为中心来表现主题；事件发生发展的时间顺序即故事线，作为作品的结构线；纵剖面写法成为最普遍的结构叙述方式"③。不过，在历时态的发展顺序形成的单线式结构中也会玩弄一点小把戏，在时间发展的波澜起伏、开放式结尾、情节的意义空白点的安排方面，也显示出莫言接

① 张志忠：《莫言论》，北京联合出版公司 2012 年版，第 29 页。
② 莫言：《旧"创作谈"批判》，《小说的气味》，当代世界出版社 2004 年版，第 292 页。
③ 高尔纯：《试论短篇小说结构的三种基本类型及成因（上）》，《社会科学辑刊》1983 年第 4 期。

续 20 世纪 80、90 年代小说结构特点的独具匠心。

单线式结构决定了只要按照事件发展的时间先后顺序铺排情节，就会达到逻辑连贯、脉络清晰的审美效果，事件发展的前因后果在时间因素的作用下，将会使得叙事效果比较吻合读者的期待视野。但太顺畅的叙事并不能激发读者的好奇心和探秘的欲望，所以莫言在 21 世纪的小说中也会常常在正常的叙事结构中加入一些反常的旁逸斜出的情节，使得事件的发展波澜起伏，摇曳多姿。最典型的是小说《倒立》（2001），叙述者按照时间的发展顺序，娓娓道来省委组织部副部长孙大盛设宴招待他的各行各业的中学同学的事情。小说以混得最不如意的修车匠魏大爪子的行踪和视角贯穿起整个酒宴的过程，先是扎上了一条领带、换上了一套西装打扮整齐出门赴宴，接着描绘与粮食局局长董良庆、交通局副局长张发展、政法委副书记桑子澜、新华书店副经理"小茅房"等人相聚，最后是压轴戏与同学中官职最大的孙部长见面，共同赴宴的过程中观看校花谢兰英表演倒立的绝活。在以单线形成的纵剖面的结构叙事方式表现孙部长的卑污心理、众人的奴性意识、女性的屈辱心态和酒场文化的高潮中不动声色地讽刺了人生百态，没有单线结构形成的故事时间等于叙事时间的逻辑发展线索，孙部长的用冠冕堂皇的理由强迫校花勉为其难的出乖露丑就难以成为显影剂，映照出题目"倒立"隐含的丰富意蕴：表面上是谢兰英盛情难却为众人表演年轻时候最拿手的倒立的节目，客观地叙述呈现出中性的色彩，实际上在穿裙子的谢兰英倒立露出个人隐私的两条丰满的大腿和鲜红的短裤的时候，"看"与"被看"的等级权力结构隐藏的男性肮脏龌龊的窥阴癖仍然在热烈的掌声中暴露出来，其中包含的习焉不察的讽刺意味也就呼之欲出。当然，莫言在讲述这个引人入胜的故事的时候，仍然像 20 世纪 80、90 年代一样玩弄一点小花样，就是在魏大爪子出门赴宴后，紧接着插叙一段他老婆通知他老同学孙部长请客的事情，这个插曲表现的处于社会最底层的他既自尊又自卑的阿Q 心态，与顺序发展的过程中描述的和其他同学（都是当官的）见面的神态表现有机地贯穿起来，最终成为一个完整的统一的结构线索。此外，《挂像》（2004）中围绕担任着大队革命委员会主任的皮发红过年到各家检查移风易俗的落实情况，即根据公社革命委员会的通知，今年过年各家各户不许再挂家堂轴子，要挂毛主席的宝像，这种切断传统的民俗关系中与祖先联系的纽带的极端做法，显然遭到了民众的暗中抵制，所以小说按照时间顺序，紧扣村主任检查挂像时，遇到孤苦伶仃的地主婆万张氏发生的阴森可怖的事情，对假公济私的皮发红"文革"时期的极"左"路线予以讽刺。为使讲述的故事线索更加清晰，在开篇先介绍号称高密民间艺术的"三绝"：泥塑、剪纸、扑灰年画，为每次过年家家户户都挂起用扑灰年画制作的家堂轴子的根深蒂固的民间风俗埋下了伏笔；结尾用一个被极"左"路线压制的村民正月里流传着一个神秘的传说，即革命领袖指责皮发红他没死就供奉起宝像来的荒谬之处，让极"左"路线依靠的最高权威，从根子上把这种拉大旗作虎皮的荒唐行径予以揭穿。《天下太平》（2017）以留守儿童马小奥被老鳖咬住手指头的前因后果，作为贯穿整个故事的一条线索，最后事情的完满结局与乌龟壳上的"天下太平"四个字相得益彰。单线式的结构使表达的主题更加清晰，但穿插的小奥想到的从爷爷奶奶那里听来的鳖精的故事又将线索延宕开来，最终汇集到民间的万物有灵的信仰与生态保护相契合，从而放生老鳖的故事情节中来，服务于天下太平的思想主题。由此可见，莫言在单线式的结构线索贯穿事件的整个发展过程的时候，仍然受 20 世纪 80、90 年代小说结构线索模式的影响，在"讲故事"与"讲好故事"的思想内容与艺术形式的动态博弈中达到了平衡。

21 世纪以来莫言创作的以人物为中心的单线式结构的小说主要有两类：一类是以人物的行踪为线索的小说，其主要通过空间的位移表现人物在特定的时空条件下的行为方式、心理状态和价值观念，并以此正常或反常的事情折射出人情世态，让隐藏在皮袍下面的阴暗的心理暴露在光天化日之下，也让反常的行为得到合理解释，比较典型的有《冰雪美人》（2000）、《麻风女的情人》（2004）等小说。在《冰雪美人》中打扮得比较出众、引起众人羡慕嫉妒的少女孟喜喜的行踪主要是通过学校和诊所的空间叙事表现出来的，天生丽质的她在学校里的出格行为表现就对刻板保守的学生守则构成了无形的挑战，开放时髦的打扮、大方的男女同学交往与闭塞的严厉的校规之间的矛盾冲突不可避免，最终在年级主任在全年级大会上的指名道姓的羞辱，以及小小的葡萄事件造成的开除结局中落下帷幕。在这两件事情中，叙事者通过孟喜喜的落落大方的行为表现，重点刻画的是人难以自抑的劣根性的心态：前者突出的是听到在大会上被点名的孟喜喜，几位女生因为逃脱被批评的时机而幸灾乐祸地低声笑起来的表现，这种以鉴赏别人的痛苦为乐的有意识的行为，正是以鲁迅为代表的启蒙者一直批判的国民劣根性的典型表征；而后者突出的是一种奴性意识的批判，小说中的叙述者兼人物双重角色的"我"为讨好孟喜喜，偷偷地把家中院子里葡萄架上第一串发紫的葡萄剪下来送给她吃，在课间她边吃边摘下葡萄，一颗颗地往男生堆里投去引起哄闹的行为激怒了年级主任。面对年级主任冷冷地质问"是谁给她的葡萄？"她主动承认是从我的手里夺来的歪曲事实保护我的行为，与我在年级主任的淫威下被迫撒谎配合，把责任全部推到她的头上的无耻行径形成了鲜明对比。多年后叙事者"我"的回忆性的客观叙述，实际上带有非常明显的自剖精神和忏悔意识，但我在外界的压力下突显的"奴在心者"的劣根性却明白无误地传达了出来。孟喜喜的第二个行踪线索主要发生在我叔叔开的"管氏大医院"（实为诊所）里，病情比较严重的她在叔叔和婶婶的偏见和鄙视下，病情一再耽搁，最终失去了抢救的机会。她在等待看病的过程中始终为别人着想，忍受难以忍受的痛苦的微笑，反衬出以救死扶伤为职责、应秉承人道主义精神的叔叔和婶婶的傲慢与偏见。没有以孟喜喜的行踪为唯一线索，串联起学校的教书育人和医院的治病救人的反讽意味，小说表现的挖掘人物内在心理的劣根性的目的就不会如此轻而易举地达到。

同样，《麻风女的情人》以春山在槐树下的打谷场和麻风病女人的家里的行踪为线索，表现家里有漂亮贤惠媳妇秀兰的春山却和丑陋的麻风病女人通奸的内在原因。身强力壮的春山唯一的遗憾是结婚已五年但一直没有孩子，所以他看中能生孩子的麻风病女人的唯一的理由是传宗接代的功能需要。所有这一切都在脉络清晰、不枝不蔓的线索贯穿下隐藏起来，让人们在春山反常的行为中思索背后遮蔽的"不孝有三无后为大"的心理动机。这是莫言21世纪小说以人为中心的线索中一个突出的现象，以单一线索为媒介，不是为了单纯地描写人物的言语和行为等一望而知的外在状态，而是重点揭示隐藏在人物的内心深处、受传统的宗法文化和伦理观念影响和支配的潜在心理，显示出莫言像陀思妥耶夫斯基一样挖掘人物"灵魂的深"的审美特征。

　　莫言21世纪小说中另一类是以人物性格为线索的小说，这些人物的性格特征不同于随时代的转折点、社会发展的状况、外在条件的变化而改变的成长小说中的人物，他们性格的成长性和可塑性，作为人物性格发展的前史是被人物一出场的情节线索忽略掉的，所以"小说的情节、布局以及整个内部结构，都从属于一个先决条件，那就是主人公形象的稳定不变性、他的统一体的静态性"①。性格作为常量对环境条件、人物命运、生活境遇等变量的统摄作用，更能突出人物性格的空间叙事特征。尽管在以人物性格为线索的小说中，人物活动的时空体中的时间因素并不重要，但作为单一线索贯穿人物、环境和事件的组成部分，还是对情节结构的推动起到了促进作用。以带有自传色彩的小说《大嘴》（2004）为例，小说中的线索就是大嘴的多嘴多舌的本性不会随外在环境条件的变化而改变，而"江山易改，本性难移"的言多必失，尤其是不顾日趋严酷的环境条件的说真话的性格特征，会在极"左"的年代给自己和家人造成灾难，所以小说中的情节线索的安排，就围绕家庭和社会的空间结构的变化而展开。首先，在家庭中哥哥揭发他昨天在饲养棚里，当着许多人的面要贫嘴"社会主义好，社会主义好，社会主义国家人民吃不饱……"有可能在清理阶级队伍的运动中给家庭造成灾难，所以哥哥和母亲对他的规劝和告诫从反面反映了真话难说、谎言流行的反常现实，他的童言无忌映衬出不正常的社会"皇帝的新衣"式的闹剧之所以横行于世的原因。其

---

　　① ［俄］巴赫金：《巴赫金全集》（第3卷），白春仁、晓河译，河北教育出版社1998年版，第229页。

次，在公开场合的说话欲望骤然爆发，是在欢迎工作队进村的桥头上，杜主任拒绝打鼓一流的哥哥从事欢迎活动的时候，大胆地说出了心里话："主任，你不公道！我爹不是还乡团，我爹那时还是个小孩，小孩子谁不馋？不馋算什么小孩？大人也馋，你见了羊肉包子不也要流口水吗？我爹去吃了两个羊肉包子，你要是我爹也会去吃，说不定你还要吃三个，吃四个，吃五个，吃六个，你吃了六个包子都不是还乡团，我爹怎么就成了还乡团？!"将心比心、设身处地的话语表达方式终于打动了深受民间文化影响的社主任，又恢复了哥哥打鼓的权利和资格。在这两个事件的空间变化的过程中，可以明显地感到时间的先后顺序在事件发展中的作用。比如先有在家中的亲人训斥形成的压抑心理，才会有看到哥哥遭受不平等的待遇之后喷薄而出的反弹机制，口无遮拦的说真话的本性终于挽救了哥哥的命运的喜剧结局，也显示出叙事者的匠心独具：大嘴的固定不变的爱说真话的性格，为"文革"时期灰暗的社会现实抹上了一酡亮色。此外《斗士》（2012）中的武功睚眦必报的好勇斗狠的本性、《诗人金希普》中的金希普借助名人的光环招摇撞骗的行为（2017）、《表弟宁赛叶》（2017）中的宁赛叶眼高手低志大才疏的表现，都是贯穿小说始终的典型性格，为小说表现社会现实生活中形形色色的人物匪夷所思的行为提供理由和依据，让世人眼中遭受鄙视的所谓的坏人说出做坏事的初衷和原因，成为莫言怀着悲悯的情怀和宽容的心态聆听异见的突出表征。

二　复线式结构

为了表现比较丰富的社会生活内容、纷纭复杂的人物活动场面、错综纠结的人际关系和比较广阔的历史时空中发生的风云变幻的事件脉络，莫言在中长篇小说的文体形式中常常采用主副相从，或明暗结合的复线式结构，将历时态发生的事情的来龙去脉和共时态中出现的多重关系，在纵横交错的结构中条理清晰地表现出来。综观莫言20世纪80、90年代的小说，这种复线式结构在中篇小说中运用得非常娴熟，这也是中篇小说的文体与不太复杂的结构之间相互选择的结果。

在经过短篇小说积累的比较成熟的创作经验和结构布局的灵活运用之后，莫言自然在中篇小说的试验场上选择相对复杂一些的复线结构作为一种艺术模式，表达自己的无所顾忌、反叛规范、勇于探索的创作理念和审美赋型的媒介载体。"应该说尽管莫言在自觉有意地谋求着小说结构形式的探索，但真正的卓越的形式往往只是对作家要表达的生命体验、宇宙感悟本身具有的天然结构的一种清醒或朦胧的寻找、领悟和契合，作家在形式结构上的苦心孤诣的探索的过程不过是拨开覆盖在自己内心的表达之物上的外在杂物，不过是打开自己省视内心、发现自己所要表达的东西的天然结构的艺术天眼而已。"① 验之莫言小说安排的复线结构，绝大多数也不过是作家内在的生命体验和审美感悟所寻求的天然的艺术形式而已。

对莫言来说，童年时候刻骨铭心的饥饿和孤独形成的创伤性情结，作为潜在的重要因素影响了作家复线式结构的安排。如果用心理学的理论来阐释作家的童年经历与小说结构的关系，那么不难发现"童年的痛苦体验对艺术家的影响是深刻的、内在的，它造就了艺术家的心理结构和意象结构，艺术家一生的体验都要经过这个结构的过滤和折光，因此即使不是直接表现，也常常会作为一种基调渗透在作品中"②。因此，在莫言的很多中篇小说中，都安排了一个不幸的孩子的稚拙眼光打量灰色的生活世界，作为贯穿整部小说的一个线索。这种忧郁、压抑、孤独、畏惧的情感基调是莫言童年积淀的灰暗心理结构的艺术折光，他不过是借助"压抑—反弹"的心理机制，自然地寻求到自卑而又孤僻冷傲、敏感而又充满幻想的儿童作为自己的替身表达对社会人生的看法。另一条线索是有关爱情的。女性在传统的宗法伦理和贞节观念的压制下沦为传宗接代的工具，女性有坚韧博大的母性和低眉顺眼、百依百顺的女儿性，而唯独缺乏和另一半并肩对立的妻性和爱情是聚族而居的民间社会最常见的风景。莫言从小看到女性作为生活的建设者和生命的传承者，在家庭婚姻中所遭受的磨难，所以

---

① 张灵：《莫言小说中的"漩涡"结构——莫言小说的肌理与结构特征研究（一）》，《长沙理工大学学报》（社会科学版）2009 年第 4 期。

② 童庆炳、程正民：《文艺心理学教程》，高等教育出版社 2001 年版，第 96 页。

他才怀着悲悯的情怀在小说中设置爱情的主线或副线表达对女性的由衷敬意。这样，少不更事的儿童经历或者童稚视角观照下的事情的发展脉络，和男女主人公为了爱情历尽人生的悲欢离合终成眷属的坎坷遭遇，就成为构建小说复线式结构的双峰并置的内在线索。其中的交叉、缠绕、并列、平行、弯曲等各种关系的排列组合，都是根据主题内涵和审美意蕴的需要所作出的富有创意元素的结构安排。

莫言的成名作《透明的红萝卜》（1985）中设置的黑孩不幸的人生经历作为贯穿全篇的一个线索，显然是作者被记忆缠绕的童年世界的曲折反映。莫言小时候拔生产队的一个萝卜充饥被检讨的屈辱经历，在修滞洪闸的工地上为铁匠拉风箱的刻骨铭心的感受，还有在军艺上学时所做的梦的唯美色调都化作"不灭的生命畸曲生长"的黑孩的视点，打量"文革"时期寂寥荒凉、寒冷黑暗的岁月里人性的温暖和关爱所发出的微光。没有饱受打击仍然在自己幻想的田地里自由翱翔的敏感心灵捕捉习焉不察的光明和希望，就不可能在痛苦与欢欣、凄凉与温暖的辩证关系中感悟到生活的复杂色调。所以华莱士·马丁认为"叙事视点不是作为一种传送情节给读者的附属物后加上去的，相反，在绝大多数现代叙事作品中，正是叙事视点创造了兴趣、冲突、悬念乃至情节本身""在很多情况中，如果视点被改变，一个故事就会变得面目全非甚至无影无踪"[①]。这部小说的新颖之处就在于以黑孩的视点串联起按照线性发展的事件的冲突与悬念的时候，结构中出现的不合人们主观印象的逻辑关联情节就会增加朦胧美、含蓄美和哲理美的色彩。小说的主干结构按照历时态的发展顺序，讲述了由黑孩被派往滞洪闸砸石头、拉风箱、捡铁钻、偷地瓜、帮打架、拔萝卜等一系列的情节组成的一个比较完整的故事。为了使得结构更加摇曳多姿，在主干上还插入了黑孩被后母虐待去河边挑水的心酸场面，以及以动物鸭子的视角打量老铁匠被迫离开工地的时候对这一情节的回忆。由于插叙采用的是懵懂无知的孩子的主观感受和动物的"他者"视角的戏谑叙述，就让"文革"时期的农村在灰暗阴冷的情感基调上呈现出若

---

① ［美］华莱士·马丁：《当代叙事学》，伍晓明译，北京大学出版社 2005 年版，第 130 页。

干温暖的亮色，这是主线结构上的小技巧所体现出的令人意想不到的审美效果。副线是小石匠与菊子姑娘的美好爱情，以及引起的暗恋菊子的小铁匠争风吃醋，最后借助钻子的事件引发了二人的殴斗。尽管是对作为陪衬黑孩独特的行为方式、生命感悟和心理状态的副线作了淡化处理，但还是按照相识、相知、相爱等事件发展的先后顺序条理清晰地展示了出来。两条线索在交叉并进的过程中，黑孩在朦胧的恋母情结的支配下，对经常帮助他的小石匠恩将仇报，帮小铁匠打架，结果恼羞成怒的小铁匠摸起地上的碎石片儿撒向围观的人群，误伤了菊子姑娘的右眼，使得小说的情节达到了高潮。情节的跌宕起伏与复线结构的起承转合之间的默契，使这部小说谋篇布局更加精致巧妙。小说结尾在黑孩为寻求心目中那个透明的红萝卜而到生产队的菜园里拔出还没有完全长成的萝卜，发现后被生产队队长剥光衣服，就像一条鱼儿游进了大海一样钻进了郁郁葱葱的黄麻地，然后以"黑孩——黑孩——"的呼唤声戛然而止，留下了言说不尽的阐释空间。

采用这种儿童（少年）的生命体验对纷纭复杂的社会生活作出与众不同的价值判断的线索，作为串联在同一时空中发生的不同的事情的主线或副线；选择男女违背传统的伦理道德的爱情或婚外情进行人性、心灵和情感的探寻，作为激发读者对生命欲望和伦理观念之间的二律背反思考的兴趣的另一条线索，成为贯穿莫言20世纪80、90年代小说创作的一个结构模式。中篇小说《红高粱》（1986）甫一发表，便引起洛阳纸贵般的轰动效应，文体结构上的创新使得陈腐守旧的题材焕发出动人的生机和活力是导致成功的重要因素。具体体现在如下几点：一是采用我父亲豆官的儿童视角，观察余占鳌带领的土匪部队伏击日本鬼子的汽车队的具体场景，这让伏击的线索显示出不同于成人的经验理性和价值判断的独特风貌。豆官的顽皮好动、感情冲动、朦胧意识都会使得悠闲的伏击战转变为残酷的遭遇战的过程更加色彩斑斓，情节的节外生枝、枝外生节，对打破僵化的结构模式发挥了重要作用。二是在"我向思维"的叙事语境中，选择了亲缘叙事者"我"与第三人称杂交嫁接所形成的"我爷爷""我奶奶""我父亲""我二奶奶"的叙事视角，对历史的参与者的行为方式和是非功过进行评述，这样的叙事线索在虚构家族传奇的过程中，会在表达情感和展开想象等方面非常便利。正如莫言在事后的访谈时所说："像《红高粱》中的'我爷爷'的视角，就是人称与视角的结合，是一个很复杂的叙述时空，'我爷爷'确定了'我'用一个后人的角度来叙述前辈的事迹，但又是非常自如、非常方便，全知全能，一切都好像是我亲眼所见。"① 三是采用的"我爷爷"和"我奶奶"传奇爱情作为向"父母之命，媒妁之言"的宗法制婚恋模式挑战的线索，串联起出嫁时我奶奶的三寸金莲引起轿夫余占鳌的爱怜和情欲，三日回门时两人在高粱地里野合，余占鳌杀死奶奶名义上的麻风病丈夫单扁郎和他爹等情节，结构的传奇性和爱情的既合乎人性又违背伦理的悖逆色调，为小说的线索增加了吸引力。四是插叙手法的灵活运用扩大了小说的时空结构，插入的余大牙因强奸民女玲子被枪毙和罗汉大爷被日本人活剥人皮的情节，将小说的时间延伸到伏击战以前的岁月，小说的空间也在广袤的自然场景中皴染了慷慨悲壮的色彩，时空结构的转换共同演绎着在祖先剽悍勇猛、敢生敢死的人格魅力对照下"种的退化"的主题。

莫言在《玫瑰玫瑰香气扑鼻》（1988）、《复仇记》（1988）等小说中也采用了类似的结构，不过在采取儿童视角讲述那些带有荒诞不经的梦境的故事的时候，结构上留下的大量空白点是不能按照感性和知性的思维方式进行现实还原的。主线描述的喂马或复仇的故事和副线的偷情形成的结构张力，使得小说更具有先锋的色彩，情节结构的大开大合在动态的平衡中更能凸显莫言不墨守成规的创新能力。到了20世纪90年代，莫言又逐渐回归到用儿童（少年）的童稚的心态好好讲故事的传统结构模式，但"报信的人"讲述的这种可以用现实的真实和想象的真实进行逻辑验证的故事，采用的浪子回头式的传统结构是经过先锋洗礼的更高层次上的回归，是"见山是山，见水是水"的第三境界的螺旋式的上升结构。在《白棉花》（1991）中，情窦初开的少年马成功作为事件的参与者和叙事者，按照线性的传统结构讲

---

① 莫言、王尧：《从〈红高粱〉到〈檀香刑〉》，《当代作家评论》2002 年第 1 期。

述了在棉花加工场发生的一系列的事情，主线是临时工在加工厂的工作和生活状况的详细介绍，副线是李志高和方碧玉不合传统的道德观念的恋爱（方碧玉已经与大队书记的儿子国忠良订婚）。两条线索交叉发展的高潮是两人的恋情被国支书知道后来棉花加工场打骂方碧玉的情节，爱情与日常生活的有机融合作为小说结构的扣子，以此试验出男女双方对爱情的忠贞程度和境界高低。宁折不弯的方碧玉为了心目中理想的爱情勇于和国支书等寻衅闹事的人斗争，而表面上信誓旦旦的李志高在世俗的利害原则的考量下，却在危险的关头就像一个懦夫一样逃避自己本应承担的责任。除此之外，小说的开头和结尾都可以看出莫言向传统小说结构的借鉴和回归的倾向。开篇的"楔子围绕着棉花的闲言碎语"显然是对章回体小说结构的改装，在类似现代小说"引言"的功能中，巧妙地借助对棉花的种植、栽培、捉虫、打药、修剪到加工各个环节的知识介绍，衬托出主人公方碧玉的聪明能干、能文能武和万里挑一的美丽风采，才能成为国支书未过门的儿媳妇，方可动用权力关系进入人人羡慕的棉花加工厂做临时工，为下文发生的故事作了水到渠成的自然铺垫。这样，按照时间发展顺时叙述的结构和环环相扣的情节之间内在的逻辑关联性，一下子就紧紧抓住了读者的注意力和兴趣，也为功利性的爱情关系必然在心仪的纯洁的爱情关系面前会发生陡变埋下了伏笔。小说的结尾借鉴蒲松龄的《聊斋志异》中花妖狐媚的诡异结构，让方碧玉的冤魂出来报仇。最后又通过"尾声"提供了另一个不同版本的方碧玉没死的故事，这种开放性的结尾又具有召唤结构意味的现代性色彩。在 20 世纪末发表的中篇小说《野骡子》（1999）完全回到了儿童视角的叙事方式，在结构上采用了明线和暗线相结合的叙事策略，将一个乡村常见的婚外情故事讲得跌宕起伏，曲折动人。明线采用浓墨重彩的渲染方式，重点讲述母亲杨玉珍被丈夫抛弃之后，成为屠宰村的破烂王，省吃俭用、发奋图强、备尝艰苦，终于凭借自己的勤劳和智慧建成了全村最高大、最壮观的五间大瓦房的创业故事；暗线作为小说的背景，主要叙述的是父亲罗通与小酒馆的老板娘野骡子情投意合、不顾流言蜚语私奔的故事。两条线索最后交汇在野骡子得病死去之后，走投无路的罗通只好带着女儿娇娇回到离开五年的家中，在杨玉珍即将出门卖破烂和新建的大瓦房这样的特定时空中爆发了激烈的冲突。小说的主干都是在十岁的罗小通的视角下进行描述的，由于儿童的不谙世事的行为方式、心理状态和价值选择，就会在"不可靠的叙事人"的铺排演绎下产生陌生化的感觉，这正是作者选择儿童视角贯穿全篇的一个重要的叙事策略和结构技巧。由此可见，莫言在童年记忆和评论家的理论概括的基础上，善于融合未成年人懵懂无知的变形视角来贯穿复线式结构，结构上不断地变化和创新，也呈现出莫言既不重复别人也不想重复自己的艺术企图。

当然，儿童视角也不是莫言采用传统的复线式结构唯一的制胜法宝，不断地反叛和挑战、敢于打破陈规陋习的莫言永远不会满足于一种固定的结构套路来驾轻就熟地布局故事。所以在20世纪80、90年代的小说中，莫言也尝试了其他的复线式结构，并且在不同的文本中，根据表现主题和情感的需要，采用了各种不同的小的结构技巧来穿插传统的线性结构模式。《金发婴儿》（1985）中的一条线索描绘的是连部指导员孙天球在裸体女塑像的启蒙下，泯灭人性的禁欲主义逐渐走向崩溃；另一条展示的是妻子紫荆在一只漂亮大公鸡的刺激下，引发的与黄毛的婚外情。两条线索统一到孙天球回家忍受不了妻子偷情的产物——金发婴儿而将其掐死的非理性举动，小说由此也戛然而止。《球状闪电》（1985）通过坷垃这个意象产生的多米诺骨牌效应引出两条线索，显得结构非常新颖别致。毛眼在蝈蝈撒尿的时候，带有恶作剧意味扔的一块坷垃震坏了他体内的调节开关，导致他在外感觉和内感觉、生理感觉和心理感觉的综合作用下连续三次高考都名落孙山。这才引出蝈蝈落榜后，在毛艳帮助下养奶牛蒸蒸日上的事业线索，以及在现代文明和价值观念的熏染之下，对固守传统观念的妻子茧儿的不满和对充满现代气息的毛艳的婚外恋情等的情感线索。小小的坷垃在结构上具有四两拨千斤的功效，由此也可以看出莫言在结构上的匠心独运。《筑路》（1986）中他选择了狗作为扣子，打通筑路的过程中发生的一些事情与杨六九、白荞麦的恋情之间的主副线平行并进的格局，使得情节结构的逆转直下既出乎意外又在情理之中。本来二人之间不符合伦理观念的地下爱情（因为白荞麦的植物人丈夫并没有死去）是很难和筑路的主线发生有机关联的，但通过白荞麦看家护院的大狗被代理队长利用掌握的权力鼓动筑路工孙巴子吊死，引发出民工来书埋狗骨头发现金子、孙巴子偷金子、来书疯了和孙巴子刚出生的女儿被抛弃之后迅速被狗吃掉等一系列环环相扣的情节线索，构成了脉络清晰的主线；与此同时因为狗被吊死自然引起白荞麦大闹筑路队、孙巴子作为替罪羊被押解到白荞麦家干活推磨、杨六九作为领导人去探望下属、发现她的植物人丈夫、在她的央求下杀死她的丈夫、两人在品尝到爱情的甜美之后双双私奔等合情但不合理的情感线索，作为小说的副线就在天缘巧合的结构布局中与主线贯穿起来。《怀抱鲜花的女人》（1991）中也是用狗作为道具连接起海军某部上尉王四回家和县城百货大楼钟表专柜的售货员结婚，以及和怀抱鲜花的女人发生的情感纠葛，最后同归于尽的双重线索。不过，在这里"狗"作为一个重要角色在推进主副线索的发展进程中发挥了无可替代的作用。本来王四在理性的支配下，对身穿墨绿色长裙的女人的欲望克制已经奏效，可当他要转身离去的时候，是这条像精灵一样的黑狗对他的脚脖子咬了一口，作为一种莫可名状的信号，促使他鬼使神差般地又回到了怀抱鲜花的女人身边与她接吻，促进了线索的发展。而且在每一次线索即将中断的时候，都是这条狗适时地出现和出色的行为表现，填补了结构和线索之间难以理喻的空缺，显示出莫言对动物串联小说的结构方面灵活运用的娴熟技艺。《牛》（1998）中名叫"双脊"的鲁西小黄牛成为两条线索的关键点，主线是罗汉和杜大爷为不宜被阉割的"双脊"在手术之后四处奔波、渴望它好起来采取的种种措施的浓墨重彩的描绘，副线是生产队队长麻叔借助兽医老董的手间接杀死"双脊"，为在饥饿和贫困的岁月里苦熬挣扎的人们打一次牙祭而煞费苦心的行为表现。由此可见，在20世纪80、90年代风云变幻的文坛中，莫言在双线结构中采用的各种变化技巧始终如一，在结构方面的不懈探索如一根挣不断的红丝线，贯穿他跨越年代学的创作过程。

接续20世纪90年代告别革命的守成主义思潮的崛起，莫言在21世纪的小说创作中进一步向传统回归，提出了与众不同的"胡乱写作"或者"作为老百姓的写作"的文学观点。他说："我崇尚作为老百姓写作，而不是为老百姓写作。我对自己的胡乱写作的解释是：所谓胡乱的写作就是直面自己灵魂的写作，就是不向流行的道德观念、价值观念妥协的写作。这样的写作，我认为是有价值的。如果说我有什么文学观的话，这些就是我的基本想法。"① 反映在小说的线索结构方面的变化是民间的文化因素作为文学创作的最重要的资源，成为他的复线结构的有机组成部分，左右着或推动着小说情节线索的发展。21世纪出版的长篇小说《四十一炮》（2003）《生死疲劳》（2006）《蛙》（2009）都是莫言放低姿态、向传统创作手法致敬的"作为老百姓的写作"的真实写照，其中采取的复线式结构的藤蔓上结着带有民间色彩的不同的思想主题的果实，显示出莫言在艺术形式方面独立于主题内容的审美特征。

在复线式结构的延续方面，2003年出版的《四十一炮》在文化重建的资源取向上呈现的"民族化""本土化"的特征，通过炮孩子罗小通的喋喋不休的诉说展示了出来。"诉说者煞有介事的腔调，能让一切不真实都变得'真实'起来。一个写小说的，只要找到了这种'煞有介事'的腔调，就等于找到了那把开启小说圣殿之门的钥匙。"② "诉说就是一切"的创作理念在文本中的表现，就是罗小通向庙里的大和尚讲述现实、回忆历史的煞有介事的腔调，罗小通向大和尚保证诉说的事情句句是实的真实性，与讲述后约束不住想象的翅膀的满口胡话的炮孩子的特征，构成了复线叙述的第一层艺术张力。真实的线索是罗小通讲述的屠宰村的牲畜注水宰杀的过程、双城市举办肉食节的轰轰烈烈的场面、村长老兰与父亲为争夺同一个女人野骡子的矛盾、老兰与小通的母亲通奸导致的家破人亡的悲剧等；虚构的线索首先从罗小通能与肉进行情感交流的想象活动就已开始了，肉是一个有思想、有感情、有个性的生命体完全是小孩子臆想的产物。其次，老兰的三叔用硕大的生殖器与四十一个洋妞在大庭广众之下交媾取得巨大的成

---

① 林建法、徐连源：《中国当代作家面面观：寻找文学的魂灵》，春风文艺出版社2003年版，第2页。

② 莫言：《四十一炮》，春风文艺出版社2003年版，第445页。

功，后被恼羞成怒的洋人开枪毁掉阳物的去势行为，在现实生活中是根本不可能存在的，采取这种用男性的菲勒斯征服异国女人为国争光的行为方式，是典型的回归民间传统的意淫想象。最后，罗小通用收购的人炮向老兰发射四十一发炮弹的复仇方式也是在想象中发生的，如此威力巨大的炮弹发射之后，现实生活中的老兰毫发无损的现状就是明证。虚中有实、实中有虚的叙事策略，便使得真实与想象的复线叙述结构呈现出相互交织的局面。复线叙述的第二个艺术表现特征是儿童与成年的对比叙事，一条线索是儿童叙事，小时候的罗小通是一个早熟的调皮捣蛋的孩子，他用自己童年稚拙的眼光打量父亲与野骡子姑姑的婚外情，以"我向思维"的想象解释开饭店的野骡子用肉的香味吸引父亲跟过去的原因，歪打正着之余显得妙趣横生。他的为吃肉方便而成为屠宰车间的主任的动机和行为都符合一个贪吃的孩子的心理特征，这种儿童视角的陌生化处理方式改变了读者惯常的思维，设身处地地去唤醒每个人的少年时光的共同感受，形成了新奇化和新鲜感的艺术效果。另一条线索是成年的罗小通看破红尘后向大和尚的娓娓诉说中再造少年岁月，与苍白的人生、失败的奋斗、流逝的时光抗衡的生理成人，但他的心理仍停留在少年时期的种种事情和感受上。他用泥沙俱下的语言的洪流冲决儿童与成年之间壁垒森严的界限，使得炮孩子的语言炫技的心理诉求，与成年人恐惧时光流逝而不得不依靠华而不实的语言的撒播来减轻负担和压力，也靠炫技来弥补生活的苍白和性格缺陷的自我安慰的需要统一了起来。复线叙述的第三个审美表征是食色两条叙事线索的对立统一，"食色，性也"显示出人类最基本的生存欲望和繁衍需求的生理特征，也是莫言回归民间传统最基本的原始层次后发现的人性的真谛。在小说中的象征意象主要有两组：一组是神话中被后人崇拜的肉神（食）和五通神（色），另一组是现实中的罗小通（食）和老兰的三叔（色）。以这两组不同的意象串联起来的事情为线索，一方面表现了人的过度膨胀的食欲带来的身心的危害，另一方面警告放纵自己的性欲终将难免带来去势的危机。小说中这三种表现不同的主题意蕴的复线叙事结构，在文本中体现为"每一'炮'中两种不同字体的叙事文本，这两种字体的叙述呈平行状态向前推进，各自成一体，又相互补充照应"①，显示出莫言复调叙事的高超的技艺。

《生死疲劳》（2006）是莫言借助古典章回体的形式表现半个世纪的中国当代史的尝试之作，用传统的话本小说的结构模式反映民间社会的真实状貌、自由的心态、执拗的性格、务实的精神，从而围绕土地的所有权问题展开对政治路线的反思是莫言采用复线叙述的最重要的原因。"就文本本身而言，《生死疲劳》的叙事结构有非常独到的意义。它的叙事结构是用两条生命链建构起西门家族的兴衰史，轮回隐喻的生命链连接了畜的世界、阴司地府；血缘延续的生命链连接了人的世界，人世间的社会；两条生命链的结合，构成了人畜混杂，阴阳并存的艺术画面。"② 这样，以人的生命链为线索，主要是通过单干户蓝脸与"左"的路线的代表支书洪岳泰、养子西门金龙之间的矛盾冲突来表现两个时代的变化：一个是合作化运动时期，蓝脸按照传统的民间伦理观念认为个体的私有观念注定搞不好集体的事业，并运用最高领袖入社自由的政策为保护自己坚持不入社提供依据，与合作化政策的执行者斗智斗勇；另一个是改革开放时期，面对西门金龙与县委书记庞抗美官商勾结开发西门屯旅游项目的勃勃雄心，蓝脸在浮躁喧嚣的时代仍然以土地为本，本着来源于泥土最终归于泥土的土地精神，让自己生命见证的一亩六分地成为抚慰众多亲人灵魂的宽厚仁慈的地母。以牲畜轮回的生命链为线索，通过驴、牛、猪、狗、猴的轮回转世，以牲畜的陌生化的眼光打量从土改、合作化、"文革"、改革开放到21世纪的沧桑变迁，其中冤魂西门闹托生的动物混杂着人的情感和动物的本性的叙述已涉及第一条线索的人事，最终两条线索交汇点在既埋葬人也掩埋牲畜的地里，形成了人畜混杂的叙事结构。

《蛙》（2009）中的复线结构是从姑姑的事业与爱情两条线索展开的，对于涉及计划生育的比较敏感的思想主题，莫言在小说中处理得

---

① 王西强：《成年叙述与童年故事——论〈四十一炮〉的复调叙事》，《天中学刊》2014年第4期。

② 陈思和：《人畜混杂，阴阳并存的叙事结构及其意义》，《当代作家评论》2008年第6期。

比较成功，主要原因在于从民间的视角对浸润在传统文化中的民众的情感心态、思想意识和宗法观念的表现具有鲜明的在地性的特征。生活在特定地域文化中的民众的思想言行，遵循祖祖辈辈流传下来的血缘关系、宗法伦理和地缘观念，稀释了比较僵化的政治理念在具体实施过程中的矛盾冲突。从事业线索来看，姑姑兢兢业业任劳任怨的赤脚医生的革命生涯可分为截然相反的两个阶段：受十里八乡尊重的送子娘娘与手中沾满鲜血的逼迫违背计划生育政策的妇女流产的过程，前者是一个积德积福、心情舒畅的工作状态，后者是一个遭万人唾骂、但还是严格执行计划生育国策的内心纠结的工作心态，二者的鲜明对比造成了姑姑心灵的扭曲，她觉得自己是有罪的。从爱情线索来考量姑姑的一生，有一个从追求两情相悦的真挚爱情到充满功利色彩的凑合，再到只求自己的灵魂得到救赎的伴侣的嬗变过程。在青春萌动时期与飞行员王小倜的爱情纠葛以男人叛逃到中国台湾而告终，那是真正的情投意合；后来与大自己十多岁的县委书记杨林的爱情则掺杂有个人的不纯洁的想法，那是为家庭谋利益的自我牺牲；退休后和民间艺术大师郝大手的婚姻具有实用主义的色彩，那是借助郝大手捏的泥娃娃为自己的罪孽深重的灵魂救赎。两条线索终于在退休后的沉沦与救赎的思想主题上获得了统一，工作中从对革命事业的忠诚来说问心无愧，但莫言从民间伦理的角度，对姑姑导致个别家庭家破人亡、断子绝孙的愧疚心理造成的难以破解的罪责心结进行了细致的刻画，目的是等待姑姑的生命中拯救自己的灵魂罪责的郝大手的出现，二者顺理成章的重叠，成为莫言将一个纷纭复杂的文本整合为一个有机整体的线索结构的典型表征。

三　多线式结构

对于纷纭复杂的现实和历史生活的长时段、多侧面、多层次的全景式的反映，就很难用单线或复线的结构线索将千头万绪、错综纠结的历时态和共时态的系列事件讲述得清楚明白。莫言在积累了比较丰富的中短篇小说创作的经验，向长篇小说迈进的途中，大多采用多线式结构，对具体的反映和表现对象在"怎么写"的形式方面进行闪展腾挪的艺术实验。综观他的 20 世纪 80、90 年代至 21 世纪的长篇小说，他从来就没有因为时代语境的变化就放弃对小说结构形式方面的探索和创新。正如他所说："长篇小说的结构，我觉得也是 20 世纪 80 年代倍受重视、20 世纪 90 年代又被渐渐忽略的重要的小说技巧问题。……我想作为一个作家，不管他是重视还是不重视，他在写作时，所面临的两大问题，就是写什么和怎么写。……我希望你们不要满足于按部就班地、平平板板地讲述一个故事，而要在讲述故事的时候优先考虑到语言问题、结构问题。"① 也就是说，莫言将小说的语言和结构提高到了和表现的主题意蕴同等的位置上，习惯认为的结构和语言的从属论、工具论被主体论、本体论所代替，由此带来的是多线式结构在 20 世纪 80、90 年代小说中的花样翻新。更为难能可贵的是，在先锋文学溃不成军、迎合读者的阅读口味的模式写作大行其道、创新的探索精神已非常稀薄的 20 世纪 90 年代，莫言不为时代思潮和文学创作的环境所动，仍然一如既往地为了心中的缪斯进行着不懈的结构探索。最突出的表征就是他在 20 世纪末创作《檀香刑》的时候，为了使这种多线式结构更具有地域和民族文化的色彩，就毫不吝惜地将原来具有魔幻味道的小说推倒重来。他在小说的《后记》中提到这段结构探索的往事："1996 年秋天，我开始写《檀香刑》。围绕着有关火车和铁路的神奇传说，写了大概有五万字，放了一段时间回头看，明显地带着魔幻现实主义的味道，于是推倒重来，许多精彩的细节，因为很容易有魔幻气，也就舍弃不用。最后决定把铁路和火车的声音减弱，突出了猫腔的声音，尽管这样会使作品的丰富性减弱，但为了保持比较多的民间气息，为了比较纯粹的中国风格，我毫不犹豫地作出了牺牲。"最终选择"凤头——猪肚——豹尾"的结构串联起孙眉娘和亲爹、公爹、干爹之间事情发生的多条线索，将一个民间的传奇故事演绎得荡气回肠。其他的长篇小说在表现深切的主题时，选择的特别的格式同样显示出莫言作为一个文体家结构创新的能力和潜力。

《天堂蒜薹之歌》（1988）是莫言根据现实中真实发生的"苍山蒜

---

① 莫言：《说吧莫言之演讲创作集》，海天出版社 2007 年版，第 195 页。

蒜事件"创作的第一部前后照应、结构新颖、整体布局的长篇小说，虽有某些急就章、新闻报道和真实事件等本事特征拘束作者的想象力，但作者超越政治的观念使他站在更高的层次和立场上，凸显了浓郁的乡土情怀和悲悯意识。实际上小说在触及非常敏感的官僚主义、苛捐杂税、司法不公等揭露社会阴暗面的问题时，熟悉的乡村环境和人物所具有的"在地性"特征，就会软化题材的现实针对性和政治敏感性。另外，现实政治环境的束缚也逼迫作者采取多线索的结构方式，让沉默的大多数不是以被代言人的身份，而是以真正的有情感和思想的独立身份发出属于自己的声音。多年之后，莫言还是拿这篇小说的结构为例子来说明自己的"结构就是政治"的观点："前几年我还说过，'结构就是政治'。如果要理解'结构就是政治'，请看我的《酒国》和《天堂蒜薹之歌》。我们之所以在那些长篇经典作家之后，还可以写作长篇，从某种意义上来说，就在于我们还可以在长篇的结构方面展示才华。"① 从结构线索来看，这篇小说围绕蒜薹事件设置了民间艺人张扣、当事人高羊高马方四婶等、青年军官、报刊社论四条线索对同一事件的不同评述，显示出站在不同的立场上观察和评判问题就会得出截然不同的结论，从而对事件的不同声音和对话的逼真描摹，为多重文本的结构实验提供了理论依据和现实参照。小说首先在每一章的开篇都由瞎子张扣的唱词，为整章要讲述的故事提纲挈领地作简要概括（只有第二十一章张扣遇害之后，由他的徒弟对隐含作者演唱片段）。张扣作为事件的旁观者，非常清楚地看到蒜薹事件发展的来龙去脉，所以作为一条贯穿全篇的线索，实际上起到了民间见多识广的文化人按照传统的官逼民反的观念，对事件作出判断和演绎的作用。小说第二条线索是高羊、高马、方四婶等事件的参与者和法庭的被告者，在日常生活中的行为表现和懵懂无知中卷入围攻县政府打砸抢的事件，以及被逮捕入狱之后遭受的折磨和虐待。这是作者浓墨重彩地铺排和渲染的最重要的线索，它将事件的前因后果和人物的思想行为按照民间草根的价值标准进行描摹，所以让沉默的"他者"

---

① 莫言：《捍卫长篇小说的尊严》，《当代作家评论》2006 年第 1 期。

真正以在场者的身份对事件的真相表达自己的看法。小说第三条线索是青年军官站在知识分子的精英立场上对事件追根溯源的过程中，联系父亲为革命甘愿做出牺牲的历史和被逼无奈参与违法事件的现实之间的巨大反差，拷问具体的方针政策实施过程中各级政府的职责和良心，以对愚昧民众的违法行为作辩护和对尸位素餐的县长仲为民为代表的官僚作风的谴责，显示出知识分子深明事理的正义和良知。第四条线索是小说的结尾采用报刊社论的方式，将官方立场上对这件事情的评价作了描摹，社论对事件的诱因、发展、失态、酿成的不可收拾的严重后果，采取权威的政治话语的方式作出了价值判断。认为"蒜薹事件后来严重恶化的另一个重要因素，是少数不法分子从中煽动的结果"，因此更加强调的是不能采取无政府主义的极端方式去反对工作中难免出现的官僚主义。各种异质的话语之间的相互冲突充分地说明了小说的叙事结构与叙事视点的密切关系，因为"作为一种叙事框架，小说的艺术模式有其自己的结构，而这个结构本身又总是通过一定的建构活动而实现的，其中心是：在小说中由谁来讲故事。大量的鉴赏经验告诉我们，一个相同的故事常常会因讲故事的方式方法不同而变得面目全非，而在诸多的制约因素里，叙事视点的确定具有举足轻重的作用"[1]。由谁讲述的主观性不可避免地带有偏离事件的客观性的成分，而不同的叙述者从自己的视点出发观察同一件事情的时候，就会出现"横看成岭侧成峰，远近高低各不同"的复杂样貌。这样，不同的线索结构内部呈现的"多音齐鸣"的复调性话语景观就将民间、庙堂、知识分子的价值观念表现得淋漓尽致，从而也就淡化了小说的政治色彩。

循着这样的思路，莫言在20世纪90年代写的表现官员的酒场政治、声色犬马的腐败生活等类似官场小说的《酒国》（1993），也是在"结构就是政治"观点的影响下进行的干预政治又超越政治的象征之作。与其他小说相比，《酒国》的线索结构显示出莫言摆脱文学与商业合谋状态下的游戏规则的独到之处，"小说以三个相对独立的文本

---

[1]　徐岱：《小说叙事学》，中国社会科学出版社1992年版，第187页。

系统构建起一个叙事空间，展现了酒国市的表层、深层和精神的三个生活面"①。具体表现在采用多元合一的叙事策略打破传统的时空背景，将参与者、叙述者、作者打破时空的限制，彼此穿越各自所在的时空，以实现对巧妙自然的精致结构的实验和追求。小说安排了三条线索对酒国市的感性化和欲望化景观进行了立体性、多层次、纵深感的描摹，表层线索是高级侦查员丁钩儿奉命到酒国市调查食婴案件的啼笑皆非的办案经历，借助他的行踪将酒国市的声色犬马、奢侈豪华的筵席场面、金钱支配下的权色交易和为满足口腹之欲无所不用其极的生活现状串联起来，对人类的私欲膨胀导致的主体道德伦理失范的社会发展状况表示忧虑；深层线索是作家莫言和酒国市业余作家李一斗围绕文学的本体特征、思潮文体、发表门槛、流通机制、接受批评等各个方面的通信来往，作为专业作家的莫言在与李一斗的通信中逐渐显示出世俗化、欲望化的倾向，在这条线索的最后终于穿越时空来到酒国陷入欲望的泥潭。这样，无论是著名作家还是酒博士都与狼共舞、同流合污还心安理得的生活状态，皆意味着作为有机知识分子的精英已丧失了批判社会的功能和职责；精神线索是通过李一斗写给莫言的戏仿当时流行的各种文体的九篇小说，对前两条线索中出现的情节和结构的空缺进行穿插和解释。这一条线索主要是采用象征的艺术手法将现实筵席的吃人上升到精神层面上的吃人主题，在对制度化的母本的戏仿和解构中凸显的是精神意义的人性丑恶的一面。这样，从表层到深层、从感性到理性、从实物到象征、从解构到建构的叙事策略和结构技巧，就将严肃的政治主题化解为淡化现实背景的象征主题，三条线索的交替穿插也将尖锐的政治问题化解为真假莫辨的黑色幽默。正如莫言所说："这种小说里的故事和作家创作之间的融合，我想也是逼出来的。对社会黑暗和丑恶的现象，如果不用这种方式来处理的话，我也就没有办法……这种写法实际上是戴着镣铐的舞蹈，反而逼出了一种很好的结构方式，结构也是一种政治。"②

---

① 黄善明：《一种孤独远行的尝试——〈酒国〉之于莫言小说的创新意义》，《当代作家评论》2001 年第 5 期。

② 莫言、王尧：《莫言王尧对话录》，苏州大学出版社 2003 年版，第 155 页。

作为生活和艺术"中介"的创作主体，莫言总是根据自己的生活认识、知识储备和创作经验的丰富，不断地为小说的叙事结构寻求最佳突破口。也可以说，莫言通过多线索的齐头并进或交替穿插或相互缠绕等不拘一格的排列组合形式，为长篇小说的结构技巧提供可以借鉴的艺术经验。莫言也在实验的过程中体会到了长篇小说的尊严和结构创新的乐趣："我们之所以在那些长篇经典作家之后，还可以写作长篇，从某种意义上说，就在于我们还可以在长篇的结构方面展示才华。"① 最为突出的是 1995 年出版的获得"大家·红河文学奖"的《丰乳肥臀》，小说采用了多线索的史诗性结构，将 20 世纪风云变幻的历史表现得鲜活而具体，复活了物是人非的历史和现实生活之间的有机关联。小说首先通过母亲的坎坷遭遇，为大地母神安泰的厚德载物、宽容博大的悲悯情怀树碑立传。母亲历时态的生命过程作为小说最重要的线索串联起百年沧桑中各党派的纷争与民众的生活现状，母亲的坚韧、受难、抗争、不屈的精神和性格在这条线索中得到了淋漓尽致的展示。上官金童作为母亲唯一的儿子，通过他的视角对逃难、农场生涯、牢狱之灾、改革开放后生活的大起大落的审察和反思，对历史的是非功过的原生态还原具有鉴今知往的功能和目的。并且通过他在主体性视角中展示的一辈子吊在女人的奶头上永远长不大的心理状态，让中西合璧的混血儿的身份特征所具有的隐喻色彩和象征意蕴得以凸显。可以说，正是这一条线索的有机贯穿，才打破物象本身所具有的实在意义，上升到意象的哲理和文化意蕴的高度。其他八个女儿风流云散的不幸结局作为一条副线，与当时的土匪、汉奸、还乡团、国民党、共产党等各种政治势力发生了或多或少的关联，从而将家族史的结构扩展为探究社会发展历程的民族史、文化史和社会史的结构。另外，小说在正文的第七卷表现波澜壮阔的社会生活画面，以及事件的逆转造成的悲剧、喜剧或闹剧之后，又在小说的结尾用"卷外卷：拾遗补阙"的结构方式将三条线索留下的空白进行填充。这样，三条线索的错综交织才将《丰乳肥臀》的生命意

① 莫言：《捍卫长篇小说的尊严》，《当代作家评论》2006 年第 1 期。

义上的本源主题落到实处，在历史的长河中，是生命而不是政治成为建构史诗性篇章的重要基石。

总之，莫言在对传统小说和现代小说的结构采取不拘一格的借鉴、转化和改造的过程中，所体现出的既不重复别人、也不重复自己的创新精神一直贯穿于莫言20世纪80、90年代至21世纪小说创作的始终。无论是单线式结构、复线式结构还是多线式结构都是在文体所能允许的范围内对艺术形式的探索，每种结构形式在每篇小说中的表现都有所不同，在稳中有变的结构形式中呈现出同中有异的辩证风貌。在这方面，莫言作为一个比较成熟的文体家在小说结构方面的创新与鲁迅相类似，当时沈雁冰对鲁迅小说的评价："在中国新文坛上，鲁迅君常常是创造'新形式'的先锋；《呐喊》里的十多篇小说几乎一篇有一篇的新形式，而这些新形式又莫不给青年作者以极大的影响，必然有多数人跟上去试验。"[1] 用在莫言身上也毫不为过，他的亲缘叙述体"我爷爷""我奶奶"的结构视角风靡大江南北，吸引了20世纪80年代的众多作家跟上去试验的影响力，和鲁迅在五四时期艺术结构上的开拓性引领新文学的潮头可有一比。

第三节　现代结构一以贯之的创新意识

莫言自新时期出道以来对小说结构的不懈探索，为他天马行空的想象力和无所羁绊的创作力提供了广阔的舞台空间，奠定了他大师级的文学地位。当然，采取"拿来主义"的精神，对西方文学思潮和文艺观念的占有、汲取、融合和创造也是莫言走向成熟的一个必不可少的环节，可以说，对现代小说结构的成功借鉴与对马尔克斯、福克纳等西方现代主义大师的虚心学习密不可分。马尔克斯的《百年孤独》中的"许多年之后"之类的打破过去、现在和未来的线性叙事，曾被他成功地运用在《红高粱》的开篇："一九三九年古历八月初九，我父亲这个土匪种十四岁多一点。他跟着后来名满

---

① 雁冰：《读〈呐喊〉》，《时事新报》副刊《学灯》1923年10月18日。

天下的传奇英雄余占鳌司令的队伍去胶平公路伏击日本人的汽车队。"即使是经过民族化的改造之后，也能从中发现过去与未来之间时间结构上的内在关联，时间不再是线性的、一维的、进化的，而是交叉的、循环的、轮回的。福克纳的《喧哗与骚动》中的内心独白、意识流动、白痴视角、多元结构等艺术形式上的探索对莫言也具有很大的诱惑力，他在小说中经常转换人物的视点、儿童的视角、畸形的眼光和混乱的人称变化都说明莫言对现代小说结构的大胆尝试。但莫言毕竟是一个在借鉴的基础上又能善于反思的具有独立性和开拓性的作家，所以在经过最初的模仿之后，他认为"我如果继续迷恋长翅膀的老头，坐床单升天之类的鬼奇的情节，我就死了。我想：一、树立一个属于自己的对人生的看法；二、开辟一个属于自己的领域或阵地；三、建立一个属于自己的人物体系；四、形成一套属于自己的叙述风格。这些是不死的保障。"[1] 这体现在莫言讲述一个有头有尾、比较完整的故事发展的来龙去脉的时候，总是根据文本结构的需要进行象征意蕴的巧妙设置、时空关系的重新排列、隐蔽色彩的分身术等先锋意义上的艺术探索。于是，在莫言的小说主干结构上往往插入了带有先锋意识的"小把戏"的花样。具体表现有"通感、戏仿、狂欢、魔幻、审丑、酷虐、怪诞、反讽、复调、元小说、隐喻、意识流、文不加点等，正是这些'雕虫小技'加上叙事人称的频繁转换和结构的复杂多变使得莫言的小说形式先锋性十足"[2]。其中，拼贴式结构、套叠式结构、元小说式结构成为莫言现代小说结构中运用得最得心应手、也最为成熟的结构形式，在他的短篇、中篇和长篇等各种文体的小说中都有比较鲜明的体现，贯穿于他近四十年创作的始终。

一　拼贴式结构

所谓拼贴式结构，即"把一个或多个故事分割、拆卸和重新组装，以便在不同的平面上展开。时间的线性在不同的平面中被交叉甚

---

[1]　贺立华、杨守森主编：《莫言研究资料》，山东大学出版社 1992 年版，第 162 页。
[2]　张相宽：《从"小把戏"到"大结构"——论莫言小说叙事艺术的转向》，《中南大学学报》（社会科学版）2014 年第 6 期。

至颠倒，人物的线索在不同的平面中不是被集中而是零散化并呈现出放射的形状。它表意的动机不是建立在情节的线形发展上，而只能通过各个部分的相对特征和彼此关联来寻找破译的途径"①。对莫言来说，这种打碎事件的线性发展历程进行切片式的重组和排列的结构方式，只不过是时间空间化的先锋意识的外在表征而已。事件发展的共时态与叙述的历时态的矛盾，只能采取相互妥协的方式，才能在线性的逻辑顺序中得到一个比较完整的印象。这种拼贴式结构最早在莫言的长篇小说《红高粱家族》（1987）中得到了充分展示。如莫言在回顾它的叙事结构时所说："它的故事是切碎了的，把一个故事剁得乱七八糟的，然后分了五骨碌。第一篇讲的可能是故事的最后，最后一篇讲的是开头。"② 其实，作为莫言的第一部长篇小说，由于没有统筹的构思就导致只能在第一篇《红高粱》建构的时空框架中进行拼贴和重组。这样，在抗日的时空中凸显的就是同一时段发生的不同事情，《红高粱》通过浓墨重彩的刻画和描摹的方式，渲染的是余占鳌带领土匪部队在冷麻子失约的情况之下，仍然顽强地与装备精良的日本人血战到底的悲壮风采；《高粱酒》在爷爷带领众人掩埋遇难的兄弟收拾残局的背景下，重点采取回忆的视角描摹余占鳌怎样由一个轿夫转变为一个练就七点梅花枪绝技的土匪，以及我家酿酒作坊因为"我爷爷"恶作剧的一泡尿，制作成了"香气馥郁、饮后有蜂蜜一样的甘饴回味、醉后不损伤大脑细胞的高粱酒"的过程；《狗道》先是描绘日本人为报复伏击战而在一九三九年的中秋节晚上发动的大屠杀的凄惨境况，重点讲述的是父亲、母亲、王光、德治等人与我家的红、绿、黑三条狗带领下的狗群发生的大战；《高粱殡》是我爷爷加入铁板会之后，在春风得意之际为我抗日牺牲的奶奶出回龙大殡被胶高大队的人暗算，胶高大队的人又在"螳螂捕蝉黄雀在后"的圈套中落入了国民党冷支队的埋伏，最后三支队伍面对突然来袭的日本鬼子摒弃前嫌

---

① 张丽萍：《完整的碎片——拼贴式电影叙事分析》，《浙江艺术职业学院学报》2003 年第 3 期。

② 张旭东、莫言：《我们时代的写作：对话〈酒国〉、〈生死疲劳〉》，上海文艺出版社 2013 年版，第 189 页。

共同御侮的故事，带有解构主流意识形态的新历史主义的味道；《奇死》重点刻画我二奶奶恋儿被日本人轮奸之后，遭受邪毛鬼祟附体形成的轰轰烈烈、荡气回肠的奇死场面。由此可见，打破时空的线性逻辑的制约之后，在抗日的共同背景和氛围中，侧重点的不同导致整部小说的结构形成打乱事件发展的先后顺序的拼贴式的风貌。

就五部中篇小说靠内在的抗日战争的线索比较松散地连贯起来组成一部长篇小说而言，其结构的拼贴性是不言而喻的。其实，就每部小说内部的结构而言，莫言也是打破时间的先后顺序、采用拼贴的方式勾连相关的或互不相关的事件组成小说的大体框架结构。但这种此刻性、即时性和互不相关的事情的结构拼贴与带有鲜明的先锋色彩的小说相比又有所区别，换言之，莫言在看到语言叙述的历时性与故事发生的共时性之间不可调和的矛盾冲突之后，他更多地对这种历时和共时的矛盾张力采取了东方化和民族化的结构改造。在这方面，不妨拿同时期先锋小说叙事圈套的领头羊马原的《冈底斯的诱惑》① 和莫言的《高粱酒》② 作一下比较，就不难发现结构安排上的差异。在《冈底斯的诱惑》中，马原的结构片段的拼贴不是作为方法论上的叙事策略而是上升到本体论的目标高度，所以它是对追求深度模式的线性时间观和因果逻辑的方法论的传统叙事观念的革命性颠覆，因为按照传统的开端、发展、高潮、结局的时间顺序，叙述共时态的多个事件的时候，对冲突的解决方式是按照理性主义的价值观念进行的："从某种意义上说，叙事的时间是一种线性时间，而故事发生的时间则是立体的。在故事中，几个事件可以同时发生，但是话语则必须把它们一件一件地叙述出来，一个复杂的形象就被投射到一条直线上。"③ 而马原在"偶尔逻辑局部逻辑大势不逻辑"的方法论指导下，显然更倾心于非逻辑的片段的自由拼贴。在这篇小说中讲述的猎人穷布猎熊遇到野人的神奇经历，陆高、姚亮等人结伴去看"天葬"的故事，顿珠和

---

① 马原：《冈底斯的诱惑》，《上海文学》1985 年第 2 期。

② 莫言：《高粱酒》，《解放军文艺》1986 年第 7 期。

③ ［法］兹维坦·托多罗夫：《叙事作为话语》，朱毅译，张寅德主编：《叙述学研究》，中国社会科学出版社 1989 年版，第 294 页。

顿月兄弟二人的神秘故事，50 年代入西藏的一位老作家在一次远游中的奇遇就构成了小说的主干，四个有头无尾或有尾无头的片段性的故事凸显的是事件的偶然性、无序性和非因果性，并且在每一个故事中都留下大量的神秘空缺来对读者惯性的逻辑思维提出挑战，"亦真亦幻"的虚构效果才真正打破了传统小说的"似真幻觉"。而莫言在《高粱酒》中尽管也用了拼贴术对遵循因果关系和线性时间顺序的故事结构动手术进行切割，但他动的是细枝末节的"小手术"而不是伤筋动骨、面目全非的"大手术"。具体表现为小说中的余占鳌杀死单廷秀父子、与我奶奶在高粱地里野合、忍痛枪杀队员方七、痨痨四等人、去我奶奶的烧酒作坊打工、被县长曹梦九误当作花脖子抓去县衙遭受痛打、为报仇忍辱负重杀死土匪花脖子、提前买回子弹和报复的日本鬼子血战到底；我奶奶颇有心计地认县长做干爹、惩治见财眼开把女儿往火坑里推的亲爹、在公公和丈夫遭难后冷静地处理烧酒作坊、对耍横撒泼的雇工余占鳌的调教等情节片段。尽管在上一节和下一节之间情节线索被打断之后呈现出共时态的结构，但从长时段的叙述来看，断裂的情节会在跳跃的片段之后又接续起后来发生的事情。也就是说，片段之间的切割和重组不是倏忽即逝的没有因果联系的随意操作，而是貌似打乱时空顺序的万花筒式的拼贴，仍可按照理性的方式还原为一个明晰清楚、条理连贯的故事框架。这是莫言和马原在不同的创作理念之下，呈现出拼贴结构在外在的形似上实际蕴含着内在的实质不同的重要原因。

其实，受先锋文学"怎么讲"的艺术探索氛围的影响，莫言在这一时期的小说中对拼贴式结构的探索也从来就没有放松过。除去《红高粱家族》中的五篇中篇小说，他的《透明的红萝卜》（1985）、《金发婴儿》（1985）、《球状闪电》（1985）、《欢乐》（1987）、《红蝗》（1987）等文坛上有影响力的小说都在局部情节上采用了拼贴式结构，让情节的顺时发展故意打断呈现出陌生化的艺术效果，吸引读者在阅读期待视野受阻的情况之下，要联系上下文的语境去理解和品悟这种结构的巧妙之处。但莫言并不满足于这种只在故事的片段之间进行切割的拼贴术，他"不断地舍弃自己运用起来得心应手的技巧和熟悉的题材，努力进行着多样化的探索"①。因此，在对故事片段驾轻就熟之后，就深入到了对同一节的情节片段进行切割、拼贴的层次和阶段。最突出的就是他的感觉化小说《爆炸》（1985）的开篇：

> 父亲的手缓慢地举起来，在肩膀上方停留了三秒钟，然后用力一挥，响亮地打在我的左腮上。父亲的手上满是棱角，沾满着成熟小麦的焦香和麦秸的苦涩。六十年劳动赋予父亲的手以沉重的力量和崇高的尊严，它落到我脸上，发出重浊的声音，犹如气球爆炸。几颗亮晶晶的光点在高大的灰蓝色天空上流星般飞驰盘旋，把一条条明亮洁白的线画在天上，纵横交错，好似图画，久久不散。飞行训练，飞机进入拉烟层。父亲的手让我看到飞机拉烟后就从我脸上反弹开，我的脸没回位就听到空中发出一声爆响。这声响初如圆球，紧接着便拉长变宽变淡，像一颗大彗星。我认为我确凿地看到了那声音，它飞越房屋和街道，跨过平川与河流，碰撞矮树高草，最后消融进初夏的乳汁般的透明大气里。我站在我们家浑圆的打麦场与大气之间，我站在我们家打麦场的边缘也站在大气的边缘上，看着爆炸声消逝又看着金色的太阳与乌黑的树木车轮般旋转；极目处钢青色的地平线被阳光切割成两条平行曲折明暗相谐的汹涌的河流，对着我流来，又离我流去。乌亮如炭的雨燕在河边电一般出现又电一般消逝。我感到一股狞发的狂欢般的痛苦感情在胸中郁积，好像是我用力叫了一声。

这一段近五百字的情节片段运用的就是比较典型的拼贴式结构，父亲打在叙述人"我"脸上的一巴掌引发的天马行空的联想和想象的碎片，包括飞速旋转的"亮晶晶的光点"、飞机拉烟后的爆响、"我"站在打麦场的边缘看到"太阳与乌黑的树木车轮般旋转"、看到地平线被阳光切割成"汹涌的河流"、观察到河边的雨燕的出现和消逝、

---

① 莫言：《我抵抗成熟——日文版中短篇小说集〈幸福时光〉后记》，《北京秋天下午的我》，海天出版社2007年版，第373页。

感觉到痛苦与狂欢的复杂感情"在胸中郁积",等等。空中的飞机、光点、阳光、雨燕等物象与地上的树木、地平线、河流之间没有必然的逻辑上的联系,彼此之间在意象的引申义上,也很难牵强附会地扭在一起。作为比较简单的情节片段可以打乱先后顺序而不影响情感和意义的传达,彼此之间仅仅靠莫言的感觉化叙事随意地捏合在一起。这种在情节结构上的拼贴式实验实际上借鉴了西方意识流的艺术手法,由此莫言在 20 世纪 80 年代的小说结构的拼贴性就打破了传统的逻辑性、条理性、时序性的规范,为叙事结构的创新带来可供借鉴的新质。

到了 20 世纪 90 年代,莫言不再在情节片段上采取比较极端化的拼贴式的实验,但在具体讲述故事的时候,还是在共时态的创作观念影响下,把在现实生活中发生的同一时空的不同事件,采取切割的方式交替讲述不同的故事片段,片段之间并没有用传统的"花开两朵,各表一枝"的先后顺序作为提示信息。如中篇小说《我们的七叔》(1999),在开头和结尾都写到七叔的死作为相互照应的框架下,把他一生的遭遇以及周围的其他人的事情讲述得七零八落。对七叔在淮海战役被俘虏、解放战争时期当民夫立下战功、合作化时期替"我"割麦子做的错事说好话、爱护军衣军裤胜过自己的生命、追赶穿自己衣服的小儿子、"文革"时期被批斗、押解路上的奇遇救了他的命、每次不辞辛苦给剧团送衣裤作道具、讲的狐狸精的精彩故事、差点被儿子活埋、改革开放时期被公社马书记的车压死、死后马书记通过关系私了的赔偿情况、儿子们送葬和分家等一系列的情节和故事,并没有按照时间发展的先后顺序有头有尾地进行讲述,而是将七叔的生平经历切割成不同的片段,片段之间的随意拼贴就构成了小说的结构。这种拼贴在片段之间叙述者的过渡句中得到了形象体现:"这基本上是对庄周的拙劣模仿,明眼人一看便知但也不必较真就是。""另外这一段好像很长了,为了让你们阅读方便,我们就分个段吧。""好,请看下一段。""关于这个美丽的女同学的事我们后边再说吧。""书归正传,尽管我是十分地想接着茬儿往下说郭江青的事。""请允许我回头照应一下本文的开头部分吧,""我把话头扯得太远了点,对不起你们。"这样,即使是作者打乱了时间顺序,但读者根据自己的知识储备和生活阅历也能基本上还原出事情的来龙去脉。既照顾读者的主观能动性，又能体现作者结构上的创新性，这是莫言一以贯之的叙事策略。

对莫言来说，这种拼贴式结构在长篇小说中也有精彩表现。他其实更喜欢在长篇小说提供的舞台空间中展示他的艺术创新的才华。正如他所说："当然在小说的结构上，我也想了一些办法，我在从事长篇写作以来，思考最多的问题就是关于长篇小说的结构问题。我也曾经说过，在某种意义上，长篇小说的结构就是政治，就是内容，结构甚至就是小说家表现艺术才华的一块领域。"[1] 所以，小说的结构、政治与内容的同构关系逼迫莫言在尺牍的方寸之间使出浑身解数，展示"怎么写"的艺术魅力。在《天堂蒜薹之歌》（1988）中，不同线索的交叉、短路、重叠之处就采用了打破逻辑关系的拼贴式结构，特别是长篇小说《十三步》（1989）更是将这种拼贴结构推向登峰造极的程度。多年以后，他在日本京都大学的演讲《我变成了小说的奴隶》中写道："《十三步》是一部复杂的作品，去年我在法国巴黎的一所大学演讲，一个法国读者对我说，她用了五种颜色的笔记做着记号，才把这本书读懂。我告诉她，如果让我重读《十三步》，需要用六种颜色的笔做记号。"[2] 无论是读者还是作者都需要打破惯常的逻辑思维和组织先后顺序的方法，用五六种颜色的记号分门别类地重新予以组合，也就充分地显示出这篇小说拼贴式结构的不同寻常之处。小说不仅是因为设置的笼中叙事者不合逻辑的胡言乱语、你、我、他人称的随意变换，让不明事理的读者陷入迷宫的境地，更重要的是打破时空顺序和结构的随意拼贴，让习惯于有头有尾的完整故事的欣赏者摸不着事情发展的头绪。从故事的内容来说，王副市长未发迹之前与李玉婵母女的情人关系、死后碰巧由殡仪馆的李玉婵整容、第八中学的老师方富贵与张赤球之间的易容、教育中存在的一系列问题、社会的投机倒把、屠小英丧夫后的生活状况、方富贵易容后代替张赤球去上课的情境、张赤球在妻子的逼迫下去经商的啼笑皆非的黑色幽默、两家后代

---

① 莫言：《我的文学经验：历史与语言》，《名作欣赏》2011 年第 10 期。

② 莫言：《小说的气味》，春风文艺出版社 2003 年版，第 121 页。

的情感纠葛等各种事情之间没有必然的联系，一切都在偶然和巧合中促进了事件的发展。更重要的是，作者将彼此无关或偶有关联的事情完全打碎后，碎片的拼贴让不同时空中的事情难以理出一个完整的头绪。其实，这种"打破了传统的按时间发展来安排故事的线性结构方式，而采用空间并置的结构方式"① 形成的拼贴式结构，不过是虚心好学锐意进取的莫言借鉴帕索斯的《四十二纬度》、詹姆斯·乔伊斯的《尤利西斯》等具有浓郁的先锋意识的"横断小说"的结构，再加上自己客观冷静的间离艺术手法相互融合的片断式的写法。这种"食洋不化"式的极端玩弄艺术结构的"小把戏"模式，对莫言这样有自己独特的艺术追求和审美风格的作家来说，只是偶尔为之，无论是成功还是失败都可为进一步的艺术探索和结构实验提供可资借鉴的经验。实际上，他真正想追求的是在本民族的基础上建构属于自己的独一无二的艺术领地，所以，在 20 世纪 90 年代创作的《酒国》（1993）、《丰乳肥臀》（1995）、《红树林》（1999）等长篇小说中就没有再进行《十三步》那样的极端实验，在传统的线性结构中偶尔穿插拼贴来调剂一下文意和文脉的关联性，在结构的稳中有变中倒显示出大家气象。

进入 21 世纪后，莫言对模仿西方的现代小说艺术模式进行的拼贴实验感到了厌倦，所以他要在民间文化的沃土上创作出既不落后于时代之思潮，又不失去传统文化之血脉的拼贴结构的小说，在异质的文学结构的相互嫁接中产生中西合璧的宁馨儿，这就是莫言在 2001 年出版的《檀香刑》在结构上给人耳目一新的更深层次的原因。在这篇呕心沥血，历经五年精心打造的长篇小说中，莫言将孙丙抗德的滑稽荒唐而又英勇悲壮的故事，孙眉娘与亲爹、干爹、公爹的恩怨纠葛，赵甲成为大清第一刽子手的辉煌业绩，痴呆儿小甲作为一个不可靠叙述人描绘的自己的荒唐行径，还有浓墨重彩描摹的县令钱丁围绕公案、生活、婚外情发生的一些荡气回肠的事情，采取拼贴的结构一件件娓娓道来。又由于小说中的五个主角的个性气质、生活阅历、文化修养、价值选择的异质性，所以让他们担任小说的叙述者和人物形象的双重

---

① 吕周聚：《中国左翼文学中的美国因素》，《文学评论》2016 年第 6 期。

角色，描述自己和他人故事的时候，难免在不同的叙述片段之间会出现相互矛盾和扞格的现象。为解决这一矛盾，莫言采取了两种不同的结构方式和叙事策略将拼贴的片段由游离状态变成一个相互联系的有机整体。一是选择全知的叙事视角将彼此没有多大联系的故事统一到猪肚部，然后采纳限制视角把眉娘浪语、赵甲狂言、小甲傻话、钱丁恨声归拢到凤头部，把赵甲道白、眉娘诉说、孙丙说戏、小甲放歌、知县绝唱放到豹尾部，这样，有意凸显的声音和对民间结构的巧妙借鉴就消泯了结构拼贴带来的缝隙、裂痕、分散、松散等不良后果。二是围绕各种不同类型的刑罚将行刑人和受刑人的复杂纠结的关系作为一条红线贯穿起相关的片段结构，特别是将小说的情节结构引向高潮的檀香刑，把施刑的赵甲和小甲、受刑的孙丙、监刑的钱丁、观刑的眉娘统合到特定的行刑时空中，就使得檀香刑作为一个媒介的焦点绾结起先前分散的结构片段，充当了结构的黏合剂的作用。当然，在拼贴的过程中，创新与借鉴的"中间物"意识也使莫言清醒地意识到了理论与实践、意识与无意识、西方文学与东方传统之间在结构探索上的悖论与游离之处。在《檀香刑》的后记中，莫言说道："民间说唱艺术，曾经是小说的基础。在小说这种原本是民间的俗艺渐渐地成为庙堂里的雅言的今天，在对西方文学的借鉴压倒了对民间文学的继承的今天，《檀香刑》大概是一本不合时尚的书。《檀香刑》是我的创作过程中的一次有意识的大踏步撤退，可惜我撤退得还不够到位。"① 虽是自谦，却也道出了从西方借鉴来的片段式的拼贴结构与民间传统的艺术形式要实现天衣无缝的对接，确实任重而道远。

时隔五年，2006 年由作家出版社出版的长篇小说《生死疲劳》在拼贴结构的处理上进一步向民间和传统靠拢。小说的第一至四部驴折腾、牛犟劲、猪撒欢、狗精神其实都是一个个有头有尾的完整故事，从动物的出生到成长过程中创造的辉煌业绩，再到突遭横祸或老死的过程宣告了莫言回归民间传统的故事模式，彼此之间都可以作为一个独立的故事而不受牵扯。莫言显然对单线条的拼贴结构极不满意，特

① 莫言：《檀香刑》，作家出版社 2001 年版，第 518 页。

别是对半个世纪的沧桑巨变仅仅用串珠式的叙事结构、历时态的时间顺序、共时态的空间布局进行表现和反映，就体现不出莫言既不重复他人、也不重复自己的天马行空的创造精神。

因此，他对寻绎四个故事的内在关联性煞费苦心。首先，他安排双线结构表现故事之间的连续性和延展性："它的叙事结构是用两条生命链建构起西门家族的兴衰史，轮回隐喻的生命链连接了畜的世界、阴司地府；血缘延续的生命链连接了人的世界，人世间的社会；两条生命链的结合，构成了人畜混杂，阴阳并存的艺术画面。"① 其次，他对构成小说主干的四个故事借用了佛教六道轮回的结构模式，完成了故事之间的先后顺序的内在逻辑关联性，并借助主人公地主西门闹的冤魂投胎转世的循环过程串联起来；最后，每个故事的生死轮回与小说的开头和结尾都用的同一句话："我的故事，从 1950 年 1 月 1 日讲起"，实际上构成了一个包容万象的更大的循环结构将所有的小故事都囊括其中。

这样的拼贴结构的有机性和完美性都达到了极高的程度，可莫言追求极限的写作模式和无所羁绊的创新冲动都意味着小说结构的探索永远没有终点，任何一次拼贴结构的探索终点必将成为下一次小说结构创新的起点。时隔三年后，获得第八届茅盾文学奖的长篇小说《蛙》（2009）再次将拼贴的结构推向了一个更高的起点。不过，这次莫言另辟蹊径，采取的是文体的拼贴结构，就是在讲述姑姑从高密东北乡的送子娘娘转变为计划生育政策的坚决执行者的过程中，她的心态的变化和灵魂忏悔的丰富复杂的审美意蕴，对这样的异常敏感的政治主题，莫言用书信和剧本的拼贴完成了对棘手的敏感问题的艺术传达。可以说，没有给杉谷义人的五封信和九幕话剧《蛙》组成的有意味的形式将叙述推向高潮，就很难在结构艺术的探索中再创辉煌。正如茅盾文学奖授奖词所写的那样："小说以多端的视角呈现历史和现实的复杂苍茫，表达了对生命伦理的深切思考。书信、叙述和戏剧多文本的结构方式建构了宽阔的对话空间，从容自由、机智幽默，在平实中尽显

---

① 陈思和：《人畜混杂，阴阳并存的叙事结构及其意义》，《当代作家评论》2008 年第 6 期。

生命的创痛和坚韧、心灵的隐忍和闪光，体现了作者强大叙事能力和执着的创新精神。"①

　　其实，如果对这种文体的拼贴术作谱系学和发生学的考察，那么莫言的书信体应该是受到现代文学的开山之作《狂人日记》的影响，只不过是将《狂人日记》中的文言小序变成了与正文不同字号的书信；与戏剧的嫁接和《檀香刑》也具有一脉相承的关系，只是将后者在每一章之前的茂腔片段整合为一出完整的九幕大戏放到了《蛙》的最后。的确，作为一个天才，莫言在继承基础上的结构创新也是谁都无法抹杀的事实。

二　套叠式的结构

　　其实，莫言一直都为故事寻求一个能与内容相匹配的巧妙的、自然的、精致的结构而绞尽脑汁。对于浸润在民间文化的宝库、可以随时从潜藏的记忆中挖掘出具有原乡意味的题材的莫言来说："故事对一个作家来说并不重要，编一个曲折的故事对一个作家来说并不太难，关键就是处理故事的方式……"② 由于故事中套故事的套叠式结构不仅能增加读者的好奇心和解读小说的难度，更能满足作者对小说结构创新的欲望和挑战自己的心理需求。因此，在莫言的不同文体的小说中，都可以看到这种玩弄"小把戏"的结构技巧，并贯穿于莫言20世纪80、90年代至21世纪小说创作的始终。不过，在不同的小说中，莫言对套叠式结构的灵活运用也表现出不同的景观，这突出地表现在两个方面。

　　一是在开篇的总体框架中，叙述者讲述的故事只是一个过门和由头，后面引出的故事才是整部小说的主干和核心。如《大风》（1985）采取回忆的视角，先讲述了爷爷割麦子麦茬矮齐、捆出来的麦个子是连一个倒穗也没有的紧腰齐头根子的宣传画上的模样，引起铡麦子的妇女由衷地赞叹这样一件事情。然后在母亲愧疚的表白中，"我眼窝

---

① 《第八届茅盾文学奖·莫言〈蛙〉授奖词》，《中国作家网》2011年9月20日。
② 周罡、莫言：《发现故乡与表现自我——莫言访谈录》，《小说评论》2002年第6期。

酸酸地听着母亲的话，想起了很多往事"，过渡到这篇小说最重要的故事，爷爷在大风中像圣地亚哥老人一样勇敢地抗击困难和挫折的精神深深震撼了我。多年之后，在与爷爷相处的众多往事中，我念念不忘并浓墨重彩渲染的仍是爷爷与大风搏击的傲岸不屈的雕塑般的身影。所以围绕着主题，在套叠结构中更加凸显出爷爷"干什么都要干好，干什么都要专心，不能干着东想着西"的为人处世的准则，在平淡的话语中包含着非常值得回味的哲理意蕴。《猫事荟萃》（1987）无论在回忆视角还是套叠结构上都与《大风》相类似，但在引言和故事结构上都复杂得多。在开篇的时候，先是引述鲁迅的《狗·猫·鼠》中关于猫如何教老虎捕、捉、吃的本领，反而被老虎袭击爬上树的寓言故事，接着讲《三侠五义》中狸猫换太子的故事，最后才引出一九六四年四清运动的时候，一个队员来我家吃"派饭"时有关猫的至今难忘的事情。一只瘦骨伶仃的狸猫在工作队陈同志的优待下吃着难得的美味鱼刺的情况之下，祖母触景生情讲述了成精的黑猫与闲汉张三斗智斗勇的传奇故事；这只猫吃了鱼刺后，在我家捕了一只大老鼠被祖母烧熟并让我和姐姐吃了之后，再也不捕鼠的现实情景；祖母又讲了古代一个大臣听从老爹的"八斤猫可降千斤鼠"的建议，上朝的时候用家养的大猫制服五只成精的老鼠幻化成的朝廷大员的传奇故事；又讲了现实生活中的猫因为咬死邻居家的小鸡闯下祸端，被祖母装进暗无天日的麻袋里，用拖拉机运到离家三百余里的潍坊，结果猫在离家十七天后又跋山涉水回到家中，和自己的儿女生离死别又重逢的神奇经历。现实与历史上有关猫的故事的交相辉映，使得套叠结构与小说的主题"猫事荟萃"达到了内容与结构的有机统一。

到了20世纪90年代，这种套叠式结构的探索仍然在莫言不同的小说中得到了体现。他的短篇《金鲤》（1991）将爷爷和孙子钓的一条金翅鲤鱼的现实故事和传说中的故事平分秋色，从篇幅上来说，现实中祖孙二人偶然捕到六七斤重的金色鲤鱼的意外收获，以及孙子听完爷爷讲的故事之后放走这条鱼的意外举动只占整部小说的一半，爷爷讲的金枝姑娘为救遭受批斗的女作家而在溺亡之后变成金翅鲤鱼的传奇故事也占到一半的篇幅。这样，当下和传奇故事相套叠并发生相互影响就使得小说的结构非常精致，特别是孩子在爷爷的故事讲完之后，就毫不犹豫地将现实中捕获的金色鲤鱼当成传说中的金枝姑娘将她放生，显示出童真、童趣的美好的同时戛然而止，在套叠式结构的相得益彰中余音袅袅，引人深思。《麻风的儿子》（1991）首先讲述的《旧约全书》中记载的病入膏肓的麻风病人，在极端绝望的情况下对耶稣对待子民不公平方式的怨恨产生的逆转的奇迹，顺理成章地得出连上帝也对麻风病人心怀忌惮的结论。这样的传奇故事自然引出一般的人都畏惧麻风病人的生活现状，从而对麻风病女人的儿子张大力的现实生活中的故事娓娓道来。在张大力割麦子吃饭的时候遭受的屈辱，用吃新鲜牛粪这种不同寻常的方式进行发泄自然会产生震撼人心的效果。与此同时，又在现实的生活闲聊中插入了老猴子讲的一个患麻风病的俊俏女人因祸得福，喝了缸里有白花蛇的脏水，结果病症不治而愈与小伙子成亲的故事。这三个故事形成的套叠式的结构就具有内在的关联性，主题内容的传奇性对整个故事的情节发展产生了影响。

二是在整个故事中包含着若干个彼此关联的小故事形成的套叠式的结构，这种结构方式在莫言的小说中比较常见，特别是对民间的传奇故事情有独钟的莫言，借助这种故事套故事的结构形式，可以把民间自由活泼的生命形式和艺术才华表现得淋漓尽致。《草鞋窨子》（1986）在具有特定的地域文化景观草鞋窨子（草鞋匠工作的地方）所提供的民间舞台空间中，上演的是一个个历史与现实中的带有色情意味和传奇色彩的小故事组成的悲喜剧。小话皮子装人说话被张老三一砖头打倒墙四散奔逃的传奇故事；两个蜘蛛精在晚间要当采花贼伤害两个在野外睡觉的少女，被女孩的母亲识破后将计就计的荒诞故事；笤帚疙瘩经过人的中拇指上的鲜血滋润，七七四十九天后就变成了精灵的邪魔鬼祟的故事；光棍门圣武住的是阴宅，夜晚喝醉酒后和女鬼调情的鬼故事；现实中的于大身卖虾酱得罪"大白鹅"因祸得福的离奇故事；小轱辘子冒充她丈夫钻进了雀盲女人的被窝被剪刀捅伤的情色故事。诸如此类的历史与现实的怪诞和情色故事就组成了小说的套叠结构，呈现出草鞋窨子里的民间文化原生态的风貌。但毕竟在一篇短篇小说中讲了这么多的相关或不相关的天上与地下、真实与荒诞的故事，给人以结构上比较松散的感觉，所以莫言在 20 世纪 90 年代的小说创作中，对这种驾轻就熟的套叠式的结构也进行了改造。特别是中篇小说《三十年前的一次长跑比赛》（1998）中运用三个密切相关的故事组成的套叠式结构，显示出莫言的过人之处。小说在"小引""大引""正文""结尾"构成的一个完整的故事中，重点讲述了大羊栏小学的五一运动会朱总人老师的独特表现和比赛中出现的一系列戏剧性的场景。在正文除浓墨重彩地渲染了其貌不扬的朱总人参加长跑比赛终于获得第一名的曲折经历之外，还采用套叠结构讲述了朱老师被大王划为右派的故事，和知情右派比潜水的耐力总得冠军的插曲。这样，在大故事套着的两个小故事之间是有着内在的因果逻辑关系的，正是划为右派的时候坦然承受命运的不公和人生的转折，潜水时的沉着冷静作为主要故事的铺垫，读者才在他最后一鸣惊人创造出辉煌的成绩时，对这个奇迹感到理所应当。由此可见，莫言在对套叠结构进行改造的过程中，总是独辟蹊径，在结构的间隙进行或松散或严密的实验，呈现出万紫千红的多样景观。

另外，莫言的责任和良知使他经常违背不干预现实生活和抨击社会弊端的初衷，用自己的如椽大笔不由自主地和政治关联在一起。正如他在《天堂蒜薹之歌》的初版卷首和新版后记中提到的自己杜撰的一段斯大林语录："小说家总是想远离政治，小说却自己逼近了政治。小说家总是想关心'人的命运'，却忘了关心自己的命运。这就是他们的悲剧所在。"① 在这种小说家想远离政治、不愿再承受人类灵魂工程师的桂冠和担当人民群众代言人的角色的"去政治化"的浪潮中，莫言在进退维谷的悖论处境中，借助这种民间荒诞不经的故事的戏谑性，可以对严肃的政治主题起到一种软化和消解的作用，使得节外生枝的套叠结构彼此对照产生意想不到的审美效果。急就章写的《天堂蒜薹之歌》（1988）反映的是天堂县民众在忍无可忍的情况之下，冲击县政府、砸坏办公设备的蒜薹事件之所以在时过境迁之后，仍能产

---

① 莫言：《天堂蒜薹之歌》，当代世界出版社 2004 年版，第 277 页。

生跨越时空的审美价值，部分原因是在小说的艺术形式中巧妙地设置的套叠结构为政治本事产生了超越其上的价值意义。政治事件随时间的流逝而变得陈腐不堪，但包含的张家湾的蛤蟆至今不叫的妙趣横生的传说等局部采取的套叠结构，却为小说的过于紧跟时事政治的主题结构起到了一种调节和缓和的作用。在这方面《酒国》（1993）与《天堂蒜薹之歌》政治主题表现上选择的套叠结构却又有很大的不同之处，如果说后者在三十五天的写作时间中，没有充裕的时光打磨艺术结构的精致和圆润，偶尔选用的套叠结构只在局部牛刀小试的话，那么在前者中相互联系的三段故事又饱含着其他的小故事形成的复杂的套叠结构就形成了艺术的张力："《酒国》包含了三段并置又相互联系的叙事，这些分化而又统一的叙事处于这个小说结构设计的中心位置，反过来加强了小说辩证的张力，而这一张力有助于凸显小说寓言性上的'尖锐'和再现层面上的生产性。"① 作为在政治文化语境中尽量用带有魔幻色彩的情节结构来呈示"吃人"的社会寓言的小说，莫言其实在三条线索之外，巧妙地设置小说的套叠结构来加强彼此之间的联系。从小说的结构层级来看，第一层级采用的是元小说的形式，讲述的一个名叫莫言的作家正在绞尽脑汁地写一部题目为《酒国》的长篇小说；第二层级为省高级侦查员丁钩儿奉命前去酒国调查所谓的"食婴"案件，以及专业作家莫言与业余作者酒博士李一斗的通信；第三层级为李一斗写给莫言的九个小故事，《酒精》、严酷现实主义的《肉孩》、妖精现实主义的《神童》、武侠小说《驴街》、纪实小说《一尺英豪》、"新写实主义"小说《烹饪课》，远离政治、远离首都的小说《采燕》《猿酒》《酒城》之间在情节和人物上是有关联的。这九个故事又是对食婴案的补充，这样第二、三层级的套叠结构就因为情节的关联性和互文性，自然在逻辑关系上显得更为紧密。而这些故事又是第一层级《酒国》的主干组成部分，所以在整体上就构成了金字塔式的套叠结构。

---

① 张旭东、陈丹丹：《"魔幻现实主义"的政治文化语境构造——莫言〈酒国〉中的语言游戏、自然史与社会寓言》，《学术前沿》2012 年第 14 期。

回归"小说就是讲故事"的民间传统故事本体的莫言进入 21 世纪之后，仍然一如既往地运用套叠结构展示叙事的花样翻新，在"讲故事"与"怎么讲"之间的叙事张力中努力寻求最佳契合点和动态的平衡。一是延续《金鲤》的叙事结构，让故事中的人物在特定的情境中触景生情，讲述一系列传奇的或现实的故事形成套叠式的结构。如《马语》①在我和老马久别重逢的欣喜与对老马的眼瞎原因的猜测和追问下，采用拟人化的方式讲述的琴女被人毁容盲目后、她的情人也主动刺瞎自己的眼睛表现忠贞不渝的爱情的日本故事，俄狄浦斯在不知情的情况之下弑父娶母后，为惩罚自己心甘情愿地弄瞎自己的双眼的希腊故事，村子里的马文才为逃避兵役用石灰点瞎双目的现代故事，最后引出这匹军马为了自己的尊严，将散发着刺鼻脂粉气息的女人从马背上掀下来以发泄心中的不满和愤怒，结果在主人的皮鞭和斥责中真的气瞎眼睛的故事。在这四个故事中，莫言不是简单地剪裁、采取罗列的方式安排小说的结构，而是匠心独运地选择古今中外的三个故事尽情渲染和铺垫，为最后一个故事表现瞎马的铮铮傲骨埋下了伏笔。这样环环相扣的套叠结构就在螺旋上升的过程中尽显结构的精致和神韵。当然，在套叠结构中，也有莫言不太愿意用复杂的结构讲述一个完整故事的情况。在《扫帚星》（2002）这篇家族小说中，由小报记者采访变性人"扫帚星"为由头，讲述了"我祖母"为"我爹"找媳妇的故事，在这个故事中又包含了"我姥姥"因为是日本女人被红卫兵批斗而死、"我姥爷"为她报仇锒铛入狱的悲剧故事。最后讲述"我爹"逃避婚姻、"我娘"难产而死，"我"成了被抛弃的孤儿，最终成为不良少年的故事。在这个专心致志讲故事的中篇小说中，各个故事之间的过渡、衔接和延续自然有序，简单的套叠故事结构与反封建礼教的思想主题相得益彰。

莫言显然不满足于对套叠式结构按照驾轻就熟的路子，重复自己既有的小说结构格局。在《收获》2003 年第五期发表的短篇小说《木匠与狗》就是对此前的套叠式结构的超越。它的独特之处首先在于小

---

① 莫言：《马语》，《时代文学》2001 年第 1 期。

说中的人物兼叙事者的钻圈大爷、管大爷、"咂鼻涕的小孩"都在讲述发生在一个北方乡村的"木匠和狗"的故事，但彼此在讲述的时候，由于亲历者、转述者、讲述者等身份和角色的差异，他们彼此讲的故事就像钻圈一样形成了环环相连的套叠结构。正如评论家陈晓明教授所说："从叙述的层面来看，钻圈是钻进管大爷的圈套了。但钻圈又重述了管大爷的故事，他从管大爷的那个圈里钻出来，又把管大爷的故事装入了他的故事圈套。作为一个讲述者，钻圈只是一个虚的作者，他的转述几乎只有一句话，只有那个小孩写下钻圈讲述的故事。"① 其次，在管大爷到木匠家里讲"木匠和狗"的故事的时候，又浓墨重彩地讲述了他爹管小六捕鸟的神奇故事以及由他爹在集市上卖烤鸟引出爱吃鸟喝酒的书记的故事。在小说中"木匠和狗"的故事管大爷只讲了开头，整个完整的故事是由三十年后"咂鼻涕的小孩"写成小说，在经过"口述—听讲"的口耳相传模式到"书写—阅读"的现代叙事模式的转换之后，才完成了整个小说的叙述。这样，"木匠和狗"作为一条红线就把相关的和不相关的故事圈在了它的结构之中。此外，深得蒲松龄《聊斋志异》的神韵和鲁迅《铸剑》的复仇主题影响的《月光斩》② 也采用了套叠结构，在县文化局工作的表弟与我往来的邮件作为故事的开头和结尾，实际包含着县委刘副书记在一个三星级饭店的豪华套间里被人杀害的故事，月光斩的传说，刘副书记被杀的乌龙事件。在这个大的故事套着的三个故事之间，实际上有关刘副书记被杀是事实还是乌龙事件中间，套着引人入胜的月光斩的传说和宝刀锻造中惊心动魄的变化过程，中间的纽扣是第一个故事中刘副书记的身首异处且不留半点血迹的凶器，只有月光斩才能完全吻合，然后就顺理成章地衔接和过渡到月光斩的神奇传说。这样不漏痕迹地起承转合的高难度动作，委实只有莫言这样的大手笔才能做得到。

可以说，莫言在不同的文体中灵活运用套叠式结构，为小说的

---

① 陈晓明：《"歪拧"的乡村自然史——从〈木匠和狗〉看中国现代主义的在地性》，《文学评论》2017 年第 1 期。

② 莫言：《月光斩》，《人民文学》2004 年第 10 期。

敏感的政治主题与民间文化的融合、传统意识和现代思想的联姻、原乡色彩的景观与都市现代化的风情提供了展示的舞台。"正是依靠着叙述上的探索和创新，莫言的小说叙述实现了乡土气息和现代思想的高度融合。他的小说语言、故事，甚至立场、精神，都洋溢着浓郁的乡土色彩，传达出了农民的文化和文学精神，并具备了较强的可读性；但另一方面，他又实现了思想的深入，通过叙述上的整体特征和反讽效果的形成，他的小说远远地超越了故事本身，既体现了对时代政治的批判，对社会历史的思考，也揭示了人性中的复杂和矛盾。"① 的确如此，在对社会阴暗面的揭露与批判、对多样复杂的人性的深入挖掘方面，莫言遵循着"结构也是政治"的创作观念，在小说的整体结构中插入套叠式的结构，让小说的结构与内容实现了有机契合。

三 元小说式的结构

元小说的本源性打破了传统小说所刻意追求的"仿真性"或"似真性"的审美效果，"在元小说的叙述框架中，作者主动交代了叙述结构、方式、技巧和创作动机，主动暴露创作的方法和思路，向读者直接坦承小说的'虚构性'。对于小说的自我反省式叙事和其本质的挖掘是元小说所要关注的"②。这种真实与虚构界限的破除对于擅长创新的莫言来说，可谓如鱼得水。莫言的 20 世纪 80、90 年代至 21 世纪创作的许多小说，都在大的结构中穿插元小说式的叙事结构来自报家门，小说叙述与事件本事之间的真真假假，正是他为调动读者的主体性和参与度而玩弄的叙事策略。

这种元小说式的叙事结构，首先体现在插入作者莫言的外貌特征、具体创作的作品、生活中结交的朋友等实实在在有据可循的事实和材料，又在虚构的人物和事件的相互映照之下，对传统的"仿真性"的

① 贺仲明：《乡村的自语——论莫言小说创作的精神及意义》，《首都师范大学学报》（社会科学版）2006 年第 3 期。

② 李林、王丹元：《小说叙事结构与主题探析》，《哈尔滨工业大学学报》（社会科学版）2011 年第 1 期。

结构技巧进行颠覆和质疑。传统小说所有的结构安排和情节设置的目的，就是为了使得读者相信他所看到的都是现实生活中确实发生的事情（尽管是虚拟的），史诗性的求真目的远远大于虚构艺术的精致结构所体现出来的审美诉求。莫言借鉴先锋小说的艺术技巧，在结构上大胆借用元小说的叙事目的，就是让小说回到"虚构"的本体性和本源性的原初位置上。为此，他往往打破小说的线性叙事结构所营造的逼真氛围，"毛遂自荐"让莫言自己也成为小说的叙事人和参与者。《红蝗》（1987）中第一次提到"莫言"是在叙事者"我"胡思乱想的时候，九老妈说的一句话"莫言陷到红色淤泥里去了，快爬出来吧"。在这里作者、叙事者、小说人物的故意混淆，直接引语和间接引语的交替穿插，叙事人称和叙事视角的随意切换将本来很平顺简单的结构变得繁复多样起来。莫言可能觉得这样的人称变换还不过瘾，所以借助小说中的人物九老妈认为"我"疯了为由头，对小说中的人物"我"是不是现实生活中的作者"莫言"展开了身份的追问和情节结构上的商榷：

> 我是谁？
>
> 我是莫言吗？
>
> 我假如就是莫言，那么，我疯了，莫言也就疯了，对不对？
>
> 我假如不是莫言，那么，我疯了，莫言就没疯。——莫言也许疯了，但与我没关。我疯不疯与他没关，他疯没疯也与我没关，对不对？因为我不是他，他也不是我。
>
> 如果我就是莫言，那么——对，已经说对了。
>
> ……
>
> 好，现在，我们得出结论。
>
> 首先，我是不是莫言与正题无关，不予讨论。

这种玩弄元小说的结构游戏已经使得小说的结构变得够复杂了，可莫言还是不满足于仅仅在正文中表现自己花样翻新的结构技巧，所以又在小说的副本中加了一个"作者附注"："①文中所写的'高密东北乡'并非地理学意义上的高密东北乡，望高密东北乡的父老乡亲们不要当真。②文中的叙事主人公'我'并不是作者莫言，如同'红高粱系列'里的'我'不是莫言一样。希望有关文艺团体开会批评作品时，不要把'我'与莫言混为一体。"这样，正文与注释中的"莫言"就在真假莫辨的互文叙事中，构成了小说的元叙事结构的精彩片段。

当然，大量的事实性材料出现在虚构的小说中造成的真假难辨的审美效果，是莫言刻意追求的结构铺排上的技巧策略。《弃婴》（1987）中提到作者暑假回乡邂逅了久别的朋友暖姑，在白狗的指引下发生的一系列的故事，被他改头换面写成了一篇名为《白狗秋千架》的小说；《酒国》（1993）对自己20世纪80年代写的中篇小说《欢乐》《红蝗》的审丑意识，遭到众多评论家从纯粹生理学和伦理学的视角发起的断章取义，攻其一点、不及其余的批评进行了辩解；《姑妈的宝刀》（2000）提到自己的成名作《透明的红萝卜》里写的小铁匠为了偷艺，被师傅用烧红的铁砧子烫了手的淬火技术，并以现实生活中的评论家李陀的热处理经验作出评判。这些小说和人物是稍有常识的人都能找到相关证据进行证明的，莫言显然对这样的"小把戏"也不太满意，所以在《酒国》中干脆把自己的形貌特征写进小说："躺在舒适的——比较硬座而言——硬卧中铺上，体态臃肿、头发稀疏、双眼细小、嘴巴倾斜的中年作家莫言却没有一点点睡意。"明眼人不难发现其与先锋作家马原在小说《虚构》中玩弄的叙事圈套有异曲同工之处，是对"我个子高大，满脸胡须，我是个有名有姓的男性公民"的马原的戏仿。难能可贵的是莫言在元叙事的结构中跳出了"我就是那个叫马原的汉人"的俗套，在自审意识中让读者对"莫言"的"我是谁"的身份问题进行存在主义式的形而上沉思："我知道我与这个莫言有着很多同一性，也有着很多矛盾。我像一只寄居蟹，而莫言是我寄居的外壳。莫言是我顶着遮挡风雨的一具斗笠，是我披着抵御寒风的一张狗皮，是我戴着欺骗良家妇女的一副假面。有时我的确感到这莫言是我的一个大累赘，但我却很难抛弃它，就像寄居蟹难以抛弃甲壳一样。"这种自我现身说法的自剖标本结构是莫言的发明和创造，分裂的和内在的矛盾张力，将一个现代人迷失在都市万花筒般的开心馆里的异化现状暴露无遗，这种哲理性的深度也只有通过元叙事的结构才能淋漓尽致地表达出来。

况且，在小说中莫言更多地采取对情节和结构的问题探讨方式来暴露叙事的虚假性，以此对传统现实主义小说结构的统一性和连贯性造成颠覆和消解。传统小说讲究结构的严密性和逻辑性，以便更好地为小说内容的真实性服务，而莫言采用与读者讨论小说结构的方式显然是为了打破"似真幻觉"对读者主体性和能动性的遮蔽。在《红蝗》（1987）中对母亲多年以后作为一个见证人回忆四老妈被休，骑着毛驴回娘家的路途中表现出的神圣庄严的形貌进行原生态的还原的时候，告诉读者为何母亲在心理上会对被休的四老妈进行艺术上的夸张，并进一步让读者知道叙事者的工作就是剔除表面的虚假成分，寻绎到本质所在。"当然，出于对死者的尊敬，出于对四老妈悲惨命运的同情，出于某种兔死狐悲的感情，母亲她们是对事情进行了一些艺术性的加工的。摆在我面前的任务就是剔除附在事实上的花环，抓住事情的本质。"

《酒国》（1993）中的叙事者"莫言"采取了比读者更为低下的谦卑姿态，正如他在《苏州大学"小说家讲坛"上的讲演》中所说的"作为老百姓的写作者"一样，"他在写作的时候，就可以用一种平等的心态来对待小说中的人物。他不但不认为自己比读者高明，他也不认为自己比自己作品中的人物高明"[①]。在《酒国》中，叙述者"我"经常跳出来和读者商量小说结构的安排问题：如"为了避免犯错误，我这讲故事的人，只好客观地叙述，尽量不去描写小妖精及孩子们的心理活动。我只写行动和语言，至于这行动的心理动机和语言的言外之意，靠读者诸君自己理解。我的故事进行得很艰难，因为小妖精千方百计地粉碎着我的故事，他确实不是好孩子。'其实我的故事快要结束了'"。自我袒露写作的技巧和结构的目的当然不是让读者信以为真，而是要充分调动读者的知识储备和阅读经验来作出价值选择和逻

---

① 莫言：《文学创作的民间资源——苏州大学"小说家讲坛"上的讲演》，《当代作家评论》2002 年第 1 期。

辑判断。所以尊重读者的前理解和对叙事的空白结构进行填空的兴趣，就成为莫言进行元叙事的制胜法宝。在写到"小妖精"利用管理员扮演的老鹰抓小鸡的机会，将两只尖利的小爪子扼住老鹰的喉咙的时候，叙事者留下了大量的意义空白点供读者思考："小妖精插手人脖子的感觉是否如插手滚热的沙土或插手油滑的脂膏？我们不得而知。他是否体会到一种报仇雪恨的快感？我们同样不得而知。读者诸君永远比作者聪明，叙述者深信不疑"；写到酿造大学袁双鱼教授的夫人率领着肉孩们在烹饪学院迷宫一般的校园里逃跑的时候，叙事者先是进行了设问"诸君，为什么我要在这里为她浪费了如许笔墨呢？"，后又采取讨巧的方式直白简单地告诉读者"因为她是我的丈母娘"，丝毫不避讳采用这种结构技巧的目的就是要告诉读者，小说就是虚构的艺术，是不能当真的。所以他紧接着用"花开两朵，先正一枝"的结构技巧，讲述逃亡的男孩如何又被捉回特别饲养室的艰难过程；对于带领逃跑的穿红衣服的那个集"小妖精"、杀人凶手、肉孩的领袖等多重身份于一身的小孩却没有任何踪影，于是叙事者又故意设问："读者诸君，你们想知道小妖精的下落吗？"在下面的情节和结构的安排中，叙事者告诉读者"在《肉孩》和《神童》中我虚构出来的那位包裹在红旗里的小妖精"竟然穿越时空，活脱脱地站在了"我"的面前，并用那双阴鸷的眼睛审视"我"。紧接着又自曝在《神童》里的这位阴谋专家、一个运筹帷幄的天才反叛"我"的构思，"我"本来是写他逃离追捕之后，从烹饪学院的阴沟里钻了出来，重新开始了他的传奇生涯。"可是他并不服从我的调遣，他从我的小说里叛逃出来，加入了余一尺领导的侏儒队伍"，并在下面的情节中信誓旦旦地告诉读者"在我的小说中出现的那位大闹肉孩国的红衣小妖精在酒国确有其人其事"，又在同一节中采取自相矛盾的方式告知他塑造这个人物是采用了虚构的艺术，是根据小说要"源于生活高于生活"的指导原则来塑造"典型环境中的典型人物"，因此"在作品中也添了油加了醋撒了味精，使红衣小妖精的形象更加鲜明起来"。这就使得元叙事结构在莫言的小说中变得复杂起来。他不仅是为了打破虚构和真实的界限，从而使得小说回到"虚构的艺术"的本体位置上来，更重要的是要通过人物形象脱离现实生活参照的自我指涉功能的放大和凸显，将小说的游戏和娱乐功能落到了实处。

在这篇小说中对其他人物的塑造和情节结构的布局都遵循着元小说的方式，不断地变化着花样。在变化中永远不变的是对清晰连贯、富有逻辑条理的整体叙事结构的反叛和解构，通过一个个在场者的问题提出，使得叙事者"我"的个体性和主观性得以凸显。如在"莫言"与李金斗的通信中提到的侏儒余一尺的形象塑造问题："他得到了金钱、名誉、地位，现在正发誓'奋遍酒国美女'，在这豪言壮语的背后，隐藏着什么样的心理动机？在实现这豪言壮语的过程中，他的心理发生着什么样的变化？在实现这豪言壮语之后，他又会是一种什么样的精神状态？每一个问号后边，都会有精彩的文章可做，你为什么不小试牛刀呢？"本来人物的心理动机和精神状态等更深层次的东西，是塑造一个立体的多层次的形象所不可缺少的组成部分，在这里作为问题主动提出来，显然是设想着不在场的读者作为潜在的对话主体的。在塑造高级侦查员丁钩儿的时候，作者把创作中遇到的小说中的人物不服从自己的调遣的苦恼形象地表达出来，目的自然是引起读者的关注和同情："我正在创作的长篇小说已到了最艰苦的阶段，那个鬼头鬼脑的高级侦查员处处跟我作对，我不知是让他开枪自杀好还是索性醉死好，在上一章里，我又让他喝醉了。"甚至在小说中塑造的业余作者李一斗也作为一个活的生命有机体，他写的小说的情节和结构直接影响到丁钩儿形象的塑造和人物不堪的结局："他一篇接一篇的小说，彻底改变了我的小说模样，我的丁钩儿本来应该是个像神探亨特一样光彩照人的角色，但却变成一个彻头彻尾的酒鬼窝囊废。"有时为引起读者的注意力，也故意把自己和读者比较熟悉的写作套路和结构模式比较粗暴地予以拆穿："应该让丁钩儿泡在倒了'绿蚁重叠'的澡盆里，然后再让一个女人进来，这是惊险小说中的常见细节。"

另外，在情节结构上，莫言一方面借助假想的读者来推动结构的过渡衔接和情节的发展："读者看官，你们也许要骂：你这人好生啰唆，不领我们去酒店喝酒，却让我们在驴街转磨。你们骂得好骂得妙骂得一针见血，咱快马加鞭，大步流星，恕我就不一一对大家介绍驴街两侧的字号，固然每个字号都有掌故，固然每家店铺都有故事，固然每家店铺都有自己的绝招，我也只好忍痛不讲了。"另一方面他又自曝小说家艺术方面的技巧："场景的独特性是小说成功的一个重要因素，高明的小说家总是让他的人物活动在不断变换的场景中，这既掩盖了小说家的贫乏，又调动了读者阅读的积极性。"甚至将作者莫言在现实中创作这篇小说时的花絮也写入小说，使其成为小说结构的有机组成部分："我的长篇《酒国》（暂名）已写了几章，原以为醉过几次酒便能写酒事，但写起来才感到困难重重，头绪繁多。""因为创作的痛苦无法排解，我自己也喝醉了，没有飘飘成仙之愉悦，却饱览了地狱里的风景。风景那边最差。"还有小说中把读者当朋友采用说书人口吻的自问自答："为什么叫做'一尺酒店'呢？请听我慢慢道来。"；无法证实也无法证伪的"洗完了澡，莫言披上了一件散发着香草味儿的浴衣，懒洋洋地坐在沙发上。"；故意混淆作者与叙事者之间界限的"莫言握着那只躁动不安的小手，心里竟产生了一种内疚感，他想起了自己在小说里让丁钩儿打死他的情景"等，都是莫言采取元叙事式的结构，以"作为老百姓的写作"的低姿态进行艺术探索的结果。

其实，莫言的这种元叙事的结构最早在《红高粱》（1986）中就已初见端倪，他在写到父亲豆官身处红成血海的高粱地里，感受到得日月之精华、天地之滋润的红高粱的精神和品格，"每穗高粱都是一个深红的成熟的面孔。所有的高粱合成一个壮大的集体，形成一个大度的思想"，紧接着又讨巧地告诉读者"我父亲那时还小，想不到这些花言巧语，这是我想的"，明显地破坏了情节的连贯性和结构的统一性。到了20世纪90年代，这种结构技巧在莫言的小说中运用得更为普遍和成熟。除了《酒国》堪称元叙事结构的集大成者，《幽默与趣味》① 中联系幽默和趣味之间的中间部分，叙事者讲述大学教师王三在妻子汪小梅的拳头威力下退化成一只猴子之后，提到作者为何没

---

① 莫言：《幽默与趣味》，《小说家》1991 年第 4 期。

有把汪小梅由青春活泼的少女嬗变为脾气暴躁的女人的过程说清楚的原因，当然也是采用提出问题的惯用伎俩："无情的岁月是如何把一个天真活泼、身段苗条的少女变成了一个性情暴戾、身体膨胀的女人的？心中悲伤的作者在这里不想叙述。作者是汪小梅和王三的同乡又是好友，少时在同一所学校念书，长大又在同一座城市混饭，他当然有能力把汪小梅的变化过程描述清楚，但是他不愿意。"并且就如马原的《虚构》一样，在小说中自曝题材的来源："本文的第一部分根据王三的谈话编写，第三部分根据汪小梅的谈话编写。"这样在真实和虚构之间来回穿梭的叙事方式，把元小说的组织结构暴露无遗。《梦境与杂种》①中"我"和妹妹树叶逃学，用祖父的渔网捞虾子，被恼羞成怒的马老师逮着后，站在学校的铁钟下接受示众的惩罚，后被从外边回来的俞校长询问情况和批评之后解除禁令，放我们回家去吃饭这件事情，本来作者按照事情发展的历时态的顺序结构已经讲完，按照现实主义的叙事原则也取得了逼真的艺术效果，但作者笔锋一转，对这件事情的细节安排导致我的文学创作的心理阴影，以及对下边讲述的事情的衔接和过渡，都带有元叙事的色调："这件现在看来甚至是令人愉快的事情竟然成了我学校生活期间的一件难以忘却的大事，究竟是由于什么原因？无论怎么样地挖空心思来解释，这件事情也不具备文学性，不应该写进小说中充当细节。想到此我的文学信心就要土崩瓦解了。我甚至不想再把这篇所谓的小说写下去，但我必须违背自己的意志往下写，尽管接下来发生的事情更加琐碎和无趣。"把自己构思小说细节的过程和由此产生的心理变化均写入小说，以及预告下面的事情的琐碎和无趣都在明白无误地告诉读者，小说是虚构的艺术，描述的事情不要当真。《红耳朵》②中对主人公王十千的生活经历的描绘本来带有比较浓郁的传奇色彩，人生由百万富翁沦落为无家可归的乞丐的大起大落，按照现实主义的结构线索也讲得波澜起伏，但作者偏偏在逼真地讲述之后，再暴露其中的虚构成分："我想我在前

---

① 莫言：《梦境与杂种》，《钟山》1992 年第 6 期。
② 莫言：《红耳朵》，《小说林》1992 年第 5 期。

面对十千的所有描述，其实都是主观的猜测，这个在巴山镇一带流传不衰的异人王十千究竟是个什么人物，恐怕永远是个谜。除了他有两只大耳朵是确切的，除了他经常独自一人呼喊布尔什维克等事实是可以相信的之外，别的我们只能猜测、继续往下猜测。"告诉读者"以上的叙述，虽经流传者润色加工，但基本上准确可信。不可信者是下面的描述"，在描述十千沦为乞丐后无家可归，只好投宿那间神圣殿堂的时候，对当时的情景认为"如果要描述，又只好假想，因为谁也没有去观察他，即便去观察又能观察到什么呢？"还有对小说的结尾不厌其烦地自我表白和自责："王十千的故事应该结束了。但就这样结束是不是太简单了？用这么短的篇幅、如此粗疏的笔墨打发了这么好的一个素材，确实有点可惜。"对故事情节和结构安排的不满："十千豪赌五年，输光全部家产，这期间应该安排两场重头戏，成为'华彩乐章'，可是我又偷了懒，我用干巴巴的语言交代了这段过程。还有，十千终于沦为乞丐，与百万梦中所见乞丐一模一样后，他的心境如何？他夜宿学校，日间行乞，夜里怎么度过？白日遭不遭狗咬？应该有一些最基本的描写呀。我真笨，我把一个好素材给毁了。"故意留下大量的空缺和逻辑上的漏洞让读者去思考和填补，这也成为莫言采取元叙事结构的一种典型徽章。如《丰乳肥臀》中对司马凤、司马凰姊妹俩被黑衣人和白衣人枪杀的绘声绘色的描绘，在讲这种传奇色彩的神秘人物用精湛的枪法杀死两个孩子之前，先告诉读者："后来发生的事情至今是个谜，谜底有十几种，哪个是真哪个是假，谁也说不清"，实际上是说明了这本小说描述的情节只不过是十几种中的一种，到底是真是假，连叙事者本人都搞不清楚，叙事就带有自我指涉的游戏色彩。这样的一种叙述方式在 20 世纪末的中篇小说《藏宝图》①中也有比较明显的体现，这篇小说的开篇就告诉读者"这个故事从头到尾只有一句真话——这个故事从头到尾没有一句真话。"语义上的矛盾和背反状态实际上就将虚构的本质暴露无遗，小说是不能以现实生活中发生的真实事件为逻辑参照系，来衡量小说虚构的真

---

① 莫言：《藏宝图》，《钟山》1999 年第 4 期。

假难辨的故事的，这样的结构才能真正实现以"假"写"假"的自由状态，莫言的天马行空的叙事方式和自由散漫却有内在法度的结构才真正尘埃落定。

　　进入 21 世纪转型过程中的莫言本着向伟大的传统致敬的精神，收敛自己花样翻新的元小说的叙事结构，除采取章回体的长篇小说《生死疲劳》（2006）之外，这种结构形式只是在小说的某一情节片段中才偶尔为之。在短篇小说《火烧花篮阁》① 的结尾，新任市长不想重蹈前几任市长重修花篮阁——无名大火焚毁——官场仕途亨通——为下届准备重修的材料的怪圈和覆辙，被不同阶层、年龄、身份、服饰的人纷纷请求重修的情况下，感觉到"接下来的故事，无论他怎样努力地想不落俗套，都会变成对时下流行小说的拙劣模仿"，实际上就将这篇小说的虚构性暴露无遗，故事的虚构性内涵和避免拙劣模仿的自警性，作为戛然而止的小说结尾，实际上就是别出心裁的元小说结构的巧妙运用。

　　同年创作的长篇《四十一炮》（2003）以一个不可靠的叙述人"炮孩子"滔滔不绝地诉说，显然也是为了拆穿小说就是对生活真实反映的谎言。"炮孩子"撒谎的本性与"我说的都是实话"的誓言的矛盾，将小说虚构的本质充分显示了出来。在小说开篇不久的诉说中，"我"（罗小通）在五通神庙里向大和尚"讲述父母的故事就像讲述遥远的古人的故事——"，尽管一再宣称自己早已看破红尘，但不经意之间用古人的故事和讲述现在的事情的对比和同构，就解构了事件的真实性，从而将诉说从属于反映事件的工具性，上升为"诉说就是一切"的语言的本体性的地位。短篇《澡堂》② 里旧日棉花加工厂的两名退休职工在澡堂子里打水仗，表演的性质和厂长董家晋说"把他们写到小说里去"，实际上就把小说的素材选择（本事）到题材的凝练构思过程（本文）融合到了《澡堂》之中。并且，在小说中还提到莫言20世纪 80 年代写的中篇小说《白棉花》"基本上是胡编乱造"，原因是

---

　　①　莫言：《火烧花篮阁》，《小说选刊》2003 年第 6 期。
　　②　莫言：《澡堂》，《小说界》2011 年第 6 期。

"芝麻粒儿大小的事被你写得比瓜还大!",这显然借助小说中的情节讨论了小说的想象、虚构、夸张和变形等最本质的问题,对小说中的人物不满意"我"的塑造的解释"那是小说,大家不要对号入座,自寻烦恼",自然也是对元叙事结构技巧的巧妙借鉴与灵活化用。

《生死疲劳》可以说是元小说叙事结构的极致演绎,它将莫言从《酒国》中运用的结构技巧推向了一个无人能及的层次和境界。小说围绕土地所有权和使用权的变迁,为中国五十年的沧海桑田的巨大变化穷形尽相的时候,"在形式上,小说借助了六道轮回进行结构布局。"①其实,小说结构的摇曳多姿使它成为一部世所公认的经典作品,还是得益于佛教轮回的大结构包含的元叙事小结构的灵活穿插。首先是对小说中的角色"莫言"写的真真假假的作品自揭其丑。在开篇不久就对莫言写的小说《苦胆记》进行开涮,根据描述的情节应该是作者早年写的短篇小说《灵药》,但在这篇小说中,叙事者告诉读者"用熊胆治病的事很多,但用人胆治病的事从没听说,这又是那小子胆大妄为的编造。他小说里描写的那些事,基本上都是胡诌,千万不要信以为真"。其在解构原文本为虚假的同时,也将煞有介事的现文本的虚构性,在解构的双刃剑的反照下暴露无遗。此后对"莫言"的《太岁》《黑驴记》《养猪记》《新石头记》《后革命战士》等小说反复强调的"真是能忽悠啊""他写到小说里的那些话,更是真真假假"等评价话语都是对元小说结构的戏拟。其次是对"莫言"身份故意模糊真实与虚构的调侃。在小说中,既是叙述者又是事件参与者的双重身份特征的"莫言",与现实生活中作为作者的"莫言"在思想、性格、气质、品性、身份上又有一定的相似之处,比如喜欢多嘴饶舌、爱凑热闹、编顺口溜、多管闲事、舞文弄墨、相貌丑陋、出身农民等,这就使得读者对小说中"莫言"的叙述比较容易产生亲近感和信赖感,但叙事者又不失时机地在读者即将信以为真的时候,又在旁边大煞风景地告诉读者"莫言""从小就喜欢妖言惑众""这小子又在胡编"等,造成的间离效果自然让读者在真真假假之间,根据自己的生活阅历、

---

① 李桂玲:《莫言文学年谱(下)》,《东吴学术》2014年第3期。

感性经验和知识储备作出价值判断。最后是故意暴露编故事的具体过程。在小说中不同的叙述人在讲述的过程中，总是把小说情节的选择和布局的详细节见缝插针地融入小说中，比如"为了讲述的方便，就权当那时候我就认识苏制吉普车吧""接下来的事情，极其纷纭复杂，我只能拣要紧的、热闹的说给你听""正如前面所说，我与刁小三的故事，将在后面的篇章里，浓墨重彩地渲染之""说了这么多，常天红编戏唱戏，与故事的发展没有直接关系"，甚至在小说的尾声"第五部结局与开端"中与读者讨论人物的结局、读者的阅读期待和叙述人的转换等问题："亲爱的读者诸君，小说写到此处，本该见好就收，但书中的许多人物，尚无最终结局，而希望看到最终结局，又是大多数读者的愿望。那么，就让我们的叙事主人公——蓝解放和大头儿——休息休息，由我——他们的朋友莫言，接着他们的话茬儿，在这个堪称漫长的故事上，再续上一个尾巴。"这种元叙事的结构显然彻底颠覆了"真实"与"虚构"之间壁垒森严的界限，对读者的参与意识的询唤，目的就是打破读者在现实主义的反映论基础上形成的似真幻觉，在小说的召唤结构和读者的想象填空之间架起一条有意味的形式的桥梁，这是这篇小说在结构上的独创之处增添的更加耐品、耐读的艺术魅力的深层原因。

无论新时期以来寻根小说、先锋小说、新写实小说、新历史小说、底层写作等各种文学思潮的潮涨潮落，莫言都以不变应万变，依然故我地在小说结构的百花园中采撷最适合自己的艺术营养，所以任何形式的分类和流派都是一厢情愿、挂一漏万的拙劣归纳。对莫言来说，从1981年的《春夜雨霏霏》的稚嫩到1985年发表的《透明的红萝卜》结构上的成熟，只不过用了四年左右的时间。从此之后，莫言在每篇小说的情节的选择和结构的安排上都用心良苦。在内容与形式、题材与结构之间的辩证关系上，莫言是非常深刻地体会到二者之间不可分割的内在联系的，特别是在小说的题材与最能表现内容的结构之间的苦苦寻觅，找到最佳契合之处才能得心应手地进行故事表述的刻骨铭心的体验，自然让莫言特别看重小说的结构创新。正如他所说："没有纯粹的形式，学过一点点辩证法都很清楚内容和形式的关系。

小说的结构，我认为一个题材一个故事必有一个与它最适合的结构，找到了这个结构这部作品肯定是一个好作品，作家写的时候也会得心应手。找不到那个结构，就会影响到故事的表述。"① 所以莫言从初出茅庐的模仿之作，一直到形成莫氏风格的功成名就的典范之作，都在结构探索的羊肠小道上不断挑战自己，这也是莫言在后来能够获得诺贝尔文学奖的重要因素。

---

① 莫言、木叶：《文学的造反》，《上海文化》2013 年第 1 期。

第三章　独创"莫氏"语言先锋风格的历史连续性

　　莫言的小说创作在经过短暂的模仿之后，不再以现实生活中确有的事实，而是在特定的语境下可能会发生的事情作为参照标准来进行谋篇布局的时候，实际上就已经将语言的工具论上升到本体论的高度。作为信息的编码、传递和解码的语言工具论，看重的是按照现实主义原则如实地、细腻地、逼真地反映现实生活的功能；而莫言在创作实践中切实感觉到不是"我说语言"而是"语言说我"的一泻千里的语言状态，感受到的是语言脱离作者理性思维的约束和控制，由被动的客体到能动的主体的具有生命意志的本体色彩。在和评论家杨扬的对话中莫言曾说："某种语言在脑子里盘旋久了，就有一种蓄势待发的力量，一旦写起来就会有一种冲击力，我是说写作时，常常感到自己都控制不住，不是我刻意要寻找某种语言，而是某种叙述腔调一经确定并有东西要讲时，小说的语言就会自己蹦跳出来，自言自语，自我狂欢，根本用不着多思考该怎么说，怎么写，到了人物该出场时，就会有人物出场，到了该叙事时，就会叙事。这的确是我自己写作时的状态。"[1] 这是小说的语言脱离了传统叙事的工具论和反映论的羁绊，而在具有狂欢色彩的生命主体中突显出来的自我指涉、彼此圆润、自然衔接的审美本体论。这是"文章本天成，妙手偶得之"的长期的语言文化积淀形成的迷狂式的灵感喷涌状态，也是感性思维支配下的毛

---

① 莫言、杨扬：《小说是越来越难写了》，《南方文坛》2004 年第 1 期。

茸茸的语言自由奔放的结果。这种如苏轼所说的"吾文如万斛源泉，不择地涌出"的行文状态，在他写中篇小说《欢乐》时有很好的体现："写《欢乐》时，我是在家乡的一座旧仓库里完成的，写到顺手时人都会哆嗦，像抽风似的，语言像火山一样喷涌而出，不可遏制。我的侄子们从窗户外面看到我一个劲地写，连我自己也觉得神奇。"①《欢乐》中的芜杂繁复、美丑混杂、泥沙俱下的语言，大大超越了深受中庸、理性和平衡的温柔敦厚的传统文化浸染的读者的接受阈限，引发的争议和批评实际上是两种不同的语言观念的交锋和冲突。受传统的语言观念影响的读者和评论家，看重的是语言信息传递的交际功能和对事件如实描摹的反映功能，深受现代语言观念影响的莫言，在对原始素材审美赋型的时候，语言的本体论和形象论自然会使得小说语言脱离陈腐俗套的常规表述，产生陌生化的艺术效果，由此也就形成了莫言小说不合规范的语言怪味。正如赵树理的融合土腔土味和普通话色彩的小说，即使不署名也能够从同类的乡土小说的书写中迅速被发现与众不同之处；带有鲜明的语言特色的莫言，即使是去掉作者的名字，在众多的作品中也能一眼就发现哪篇是带有"莫氏"徽章和印记的小说。

莫言的这种语言怪味与他根据自身独特的创作经验形成的语言观有密切的关系，他认为："作家的语言，或者说小说的语言，是个性化作家或者是个性化作品的最显著标志。一个作家用什么样子的语言写作，当然有许多命定的因素，但追求个性化的努力，可以使得一个成熟作家的语言发生变化。这种变化，需要外部刺激，然后激活我们个性中已经存在的语言因子，内外结合成为文体。"② 也就是说，作为审美赋形载体的语言是一个小说家最显著的外在表现特征，它是由作家的生活经历、文学修养、教育背景和个性自觉等各种因素综合作用形成的。具体到莫言，他的与高密东北乡血浓于水的亲缘关系形成的在地性和原乡性，具有其他作家所无可代替的生命体验色彩。当然，这种独特性是受因缘际会的偶发因素影响的，在 20 世纪 80 年代，域

---

① 莫言、杨扬：《小说是越来越难写了》，《南方文坛》2004 年第 1 期。
② 莫言：《文学个性化刍议》，《文艺研究》2004 年第 4 期。

外的西方文化思潮的触发下，激活了莫言儿童和少年时期沉睡的记忆。他发现在地域文化中习得的方言习语、民间谚语、粗话脏话、泼妇詈言等都可以融汇在自己的笔端，成为特定语境中为小说的情节和细节增添光彩的重要审美元素。特别是他在辍学后为生产队放牛期间，孤独苦闷之际，面对着广袤的大自然的花草树木、天上的飞鸟、地上的牛群的自言自语成为他创作的重要语料库。这些没有经过现代语法和理性逻辑洗礼的语言，保存了民间鲜活生动的感觉化色彩，所以在莫言的成名作中那些未受理性束缚、不太合乎语法规范的语句比比皆是，成为他的小说怪味的重要标志。在成名作《透明的红萝卜》中，无法用既定的逻辑法则进行分析的感觉化的叙事语言震撼文坛之后，莫言找到了宣泄自己备受压抑的饥饿和痛苦的灰色记忆的突破口。"在后来的写作里，无所顾忌的放浪形骸越发严重，形成了一种语言的喧嚣。他的行文是天然的流露，没有丝毫的扭捏的做作。"① 这种散发着"土气息、泥滋味"的活泼生动的口语、词汇的铺排渲染形成的如长江大河般的气势和张力、挑战读者接受阈限的富有力量感的词汇都是莫言在成熟的语言观的指导下，内化为自己独特的语言风格的表征。

第一节　极限式的实验色彩的本性显现

莫言在语言上的这种极限式的实验色彩，首先与他天马行空、无所依傍的创作观念和自由心态有必然的联系。他"痛恨所有神灵"的亵渎精神和自我意识，使他总是在不经意间剑走偏锋，对传统的语法、语义、语态、语句等约定俗成的艺术规则进行大胆的反叛和创新。他曾说："我看，艺术方法无所谓中外新旧，写自己的就是了，想怎么写就怎么写，只要顺心顺手就好。……我主张创作者要多一点天马行空的狂气与雄风，少一点顾虑和犹疑。无论在创作思想上还是艺术风格上，不妨有点随意性，有点邪劲。"② 这种"随意性"和"邪劲"，

---

① 孙郁、莫言：《一个时代的文学突围》，《当代作家评论》2013 年第 1 期。
② 莫言：《天马行空》，《解放军文艺》1985 年第 2 期。

说白了就是对具有严密的逻辑规则和因果关系的创作理念的松绑和消解，这尤其体现在他的小说语言的极端实验上。也许莫言在创作中感觉到理性的、现成的语言难以表现他的繁复芜杂的情绪、感觉和体验，日常的语言在常态卜表现的丰富和生机，在他的非常态的视域中显得那么单调和乏味，所以他要拗断语法的脖子、打破语义的因果链、跨越语态的时空性、尝试语速的节奏感来试验语言的速度、硬度和密度。作为一个文体学家和语言大师，莫言深知语言摆脱僵化的惯常模式的重要意义，所以他才在奔放的感觉和自由的联想的驱遣之下，采取不合规范的奇崛拗口的语言来表现他虚拟的高密东北乡王国中纷纭复杂的大千世界。想象的诡奇、用语的奇特、修辞搭配的诡异，在在显示着莫言在极限式的实验之路上不懈探索的得失成败，以至于连著名的评论家张清华先生对这种无以命名的语言和艺术风格也只好用"叙述的极限"来差强概括："用什么样的词语和概念可以概括他的写作？任何一种企图都会因为这个作品世界的过于宽阔、巨大和生气勃勃而陷于虚飘、苍白和支离破碎。"① 实际上，他的尊重研究对象的原始风貌，从宏观和整体上得出的感官印象主要集中在语言方面，甚至语言的粗疏和精致、大俗与大雅、委婉与豪放、先锋与民间、横移与继承的对立两极形成的矛盾张力就存在于莫言的同一个语句之中，语义的发散性、矛盾性和不确定性形成的朦胧含蓄的审美特质，确实使得"任何题目都失去了譬喻的意义"。由于词汇和语法的极端偏离常规的表现，早已引起众多评论家的注意和研究②，在此只以研究相对薄弱的语义和语句的偏离常规表现的极致特色为剖析对象，探究莫言极限式写作的语言风格的典型表征。

一 语义的极限式实验

　　小说是通过既有的语言逻辑规范所承载的彼此之间约定俗成的

---

① 张清华：《叙述的极限——论莫言》，《当代作家评论》2003 年第 2 期。

② 在这方面代表性的论文有：江南：《论莫言小说语言的超常使用》，《徐州师范学院学报》（哲学社会科学版）1991 年第 4 期；吴菊香：《莫言小说词语超常使用的特点》，《绵阳师范学院学报》2013 年第 7 期；赵奎英：《规范偏离与莫言小说语言风格的生成》，《山东师范大学学报》（人文社会科学版）2013 年第 6 期；赵奎英：《重返词语的重量与深度——试析莫言小说词汇偏离的"物"向度》，《东岳论丛》2014 年第 8 期；等等。

"前理解"来进行思想情感的交流，其中有些语言在耗尽原生的力量和魅力之后，就会异化为俗套的模式，或者是落入王蒙所说的"狗屎化效应"的陷阱，用在讲究艺术的新奇化和陌生化的文学创作中就需要进行变形处理。在这方面，莫言总是根据上下文的具体语境，选择包含自己的生命色彩和审美蕴味的词汇来表达小说的寓意。对不受僵化的语言秩序约束的莫言而言，"在遵从语言既有的秩序与超越语言秩序这两个不同的路向上，莫言更多地选择了后者，他不会让理性的语言规范束缚自己而'以文害义'，而是努力超越语言的规范，通过语言的变异，通过词语创新，尽量将自己对生活的认识感性化的表现出来"①。所以莫言在尊重自己感觉化的辩证色彩的基础上，用横组合轴与纵聚合轴上的词语的反常搭配来表现语义的矛盾性和含混性。这主要集中在莫言 20 世纪 80 年代的小说创作中，那时候马尔克斯、福克纳等小说家对现实的毛茸茸的鲜活感受，不愿上升到理性的高度上作出价值的选择和判断，而要保持复杂混沌、难以判断的原生状态，来对传统小说中单一性的价值语义和信息编码提出挑战。莫言也乘着这股叛逆的东风，在《我痛恨所有的神灵》一文中明确提出对单一的价值判断的否定和对两极既对立又统一的辩证法的认可，"生活中处处充满这种对立，既对立又统一，果然是辩证法，人也是既对立又统一的物体，追求、厌倦、再追求、再厌倦……至死方休。人大概都如此，否则无创造、无进步，也无文学。文学是不是矛盾的产物、是对立两极相撞时迸发出的火星呢？"② 这种对生活和人的螺旋式上升的非两极对立的辩证认识，非常契合莫言的混沌朦胧的创作特征。他的过于敏锐的感觉化的思维方式和观察视角，使得他对这种尊重感受的瞬间性和鲜活性的语义表达方式情有独钟，可以说，天时、地利、人和的得天独厚的优势，保证了莫言语义极端探索的成功。在代表作《红高粱》（1986）中，对极端热爱和极端仇恨的故乡也在语义背反中构成了一个矛盾的统一体："高密东北乡无疑是地球上最美丽最丑陋、

---

① 张云峰：《从艺术语言视角看莫言小说语言的变异》，《西安社会科学》2009 年第 5 期。
② 莫言：《北京秋天下午的我》，海天出版社 2007 年版，第 316 页。

最超脱最世俗、最圣洁最龌龊、最英雄好汉最王八蛋、最能喝酒最能爱的地方。"按照理性的语言规范，对一个地方所作出的价值判断只能在是／非、善／恶、美／丑、好／坏对立的两极中选择一极，而不能采取骑墙的态度和亦此亦彼的模式，在语义的聚合轴上同时选择词义相反的两种截然不同的评价。但在这篇小说中，莫言对故乡爱恨交织的刻骨铭心的感受，只能采取最极端的方式才能将表现对象的矛盾性、含混性和复杂性淋漓尽致地表达出来。因为客观世界本身就是一个复杂矛盾的统一体，在矛盾的两极形成的巨大张力中保持着一个动态的平衡。正如《红蝗》中的女导演信誓旦旦地要编导一部真正的戏剧的庄严誓词那样："梦幻与现实、科学与童话、上帝与魔鬼、爱情与卖淫、高贵与卑贱、美女与大便、过去与现在、金奖牌与避孕套……互相掺和、紧密团结、环环相连，构成一个完整的世界。"只不过现实中的人们按照线性的因果逻辑关系，选择语义关联域中具有借喻关系的词汇来阐释和说明五彩缤纷的世界而已，而且在这种惯性语言所具有的强大的势能之下，语义的单值化的自动闪现，就成为对事物和现象作出具有主观色彩的价值判断的天经地义的事情。莫言显然看到这种语义关联的偏颇和虚妄，所以他要采取"祛魅化"的极端方式来凸显事物被遮蔽的复杂的原生态真相，语义的价值判断的两极性，能在语义背反的语境中更加显示出内在的合理性。在小说《红蝗》（1987）中对生蹼的两位祖先近亲恋爱，被家法族规施以火刑的悲剧，叙事者的评价是："这场轰轰烈烈的爱情悲剧、这件家族史上骇人的丑闻、感人的壮举、惨无人道的兽行、伟大的里程碑、肮脏的耻辱柱、伟大的进步、愚蠢的倒退……"对日常语言的疏离与变形形成的语义上的悖论，正是对这件无法作出单一价值判断的事件的最好概括，也是站在不同的立场上，用不同的视角和标准进行观察得出的"横看成岭侧成峰，远近高低各不同"的对立、冲突的结论。《生死疲劳》（2006）中借助叙事者兼人物角色的莫言对副县长蓝解放在遭受毒打之后，仍然不顾一切地去找新华书店的售货员庞春苗相聚的爱情壮举的评价："这是浪漫的旅程也是苦难的历程；这是无耻的行径也是高尚的行为；这是退却也是进攻；这是投降也是抵抗；这是示弱也是示威；这是挑战也是妥协。"这种两极对立的矛盾语对同一件事情的评价却是恰到好处，是站在不同的立场上对这种超乎常人理性和感性的行为方式的不同评价标准造成的。对于蓝解放不顾身份、年龄、地位等外在的差距，与年龄相差二十多岁的少女庞春苗的不带有功利色彩的纯粹爱情，确实是一种高尚的值得赞赏的行为，但蓝解放放弃了作为丈夫和父亲的责任的抛妻弃子的做派又是一种无耻的行径，只为自己的爱情着想、不考虑一个男人在社会中应该承担的责任的自私想法是为人所不齿的，被人痛打隐忍一切肉体和精神的痛苦，只为了和心爱的人永不分离的消极做法，确实是包含有以退为进、示弱与示威、挑战与妥协的成分。《左镰》（2012）中对三个铁匠打铁的紧张而又激烈的情况的描绘："最柔软的和最坚硬的，最冷的和最热的，最残酷的和最温柔的，混合在一起，像一首激昂高亢又婉转低回的音乐。"由铁匠的三柄锤互相追逐着形成的排山倒海之势和雷霆万钧之力，引起生理感觉和心理感觉的奇妙混合是难以用单项的价值判断做出准确描绘的，在此，莫言用语义相反的两极对立项出现在同一个句子中形成的背反张力，更能还原当事人在特定的语境中的本真感受。这种在语义的相互交融和碰撞中得出的结论，明显背离了人们惯常的价值选择和判断，但它却更接近事实。

　　莫言小说的这种悖逆的语义关联域，对语言的能指和所指的对应关系构成了极大的挑战，他不是采取先锋文学中那种不及物的写作方式，让语言的能指成为没有最终所指的空洞的能指，而是在一个能指指涉的相互矛盾的所指丛中，对读者的惯性思维进行改塑。从语义生成的心理学方面来看，莫言的小说之所以造成语义的发散性、背反性和含混性，是因为"莫言小说语言的特殊心理关联域，使他将两种外在的语码系统，在特定的叙事方式规定下，经过感知方式协调，由特定的叙述方式推动着，组成新的语法关系，并以散文与诗歌相结合的修辞手段，经过不断转换生成，不断耗尽原有的能指意义，不断形成新的语码，最终完成了主体深层的语义表达"[1]。从这个意义上说，他

---

[1]　季红真：《现代人的民族民间神话——莫言散论之二》，《当代作家评论》1988 年第 1 期。

的语言经过主观色彩的过滤之后，转换生成的新的语码就不能按照传统的语义关系进行理解。他对具有隐喻意义的纵聚合轴上的词语的并列对峙之后的横向组合，无论是作为修饰语还是修辞学的对比和比较，都是从原初的混沌状态下的本真感受出发的。所以语义的对立矛盾，被他奇怪地扭合在一起形成的诗性语言，反而在异质的因子产生的意义张力中更能揭示事实的真相。如《高粱酒》（1986）中我父亲吃完一张干渣裂纹的拤饼，喝了墨水河的水时，心里五味杂陈的复杂感受："温暖的墨水河河水进入父亲的喉管，滋润着干燥，使父亲产生了一种痛苦的快感。"面对着与日本鬼子作战的众乡亲横七竖八地惨死引发的心理痛苦和口渴后喝水产生的生理快感，用"痛苦"来修饰"快感"就会在语义的背反中更贴近人物原初的感受，两相对照更能产生震撼人心的情感效果。这种感受在罗汉大爷看到自己的东家——单家父子遭杀后的情感表现中也有类似的反应，对于朝夕相处的东家突遭不测，他的内心是痛苦的；而得麻风病的少东家被杀则意味着青春年少、魅力四射的少奶奶从此可以脱离苦海，从人性和人情的角度上他应该为此庆幸，所以"单家父子遭杀，罗汉大爷在强烈的惊讶中，脑袋里不断地闪现出我奶奶的瘦脚肥腕。看过那些血，他不知该痛苦还是该欢呼"。异质的、相反的情感表现才是人物在特定的语境中最真实的面貌，莫言采取设身处地跟着人物的感觉和情感走的方式，在"痛苦"和"欢呼"的并列中改变了语义的组合方式。在《高粱酒》（1986）中我爷爷余占鳌成为酒坊的伙计后寻衅滋事，被我奶奶抡圆柳棍横抽竖打一顿后的感觉："在火辣辣的痛楚中，忽然感到一阵麻酥酥的快乐"，也是在表层的语义悖论后蕴含着深层的合理之处的。情人的"打是亲，骂是爱"的甜蜜感受和生理上的皮肉之痛比较起来，还是快乐的成分占据上风，所以"痛并快乐着"的情感体验非常吻合当时主人公的生命感受。此外，《爆炸》（1985）中我被父亲打了一巴掌后的感受"我感到一股猝发的狂欢般的痛苦感情在胸中郁积"，《弃婴》（1987）中回家探亲的军人"我"在"西风凉爽，阳光强烈"的环境下，"不知道该喊冷还是该喊热"的感觉化书写都是莫言打破话语表述的常规，采取语义背反的反常表述、"盯着人物写"的突出表征。

莫言对语义的极端试验还表现在他选择词语来修饰中心词的时候，并不考虑中心词的审美特征和义素内涵，而是让语词在语义差距极远的语域中，自由地排列组合产生陌生化的艺术效果。可以说，"莫言的叙述都充满了任意挥洒的快感，语句或语词并不只是为了讲述故事，表达主题或思想，而是给予语词追求自身快乐的自由。给予语词以生命，让它们神采飞扬，甚至胡作非为。莫言的才华恰恰就体现在他能'乱中取胜'"[①]。在这种打破故事关联域的叙述中，词语碎片的自由飞翔形成的偏离常规的语句在他的小说中比比皆是。在此不妨拿莫言笔下的太阳和月亮意象的描摹，与古今中外其他作家的抒写比较，发现他"胡作非为""乱中取胜"的端倪。对于太阳的变形的描摹和刻画带来的陌生化的新奇感受，最经典的情节片段是在肖霍洛夫的长篇小说《静静的顿河》中，格里高利带着恋人阿克西妮亚逃离村子的路上，亲眼看到她中弹身亡，从此阴阳两隔猝发的巨大悲痛使他眼前发黑，看到了原本红彤彤的太阳变成了黑色的圆球。在此语境中太阳的色彩变化是为主人公情感的抒发和情节的逻辑推进服务的，异样情景的渲染和铺垫，为读者接受特定语境下的反常表现，提供了因果关系的"前理解"的条件。而莫言在表现面对亲人突然遭遇不测的场面的时候，根本就不考虑语义上的逻辑关联，这样就呈现出和肖霍洛夫不一样的变形表述。在《奇死》（1986）中爷爷看到自己被日本鬼子糟蹋得半死不活的妻子和女儿香官的尸体时，瞬间的刺激和情感变化使他看到"东南方向那个巨大的八角形的翠绿太阳车轮般旋转着辗压过来"。修饰语"八角形"和"翠绿"与主词"太阳"之间是风马牛不相及的事情，形状和颜色大相径庭的修饰语突破了人们理解和接受事物的感觉阈限，也正体现出他对语义的极端实验，并不是为了故事主题的连贯性或思想意蕴的深刻性等传统现实主义的叙事目的，而是为了给富有生命的语词提供主体性表达的机会。所以《断手》（1986）

---

①　陈晓明：《"在地性"与越界——莫言小说创作的特质和意义》，《当代作家评论》2013年第1期。

中的小媞与断手英雄苏社谈恋爱时，心中对父亲的阻挠和邻居的舆论有所顾忌而犹疑不决，仅仅有点迷糊，从槐花的花叶缝隙里看到"太阳是黑的。太阳是白的。太阳是绿的。太阳是红的"，就远远超越了人们辨别认识事物的感觉阈限。莫言以类似语言游戏的心态，把在特定语境下的超常感觉的自由挥洒，看作形而下的感性战胜形而上的理性的制胜法宝，最基本的感觉常识在形似和神似的理解通道受阻之后，也失去了作用。

这种挑战语义关联的极限的方式，也体现在对月亮意象的描绘上。在此不妨借助现代文学史上描写月亮的高手张爱玲和莫言作一下比较，不难看出二者在对月亮变"形"的类似上实际有着"神"的巨大反差。张爱玲在《沉香屑·第一炉香》中描绘的"暗月"："那时天色已经暗了，月亮才上来，黄黄的，像玉色缎子上，刺绣时弹落了一点香灰，烧煳了一小片。"；被誉为"我们文坛最美的收获之一"的《金锁记》刻画的"乌云托月"："影影绰绰的乌云里有个月亮，一搭黑，一搭白，像个戏剧化的狰狞的脸谱，一点一点月亮缓缓地从云里出来了，黑云底下透出一线炯炯的光，是面具底下的眼睛。"；《倾城之恋》中摹写的白流苏伤心的"泪中之月""大而模糊。银色的，有着绿的光棱"。"在对月亮的具体形态进行描写的时候，张爱玲的用色往往十分大胆，通常都是别人不容易尝试的颜色，如阴蓝、暗黄、绿色、红黄、赤金，极具视觉的冲击力，这是因为张爱玲通过月亮的'陌生化'处理，实际上是对人性、人物心理的一种折射，通过夸张变形的月亮形象，来表现人性的丰富微妙。"① 也就是说，张爱玲通过对月亮的夸张和变形的描绘，是为了更好地表现人性的复杂微妙的主题服务的，变异的月亮只不过是受到生存环境的影响和熏染的现代人，在都市生活中不由自主地堕落和腐化的心灵的外射而已。到了莫言的笔下，月亮的形状和颜色的变化远远超出人们的想象。《枯河》（1985）中的小虎在遭受书记以及父兄的毒打之后，准备投河自尽时见到的不同寻常的月亮："一轮巨大的水淋淋的鲜红月亮从村庄东边暮色苍茫的原野上

---

① 卢长春：《张爱玲小说中的月亮意象》，《齐鲁学刊》2009 年第 1 期。

升起来时，村子里弥漫的烟雾愈加厚重，并且似乎都染上了月亮的那种凄艳的红色。"《复仇记》（1988）中的孪生兄弟在河里划船时看到："一轮巨大的水淋淋的血红圆月从浩浩荡荡的河水中冒出来……往东一望，刚刚跳出水面的月亮比一个车轮还大，并不圆，似生着八个角。刚刚出水的八角大月亮把一道长长的大影子投到河面上，奔流的河水宛若月光在流淌，宛若血在流淌。""巨大""水淋淋""鲜红""血红""八角"等修饰语与月亮的皎洁和圆润毫不沾边，莫言采取这样的变形也不是追求语义的隐喻和象征意蕴，而是为了在限定语与中心词的随意组合关系上，突出词语突破语义逻辑的限制之后的极致的自由飞翔的审美意境，以及由此达到的意想不到的审美效果。因此，在这方面他打破了艺术变形的陌生化，不是为了更好地表现主题的逻辑关联，显示出与张爱玲的意图和目的的区别。

进入 21 世纪，莫言更看重这种突破约定俗成的语义逻辑限制的感觉化叙事，打破中心词与修饰语之间的语义关联。如他所说："让我们大胆地把我们的感觉调动起来，来制造一篇篇有呼吸、有气味、有温度、有声音、当然也有神奇思想的小说吧！"[①] 对他而言，文学创作就是还原到未受文明理性和语义规则束缚的自由状态，才能让个人的天马行空的想象力和匪夷所思的天才的创作力得到充分发挥。对这种挑战语义关联的想象力的叙写方式，只选取最为普通的"眼睛"意象的语义关联就可达到窥斑见豹的审美效果。众所周知，暗喻"眼睛是心灵的窗口"、夸张"眼睛里喷射怒火"是约定俗成的文学创作惯用的修辞艺术技巧，这种修辞的理论依据是人的喜怒哀乐的情感表现可以通过眼睛展示出来，所以尽管不符合事实的常识经验，但是"语言是存在的家园"（海德格尔语）的强大感染力和同化力，使得受不同地域文化浸染的民众，还是普遍地接受了这种不合常理的修辞。但莫言 21 世纪的小说在违背常规的地方加上匪夷所思的颜色产生的陌生化的效果，进一步打破了主语与宾语或定语与中心语之间的语义逻辑关联。《檀香刑》（2001）中的孙丙被县令钱丁暗中薅了引以为傲的浓密

---

① 莫言：《用耳朵阅读》，作家出版社 2012 年版，第 59 页。

的胡须之后，"泪汪汪的眼睛里，进出了绿色的火星"；《生死疲劳》（2006）中蓝解放抛弃妻子、挂印私奔的极端行为气得父亲蓝脸"眼睛里喷射着绿色的火星"；《蛙》（2009）中的黄秋雅捡起传单终于找到可以报复姑姑的突破口后，"那双隐藏在厚厚的镜片背后的眼睛里，突然迸发出磷火似的绿光"；《地主的眼神》（2012）中老地主孙敬贤割麦子故意使我出丑被贫协主任批评后很不服气，"喷射着蓝色火苗的眼睛"，贫协主任看到我由于技术生疏而被糟蹋的农业社的麦子，"喷射着黄色火苗的眼睛"。这些用"绿色""蓝色""黄色"的火星（苗）修饰眼睛的修辞打破了惯常的语义逻辑，又在色彩表示的冷暖色调的对比中表达出个人情感的爱憎，所以极端的语义背反后面又有着受语境限制的合理之处。

　　莫言还喜欢将用在物身上的修饰语，采用移就的修辞策略嫁接到人的身上，或者采取逆转的方式，将惯常描述人的词语转移到不具有生命价值和情感色彩的物身上（不是拟人），目的就是打乱语法的逻辑关联来实验语义的扭曲和变形带来的自由创造的惊喜。如"奶奶的唇上有一层纤弱的茸毛。奶奶鲜嫩茂盛，水分充足。"（《红高粱》）；"我奶奶摔碗之后，放声大哭起来，哭声婉转，感情饱满，水分充沛，屋里盛不下，溢到屋外边，飞散到田野里去，与夏末的已经受精的高粱的綷縩声响融洽在一起。"（《高粱酒》）；"他躺在沙发上，把香气馥郁的烟雾大口大口地咽下去，肠胃在欢唱，心肺在狂舞，肝脾在高歌。"（《十三步》）；"低头时我看到四老爷鼻尖上放射出一束坚硬笔直的光芒，蛮不讲理地射进八蜡庙里。"（《红蝗》）"锅里有被剁成段儿的牛尾巴，有囫囵的猪肘子，有整条的狗腿、羊腿。猪、狗、牛、羊一锅煮。它们在锅里跳舞，在锅里唱歌，在锅里跟我打招呼。"（《四十一炮》）"我确实看到父亲陪着范木匠来丈量过那棵树，那棵树因为面临着杀伐被吓得枝条颤抖，叶子哗哗，仿佛哭泣。"（《生死疲劳》）用"鲜嫩茂盛、水分充足"来形容青春年少、肌肤白嫩的奶奶，在植物与人的形态上还是有相似之处的；肠胃的"欢唱"、心肺的"狂舞"、肝脾的"高歌"、肉的"跳舞""唱歌"等诗性语言表现的语义，按照正常的逻辑是解释不通的。其实，无论是按照既有的逻辑经验能够解释清楚的描摹，还是挑战既有规则的荒诞叙述，莫言都不关心语义在具体的语境中的逻辑关联。因此，这样的不合常规的例子在莫言的小说中举不胜举，他结合上下文的语境，在词义上的独出机杼产生的荒诞离奇之感，正是他打破语言的约定俗成的惯例，使得惯性的、死板的、熟烂的语言重新变得活灵活现和陌生起来。

可以说，莫言的整个创作都可以看成一个"在语言上自我搏斗的过程。这个作家凭借着强烈的语言意识和对语言的敏感，力图突破规范语言的束缚，求新求异，尽力拓展语言的表现功能"①。这表现在莫言20世纪90年代的小说创作中，已不再在个别的句子中，通过拗断语法的脖子进行极端的语义实验，而是在句子的基础上进一步上升到片段或段落的更高层次上，进行天马行空般的语义流冲决传统的理性堤坝的语言叙述。像《酒国》（1993）中酒博士李一斗奉承专业作家莫言老师的一段话："您的身体就是一具彻里彻外的酒体。您的酒体和谐完美，红花绿叶，青山绿水，四肢健全，动作协调，端庄大方、动静雅致，有血有肉，栩栩如生，减一分则短，加一分则长"之类的叙述，上下句之间处于并列关系的短语斩断了语法和逻辑上的联系之后，也就让读者在语义上摸不着头脑。如果说"身体"就是"酒体"运用的是隐喻的话，那么后面的有关植物、景色、运动、神态、状貌、长度等的互不相关的词汇，组成的前言不搭后语的比喻性描述，就无法按照语义的逻辑关联组成一段完整意义上的句子。这种彻底颠覆传统的思维逻辑的段落，在《酒国》中通过酒博士的混乱的感性思维组装的句子淋漓尽致地展示了出来：

> 朋友们仔细看，别去招惹他们，正经人不理街混子，新鞋不踩臭狗屎。这条驴街是咱酒国的耻辱也是咱酒国的光荣。不走驴街等于没来酒国。……这几年对内搞活对外开放，人民生活水平不断提高，需要吃肉提高人种质量，驴街又大大繁荣。"天上的

---

① 江南：《论莫言小说语言的超常使用》，《徐州师范学院学报》（哲学社会科学版）1991年第4期。

龙肉、地上的驴肉",驴肉香、驴肉美、驴肉是人间美味。读者看官,各位来宾,各位朋友,女士们、先生们,"三揸油喂了麻汁","蜜斯特蜜斯",什么"吃在广州",纯属造谣惑众!听我说,说什么?说说咱酒国的名吃,挂一漏万在所难免,请多多包涵。站在驴街,放眼酒国,真正是美吃如云,目不暇接:驴街杀驴,鹿街杀鹿,牛街宰牛,羊巷宰羊,猪厂杀猪马胡同杀马,狗集猫市杀狗宰猫……数不胜数,令人心烦意乱唇干舌燥,总之,举凡山珍海味飞禽走兽鱼鳞虫介地球上能吃的东西在咱酒国都能吃到。外地有的咱有,外地没有的咱还有。不但有而且最关键的、最重要的、最了不起的是有特色有风格有历史有传统有思想有文化有道德。听起来好像吹牛皮实际不是吹牛皮。在举国上下轰轰烈烈的致富高潮中,咱酒国市领导人独具慧眼、独辟蹊径,走出了一条独具特色的致富道路。

在这一段话中,演讲与聊天、文学与政论、讲话与套话、新闻与事务等各种文体和语体的相互杂糅,庄重与幽默、典雅与粗俗、严肃与滑稽等语气和语调的彼此交错,官话、粗话、俗语、谚语、顺口溜等各种语言形式的混杂,中文与英语不同语种之间的嫁接都是为了语义的断裂和短路的实验目的。莫言实际上想在庄重严肃中出现的小丑式的插科打诨、正正经经中插入的油腔滑调造成的幽默和讽刺的氛围中,重新思考"众声喧哗"的语义效果。所以,他不讲究句与句之间的语义关联性,从民间的谚语对驴肉的推崇,到"读者看官"的冠冕堂皇的各种称呼之间没有必然的逻辑关系,从酒国市的"山珍海味飞禽走兽鱼鳞虫介"也得不出"有思想有文化有道德"的结论,更让人深思的是酒国市的"美吃如云数不胜数"竟达到"令人心烦意乱唇干舌燥"的程度,按照正常的逻辑关系应该是"美吃如云"让人心旷神怡、垂涎三尺才对,可这里用语义的背反修饰语来对主词的内涵进行界定和说明的时候,考虑的绝不是正常的语义逻辑关系。语义的偏离和虚饰借助酒博士不受拘束的自由联想达到了形式与内容的完美融合,如果读者再按照惯常的阅读经验进行理解和感悟,肯定是一场错位的对话。这样的语义表述方式非常吻合莫言反叛权威、挑战规范、亵渎神灵的逆反性格，"风格即人"的理论在长篇小说《丰乳肥臀》（1995）中也得到了形象的演绎。比如"独角兽"大世界为充分发挥舆论宣传和广告媒介在都市社会中的重要作用所做的规划："乳房节期间报纸出专号，刊物发专刊，电视台辟专栏。还要遍请海内外专家围绕着乳房做有关哲学、美学、心理学、医学、社会学、人类学等方面的专题报告。乳房搭台，经济唱戏。敞开你的胸怀，广招四海宾朋。带着投资来，带着技术来，赶着四轮的马车，载着你的妹妹、你的妻子，都到大栏来。谁英雄谁好汉，敞开胸怀比比看。"前半部分比较全面和严密的逻辑规划，与后半部分轻松油滑的戏仿之间构成了语义上的裂痕：从报纸、刊物、电视台等商业媒体的媒介话语到专家学者权威的学术话语对乳房话题的包装，可以说是全方位的，体现了商业传媒与精英文化的逻辑关联，内在的语义关联域是经得起推敲的；但后面的三段戏仿构成的语义内涵就没有必然的逻辑关系，无论是对"文化搭台，经济唱戏"的商业流行语、王洛宾整理编曲的维吾尔族民歌《达阪城的姑娘》的改装，还是对部队训练标语的模拟都带有信口开河的随意性。也可以说，后半部分的戏仿的颠覆和调侃意味也导致了对前半部分的严肃和严密的语义逻辑的消解，二者的多声部的"复调"色彩也是莫言不经意之间造成的审美效果。因此，当莫言的语言在正常与超常之间洋洋洒洒造成语义的捉摸不定、变化万千的风格特征的时候，实际上却是在进行着一场深刻的语言变革。因为"历史上一些有眼光的哲学家早就指出，人类语言在有序和无序方面一直存在着相当深刻的矛盾。人类早期的语言是开放的和无序的，进入文明社会以后，人类语言的有序化开始占有明显的上风，但这样也带来了一个问题，即语言自身的生命与活力会一直处于一种衰减中，而这一点对于诗人与作家来说几乎是一个灾难性的后果"[1]。所以，莫言看到了文明社会过于陈套化的有序语言对富有创作力的作家创新机制的压制，他才在小说中不遗余力地通过对语义的逻辑顺序的打乱来恢复原初语言的开放

---

[1]　江南：《新潮小说语言变异摭拾》，《徐州师范大学学报》1999 年第 1 期。

性的生机和活力。

二 语句的极限式铺排

可能与汉语的缺乏形态变化的特点有关，语法的结构松散性和形态的自由性，导致语句的排列组合能力极强，可以随时打破线性的结构方式，插入一些相关或不相关的词汇对语句所要表达的内容作重重的修饰限定。正如申小龙所说："一个个语词就像一个个基本粒子，可以随意碰撞。只要凑在一起就能'意合'，不搞形式主义。用西方语法的眼光看，汉语的句法控制能力极弱。只要语义条件充分，句法就会让步。这种特点使汉语的表达言简意赅，韵律生动，有可能更多地从语言艺术角度考虑。同时，这也使得汉语语法具有极大的弹性，能够容忍对语义内容作不合理的句法编码。"① 汉语的这种特点为莫言张开自由飞翔的翅膀进行语句的极限式铺排提供了方便，综观莫言20世纪80、90年代至21世纪的小说，语言风格上的总体感觉是简洁、精练似乎与他不太搭边。莫言总是在语句的链条上打破以语言的线条为基础的逻辑关系，将历时态的词汇转化成共时态的线性排列组合方式，挑战语句成分的完整性和有机性。这种语句的排列组合方式是对现行语法结构的反叛和挑战，因为"从语法角度看，需要使不同词性的词充当特定的语法成分，并要保证句子成分的规则有秩和完整。同时，限定性的句子成分不宜过于复杂，句子长度也应适中，标点符号的使用也应符合规范，该断句的地方断句，该停顿的地方停顿"②。而莫言恰恰在"限定性的句子成分"方面大量堆砌限定语和修饰语，而且修饰语之间的叠床架屋的组合也不是按照线性的、共时态的顺序，有很多时候要服从于叙事者无所顾忌的语言洪流对僵化的现成语言的冲击目的，所以就采取纵向的隐喻性词汇和横向的转喻性词汇交相叠加的极端方式，造成语句繁杂的结构；另外，莫言也有意采取不加标点符号的长句子，来试验语句的长度、韧性和力度，借鉴西方意识流

① 申小龙：《中国语言的结构与人文精神》，光明日报出版社1988年版，第8页。
② 赵奎英：《规范偏离与莫言小说语言风格的生成》，《山东师范大学学报》（人文社会科学版）2013年第6期。

的艺术手法，故意运用没有停顿标志的几百字的长句子，形成流水一样的审美效果。

　　一般来说，汉语语法的自由松散性应需在"语言单向度"的范围内才是有效的。所谓"语言单向度"的含义，"既指语词在语言序列上一个接一个地单向延展，而不可能是空间并存，又指语词出现在语言序列上并非随意相加，而是要遵循一定的组合规则。所以，文学用语中打破语言的单向度，既要打破语言序列上先后承续的水平性，使之具有空间的多维性，又要打破语言的规约组合，以增加语言链的容量"①。莫言在小说中对语法背离的最突出的标志就是堆砌性的语句打破了语言序列上的水平性和垂直性的辩证关系，在"空间的多维性"和"语言链的容量"方面形成了"莫氏"语言的风格特色。这种特色贯穿于莫言20世纪80、90年代至21世纪小说创作的始终，成为他的语言的一个典型标记。

　　这种堆砌的语言风格在莫言的小说中表现为两个方面：一是在并列句中大量罗列相关的或不相关的同类事物，造成语言上大气磅礴、一泻千里的气势。最早在《高粱酒》（1986）中就初见端倪，小说写罗汉大爷在牵着骡子、挤进集市寻找曹县长报案的过程中看到："集上有卖炉包的，卖小饼的，卖草鞋的，抽书的，摆卦的，劈头要钱的，敲牛胯骨讨饭的，卖金枪不倒药的，耍猴的，敲小锣卖麦芽糖的，吹糖人的，卖泥孩的，打鸳鸯板说武二郎的，卖韭菜黄瓜大蒜头的，卖刮头篦子烟袋嘴的，卖凉粉的，卖耗子药的，卖大蜜桃的，卖小孩子的。"其实，这种对所见到的自然界中的事物进行详尽地描绘的赋体风格，很容易犯堆砌铺排的大忌，选择具有代表性的个案进行点到为止的描摹，往往会收到言有尽而意无穷的审美效果。众人讲究的语言含蓄、朦胧、简洁、意味深远的传统小说模式，其实正是莫言反叛的目标，所以他要挑战语言的极限。如果说这种极限在正常人的观察中还要遵循线性的逻辑关系，表现常态的事物和现象的话，那么时隔一

---

①　赵奎英：《试论文学语言的惯性与动势》，《山东大学学报》（哲学社会科学版）1992年第3期。

年之后出版的《欢乐》（1987）就借助疯子高大同不合逻辑的思维方式，淋漓尽致地展示异质的事物的横向组合所带来的语言狂欢的景观："你们使用狼狗、使用伞兵刀、使用手榴弹、使用火焰喷射器、使用催泪弹、使用粉红色炸弹、使用敌敌畏、使用'速灭杀丁'，使用驱蛔宝塔糖、使用无线电侦听、使用莫尔斯电报机、使用诱奸法、使用结扎术、使用催眠术、使用恫吓、使用香酥鸡、使用沂蒙山啤酒、使用金丝边眼镜、使用你那个患相思病的老婆、使用你那个进妓院捞毛扛叉杆的破爹、使用金枪不倒迷魂药、使用搜查和警察、电棒子和铁手镯、阴谋和诡计、花言和巧语、赌咒与发誓、收买和拉拢、妓女和嫖客、海参与燕窝、驼蹄与熊掌、黄瓜与茄子……也难动摇我的钢铁意志！"在这里，所有的异质的事物和现象都被高大同反常的语言逻辑强扭在一起，手段和目的、内容和形式、现象和本质等语义深层/浅层的语汇都在共时态的狂轰滥炸中，使读者产生信息过剩的不适心理，这样的心理效果与高大同的激昂慷慨的语言流的相互交融就会产生陌生化的作用，促使读者对自己业已形成的阅读习惯和思维方式做出调整。而且疯子的语言确实使得内容与形式之间达到了完美的融合，产生的一种不和谐之中的和谐之感，也是莫言天才的语言灵感在因缘际会中的天作之合。在20世纪90年代的长篇小说《酒国》（1993）中，莫言的这种无所顾忌的语言才华得到了更加出色的发挥，他不再采取杂乱无章的方式强烈地冲击读者的理性思维的堤坝，而是在既有的逻辑框架内，通过不同事物的比较形成的语言流开阔读者的阅读视野。对于酒国市的上流阶层吃小孩的理由，叙事者解释道："道理很简单，因为他们吃腻了牛、羊、猪、狗、骡子、兔子、鸡、鸭、鸽子、驴、骆驼、马驹、刺猬、麻雀、燕子、雁、鹅、猫、老鼠、黄鼬、猞猁，所以他们要吃小孩，因为我们的肉比牛肉嫩，比羊肉鲜，比猪肉香，比狗肉肥，比骡子肉软，比兔子肉硬，比鸡肉滑，比鸭肉滋，比鸽子肉正派，比驴肉生动，比骆驼肉娇贵，比马驹肉有弹性，比刺猬肉善良，比麻雀肉端庄，比燕子肉白净，比雁肉少青苗气，比鹅肉少糟糠味，比猫肉严肃，比老鼠肉有营养，比黄鼬肉少鬼气，比猞猁肉通俗。我们的肉是人间第一美味。"堆砌的语句之间非常具有逻辑性，不仅理由充分，结论水到渠成，语句内在的逻辑层次非常明显，都紧紧围绕"我们的肉是人间第一美味"的主题而展开，而且形成的一连串的排比句式，也在正常与反常的逻辑对比中达到了曲折有致的审美效果。如果仅仅有"比牛肉嫩，比羊肉鲜，比猪肉香"之类的在读者期待视野之内的语义逻辑比较，就会在一系列的堆砌罗列中产生情理之中的审美疲劳；巧妙之处就在于莫言在后面的不同肉类性质的比较中打破常规的思维逻辑，用"比猫肉严肃，比黄鼬肉少鬼气，比猞猁肉通俗"之类的反常句子打破读者昏昏欲睡的惯性思维模式，在反常与正常的交替对比中重新激发起阅读的兴趣。在21世纪的长篇小说《蛙》中，对广告牌上镶贴着数百张放大了的婴儿照片的神态描绘仍然延续了20世纪80、90年代堆砌的赋体方式："他们有的笑，有的哭；有的闭着眼，有的眯着眼；有的圆睁着双眼，有的睁一只眼闭一只眼；有的往上仰视，有的往前平视；有的伸出双手，仿佛要抓什么东西；有的双手攥成拳头，仿佛很不高兴；有的把一只手塞进嘴里啃着，有的将双手放在双耳边；有的睁着眼笑，有的闭着眼笑；有的睁着眼哭，有的闭着眼哭；有的头上无毛，有的满头黑发；有的是柔软的金毛，有的是丝绒般闪烁着光泽的亚麻色头发；有的满脸皱纹，仿佛小老头儿，有的肥头大耳，好似小猪崽子；有的自得如煮熟的汤圆儿。有的黑得如煤球儿；有的噘着小嘴仿佛在生气，有的咧着大嘴仿佛在喊叫；有的噘着嘴仿佛在寻找奶头，有的闭着嘴歪着头仿佛拒绝吃奶；有的伸出鲜红的舌头，有的只吐出一个粉红舌尖；有的两腮上各有一个酒窝，有的只有一边腮上有酒窝；有的是双眼皮儿，有的是单眼皮儿；有的是圆球般的小脑瓜儿，有的脑袋长长的像个冬瓜；有的眉头紧锁像个思想家，有的目光飞扬像个演员……总之，这数百个婴儿面貌神情各异，生动无比，每一个都是那么可爱。"从眼睛、手、耳朵、头发、舌头、酒窝、眼皮等各个方面不厌其烦地描绘，其实都是为了突出神态各异的数百个婴儿都是那么可爱的主题。采用归纳法罗列众多神态特征的目的，在于众多结构类似的排比语句形成的语流的跌宕起伏、语速的轻重缓急，可以产生陌生化的语言效果。由此可见，莫言小说中"这种通过相似或重复形成的句法偏离，包括人物语言和叙述语言中的偏离，一方面由于对于同一事物、同一事件、同一情感从不同角度、不同方向进行反复描述、铺叙和倾诉，打破了语言沿着规范河道所做的线性流动，使之像决堤的洪水、滑坡的泥石一样四散奔涌，大大加强了语言的气势和情感表达的强度，并形成了一种混混沌沌、浩浩荡荡、难以离析、势不可挡的语言风格。另一方面，这种类型的句法偏离，由于建立在相似性的原则之上，它使莫言小说那看起来混混沌沌的语言又具有一种潜在的秩序"①。正是由这种反规范中的规范、反秩序中的秩序组成的语句的奇怪矛盾合成体，奠定了莫言语言大师的地位，也使语言的气势和冲击力度成为莫言语句实验的典型徽章。

另一类是在同一个句子中堆砌大量的修饰语来试验语言的密度、弹性与关联度，这样的实验语句也超越了当代任何一位作家探索语言的广度和宽度。在莫言的小说中主要表现在修饰语作定语时候，围绕中心词的铺排和渲染，以及修饰语作宾语的时候，围绕着主语的特性展开的描摹和刻画。在《奇死》（1986）中写到二奶奶恋儿的无穷魅力时，对她的目光的描写就采用了铺排和堆砌的方式："她愤怒的、癫狂的、无法无天的、向肮脏的世界挑战的、也眷恋美好世界的、洋溢着强烈性意识的目光。"对目光的复杂意蕴从各个方面和层次进行描摹和限定，还在正常的理性的接受范围之内，这也只是莫言的牛刀小试。因此，在后来的小说中莫言再也不愿意让感性的毛茸茸的语言感觉，让位于形而上的理性制约，所以理性的缰绳再也拢不住汪洋肆意的感性语言的蔓延。在《红蝗》（1987）中的冰雹形状的描绘就远远超出了人们的想象："无数方的、圆的、菱形的、八角形的、三角形的、圆锥形的、圆柱形的、鸡蛋形的、乳房形的、芳唇形的、花蕾形的、刺猬形的、玉米形的、高粱形的、香蕉形的、军号形的、家兔形的、乌龟形的、如意形的冰雹铺天盖地地倾泻下来。"冰雹作为常见的自然灾害，在人们的心目中对它的形状的理解和感悟主要是"方的"或是"圆的"两种类型，莫言在这里打破人们的习惯和经验，用

---

① 赵奎英：《规范偏离与莫言小说语言风格的生成》，《山东师范大学学报》（人文社会科学版）2013 年第 6 期。

了现实生活中几乎能想象到的所有形状嫁接到冰雹身上，甚至用现实生活中谁也没有见到过的"如意形"来形容冰雹的形状，限定语的过剩和不合逻辑是显而易见的。对于修饰语作宾语的情况，莫言也采取了极端化的堆砌实验，来看看语句的最大承受耐力。如《丰乳肥臀》（1995）中的上官金童听从母亲的建议，去找独乳老金的路上，"他看到有一个身穿黑色毛料西装、高领朱红色毛衣、敞开着的西装胸襟上别着一枚珠光闪烁的胸饰的、高耸的乳房使毛衣出现诱人的褶皱的、头发像一团牛粪、干净利落地盘在脑后、额头彻底暴露、又光又亮、脸色白皙滋润得像羊脂美玉的、屁股轻巧地撅着、裤线像刀刃一样垂直着、穿双半高跟黑皮鞋的、戴着茶色眼镜看不清楚她的眼睛的、嘴唇像刚吃过樱桃的鲜艳欲滴的、气度非凡的女人，"从衣着打扮到高耸的乳房、头发、额头、脸色、屁股、眼睛、嘴唇等外貌的详尽描绘都一股脑地作为限定语修饰这位"气度非凡的女人"，一百五十余字的修饰语确实挑战着语言以及读者接受的极限。在上官金童被汪银枝鹊巢鸠占，赶出家门之后，他在无家可归的流浪状态中运用阿Q的精神胜利法对她的贬低和辱骂也同样如此："汪银枝，你这个反革命，人民的敌人，吸血鬼，害人虫，四不清分子，极右派，走资本主义道路的当权派，资产阶级反动学术权威，腐化变质分子，阶级异己分子，四肢不勤、五谷不分的寄生虫，被绑在历史耻辱柱上的跳梁小丑，土匪，汉奸，流氓，无赖，暗藏的阶级敌人，保皇派，孔老二的孝子贤孙，封建主义的卫道士，奴隶主义制度的复辟狂，没落的地主阶级的代言人……"作为宾语的各个组成部分之间是没有必然的联系的，无论是采取象征隐喻还是贬低异化为虫豸的非人方式，或者是妖魔化的形象描摹，都在异质的排列组合中失去了线性的因果逻辑关系。也就是说，叙事者并没有按照历时态的时间顺序，把各个时代的骂人的政治术语进行排序，而是遵照人物当时发泄内心的怨恨的无所顾忌的心态，自由地把几十年动荡不安的生活中学到的政治大帽子都扣到了对方的头上。至于这顶帽子的内涵是什么，它是否与被描述的对象性质相符等问题，全不在他的考虑范围之内，所以词句的共时态的不合逻辑的呈示，又有着符合人物内在心理的逻辑性，这是莫言运用语言的高明之处。

在 21 世纪的小说的语言实验中，莫言堆砌大量的修饰语构成叠床架屋的长句子的现象仍然存在。如《生死疲劳》（2006）中描写猪舍正南方约五十米的大杏树下几个顽皮的孩子的外貌和神态"几个玩得兴起、甩了破棉袄、光着脊背、只穿着破棉裤、裤裆处露出的烂棉花宛如新疆细毛羊肮脏尾巴的生猛男孩，玩起了猴子荡秋千的游戏"用的就是数个并列的动宾词组作定语，修饰中心语生猛男孩的方式构成的长句子，其实完全可以分成不长的五个句子将男孩子的穿着打扮、行为动作、愉快心情说清楚，而在此故意用忽略时间顺序的并列词组来修饰孩子的行为举止，实际上不仅是为了实验语言的密度和弹性，更是为了具有雕塑效果的感觉化的现象还原。这种语义的实验技巧在长篇《四十一炮》（2003）中运用了三次：第一次是对老兰的三叔的外貌和神态的描写"一个上穿着橘黄色麂皮夹克、下穿橄榄绿毛料军裤、足蹬赭红色高牛皮靴子、留着潇洒的分头、戴着一副镜片圆圆的小墨镜、嘴巴里叼着一根粗大雪茄的高个子男人"；第二次是对老兰的非常风骚泼辣的情人的刻画"有一个看起来很泼、年龄不好猜测、嘴唇上涂抹着银灰色唇膏、穿一件洁白的丝绸旗袍、当胸绣着一枝红梅花、乍一看好像刚被一梭子子弹打中、还没来得及死去、胸脯高得如鸽子、看上去十分性感的女人"；第三次是叙事者罗小通想象的老兰的三叔的舞女的形貌"当他搂住那个穿着洁白的、墨绿的、紫红的晚礼服，露着仿佛是用白玉雕成的肩膀和胳膊，佩戴着璀璨夺目的首饰，大眼睛水汪汪、嘴角上生一颗黑色的美人痣的全舞场最美丽的女人翩翩起舞时"。这几乎成为莫言描写人物的一种思维定式，出现在《四十一炮》中的这三处描写人物的句子的模式如出一辙，都是用穿着＋形貌＋神态的语义关联来全方位地描述人物形象。当然，这种模式也很容易形成刻板枯燥的"狗屎化"效应，莫言在此后的小说中往往采取排比的句式描述人物，就是对这种定语＋中心词的语句模式的反思。

这种语句的极端实验还表现在莫言受意识流小说的启发而采用的不加标点的长句子身上。意识流作为一个心理学和哲学术语讲究的是使用打破逻辑语义的物理时空来加强非逻辑性、反理性的心理时空，认为"'真实'存在于'意识的不可分割的波动之中'"①。所以在表现人物意识，特别是潜意识的流动的时候，就用不加标点的长句子来模拟人物在现实生活中的神经错乱、胡思乱想、内心独白、浮想联翩等心灵深处的真实状态。莫言借鉴了这种没有转折和停顿的意识流动来表现人物丰富深邃的潜意识世界的艺术技巧，并把它嫁接到语言的实验方面的时候，非常巧妙地根据不同的语境和条件进行了东方化的改造。具体表现在莫言的没有标点符号的长句子，不仅表现人物不受理性制约的潜意识流动的形象摹写上，更重要的是打破了固定的心理逻辑的语义关联，将长句子还运用到现实的感性表象和理性世界的逼真描绘上。众多的长句子脱离了描绘人物深层心理的拘囿之后，对人物的神态、动作、语言、情感等的生动刻画就以不规范的话语方式，对读者的阅读期待视野造成了强有力的冲击，并改变着读者的约定俗成的接受规范。正如评论家季红真所说："这样口语的不规范，就给规范的文学语言形式带来了超语言的剩余部分。这些部分带给小说以文化的关联域，使文学的基本内容在阅读过程中，连接起读者熟悉或陌生的经验世界，获得接受与理解。"② 莫言在 20 世纪 80、90 年代至21 世纪的小说创作中，不断使用这种故意不加标点符号的长句子来冲击读者比较僵化的阅读接受模式，是受他对生活的睿智观察和反叛传统的书写规范的双重因素共同作用的。

如果对这种长句子进行发生学和谱系学式的追踪与还原的话，那莫言在短篇小说《苍蝇门牙》③ （1986）中对名叫"老羊"的女人，在情绪激动状态卜连珠炮式的语言的惟妙惟肖的描摹，就是为以后不加标点，任凭音符如滔滔河水般的流动开了先河："老头子老头子你不给我作主谁给我做主杜家那个卖腔的臭婆娘又指鸡骂狗骂我光吃食不下蛋我不下蛋关她屁事她下了两个斜眼歪歪蛋老娘连腔都不愿夹噢哟哟亲娘啊叫人欺负喽……老头子不是我的毛病一定是你的毛病你去

---

① 朱维之、赵澧主编：《外国文学史》（欧美卷），南开大学出版社 1994 年版，第 554 页。
② 季红真：《现代人的民族民间神话》，《当代作家评论》1988 年第 1 期。
③ 莫言：《苍蝇门牙》，《解放军文艺》1986 年第 6 期。

医院检查检查咱养几个孩子争争气……"在这里，作者巧妙地运用无标点的形式对农村妇女哭闹不止、话语不息的神态的描摹可谓是入木三分，只有这种没有断点和停顿的口语，才能将没有文化教养、只图情感宣泄之快的人物的泼妇性格刻画得淋漓尽致，再加上省略号提供给读者的伴随着呼天抢地而来的或捶胸顿足或拖拉撕扯的动作想象空间，更增强了意味隽永的效果。紧接着在中篇小说《高粱殡》①（1986）中对铁板会队员高声嘹亮地念咒语的语音的描摹也是如此："啊吗唻啊吗唻铁头铁臂铁灵台铁筋铁骨铁丹台铁心铁肝铁肺台生米铸成铁壁寨铁刀铁枪无何奈铁身骑虎祖师急急如敕令啊吗唻啊吗唻啊吗唻……"本来谁也听不懂的咒语，却正是通过含混其词的语言杂交，甚至只是有音无义的声音模拟产生神秘感和神圣性的。在这里模拟咒语的时候，故意设置的没有句读的长句子，不仅描绘出会员们和尚念经般的急管繁弦的语速和语态，而且将他们在原始的野性思维下，语物合一的精神信仰暴露无遗。莫言在小说中对这种长句子的灵活使用，有些就来自现实生活中习以为常的风景。特别在《欢乐》（1987）中对伶牙俐齿的小商小贩的广告语的摹写，确实达到了新写实小说提倡的原生态还原的境地："黑牙黄牙影响美观妨碍小青年找媳妇大姑娘找婆家请用白牙药粉它使你的牙齿洁白如玉就像我的牙齿一样大家都来看我的牙齿大家都来买洁齿牙药粉"借助六十五个字符的绵延不绝的横向排列，对一个耍嘴皮子的口若悬河的街头小贩的形象不动声色地描摹，才表现得如此惟妙惟肖。《复仇记》（1988）中的女知青为了入党、回城、上工农兵大学等脱离乡村苦海的卑微目的，不得不靠牺牲自己肉体的不正当手段。但这种屈辱的经历造成的精神和人格上的伤害，就像纠缠不休的怨鬼难以摆脱，所以小说在写到成为赤脚医生的女知青屈服于阮书记的淫威，在夜间来到他喝酒吃肉的地方之后，"他们看到她看着那个白玻璃的酒瓶子想到这只盛过葡萄糖注射液的瓶子里泡着一根弯弯曲曲的黑树根一样的东西想到这物是鹿鞭即公鹿的阴茎很恶心猛然一惊难道是妊娠反应怪不得他像匹种猪一样整夜折腾肚皮好

①　莫言：《高粱殡》，《北京文学》1986 年第 8 期。

像要着火一样一股墨绿色的胃液与胆汁的混合物慢悠悠爬上她的咽喉他们清清楚楚地看到从这时刻起他们获得了洞察别人五脏六腑的能力"。这是典型的意识流的思想内容与艺术表现形式的完美融合，女知青由酒瓶子里浸泡的"一根弯弯曲曲的黑树根一样的东西"联想到壮阳的"鹿鞭"，由"鹿鞭"联想到阮书记与自己做爱的时候旺盛的性欲，对这种肮脏的性交易由心理的愧疚和反感引发生理的恶心，其内在的逻辑关联就像流水一样是很难断开的，所以作者就采取不加标点的艺术形式来表现流动的联想内容。更难能可贵的是，在这个长句子之中采取了双重视角（大毛、二毛与女知青），在看/被看、理性/非理性、意识/潜意识的二元对立因素构成的张力中，对西方的意识流进行了东方式的民族化改造。当然，改造最成功、最得心应手的还是莫言在语音中心主义的影响之下，对口语的模拟和说话内容的简洁概括，如《十三步》（1989）中第八中学的老师对社会上不正之风所发的牢骚："紧接着教师们的牢骚河开了闸，哇啦哇啦官僚主义偷税漏税行贿受贿请客送礼大吃大喝二道贩子驼蹄与熊掌猴头燕窝全出门坐皇冠空调铺地毯假酒假烟坑蒙拐骗人口爆炸……别吵啦停水停电电老虎水豹子车匪路霸停水干渴停电一团漆黑……""哇啦哇啦"的拟声显然是对"众声喧哗"的牢骚场面的逼真描摹，至于里面天南海北谈论的发生在身边的不公正的事情就没有必要一件件地详细说明，所以作者采取现象罗列的概括方式，让各种丑陋的现象在线性排列中造成一种一泻千里的触目惊心的气势，以造成震惊性的力度和效果。

在20世纪90年代的小说创作中，莫言仍然一以贯之地用这种不加标点的长句子形成的大气磅礴的气势，来表达自己对生活现象的感悟和理解。在《战友重逢》（1992）中描绘的新兵蛋子钱英豪与报幕员牛丽芳的初吻场面，就是有意味的形式的最好明证："我一嗑她就哼哼唧唧地叫唤。后来我拱开她的嘴唇启开她的牙齿把她的舌头吸出来像吃海螺肉一样她的舌头也是肥嘟嘟的跟海螺肉的味道基本差不多"，一对没有经验的恋人初尝亲吻的滋味时，那种如饥似渴的状态、如痴如醉的表现就如同爆发的山洪那样激烈和畅快，所以作者就用这样的长句子把他们一气呵成的接吻过程淋漓尽致地表现出来。在表现复员军人郭金库与上尉赵金喝酒之后娴熟过硬的技术本领的时候，也同样如此："他做了一个肩上枪的分解动作：第一步右手握住枪前护木提到胸前枪口与胸前第一颗扣子平齐枪身距离身体约二十五公分左手抓住枪前护木。第二步双手上提右手下滑握住枪托用双手的合力把枪平放在右肩上左手迅速回到原位。"郭金库作为一个嗜枪如命的老兵对肩上枪的分解动作分作两步来完成，其中的每一步内部的动作要领的衔接都流畅自然，没有任何打哽或停顿的地方，也只有这种没有句读的长句子才能逼真地展示他的行云流水般的高超技术，因此作者就按照现实生活状况的原生态描摹，来设身处地地感受他作为军人的英姿和豪情。这两处长句子的巧妙运用，不妨说是莫言不仅"贴着人物"写，更是"盯着人物"写的神来之笔，是对"内容形式化"和"形式内容化"的完美演绎。《酒国》（1993）中对现代都市无孔不入的广告词儿的煽情效应的反讽描绘也可作如是观："这广告词儿至关重要，既要幽默风趣又要形象生动，让人一看就如同见到了林黛玉妹妹或是西施姐姐，嫔着双眉捧着心口扛着鹤嘴锄咕嘟着樱桃小嘴如弱柳扶风般飘飘袅袅而来，谁也不忍心不买它，尤其是那些患着相思症、失恋病、神经过敏而又具有一定的古典文学素养的青年男女更是不惜当掉裤子买它饮它欣赏它用它治疗自己的爱情病或是把它当成裹着糖衣的炮弹向自己的意中人发起精神性的物质进攻或是物质性的精神刺激以期达到自己的目的。"对广告词善于揣摩"为赋新词强说愁"的不谙世事的年轻人的东施效颦的反讽描绘，只有推向极端形成的磅礴气势，才能把其中荒唐或荒谬的成分充分地展示出来。由此可见，莫言在运用长句子的时候的灵活多变、摇曳多姿的艺术变形，都是为表现主题、表达情感服务的，在句子的极端实验中包含着作者创意出奇的良苦用心。

其实，这种不加标点符号的长句子形成的磅礴气势是莫言具体写作过程中的一种无意识的产物，尽管在创作之余可以在语言革新意识的支配下反思自己的风格特征，但在具体的创作氛围中绝不是先入为主的语言观念在起作用。莫言曾这样说过："某种语言在脑子里盘旋久了，就有一种蓄势待发的力量，一旦写起来就会有一种冲击力，我是说写作时，常常感到自己都控制不住，不是我刻意要寻找某种语言，而是某种叙述腔调一经确定并有东西要讲时，小说的语言就会自己蹦跳出来，自言自语，自我狂欢，根本用不着多思考该怎么说，怎么写。"①这种蓄势待发的惯性力量支配下的长句子，也延伸到21世纪的小说创作过程中，不会因为年代学的分期而中断，常常是自己也未必意识到的语言创作特色。《天花乱坠》（2000）中回忆那个嗓门气冲牛斗的青岛的大麻子女人的形貌描写"后来我进了也算是文艺界，见了一些唱歌的，听了一些别人封的或者是自己吹的金嗓子银嗓子，但都比不上三十年前青岛歌舞团下来慰问他们的知青演出革命现代舞剧《沂蒙颂》时在寒冷的露天幕后披着军大衣戴着大口罩身材高大健壮皮肤黝黑一脸大麻子的那个女人的嗓子好"很明显已带有理性节制的色彩，整个句子的成分由时间状语＋定语＋中心语＋补语组成，只是为了精确地描绘那个女人唱戏的时间和穿着打扮、形貌特征的修饰语太多，才造成了叠床架屋的长句子的格局。《檀香刑》（2001）中面对升天台上的孙丙慷慨悲壮的神态，"那些黑脸的猫红脸的猫花脸的猫大猫小猫男猫女猫配合默契地不失时机地将一声声的猫叫恰到好处地穿插在义猫响彻云霄的歌唱里"，不加标点的叙事技巧将不同形色的猫在义猫的带领下同仇敌忾的悲歌表现得淋漓尽致。《四十一炮》（2003）中的杨玉珍对浪子回头的丈夫罗通的恶语相向引起了儿子的不满，在儿子看来："我父亲给了你一个台阶，你还不就着坡下驴，反倒没完没了地哭天嚎地没完没了地口出污言秽语对我父亲犯那个小错误不依不饶扯着小辫子一个劲地穷抖搂"，带有理直气壮的语言气势的长句子，成为罗小通替同为男子汉的父亲打抱不平的心态发泄的最得心应手的工具，气愤的情感与儿童心态对父母矛盾行为的黑白分明的评价，与这种故意不加标点符号的意识流动的艺术载体相得益彰。《生死疲劳》（2006）中的状语句"正当一只连见多识广的我都没见过的拖着彩色尾巴的大鸟从低空中飞过降落到那棵因水涝落光了叶子的歪脖子杏树上时"，长句子为第一次见到凤凰时的陌生而神奇的感受提供了艺术形式上的支撑，震撼的心灵是没有闲暇让聚精会神的视点移动停顿下

---

① 莫言：《小说的气味》，春风文艺出版社2003年版，第155—158页。

来的，所以长句子的形式与表达的思想内容之间达到了完美的契合。

"艺术不能容忍陈词滥调。任何真正的表现必然是一个独创性的表现……艺术活动不'使用''现成语言'，它在进行中'创造'语言。"① 作为 个语言本体意识、价值意识和审美意识很强的作家，莫言在尊重自己的毛茸茸的感觉化和新奇化的生命体验的过程中，不可避免地要突破语言工具论的陈规和"现成语言"的局限，根据事物和现象的本真面目，或者是抛弃先入为主的理性价值判断，用第一次面对事物时形成的具有个性化和主观化的感官印象来"创造语言"。"或许因为莫言具有太强的感性特点，因此他更常感到来自语言的窘迫。一方面他要凭借语言去摄取那个变化万千的世界，表现自己极其丰富的情绪、感觉与体验，另一方面却觉得日常语言的苍白、单调与贫乏。作为解决矛盾的一种手段，莫言毫不犹豫地突破与拓展了语言的某些规范，在超出常规的意义上使用语言，扩大了语言的表现能力。"② 这样，大量凭借想象与感觉的驱遣产生的奇崛诡异的语言就破坏了平常的语句搭配关系，在语义的断裂和芜杂中产生了突破语法常规的病句。这也成为莫言小说中语句极端化运用的一个突出表征。

这首先与莫言逆向和发散的思维习惯有关，他并不想被语言提供的固定的概念内涵和继承的语法逻辑关系拘束住自己朦胧模糊的情绪记忆，对那些飘忽不定的瞬间意念进行审美赋形的过程中，莫言往往尊重鲜活的生命感觉，宁可拗断传统的语义逻辑链也不愿改变自己创新的初衷，所以他的小说中句子语法错误和逻辑搭配不当的现象时常出现。举凡语序颠倒、搭配不当、成分残缺或赘余、逻辑混乱、表意不明等各种病句现象，都可以在他的小说中找到相应的例子。当然，在所有的病句类型中最突出的是搭配不当。由于莫言根据语境的变化，让修饰词的原意与引申义、字面意思与约定俗成的常用意思之间随意变化，这样，词性和词义的改变，导致按照传统的语法标准来衡量就会产生混乱搭配的现

---

① ［英］科林伍德：《艺术原理》，王至元、陈华中译，中国社会科学出版社1985年版，第258页。

② 江南：《论莫言小说语言的超常使用》，《徐州师范学院学报》（哲学社会科学版）1991年第4期。

象。尽管在他的小说中也有动宾、述补、主宾等搭配不当的现象，但比较多的病句还是集中在修饰语和中心语搭配不当和主谓搭配不当两个方面。

一方面，在莫言的小说中，主谓搭配不当的句子主要表现为充当谓语的词汇意蕴与主语的性质内涵是不交集的，莫言把彼此在日常话语系统中的原意，按照具体语境的要求使其发生了变形和扭曲。如下面随机选择的莫言小说中的句子：

1. 奶奶的唇上有一层纤弱的茸毛。奶奶鲜嫩茂盛，水分充足。《红高粱》

2. 父亲听到爷爷嗓音沙哑；父亲看到两颗相当出色的眼泪，蹦出了爷爷的眼睛。《高粱酒》

3. 模糊的狰狞嘴脸纵横捭阖，扫荡着父亲最后的少年岁月。《狗道》

4. 长年草生着蚊蝇的臭水沟，沟里味道肥沃，沟畔青草繁茂，红花真美丽。《十三步》

5. 然后，她捏起那把耀眼的柳叶般的小刀，轻轻地一抹，鸡的喉咙便豁然开朗。《丰乳肥臀》

6. 先生昏浊的目光铩羽败退，高悬的胳膊和戒尺，软弱无力地垂挂下来。《丰乳肥臀》

7. 她的目光凶狠，透露出天不怕地也不怕的神情。那两只生铁铸成的乳房，在她胸脯上暴跳如雷。《丰乳肥臀》

8. 你穿着一双紫红色的小皮鞋，雪白的短袜上缀着两颗毛茸茸的小球。你的小腿细长，膝盖玲珑。《红树林》

9. 我们的肉水灵灵的，生气蓬勃，焕发着青春的气息。《四十一炮》

10. 她扎着两根短辫子，头发茂盛，很粗，像马鬃一样。《普通话》

众所周知，"在我们的日常话语系统中，每个已知的事物都已经有现成的名称，每个常用的语词也都已经有现成的用法，哪个词与哪个词组合搭配在一起，哪一类词用来修饰、说明哪一种情况、哪一类事物，都是有比较固定的用法规范的"[①]。可在莫言的上述句子中，这

---

① 赵奎英：《重返词语的重量与深度——试析莫言小说词汇偏离的"物"向度》，《东岳论丛》2014 年第 8 期。

种固定的用法规范在乱点鸳鸯谱式的语言环境中就失去了效用。例1中的"鲜嫩茂盛，水分充足"是形容植物在充足的养分和优越的生存条件下茁壮成长的良好状态，在这里把修饰植物的生长状况的词汇直接运用到人身上是有语病的。例2中的谓语动词"蹦出"是带有浓郁的主动意识和主体色彩的，"眼泪"一般是具有被动的、客体的性质，所以在语法与语义的关联上，我们常常用动宾结构"流眼泪"或主谓搭配"眼泪流出来了"来表现人物的情感反应。但在此句中"蹦出"与"眼泪"却被突兀地扭在一起产生了不同寻常的效果，从逻辑上看其是病句，从审美效果上看，陌生化的排列组合却产生出一种特别的、新颖的意义。其实，在上述列举的病句中，这种奇异的现象以及所带来的审美效应非常普遍。"嘴脸纵横捭阖""味道肥沃""喉咙豁然开朗""目光铩羽败退""乳房暴跳如雷""膝盖玲珑""肉水灵灵的，生气蓬勃""头发茂盛"等都是在不合逻辑的语义搭配中产生反常的意味和效果的，表面看起来是典型的病句，但内在的语义反差极大的两个词汇相互碰撞之后却产生神奇的艺术效果，具有正常语汇按照语法和语义的逻辑规则进行常规排列所没有的巨大冲击力和独特的艺术表现力。

另一方面，修饰语和中心语搭配不当的句子在莫言的小说中更为普遍，他在将方言俗语、地方谚语、成语套词、雅言粗语等修饰语，完全不顾及中心语的语义的内涵和外延所进行的任意性搭配，自然会形成很多显而易见的病句。况且莫言在小说创作过程中甘愿做语言的奴仆的感觉化心态，本来就无法用理性的富有逻辑性的语法规范进行约束和限制，所以很多的语言都是在特定的语境中一任主体情绪尽情展露的结果，定语与中心词或者状语与中心词之间的语义或语法搭配规则根本就不是他考虑的范围。这样的病句在他的小说中比比皆是：

1. 奶奶丰腴的青春年华辐射着强烈的焦虑和淡淡的孤寂，她渴望着躺在一个伟岸的男子怀抱里缓解焦虑消除孤寂。《红高粱》

2. 洼子里渐渐散出质量优异的臭气，乌鸦们、疯狗们瞅着机会，冲进尸堆，开膛破肚，把尸臭味折腾得更加汹涌地扩散。《狗道》

3. 村里子遗的公鸡嘹亮地打鸣报晓了，黎明前的微风带着四月田野里的苦涩气息吹进窝棚，摇曳着冉冉欲灭的丑陋蜡烛头。《高粱殡》

4. 二奶奶的双乳高耸；二奶奶的崎岖不平的额头上流动着细小的沙流。《奇死》

5. 我的心拳拳着，实在不忍看那凹陷，便故意把目光散了，瞄着她委婉的眉毛和在半天阳光下因汗湿而闪亮的头发。《白狗秋千架》

6. 白炽的阳光里夹带着一股恶毒的辣味，晒着父亲伟岸的肩膀和两只崎岖的大脚。《爆炸》

7. 铁丝上伏着连篇累牍的苍蝇，铁丝变得像根顶花带刺的小黄瓜那么粗。《苍蝇·门牙》

8. 已经有二十几只硕大的苍蝇落在微微颤抖着的铁丝上。《苍蝇·门牙》

9. 我咬牙切齿地不笑。王顺儿局促不安地说："肖班长……"《苍蝇·门牙》

10. 掀开包袱，看到了那些庞大的馒头，馒头白得像雪，上边还点着红点儿。《牛》

11. 铁轮与铁轨摩擦，偶尔溅出几颗硕大的火星，黑胶皮电线在车后摇曳着延伸着，充满蛇样的灵气。《酒国》

12. 他看到假冒伪劣的打铁匠上官福禄满脸土色，双手抓着膝盖坐在墙角的麻袋上，身体前仰后合，脊背和后脑持续不断地撞击着墙壁形成的夹角。《丰乳肥臀》

13. 她在蒿草中转过身，草上的露水打湿了她的衣服，显出了她那两只被六十八只鸡蛋营养得繁荣昌盛的乳房。《丰乳肥臀》

14. 我犯法了，杂种，把你爹送到局子里去吧。爹全脸膨炸着说。《爆炸》

15. 她举起一只枯藤老树的手，说：好好看看，这只手，伺候过老佛爷!《藏宝图》

16. 这个人在火车站上扛过大件，身体巍峨，如同铁塔。《四十一炮》

17. 驴的泪珠，颗颗胖大，犹如最大的雨滴。《生死疲劳》

例1中的"丰腴"本来是形容人的体态丰满或者土地丰饶，与青春年华是毫不搭界的，因此用"丰腴"修饰中心词"青春年华"显然是不恰当的，但作者不选择俗套的"美好""大好"而是用意料之外的"丰腴"来修饰，仔细品味一下又在反常中包孕着含蓄隽永的意味。"丰腴"中包含的胖瘦、粗细等异质因素在动态中保持的得体、匀称和适中，又与"青春年华"中"为赋新词强说愁"的异质因子形成的矛盾综合体有神韵上的相似之处。例2中的"质量优异的臭气"显然也给人以不适之感，因为修饰语"质量优异"作为褒义词一般很难与贬义词"臭气"联系在一起，褒义与贬义的词性价值之间的相互混淆是构成这个句子病因的关键所在。但仔细琢磨，如果抛弃先入为主的价值判断和语义选择的惯性思维，用"质量优异"来形容"臭气"的纯正和浓烈，又具有其他词所不可比拟的审美意味。此外，"孑遗的公鸡""委婉的眉毛""连篇累牍的苍蝇""咬牙切齿地不笑"皆打破了读者在通常的隐喻意义和衍生意义上理解这些词汇的习惯，如果按照平时的感受和理解，这是显而易见的病句；但如果换一种思维和理解方式，剥去这些修饰词在源远流长的发展变化中被涂抹的文化的油彩，还原到这些词本身的原始含义或字面意义来考量，就会在陌生化的新奇感受中为作者巧妙的设置而拍案叫好。用"崎岖"来修饰"不平的额头"和"大脚"显然不合适，但如果尊重第一印象的朦胧性和感觉的鲜活性就会觉得非常奇妙，颇耐咀嚼；用"硕大""庞大""巍峨""胖大"来形容"苍蝇""火星""馒头""身体"和"泪珠"，根据人们在现实生活中的常识判断，就将作者大词小用的意图暴露无遗。"假冒伪劣的打铁匠""繁荣昌盛的乳房""枯藤老树的手""全脸膨炸着说"之类的或词义适用范围的越轨越界，或根据感觉生造词汇的搭配不当的现象，都是作者苦心追求的"奇异化"或"陌生化"的艺术手法的表征，因为艺术的目的就是通过对习见的事物和现象采取"艰深化"的方式以增加感受的难度，"使感受摆脱自动化"[①]来恢复并强化第一次见到事物时刻骨铭心的新奇感受。

由此可见，莫言在语言上的极限式的实验是全方位的，从词汇的旧词新用、大词小用、原始义与延伸义的互用，到句子的打破语法结构的排列组合、不合逻辑的修饰语与中心词之间的随意搭配，等等。

---

① ［俄］什克洛夫斯基：《散文理论》，刘宗次译，百花洲文艺出版社1994年版，第35页。

可以说，只要是现实创作中必须遵循的规范，他都要通过极端实验找到颠覆和建构的关键点。正如他自己所说："要想搞创作，就要敢于冲破旧框框的束缚，最大限度地进行新的探索，犹如猛虎下山、蛟龙出海，犹如国庆节一下子放出了十万只鸽子，犹如孙悟空在铁扇公主肚子里拳打脚踢翻跟斗，折腾个天昏地暗日月无光一佛出世二佛涅槃口吐莲花头罩金光手挥五弦目送惊鸿穿云裂石倒海翻江蝎子窝里捅一棍。"① 所以，莫言的小说语言在偏离规范与重返词语的指涉"物"的向度、能指与所指、解构与建构之间的对立关系中，总是在两极之间游走。在矛盾的复合体中，有些语言的新奇化和陌生化的极端实验带给人们审美的享受，扩大了读者的语言视野。但不可否认的是，极端性的语言实验本身就有很大的风险性，它犹如一柄双刃剑，在指向他者的时候也会伤及自身。因此，对莫言的语言在实验的过程中出现的人言人殊的现象，没有必要大惊小怪。

第二节　杂糅性的诗词曲艺的习惯赋形

莫言的小说将生动活泼的民间语言、知识分子的精英语言、宏大意味的庙堂语言融合在一起的时候，杂糅性的语言风格就成为他的小说贯穿 20 世纪 80、90 年代至 21 世纪的突出表征。可以说，这种语言风格的形成与巴赫金的有关小说语言的理论不谋而合。巴赫金认为："长篇小说作为一个整体，是一个多语体、杂语类和多声部的现象。""长篇小说这一体裁的修辞特点，恰恰在于组合了这些从属的但相对独立的统一体（有时甚至是不同民族语言的统一体），使它们构成一个高度统一的整体：小说的风格，在于不同风格的结合；小说的语言，是不同的'语言'的组合体系。"② 也许是脱离传统的正规教育造成的阅读的庞杂和混乱，造就了莫言不仅在长篇小说中让各种异质的语言在不同的语境中相互碰撞和杂糅，形成"众声喧哗，多语和弦"的审

---

① 莫言：《恐惧与希望》，《莫言演讲创作集》，海天出版社 2007 年版，第 278 页。

② ［俄］巴赫金：《长篇小说的话语》，《巴赫金全集》（第 3 卷），白春仁、晓河译，河北教育出版社 1998 年版，第 39—40 页。

美效果，还在中短篇小说中灵活运用储存积淀的古典诗词、戏文曲艺、民间谚语、成语词组、红色经典、流行俗语等，形成杂语的景观。莫言的独特之处在于他那各种来源不同、性质各异、用法分殊的语言杂糅在一起的时候，能够形成一种突兀中的和谐、背反中的互通、陌生中的熟悉之类的整体效果。由此可见，莫言只不过是让语言的多层次和多音部的交合融汇，达到服务于展示和呈现世界的复杂性的目的。他不想根据小说表达的主题意蕴（有的甚至根本就没有）芟夷与之关系不大的细枝末节，只是想在自己虚构的高密东北乡的艺术王国中栽培"杂语共生"的语言百花园。所以，在他的小说中，"文学语言与日常用语、脏话、隐语、政治术语、商业用语、流行歌曲、谚语、民谣等杂糅相交，共铸于一炉，彼此互相矛盾、争吵和撕咬，充满着喧哗与骚动"①。当然，莫言在化用不同类型的语言来达到为我所用的目的的时候，并不是平均用力。根据表现主题和艺术创新的需要，他在诗词和戏文方面的融合用力最勤，取得的艺术成就也最大。

一　诗词方面的杂糅

在诗词方面，莫言的小说语言的杂糅性主要表现为对古典诗词和现代诗语的化用和模仿上。作为莫言在小说中根据具体语境杂糅、插入和模拟的语言材料，无论是古典诗词还是现代诗语都要经过他的主观感受和戏仿变形之后，才会融会到小说的其他语言之中。从作家用语言进行酝酿、构思、赋型的创作心理机制来说："一切所谓的文学形式首先都是一种语言形式，更是说作家酝酿自己审美感受的整个过程，它本身就是一个语言的过程。当作家沉浸于创作构思的遐想时，他实际上就是在运用语言提供的各种概念，按照继承的语法关系去理清自己的情绪记忆，使种种朦胧模糊的感性印象明晰化，把那些飘忽不定的瞬间意念固定住。"② 前人留下来的诗词所包含的审美意蕴是他们根据自己的刻骨铭心的感受，按照固定的语法关系和概念内涵，将

---

① 张军：《莫言：反讽艺术家》，《文艺争鸣》1996 年第 3 期。
② 王晓明：《在语言的挑战面前》，《当代作家评论》1986 年第 5 期。

鲜活的瞬间印象感悟和把捉的结果，有的并不符合莫言在小说创作过程中所追求的审美意境和风格特征。所以他在具体杂糅的时候，就将其中的诗句予以改换来更好地表现具体的审美意境，显示出不墨守成规的洒脱式的雅化色彩；有的只是摘录整首诗歌中的一句与其他的粗野淳朴的口语杂糅在一起，形成雅俗合流的语言风格。

（一）古典诗词的杂糅

对于古典诗词的杂糅，莫言显得更得心应手。因此，在莫言 20 世纪 80、90 年代至 21 世纪的小说中，常采取嵌入、套装、戏拟、反讽等各种艺术形式对古典诗词进行杂糅和化用。这种杂糅其实在莫言的处女作《春夜雨霏霏》（1981）中就出现了，在表现军人的妻子理解丈夫为保卫祖国的海岛而舍小家顾大家的美好情义的时候，小说中人物绵绵倾诉的口语与典雅的诗句相互融合，达到了语境和情感上的自然和谐的境地："哥哥，你对我说过，'两情若是久长时，又岂在朝朝暮暮'。这诗句给了我极大的安慰。"短暂的相聚和长久的分离，让一个单纯真挚又深明事理的姑娘形容自己对丈夫的朝朝暮暮的思念之情，白居易的《长恨歌》中的这两句诗，确实非常完美地表达了主人公的深情。对这种直接引述古典诗歌与口语杂糅的比较简单的方式，莫言很快就感到了自己受原文本的意境的束缚，而不能很好地表现自己灵活多样的创新艺术。所以，他要对引述的诗歌动小手术来使得语言的杂糅更加完美。在《民间音乐》（1983）中表现小瞎子在茉莉花酒店弹奏琵琶的美妙乐章时，写道："小瞎子独坐梧桐树下，推拉吟揉，划拨扣扫，奏出了银瓶乍裂，铁骑突出，珠落玉盘，间关莺语般的乐章。"这种对不可捉摸的乐音进行通感化的艺术变形的描摹和刻画，显然来自白居易的《琵琶行》，只不过是将其中的诗句"银瓶乍破水浆进，铁骑突出刀枪鸣""大珠小珠落玉盘""间关莺语花底滑"截取其中的一部分，来表现小瞎子高超的弹奏技巧。经过作者改装之后的诗句更加突出了语言的典雅庄重，与"从幽静的后院里石破天惊般地响起了琵琶声"的优美意境相得益彰。《红高粱》（1986）中表现面朝黑土背朝天的农民，终日辛勤劳作却难以维持温饱的痛苦心情时，化用的唐代诗人李绅带有古风意味的《悯农》诗是显而易见的："锄高粱的农民们抬头见白马，低头见黑土，汗滴禾下土，心中好痛苦！"篡改了诗句的寓意，却更能表现出农民的困苦的生活状况和悲苦的心态，诗句的口语化、浅显性和情景状，与农民"饥者歌其食，劳者歌其事"的打油诗句的杂糅显得非常顺畅自然。《高粱酒》（1986）中的一段景物描写："马队赶到我们村西头时，已是平明时分，衰草苍苍，白露为霜，秋气砭人肌肤。"稍有古典文学修养的人都会想起其是对《诗经·国风·秦风》蒹葭篇中的诗句"蒹葭苍苍，白露为霜"的改装，高密东北乡的深秋没有"蒹葭"却有绵延不绝的"衰草"，所以作者在改变其中的一个词更符合特定的语境和语义的情况之下，也与"平明时分"的书面语相衔接。《红蝗》（1987）中的四老爷"倚在臭杞树篱笆上晒太阳，他的骨头缝里冒出的凉气使他直着劲哆嗦。只怕是日啖人参三百支，也难治愈四老爷的畏寒症了"显然是对苏轼的《惠州一绝》中的诗句"日啖荔枝三百颗 不辞长作岭南人"的戏拟，但戏拟的意境和情感颠覆了原文本表现的诗人那种乐观旷达、随遇而安的精神风貌和对自然的热爱之情，在相似的句子结构中仅仅换掉几个词，就对四老爷的兄弟阋墙、争风吃醋、谋杀偷情等引发的生理和心理上的感应的讽刺意味呼之欲出了。当然，也不是所有的诗句都在与上下文的其他句子的对立或对比中形成和谐的色调，莫言有时候也故意在典雅的诗句形成的美好意境与粗俗的习语谚语的鲜明对比中寻求悖逆的意味。如《玫瑰玫瑰香气扑鼻》（1988）中的句子"雨打梨花深闭门。村姑叫卖玫瑰花。杂种，小老舅舅说，腚眼里拉玻璃，明（名）屎（诗）不少嘛！"其中引述的诗句"雨打梨花深闭门"出自明代诗人唐寅的《一剪梅》，其所表现的痴恋女子由于时空阻隔，无法见到心上人的那种黯然神伤的幽婉心态，被描绘得惟妙惟肖。在现文本中，前半部分的浓郁诗意和典雅诗句被后半部分的"杂种""腚眼""屎"等骂人的话以及丑陋的字眼所遮蔽，尽管用歇后语的形式将二者之间在语义上予以关联，但不同的语言相互杂糅还是造成了一定的扦格。也许莫言也感觉到这种语言杂糅的疙里疙瘩之处，所以在随后的诗句化用中尽量达到雅言与俗语、口语与书面语之间的有机融合。在半年后发表的《生蹼的祖先们》（1988）中对皮团长的描绘"舞台上谁人得花最多？气宇轩昂皮团长"，就非常巧妙地化用了白居易的《琵琶行》中最后两句"座中泣下谁最多？江州司马青衫湿"；一年后出版的《十三步》（1989）中对春景的诗意描绘："金鱼巷里，应该出现一个提篮的村姑，亮开她甜而不腻的嗓子，叫卖时令鲜花。小城一夜听春雨。深巷叫卖红杏花。杏花早已化成了泥土，桃花也烂在树下，梨花随风翻滚，村姑也不知流落到了何处。"前半部分用白话文翻译了诗句"小城一夜听春雨。深巷叫卖红杏花"，自然是在风景和意境方面相互契合。其实，这两句改自宋代诗人陆游的《临安春雨初霁》中的诗句"小楼一夜听春雨，深巷明朝卖杏花"非常吻合小说描绘的情景。后半部分是对诗人崔护的《题都城南庄》中的经典名句"人面不知何处去，桃花依旧笑春风"的白话改写，将一首情意真挚的抒情诗的意境，不着痕迹地杂糅在明白如话的句子中，表明莫言的语言锻炼达到了炉火纯青的境地。在这篇小说中描写到教师们议论屠小英与罐头厂车间主任在办公室里做爱被抓的事情的时候，通过孟老夫子之口说出的《红楼梦》中的《好了歌》中的片段"世人都晓神仙好，只有娇妻忘不了，君生日日说恩情，君死又随人去了"也是诗句与情景的描绘相得益彰的典型例子。由此可见，莫言在20世纪80年代的小说对诗句与其他句子的杂糅过程建立起自己鲜明的语言立场，形成了独特的语言风格："他的语言狂乱驳杂又大气磅礴，婉约清丽又深情款款，既保留了民间话语粗野淳朴的原始风貌，又满足了艺术语言的审美需求。"①

　　到了20世纪90年代，莫言在杂糅的诗句和口语的语意中形成的那种"混沌浩瀚、狂欢颠覆、讽刺幽默、绚丽斑驳而又具有某种内在统一性的语言风格"②，得到了淋漓尽致的展示。在《白棉花》（1991）的开篇《楔子：围绕着棉花的闲言碎语》中，叙述者"我"根据自身的生活经验"难以从感情上接受地球是圆的并且绕着太阳旋转的事实，我更愿意天圆地方，'天似穹庐，笼罩四野'，然后是'天苍苍，野茫茫，风吹草低见牛羊'"。引述的北朝民歌《敕勒歌》只是将"笼

---

① 田甜：《莫言小说的语言滑变与心理特色》，《株洲师范高等专科学校学报》2004年第6期。

② 赵奎英：《规范偏离与莫言小说语言风格的生成》，《山东师范大学学报》（人文社会科学版）2013年第6期。

盖四野"改为"笼罩四野",却在杂糅中为上下文的文脉顺畅提供了令人信服的理由和美好的诗意。在表现满腹才华的李志高没有用武之地引发的苦闷的时候,用李白的《将进酒》"自古英雄皆寂寞,惟有饮者留其名"来安慰怀才不遇的惆怅;想等开了工资借杯中之物、浇胸中块垒的时候,李白的《宣州谢朓楼饯别校书叔云》中的名句"抽刀断水水更流,借酒浇愁愁更愁"则更加吻合此情此景的感受。这一切都是通过很有文学修养的李志高向少年马成功的倾诉展开的,所以诗句和文绉绉的成语,以及优美意境的设置都是恰到好处的。在小说后来有关李志高和马成功的对话中就频频穿插诗句,确有莫言善走极端的炫技意味:李志高用李白的《乐府·将进酒》中的"天生我材必有用"来给自己鼓劲,认为自己是人中龙凤不是凡夫俗子,不过是"'勉从虎穴暂栖身',总有一天会'说破英雄惊煞人'!"这是化用《三国演义》中评论刘备和曹操的"煮酒论英雄"的故事片段的诗句,由此熏染的少年马成功也觉得自己是个怀才不遇的天才,要"乘长风破万里浪,干出惊天动地的大事情来",这里显然模仿了李白的《行路难》中的"长风破浪会有时,直挂云帆济沧海"的诗句和意境。不过,无论是怀才不遇的真挚情感的抒发,还是少年"为赋新词强说愁"的无病呻吟,引述和改装的诗句与上下文的意境还是非常搭配的。《幽默与趣味》(1991)中的少女汪小梅和王三谈恋爱的时候,对她的半推半就、满面娇羞的神态用了一句诗"豆蔻开花二月初"来形容,其实这句诗出自杜牧的《赠别·其一》中的"娉娉袅袅十三余,豆蔻梢头二月初",只不过是将原句中的"梢头"改为了"开花"而已。《丰乳肥臀》(1995)中的母亲因思念上官来弟,不由得"心中车轮转,双目泪婆娑",是对《古诗十九首》中的诗句"心思不能言,肠中车轮转"的杂糅;上官金童被外甥媳妇耿莲莲赶出了"东方鸟类中心",走投无路之际用文天祥的《过零丁洋》中的诗句来激励自己:"人生自古谁无死,留取丹心照汗青",与"好马不吃回头草。饿死不低头,冻死迎风立。不争馒头争口气,咱们人穷志不穷"等格言警句相互杂糅,显得更加慷慨悲壮,但与后面"他想昂然离去,但刚走几步,又回来了"的犹豫不决的行为相比,反讽的意味就跃然纸上。从中不难看出作者杂糅诗句的巧妙之处，因为前面的壮怀激烈的气势和雄心壮志越足，与后面的瞻前顾后的卑琐行为相对照产生的反差就越大，形成的反讽意味也就越强；由"独角兽"是一种灵兽、形状有点像犀牛引出的李商隐的《无题》中的诗句"心有灵犀一点通"，与文中铺排的"情人之间，爱人之间，密友之间"都是心有灵犀的文意完全吻合；上官金童被妻子汪银枝逐出家门，在街上流浪的时候想到的崔颢《黄鹤楼》的诗句"黄鹤一去不复还"，与下面的句子"待到天黑落日头，啊欧啊欧啊欧。这是破碎的时代，谁来缝合我的伤口？乱糟糟一堆羽毛，是谁给你装成枕头？"组成的杂糅风格，非常典型地体现了莫言泥沙俱下的语言风采，他对于表现孤身一人的上官金童在自由的联想中，天马行空的意识流确实是恰到好处；上官金童回忆在汪银枝落难的时候，用白居易的《琵琶行》"同是天涯沦落人，相逢何必曾相识"来形容彼此的同病相怜的处境，面对着"走吧，登记去，结婚吧"的真诚许诺，她的那种由疯狂的表情突然变得实事求是的脸就像演戏的变色龙一样，诗句的嫁接和杂糅与后面的句子在语义上构成了莫大的讽刺；在写到母亲用反哺的方式，将胃里生吞的粮食再吐出来养育自己的孩子的时候，用了"粮食这些小畜生们如粒粒珍珠大珠小珠落入木盆里"的句子来描绘无私博大的母爱，杂糅的"大珠小珠落入木盆"显然是对白居易的《琵琶行》中的诗句"大珠小珠落玉盘"的改写，"木盆"代替"玉盘"将意境由动人的声乐转为母亲呕心沥血地哺育孩子的极端行为，更加感人至深。《牛》（1998）中的麻叔对兽医老董的奉承"老董同志骗出的蛋子儿比你吃过的窝窝头还要多"显然带有明显的夸张色彩，所以就让老董用李白的《北风行》中的诗句"您是一片'燕山雪花大如席'！"来做出呼应，相得益彰。《藏宝图》（1999）中多年不见的小学同学马可到处找"我"找不到，没想到在大街上偶然能碰见"我"，于是说："这就叫踏破铁靴无觅处，得来全不费工夫"，这实际上只是将冯梦龙《警世通言·金令史美婢酬秀童》中总结主题内容的两句诗："正是：踏破铁鞋无觅处，得来全不费工夫"换了一个字，与前后的语句相搭配，就将一个带有无赖味道的人物的性格活灵活现地展示了出来。

　　当然，在诗句的穿插杂糅方面最集中、最有代表性的还是长篇小说《酒国》（1993），在这篇小说中，莫言把他所掌握的诗词借助酒文化的媒介，自由洒脱地予以铺排和渲染。在酒博士李金斗表达自己对文学终生不悔的挚爱之情的时候，用的是宋代词人柳永的《蝶恋花·伫倚危楼风细细》中的千古名句"为伊消得人憔悴，衣带渐宽终不悔"，与前句"我为了文学真格是刀山敢上，火海也敢闯"的雄心壮志相映衬，更加凸显出作为一个业余作者对文学的痴情。在提及酒国市的光荣和骄傲的时候，对酒国市的喝酒英雄千杯不醉的金刚钻的夸赞是"生子当如金刚钻。嫁夫当嫁金刚钻"，前一句显然是对辛弃疾的词《南乡子·登京口北固亭有怀》中的"生子当如孙仲谋"的改装，与后一句的戏拟相互杂糅在一起，更加凸显出语言的魅力。李金斗的酒后真言："李白斗酒诗百篇。李白不如我，李白喝酒要掏钱包，我不用，我可以喝实验用酒"，第一句出自杜甫的诗歌《饮中八仙歌》中的首句，与随后的白话中表现的不正之风的相互杂糅，在古人的不畏权势、坦坦荡荡的高风亮节的浓郁诗意，与目前靠权势的卑鄙交易畅通无阻的世俗现实相对照，讽刺的意味昭然若揭。当高级侦查员丁钩儿被党委书记和矿长用一母同胞亲兄弟的名义进行劝酒的时候，用的就是诗句与白话的杂糅手法："咱们是一母同胞亲兄弟，亲兄弟喝酒必须尽兴，人生得意须尽欢，欢天喜地走向坟墓……"李白的《将进酒》中的诗句"人生得意须尽欢，莫使金樽空对月"的放达个性和襟怀坦荡的狂欢色彩，被后文本中心怀鬼胎的劝酒者设置的阴谋和圈套所代替，所以在诗句后用"欢天喜地走向坟墓"的白话杂糅构成的反讽意味，表达了作者对以权谋私、大吃大喝、铺张浪费的行为方式的愤恨之情。在写到酒博士李金斗谈论"饮美酒如悦美人"的喝酒经验的时候，引述了李白《月下独酌》中的诗句"举杯邀明月，对影成三人"，认为正是李白与酒合二为一，"所以生出那么多天上人间来去自由的奇思妙想"；接着举出曹操的例子："曹孟德算一个，对酒当歌就是对着美人唱歌，人生短暂，美人如朝露。美是流动的、易逝的，及时行乐可也。"就是对曹操的《短歌行》中的诗句"对酒当歌，人生几何？譬如朝露，去日苦多"的引用、阐释和改装。"穿过狭窄的鹿街，听到呦呦鹿鸣，想象它们在食野之萍"，自然也是对《短歌行》"呦呦鹿鸣，食野之萍"的直接化用。李金斗自认为才华横溢却无人能赏识，在给莫言老师的通信中提及自己的才华"一直藏在深闺无人识像杨玉环一样"，当然是化用的白居易的《长恨歌》"杨家有女初长成，养在深闺人未识。"与下一句"一直委屈在材里拉车像千里马一样"更进一步加深了这种怀才不遇的情感；所以在得到莫言和号称"中国九大名编"之一的周宝先生的承认之后，感到现在"真是'漫卷诗书喜若狂'，何以庆祝？唯有杜康！"前一句是对杜甫的《闻官军收河南河北》中的诗句"漫卷诗书喜欲狂"的化用，只是将原文本中的"欲"改为现文本的"若"字；后一句是对曹操的《短歌行》"何以解忧，唯有杜康"的改装，这种诗意与后面的句子"我从酒柜里摸出一瓶正宗杜康，用牙齿咬掉塞子，叼住瓶口，昂首向天，咕咕嘟嘟，一口气喝罄，欣欣然，醺醺然，飘飘然"非常搭配，在相互杂糅中进一步提升了口语的意境。在对杨贵妃的出身和皮肤娓娓道来的时候，也是巧妙地杂糅了白居易的《长恨歌》中描绘她的诗句："杨贵妃是咱酒国嫁出的女儿，每次温泉水滑洗凝脂时都要在池子里倒上一桶咱酒国酿造的高粱酒，要不她的皮肤哪里会那般光滑，她的神态哪里会像一枝海棠春带雨？""温泉水滑洗凝脂"是直接引述原句，"一枝海棠春带雨"是对原诗"梨花一枝春带雨"的改装。在描述一尺酒店中别具特色的饮器（他们的酒壶都做成美女大腿的形状）时，认为酒客"持其腿，尝其味，别有一番滋味在心头"，最后一句是对南唐后主李煜的词《相见欢》"别是一番滋味在心头"的引用，只是更换了一个字，却将原诗句中表现的"剪不断，理还乱"的离愁别绪消解净尽，与下文的"美哉，妙哉，美妙无比"的语义衔接也恰到好处。对醇甜净美、香艳无比的"云雨大曲"的诗句描绘："一杯云雨穿喉过，万般风景现世来。此酒只应天上有，人间哪得几次尝？"后两句显然是对杜甫的《赠花卿》中的诗句"此曲只应天上有，人间能得几回闻？"的改装，由"曲"改为"酒"，动词顺应地由"闻"变成"尝"，显示出莫言在杂糅诗句表现具体景物的时候的随机应变能力，他总是在词语的及物性的改装和杂糅的过程中达到"缘事生语""随事为文"

"词随物转""文与境合"的境界。

"所有叙事传统都是建立在民族语言的独特性之上，是语言提供了叙事形式的可能，而叙事只是提炼语言的言语创造。莫言叙事的语言自觉，是他对叙事传统感悟的一个重要组成部分。他几乎是上下求索般寻找陌生化的语言资源。"① 可以说，在 21 世纪的小说创作中，莫言借助古典诗词的巧妙化用形成的典雅的语言形式进一步实现他的美学理想。高雅与粗俗、文言与白话、凝练与啰唆的参差对照，根据上下文的语境，自由地选择诗句的或加强或淡化反讽意味的审美意蕴来为表现的思想主题服务，成熟的语言风格显得更加沉稳大气。作为传统文化瑰宝的古典诗词早已成为烂熟于心的语料库，成为语言形式创新的重要资源，看似随意运用的古典诗词实际上是莫言上下求索、妙手偶得的独具匠心的结果。《檀香刑》（2001）中的饱读诗书、爱民如子的县令钱丁鼓励民众多读诗书多种桃，认为用不了十年治下的高密县就是"千树万树桃花红，人民歌舞庆太平"。前一句显然是化用了唐朝诗人岑参的《白雪歌送武判官归京》"忽如一夜春风来，千树万树梨花开"，只是根据语境将"梨花"改为"桃花"；后一句是起源于清朝顺治年间的太平歌词"太平盛世唱欢歌，天下歌舞庆太平"的杂糅，表现出满腹经纶的县令渴望天下太平、民众安居乐业的美好愿望，二者的典雅与喜庆的色彩与县令的教化民众的愉悦心情融为一体。孙丙本来踌躇满志想在梨园戏班中成就一番事业，却被县令暗中拔掉浓密的胡须，无奈之下只好改行开了一个小茶馆混日子，但对这种浑浑噩噩的生活状态心存不甘，向徒弟倾诉"这正是壮志未酬身先死啊，长使英雄泪满襟！"巧妙地化用唐代诗人杜甫的《蜀相》中的名句"出师未捷身先死，长使英雄泪满襟"，对于孙丙来说壮志未酬的遗憾与出师未捷、赍志以殁的诸葛亮的悲剧性结局非常类似，所以在精神和意境的相似中，根据语境的变化将"出师未捷"换成"壮志未酬"，可谓神来之笔。高密县令对接受檀香刑的民间义士孙丙在升天台上多活一天就多一分传奇和悲壮，但也多受一天罪前思后想"心中

---

① 季红真：《莫言小说与中国叙述传统》，《文学评论》2014 年第 2 期。

车轮转，余失去了决断。"是对东汉时期的《悲歌》中的诗句"心思不能言，肠中车轮转"的杂糅，突出的是左顾右盼的矛盾纠结的心态而不是"不能言"的心思。《扫帚星》（2002）中的"我奶奶"按照当地风俗，在为儿子找媳妇的荒凉的小路上遇到一匹饥饿的狼的镇静表现："擒贼先擒王，打狼先打腰！"化用的是杜甫《前出塞》的诗之六："射人先射马，擒贼先擒王。"再把古诗的顺序颠倒后改为"打狼先打腰"的技术策略，确实起到了震慑效果，既为饥肠辘辘的狼违背逻辑常识没有吃掉祖母提供了依据，也为下面她终于在众多洗澡的美丽女子中发现我母亲的情节埋下了伏笔。《四十一炮》（2003）中的"一女拼命，十男莫敌"很明显是对唐代诗人李白的《蜀道难》"一夫当关，万夫莫开"的化用，只不过是将一个女人不顾一切的拼命，按照稍作夸张的原则改为能与十男打斗。罗小通在相依为命的唯一的妹妹死后的内心感受"我心伤悲，谁又能知！"借用的是诗经《采薇》中的名句"我心伤悲，莫知我哀！"著名电影演员黄飞云是倾国倾城的美人，"她的出行曾经被那些语不惊人死不休的小报记者喻为'九天仙女下凡尘'"。成为小报记者定语的诗句出自唐代诗人杜甫的诗作《江上值水如海势聊短述》中的"为人性僻耽佳句，语不惊人死不休"，后一句出自明代唐寅的《女人》中的"这个女人不是人，九天仙女下凡尘"。两句诗未做任何改动就将小报记者喜欢故弄玄虚的特点和黄飞云的美貌刻画得惟妙惟肖，而且与小说的情节内容没有丝毫扞格。刘胜利比赛吃肉的过程中，仿佛嘴巴里灌注了许多黏稠的糖稀，"使他不得开心颜"，是对李白的《梦游天姥吟留别》中的经典名句"安能摧眉折腰事权贵，使我不得开心颜！"的化用，因为要对应主语的人称，所以将李白诗句中的第一人称"我"改为第三人称"他"就顺理成章。罗小通为报仇从成天乐大爷家顺手弄了一把生锈的牛耳尖刀，"磨刀霍霍，准备去杀老兰"是对南北朝民歌《木兰诗/木兰辞》中的"小弟闻姊来，磨刀霍霍向猪羊"的改装，意境与气氛的完全改变是由创作的主题意蕴决定的，莫言在小说中刻画的机智多谋的罗小通为报与老兰的不共戴天之仇，磨刀霍霍的对象只能是仇敌老兰而不是款待亲人的待宰猪羊。《与大师约会》（2005）中的大师不管是用雕塑还是用绘画表现他与爱妻的生殖器官时，都有一点"燕山雪花大如席"的意思。之所以将李白的《北风行》中的诗句"燕山雪花大如席"原封未动地用来形容大师的雕塑和绘画，是因为大师有意识地对自己和妻子的生殖器的凸显夸张具有明显的低俗意味，引述的诗句的夸张修辞就是对欲望化年代借自己的名头炒作的不顾廉耻行径的莫大讽刺！崇拜大师的彩头女孩劝说陷入情感漩涡的大师的"天涯何处无芳草"，出自苏轼的词《蝶恋花·春景》；大师的回答"纵有弱水三千，我只取一瓢饮"出自《红楼梦》第九十一回：《纵淫心宝蟾工设计，布疑阵宝玉妄谈禅》中贾宝玉的话"任凭弱水三千，我只取一瓢饮"。只是在大师的口中将宝玉的无条件的"任凭"改为条件句的"纵有"，却将披着羊皮的狼似的大师的虚情假意的无赖嘴脸暴露无遗。《蛙》（2009）中的王肝与卓越的民间艺术大师秦河"心有灵犀一点通"，两个人可以做一个同样的孩子排列成一个半圆形面对着大师的梦，借用的是唐代李商隐的《无题诗》中的"身无彩凤双飞翼；心有灵犀一点通"的后一句诗，将同病相怜的两人的心心相印充分地表达出来，引用的这句一字未改的意蕴朦胧含混的诗句胜过啰里啰唆的千言万语，显得含蓄蕴藉，意味无穷。保安在中秋佳节值班，仰望月亮产生的感慨"明月几时有，把酒问青天……"出自宋代苏轼的《水调歌头·明月几时有》，把保安在佳节不能与父母和女朋友团圆的孤独感伤表现得恰到好处。《红唇绿嘴》（2020）中的谷文雨作为公社最早的红卫兵、革命元老，与其他一起干革命的红卫兵小将招工、转正、提干、上大学的境遇相比，自己只是个巴结孝敬医院院长才谋得为医院挑水的临时工，确实非常落魄。和工友聊天时，长叹一声说的话："虎落平阳遭犬欺，落水凤凰不如鸡，这挑水的差事能让我多干几年就磕头不歇息了。"前一句出自明代西周生的《醒世姻缘传》第八十八回中的"龙游浅水遭虾戏，虎落平阳被犬欺"，只是将"被"改为"遭"，一字之差将谷文雨落魄境遇的自身主体性因素而不是外在环境的被动性原因暴露无遗。不是大家有意识地陷害他、阻碍他的发展，而是性格与命运的阴差阳错造成了不利的结局，莫言敏锐地注意到了这一点，才在描述人物境遇的诗句中只改一字，尽得风流。后一句出自罗贯中的《三国演义》中都督周瑜刁难诸葛亮吟咏的诗句"得志猫儿胜过虎，落魄凤凰不如鸡"也是只改一字，将"魄"改为"水"，与壮志难酬的挑水情境相契合。工友劝勉和安慰他的话"勉从虎穴暂栖身，将来一有时机必将飞黄腾达，平步青云！"其中的诗句出自《三国演义》中刘备和曹操煮酒论英雄的故事，诗句为"勉从虎穴暂栖身，说破英雄惊煞人"，用众所周知的典故来安慰落难中的人不要丧失昂扬的斗志和信心，没有比这句诗涉及的主人公的人生的起落更恰当的了。《火把与口哨》（2020）的三叔在婚宴上对结拜兄弟所说的"天生我材必有用，千金散尽还复来"出自唐代诗人李白的《将进酒·君不见》，将五个有志青年在酒精的刺激和喜庆氛围的感染下舍我其谁的潇洒豪放的姿态展示了出来。

在 21 世纪的小说创作中，莫言引用或化用古典诗词最集中、数量最多、艺术技巧最佳的小说非《生死疲劳》（2006）莫属。在小说中，"莫言通过不同动物巧妙转换叙事视角，以豪放的想象与大量村谚俚语，真实生动地再现了中国农村土地改革、合作社、大跃进、'文化大革命'以及改革开放等历史时期暴力、激情与荒诞的场景"①。其实，将不同历史时期的社会生活画面，通过人和牲畜的交流对话、心理行为和情感意识加以表现的时候，不仅是大量符合人物身份的带有地域文化特征的村谚俚语反映出时代的变迁，还有比较典雅的古典诗词的灵活穿插带来的丰富的文化底蕴，古今情理的沟通、文白话语的混杂、典雅粗俗的交织，形成了莫氏语言的独特风格。具体到每一个情节和细节、每一句话引用的古典诗词的巧妙之处又得仔细揣摩，各有千秋，尊重读者的主体性和意义空白点的设置形成的文本召唤结构，自然让善于品味的个人欣然享受语言的盛宴。在第一部《驴折腾》中的第四章《锣鼓喧天群众入社　四蹄踏雪毛驴挂掌》中写到打铁的英俊潇洒的白脸少年时的描述"本色行当应该是在戏台上与那些小姐们打情骂俏、谈情说爱、柔情似水、佳期如梦，让他打铁，实在是阴差

---

① 张舸：《致敬古典　还原民间——试论莫言〈生死疲劳〉章回体的民间叙事》，《绵阳师范学院学报》2017 年第 1 期。

阳错"巧妙地借用了宋代秦观的词《鹊桥仙·纤云弄巧》中的"柔情似水，佳期如梦，忍顾鹊桥归路"的句子，对一个选错了行当的少年的细腻情感展现了丰富的想象力。西门驴追寻着韩石匠家里的母驴留在空气中的情感信息，在奔跑追赶的路上看到的风景"深秋时分，芦苇苍黄，白露为霜，流萤在枯草中飞行"借用的是《诗经·国风·秦风》中的《蒹葭》诗句"蒹葭苍苍，白露为霜"，只不过是郁郁苍苍十分茂盛的芦苇改成了带有时令色彩的苍黄的芦苇而已，却为柔情缱绻的佳偶增添了无惧不利的环境条件勇斗恶狼的信心和气魄。当过治保主任的杨七巧舌如簧，用把稻草编成金条、把烂皮袄说成皇上穿过的轻裘的嘴推销自己从内蒙古贩来的那些破皮衣："这皮袄，简直是那蒙古裁缝比量着您的身体做的，添一寸则长，减一寸则短"，直接套用的是宋玉的《登徒子好色赋》中的"增之一分则太长，减之一分则太短"，将对人的美貌的夸赞用在了沾着牛粪和羊奶的干渍、散发着扑鼻的膻气的皮衣上，在不动声色中对杨七的投机倒把行为构成了莫大的讽刺！"我"（西门猪）成为猪王后当时已经没有与那么多母猪交配的兴趣，因此"我欲乘风离去，但高处似有一个威严的声音提醒我：猪王，你没有权利逃脱"，选用的词句和意境出自宋代苏轼的《水调歌头·明月几时有》中的"我欲乘风归去，又恐琼楼玉宇，高处不胜寒"。按照语境条件的限制，我对至高无上的猪王就必须承担起和母猪交配的责任是比较厌烦的，对猪目前生活的家园是"离去"而不是"归去"，"高处不胜寒"的孤独感受，也改为高处外在于自身的道德律令对自己的责任的提醒，所以巧妙地改动词句，并把表达的意境按照上下文的语境适当改变，显示出叙事者随机应变的能力。作为一头纯粹的公猪，"我暂时地忘记了身前事，也不去顾忌身后事"也是对唐朝圆观的《竹枝词》（二）中的诗句"身前身后事茫茫，欲话因缘恐断肠"的巧妙化用，忘记身前事也不顾忌身后事的迷茫状态，就是诗句第一句表达的审美意蕴，只不过在小说中为表现猪王"我"与母猪蝴蝶迷交配的麻木状态才分成了两句，起到了突出和强调的作用。"我"（西门猪）清楚地知道，"它（刁小三）是一个勉从猪舍暂栖身的英雄"，化用的是《三国演义》里曹操和刘备煮酒论英雄的诗句"勉从虎穴暂栖身，说破英雄惊煞人"，作为沂蒙猪的代表的刁小三的栖息之地只能是"猪舍"而不是"虎穴"，居住的环境虽有很大的不同，但勉从的主体的怀才不遇之感却是心有灵犀一点通。常天红的美妙的歌喉是世界第一，"他唱出的音符像彩绸一样在空中飞舞，昆山玉碎凤凰叫，公猪迷狂母猪舞"。对音乐的捕捉和感知的诗句来源于唐代李贺的《李凭箜篌引》："昆山玉碎凤凰叫，芙蓉泣露香兰笑。"对于诗句中的"芙蓉泣露""香兰笑"的虚幻的拟人修辞，改为此情此景相互映照的"公猪迷狂""母猪舞"的实在处境的描绘，高雅与粗俗的画面对比更显示出莫言灵机一动的巧妙改写。下台之后的洪泰岳偶尔也会心血来潮、晃悠到屯东田野里去与蓝脸磨牙斗嘴，蓝脸一般不接他的话茬，"任他一个人，喋喋复喋喋，滔滔复滔滔。"句式模拟的是《乐府诗集·横吹曲辞五·木兰诗》中的"唧唧复唧唧，木兰当户织"，但象声词"喋喋"和"滔滔"的重叠，显然加强了寂寞孤独的洪泰岳不着边际的说话的欲望，以及长久以来上位者潜意识养成的话语霸权，所以句式的重复对塑造落魄潦倒又一根筋走到底的固执的洪泰岳形象是由情节内容和人物性格决定的。那群昔日被"左"倾路线定性为坏蛋的人摘帽平反后聚会庆祝，"一个个心情亢奋，很快进入酒不醉人人自醉的状态"。诗句出自明末冯梦龙的《警世通言·卷二四·玉堂春落难逢夫》中的"酒不醉人人自醉，色不迷人人自迷。"对于这群遭受不公正待遇长达二十余年终于拨云见日，往昔凄惨岁月的回想与今日扬眉吐气的现实相互对照，自然让他们聚会的仪式感远大于酒精的刺激，所以莫言只截取前一句诗就将这些过去低人一等、矮人三分的黑五类感到做人的尊严后的自我陶醉的状态暴露无遗。作为高密县的第一公主的庞凤凰和第一公子的西门欢，一对昔日受众人艳羡和嫉妒的金童玉女，如今沦落于流浪街头卖艺的波西米亚人，面对命运的无常，叙事者的评论"转眼之间，高官大款俱成故人，荣华富贵皆化粪土。昔日的金童玉女，竟流落街头耍猴卖艺，这样的鲜明对比，怎一个感慨了得！"化用了两处古典诗词：前面的用白话文对荣华富贵的转瞬即逝和人生跌宕起伏的感叹的意境，来源于曹雪芹的《红楼梦》第一回中的《好了歌注》"昨日黄土陇头送白骨，今宵红灯帐底卧鸳鸯。金满箱，银满箱，转眼乞丐人皆谤。正叹他人命不长，那知自己归来丧！训有方，保不定日后作强梁。择膏粱，谁承望流落在烟花巷！"最后一句是对宋代李清照的《声声慢·寻寻觅觅》中的"这次第，怎一个愁字了得！"的改写，命运从众人高不可攀的云端到遭人唾弃的谷底的巨大变化，以及由此带来的世态炎凉，对两个少年的心灵产生的巨大冲击，确实不是发几句感慨叹息就解决的那么简单的事情，因此将原词中的"愁"改为"感慨"非常形象妥帖。由此可见，此时形成了自己创作风格的莫言收敛起故意炫技的野心，一切对古典诗词的巧妙化用或直接引用都是受上下文的语境决定的。如果语境只要引用现成的古典诗词，就可以将人物的性格心理或表现的思想主题充分地表现出来，那么莫言就老老实实地将原封未动的诗句与表现的主题内容有机融合；当然，在很多情况之下，需要根据语境的需要改变古典诗句中的某一个或几个词，这时候就显示出莫言独具匠心的功力。他总是将自己大脑中储存的最佳词汇恰到好处地安排在原诗句的某个位置，立即使得改装后的诗句与表现的小说中的思想意蕴完美融合，收到了 $1+1>2$ 的审美效果。

（二）现代诗词的杂糅

对现代诗词的杂糅，莫言并没有像古典诗词那样刻意根据意境和情感的不同进行改装和变形。另外，由于现代诗词的朦胧性、含混性和简洁性比起古典诗词有比较大的区别，很难对以双音节为主的现代诗词改变其中的一个音节，就能出现化腐朽为神奇的审美效果，词素的固定性和语法的逻辑性都决定了很难改变其中的某些成分，所以莫言在小说中杂糅的现代诗词并不多，但对意境的巧妙化用和语言的相互杂糅产生的陌生化效果，还是显示出莫言独到的语言感悟力的。因为莫言属于巴赫金所说的那种对"语言客体性"和"语言界限"高度敏感的作家，作者始终是"非直接地、有所保留地、保持一定距离地运用各种语言"[1] 所以，在语言的杂糅中保持一定的审美距离，才使

---

① ［俄］巴赫金：《巴赫金全集》（第3卷），白春仁、晓河译，河北教育出版社1998年版，第109页。

得现代诗词的杂糅在独立性和系统性中保持着动态的平衡。

在《玫瑰玫瑰香气扑鼻》（1988）中描述一个暗红色皮肤的少妇在花丛中徜徉时，为了凸显优美的意境和诗意的氛围，小说化用了戴望舒《雨巷》中的诗句："她漫步花丛，她有玫瑰一样的颜色，'她有丁香一样的芬芳'，她在那一片迷宫般的玫瑰花里行着。"原诗中"丁香一样的颜色，丁香一样的芬芳，"是对"丁香空结雨中愁"的古典意境的巧妙化用，所以突出的是"丁香"的意象；小说中改为"玫瑰"一样的颜色与少妇的肤色相匹配，却也"丁香"作为传统意象包含的愁情愁绪，所以在杂糅的过程中审美距离的拉大，也难以充分发挥彼此的意义关联所产生的艺术效果。莫言显然也意识到这个问题，所以在20世纪90年代的《丰乳肥臀》（1995）中，让上官金童这个多愁善感的男人在丁香花丛的幽香刺激下产生的离愁别绪，就达到了"一切景语皆情语"的情景交融的境地。"窗外是醉人的丁香花丛。紫丁香，醉人的紫丁香，在阳光中绽开，在细雨中施放幽香。去年今日，丁香的味道有无？那时汪银枝还是一个结着愁怨的女人，在我的玻璃外徘徊。今年此时，我成了结着愁怨的男人。"由原句"结着愁怨的姑娘"改为"结着愁怨的女人"和"结着愁怨的男人"，均恰好处。《十三步》（1989）中双胞胎抬着第八中学的老师方富贵的遗体进入"美丽世界"的大厅门口，被一个负责安全的黑色女郎拦住，于是挑衅性十足地说："这里是一级保密单位？殡仪馆还要证件？死人就是活证件！在死亡面前人人都是平等的！……'有的人活着，但早已死啦；有的人死啦，但永远活着！'你神气什么？黑羽毛红脖颈的乌鸦！"在这里显然化用了臧克家的《有的人——纪念鲁迅有感》中的诗句："有的人活着/他已经死了；有的人死了/他还活着。"与后面带有隐喻意味的"乌鸦"相对比，方富贵老师为人民的教育事业呕心沥血、累死在讲台上的行为是虽死犹生的；而装腔作势、见风使舵的势利的黑色女郎就像人见人厌的恶鸟乌鸦一样，是行尸走肉。所以，杂糅的诗句和粗俗的口语在内在的语义方面有机地贯穿起来。在表现方富贵自觉自愿地牺牲自己的相貌，通过整容换来张赤球的面容，赢得了作为一个活人的堂而皇之的权利时，就将匈牙利著名诗人裴多菲的《自由与爱情》中的前两句嵌入整个句子之中："俗话说'生命诚可贵'，你丢弃了一个丑陋的面貌蜕化成美丽的面貌又赢得了可贵的生，叫命；俗话说'爱情价更高'，你牺牲了丑陋还赢来了与女人谈情与爱的权利"，采用对比的方式将生命与爱情在诗意的氛围中的不同价值观念充分地展示了出来。在小说的最后，易容之后方富贵在"我是谁"的存在主义式的追问中精神崩溃，准备用裤腰带上吊自尽时，在神经错乱中看到讲台上和黑板槽里飞舞着的香肠般的粉笔就是一群可爱的小精灵，它们蹦跳着所唱的歌："我们有皮/我们有瓤/我们美丽/我们芬芳/你吃我们/我们吃你/唱歌跳舞/跳舞唱歌/芬芳我们/我们芬芳/美丽我们/我们美丽/辉煌前程/前程辉煌。"诗句的引述和改装、运用的复沓叠句的艺术手法和创造的青春气息的意境氛围都与郭沫若的《凤凰涅槃》相类似，原诗中的"我们新鲜，我们净朗，我们华美，我们芬芳"被作者用相类似的词反复替代组装，但其中表现的欢快明朗的感情和原诗表达的狂飙突进的青春气息非常吻合。与小说中方富贵在死亡之前感觉到小精灵的舞蹈和唱歌的快乐，就是对自己一生痛苦忧愁的精神补偿所产生的情感反应："他的眼睛里突然饱满了感激的泪水"有着密切的语义关联，由此也可见莫言在杂糅诗句的过程中前后照应的语言魅力。《酒国》（1993）中的李金斗在表达要克服文学创作的恶劣情绪、百折不挠、尽心尽力地创作决心的时候，引用的是毛泽东在 1935 年 10 月所写的一首词《清平乐·六盘山》中的一句"不到长城非好汉"，与前面的一句"不到黄河心不死"形成了形式和思想蕴含上的对比。《丰乳肥臀》（1995）中描述民间的"雪集"的时候，对风景的描绘和情感的抒发具有浓郁的诗意："'雪集'其实是女人的节日，雪像被子遮盖大地，让大地滋润，孕育生机，雪是生育之水，是冬天的象征更是春天的信息，雪来了，生机蓬勃的春天就跨上了骏马奔驰了。"其实，明眼人不难看出，这是莫言将英国的浪漫主义诗人雪莱的《西风颂》中的经典名句"冬天来了，春天还会远吗？"散文化了而已，却杂糅得不露一丝痕迹。

进入 21 世纪之后，莫言小说中插入的现代诗词并不多。其中引入毛主席诗词的地方最多，共有三处，显示出莫言在青少年时期受到的

教育和熏陶，对他的小说语言的运用所产生的潜在影响。《生死疲劳》
（2006）中的"左"倾路线的代表洪泰岳认为改革开放是中央肯定出
了修正主义，接下来的变化是"天翻地覆慨而慷"呢！引用的是毛主
席的《七律·人民解放军占领南京》中的诗句"虎踞龙盘今胜昔，天
翻地覆慨而慷"，当然对比毛主席的气势磅礴的诗句表现的夺取全国
解放战争胜利的革命豪情，小说中引用的诗词却是对老顽固洪泰岳僵
化的思想观念的弱势讽刺。"文革"时期红卫兵揭露旧省委的当权派
中的一个极端腐败分子，从民间打听到用牛角精壮阳的偏方，服用之
后性能力与日俱增，"直如一挺歪把子机关枪，横草千女如卷席"借
用的是毛主席的《渔家傲·反第二次大"围剿"》中的"七百里驱十
五日，赣水苍茫闽山碧，横扫千军如卷席"。将动词"扫"改为
"草"、名词"军"改为"女"，诗句表达横扫一切的气势未变，但表
达的意境和精神构成的互文关系却有着天壤之别。前文本中的摧枯拉
朽的态势体现的昂扬勃发的革命精神，与后文本中割角抽精，敲骨咂
髓的腐败分子的壮阳之举的目的在于横草千女的无耻勾当相比，崇高
与卑下、无私与自私、神圣与荒淫、赞颂与唾骂的伦理判断就会有立
竿见影的效果，所以不动声色地改动就构成了对慷国家之慨、挖社会
墙脚的贪官的苟且行为的莫大反讽！《表弟宁赛叶》（2017）中的表弟
牢骚满腹，认为自己与交了狗屎运的著名作家表哥比起来是生不逢时，
于是向表哥表露心迹"我们生不逢时啊！忆往昔峥嵘岁月稠，恰同学
少年，书生意气，指点江山，粪土你们这些达官贵人！"借用的是毛主
席的诗词《沁园春·长沙》中的"忆往昔峥嵘岁月稠，恰同学少年，风
华正茂；书生意气，挥斥方遒。指点江山，激扬文字，粪土当年万户
侯"。改变之处在于，为了简洁，也可能是为了显示志大才疏、眼高
手低的表弟连毛主席的非常著名、选入中学课本的诗词都记不全的状
况的讽刺目的，省略了三句意蕴比较类似的诗句，同时，将原诗句中
带有封建印迹的"万户侯"改为现在的流行语"达官贵人"，对我表
弟"吃不着葡萄说葡萄酸"的嫉妒心理暴露无遗，表弟引用和改装的
毛主席诗词本来是对像我这样的功成名就的"达官贵人"的讽刺，但
由于表弟实际行为的卑劣就将褒奖自己和讽刺别人的诗句反讽到自己

身上，所以小说中的"我"作为一个不动声色的聆听者，借助毛主席诗词的反讽载体的语言形式，从一个苏格拉底笔下的佯谬的小丑，华丽转身为看透造化的把戏的人生智者。此外，表弟认为虚拟的网络也早就被那些网霸们分疆裂土，真实的社会一团漆黑，看透这一切之后，"我真想变成一头天驴，把日吞了，把月吞了，把地球吞了，把一切吞了"借用的是郭沫若的诗集《女神》中的《天狗》："我是一条天狗呀！/我把月来吞了，/我把日来吞了，/我把一切的星球来吞了，/我把全宇宙来吞了"。在表弟大发感慨的话语中，将《天狗》中的宾词"天狗"改为"天驴"，不仅将原文本中的诗句包含的非常丰富的民俗学的意蕴消解净尽，而且将"五四"时期狂飙突进的青春气息变为睥睨一切的自大狂精神之后，只剩下了唯我独尊的小丑意味，一个自认为看透一切的虚无主义者的形象，通过引述的诗词就鲜活地站立起来了。《蛙》（2009）中的小狮子跪在送子娘娘的雕像面前，明知道我们因年龄限制根本不可能有属于自己的孩子，但仍然虔诚地磕头和祷告，"她眼里饱含着泪水，是因为爱孩子爱得深沉"自然是改装的艾青的名篇《我爱这土地》中的诗句"为什么我的眼里常含泪水？因为我对这土地爱得深沉……"只不过将行为的主体由原文本中的"我"改为第三人称的"她"，爱的对象由受苦受难的"土地"变为生命寄托的"孩子"，却将原文本中表现的对饱受苦难的大地母亲深沉的爱的高尚精神，转变为只为自己的小家庭的幸福着想的自私行为，境界的高低、胸襟的大小、爱国的深浅、品味的雅俗在互文本对照中构成了鲜明的讽刺意味，显示出莫言在21世纪小说中用语的巧妙。

二　曲艺方面的化用

在戏文方面，莫言把他小时候听过的儿歌、辍学后从民间听来的戏词、自己看过的古书记载的曲艺、触景生情编造的歌谣都一股脑地融汇到小说创作之中，形成了小说语言杂糅式的艺术风格。从小说的体裁特征和语言风格来说："小说可以兼收对各种体裁语言的讽刺模仿，可以用各种形式模拟和表现种种职业语言、流派语言、几代人的语言、社会方言等（例如英国的幽默小说）。所有这一切，都可被小说家取来用于组织他的多种题材的合奏曲，用于折射（不是直接）式地表现他的意向和评价。"[①]　其实，当莫言把儿歌、戏词、曲艺、歌谣等各种体裁的语言杂糅在一起的时候，其最终目的不是语言的毫无意义的喧哗和骚动，而是在间接地表达自己的主观意向和评价，取得一种陌生化、及物性、在地性的艺术效果。其实，用戏文这种民间喜闻乐见的艺术方式表达作者的创作意图，更能唤起深受传统文化和民间习俗影响的读者的前理解，在熟悉与陌生的辩证关系中对语言的杂糅产生的审美意蕴更具有咀嚼的余味。

（一）20 世纪 80 年代的小说中对曲艺的化用

莫言在 20 世纪 80 年代的小说中对曲艺的化用，经历了一个从无意识地运用到有意识地借鉴的发展过程。开始的时候，仅仅是无意的模仿或随意的采撷大脑中积淀的戏文的素材；后来，在军艺上学期间所学的文艺理论使他明白"越是民族的越是世界的"的道理，所以就将民间文化的戏文瑰宝上升到理论的高度与其他的语言相互杂糅，形成既有民族的生命元素又具有现代意识、充满着淋漓精神的语言气象。如果对莫言进行曲艺化用的过程进行历时态考察的话，那么其早在《白鸥前导在春船》（1984）这篇共名时代的作品中就已初露端倪。为了表现男女平等的价值观念和分田到户的政治政策的英明性，小说安排了具有大男子汉主义的青年大宝和逞强好胜的梨花模仿电影《刘三姐》对歌的方式，来表现民情风俗和时代色彩。大宝凭着男子汉的力气，在挑水抗旱方面是占有一定优势的，所以拉开粗嗓门唱起来："哎——/梨木扁担三尺三，大宝俺挑水淹棉田。怕老天不是男子汉，河里有水地不干。"梨花在大宝的激将法下果然就斗志昂扬地唱了起来："哎——/桑木扁担四尺四，梨花俺担水浇旱地。老天怕女不怕男，晒不干河水俺挑干。"再加上后面两小节"从来男人胜女人"的男权意识的表露，"你瞧不起妇女瞎只眼，你欺负姑娘别姓梁"的农村姑娘着急之下带有粗俗意味的质疑和反驳，就将新时代乡村道德文化和价值选择的嬗变表现得淋

---

① ［俄］巴赫金:《巴赫金全集》（第 3 卷），白春仁、晓河译，河北教育出版社 1998 年版，第 70 页。

漓尽致。《黑沙滩》（1984）中不怕批评的刺头老兵刘甲台，通过歌声来展示"文革"时期穷困潦倒的生活现状："黑沙滩云满天/黑沙滩的大兵好心酸/黑沙滩的孩子没裤子穿/黑沙滩的姑娘往兵营里钻/黑沙滩啊……"调子模仿的是"解放区的天是明朗的天，解放区的人民好喜欢"，但内容确实是对歌曲《解放区的天》的颠覆和消解。小说中通过他浪荡模样的随意演唱，实际上则让他成了叙事者的代言人，对是非颠倒、黑白混淆的年代，以佯谬的小丑的身份进行了无情地揭露和批判，杂糅的歌词折射出叙事者站在人性的立场上，对民众的困苦生活深表同情的价值取向。

　　一九八五年，无论是对当代文坛还是对莫言的独特的语言风格的形成都是一个重要的分水岭。此时的莫言在域外的小说观念和文化思潮的影响之下，特别是"向内转"和语言论转向形成的语言本体论，彻底打破了在此之前形成的根深蒂固的语言工具论。所以，莫言在小说中更加注重曲艺的化用与小说语言风格的搭配。曲艺与感觉化语言的杂糅，以及体现出来的浓郁的地域文化色彩，都为莫言小说的语言增添了个性化的光彩。《大风》（1985）中儿时的"蹦蹦"跟爷爷到大草甸子割草的时候，爷爷在路上漫不经心地哼的歌子："一匹马踏破了铁甲连环/一杆枪杀败了天下好汉/一碗酒消解了三代的冤情/一文钱难住了盖世的英雄/一声笑颠倒了满朝文武/一句话失去了半壁江山"，苍凉悲壮的歌声伴随着缓慢的节拍和古老的曲调，显然具有浓郁的民族文化风格。而更神奇的是戏文与感觉化语言的杂糅产生的陌生化效果，夹杂的戏文让根本就不知道爷爷唱的是什么的孙子，"感受到一种很新奇很惶惑的情绪，'小鸡儿'慢慢地翘起来，很幸福又很痛苦"。在这里，叙事者是将每两句戏文唱完之后，介绍一点背景作一下铺垫，然后在最后两句戏文唱完之后，才上升到感觉化的层次上铺叙儿童无意识的反应，做到了水到渠成。爷爷唱的戏文产生的刺激阈限，终于冲决儿童懵懂无知的生理与心理的阀门，在彼此的杂糅中产生的生理反应确实是莫言的神来之笔。《五个饽饽》（1985）中的张大田在每年的除夕之夜扮演"财神爷"挨家挨户要水饺过年的风俗，本来就具有鲜明的地域色彩。他唱的民间小调都是充满了家丁兴旺、恭喜发财之类的祝福话语："财神爷，站门前，看着你家过新年；大门口，好亮堂，石头狮子蹲两旁；大门上，镶金砖，状元旗杆竖两边。进了大门朝里望，迎面是堵影壁墙；斗大福字墙上挂，你家子女有造化。转过墙，是正房，照见你家人兴旺，金银财宝放光芒。"在叙事者"我"听着"财神"把我家快说成刘文彩家的大庄院的祝福，感觉到天地万物都变了模样之后，又在散文中接续起"财神爷"的韵文小调："财神爷，年年来，你家招宝又进财；金满囤，银满缸，十元大票麻袋装。一袋一袋摞起来，摞成岭，堆成山，十元大票顶着天。有了钱，不发愁，买白菜，打香油，杀猪铺里提猪头。还有鸡，还有蛋，还有鲜鱼和白面。香的香，甜的甜，大人孩子肚儿圆。"中间杂糅着"我笑了，但没出声""多好的精神会餐！我被'财神爷'描绘的美景陶醉了"的神态和反应，就将一个叫花子在荒寒饥饿的年代，在匮乏的心理补偿机制的作用下，对物质话语的三句话不离本行的铺排渲染，无情地戳穿了农民过着天堂一般的幸福生活的谎言。这样，通过"财神爷"站在柴门外边的胡同里的响亮的歌声与叙事者"我"的心理反应和行为表现的杂糅，在韵散结合的语言风格中，凸显出特定年代的悲苦命运和拮据生活。《秋水》（1985）中，爷爷在我很小的时候教的一支儿歌："绿蚂蚱。紫蟋蟀。红蜻蜓。白老鸹。蓝燕子。黄鹤鸰。绿蚂蚱吃绿草梗。红蜻蜓吃红虫虫。紫蟋蟀吃紫荞麦。白老鸹吃紫蟋蟀。蓝燕子吃绿蚂蚱。黄鹤鸰吃红蜻蜓。绿蚂蚱吃白老鸹。紫蟋蟀吃蓝燕子。红蜻蜓吃黄鹤鸰。来了一只大公鸡，伸着脖子叫'哽哽哽——噢——'"杂糅的这首儿歌是在小说的结尾，在用回忆的视角讲完紫衣女人为报父仇杀死黑衣人之后，就用这首儿歌表现的天真无邪来对照成人世界的钩心斗角、你争我杀的复杂关系。儿歌在展示自然界弱肉强食的丛林法则的时候，也采取了颠倒调的方式，让弱者反其道而行之，里面包含的寓意与整部小说的主题蕴含是有内在的关联之处的。《透明的红萝卜》（1985）中的老铁匠唱的凄凉亢奋的戏文确实触动人的心灵："恋着你刀马娴熟，通晓诗书，少年英武，跟着你闯荡江湖，风餐露宿，受尽了世上千般苦——"自己也被戏文中私奔的女子饱受的苦难所打动，所以在小说中用描述性的语言、特写般的镜头来表现他的情感变化："他的脸无限感慨，腮上很细的两根咬肌像两条蚯蚓一样蠕动着，双眼恰似两粒燃烧的炭火。"紧接着上面的戏文讲述痴情女子的勤劳贤惠和最终被负心汉攀上相府的高枝抛弃之后，采用侧面烘托的手法，重点表现菊子姑娘在凄婉哀怨的旋律的触动下，如痴如醉的情感变化："……你全不念三载共枕，如云如雨，一片恩情，当作粪土。奴为你夏夜打扇，冬夜暖足，怀中的香瓜，腹中的火炉……你骏马高官，良田万亩，丢弃奴家招赘相府，我我我我是苦命的奴呀……"菊子姑娘在凄凄惨惨哀怨动容的旋律转变为昂扬壮丽浩渺无边的时候产生的"麻酥酥的感觉从脊椎里直冲到头顶"，这种心理和生理、内感觉和外感觉的相通形成的感觉化语言离不开戏文的铺垫，二者之间的相互杂糅形成了莫言感觉化叙事的独特的语言风格。《爆炸》（1985）中描述我作为一名现役军人，为了不违反党的计划生育政策，不得不回家逼迫怀上二胎的妻子流产，在妻子呜噜呜噜地哭着，拉青石碌碡打麦场的过程中插入的吕剧《李二嫂改嫁》的戏文"十七岁到李家挨打受骂，第二年丈夫死指望全断，靠娘家并无有兄弟姐妹，靠婆家无丈夫孤孤单单"更加渲染了凄惨的氛围。妻子作为贤妻良母，只是按照传统的乡村伦理观念要为我生个儿子接续香火，却得不到受现代文明熏染的"我"的爱抚和安慰，满肚子的委屈借助戏文的侧面渲染，就达到了此时无声胜有声的留白效果。后面化用的戏文"这碌碡滚滚绕场旋转，我的命和碌碡一般，转过来转过去何时算了，这样的苦光景无头无边"与妻子的此情此景相互交融。

在1986年，莫言仍然在曲艺的化用方面保持着强劲的势头。《筑路》（1986）中的刘罗锅在探访跟人私奔的妻子和女儿的途中碰见的两个孩子唱的儿歌，与小说的主题和情节发展都有关联。小男孩边走边洪亮地歌唱："马桑镇，三里长，范西路相好着霞她娘，霞她爹是头老绵羊，咿呀哎嗨哟——马桑镇，二里宽，范西路搂着霞她娘的肩，霞她爹好心酸，咿呀哎嗨哟——"唱的内容显然与刘罗锅的女人和马桑镇的男人相好私奔到此地的事情构成了互文关系；小女孩在听到刘罗锅夸赞哥哥是一个好兵去解放祖国台湾的时候，接着话头唱的儿歌："嘀嘀哒，嘀嘀哒，北京来电话，要我去当兵，我还没长大，等我长大啦，台湾解放啦"，显示出她是一个天真无邪、没有城府的儿童，所以她才多嘴多舌引出刘罗锅的女人的下落，进一步推动情节的发展。在这里杂糅的儿歌，一方面反映了乡村在买卖婚姻下爱情的苦果，以及造成的家庭生活的不幸，另一方面也反映出无论怎样困苦的生活都有希望的亮色在灰暗的背景中闪烁。插入的儿歌使得乡村的生活色调斑斓多彩起来，这是杂糅的语言所产生的意想不到的审美效果。在《红高粱》（1986）中，当我为了给家族树碑立传，回到高密东北乡调查在墨水河边打死鬼子少将中岗弥高的著名战斗时，村里在敌人扫荡时唯一的幸存者，目前已活到九十二岁的老太太对我唱的戏文："东北乡，人万千，阵势列在墨河边。余司令，阵前站，一举手炮声连环。东洋鬼子魂儿散，纷纷落在地平川。女中魁首戴凤莲，花容月貌巧机关，调来铁耙摆连环，挡住鬼子不能前……"不仅为我奶奶是"抗日的先锋，民族的英雄"提供了证据，更重要的是为我奶奶潜在的英雄性格和辉煌业绩的铺排埋下了伏笔，在语句的杂糅中前后照应，为抗日的俗套故事增添了不平凡的审美元素。《高粱酒》（1986）中贪财的曾外祖父想着亲家即将给的一头大黑骡子心中得意，在驴后哼起胡编的流行于高密东北乡的"海茂子腔"："武大郎喝毒药心中难过……七根肠子八叶肺上下哆嗦……丑男儿娶俊妻家门大祸……啊——呀——呀——肚子痛煞了俺武大了——只盼着二兄弟公事罢了……回家来为兄申冤杀他个乜斜……"这段戏文将一个只认钱丧失伦理亲情的父亲的得意嘴脸刻画得淋漓尽致，面对着即将回门被推入火坑的亲生闺女，竟然还有心思唱民间小调，因此与奶奶"听着曾外祖父的胡乱唱，奶奶怦然心动，一阵寒战从心里往外抖"的心情表现融为一体，推动了情节的发展。正在奶奶想起三天前与一个强悍的素不相识的男人已经鱼水相喋，感到神魂迷乱、似醒非醒、心乱如麻、听天由命的时候，高粱地里有一个男子，亮开坑坑洼洼的嗓门，唱道："妹妹你大胆往前走/铁打的牙关/钢铸的骨头/通天的大路九千九百九十九/妹妹你大胆地往前走/从此后高搭起红绣楼/抛撒着红绣球/正打着我的头/与你喝一壶红殷殷的高粱酒。"小说紧接着用曾外祖父对着高粱地里的人唱的"茂不茂，吕不吕，什么歪腔邪调"表示不满，并没有说明是谁唱的，但结合上下文不难猜出是与我奶奶在高粱地里白昼宣淫的余占鳌干的，在此语境中便显得含蓄隽永，回味无穷。在余占鳌投靠我奶奶的烧酒作坊成为一名伙计之后，小说中插入的缝补衣服中的一个伙计，被老杜凄凉的板胡撩得心酸难受，唱的民歌"光棍苦，光棍苦，衣衫破了无人补……"显然为推动情节的发展起到了无可代替的作用。由歌曲接续的"让女掌柜的给你补去！"的过渡，勾引得余占鳌在酒精的麻醉下情欲勃发，都是为了下面他要对女掌柜翻脸不认人的行为大闹一场作铺垫。《高粱殡》（1986）中为父报仇的郎中读的歌谣"一巴豆，二牛黄，三是斑螯四麝香，七根葱白七个枣，七粒胡椒七片姜"显示出他并非真正的郎中的本质，因为作为一个游荡四方的郎中连最基本的药方都背不下来的话，是无法根据病人的症候对症下药的。在这里杂糅歌谣的目的同样是为后面的情节作铺垫，为他突然以敏捷的手段打伤余占鳌埋下伏笔。《草鞋窨子》（1986）中的小轱辘子讲述的"话皮子"唱的歌"哎哟地，哎哟天，从西来了张老三；哎哟爹，哎哟娘，一砖打倒一堵墙……"充满着童真童趣，显然是民间在荒诞不经的传说中代代相传的歌谣，所以袁家五叔紧接着说"他小时候好像唱过这个歌"。小说杂糅的民谣与草鞋窨子中的谈天说地的乡民的生活氛围有机融合，增加了欢乐的气氛。在这种自由的言论氛围中，六叔唱道的"骂一声刘表你好大的头，你爹十五你娘十六，一宿熬了半灯油，弄出了你这块穷骨头……"自然是民间根据自己的理解和感悟随意铺排历史人物的无稽之谈，但以戏文的方式唱出，却使小说在各种文体和语言杂糅下显得更加丰富生动，妙趣横生。

此后，莫言对曲艺的杂糅频率在经过1986年的井喷阶段之后大为降低，但在如何更好地杂糅方面的语言探索始终没有停止。《罪过》（1987）中的大福子在弟弟淹死之后离家出走，看到一个杂戏班在耍猴子，老头用铁锁链拴着一个一尺多高的绿毛瘦猴子边绕场转圈边念经般地哼哼着："你快快地走来你慢慢地行……给你的叔叔大爷先鞠一个躬……要你的叔叔大爷为咱把场捧……挣几个铜板咱去换烧饼……"在这里通过一个弱智者的眼光来打量杂戏班的耍猴行为本身就带有陌生化的效果，因为他不懂成人世界的游戏规则，他更看重的是名与实是否吻合的现状，所以他看到"猴子并不给人鞠躬，但不停地龇牙咧嘴扮鬼脸"就在戏文的杂糅中产生忍俊不禁的反讽意味。《复仇记》（1988）中的王先生在阮书记走之后偷喝他的酒，在酒精的麻醉下唱的小曲"常言道一醉能消千种愁啊——儿行千里母担忧喝了书记的酒咱就哪学几脚书记的走——晃晃悠悠悠悠晃晃恰如那金丝鸟儿站在高枝头——吃不愁来穿不愁二八娇娘伴俺睡在热炕头——"将一个抑郁不得志的中年人的忧愁、孝心、情欲等互不相关的情感表现杂糅在一起，胡编乱造的戏文恰恰反映出了一个憋屈的男人真实的心理状态。短篇小说《马驹横穿沼泽》（1988）本来就是《食草家族》中的第六梦，梦中的故事和场景都带有如烟似雾的梦幻色彩，是无法运用理性的逻辑语言进行验证的。所以在男人讲给小杂种有关苍狼的传奇故事的时候，他在前言不搭后语的讲述中唱的有关苍狼的歌"苍狼啊苍狼生蛋四方，鸣声如狗叫行动闪火光，此鸟非凡鸟啊此鸟是神鸟，口衔灵芝啊筑巢于龙香，得见此鸟啊避祸消殃，得见此鸟啊万寿无疆！"更增添了神幻的色彩。《十三步》（1989）中的猛兽管理员为整容师讲完人猿情未了的感人故事之后唱的曲子"想当初你只身流落在这荒岛/遍体鳞伤饥寒交迫性命难保/奴可怜你美男儿不忍加害/抱你回我家中精心照料/奴为你攀藤上树采来鲜果/奴为你贡献了处女珍宝/千般温柔呀万样的风流任你轻薄/你也曾枕前发尽千般愿/你说哪怕海枯石头烂白日参辰现也与我相伴相爱在这世外桃源……"不仅是对整个故事情节的概括和升华，而且杂糅的戏文所表现的禽兽对人的痴情和人对禽兽的负义，就是对现代人在情感方面禽兽不如的形象的充分演绎。所以唱完之后，猛兽管理员的泪流满面，以及猛兽都深受触动发出的一片凄凉之声，也是对自诩为文明的都市人情感缺失的莫大讽刺。

当然，在曲艺的化用方面，最具有代表性的是莫言1988年出版的长篇小说《天堂蒜薹之歌》，这篇小说在语言上的独具特色是各种因素因缘际会综合作用的结果。这首先是作者独特的语言观念在小说中的反映，作为一个成熟的作家和语言大师，莫言认为："作家的语言，或者说小说的语言，是个性化作家或者是个性化作品的最显著标志。一个作家用什么样子的语言写作，当然有许多命定的因素，但追求个性化的努力，可以使得一个成熟作家的语言发生变化。"① 这种个性化的表征，是莫言充分挖掘民间戏曲或民歌小调的艺术元素，并灌注在生命与创作同构的创新过程的结果。其次，从时事的政治因素的敏感性和尖锐性来说，也逼使莫言选择了一种杂糅的语言来降低文学与政治的密切关系，从思想性、时事性与艺术性、永恒性的辩证张力中，寻求一种满足"结构即政治"的语言表达形式。在动态的错综纠结的矛盾关系中，莫言选择以瞎子张扣唱的戏文与整部小说的语言、情节、结构相互杂糅并贯穿始终的方式，在语言的艺术创新方面走出了一条成功之路。小说中的戏文对天堂县蒜薹事件的来龙去脉、民众的冤屈、政府的拖沓、领导的冷漠以及酿就事件的经验教训，都站在草根的立场上作了说明和阐释。在每段的戏文之后，用散文交代的演唱的时间以及小说主体部分对戏文内容的铺陈演义就构成了互文关系，增强了小说混响的语言风格。

其中，张扣唱的戏文主要是针对官僚主义者的，它的语言的尖锐犀利远远超过小说正文的情节铺叙。"乡亲们种蒜薹发家致富／惹恼了一大群红眼虎狼／收税的派捐的成群结队／欺压得众百姓哭爹叫娘——1987 年 5 月，瞎子张扣行走在县城青石大街上演唱歌谣片断"显然是针对税务部门利用手中人民赋予的权力，反过头来欺压民众的可耻行为的无情揭露；"灭族的知府灭门的知县／大人物嘴里无有戏言／您让俺种蒜俺就种蒜／不买俺蒜薹却为哪般——蒜薹滞销后张扣在仲县长家门前演唱歌谣片段"对仲县长的质问显然是按照民间代代流传的封建年代的官员标准为依据的，体现出底层民众质朴闭塞、缺少文化和现代法律意识的一面，也为后面的砸县政府埋下伏笔；"仲县长你手按心窝仔细想／你到底入的是什么党？／你要是国民党就高枕安睡／你要是共产党就鸣鼓出堂——蒜薹滞销后，数千百姓到县政府请愿，县长闭门安睡，不出理事，瞎子张扣站在县政府高台阶上，苍凉演唱之片段"在戏文后面加的背景介绍其实与戏文的内容构成了一种逻辑因果关系，在韵文之后插入的散文介绍更加强了质问的气势和理由；"仲

---

① 莫言：《文学个性化刍议》，《文艺研究》2004 年第 4 期。

县长急忙忙加高院墙/墙头上插玻璃又拉铁网/院墙高挡不住群众呼声/铁丝网也难拦民怨万丈——部分群众冲进税务局和计量所，殴打了几个积怨甚多的官员，县长仲为民调房管局维修队加高自家院墙，墙头上插了防攀爬的玻璃碎片，又拉了半米高的铁丝网。瞎子张扣在县府前大街高声演唱断章"表述了作为一县之长在事态进一步扩大的时候的不作为，甚至怕民众的行为，实际上就是对"人民公仆"称号的莫大讽刺。张扣的唱词对"官逼民反"的表述与散文部分对事态的客观介绍形成了鲜明的对比。"舍出一身剐/把书记县长拉下马/聚众闹事犯国法/他们闭门不出理政事纵容手下人/盘剥农民犯法不犯法——张扣在公安局收审闹事群众后演唱片段"，没有唱词的义愤填膺，对当权者渎职纵容各级权力部门对农民的盘剥和压榨的质问，就不会对农民在忍无可忍的情况下聚众闹事的犯法行为的深切同情，在这里杂糅的戏文对表现叙事者的民间立场和草根的价值判断起了重要的推动作用。小说最后通过警察审问张扣时的刑讯逼供，对层层黑幕的揭露和批判表现得更加尖锐。叙事者特意安排张扣唱的戏文的现身说法，与散文对当时情景的还原，来充分地展示监狱泯灭人性、非人道地对待收监人员的粗暴行为："你要抓你就抓/俺听人念过《刑法》/瞎眼人有罪不重罚/进了监牢俺也不会闭住嘴巴——你不闭住嘴巴，俺给你封住嘴巴！一位白衣警察怒气冲冲地说着，把手中二尺长的电警棍举起来。电警棍头上喇喇地喷着绿色的火花。俺用电封住你的嘴巴！警察把电警棍戳在张扣嘴上。这是1987年5月29日，发生在县府拐角小胡同里的事情。"在这里对发生的事情的背景的介绍显然已超过戏文的篇幅，只有这种比较详细的说明，才会在不露声色的客观描绘中让道义的声音喷薄欲出，达到此时无声胜有声的效果，二者构成的互文的关系才给读者以心灵的震撼。所以叙事者通过张扣的戏文和散文杂糅的方式，进一步将这种"防民之口甚于防川"的霸道行为推向极致："县长你手大捂不住天/书记你权重重不过山/天堂县丑事遮不住/人民群众都有眼……——张扣唱到这里，一位虎背熊腰的警察忍无可忍地跳起来，骂道：瞎种，你是天堂蒜薹案的头号罪犯。老子不信制服不了你！他跳起来，一脚踢中了张扣的嘴巴。张扣的歌声戛然而止，一股血水喷出来，几颗雪白的牙齿落在了审讯室的地板上。张扣摸索着坐起来，警察又是一脚，将他放平在地。……一个戴眼镜的警察蹲在张扣身边，用透明的胶纸牢牢地封住了他嘴巴……"没有比采取这种韵散结合的语言方式更能将事情的来龙去脉和叙事者的主观意图表达得清楚明白的了，所以作者选择这种杂糅语言让事情以原生态的方式淋漓尽致地表现出来，对读者的影响和熏陶要远远超过浓墨重彩地铺排渲染隐含作者的主观评价，这是莫言对小说叙事主题的侧面烘托所采取的语言的留白技巧的典型表征。

当然，莫言插入戏文对官僚主义者的讽刺和批判并不是像谴责小说或黑幕小说那样"揭发伏藏，显其弊恶，而于时政，严加纠弹，或更扩充，并及风俗"①，而是在对政治事件的揭露中颇有分寸地保持着对政治的审美距离。因此，杂糅的戏文不仅表现着经济发展过程中出现的不如意的黑暗现象，也用戏文呈现出改革开放带给农村的生机和活力，以及浓郁的民间风俗带给民众的精神享受，"仓廪实而知礼节，衣食足而知荣辱"的物质与精神的辩证关系，在张扣的戏文中也得到了充分的表现。"尊一声众乡亲细听端详/张扣俺表一表人间天堂/肥沃的良田二十万亩/清清的河水哗哗流淌/养育过美女俊男千千万/白汁儿蒜薹天下名扬——天堂县瞎子张扣演唱的歌谣""天堂县的蒜薹又脆又长/炒猪肝爆羊肉不用葱姜/栽大蒜卖蒜薹发家致富/裁新衣盖新房娶了新娘——瞎子张扣1986年某夏夜演唱歌词断章""弹起三弦俺喜洋洋/歌唱英明党中央/三中全会好路线/父老兄弟们，种蒜发财把身翻——1987年正月，张扣在青羊集王明牛三儿结婚宴席上演唱喜庆曲儿。是夜宾客狂欢，张扣烂醉如泥，在王家昏睡三日方醒"。诸如此类的歌谣和唱词在小说中还有很多，它的抒情性和地域性与政治性相互杂糅的过程中呈现出明朗欢快的语言色调，表现出党的十一届三中全会的英明决策为民众的生活带来的翻天覆地的变化，民众对党的政策的热烈拥护和发自肺腑的感激之情，与后面的蒜薹事件中农民的逆反行为的鲜明对比，不难发现值得思考的经验教训。除此之外，

① 鲁迅：《中国小说史略》，《鲁迅全集》（第九卷），人民文学出版社1981年版，第282页。

莫言对民间小调的穿插和欣赏，不是站在启蒙者的精英立场上进行反思和批判，也使得浓郁的带有黄色意味的小曲以原生态的面貌展示在小说中，为小说语言的多色调的艺术风格增添了回味的余地。比如方四叔在到县城卖蒜薹的路上唱的黄色小调"大姐大姐巧梳妆——吹吹打打入洞房——金针刺破莲花瓣——琼浆玉液流满床——"；扶犁老汉耕地的过程中唱的歌谣："日落西山黑了天——二姑娘骑驴奔阳关——""这种混响的'声音'，杂芜的文体，开放的结构，形成了一种典型的狂欢化的风格，既是感觉的狂欢，也是话语的狂欢。它从根本上否定了制度化的话语秩序"① 体现出莫言在浓郁的政治文化的氛围中，通过语言的狂欢和戏仿、反讽的方式，对现实社会介入的睿智风采。没有戏文和歌谣的穿插，就无法在语言上如此巧妙地完成对政治的超越，以艺术的永恒性奠定了急就章的小说华丽转身，成为文学经典的基石。

（二）20 世纪 90 年代小说对曲艺的化用

在 20 世纪 90 年代，莫言对戏文和歌谣的化用进入了平缓的发展时期，在对各种戏文采取多方面尝试之后，他便更加娴熟地运用这种方式来增强小说的地域性、民俗性和新奇性。在应张艺谋的邀请写的《白棉花》（1991）中，插入的淫秽小调《十八摸》中的词儿对女主人公方碧玉的描绘"哎哟我的姐你方碧玉！你额头光光，好像青天没云彩；双眉弯弯，好像新月挂西天；腰儿纤纤，如同柳枝风中颤；奶子软软，好像馎馎刚出锅；肚脐圆圆，宛若一枚金制钱——"只截取小调的没有进入流氓境界的前半部分来形容心爱的人，确实具有浓郁的民间风味，对乡间爱情的特殊形态的描摹给读者带来新奇之感；杂糅的《摘棉歌》表现了乡村歌谣的质朴："八月里来八月八/姐妹们呀上坡摘棉花/眼前一片白花花/左右开弓大把抓，抓，抓，抓"，确实体现了鲁迅所说的歌谣起源于劳动的过程中，并起到调节节奏、缓解疲劳的作用一言，所以小说的叙事者"我"在抬起装满棉花的大篓子小跑的过程中自编自唱的歌谣"火红的太阳落了山，三百斤棉花上了肩，抬着大篓子来回蹿，抬着棉花进了车间。一眼看到了女婵娟，遮

---

① 张闳：《莫言小说的基本主题与文体特征》，《当代作家评论》1999 年第 5 期。

着头来盖着脸，只露着两只毛毛眼，让我怎能不心酸"就是对艺术在劳动过程中的作用的最好明证。当然，小说杂糅歌谣的目的不是形象地演绎一个众所周知的道理，而是为爱情情节的推进作铺垫。不用散文化的叙事，而用歌谣的方式显得更加妙趣横生，也打破了单一语言的沉闷之感。《幽默与趣味》（1991）中的耍猴戏的男人，一边敲着铜锣一边歌唱着："铜锣一敲咣咣咣／叫一声我的猴儿听端详／你给各位乡亲耍把戏／各位乡亲便会把你来犒赏／你玩一个二郎担山追明月／再玩一个凤凰展翅赶太阳／玩一个花和尚倒拔垂杨柳／再玩一个武松打虎景阳冈……各种的把戏你玩了一遍／给你个笸箩去收犒赏"，戏文的入情入理与小猴子的各种滑稽动作相互配合，带给观众的是一种审美的享受。在这里，戏文的逼真描摹与对小猴子端着一个草编的小笸箩绕圈收钱行为的散文叙述相对照，调节了语言的节奏和旋律。《酒国》（1993）中的高级侦查员丁钩儿在精神崩溃的时刻想起的儿时的歌谣"圣人出，黄河清，千家万户放瓜灯，什么灯，冬瓜西瓜南瓜灯。什么灯，什么灯，黄瓜倭瓜脑袋瓜子灯"就是对沉沦在欲望的泥坑中不能自拔的侦查员的灵魂以救赎的最好药方，小说中紧接着用散文化的语言描述歌谣的壮大和力量的"声音由远而近，由模糊而清晰，由微弱而响亮，最后变成了辉煌的、童声大合唱"实际上就是对丁钩儿的沉睡的良知和正义的唤醒。《丰乳肥臀》（1995）中插入的民间歌谣都带有一定的情色意味："嫚啦，嫚啦不用愁，找不到青年找老头。只要跟着同志走，大白菜炖猪肉，锅里蒸着白馒头……"这是民间对宏大的政治话语的改写，却也通过物质话语的凸显，反映出民众渴望改善生活质量的强烈愿望；"紫碗碗花儿，盛蓝酒，妞妞跟着女婿走。走啊走，走啊走，走到黑天落日头，草窝窝里睡一宿。抱一抱，搂一搂，来年生了一窝小花狗。"儿时的歌谣对成人世界不解风情的想象充满了童真童趣，在情色意味的淡化中感受到未来生活的美好。杂糅的政治歌谣都带有改造思想的舆论宣传色彩："十八姐把军参，参军真荣耀，咔嚓剪去了大辫子，留起了'二刀毛'。站岗放哨查路条，汉奸实难逃。"这是六姐去识字班学唱的歌曲，阶级性和教谕意味是不言而喻的；"一九三七年，鬼子进了中原。先占了卢沟桥又占了山海关，火车道修到了俺们济南。鬼子他放大炮，八路军拉大栓，瞄了一个准儿——嘎勾——！打死个日本官，他两腿一伸就上了西天……"牧童用清脆如磬的童嗓子唱的抗战歌曲，显然具有浓郁的民族色彩。在民族危亡的关头表现的奋起抗战的精神会感动每一个热血男儿，所以紧接着写"一曲未罢，司马库已是热泪盈眶"的情感反应为他以后的抗日行为作了铺垫。《祖母的门牙》（1999）中的祖母对我爹的控诉："你可真是'山老鸹，尾巴长，娶了媳妇忘了娘！把娘扔到山沟里，把媳妇背到热炕上！'"之所以过目难忘，是因为这段对父亲忘恩负义的强烈控诉的歌谣惟妙惟肖地刻画出了儿子娶媳妇之后的行为表现，在"妻管严"的畏惧下对父母孝道的背弃。对父亲的指责，用歌谣的形式显得妙趣横生。

（三）21 世纪小说对曲艺的化用

进入 21 世纪，莫言越来越感觉到戏剧和歌谣的乐音对文学创作的重要性，这种声音的诗学包含的语义逻辑和审美意蕴，可以非常轻松地打破地域、文化、文字和种族的界限，采用的"说唱—聆听"的信息传播模式非常适合"读屏时代"的受众群体的审美诉求，孤独的个体可以在跨文体的阅读中获得道德教化和思想启迪，在不同的文化背景和宗教信仰的人群中达到有效沟通的目的，这也是莫言秉承鲁迅先生的"有所为而作"的启蒙观念的典型表征。

1. 创作的戏剧元素

探究这种小说和戏剧元素相互杂糅的审美文本形成的内外因素，固然有文学的艺术形式的创新迫使作家产生的不落俗套的"影响的焦虑"，但更重要的是作者的耳濡目染、兴趣爱好、知识储备等优势因子在机缘巧合的文学场域中的化合作用。就莫言来说，一方面，民间戏曲特别是茂腔戏的日积月累的艺术积淀，对他的跨文体写作起到了潜移默化的作用，"戏曲的艺术熏陶在莫言的文化养成中占了很大的比重，所以即便是他的小说创作中，也出现了大量的戏剧性元素"[①]。另一方面，五音不全的先天缺陷，并不妨碍他对音乐的形而上精神的理解和感悟，无形的

---

① 王梦琪：《论莫言戏剧对传统的继承与创化》，《小说评论》2020 年第 3 期。

乐音携带的情感和灵魂的密码，尽管因破译能力的大小而因人而异，但在信息沟通、交流情感、抚慰心灵等方面的功能则贯穿于整个欣赏的过程。所以他在《我与音乐》中说的"声音是人类灵魂寄居的一个甲壳，也是人类与上帝沟通的一种手段"①，体现出他对乐音的一种敬畏；这也是由声音的功能所决定的："声音是世界的存在形式，有许多人借着它的力量飞上了天国，飞向了相对的永恒"②，正是莫言对文学作品中语言音乐性的执着追求的重要原因。因此，莫言在小说中加强对具有地域和民族色彩的地方戏曲的挖掘，对自己从小耳濡目染的茂腔的充分利用，成为他创作21世纪小说的一个突出的艺术特征。

莫言也说过："民间戏曲通俗晓畅、充满了浓郁生活气息的戏文，有可能使已经贵族化的小说语言获得一种新质，我新近完成的长篇小说《檀香刑》就是借助于'猫腔'的戏文对小说语言的一种变革尝试。"③ 其实嫁接戏文带来的不仅是小说的语言变革那么简单皮相的事情，不同文体的融合还形成了故事、人物、结构、语言等审美因素的全新风貌。莫言21世纪小说创作中耳熟能详的戏剧因素有《檀香刑》《月光斩》《火烧花篮阁》《一斗阁笔记》等传奇性的故事，孙眉娘、钱丁、孙丙、赵甲、小甲、姑姑、小狮子、蓝脸等戏剧脸谱式的人物，宾白、旁白、曲词、曲白相生的戏曲风格鲜明的语言，《檀香刑》的"凤头、猪肚、豹尾"式的结构，《四十一炮》《蛙》《生死疲劳》中的情节结构之间强烈的戏剧冲突等，有不少的学者从戏剧文化、戏剧情境、戏剧化生存、戏剧冲突、戏剧空间等方面对莫言小说创作的影响作了深入分析④，但恰恰对最表层的小说杂糅的零散戏文、穿插的

---

① 莫言：《我的高密》，中国青年出版社2011年版，第11页。
② 莫言：《我的高密》，中国青年出版社2011年版，第19页。
③ 莫言：《用耳朵阅读》，作家出版社2012年版，第58页。
④ 这方面代表性的成果有尹林的《论莫言小说被动的"戏剧化"》，从戏剧化的角度对莫言小说的戏剧因素作了分析；吴景明、李忠阳的《莫言小说的戏剧化书写及其审美表现》，主要从戏剧化和审美表现两个方面分析莫言小说的特征。另外，对莫言的小说《檀香刑》的戏剧化分析成为一个热点，杨经建的《"戏剧化"生存：〈檀香刑〉的叙事策略》、温兆海、王逸竹的《说戏·演戏·看戏——〈檀香刑〉戏剧空间的三重叙事》、张保华的《面向本土经验的一个文学创制：论莫言小说〈檀香刑〉的戏剧化》从戏剧化的不同方面对《檀香刑》的叙事策略、艺术空间、文学创制等方面进行了恰如其分的阐释。

快板词、成段的茂腔戏曲等的审美功能的阐释付之阙如。其实它们为表现思想主题、刻画人物性格、推进情节发展所起的作用是无可代替的，共同形成了具有"莫氏"风格的审美特征。

第一，小说中杂糅的戏文：表现思想主题的法宝。"纵观莫言的小说，无论是带有先锋色彩的早期创作如《欢乐》《爆炸》等，还是向传统戏剧性写作回归之后的《檀香刑》《丰乳肥臀》《蛙》，都时刻保持着高密度的戏剧性特点，只是冲突的表现形式、浓度强度各不相同。"[1] 观察莫言前后期的小说创作情况，尤其是他为表现思想主题而采取的不同的戏剧冲突形式，不难发现其后期的小说创作更加有意识地杂糅了戏文来加强戏剧冲突的激烈程度，通过人物的具有独白或对白色彩的唱词来为表现深刻的思想主题服务。此时，隐含作者或叙事者借鉴戏剧的客观化的方式，宁愿做一台沉默的摄像机，聚焦于角色演唱的声情并茂的戏文，让戏文成为表现小说思想主题的重要的审美载体，在形式与内容、手段与目的之间达到了有机统一，尤其是进入21世纪的小说创作更是如此。

在戏文的杂糅方面，根据小说艺术表达的需要，莫言把他在小时候就非常喜欢的家乡的茂腔戏、"文革"时听的样板戏、其他地方的戏曲与小说的情节结构有机地契合在一起，对推动情节的发展、人物命运的改变、思想情感的表达起到了烘托作用。《天花乱坠》（2000）中对美妙动听的声音诗学的主题淋漓尽致的表达，主要是通过两个面貌丑陋的人唱的戏文体现出来的，两个人发自灵魂的声音完美地演绎了小说的题目。一个是"文革"时期天花女人在幕后唱的《沂蒙颂》插曲《愿亲人早日养好伤》，从开始的石破天惊："蒙山高，沂水长，我为亲人熬鸡汤……"到后面随着前台情景氛围的变化的伴唱："加一把蒙山柴炉火更旺……""添一瓢沂河水情深意长……"动听的旋律和美妙的歌喉让人百感交集思绪万千。另一个是一脸大麻子的皮匠，他唱的大戏《武家坡》，第一句西皮导板就穿云裂石气冲霄汉："一马离了西凉界——"接下来转成原板，"不由人一阵阵泪洒胸怀。青是

---

① 潘耕：《论莫言小说的"戏剧冲突"》，《中国当代文学研究》2021年第6期。

山绿是水花花世界，薛平贵好一似孤雁归来……"更是让人沉浸在凄凉的剧情和动听的乐音中，忘记了人世间的痛苦和烦恼。这种天花乱坠的美妙声音，来源于麻子把唱戏作为自己的灵魂寄托的初衷，所以小说的结尾叙事者的感叹"麻子被牛痘疫苗消灭了，用灵魂歌唱的人被光滑的脸消灭了"进一步突出了主题。《四十一炮》（2003）的结尾插入的戏剧《肉孩成仙记》，杂糅的戏文为表现欲望化的肉体沉沦和返璞归真的精神救赎的主题起到了画龙点睛的作用。小肉孩的唱词"为救娘亲——我日夜奔忙——""穿过了山和水沉睡的村庄——去城里见到了神医老杨——他为我的娘开了药方——这药方用药实在奇怪——有巴豆有生姜还有牛黄——去药店高抬手把药方献上——那抓药的伙计要我拿两块光洋——我家中早已是不名一文——让我这一片孝心的肉孩子百结愁肠"，对应的是现实中的肉孩罗小通与母亲杨玉珍之间的欲望化的矛盾冲突导致的亲情异化的问题，戏文中小肉孩唱的为母买药不名一文而百结愁肠的至孝心态，是从子辈的角度消除亲情隔阂和代沟的一剂良药；至孝的肉孩从胳膊上割肉给母亲熬药，终因营养不良、流血过多而死。他也像英年早逝的唐代诗人李贺一样，用虚无缥缈的成神成仙的谎言劝母亲不要悲伤，说自己的孝行感动了上帝，被封为肉神，但母亲的唱词"宁愿与我儿粗茶淡饭在人间，也不愿我儿天天吃肉成肉仙……"道出了深受传统文化浸染的母亲渴望着一家团聚、平平淡淡才是真的永恒的思想主题。这是叙事者有意插入戏文和剧情的最根本的原因，当人在欲望化的年代蒙蔽了自己富有良知的眼睛的时候，回归传统、回归本源、大道至简的古训，正是救赎陷入物欲、权欲、情欲的泥潭中不能自拔的现代人的清醒剂。《生死疲劳》（2006）中以自我调侃的带有元叙事色彩的笔墨插入的"莫言那厮在他的新编吕剧《黑驴记》"中的一段唱词"身为黑驴魂是人/往事渐远如浮云/六道中众生轮回无量苦/皆因为欲念难断痴妄心/何不忘却身前事/做一头快乐的驴子度晨昏"实际上是点睛的戏文。通过简短的唱词概括了西门驴的性格、心态、情感和精神，对小说表现的思想主题"生死疲劳，从贪欲起。少欲无为，身心自在"无疑起到了烘托作用。西安的风流作家庄蝴蝶（借鉴的《废都》中的庄之蝶）坐在一具遮阳伞下，在那儿有板有眼地大吼秦腔："吆喝一声绑帐外，不由得豪杰笑开怀……"他那两个婀娜多姿、风流多情亲如姐妹的情妇分坐两边为他扇风送凉。插入的小说中的叙事者兼故事中的人物莫言的酒肉朋友庄蝴蝶唱的秦腔是别有用意的，秦腔的酣畅淋漓与唱词的豪放大度，更加衬托出外貌丑陋的庄蝴蝶得意忘形的小人心态，而两个如花似玉的女孩甘愿做他的情妇，显示的是恋爱期间智商为零的傻气，正是为爱不顾一切私奔到西安过着穷困潦倒的生活的庞春苗的缩影。所以，秦腔的唱词烘托出的庄蝴蝶的英雄主义，也让现实生活中弃官不做的蓝解放心生羡慕，再加上左拥右抱的情人给予的面子，对蓝解放潜在的菲勒斯中心主义的刺激，才有了蓝解放示意春苗看庄蝴蝶和他的情人，春苗说"天下的女人都傻"的应激反应，进一步加深了"生"的疲劳的刻骨铭心的体验。《火把与口哨》（2020）中的公社秘书杨结巴的业余爱好是唱戏，"生旦净末丑，文武昆乱不挡！"样样都拿得起放得下，所以在三叔婚宴上的唱词："龙车凤辇进皇城，御街上来了我讨饭人——""眼不明观不见花花美景，看不见汴梁城文武公卿——"高亢苍凉的声音将他对戏曲的喜爱之情和投入之深暴露无遗，也为他在我三叔矿难之后，在坟前由大放悲声的哭转变为悲凉凄切的唱埋下了伏笔。他在三叔的衣冠冢前的唱词"哭一声二贤弟命运凄惨，遇矿难丧青春命归黄泉。可恨这阎王爷他不长眼，二贤弟盖世英才难施展。原指望兄弟们同生共死，不承想贤弟你先化青烟。眼看着五个耳缺了一耳，撇下了众弟兄好生孤寒"展示了他对三叔结拜兄弟的深厚情谊，也把其他异姓结拜兄弟的心声借助他的凄凉慷慨的唱词表达了出来，也触动了三婶对死去的丈夫的深厚情感，才有了后来复仇大业完成之后，决心追随三叔而去的凄美的思想主题，唱词留白的艺术技巧显示出叙事者的大手笔。

　　第二，小说中穿插的快板词：刻画人物性格的需要。布伦退尔在《戏剧的规律》中总结的不同类型、题材和风格的戏剧都需要遵循的基本规律："我们要求戏剧的，就是展示向着一个目标而奋斗的意志，以及应用一种手段去实现目标的自觉意志"①，与莫言的刻画人物性

---

① 顾仲彝：《谈"戏剧冲突"》，《戏剧艺术》1978 年第 1 期。

格、塑造人物形象、表达人物情感、展示人物心灵等方面的小说创作观念还是有某些相似之处的。尽管现在没有资料证明二者之间影响与被影响的关系，但在莫言的 21 世纪小说创作中还是比较完美地诠释了人物为"实现目标的自觉意志"的理念。小说中的人物借助快板词表达的"自觉意志"，体现的主体性和能动性意味着人物已脱离作者的主观化思维的控制，不再成为表达作者的主观意志和思想价值观念的单纯的传声筒，也不再是听从命运安排被无常捉弄的被动型的人物。这也是莫言深受现代主义和后现代主义文学思潮的影响，特别是罗兰·巴特的"作者已死"的解构主义理论影响的结果，这种思想观念与现代美学大师利昂·塞米利安的刻画人物的艺术手法的主张不谋而合，用塞米利安的话说："戏剧最简单的定义就是只有人物的语言而没有作者的语言。戏剧性的写作手法就是以人物的语言来写作，或者至少是从人物的角度进行写作。"① 从文学大师沈从文的"贴着人物写"的创作理念中受到启发，进而提出"盯着人物写"的理论主张的莫言用合辙押韵、朗朗上口的快板词的艺术形式对人物形象的刻画和描摹，显而易见就是典型的戏剧化的书写模式，是隐含作者甘愿藏匿于人物形象的幕后，让鲜活生动有血有肉的人物走向前台，对自己的生活处境、情感意蕴、个人遭遇进行淋漓尽致地表现。此时，"只有人物语言而没有作者的语言"的戏剧性的审美范式，非常形象地体现出海德格尔的存在哲学所说的"语言是人类存在的家园"的思想观念。小说中的人物在广场的公共空间，或者是个人的私密性空间传唱的快板，真正成为"言为心声"的表达媒介，也回到了《公羊传·宣公十五年》中所说的"饥者歌其食劳者歌其事"的最原始、最本真的自然功能上去，人物形象刻画的戏剧性特征也就跃然纸上。因此，莫言在小说中不仅通过样板戏、吕剧、秦腔、京剧等不同曲艺品种的唱词与小说语言的杂糅，为小说语言"众声喧哗，多音和弦"的杂语特征增砖添瓦，而且在小说中插入民众喜闻乐见的快板词，为表达的思

---

① ［美］利昂·塞米利安：《现代小说美学》，宋协立译，陕西人民出版社 1987 年版，第 35 页。

想主题、安排的情节结构、设置的人物的悲剧结局服务。

　　作为中国曲艺中源远流长的韵诵类的快板，以其节奏感极强的比较规整的韵文数唱的方式深受民众的喜爱，对于表现人物思想观念的改变和性格的发展变化起到了很好的促进作用。好莱坞剧作家悉德·菲尔德说："人物的巨大转变对于故事是否好看的重要性在于，它让一个角色拥有了两面或者多面的形象，在有限的时空范围里，变得更加丰富立体。"①借助于特定的时空范围和语境范畴，通过人物形象的命运、遭遇和处境的前后期的巨大变化带来的戏剧性的转折，让人物形象更加丰满，更富有立体感，这是简单直接、老少咸宜、富有民间色彩的快板词承担的叙事功能。因此，不仅在前期的小说《幽默与趣味》中的耍猴戏的男人唱的快板词"二郎担山追明月""凤凰展翅赶太阳""花和尚倒拔垂杨柳""武松打虎景阳冈"等内容中很具有民俗文化的色彩，将一个谙熟民众心理的跑江湖的人的八面玲珑刻画得栩栩如生，而且在 21 世纪的长篇小说《生死疲劳》中，通过村支书洪泰岳发迹前后说唱的快板的对比，借助上下翻飞的牛胯骨的道具表现人物思想感情的变化，更将人物的前后历史的鲜明对比衬托出一个丰富复杂的人物形象。发迹之前，作为一个"今朝有酒今朝醉"的流氓无产者，为了满足基本的生存需要，只能用充满韵律感和道德劝诫的快板词来迎合深受善恶有报的伦理观念熏染的民众。所以在集市开辟的公共空间中，叫花子洪泰岳引吭高歌，抑扬顿挫，有板有眼，韵味十足："太阳一出照西墙，东墙西边有阴凉。/锅灶里烧火炕头上热，仰着睡觉烫脊梁。/稀粥烫嘴吹吹喝，行善总比为恶强。/俺说这话您若不信，回家去问你的娘……"成为整个集市的引人注目的焦点。这种最底层的坎坷的生活体验以及民间质朴的情感关系，已成为他的灵魂中最根本的东西，传统的乡土中国中根深蒂固的土地情结永远也不会动摇，所以才有他退休后并没有过不问世事的清闲日子，而是对破坏土地资源、打着搞旅游开发的名义中饱私囊的西门金龙展开了不妥协的

---

　　① ［美］悉德·菲尔德:《电影编剧创作指南》，魏枫译，世界图书出版公司 2012 年版，第 132 页。

殊死斗争。重新拾起自己摇着牛胯骨数快板的看家本领。他说唱道："哗啷啷，哗啷啷，牛胯骨一打咱开了腔。/今天咱要说哪一段呢？表一表西门金龙复辟狂……"快板非常鲜明地表达出深受传统文化和左倾路线影响的洪泰岳与西门金龙势不两立的态度，也为他在忍无可忍的情况下，身上绑上炸药包与金龙同归于尽的悲剧结局埋下了伏笔，没有这种尽情地表达自己的观点和执拗的个性意识的快板词，最后他的"吾与汝偕亡"的激烈举动就失去了说服力。由此可见，前后两段快板词的巧妙运用对推动故事情节的发展所起到的巨大作用，同时也为表达的思想主题"少欲无为，身心自在"，进一步佐证了它在物欲横流的社会所起到的中流砥柱的作用。

第三，高密三绝之一的茂腔戏：推动情节的发展。"小说是叙述的艺术，它要取得戏剧这种直观展示特性，它一方面要排斥那种全知全能的作者叙述，另一方面也要力除具有强烈主观态度的作者干预的叙事方式。"[①] 这是莫言 21 世纪小说创作中具有戏剧性的审美表征的重要原因，特别是萦绕耳畔的茂腔戏文，对浸润在传统文化的土壤中的莫言来说，更是他实验跨文体创新的灵丹妙药。长期小说创作的井喷状态，也急需民间文化的审美积淀提供动力支持，既不重复自己也不模仿别人的艺术创新的"影响的焦虑"，也需要亲切熟悉的家乡戏文予以缓解。因此，上帝的无所不晓的全知视角的退隐之后留下的叙事空白，莫言非常清晰地意识到作者强烈的主观干预态度也已失去了用武之地。文学创新的飞地用沉淀日久的茂腔戏文创造出具体可感的历史文化场景，还原出干巴冰冷物是人非的历史的鲜活样貌，让作品中的人物演唱的茂腔戏文成为涵盖主题的永恒的旋律，推动情节的发展，形成戏剧式的客观直观性的审美表征，成为莫言创作历史题材小说《檀香刑》的意绪和情结。机缘巧合的是 20 世纪 90 年代新历史主义的勃兴，再加上"中国近现代历史在短时间内爆发式的'戏剧性'环境，为莫言历史题材创作的戏剧性美学提供了坚实的基础"[②]。历史

---

① 徐小霞：《〈呼啸山庄〉小说文体戏剧化的特征》，《西藏民族学院学报》（哲学社会科学版）2012 年第 2 期。

② 潘耕：《论莫言小说的"戏剧冲突"》，《中国当代文学研究》2021 年第 6 期。

的波澜起伏、事件的突兀变化、命运的峰回路转、人生如戏、戏如人生的偶然因素，都在这篇小说的茂腔戏的悲凉凄切的氛围中，化为了人物关系和情节发生逆转的戏剧性的叙事策略，希克思所指的"意外的情况（situational）"就表现为"文似看山不喜平"的戏剧景观。

　　具体到莫言以茂腔戏为审美载体表现家乡流传的可歌可泣的孙文的抗德本事，从创作心理学的角度来说是一种久遭压抑的心理情结盘旋日久的结果，是作者的"苦闷的象征"。因为任何一种戏文都不如从小就耳濡目染的家乡的戏曲带给自己的灵魂的震撼那么强烈，也没有对自己的生活方式和价值观念影响那么深远，所以这种从小就萦绕在耳畔的声音的诗学，最终化为《檀香刑》（2001）这样"一部戏剧化的小说，或者是一部小说化的戏剧"。文体的模糊正体现出有意识地向民间说唱艺术靠拢的叙事本色，可以说："戏剧化运思方式是《檀香刑》的叙事本色——一种典型的小说叙事思维对戏剧艺趣意识的认同。"[①] 艺术的自觉认同反映出莫言对这种高密东北乡广为流传的戏曲文化的由衷热爱。对于这种地方戏曲的特点，以及对本地人的生活观念的巨大影响，莫言在小说的后记中提到"第二种声音就是流传在高密一带的地方小戏猫腔。这个小戏唱腔悲凉，尤其是旦角的唱腔，简直就是受压迫妇女的泣血哭诉。高密东北乡无论是大人还是孩子，都能够哼唱猫腔，那婉转凄切的旋律，几乎可以说是通过遗传而不是通过学习让一辈辈的高密东北乡人掌握的"[②]。戏班班主孙丙的人生结局就像那戏里唱的，"窝窝囊囊活千年，不如轰轰烈烈活三天"，他自身也成为茂腔戏的旋律、音色、唱词的最好体现者。可以说，他的坚定执着的性格、潇洒放荡的行为、不顾一切的复仇、成就英名的信仰等集迂腐与聪明、自由与拘束、必然与偶然等异质因素的展示，都离不开他的"人生如戏，戏如人生"的声情并茂的茂腔唱词。因此，表达情感的艺术形式与表现现实生活的内容合二为一的特点，就注定了他的鲜活的性格和凄惨的命运的艺术表现，只能用悲凉凄切的茂腔戏

---

① 杨经建：《"戏剧化"生存：〈檀香刑〉的叙事策略》，《文艺争鸣》2002 年第 5 期。
② 莫言：《檀香刑》，作家出版社 2001 年版，第 518 页。

词才恰到好处。他在茂腔戏舞台上扮演过的英雄好汉的悲壮事迹和慷慨唱词，注定会成为他的为人处世的行动的指南，并一直喻示着下面情节的发展。他的人生发生转折的第一件事情，是围绕着他的浓密俊美的胡须与县令钱丁发生的纠葛，因为喝多酒说过县令的美髯不如他裤裆里面的鸡巴毛的狂言被抓进县衙之后，"哪怕你狗官施刑杖，咬紧牙关俺能承当"的戏文，真实地表达了他受舞台英雄人物的气节影响产生的心态变化。紧接着又在衙役们狐假虎威、持续不断地呜喂声中不由自主地感到惭愧，油然产生出对知县大老爷的亲近之情，心里默念的戏文"兄弟们相逢在公堂之上，想起了当年事热泪汪汪……"在神秘森严的气氛里又表现出他打破等级观念潇洒自由的心态，也才有在县令审讯他的庄严的大堂上，他能够斗胆说出心里话"小的别无所长，但自认为胡须是天下第一。小的扮演《单刀会》里的关云长都不用戴髯口"，然后由《单刀会》里的关云长的唱词"大江东去浪千叠，赴西风小舟一叶，才离了九重龙凤阙，探千丈龙潭虎穴……"进一步增加了他的勇气和信心；紧接着在县令借看他的胡须为由头施展的官威的压迫下，心中的唱词"现东吴飘渺渺旌旗绕，恰便似虎入羊群何惧尔曹……"又将他的光明磊落的性格和不畏权势的人格体现了出来，赢得了深受"威武不能屈"的儒家文化人格影响的钱丁的赏识。才有县令纡尊降贵与草民的他同台斗须后设宴款待，亲自把盏，孙丙马上捐弃前嫌，心中的芥蒂和莫名的尴尬就全都烟消云散了。散席后竟然放开喉咙唱了一句猫腔："孤王稳坐在桃花宫，想起了赵家美蓉好面容……"由此可见，戏文环环相扣表现出的洒脱风流的性格，顺理成章地推动故事情节的发展。

情节进一步发展的转折事件是孙丙怒发冲冠，打死了调戏妻子的德国技师，惹来自己料想不到的祸端。他故作镇静，放开喉咙唱的猫腔："望家乡去路遥遥，想妻子将谁依靠，俺这里吉凶未可知，哦呵她，她在那里生死应难料。呀！吓得俺汗津津身上似汤浇，急煎煎心内热油熬……"悲壮苍凉的戏文和唱腔就是他一介草民遇到超出自己的命运把握的事情的时候，那种忐忑心情的最好写照，也为他遇到最坏的命运和结局的时候，怒火中烧奋起反抗埋下了伏笔。所以在自己逃跑后得知美貌的妻子和天真无邪的一双小儿女都惨遭德国人的毒手之后，孙丙的长长的一段茂腔戏文："——俺俺俺倒提着枣木棍～～怀揣着雪刃刀～～行一步哭号啕～～走两步怒火烧～～俺俺俺急走着羊肠小道恨路遥……有孙丙俺举目北望家园，半空里火熊熊滚滚黑烟。我的妻她她她遭了毒手葬身鱼腹，我的儿啊——惨惨惨哪！一双小儿女也命丧黄泉……这血海深仇一定要报"，将他惊闻噩耗后由东躲西藏的懦弱心态，到为其妻女报仇的"舍得一身剐敢把皇帝拉下马"的豪迈的英雄气质的变化理路显示出来，不共戴天的血海深仇，也只有通过这种且歌且舞的茂腔戏文才能尽情地抒发，相互的循环加强也将孙丙内在的英雄潜质充分地激发了出来，他注定要成为彪炳史册的抗德英雄，戏文的相互激荡的情感发泄加速了惊天动地的抗德事件的到来。

由个人复仇到显示民族大义的抗德事件的发酵是整部小说情节结构的关键点，它不仅为孙丙带领一盘散沙的义和拳的民众与拥有先进武器的德军抗争的惊险悲剧埋下了伏笔，且叙事者借此对民众体现的以卵击石般的反抗精神予以反思，也是激发起富有良知的县令钱丁，只身入虎穴劝说孙丙放下武器的民族大义的体现，更是不讲人性、不守信用、野蛮屠杀无辜百姓的德国兵的残忍见证，所有这一切都要在茂腔戏文中得到充分体现。首先，扶清灭洋的义和拳成为孙丙跟强大的德国兵复仇的唯一依靠，所以众乡亲凑了一点盘缠，连夜送孙丙上路搬救兵，他含泪唱道："乡亲们呐，美莫美过家乡水，亲莫亲过故乡情。俺孙丙没齿不忘大恩德。搬不来救兵俺就不回程。"众人回唱："此一去山高水远你多保重，此一去您的头脑清楚要机灵。乡亲们都在翘首将你等，盼望着你带着天兵天将早回程。"戏文为下面孙丙眷顾乡民们的美好情义，在县令钱丁的劝说下宁愿牺牲一人也要保住民众的性命留下了草蛇灰线，众人的应和也为孙丙在短时间内就将手无寸铁、一盘散沙的民众组织起来抗击敌寇打下了坚实的基础。紧接着孙丙搬来义和拳的两员大将之后，唱的猫腔调："曹州府学回了义和神拳。各路的神仙齐来相助，定让那洋鬼子不得生还。临别时大师兄嘱托再三，他让俺回高密立起神坛。教授神拳演习武艺，人心齐就能移动泰山。特派来猴兄猪弟做护法，他二人都是那得道的真仙刚下凡。"这些符合民众口味的唱词显然带有浓郁的神幻色彩，借助民间的多神教和前文本《西游记》打下的坚实基础，实际上起到了愚弄和忽悠民众的效果。《论语·泰伯篇》中的"民可使由之，不可使知之"的牧民之术，也是善耍小聪明的孙丙惯用的伎俩，当然民众务实的生存理念、熟悉的生活方式和知根知底的人际关系，也使得简单地糊弄是没有多少说服力的，所以叙事者采用魔幻现实主义的手法，让众人仰慕的抗击金军的岳元帅精魂附体于孙丙，以熟悉的陌生人的特征透着一股子凛然不可侵犯的浩然正气，抑扬顿挫饱含悲愤感情地唱道："可恨那误国的金牌十二道，众三军，齐咆哮，滚滚黄河掀怒涛。……最可叹水深火热众父老，最可叹圣主车驾未还朝。北岸的胡尘何时扫，切齿权奸恨难消！满怀悲愤向谁告，仰天抱剑发长啸！"孙丙在附体后表现的令人瞠目结舌的卓绝轻功，威武雄壮的声音，以及抗敌御侮的茂腔唱词激发的正义感，为民众接受孙丙的领导提供了逻辑依据。县令冒着极大的风险只身进入孙丙的领地后，首先听到的童稚的嗓门唱了两句猫腔的踩板："大雪飘飘好冷的天～～西北风直往袖筒里钻～～"也不是无关紧要的闲笔，孩子的童言无忌的唱词，更加映衬出知县蚀骨的凄凉，戏文体现的美好家园即将被毁的危机现状，促使钱丁下定了说服孙丙的决心。进入马桑镇的街道后，钱丁听到有人高声大嗓地用悲凉缓慢的猫腔调子演唱着令知县这个两榜进士也似懂非懂的唱词："正南刮来了一股黑旋风～～那是洪太尉放出的白猫精～～白猫精啊白猫精～～生着白毛红眼睛～～要把咱们的血吸净～～太上老君来显灵～～教练神拳保大清～～杀净那些白猫精～～剥皮挖眼点天灯～～"，唱词对德国兵的妖魔化和以民间的多神教的神仙来降妖除魔的浪漫幻想注定以失败而告终，具有基本的人生常识的县令知道受戏文的蛊惑后的结果是什么，所以让县令听到不合常理的云山雾罩的戏文，想到这些糊弄人的糟粕将会对民众的生命造成严重的威胁，为他决心揭穿孙丙的愚弄人的把戏埋下伏笔，进一步推动情节的发展。在听到那个孙悟空用不甚纯正的猫腔调子高唱着："义和拳，神助拳，杀尽洋鬼保中原！义和拳，法力深，枪刀剑我不能侵……"就知道孙丙领导的义和拳已走向穷途末路了，只剩下不知天高地厚的狂妄的民气论的唱词是不值一哂的。所以县令对孙丙的尴尬和危机的处境了如指掌，他才用简单质朴的话深深打动了孙丙："如果你能牺牲自己，保全乡亲们的性命，你就会流芳千古！"最后孙丙的唱词"割地输金做儿臣～～忍弃这中原众黎民，十年功业一朝尽，求和辱，覆巢恨，只怕这半壁江山也被鲸吞。休欺我沉沉冤狱无时尽，天下还有我岳家军～～乡亲们，你们散了吧！"也显示出英雄末路的无奈与感伤，一句"乡亲们，你们散了吧！"包含有多少泣血的壮志未酬的心有不甘的悲愤！没有这些鲜活的唱词，县令和孙丙的性格就不会如此活灵活现地展示出来。

　　起义失败之后，被生擒活捉的孙丙就面临着惊天动地、旷古未闻的酷刑——檀香刑，这也是小说的高潮和主旨所在。在这一部分穿插的茂腔戏已反客为主，成为主导情节发展的最重要的力量。首先是在第三部分凤尾的章节前面加上茂腔《檀香刑·父子对》的唱词："老赵甲坐棚前心绪万千（爹你想啥？），往事历历如在眼前（啥往事？），袁世凯大德人不忘故交，才使咱爷儿俩有了今天（今天是啥天？）。""文状元武状元文武状元，有道是三百六十行行行出状元。咱家就是刽子行里的大状元。儿子啊，这状元是当朝太后亲口封，皇太后金口玉牙不是戏言。""听俺爹爹讲历史，小甲心中很欢喜。爹爹爹爹了不起，见过太后和皇帝。小甲也要当刽子，跟俺爹爹学手艺……"戏文显示出刽子手赵甲在袁世凯的举荐下，告老还乡后重新获得老佛爷的青睐，对有机会实施惨无人道的檀香刑倍感荣幸，也让众人所不齿的刽子手的下贱营生，上升到国家法律的高度为其正名，从而为赵甲带领儿子赵小甲从事杀人行当提供了充分的理由。没有戏文提供的让刽子手作为"沉默的他者"，终于开口说话为自己辩护的唱词，就不可能有聪明的赵甲让儿子从事被人看不起的下贱的营生，也就没有孙眉娘的公爹行刑亲爹的情节发展。在过门的《父子对》提供的情感和行为的反常逻辑实为正常的人之常情体现的铺垫之后，老赵甲认为只有他这样的鼎鼎大名的大清第一刽子手实施檀香刑，才能成就孙丙的一世英名，是他和犯人孙丙联袂演出的这场大戏，才能让民众看到这全世界从来没有过，今后大概也不会再有的好戏了。所以他非常自豪地唱道："老赵甲，怀抱着檀木橛子往前行，尊一声众位乡党细听分明。俺怀中抱的是国家法，它比那黄金还要重。"这为他成就孙丙的名声，一丝不苟的敬业精神提供了逻辑依据，也为"是亲三分向"的民间的伦理道德，演变为匪夷所思的加重亲戚的酷刑力度，竟然是为了他好的反常表现埋下了伏笔。下面就紧接着重点描绘孙丙的徒弟义猫带来的茂腔戏班子，在师傅行刑的升天台前唱悲凉凄切、充满抗争怒火的茂腔戏，将情节推向最高潮。在开始演唱的时候，义猫的抑制不住的悲愤的情感就伴随着演唱的戏文，如开了闸的河水滚滚而来："猫主啊～～你头戴金羽翅身披紫霞衣手持着赤金的棍子坐骑长毛狮子打遍了天下无人敌～～你是千人敌你是万人敌你是岳武穆转世关云长再世你是天下第一～～"，是对孙丙的精灵附体的神秘力量的由衷赞叹，也是对充满正义的力量的班主的行为的夸大其词，而其目的都是表达敬仰之情。也正是夸大孙丙具有如此神通广大的造化，才有后面义猫领唱的赞颂孙丙在短时间创造的辉煌业绩："第一棍打倒了太行山～～填平了胶州湾～～第二棍荡平了莱州府～～吓死了白额虎～～第三棍打倒了擎天柱～～颠倒了太上老君的八卦炉～～咪呜～～咪呜～～。"神通广大的本领创造出非凡的业绩，在逻辑上才不会让人产生违和之感，在真真假假的戏文的倾诉中更能使得沉浸在悲凉氛围中的民众产生同仇敌忾的勇气，才有了面对德国现代武器的扫射，这些民众仍然义无反顾地抗争死去，完整地诠释了"民不畏死，奈何以死惧之"的大无畏精神。

当然，叙事者设置的沉闷压抑的升天台和行刑的悲凉恐怖气氛缠绕的情节太紧张了，也会让读者敏感的神经接受不了，所以在小说安排戏文的过程中，叙事者也注重心理情绪和叙事节奏的张弛有度的调节。在行刑的间隙插入带有花边新闻的唱词，让带有色情意味的戏文冲淡滞重烦闷的情绪氛围。这主要表现在两个方面：一是义猫为调节气氛接受民间带有情色意味的小调调动民众的情绪，如"军爷啊，请问您喝什么酒？/俺要喝女儿红酒才出缸。/俺家没有女儿红/大姐身上有芳香/军爷想吃什么肉/天上的凤凰切来尝/俺家没有凤凰肉/大姐就是金凤凰"。显然是类似东北二人转模式的男丑和花旦调情的场面，也为在刑场上的钱丁生怕被袁世凯知道要图谋不轨的紧张情绪得以缓解。再加上童稚的茂腔："哎哟爹来哎哟娘～～哎哟俺的小儿郎～～小爪子给俺搔痒痒～～小模样长得实在是强～～可怜可怜啊把命丧～～眼睛里流血两行行～～咪呜咪呜～～咪呜咪呜～～"。会使人忘记眼前的危险处境，一直绷紧的神经也有了缓和的余地，读者的情绪氛围也得到了有效的调节。二是鼎鼎大名的山东巡抚袁世凯和高密县令钱丁对女中花魁孙眉娘的美貌的赞叹，先是借袁世凯之口唱道："好一个女中花魁孙眉娘，小模样长得实在强。怪不得钱丁将你迷，连本官见了你，也是百爪挠心怪痒痒。"又从情人钱丁的发自肺腑的感受出发，模仿着孙丙的声嗓，有板有眼的唱词："日落西山天黄昏，虎奔深山鸟奔林。只有本县无处奔，独坐大堂心愁闷～～""自从结识了孙氏女，如同久旱的禾苗逢了甘霖""你的好处说不完！～三伏你是一坨冰，三九你是火一团。最好好在解风情，让俺每个毛孔都出汗，每个关节都舒坦。为人能搂着孙家眉娘睡一觉，胜过了天上的活神仙～～"，再加上孙眉娘的挑逗和搭话的烘托陪衬，就将这出爱情和色情兼而有之的婚外情表达得淋漓尽致，整部小说的戏文的韵律节奏、情节的起伏变化、高潮的跌宕起落也随之变化，起到了张弛有度的调节作用。

由此可见，莫言21世纪小说中杂糅的戏文、快板和茂腔戏都是为表现思想主题、刻画人物性格、推进情节发展服务的。这些戏剧元素都是莫言在平时的积累中积淀于脑海中的，是"文章本天成，妙手偶得之"的产物，尤其是家乡戏曲茂腔的委婉幽怨的唱腔带给人的悲凉哀怨之感，深深地触动了莫言的灵魂。让自己的刻骨铭心的经历和感受融会于曲调质朴自然、旋律悲凉凄切的茂腔之中，才有了回归民间传统、从西方文学的现代观念中大踏步撤退的《檀香刑》。可以说，离开了戏曲的动人的旋律和优美的歌词的滋养，莫言21世纪的小说创作便不会取得如此的成就。

2. 歌谣的杂糅

在歌谣的杂糅方面，莫言在21世纪的小说创作中加大了对儿歌、民谣、顺口溜、流行歌曲等与小说的情节结构相互融合的力度，借此表现民间的地域文化、人际关系、生活方式和宗教信仰等方面的审美意蕴。莫言之所以在随着阅历的增长、小说叙事技巧的成熟和语言的极限式实验之后，仍然一如既往地保持着对民歌民谣的执着的热爱之情，这不仅是他秉承的比较纯粹的"作为老百姓写作"的民间立场所决定的，而且是由在地性的生活经验所浸润的歌谣的艺术特征和审美功能所决定的。因为"歌谣是在长期的社会历史文化流变中所形成的和保存下来的最能体现民族和地域色彩的人类精神载体之一，它的音乐的旋律和与特定社会人群的社会生活相关的唱词，往往是一个民族或特定地方的社会精神活动的集体智慧的结晶，具有鲜明的代表性和区别性，也具有丰富的原型意义和表现力"①。民众的低层次的文化水平决定了在表达自己的情感意蕴和思想观念的时候，只能用歌谣的合辙押韵的方式表达"饥者歌其食，劳者歌其事"的欲求。这些质朴的歌谣由于真实地表达了人民的心声，并在地域文化的影响下代代相传，成为民众的集体性的历史记忆，所谓的故土难离、叶落归根、狐死首丘等表现眷恋故乡情绪的词语，其实都在带有民俗色彩的歌谣包含的故乡的味道中吟咏流传，成为体现一个地方文化传统的活化石。因此，"歌谣作为一定区域的民俗，它还反映一种区域文化和地方性知识"②。莫言对高密东北乡的民歌民谣之所以情有独钟，其中之一就是歌谣体现的民俗和地方文化已成为潜在的文化基因影响到他独具特色的小说的气味，他的调动各种感觉功能，让小说成为有呼吸、有温度、有情感、有思想、有生气的生命有机体的观念，其实也来自家乡的歌谣混杂着复合色调的自由性、鲜活性和有机性的深远影响。其中之二就是歌谣自身具有的反映民众真实的生活情状、显示民众自身的创造能力、表现民众的智慧技巧、展露民众的语言魅力等方面的功能价值所决定的，能在小说中发挥通俗易懂、妙趣横生、解颐幽默、计白当黑的功能作用，满足具有天马行空的无羁的想象力的莫言表达多重思想主题的主体性需要。

---

① 徐美恒：《论藏族作家长篇小说中歌谣的艺术魅力》，《文学评论》2006年第4期。
② 罗宗宇：《论中国现当代小说创作中歌谣现象的叙事类型和成因》，《社会科学辑刊》2012年第6期。

"歌谣的词语往往高度精练，再经过音乐的渲染，就可以变成故事的骨架，提纲挈领地展现主题。"① 因此，杂糅歌谣对富有良知和责任感的莫言来说非常重要，它对表现民众对时事政治的看法、生活百态的观念和婚恋民俗的风采的主题起到了画龙点睛的作用。只有自由自在的民歌，才能在边缘化的处境中表现出自身的独特风采，文人赞赏的"好诗在民间""礼失则求诸野"等真挚的评价，都在在说明民歌的质朴内容与巧妙的不作伪的艺术形式是巧夺天工的结晶。当然，也有部分民歌受到时代的政治文化语境的影响，带有鲜明的政治波普的民歌承担起宣传具体的方针政策的功能，这在莫言的与政策紧密结合的小说中也有鲜明的表现，但在表现的过程中，莫言总是尽量做到民谣对政治表现的服务功能与民谣自身的艺术独立性之间达到动态的平衡，是"政治的艺术化"而不是"艺术的政治化"成为他选择与时事有密切联系的民歌的重要标准。总体来说，莫言对歌谣的巧妙借用和融合主要表现在以下三个方面。

第一，时政类的歌谣。民间不是脱离社会政治的纯粹的田园净土，它要受到宏观政治的指导和微观政治的渗透对民众的生活观念、行为方式和习俗文化的影响，形成所谓的"大传统"与"小传统"。因此，在歌谣的民间沃土中生长出来的品类中，有相当一部分是反映民众对某些政治事件、具体的方针政策、政治人物的认识和态度的时政类的歌谣。这些时政类歌谣对历史中统治者的揭露讽刺、民众的真实生活习俗的表现，主要在向民间致敬的长篇《檀香刑》（2001）中得到了充分展示。莫言在展示这些歌谣的优美的旋律、动人的唱腔、质朴的歌词的时候，并不是为了炫技的需要，而是和表现人物的性格、展示政治对民众生活观念的影响、推动情节结构的发展等审美需要密切联系在一起的。上层统治者袁世凯一心巴结德国总督克洛德而置高密百姓的生死于不顾的可耻行径，通过在陌街穷巷里的顽童传唱的歌谣"清不清，风波生；袁不袁，曹阿瞒"中得到充分展示。歌谣没有说袁世凯如何奴颜婢膝、巴结洋奴卖国求荣，但通过不谙世事的顽童唱

---

① 徐美恒：《论藏族作家长篇小说中歌谣的艺术魅力》，《文学评论》2006年第4期。

的歌谣，就将袁世凯如同历史上的曹阿瞒一样，司马昭之心，路人皆知，推动了袁世凯为讨好克罗德才找来大清朝第一刽子手赵甲，为抗德的民间英雄孙丙实施旷古未闻的檀香刑，最终导致刑场上血流成河的人间惨剧等一系列情节的发展。下层睿智的造反领袖本着"哪里有压迫哪里就有反抗"的不屈精神和民族气节与统治者展开殊死的斗争，但自己的力量毕竟有限，所以就借助歌谣的形式笼络民众参与到义和拳运动中来，这在起义的领导者孙丙唱的歌谣中体现得特别明显："有孙丙，不平凡，曹州学来了义和拳。搬来了孙猪两大仙，扒铁路，杀汉奸，驱逐洋鬼保平安。晚上演习义和拳，地点就在桥头边。男女老幼都去看，人人都学义和拳。学了义和拳，枪刀不入体，益寿又延年。学了义和拳，四海皆兄弟，吃饭不要钱。学了义和拳，皇上要招安，一旦招了安，个个做大官。封妻又荫子，分粮又分田……"叙事者没有对这支队伍的战斗力和信奉的价值观念站在启蒙的角度作疾言厉色的批判，但通过孙丙歌谣的自我宣传，核心领导的迷信糊弄、自我吹嘘的不着边际、施政纲领的封建色彩等倒行逆施的行为，实际上将这支队伍一旦与德国军队开战，必然是以卵击石、自取灭亡的命运暴露无遗。从歌谣的宣传内容不动声色地叙述中隐含的讽刺意味，显示出莫言融合歌谣推进情节发展的大手笔。当然，下层民众中最自由自在的是天不问地不收的叫花子，他们的歌谣表达的是真正底层民众旷达乐观的心声，往往采取幽默的颠倒调的方式，就将社会的不公、官府的欺压、民众的冤情展示出来。尤其是领头的乞丐侯小七的唱词"头穿靴子脚戴帽，听俺唱段颠倒调～～咪呜咪呜～～儿娶媳妇娘穿孝，县太爷走路咱坐轿～～咪呜咪呜～～老鼠追猫满街跑，六月里三伏雪花飘～～咪呜咪呜～～""大街在人脚下走，从南飞来一条狗，拾起狗来打砖头，砖头咬了人的手～～咪呜咪呜～～"跟诗人袁水拍在20世纪40年代的国统区写的《马凡陀山歌》如出一辙，都是借助民间的智慧，用夸张颠倒的方式将神圣的事物脱冕，让为统治者所不齿的民间低俗的东西加冕，在类似狂欢化的氛围中，将统治者的荒唐无耻借助反常的意象加以表现。作为最底层的边缘人的乞丐的冷眼旁观，"县太爷走路咱坐轿"的等级观念的颠倒，"六月里三伏雪花飘"的窦娥般无权无势的百姓的沉冤,"砖头咬了人的手"的统治者对民众的残酷无情的镇压,是无法在大庭广众之下公开揭露批判的,但通过对反常的事情的故意颠倒、巧妙地运用比兴的艺术修辞,则可以将腐败的统治者的丑恶行径和民众水深火热的生活表现出来,为大清朝的必然灭亡献唱一曲葬歌。

莫言21世纪小说中杂糅得比较多的还是与现实生活中的政策密切相关的时政类歌谣,这也与他表现现实生活中刻骨铭心的经历和体验的题材选择有密切的关系,毕竟经历的事情的体验性和亲历性是隔岸观火的历史题材无法比拟的。在《蛙》(2009)中贯彻秦书记的讲话精神,掀起与传统的民间价值观念格格不入的计划政策的舆论宣传是作者亲身经历过的事情,所以薛老师以最快的速度编出的快板诗,就是借助熟悉的歌谣化的形式达到移风易俗的最终目的的典型体现:"社员同志不要慌,社员同志不要忙。男扎手术很简单,绝对不是骗牛羊。小小刀口半寸长,十五分钟下病床。不出血,不流汗,当天就能把活干……"没有这样的歌谣所作的舆论宣传铺垫,就不会掀起一个轰轰烈烈的"男扎"高潮,小说后面表现的中国人用极端的方式阻止人口的爆炸式增长,从而为整个世界的健康发展做出了自己的贡献的客观公正的评价也不会落实到位,表现的计划生育长远目标与眼前利益的目的和手段背反的主题就会变得虚空。自传体小说《变》(2009)中的逃离农村参军的"我"分配的263单位的条件极差的情况,叙事者并没有采取赋体的形式酣畅淋漓地铺叙条件的恶劣,只是用一段顺口溜:"提起'263',愁坏34团。团长血压高,政委翻白眼",就达到了此时无声胜有声的以简驭繁的含蓄效果,顺口溜只突出表现团长和政委无奈的状态,只字未提小兵的情况的留白艺术确实耐人寻味。也为作为小兵的"我"在站岗和种地之余,努力读书、写作,为改变自身命运而奋斗的激励机制的贯彻实施提供了支撑的理由,也才有我取得成功,离开原单位的情节发展。

也许是莫言的中农情结对自身的发展造成的伤害,以及一个少年在力所能及的范围内积极响应政策宣传以改变尴尬的处境的心理需求,莫言的21世纪小说中还设置了许多儿童或少年传唱的歌谣表现当时的政治主题。不同于传统的儿歌采用的摇篮曲、游戏歌、数数歌、绕口令、谜语歌、问答歌、连锁调、颠倒歌、字头歌等形式表现的天真无邪的儿童的心理和生理特征的歌词，莫言小说中的儿童或少年传唱的流行歌曲、自编的歌词快板、传唱的他人编演的词曲都带有鲜明的政治意味，为表现当时的政治背景、民众的行为心态、狂热的环境氛围提到了烘托和陪衬的作用。《嗅味族》（2000）中的孩子在通往田野的土路上唱的流行歌曲"一九六四年啊，真是不平凡；饿死了马光斗，爆炸了原子弹；赫鲁晓夫下了台，咱们心喜欢——"是对当时发生的重大的政治事件的简要概括和罗列，其中包含的革命前辈马光斗因挨饿导致胃病去世的可泣可敬的大无畏精神，原子弹试验的成功对以美国为首的西方阵营的威慑作用，赫鲁晓夫的修正主义对国际共运的影响等充满政治意味的歌词他们不懂，但在传唱的过程中"马光斗""原子弹""赫鲁晓夫"作为意象的象征意味会深深地印在他们的脑海里，成为他们在日常生活中宣泄情感的一种文化符码。所以，他们饥饿但仍然欢天喜地追逐嬉闹的行为，为下面小说中于进宝小哥哥和我靠在一起无意中进入嗅味族的领地，饱餐一顿的完满结局提供了逻辑线索。《生死疲劳》（2006）中以"莫言"为首的顽童得到了一个尽兴闹腾的机会，就是把单干户蓝脸一家当成一个反动堡垒，传唱发起攻心战役的歌谣："单干是座独木桥，走一步来摇三摇，摇到桥下淹没了。/人民公社通天道，社会主义是金桥，拔掉穷根栽富苗。/蓝脸老顽固，单干走绝路。一粒老鼠屎，坏了一缸醋。"莫言带着一群小学生在牛棚外喊的口号："老顽固，小顽固，组成一个单干户。/牵着一头蚂蚱牛，推着一辆木轱辘。/最终还要来入社，晚入不如趁早入……"都会以强大的舆论压力，让蓝脸一家的思想观念发生分化，没有这些歌谣散布的政治政策的强大威力，对同为少年的儿子蓝解放造成的难以承受的压力，立场坚定的他就不会独自离开越发孤单可怜的爹爹，独自带着自己的农具和一亩六分地入社，也就没有孤身一人的蓝脸在月光下耕种田地给人带来的震撼那么深，也就无法完成传承地主西门闹衣钵的长工蓝脸对土地的真挚热爱的思想主题，更没有后来的牲畜和亲人都埋在蓝脸的一亩六分地里的凄凉结局。《红唇绿嘴》（2020）中沈庆丰老师为我们编的词儿借鉴了儿歌拟人的修辞方式：

"我唱：我是一个大地瓜，泡水变成豆腐渣。王昌唱：我是一棵老玉米，沱在水里烂成泥。杜茂唱：我是一棵红高粱，泡在水里哭亲娘。覃桂英唱：我是一棵金水稻，泡在水里哈哈笑，我在水里笑，我在水里长，我在水里开花，我在水里结籽。我在水里长成大米，老人爱吃，小孩更爱吃。我们一起唱：最好吃的菜是白菜，最好吃的肉是猪肉，最好吃的米是大米……"但表现的思想主题却是典型的政治性的。民众或许不了解政策性的变化对他们的生活方式所产生的巨大影响，但切实的生活利益和现实教训，使他们在鲜活的事例面前改变了自己固守的生产方式，才有后面的覃桂英跟着李圣洁老师到水田插秧当众出丑的情节，更有后来的"文革"时期覃桂英公报私仇将李圣洁老师批斗致死的人生污点，造成了她在抑郁不得志之后，充分运用网络匿名化的时代的舆论力量为自己谋取私利，也才有了小说题目"红唇""绿嘴"两个公众号的来源和运行情况的介绍。没有这样的儿歌的形象性，让政策在如此短的时间内顺利推行所起到的推波助澜的作用，就没有后面情节的发展，也就没有心理变态的覃桂英利用网络的力量颠倒黑白、挖社会主义墙脚的丑恶嘴脸的无情揭露和批判，小说表现的思想主题也不会落实到位。

第二，生活类的歌谣。现实生活中激荡胸怀的事情，只有用歌谣的方式抒发自己的激情才过瘾到位，"非陈诗何以展其义？非长歌何以骋其情？"，因此民歌作为传统文化的重要组成部分，成为群众抒情言志的心声。"不识字的劳动者或根本没有文字的民族，无不习惯于以本民族本地区群众喜闻乐见的歌谣形式，来描述自己的生活处境。"① 生活类的歌谣也就成为一个地域的民众口口相传的最重要的品类，举凡生活中的刻骨铭心的感受、耿耿于怀的事情、抑郁难平的感情，甚至具有地域文化色彩的习俗礼仪、生活方式、价值观念和宗教信仰都可以在生活类诗歌中得到抒发的机会，可以说，"宇宙之大，苍蝇之微"都可以在生活类题材中寻觅到自己的踪影。反映到莫言21世纪的小说在创作中融合的生活类歌谣来看，展示民俗文化、时代生活和风土人情的生活歌谣占据了最重要的部分。《姑妈的宝刀》（2000）开篇引述的民

---

① 山民：《当代小说与民歌》，《民间文学论坛》1986 年第 6 期。

歌"娘啊娘，娘/把我嫁给什么人都行/千万别把我嫁给铁匠/他的指甲缝里有灰/他的眼里泪汪汪"是一首描写婚嫁风俗的歌谣，歌谣中的女子怀着对铁匠的极大偏见，把她不愿意嫁给铁匠的原因说得明明白白，但又让人充满疑惑：一是"把我嫁给什么人都行"太宽泛，难道嫁个叫花子甚至是杀人越货的土匪也行吗？二是铁匠在农村普遍落后的生产技术条件下，凭借自己的技能可以让物质生活无忧，在讲究实际利益的乡村为什么就对女子没有吸引力呢？三是"他的眼里泪汪汪"，男儿有泪不轻弹，何况是一个经常与钢铁打交道的男儿的泪水，应该博得女人们的怜悯、同情甚至是爱情，怎么反会成为坚决不嫁的理由呢？所以，叙事者开篇引述的这首民歌留下来的空白点制造的悬念，为这篇小说要讲述的曲折传奇的故事奠定了牢固的基础。在这篇小说的前半部分引述的村里孩子传唱的一段顺口溜儿："从北走到南/孙家三支兰/大兰爱哭/二兰嘴馋/三兰不开言"，实际上为哑巴三兰后来嫁给麻风病女人的儿子张大力后，为姑妈的宝刀的下落和结局埋下伏笔。因此在小说的结尾，通过三兰和张大力生的儿子之口道出原来当作宝贝的宝刀，用来剁肉切菜还不如两块钱一把的菜刀顺手，带有浪漫传奇色彩的故事就戛然而止。没有歌谣介绍的三兰的特点，就没有姑妈最疼爱自己有残疾的小女儿，才将那柔软的宝刀当作嫁妆陪嫁给张大力，也就没有豹尾的结尾那样刚劲有力。

生活类歌谣所携带的文化习俗、思想意识和哲学观念也会影响民众的为人处世的标准，"一方水土养一方人"的古训在莫言 21 世纪的小说中也得到了充分展示。《枣木凳子摩托车》（2000）中大舅不以物喜、不以己悲的洒脱精神在他所唱的民歌中得到了形象的演绎，大舅边拉胡琴边唱他的摩托："俺的摩托实在是好，不喝水不吃草，驮着老吕满街跑"，显示出他对家庭观念的淡漠和对自己爱好的执着追求；在儿子死后，他拉着胡琴唱道的"人活百岁也得死，不如早死早脱生……"颇具庄子在妻子死后鼓盆而歌的味道，他的个人观、生死观和家庭观都来源于道家文化的传承，通过他的歌谣所表现的价值观念显示出生活中的大舅是一个不拘小节的人，但太放纵自己的个性终究会惹来家破人亡的大祸，所以在他唱的歌谣中已将他的生活观念以及由此造成的悲惨结局的尾声都充分地表现了出来。对于生命的价值意义，对于传统文化中"不孝有三无后为大"的生育观念对现实生活中民众的思想意识的影响之深，《蛙》（2009）中卖泥娃娃的身披黄袍、头剃秃瓢、看上去像个和尚的摊主有板有眼地唱的歌谣"拴个娃娃带回家，全家高兴笑哈哈。/今年拴回明年养，后年开口叫爹娘。/我的娃娃质量高，工艺大师亲手造。/我的娃娃长相美，粉面桃腮樱桃嘴。/我的娃娃最灵验，远销一百单八县。/拴一个，生龙胎；拴两个，龙凤胎。/拴三个，三星照；拴四个，四天官。/拴五个，五魁首；拴六个，我不给，怕你媳妇噘小嘴"就真实地表达了民众这种不顾一切的生育欲望，这种对孩子的执着心态，也有现实生活中孩子带来的生命乐趣的考量。从某种意义上来说，孩子是一个人生命的下游，"我伴你生你陪我老"的生命循环带来的两代人的抚养和赡养的保障，会化作永恒的文化理念浸润在中华民族的血肉和灵魂之中。所以，看到我的女儿燕燕拍着小手念着有关饺子的儿歌"从南来了一群鹅，蹚啦蹚啦下了河"时，我潜意识中对再要一个孩子的根芽已悄然萌发，这就是为什么在小说的最后，妻子小狮子借陈眉为我代孕生下儿子之后，我会忘记自己的类似乱伦的深重罪孽而热泪盈眶的原因。可以说，没有这些生活类歌谣提供的思想文化对人的生活观念的深刻影响，小说情节的发展以及最后我亦有罪的忏悔主题就很难呈现。

"歌谣，是民众的诗。它是他们生活的写照。是他们认识、欲求的表白。是他们艺能的表演。"① 仔细考察莫言小说中的生活类歌谣，发现关联最多的还是与物质或金钱有关的。这些歌谣对民众在物质生活的支配下发生的精神和情感的变化也确实诠释着"仓廪实而知礼节，衣食足而知荣辱"的思想主题。《枣木凳子摩托车》（2000）中父亲在张小三的谣言刺激下哼出的一支抒情小调"十八岁的大姐要把兵当，当兵实在强，去了就吃粮，暄腾腾的大馒头外带着白菜汤……"就充分体现了物质的诱惑对民众的生活观念的改塑所起到的重要作用。按照民

---

① 钟敬文：《诗和歌谣》，《钟敬文文集：诗学及文艺论卷》，安徽教育出版社 2002 年版，第 128—129 页。

间"好男不当兵好铁不打钉"的传统认知观念，当兵是被人看不起的下贱营生，可是在丰盛的饭食的引诱下，一切先在的负面情绪都烟消云散了。当然，父亲哼的歌谣也将他自认为传承的民间手艺——制作枣木凳子能赚大钱的梦想终将破灭的结局暗示了出来，故事的情节结构的曲折也水到渠成。《檀香刑》（2001）中的乞丐们怪腔加上怪调、大呼加上小叫唱的歌谣"行行好，行行好，狗肉西施赵大嫂。施舍两个小铜钱，捡回两个大元宝……您不给，俺不要，你家要得现世报……"实际上是乞丐触景生情的数来宝，也是乞丐最基本的谋生本领的集中体现。在小说中插入的这段歌谣，是为了把乞丐戏弄孙眉娘的因由（因她的干爹是王八蛋钱丁）转变为敬重她（亲爹是英雄汉孙丙）的依据的过程体现出来，从此他们要真心实意帮助她，才有"乞丐王"朱八的得意门生小山子冒充孙丙劫狱的举动，推动了曲折离奇的小说情节的发展。《生死疲劳》（2006）中的庞凤凰在车站的广场上为耍猴戏顿喉高唱"铜锣一敲铛铛铛/叫一声我的猴儿听端详/咱家在峨眉山上得了道/返回了老家要称大王/咱给各位老乡耍把戏/老乡们把咱来犒赏""各位父老听俺讲～～有钱没钱都一样～～有钱多少给一点～～没钱喝彩是帮忙～～"自然与乞丐的营生非常类似，都是以物质需求为目的的生存之道。小说中加入这两段民谣的目的，不仅在于表现昔日的高高在上的公主现在沦落为耍把戏卖艺的流浪汉，而且借助广场的开放空间为与派出所副所长蓝开放的相逢创造机会。一直暗恋庞凤凰的蓝开放面对此情此景，也只能用金钱来资助她。高傲的她一边对围观者炫耀，一边恶作剧地模仿着流行歌手唱红了的那首《东北人都是活雷锋》的旋律大声地唱着："俺们俺们高密人～～个个都是活雷锋～～送俺一沓人民币～～做了好事不留名～～"，也是为了羞辱蓝开放，他只好无奈地把帽檐猛地往下一拉，一言未发就急匆匆地离去，为下文他另辟蹊径，为爱而死的极端行为埋下伏笔。可以说，没有杂糅的歌谣和庞凤凰玩世不恭的姿态对他造成的精神刺激，就没有后来他的非理性的举动造成的悲剧结局。《天下太平》（2017）中的小奥念叨的歌谣"小鳖他老姐，最爱把气生。哭了一整夜，天明不住声。圈里母猪黑，窗上玻璃明。养猪发大财，全家进了城"最具有时代的气息。歌谣首先采取比兴的艺术技巧，将民众养猪的最终目的是发财的近期目标，与终极目标是"全家进了城"的城镇化生活的追求表达得淋漓尽致。联想到小奥的留守儿童的身份，父母在遥远的城市打工，就在物质化的叙事中实际包含着作者的隐忧，只与年迈的爷爷生活在一起的小奥能否在童年生活中健健康康地生活下去，小说安排的小奥被老鳖咬着手指产生的风波，实际上是意料之中的事情。所以插入的歌谣不仅在表现小说的思想主题方面起着不可代替的作用，还在情节结构的发展中成为不可缺少的重要一环。

第三，爱情类的歌谣。"民歌、民谣的产生与发展是与民族特定的历史和传统相关，与一个民族的民众生活和内在情感相连，因此它才具有'极高的诗学价值'"。[①] 这意味着除反映民众的生活观念、态度、方式和习俗的生活类歌谣以外，表现民众的内在情感的歌谣尤其是情歌也具有极高的诗学价值，这也是莫言在 21 世纪的小说创作中，时常加入酸曲、儿歌、民谣、流行歌曲中表现风流成性或忠贞不渝的情歌来刻画人物性格的重要原因。从情歌表达的情感内容来看，莫言小说中的情歌主要涵盖五个方面的情感意蕴，它们对刻画人物的性格、推动情节的发展、表现的思想主题都起到了衬托和调节作用。一是表达爱慕之情，表明对爱情的决心。《天花乱坠》（2000）中的长相丑陋但有一副好嗓子的皮匠不分白天黑夜，在财主家的院墙外边反复对小姐唱的歌谣"小姐小姐好丰采，九天仙女下凡尘。何日让俺见一面，这一辈子没白来……"表露的对小姐的爱慕之情固然让人感动，但"癞蛤蟆想吃天鹅肉"的境界悬殊导致最后的结局只能是竹篮打水一场空。可怜的皮匠执迷不悟，最终只能暴毙街头。小说加入的这段情歌对表现皮匠的性格非常重要，歌词中体现的不达目的誓不罢休的执着精神成就了他唱歌的辉煌，但也因为在爱情中不自量力，精力和才华用错了地方，所以"成也萧何败也萧何"的感慨唏嘘都与这首情歌表达的思想内容有密切的关系。《与大师约会》（2005）中的大师想象着自己的头戴丁香花环的情

---

① 杜雪琴、邹建军：《当代小说中民间歌谣的利用与创造——以吴仕民长篇小说〈旧林故渊〉为个案》，《中南民族大学学报》（人文社会科学版）2020 年第 3 期。

人，在那个满嘴臭气的老家伙身下呻吟时，他的心在流血。此时他唱的情歌"让我把这一腔热血流干/让我化成一股白色的轻烟/缭绕在你的身边"，后两句实际上略作改动地引用了西藏情歌《我愿化作化作一缕青烟》。小说引用的这首流行的情歌的最经典的两句，实际上充满了反讽的意味，因为对照大师的滥情以及对妻子的不忠，他唱这首歌的深情款款反而越发显示出他虚伪的丑陋面孔。因此，这两句情歌一方面调节了叙事的节奏和气氛，另一方面对刻画大师的形象起到了画龙点睛的作用。二是抒发离愁别恨，表达想念之情的苦闷。《檀香刑》（2001）中的孙眉娘对县令钱丁的思念之情就如古典情歌《把你画在眼睛上》《和来捏作一个人》一样，恨不得每时每刻都水乳交融在一起，"一日不见如隔三秋"的刻骨铭心的相思之情，就是她心态和情感的最真实的写照。她从八蜡庙里出来时，一群孩子在她面前高声唱起的歌谣"高密县令，相思得病。吃饭不香，睡觉不宁。上头吐血，下头流脓。/高密县令，胡须很长。日夜思念，孙家眉娘。他们两个，一对鸳鸯。/一对鸳鸯，不能相聚。公的要死，母的要哭。要死要哭，夫人不许"实际上是借情人钱丁对眉娘的思念之情来陪衬眉娘的相思之苦，使用侧面烘托的艺术手法，对刻画眉娘对县令的一往情深显得更加含蓄生动。现实生活中的眉娘望眼欲穿、失魂落魄、六神无主的神态表现，每日里都提着狗肉篮子在大街上转悠，希望听到有关情人的消息的痴情，都通过歌谣中的传神表现得以充分展示。《生死疲劳》（2006）中刻画的热恋时期的副县长蓝解放对情人庞春苗的痴情，通过他在盥洗间里一边冲洗墩布一边引吭高歌的"哥哥你走西口～～小妹妹实难留～～"就得到了胜过千言万语的表达。这两句陕北民歌《走西口》中最能让离别之人牵肠挂肚的柔情的淋漓尽致的表达，也是此时此刻蓝解放最真切的心灵的呼声。依依不舍的深情终将战胜理性的羁绊，才注定了两人为了今生今世永不分离而私奔的疯狂举动，简短的两句情歌对推动情节的发展所起到的作用是不言而喻的。三是誓言海枯石烂，表达永不分离的坚贞爱情。"民歌的最强烈最有价值的特色是它的真挚与诚信。"① 其实，质朴自然的情歌中

---

① 周作人：《歌谣》，《周作人文类编》（第 6 卷），湖南文艺出版社 1998 年版，第 525 页。

最真挚与诚信、最率真与实在的还是表达"山无陵，江水为竭，冬雷震震，夏雨雪，天地合，乃敢与君绝"式的坚贞爱情的歌谣。莫言小说中表现的惊天地泣鬼神的真挚爱情，最典型的代表是蓝解放与庞春苗的抛弃一切功利打算的最纯粹的情感。所以在两人私奔之后，20世纪90年代后期县城里的民谣是这样唱的："别看鬼脸半边蓝，情人眼里赛天仙。/老婆孩子全不要，县长私奔下长安。"这是与古典歌谣《情愿挨打不丢郎》《出了衙门手牵手》相比也毫不逊色的表现忠贞爱情的绝唱。这首民歌从反面看也可以说是不祥的谶语，世俗的高官厚禄、妻儿家庭、年龄代沟都不足以阻挡二人永不分离的意愿，那么只有死亡才能将二人分离，这就是小说的尾声有情人终成眷属、得到岳父一家的谅解和认可之后，怀孕的庞春苗连同腹中的婴儿（那是他们爱情的结晶）被车撞死的悲剧结局。所以情歌越是显示二人的情投意合的感情之深，越是对悲剧结局的命运无常产生感慨。四是憎恨红杏出墙，表达告诫批评的弃妇怨情。情歌《小妹郎多乱了心》中的"要学苋菜红到老，莫学花椒黑了心"含有的告诫批评意味，就是对婚姻中不忠一方的真诚劝告。夫妻中一方，特别是妻子对出轨的丈夫还怀有比较深厚的感情，期盼浪子回头的爱意，与给丈夫一次次机会的痴心都换不回丈夫的情感的回报的时候，这种难以忍受又不好启齿的弃妇怨情在黄合作的身上体现得特别明显。《生死疲劳》中的合作知道丈夫蓝解放出轨后，默默地忍受生活对她的不公，得不到丈夫的关爱，只能独自将儿子默默地抚养长大，其中的生活的辛酸、无人遮挡风雨的困苦、遇到难题时候的无奈、遭受各种打击时的孤单是用千言万语都难以说清的，在五味杂陈的生活感受面前，语言注定是苍白无力的。因此，小说在表现这种无法用语言说清的复杂况味的时候，叙事者就转换视角，用狗小四的眼光来打量人的世界，通过它的耳朵听到的几个酒气熏天的小青年的一串油腔滑调的歌声"你总是心太软～～心太软～～把所有的事情都自己扛～～"就是黄合作最真实的心态写照，她面对丈夫对婚姻的背叛、对她的情感的伤害、对她的生活的打击默默忍受，将一切都用自己羸弱的肩膀、残疾的身体和顽强的毅力承担起来，为孩子撑起一片蔚蓝的天空和避风的港湾的母爱精神确实令人感动。这样，流行歌曲对情感和生活的真实描绘侧面烘托了黄合作的生活状况，艺术形式与情节发展达到了水乳交融的地步。五是展现水性杨花的本性，表达拈花惹草的偷情。由于"父母之命，媒妁之言"导致夫妻感情基础薄弱，所以传统歌谣中有许许多多"家花不如野花香"之类的偷情歌。在现在社会中法制的健全和婚姻的自由，使得背叛家庭的偷情成为人人喊打的老鼠，小说中描写的偷情的男女，不管其初衷如何，都要遭受人们的谴责。在莫言的 21 世纪小说中，也很少写偷情的场面。只是在《火把与口哨》（2020）中引用了一首描述我三婶顾双红偷情的歌谣："蜡烛红，大破鞋，兜里揣着一副牌，想跟谁来跟谁来，蜡烛红，吹口哨，青年听了不憋尿。"把这首歌谣穿插在三婶还未过门的时候，"我"随三叔到城里拉嫁妆碰到的小男孩的口里唱出的情节，与后面三婶与三叔情投意合的婚姻生活，以及家中的顶梁柱在矿难中死去后，她含辛茹苦抚养一对儿女的表现相比，其中包含的污蔑意味呼之欲出。叙事者在小说中选择这首偷情的歌谣的目的，其实是为了表现人心的险恶。因为三婶是高密城里最美的女人，城里人人都知道的顺口溜"第一美女岳海玲，第二美女孔海蓉，第三美女邵春萍，三个美女加起来，比不上蜡烛店里的顾双红"就是对三婶美貌的最好写照，故而有些人怀着"吃不着葡萄说葡萄酸"的嫉妒心理对美貌贤惠的三婶拼命地泼污水，这反映出叙事者站在启蒙的立场上批判国民性的主题。

莫言虽不是有名气的戏剧家（尽管他创作过戏剧《我们的荆轲》《霸王别姬》和《锅炉工的妻子》），更是五音不全担当不起音乐家的头衔，但从小养成的用耳朵阅读的习惯使得他对自然界的天籁之音的音调和旋律格外敏感。在成为作家之后，将这些储存在大脑深处的记忆语料库中的音符转化为优美的文字的时候，不同文体形式的互相转化的过程中掺入的音乐的元素，让莫言的艺术世界蓬荜生辉。因此"莫言文学的音乐世界是无穷无尽的，任何想要打开莫言音乐世界大门的企图都是冰山一角，都会因这个过于挥洒自如、天马行空、奇思虚飘、生气勃勃的文学世界下创造的音乐符号而陷入支离破碎和苍白陌生的怪圈。莫言文学的音乐价值是独一无二的，尤其是在《民间音乐》《檀香刑》和《蛙》之后，音乐的筛选以及音乐的价值导向已不再是仅能用某些美学或音乐词语及理论概念可以阐释的'音乐家'了，而是一个集成了人情、民间、野史、神话、道德和艺术等几乎所有领域下的作家"①。

由此可见，莫言杂糅的诗词、戏文和歌谣都是在语言的实验中为表现主题服务的，不同职业和社会阶层中的民众对这些韵文的巧妙运用可以起到以一当十的效果。无论是对事物和现象的正面形容，还是带有讽刺性意味的模拟，都会以含蓄隽永的方式引人深思。当然，作为异质的语言相互杂糅的过程中必然会产生矛盾，而处于同一个文本之中自然又具有同一性。可以说："矛盾性和同一性又是一个问题的正反两方面，被看作同一性的东西，如果不具有矛盾和冲突，也就不会有意义的张力；同时，矛盾和冲突如果不被同一性所统摄，也就不会有意义在两极之间的运动。"② 莫言的杂糅性的语言在两极之间的往复运动，才形成了他独特的语言风格。

---

① 向天一：《"用耳朵阅读"——论莫言文学的音乐价值》，《文艺争鸣》2019 年第 1 期。
② 赵奎英：《试论文学语言的可逆性》，《文学评论》1996 年第 3 期。

第四章　追溯方言俗语本土风格的
历史连续性

　　带有地域文化色彩的方言俗语在莫言的小说中比比皆是，这是莫言在长期的乡村生活中熏陶的结果。"我们懂得最深微，用起来最灵便的，往往是那些从小学来的乡土的语言，和自己的生活经验有无限关联的语言，即学者们所谓的'母舌'（mother tongue）。这种语言，一般地说，是丰富的，有活气的，有情韵，它是带着生活的体温的语言。它是更适宜于创造艺术的语言。"① 可以说，高密方言就是莫言从小习得的"母舌"，山川风物、地理条件、生态环境、宗法观念、伦理道德、传统文化等地域色彩浓郁的自然景观和社会景观构成了方言代代传承的基础条件。在方言俗语的流传过程中，越是没有受到正规教育的民众，越是对方言的领会和运用更加娴熟自然。莫言从呱呱坠地到二十岁当兵离开家乡，这段语言学习的黄金时段基本上都是在拉呱儿、讲古、闲聊等相互交流的过程中度过的，民间比较纯粹的方言俗语、民间谚语、歇后语、成语、俏皮话等各种语言形式作为一个庞大的语料库，就沉淀在莫言脑海的深处。等到莫言走出最初的模仿阶段，进入高密东北乡王国的建造的时候，故乡的语言所具有的鲜活性和新奇性就在他的灵活运用中大放异彩。当然，故乡的制约通过语言形式在小说创作中的表现，也是形成独特的创作风格的莫言所深刻感悟到的。他在《与〈文艺报〉记者刘颋对谈》中提到"所谓故乡的限

---

①　钟敬文：《钟敬文文集：诗学及文艺论卷》，安徽教育出版社 2002 年版，第 312 页。

制，我觉得更是一种语言的限制。一个作家的语言有后天训练的因素，但他的语言的内核、语言的精气神，恐怕还是更早时候的影响决定的。我觉得我的语言就是继承了民间的，和民间艺术家的口头传说是一脉相承的。第一这种语言是夸张的流畅的滔滔不绝的，第二这种语言是生动的有乡土气息的"①。所以，莫言汪洋恣肆、泥沙俱下的语言构成成分中离不开方言俗语的地域元素，富有乡土气息的为人称道的语言，很大程度上来源于口耳相传的民间故事、神话传说、闲言碎语的滋养和熏染。

第一节　方言的谱系探源

方言作为一个地域民众的特定生活方式和语言表述的标志，是聚族而居的乡村文化外在的鲜活表征，它不仅作为一种交流和传递信息的工具能唤起彼此之间熟悉的记忆，还作为一种思维方式对民众的生命意识和文化精神产生潜移默化的影响。所以当莫言用富有地域文化色彩的方言表达自己对民众的生活方式和价值观念的理解的时候，无论是小说中人物的对话还是叙述者对事物和现象的描摹，无不鲜活生动。正如陈思和所认为的那样："莫言艺术最根本也是最有生命力的特征，正是他得天独厚地把自己的艺术语言深深扎植于高密东北乡的民族土壤里，吸收的是民间文化的生命元气，才得以天马行空般地充沛着淋漓的大精神大气象。"② 其实，这种方言的灵活运用伴随着莫言创作的始终，即使是初登文坛尽量用别人的语言讲述别人的故事的时候，也在不经意之间掺入了高密方言；到了有意识地运用方言展示地域风格的独特魅力的成熟期，方言的认知功能、夸饰功能、审美功能的充分发挥，对表现带有地域文化色彩的思想主题、刻画栩栩如生的乡土人物的性格特点、表达叙事者或隐含作者浓郁的乡土情怀所起的作用是无可代替的。对这种方言的运用特点的谱系寻踪作历时态的考

---

① 莫言：《碎语文学》，作家出版社 2012 年版，第 232—233 页。
② 陈思和：《莫言近年小说创作的民间叙述》，《钟山》2001 年第 5 期。

察，大致可分为 20 世纪 80、90 年代和 21 世纪两个时期。

一　20 世纪 80、90 年代小说方言运用的发生学溯源

从影响和制约作家创作的心理图式的发生学来说："在作家这里，在他进行审美创造的时候，他会把亲身经历的东西，包括他的力量感觉，他的努力，主动或被动的感觉，移植到外在于他的事物里面去，移植到在这种事物身上发生的或和他一起发生的事件中去。"① 具体到莫言，在最初进行创作的时候，外在的好人好事的虚假的审美感受成为他主题先行创作的目标，远离熟悉的故乡的味道以及闭门造车的人物形象和性格特征，不可避免地带有矫揉造作的信息，但并不妨碍理性的堤坝阻拦的个别方言的细流越出拘囿的范围，获得与人物的心理、情感和心态相吻合的审美表征，这种童年习得的方言经验以回忆的机制与作家正在创作的文本发生了某种契合，由此开启了莫言小说方言运用的发生学的序幕。这就是他的处女作《春夜雨霏霏》（1981）中的军嫂，在偶尔的真情诉说和心灵悸动中出现的方言土语，点燃了沉睡记忆中的星星之火。具体体现在她向远方的丈夫倾诉情感的时候，回忆自己辛勤劳动的场景所带有的乡土味道："我好像听到了土坷垃重压之下的棉苗儿发出了痛苦的呻吟与求救的呼叫，于是，就拼命地挑呀挑，能救活一棵算一棵吧！我的劲没有白费，那半亩棉花，苗儿竟出齐了。"描写军民一家亲、舍小家顾大家、保家卫国等陈套的故事是莫言模仿当时的主题模式的试水之作，本来没有什么新奇之处，但在这里用的方言"土坷垃"一下子将一个村妇从失语的尴尬状态中解救出来，不仅使得人物的思想、感情、话语和行为回归自己的个性和本分，也对"痛苦的呻吟与求救的呼叫"之类的知识分子话语的矫揉造作性起到了弥补的作用。莫言显然也感觉到这种来自乡村、识字不多、文化水平低的民众说出文绉绉的精英话语的别扭之处，所以在紧接着的小说创作中，选择与人物的出身和身份特征、文化修养相吻

---

① 张学昕：《"虚构的热情"——苏童小说的写作发生学》，《当代作家评论》2005 年第 6 期。

合的方言来塑造人物，实现了他后来总结的"盯着人物写"的理论主张。在《丑兵》（1982）中来自乡村的丑兵，因为相貌不佳，惶恐地对副连长说的话："副连长，看你说到那里去了，都恨我长得太次毛，给连队里抹了灰。"；《黑沙滩》（1984）中新兵蛋子"我"对自己行为的反思："是的，我一定要尽快聪明起来，为了这白面馒头，为了这大白菜炖猪肉，为了争取跟地瓜干子'离婚'……"这里用"太次毛""地瓜干子"之类的方言而不用"丑""差""地瓜干""红薯干"等俗套的普通话，目的不仅是避免语言太熟太烂之后，形成套板式的"狗屎化效应"（王蒙语），更重要的是让人物"开口即响"，对塑造人物质朴、憨厚的性格起到了很好的烘托作用。

到了1985年，在域外文化思潮和文学思潮的影响下，莫言在向先锋小说的形式主义实验靠拢的同时，也以清醒的民族意识和"在地性"的文化视角，践行着"越是民族的越是世界的"创作理念。表现在语言上，就是大量的方言开始出现在不同人物的言行举止之中，在对话和叙事者的概述中出现的具有地域色彩的方言，达到了语言载体与描述对象的有机统一。《爆炸》（1985）中姑姑作为乡村赤脚医生在去王干坝接生之后，半夜回家的路上的感觉："我的头皮一炸一炸的，头发都支棱起来了。"用方言"支棱"的形象性和鲜活性，要比普通话中的"竖"生动得多，仿佛头发脱离了姑姑的生命意识的控制而具有了主体性的色彩，更加凸显恐怖的气氛。《大风》中的爷爷两手捧回一棵草来对母亲说："'星儿他娘，你看看，这是棵什么草？'说着，人兴头得了不得。""星儿他娘"的称谓表现出乡村公公对儿媳妇的亲缘关系的重视，不经意之间将宗法文化浓郁的地域环境中重视子嗣的心态和女性的无名状态淋漓尽致地表达出来，非常鲜活地表现出爷爷的爽朗的性格。叙述语中用"兴头"而不用"高兴"，显然与对话的语言一致，更能表现爷爷的神态。《秋水》中的景色描绘："后来东半边水天一色，中间夹着个翻转的彻底红球。一会儿显出金色来，显出银色来，形状也由狼亢肥硕变得规矩玲珑。"方言"狼亢"对形状的描绘显得新颖别致，与雅言"规矩玲珑"相对照显得错落有致。《三匹马》中的刘起自我欣赏花费全部家当买来的三匹马，在里手拉着梢儿的栗色小马蛋子的"颜色像煮熟了的老栗子壳，紫勾勾的亮""外手那匹拉梢的枣红小骒马，油光水滑的膘儿"，用"紫勾勾"来形容浑身没一根杂毛的小马颜色的纯粹，用"油光水滑"表现小骒马身体的强健，方言的动态性和比拟性不仅恰到好处地描绘出马的形态和神态，更重要的是把刘起的自豪的心态活灵活现地展示出来了，说动物其实是为了刻画人物的性格。所以他想到自己赶车时的情景"露出当胸两块疙瘩肉，响鞭儿一摇，小曲儿一哼，车辕杆上一坐，马儿跑得'嗒嗒'的，车轮拖着一溜烟，要多潇洒有多潇洒，要多麻溜有多麻溜……"为他宁可气跑妻子，也要车把式的气派和尊严的变态行为提供了心理依据，"要多麻溜有多麻溜"的方言所内含的豪情壮志，非常吻合主人公的性格特征。当他硬着头皮请求妻子回去和自己过日子的时候，满腹委屈的妻子说的话："你滚，你滚，你别站在这儿膈应我。你要还是个人，还有点人性气，就痛痛快快跟我离了……"在口语中夹杂方言"膈应"就把一个不识字的女性对丈夫的怨恨情绪刻画得惟妙惟肖。《白狗秋千架》中少时的"我"帮伙伴暖荡秋千的时候，她把形影不离的白狗叫过来说："白狗，让你也恣悠恣悠。""恣悠"的叠加让一个少不更事、天真无邪的少女的欢快心情表现了出来，表面上说的是白狗，事实上表现的是人。十多年之后再见面的时候，面对着物是人非的恋人现实生活状况的交流，暖对"我"解释生三个孩子，又没有违反计划生育的理由："一胎生了三个，吐噜吐噜，像下狗一样。""吐噜吐噜"的拟声词含有的顺畅的动作意味是普通话所不具备的，而且出在一个文化教养很低的家庭妇女之口，粗野中带有的嘲讽意味也就呼之欲出。《球状闪电》中不识字的茧儿对没考上大学的蝈蝈所说的话："蝈蝈，你考不上大学我反倒欢气——你别生气，俺不是那个意思。""欢气"而不是"高兴"才能充分显示出深受地域方言影响的少女言语的本分，语义的背反也将少女渴望与心爱的人生活在一起的心态暴露无遗。结婚之后，深受现代文明和个性意识影响的蝈蝈想抛弃传统的伦理观念，坚持和父母分家，此时茧儿着急中的劝阻："蝈蝈，不能分啊，邻亲百家会笑话我们的。"用"邻亲百家"比起众所周知的"邻居"显得更富有伦理色彩，更符合聚族而居的乡村按照宗族观念划分的亲缘关系的现状。

也许是受到寻根文学向民族文化的生命之根深入挖掘的启发，更使莫言潜藏的方言语料库得到了喷发和展示的机会，在1986年的小说创作中仍然运用了大量的方言来展示自己与众不同的语言风格。《筑路》中的代理队长杨六九和马桑镇的女人搞暧昧，夜晚回去之后感觉到"心脏却焦躁得仿佛皱皮的碱嘎渣"，用"碱嘎渣"这种地域性的事物来形容心态的焦躁非常形象，它的脆弱性和干燥性与人的焦躁心态的表现特征非常吻合，读来有一种亲切之感。《红高粱》中的玲子暗恋任副官，所以"玲子一听到喇叭响，就从家里飞快地跑出来，跑到土场边，趴到土墙上，等着看任副官。"对于懵懂无知的少女玲子，每天渴望早一点见到任副官的期盼心情，叙事者选择了方言"风快"而不是普通话"飞快"来形容，是与作者非常熟悉乡村的民众喜欢以习见的风物作比喻的语言特征有密切的关系。《高粱酒》中的瓜皮小帽对县长撒谎作伪证的时候说的他老婆为邻居家的鸡抢食"还老大不欢气呢"；余占鳌杀死单家父子之后，为到我奶奶的烧酒作坊留个好印象特意"穿著一身浆洗得板板铮铮的白洋布裤褂"，在这里，无论是人物的口语还是叙述语都用了方言，"欢气""板板铮铮"带有的民俗色彩是普通话所无法体现出来的，特别是"板板铮铮"表达的神态是普通话"非常整洁"所没有的，由此也可见方言的用语之妙。《狗道》中的余占鳌找到以前贩卖军火的相好女子，聊起打日本鬼子的汽车队，被冷麻子出卖吃了大亏的时候，她的提醒："你别跟他们纠缠，那些人一个个鬼精蛤蟆眼的，你斗不过。"用"鬼精蛤蟆眼"这样的贬低化和妖魔化的方言来形容国民党的部队冷麻子之流的居心叵测，非常符合一个阅人无数的风尘女子的身份特征。《高粱殡》中用"狼亢"来形容瘦骡子像一堵倾圮的墙壁一样倒在地上的样子，用"当浪"表现二奶奶恋儿对爷爷不高兴的脸色，用"右手捂着腔沟子"来描绘铁板会的成员高声嘹亮地念着咒语时的动作，都是对方言的巧妙运用。《奇死》中的狐狸成了精之后，"村里人无论把鸡窝插得多牢，它都能捣古开；无论设置多少陷阱圈套，它都能避开"。在两相对比中运用的"捣古"方言，显然具有拟音和拟义的双重成分，在方言和普通话的交叉运用中显得妙趣横生。耿十八刀想烧点热水喝的时候，"从院子里盛来二十几瓢雪，倒在巴渣裂纹从没刷净过的锅里"。"巴渣裂纹"比"破烂"的形象性和生动性是显而易见的，所以作者就用乡村中的方言直接修饰锅的残破程度。对于比较特殊的无法在字面中看出方言的基本含义的词汇，莫言也会在小说中采取加注的方式予以解释。如《草鞋窨子》中的张老三喝醉酒之后碰见小"话皮子"挂号，"挂号"的含义显然不是现实生活中去医院或排队买东西要走的程序，因此作者在括号里加以说明："由人做鉴定的意思，人说：你会走了。它就真会走了"，正文加注的方式具有的加深理解与隔离下文信息的传递性的双重功能，尤其是对于深受传统阅读经验支配的读者可能会产生一定的不适感。因为"索绪尔指出，在话语中，各个词一个挨一个地排列在言语的链条上，彼此结成了以语言的线条或时间特征为基础的关系，排除了同时发出两个要素的可能性。这种以时间长度为支柱的结合就是句段关系"①。在这里对方言的解释，尽管打乱了读者按照线性的逻辑顺序和言语链条进行阅读和理解的信息线索，但在增长见识和加深理解的双重收获下会感觉到方言的特殊韵味。于大身在草鞋窨子里讲故事，讲到热闹之处就要离开此地到北海贩虾酱，被小轱辘子扯着他的衣服不放，只好求饶似的说："小轱辘子，行行好，放了我吧，这件事麻缠多着呢，没有半夜说不完"，方言中的"麻缠"还原出了乡村民众进行劳动的过程中总结经验的本真含义，要比普通话中的"复杂"更为形象和逼真，也更符合人物的身份；在听到"我"要跟着父亲改行卖冰糖葫芦的时候，他的意见是："也好，一个人一辈子不能死丘在一个行当上，就得常换着。树挪死，人挪活。""死丘"要比"固定"更能表现出乡村人的生命感受，与后面的"树挪死，人挪活"的比照更能凸显方言的生命蕴含。《苍蝇·门牙》中的徐团长在知道苍蝇的厉害之后，一把攥住我们主任的手腕说："哎哟祖宗，您可千万别惹它们啦，俺是真草鸡啦。当年挨美国炸弹

---

① 赵奎英：《规范偏离与莫言小说语言风格的生成》，《山东师范大学学报》（人文社会科学版）2013 年第 6 期。

也没有这滋味难受。""草鸡"包含的"厌、够呛、受不了、很无奈"等丰富的含义，要比普通话中意义相近的任何一个词都贴切；班长看上了骡子的新媳妇之后，骡子说："班长，您开什么玩笑，就是天仙下凡，您也不喜要呢！""喜要"要比"喜欢""稀罕"的含义更为丰富，也更符合一个老实巴交的农民的说话口吻；我的老乡搬出两箱手榴弹，说："我们这些稀拉兵，会不会放真手榴弹？"用"稀拉"来修饰"兵"不仅符合老乡没有多少文化修养、来自乡村的文化身份，还能体现出这些新兵蛋子没有经过实弹演习的松散状态。更让人忍俊不禁的是班长在被爆炸的手榴弹的弹片打掉门牙之后，迷迷糊糊地说："咦，则希稀磨东希？""则希稀磨东希"实为"这是什么东西"，在这里固然有班长的门牙被打掉、迷迷糊糊、口齿不清的特定语境，但模拟的方言语音造成的语言能指和常规意指关系的分裂和对立，对描绘班长的滑稽可笑所起的作用是普通话所无法比拟的。

如果按照编年体的形式进一步考察莫言在 1987 年的小说中运用方言的情况，那么不难发现方言的自如运用已成为莫言小说中一道亮丽的风景。《红蝗》中的"我"对那匹黑色的可爱马驹的描绘是："四个小蹄子像四盏含苞欲放的玫瑰花。它的尾巴像孔雀开屏一样扎煞开。"作为从农村进入城市的知识分子的叙事者"我"完全可以用"伸展""铺延"等词汇来代替方言"扎煞"，取得与"含苞欲放的玫瑰花"之类的优美笔触相和谐的语言效果。但在此处故意用方言"扎煞"的形象性来修饰马的尾巴，就在雅言与方言的参差对照中取得动态的语言意味。此外，小说中对人物的形象、行为和语言的描绘都采用了方言，才显得人物形象更加丰满生动。如"四老爷是个中医，现在九十岁还活得很旺相"；九老爷"用浓重鼻音哼哼着说：'小杂种！流窜到什么地场去啦？'"；九老爷面对着"透彻的阳光他一定不敢睁眼，所以他走姿狼亢，踉踉跄跄，趺趺撞撞"；九老妈说："干巴，你九老爷的脾气你也不是不知道，软起来像羊，凶起来像狼。当年跟他亲哥你的四老爷吃饭时都把盒子炮搁在波棱盖上……"这里的"旺相""地场""狼亢""波棱盖"都是典型的高密方言，用"旺相"的字面意思来代替普通话中的"健康"很具有形象和感性色彩；用"地场"而不用耳熟能详的"地方""哪里""场所"之类的词语，更符合从小就在乡村长大的九老爷的身份特征；"狼亢"实际就是"踉踉跄跄，跌跌撞撞"，语义的反复、方言与雅言的穿插自然起到了强调的作用；"波棱盖"就是"膝盖"，让大字不识的九老妈说出文雅的词汇"膝盖"是有悖人物的文化修养和身份特征的。写动物给人的感觉，莫言也恰到好处地用了方言："蝗虫们伏在人们的头颈上吮吸汗水，难以忍受的瘙痒从每一个人的脊梁沟里升起，但没人敢动一下。""脊梁沟"要比"脊椎"更生动贴切，更符合乡村民众的直观感受；写毛驴受到惊吓之后的模样："但那毛驴早已筋酥骨软，罗锅罗锅后腿，一屁股蹲在地上"，"罗锅罗锅"采用的是重复叠韵的方式，将一头丧魂落魄的毛驴的动态过程非常形象地展示出来。有时叙事者按照拟音的方式来对同一事物进行描摹的时候，会出现一个所指有两个语音符号的现象。如"麦垄间的黑土蒙着一层白茫茫的盐嘎痂""如牛粪的蚂蚱团体从结着盐嘎渣的黑土地里凸出来"，这里的"盐嘎痂"和"盐嘎渣"只不过是因方言发音不同而造成的对同种事物称谓的不同语音形式而已。此外，《罪过》中的四个青年"快速地挥动着胳膊往河心冲刺，急流冲得他们都把身体仄愣起来。""就剩下一个大福子啦，他偏偏又是个傻不棱登的东西……"娘说。"仄愣"和"傻不棱登"都是在拟音和拟意的基础上使用的方言，显得非常鲜活生动。

莫言曾经说："什么是文学创作？创作就是突破已有的成就、规范，解脱束缚，最大限度地去探险，去发现，去开拓疆域。"[①] 对照莫言在1988—1989年运用方言的情况，可以说他也是在尽量打破笃定的方言运用模式，在语言的王国中尽量去开辟新的疆域。《玫瑰玫瑰香气扑鼻》（1988）中用"滚瓜溜圆"形容红马的胖，用搔得"夸嚓夸嚓"响这样的拟声词来描绘搔头发里的虱子，用"没根没梢"来说明小老舅舅讲故事没有头尾的情况，马掌匠用"夹肢窝"夹着一柄锋利的铲形刀来修理马蹄，用"克搐"形容不高兴的脸，都带有浓郁的地方色彩。我老婆纳鞋底的情形："她先用粗针锥在厚约两寸、坚若木

---

① 莫言：《几位青年军人的文学思考》，《文学评论》1986年第2期。

板的鞋底上攮出一个眼，然后，把引着的大针递过去，再把麻绳扑棱扑棱抽紧。""攮"的动作神态和"哧楞哧楞"的拟声方言的神韵，是无法用普通话中的任何一个词替换的；皮团长镇压四肢生蹼的阉勇们的时候，用"蹬崴"来表现义士们临死之前的挣扎也非常形象。《复仇记》（1988）中用的"挺括的绸缎""歪三斜四的汉字""光溜溜一丝不挂""浪当着一根大舌头"之类的方言习语，都在特定的语境中表现出修饰语和中心词之间与众不同的审美意蕴。《二姑随后就到》（1988）中描绘两个表哥的性格的时候，叙事者用对比的方式进行描述："二表哥不是善茬子，大表哥也不是盏省油的灯。""善茬子"和"省油的灯"在方言中都是"和善""省心"之类的意思，莫言用在这儿，采取方言之间相互比照的方式，进一步增强二人的粗俗和野蛮。所以用方言刻画人物的性格与表现的对象之间达到了毫无扞格的境地，这是莫言在运用方言方面的一个新拓展。《爱情故事》（1989）中的女知青何丽萍在毛泽东思想宣传会上表演了九点梅花枪之后，受到了社员们七嘴八舌的议论："这丫头注定是个骑着男人睡觉的角色，什么样的车轴汉子也顶不住她一顿'九点梅花枪'戳。往后的议论就开始下道了。"用"车轴汉子"形容男子汉的强壮非常形象，这种具有乡土性的形象化比喻是民众在长期的生活中得出来的经验，用方言"下道"而不是普通话"下流"来评价男性社员的带有黄色意味的聊天行为，实乃由这种行为的复杂性所决定的。对民众借助荤色的话语来发泄备受压抑的情欲现状，是不能用简单的带有明确价值判断的"下流""下作"来评价的，所以叙事者用方言"下道"更能形象地表现民众的这种复杂行为的思想内涵。《十三步》（1989）中方富贵老师的得意门生，两个双胞胎由于偏科最后"糊里糊涂、赖赖巴巴地混进了地区师范"。用"赖赖巴巴"比起"勉强""刚够""正好"之类的词更具有情感色彩，对表现双胞胎考进师范时的成绩更恰如其分。用"愣不拉叽"来表现屠小英看到"女政委"打电话时嘴唇的奇妙动作，非常形象地描绘了她在丈夫死去之后心不在焉的状态；用"他的头发支棱着，多像只傻不愣登的黑公鸡！"来形容李玉婵眼里的第八中学老师张赤球，"支棱""傻不愣登"都为表现整容师粗俗的行为埋下了伏笔。

总体来说，在 20 世纪 80 年代的小说中，莫言运用方言数量最多、技巧最优、花样最杂、最为成熟的作品当属 1988 年出版的长篇小说《天堂蒜薹之歌》。也许是为了冲淡政治性的因素对这篇小说艺术性的干扰，也许是在社会现实的积极干预中寻求超越生活事件的艺术魅力，莫言在这篇小说中对方言的灵活运用，确实为匠心独运的结构艺术增色不少。莫言说过："我希望你们不要满足于按部就班地、平平板板地讲述一个故事，而要在讲述故事的时候优先考虑到语言问题、结构问题。"① 那么，在这篇"结构就是政治"（莫言语）的小说中，没有方言对农村生活的逼真描摹与再现，是无法完成对事件的客观描绘、对人物的形象刻画、对风物的鲜活表现的。在自然环境和风物的形象描摹方面，用"黑咕隆咚"来描述方家的人吃饭没有点灯的情景，用"紫勾勾的野茄子花，有白生生的瓜蒌花，有蛋黄色的苦菜子花，还有粉红的野芙蓉花"来描绘河堤的漫坡上遍地花开的美景，这些，都带有浓郁的乡土气息。"紫勾勾""白生生"作为修饰语所具有的鲜活性呼之欲出，更加映衬出春天百花盛开的盎然生机。当然，在小说中运用更多的方言是为了表现人物的性格、心理和情感服务的，在这方面莫言运用得也最为成功。在描摹张扣唱戏的神态的时候，说瞎子张扣唱"表的是"而咧得极大的嘴"能楦进个饽饽去"，"楦"是民间做鞋子的模具，在这里名词动用的目的显然是为了更形象地说明瞎子张扣的夸张表情和入戏之深。在刻画四婶的脆弱、愚昧、善良、多嘴、热心等复杂性格的时候，就是用符合她的性格的言行举止的方言俗语来表现的。在被警察逮捕遭到非人道的暴力行为的时候，选择四婶用方言说的话作为特写镜头予以放大是有深意的："警察们打开犯人的铐子，把他们的双臂剪在背后，猛地往后一拖，让他们背靠杨树，双臂拉到树后，再用铐子锁住双手。高羊听到四婶叫苦连天：哎哟——天哪——把俺的胳膊蹩断啦——"在这里选择方言"蹩断"来表现四婶的痛苦感受，显然有性别内涵在内的脆弱性的寓意，但用在这里更符

---

① 莫言：《说吧莫言之演讲创作集》，海天出版社 2007 年版，第 195 页。

合四婶作为一个乡村老女人的性格特征，更重要的是通过四婶的言语表现对司法行为的简单粗暴作出了强有力的控诉！刚进监狱，四婶看到女看守长得俊俏就按照民间的伦理习俗上前攀谈，而不懂得监狱的基本规矩："俺看你长得这么俊，心里喜得不行，就随口问问。四婶说。""喜得不行"表现出四婶的心地善良，也符合人物的口吻。等到问东问西，竟然问到人家找婆家没有的时候，女看守忍无可忍一走了之，四婶说："现如今的闺女，都是火爆仗脾气，不让老人开口说话。""火爆仗脾气"的评价出自四婶之口，显得妙趣横生，同时也为四婶的愚昧麻木、倚老卖老的行为感到悲哀。这里是戒备森严的看守所，遭受如此巨大的变故的四婶，竟然还有如此的闲心问长问短，阿Q的健忘和麻木心态在叙事者的启蒙意识烛照下显得更加触目惊心。进入监狱后，"中年女犯人回头看了一眼四婶，那眼里空空荡荡的，什么都没有。四婶吓得够呛，坐着，手脚都不会动，就听着那铁门咣的一声关上了"。"够呛"作为方言对四婶的行为和心理状态的评价恰如其分，也反映了四婶胆小的性格特征。如果再往深处与整个的蒜薹事件联系起来，那么如此胆小的四婶怎么会成为暴民冲击县政府呢?! 所以一个鲜活的方言所含有的丰富意蕴远远超过普通话的内涵和外延，这也是莫言的"在地性"特征的体现，也是对方言的熟稔才达到了运用自如的程度的表征。在丈夫遭受横祸之后的哭泣和控诉："老头子，老头子，你死得好惨。我摸着你的脸，摸着你的手。你的脸冰凉，你的手也冰凉，前天晚上你还是个旺活的人，今早上就成了个凉死尸啦！"用"旺活"和"凉死尸"的鲜明对比显示出丈夫的意外车祸对四婶的情感伤害之深，方言在表现四婶多方面性格的时候，具有无可比拟的优越性。在方言表现其他人物的行为和言语的时候也是如此，对方四叔在金菊和高马自由恋爱之后气急败坏的表现："我养的闺女，要她死她就死，谁能管得了？爹把烟袋别在腰间，斜愣着眼对娘说，你去给我把大门插上。""小孩子家，没有主心骨，风一阵雨一阵的。爹说，只要我喘着一口气，就撇不了大把。""斜愣着眼""撇不了大把"之类的方言，将一个视自己的子女为物品的封建家长的权威性和霸道性活灵活现地展示出来了。此外，杨助理员告诉方家二兄弟揍高马的时候，"往腚上打，打暄肉"；金菊的大哥在干活时逮着一只野兔，他用一根鞋带拴住了野兔的腿，"拴得很紧，野兔的腿蹬崴着"；中年犯人对高羊说的话："那你爹也不是个好爹，也是个老杂种！他没教育你，不能对着人抻巴筋骨打哈欠吗"；在四婶的眼里，"女看守留着个男孩子式样的小分头，头发黑鸦鸦的，更显出脸蛋子的白净来"；高羊在"文革"期间由于家庭成分是地主而心惊胆战，"站在黄书记面前，他直打牙巴鼓"；高羊在卖蒜薹的路上劝说四叔的话："像咱这道号的，都是下脚料做的，能活在世上为人，就是大福气，您说是不是四叔"；高羊被逮捕之后，他的女人带着女儿来探监的时候，看到自己的丈夫，"他老婆猛地站起来，克搚克搚脸，括约括约嘴，呜呜地哭起来"。三爷给高马讲故事的时候，评价那个准天子的娘知道自己的儿子非凡人之后说"这女人恣疯了"，高马听故事的过程中插入的话："三爷，皇帝也不容易，不能像咱这样，信口胡咧咧。"都是在方言的修饰和形容下的成功例子。无论是对人物性格的刻画、心态的描摹还是情感的表达都那么惟妙惟肖，因此也当之无愧地成为莫言所有的小说中方言运用得最为成功的样本。

莫言在和杨扬的谈话中曾说："小说一要有故事，二是要有语言。一个作家写作久了，总会想到要寻找属于自己的语言。"① 所以，对于已有十年的写作经验的成熟作家，莫言在20世纪90年代的小说创作中，对方言的运用也面临着转型。他不再像20世纪80年代那样，在小说中采取炫技的方式，淋漓尽致地表现自己掌握的方言语料库是多么丰富，而是采取有节制的方式，让方言和普通话在水乳交融中更好地为表现主题服务。在《白棉花》（1991）中描述"文革"时期摘棉花论斤数记工分的时候，用了"所以大家死命地摘"来说明因果关系，"死命"表现的妇女们在按劳分配的动力支配下，为获得更多的收入而不惜一切代价的行为方式是其他任何一个词所无法代替的。当然，在口语中夹杂方言更能表现人物的心态行为和性格特征，所以在小说中写到李志高和马成功散步的途中，碰到"电流"、赵一萍、孙

---

① 莫言、杨扬：《小说是越来越难写了》，《南方文坛》2004年第1期。

红花等官宦人家的富贵小姐的时候的对话："这个小鼻涕孩是谁?"
"马成功，跟方碧玉一块来的。""小鼻涕孩"显示了借助后门关系刚
刚脱离乡村的女人，对来自乡村的少年的鄙视心理，可就是这方言俗
语又将她们急于摆脱的乡村身份暴露无遗，所以在这里用的方言可谓
一箭双雕。在厂长因为方碧玉殴打棉农、破坏治安、目无领导等一系
列罪状决定开除她的时候，她说的入情入理的话："我可以卷铺盖回
家，但要把事情说清楚。厂长你不能不分青红皂白，轻信一面之词。
说到底俺是个农民，死乞白赖来干这份临时工，无非是想来挣几个钱，
扯几尺布做几件新衣裳。"其中的"俺""死乞白赖"都是地道的高密
方言，在这里一方面说明方碧玉来到棉花加工场当临时工是非常不容
易的，另一方面也显示了她作为一个乡村女性的尊严。即使是费尽心
机得到的工作，只要把事情说清楚，她可以立马走人，也显示了她性
格中爽直利落、疾恶如仇、不怕权贵的一面。《灵药》(1991) 中的爹
和我冒着严寒去挖犯人苦胆的时候，我受不了黎明前的寒冷，爹说：
"咬咬牙，武工队都是趁太阳冒红那一霎毙人。"用"冒红那一霎"来
描述时间，非常吻合"日出而作、日落而息"的农民的时间观念，形
象地展示出了农民就地取材的思维意识和长期积淀的生活经验。《战
友重逢》(1992) 中小个子四川兵罗班长批评钱英豪的被子叠得不标
准时，征询"我"的意见，二人的对话："难道你们军区不搞内务?
我说搞搞搞，比这搞得还邪虎。我们一年到头不敢晒被子，一晒被子
就叠不出棱角来了。""邪虎"暴露出我的乡村出身，与"棱角"之类
的普通话相对比更显得生动有趣。《酒国》(1993) 中的"一盆热古嘟
的洗脸水""狼也不喜得吃""嗤嗡鼻子""可着劲往上窜""狼亢身
躯"等句子和短语都是乡村中描述动作神态常用的语言，特别是"热
古嘟""嗤嗡"等象声词的描摹更显示出民间土语的鲜活性。《丰乳肥
臀》(1995) 中的上官寿喜父子对难产的驴子挤压助其一臂之力时，
由于两人都没有力气，所以用"浮皮潦草"来形容他们的手随着身体
的起伏在驴肚皮上揉动的情景，可谓形神兼备；司马亭为了动员恋家
的民众离开家园，躲避日本鬼子的扫荡，不得不反复说："我有确切
情报，不是胡吹海唠"，在特定的语境中把坊间说话的情态形象地展

示了出来；仰面朝天躺在我们中间的六姐念弟被"我"响亮的喷嚏打扰之后的神情表现："嘴唇噘了一下，鼻子皱了一下，然后又闭上了眼。看样子她被太阳光晒得很恣，很舒坦。"用"噘"表现她被我的突如其来的喷嚏吓了一跳后的不满却又无可奈何的心态，用"恣"描绘一个没有多少文化教养的乡村少女的生理和心理感受，都是莫言在记忆的语料库中妙手偶得的神来之笔。《三十年前的一次长跑比赛》（1998）中对语符"不善"在方言和普通话中的寓意大相径庭的表现形式予以说明，由于要说明公社教育组的孙强跳高水平比较高，用"不善"来夸赞他会引起歧义，所以叙事者就在行文中插入对"不善"的方言义的解释："我们那儿对人的最高夸奖就是'不善'，譬如说庄则栋这人不善，就是说庄则栋好生了得的意思，并不是说他人恶。"这样，在形象地阐释中举的例子，和孙强、朱总人、汪高潮等人跳高中的一人更比一人强的层级表现相得益彰，插入的方言以及释义就成为整个文本中不可缺少的有机组成部分。《祖母的门牙》（1999）中的九十九岁的祖母在她萎缩得如一条干蚯蚓般的牙床上，竟然又长出了两颗小牙，对这件事情的感觉，叙事者用了"也不好说就是砢碜"的不确定的评价态度。在这里用"砢碜"来对"鹤发鸡皮的老太太嘴里"的新牙进行评价，就将"恶心、丑陋、丢人、难看、难受、没面子"等丰富的意蕴尽入彀中，达到了言有尽而意无穷的言语效果。对于我母亲向络绎不绝地参观祖母门牙的群众大骂公社干部和村干部欺骗他们的行为，村党支部书记宋大叔用"你这人怎么这样死性"来苦口婆心地开导她。"死性"对表现母亲从不"见人说人话，见鬼说鬼话"的质朴诚实的性格暴露无遗，尽管宋大叔是在贬义上用这个词来表现母亲顽固、不开窍、不圆滑世故的性格，但在这里，方言在不同的语境中褒义和贬义的含混，不正体现出莫言运用方言的高超之处吗?!《儿子的敌人》（1999）中的小林的母亲惦记自己的儿子在战斗中的安危，打算向一些穿灰色军衣的兵问一下情况，但"他们的脸都紧绷着，一个个脚步风快，谁也顾不上跟她说话"。用"风快"而不用"飞快"来表现士兵们急匆匆的脚步，显示了乡村喜欢用熟悉的景物作比喻的方言特征。《藏宝图》（1999）中对开饺子馆的老太太的话语和叙事者的描述语言都采用了方言："告诉你，肆意吃，就抓紧了时间麻利地吃，不愿意吃，就结账给我走，别让我看到你，看到你我就心中气儿不顺。我还想争竞，马可拉拉我的衣角"，用"肆意"而不用"愿意"、"麻利"而不是"快点儿"、"气儿不顺"而不是"不高兴"，显然更符合一个乡村出身的老太太的身份和说话口吻；叙事者用"争竞"来表现"我"对一盘饺子被老头子都先吸取了汁水的不满，也比用"辩论""争论"等词语更符合语境和语义。

当然，在20世纪90年代的小说中，莫言根据题材和表现主题的需要，也有用大量的方言土语来刻画人物、表达情感、推动情节的。在这方面，最突出的例子就是带有自传色彩的中篇小说《牛》（1998）。也许是因为又回到了少年时期生活的熟悉的环境的缘故，莫言在这篇小说中对方言的运用可以说是达到了炉火纯青的境地。在塑造人物方面，对浸润在乡土大地上的民众的言语行动的方言描述，无疑为人物的神态、动作、情感和性格的表现更增光添彩。如表现杜大爷的机智玲珑的性格特征的时候，首先借助他由老董骗牛的话头说的"旧社会没听说骗人的蛋子，新社会……"显然带有反动的意味，经过麻叔的提醒和批评之后，在大庭广众之下感觉到了问题的严重性。于是急中生智，先在气势上压住阵脚，所以小说用"翻着疤瘌眼"来表现杜大爷着急又心虚的动作神态非常形象；在小女儿杜五花和小木匠家订婚的日子，杜大爷面对订婚的队伍，"穿得时时务务地迎出来；对着小木匠家的人嬉皮笑脸"。用"时时务务"而不用"板板正正""非常整洁""干净齐整"等普通词语，是因为前者还含有"时新"的含义，与后面的词语"嬉皮笑脸"的原始本意的还原都显示出民间语言的质朴色彩，对塑造他懂规矩和礼节的性格行为起到了重要作用；杜大爷在和小罗汉溜牛，闻到麻叔家炒牛蛋子散发出来的香味时，用"嗤哄着鼻子"来表现他对饮食的重视，也为他把自己的女儿嫁给公社的炊事员、县公安局的狼狗饲养员和公社屠宰组组长等握有"食权"的人提供了依据，显示出他是一个非常重视物质享受的人；当罗汉指责他"说吃肥牛肉喝热烧酒好就等于旧社会好"是阶级立场有问题的时候，"他小心翼翼地问：'小爷们儿，您给我批讲批讲，什么叫阶级立场?'"

用"您"的尊称和"批讲批讲"的方言交叉在一起混用，显然突出了他的胆小怕事的性格特征，也非常吻合他的文化水平；和罗汉聊天的时候说的话："新麦子面多筋道哇，包饺子好吃，擀面条好吃，烙饼好吃，蒸馒头也好吃……那新馒头白白的，暄暄的，掰开有股清香味儿，能把人吃醉了……""筋道""暄暄"等方言土语将一个在物质匮乏的年代比较馋的乡村老头形象和盘托出，非常逼真。此外，老董对麻叔的纠缠不休非常不满，由开始的无可奈何称他为"刁人"到恼怒后骂他"滚刀肉"都显得非常贴切，将一个常跟基层打交道的兽医软硬兼施的两面性暴露无遗。麻叔仗着自己根正苗红，对杜大爷的欺压理由也是满口方言："你不遛谁遛？难道还要我亲自去遛？别以为你有几个女婿在公社里混事就忘了自己姓甚名谁。杀猪的，做饭的，搁在解放前都是下三滥，现在却都人五人六起来了！""姓甚名谁""下三滥""人五人六"等方言，表现了麻叔作为一个基层领导者真真假假的恫吓、找准别人软肋的领导风格，展现了他人性恶的一面。杜五花对罗汉痴心妄想娶自己的心思泼的冷水："小罗汉，知道你肚子里那个小九九，你也不撒泡尿照照自己。这怎么可能呢？"，如果没有"小九九"这样的方言，对一个没有上过学的少女想法的形象表达，就不会在"撒泡尿照照自己"的粗俗话语的对照下显示出少女泼辣的性格。

汪曾祺曾说："语言不只是一种形式，一种手段，应该提到内容的高度来认识。……语言是小说的本体……写小说就是写语言。小说使读者受到感染，小说魅力之所在，首先是小说的语言。小说的语言是浸透了内容的，浸透了作者的思想。"① 这种语言的本体性和浸透性在莫言的方言土语的灵活运用中得到了鲜明体现。不过，总体来看，莫言很少采取炫技的方式，将现实生活中适用范围非常狭窄的方言土语，不经改造就直接引入小说。即使是需要将当地本色的土语融进小说的时候，他也是采取在旁边加注的方式，让不同地域的人了解陌生

---

① 汪曾祺：《中国文学的语言问题》，《汪曾祺文集 文论卷》，江苏文艺出版社 1993 年版，第 1—2 页。

的方言所要表达的意思。所以，莫言的方言运用之所以取得了如此巨大的成功，一是他在自己主体性的介入方言的过程中，尊重方言的个性特征，没有把方言作为随意调遣的语言工具来使用；二是方言的运用是紧紧围绕刻画人物的性格、渲染环境氛围、表现主题的需要而展开的，在方言的本体性与小说中媒介传达的对象之间取得了动态的平衡。

二　21 世纪小说运用方言的策略探寻

进入 21 世纪，莫言的小说创作在方言的运用上呈现出更加回归生活本体的鲜明特征。现实生活中人物的口语、叙述人的语言都按照高密东北乡的地域文化所昭示的方言特征来展现，给人一种非常自然的原生态的感觉，乡村的生活方式、价值观念、邻里关系、家长里短的众声喧哗的杂语性，为人物关系的表现提供了广阔的舞台空间。在 21 世纪的创作中，莫言感觉到"应该从人物出发、从感觉出发，应该写自己最熟悉最亲切的生活，应该写引起自己心里最大感触的生活"[1]。一个人最熟悉最亲切、心中最大感触的生活莫过于从小生养自己、埋葬祖先灵骨的故乡生活，而表现这些刻在灵魂深处的生命印迹的最得心应手的工具，无非就是无须加以斟酌和思考就脱口而出的家乡的方言土语。代表家乡的味道、思念家乡的味道的最重要的载体就是方言，它使得异国他乡互不相识的两人，因为熟悉的乡音而迅速拉近彼此的距离，也使得作家在创作的过程中，无论学习了多少年的普通话，都无法遮蔽从小习得的家乡方言的动人光芒。这是创作走向成熟、形成自己独特的审美风格的莫言深刻领会到的，他之所以从 20 世纪 80 年代初期逃离熟悉的家乡题材去编写一些能够配合政治任务的虚假故事，到后来的回归高密东北乡的热土，成为挖掘真实的生活故事宝藏的高手，与对方言的语感、语义、语调等审美特性潜在地影响作家的创作风格的深刻认识有密切的关系。他在与杨扬的对话中曾对此作过认真的反思："一个作家用什么语言来写作，有时是先天注定，无法更改的。大家都在用同一种语言，为什么有的作家作品有自己的语言特征，

---

① 莫言：《用耳朵阅读》，作家出版社 2012 年版，第 245 页。

而有的人却没有呢？这是因为有的作家通过某种发现，唤起了语言中沉睡的不被人注意的东西，而这种语言是属于作家个人的，只有他能够感受，只有他能够将这种语感的灼热的温度传达出来。一个作家只有寻找到这种语感和语言的表达方式，才算是开始了自己的文学语言。"①"这种语感和语言的表达方式"就是作家从小所习得的无须刻意记忆就能随时提取的方言母语，尤其是在无意识的自动写作中表现出的故乡人物的话语行为的神来之笔，更能体现出作家的创造力。这种沉睡在语料库中被唤醒的语感正是莫言所特别珍惜的，从 20 世纪80 年代中后期在高密东北乡招兵买马建立起属于自己的语言王国，到21 世纪的小说创作中一以贯之的是方言的灵活运用对表现生活、刻画人物、表达情感的艺术审美赋型。

需要说明的是，莫言在 21 世纪的小说创作中对方言中詈词和粗话的使用频率相对减少，尽管"富有地域特色的粗话的出现一般都是表现了人们对某种事物的强烈否定，这种否定也传达了当地人们的生活态度、价值观念和人生理想等情绪，反映了地方文化心理"②。更能表现出高密东北乡的民众粗野豪放的性格特征，但过分地使用引起的读者的不适感还是显而易见的，因此，追求不失地域本色又相对文雅的粗话成为莫言表现人物性格的一个特点。另外，可能是短篇小说因篇幅的限制，对表现一个地方的风俗文化、生活习惯、自然风景，用过多的方言显示民众生活的本真面貌会导致外地读者有疙里疙瘩的感觉，所以莫言更多地使用普通话或者是接近普通话的方言，让读者望文生义也能明白叙事者所要表达的言文合一的意思。由于长篇小说表现生活的广阔性和纵深感，对生活在特定地域中的民众的生活样态的真实描绘是离不开活泼生动的方言的加持的，因此，在 21 世纪的长篇小说《檀香刑》（2001）、《四十一炮》（2003）、《生死疲劳》（2006）、《蛙》（2009）中，其对天文、地理、时令、时间、农业、植物、动物、房舍、器具用品、称谓、身体、疾病、衣服穿戴、饮食、红白大事等方

---

① 杨扬：《莫言研究资料》，天津人民出版社 2005 年版，第 35 页。

② 孙万蜜：《〈红高粱〉的语言艺术特色——雅俗交融的语言场》，硕士学位论文，天津大学，2013 年，第 23 页。

面的自然环境、人文景观、生活习俗的全方位的立体描绘的方言俗语，成为展示高密东北乡语言特色的百科全书。由于中短篇小说和长篇小说运用方言的策略不同形成了各具风采的语言景观，因此对方言的谱系寻踪也将从这两种不同的文体形式分别加以考察。

第一，中短篇小说内敛式的方言色彩的谱系寻踪。从方言的审美功能来看，"方言作为一种不同于普通话的'陌生化'语言穿插出现在小说中，能增添文本的陌生化效应，打破读者在感知语言上的'套板反应'，从而使读者获得一种陌生的刺激感和审美愉悦感，形成语言陌生化的审美效果"。① 这种功能特点对喜欢创新求变的莫言来说正是求之不得的，但21世纪的莫言早已过了在小说中追新猎奇的炫技的心理诉求，成熟老到的他在创作的过程中一切以创作中的审美需求为首要目标，偶尔穿插的方言要为表现的思想主题、刻画的人物性格服务，要在展示地域文化特色的典型环境中表现人物活泼生动的个性特征，用一两个方言词汇对人物形象的行为和神态的描绘达到以一当十、画龙点睛的审美效果，追求"精"的恰到好处，成为莫言21世纪短篇小说运用高密方言的一大特色。《冰雪美人》（2000）中围绕土生土长的父亲送不成器的儿子"我"去到镇上的叔叔家开的私人诊所当学徒的场面，用了一系列方言来表现人物的心理、情感和性格。到了叔叔家的诊所之后，"父亲从褡裢里摸出十个咸蛋，放在桌子上"。用方言"褡裢"而不是"布袋"表现父亲带东西的器具，一是显示出比较鲜明的地域特色，因为褡裢是一种中间开口而两端装东西的口袋，带东西比较方便；二是与动词"摸"搭配显示出未见过世面的父亲小心谨慎的性格，才有父亲对我没有及时打扫叔叔和婶婶吵架打碎的暖瓶突然发火："年纪轻轻地，眼睛里一点营生都没有！难道还要你叔和你婶婶指使你？"父亲口中的"营生"是"眼光""眼色"的意思，这个词表露出父亲心急我不会察言观色的乡土本性，即使是不懂"营生"含义的人也可以望文生义了解大概。回去之前，父亲对叔叔的嘱

---

① 张文哲：《新时期山东作家方言写作的审美传达策略》，《山东教育学院学报》2011年第1期。

托："他叔叔，我和你嫂子这辈子就熬了这块东西，从小娇惯坏了。你和他婶子，该说就说，该打就打，自己的亲侄子，打也打得着，骂也骂得着……""熬"是"生养"的意思，用"熬"一下子凸显出父亲一辈子生养"我"这个不成器的儿子的艰辛不易，浓浓的父爱突破文字的拘囿呼之欲出。所以，小说的开篇仅仅用了三个方言词语，就将父亲的打扮、心理和情感表现得淋漓尽致，达到了方言的运用以人物的性格和情绪为核心的塑造目的，三言两语就将一个爱子深切的乡下慈父形象刻画得栩栩如生。《姑妈的宝刀》（2000）中的孙家姑妈"穿一件浆洗得很白的斜襟褂子，白头发梳得顺溜"，用"顺溜"而不用"整齐"作补语来说明孙家姑妈的白头发的状态，更能体现出这个乡村老太的干脆利落，方言"顺溜"的语义重复体现的强调色彩要比普通话"整齐"显得更为形象，也为强势的姑妈拿着那块银色灰铁要打一柄银亮的宝刀，铁匠老韩用双手捧了那块银色灰铁，恭恭敬敬地送到孙家姑妈面前埋下伏笔。紧接着老韩对姑妈弯腰点首地说："老人家，俺是些粗拉铁匠，打打锨镢二齿钩子，混几口窝窝头吃罢了，请您老高抬贵手。"将颇有打铁本领的自己阵营的人自谦为"粗拉铁匠"，其中的修饰语"粗拉"非常形象地展示出方言的魅力，用本地的方言甘愿将自我贬低，以获取别人秉承"大人不记小人过"的原则对自己的谅解，在上下文的语境中表现出老韩比较圆滑、能屈能伸、随机应变的能力。《倒立》（2001）中的修车匠魏大爪子怀着阿Q的心态埋汰过去的小学同学、现在的省组织部副部长孙大胜时，同行老秦的一句"你就别在这里胡啰啰了"就堵得他哑口无言。其中的方言"胡啰啰"对魏大爪子的翻旧皇历的心态和行为的酸葡萄特点的评价非常形象，一方面显示出同为底层、识字不多的老秦快言快语的民间本色，另一方面也确实说明嘴碎的魏大爪子说的陈芝麻烂谷子的话既没有逻辑性，也没有多少营养价值。未见过世面的魏大爪子在赴宴的宾馆见到老同学、过去的校花谢兰英，在他眼里的她"脖子上套着一串粗大的珍珠项链，耳朵上也悬挂着一些嘀里当郎的东西"。用方言"套"而不是"戴"更加凸显出谢兰英精心打扮得有点过分，当然也表现出谢兰英为见组织部副部长的老同学的别有用心之处，也为她在孙大胜要求表演倒立的绝活时，虽然极不情愿还是顺应了他的要求的奴性心态提供了逻辑线索；"嘀里当郎"的象声词一是说明她戴的首饰之多，二是魏大爪子对城里比较体面的女人的首饰根本叫不出名字，用非常直观的感觉化的语言更具有原生态的画面感。《扫帚星》（2002）祖母对老孙家怀孕的大儿媳妇摸完胎位后说的恭维话："侄媳妇，你是元宝胎，小小子在肚子里盘腿打坐儿，喜笑颜开着，长得欢势着呢！大姨的手是带仙气的，不是要紧的亲戚，用八人大轿抬着我，用七个盘八个碗伺候着我，我还不喜得去呢。"将一个旧法接生的老太婆明知已日薄西山，但还是要装腔作势的心态表现得恰到好处，其中满嘴的方言也将一个即将退出历史舞台的喜剧角色暴露无遗。用"欢势"形容胎儿长得健壮的逢迎拍马，"要紧的亲戚"的彼此亲密关系重要性的强调，与实际上的血缘关系比较淡薄的"瓜蔓子亲戚"的鲜明对比，"七个盘八个碗"的丰盛接待的自我贴金，与实际上是主动上门求人家让她接生的举动的比照，让一个旧社会养成的能说会道、装神弄鬼的接生婆的形象呼之欲出，没有这些满嘴方言的口语化的语义内涵的陪衬烘托，祖母的自我抬举的语言与内心的渴望之间的巨大矛盾就不会表现得如此明显，外在的不在乎与内在的强烈诉求，在听到老孙家的儿媳发作了时的关键时刻达成了非常在乎的一致性："急忙换上她那件浆洗得板板整整的青布大褂子，将剪刀、火镰、白布等一应接生需要之物揣在怀里，匆匆跑到老孙家的大院子。"用定语"板板整整"修饰中心词充分显示出方言的形象生动性和立体感，也无意中表现出祖母对这次接生的重视，才有后面的祖母在亲眼见到老孙家请的二嫂用新法接生成功的失望心情，原本一直挺拔的腰杆瞬间就塌陷下去的夸张才有了现实的依据。《木匠与狗》（2003）中的叙述句"管大爷作古许多年了。钻圈爷爷去世许多年了"。用方言"作古"对应"去世"，就像鲁迅的《祝福》中的祥林嫂在大年夜"老了"一样的避讳语，反映出民间死者为大的文化习俗。管大爷劝说钻圈"大侄子，你不要叹气了，我给你再讲个木匠和狗的故事吧，听完了这个故事，你就欢气了"和对穷困潦倒处境的自我解嘲"我爹是个直愣人，不会巴结当官的。否则，我早就混好了"这两句用的两个方言词"欢气"

"直愣"非常形象，体现出民间语言的智慧。从语义的关联来说，即使是不知道"欢气"是"高兴"、"直愣"是"正直""直来直去"的意思，根据上下文的语境也能猜测到。用了这两个方言词就将管大爷善解人意、正直爽快的一面体现了出来。管大爷讲的故事中的木匠的技艺水平非常高，说他制造的风箱百里闻名"鸡毛扎得厚实，风力大，不瓢偏"，"瓢偏"是一个在乡村生活过的人都能理解的方言词，因为它用乡村中常用的舀水或盛东西的器具作比喻来形容和修饰"偏"的程度，具有鲜明的在地性特征，是真正的来自大地的天籁之音。

由此可见，"方言作为一种写作方式更是承载了作家思想、意识、情感等在内的种种要素。更深层面上，语言哲学中对方言的发现，将方言作为'大地之音'，将方言提升了一个高度，方言不仅简单是作为调剂文学语言的'装饰'，它实现了时间、空间、人之间的融合，而是对作家和作品都具有重要的意义"[①]。莫言21世纪的中短篇小说创作中融汇了大量的带有高密味特色的方言，正是他对生养自己的故土的情感、意识的审美体现。在2004年的短篇小说创作中将自己对故乡的浓浓思念，以方言为载体，化作异彩纷呈的艺术画面。《养兔手册》（2004）中正在公社报道组里混事的孙黄，对在新华书店工作的同学江秀英和宋宝森很是羡慕，认为"人家都是吃商品粮的，跟我们这些庄户孩子不一样"。用方言"庄户"而不用比较文雅的"农村"显示出孙皇对出生地和户籍的自卑心理，这也成为他奋发图强改变自己命运的动力。如果没有方言暗示的自卑心理转化为自强精神的铺垫，后来他在近二十年间由默默无闻的公社报道员荣升为鼎鼎大名的全省最年轻的市长的华丽转身就没有了逻辑依据。一个小小的方言词带动了这部小说曲折离奇的情节发展，显示出莫言的匠心独运。《麻风女的情人》中的春山把我那一大捆青草抢起来，驮到了自己背上，主要是担心我劳累过度，"长不出个直溜的腰板，在庄户地里，活着难"。方言"直溜"的形象性、拟态性远远超过"顺直"，"庄户地"的鲜活的在地性特征也是中性词"农村"所不具备的。春山的满嘴方言对刻

---

① 朱晓路：《莫言小说中的方言运用研究》，硕士学位论文，山东师范大学，2015年，第4页。

画他乐于助人的性格起到了很好的辅助作用，正因为他喜欢助人为乐，与底层的穷苦人、社会的边缘人有共同语言，才闹出了他与麻风病女人的绯闻，才有他媳妇秀兰对麻风女的挑衅"就你那个埋汰样子，劈开两条腿晾着，我家春山连看都不会看"。用"埋汰"而不是"脏""不干净"来形容麻风女的形貌非常形象，也把秀兰的强势性格凸显了出来，推动了情节的发展。此外，村子里那个最喜欢撺掇事儿的郭成对外乡来这里卖油的张林看不起，故意大声问："看你这样子，也不像个会家子嘛。"对精通某种技艺的乡下人来说，"会家子"要比"行家"显得更为亲切，也是对学艺精通的人很高的褒奖，所以本不想节外生枝的张林只好被迫应战，惊动了满嘴酒气的村长，他眯瞪着眼睛说："什么事？"马上有人上前把事情的根梢讲了一遍。对描绘村长半醉半醒的神态而言，"眯瞪"比"迷糊"更有动态性；对事情的前因后果的讲述，用"根梢"比用"前后""过程""因果"更形象，对事态的发展更能起到促进作用。《普通话》中的柿子沟对外地的说官话（普通话）的人怀有本能的敬畏之心，而对在外面工作的本地人回家乡说普通话嗤之以鼻，叙事者举了一个例子"如果你当上了县长、省长，回来撇，那也是应该，但你不过是个在肉联厂杀猪的工人，两手猪血，一身猪屎，撇什么？"方言"撇"具有的"炫耀""拿腔拿调"等含混的意味是普通话中任何一个词汇都难以准确表述的，这种带有鲜明的地域特色的方言反映出以语言为载体的思想观念的落后保守。语言是思想的家园，在小说的开篇引用的此地的方言，实际上是为了说明闭塞乡村的风俗文化改变的艰难，一旦民众形成一种根深蒂固的排外意识，就很难改变既自尊又自卑的阿Q精神，才有了小说后来的情节，村支书对钻探队的队长小丘到村子里和小学老师、也是唯一的一个中专生解小扁交往的行为极为反感，警告他"不要到我们村子里来胡串串，败坏了我们的风俗！"把正常的文明交往、礼尚往来贬低为"胡串串"，方言带有的威慑力进一步验证了移风易俗的艰难，也才有解小扁决心以一己之力改变这种传统陋习而被逼疯的悲剧结局。在这样的文化土壤中养育的文化人高大有，成为一个啰里啰唆、借着机会就会极力表现自己的心理有问题的人。小说中对学生根据他说话时两个嘴角上各有一朵白沫的表现，与村里的角猪在交配时嘴角上冒着白沫相类似，因此给他起了个外号——"高大角猪"。对于成为小众的方言"高大角猪"，离开了特定地域生活的民众是很难理解方言的所指的确切含义的，所以在小说中叙事者打断语义在线性的逻辑关系中形成的内在连续性，插入对它的内涵的解释"官话里叫'公猪'或是'种猪'，在我们的土话里，就是'角猪'"。用"角猪"的外号嘲讽本地的传统文化和文明的传承者自身的缺陷，显示出叙事者非常清醒冷静的启蒙意识。

此后，莫言在 21 世纪的中短篇小说中更加显示出向普通话靠拢的趋势，方言使用的频率、数量和力度锐减。但在仅有的几个方言词的灵活运用中，仍然一如既往地为表现小说的思想主题和刻画人物形象服务。《变》（2009）中的鲁文莉"当她直着眼看人时，显得有几分傻不愣冬"。借助心灵的窗口和方言"傻不愣冬"（不精明，呆板）的评价，小学同学鲁文莉的正直无城府的性格和心态就活灵活现地表达了出来。何志武在被学校开除后，为报复学校穿着借来的军装迈着方步，昂首挺胸，毫无惧色地从学生方阵和学校领导之间走过。他边走边撇腔拿调地说："你们的炮是怎么保养的?!"在这里用"撇腔拿调"表述他说话的语气和腔调，显示出何志武敢于冒险、直接利落、襟怀坦荡、永不服输的性格特征，也为他从不走寻常路、取得巨大的成功提供了因果线索。"我"给自己的未婚妻买了一条粉红的纱巾，"她是我在棉花加工厂当临时工时由她的一个瓜蔓子亲戚介绍给我的"。用乡村中常见的植物"瓜蔓子"而不用普通话中的"远房"作定语来修饰中心语"亲戚"，对熟悉乡村生活的读者来说，其形象性、亲切性和熟悉感油然而生，从艺术的角度来看，杂语的交错带来的陌生化的感觉正是叙述所要达到的审美效果。《左镰》（2012）中的赵大叔想给老三说媳妇，告诉他"今年是真的，我老婆娘家有个远房侄女儿，白白净净，大高个儿，模样周正，就是眼睛有点儿毛病"体现出比较典型的方言词汇的不同寻常的语法规则，方言"周正"与"端庄""端正""俊俏"的意思都差不多，"就是"后面的条件句呈现出方言不讲逻辑规则的一面，在语义的背反中更突出民间话语的生动有趣。

　　总之，莫言在中短篇小说中使用的方言的精到和巧妙已超越了其他作家在作品中常见的表情达意的功能，在这种情况下"方言成分不只是表情达意的言语交际工具，而是升格为作品的描写、叙述、议论的对象，成为作品中不可缺少的组成部分"①。可以说，方言和普通话一道成为作品中有机的整体，并且在表现作品的思想主题、为情节结构的发展提供逻辑支撑、刻画人物的性格特征中所展示的语言的魅力等方面，成为莫言杂语风格的显性标志。

　　第二，长篇小说张扬性的方言风格的充分展示。"长篇小说是用艺术方法组织起来的社会性的杂语现象，偶尔还是多语种现象，又是个人独特的多声现象。"② 对于莫言这样从小就"用耳朵阅读"的民间艺术家而言，大自然中的各种天籁之音、社会中民众的众声喧哗正是常态的杂语现象的展示而已，万物的自由自在的生产、生长和鸣叫发出的声音都镌刻在他早慧的大脑里，再加上后天的刻苦努力，从他人那里汲取的杂语化的叙事技巧，就成了莫言在长篇小说的尺寸之间尽情闪转腾挪、充分张扬展示方言的语言魅力的最佳契机。从 21 世纪初的《檀香刑》（2001）到获得第八届"茅盾文学奖"的《蛙》（2009），差不多 2—3 年就有一部高质量的长篇小说问世。这些带有浓浓的乡土气息的小说，离不开方言提供的词汇、句法、音调等组成的杂语的审美功能，显示出方言独特的文学价值。苏珊·朗格认为："方言是很有价值的文学工具，它的运用可以是精巧的，而不一定必得简单搬用它的语汇；因为方言可以转化为口语，以反映妙趣横生的思维。"③ 难能可贵的是，当莫言进行 21 世纪长篇小说创作的时候，已敏锐地意识到作家的立场对方言转化为思维传达的工具的重要意义，只有作家真正地站在民间的立场上，作为老百姓的一员进行的创作，才能将方言的鲜活的生机和活力表达净尽。此时，化身为民间的一员，抛弃先入

---

　　① 李胜梅：《方言成分在文学作品中的出现方式及相关问题——以当代江西作家作品为考察对象》，《南昌大学学报》2004 年第 7 期。

　　② ［俄］巴赫金：《巴赫金全集·第三卷》，白春仁、晓河译，河北教育出版社 2009 年版，第 39 页。

　　③ ［美］苏珊·朗格：《情感与形式》，刘大基等译，中国社会科学出版社 1986 年版，第 252 页。

为主的对民众高高在上地批判、揭露和讽刺的叙事意图，真正的未经过主流意识形态和知识分子的广场意识粉饰的原生态的民间就会活灵活现地从幕后走上台前，尽情展示方言的语言风采。此时，方言所具有的修辞和表达效果，以及方言背后体现的农民的原始思维、爱憎的情感和价值观念，才能真正反映作者民间立场的精髓。

农民渴望发出自己的真实的声音，而不是作为"沉默的他者"的代言人的身份出现在文学的舞台上，这在莫言表现历史题材的长篇小说《檀香刑》中得到了充分展示。这种方言的真挚表达和思维方式是农民渴望发声的民间话语的集中体现，当然，归根结底还是作家化身为小说中乡土的一员时的代入感和设身处地的能力，对乡土和民间的熟悉程度，以及沉浸在文学王国的情境氛围中潜在的方言萃取的本领。莫言曾对自己在创作过程中方言无意识的流露作过反思："我在创作《檀香刑》时，追求的是那种一泻千里的语言状态，这其中与语言的惯性有关系。某种语言在脑子里盘旋久了，就有一种蓄势待发的力量，一旦写起来就会有一种冲击力，我是说在写作时，常常感到自己都控制不住，不是我刻意要寻找某种语言，而是某种叙述腔调一经确定并有东西要讲时，小说的语言就会蹦出来，自言自语，自我狂欢，根本用不着多思考该怎么说，怎么写。"[1] 举凡晚清历史上出现的器具、服饰、脸面、称谓、习俗、性格等方面的方言，都在小说表现的自然和社会背景、人物生存的环境、交际关系中得到了充分展示。一是器具："还要你给俺准备一个熬中药的瓦罐子，一个给牲口灌药的牛角溜子。""溜子"指"漏斗"，作为民间的传统称谓的"溜子"，赵甲肯定耳熟能详；即使是作为京城的刽子手的他见过一定的世面，也不可能知道科学术语的"漏斗"，这对遵循"盯着写人物"性格的创作理念的作者来说，顺手拈来的方言恰到好处地表现出赵甲的见识。二是称谓："这个老杂毛，在梦里也念想着他砍下的那些人头啊，这个老杂毛……""老杂毛"指头发花白的中老年人，用在此处显示出儿媳

---

[1] 孔范今、雷达、吴义勤等主编：《莫言研究资料》，山东文艺出版社 2006 年版，第 106 页。

眉娘对公公赵甲的贬低。豹子冷笑着说："我的儿子，你就准备着改行吧，同样是个杀字，杀猪下三滥，杀人上九流。""下三滥"指品质低劣的人，这里是赵甲作为大清朝的第一刽子手劝说干屠夫行当的儿子改行的贬低化的理由，显示出他的敬业精神和心灵异化的境况。"有一个愣头青，姓余名金，蛮劲儿很大，曾经一拳打倒过一头牛。""愣头青"指的是鲁莽的年轻人，是乡村对初生牛犊不怕虎的未经世事磨炼的小伙子的称呼。"咱家不知就里，傻瓜蛋子一样地站着。眼前的锅背太监扯着咱家的袖子低声说：'快点走，传见你了！'""傻瓜蛋子"即"傻瓜"，用方言更加凸显出赵甲在等待老佛爷召见的过程中拘谨的神态。咱家听到一句慢腾腾的问话从上边飘下来："我说杀把子啊，你叫个啥名？""杀把子"指屠夫，这是慈禧太后对忠诚于大清朝的行刑状元赵甲的称呼，口语"某某子"带有的亲切意味流露出老佛爷对他的赏识，才有后面破天荒地赏赐他一串佛珠和让光绪帝把坐的龙椅赐予他的逆天举动。三是器官："秋千架就是飘荡的戏台子，上去就是表演，是展览身段卖脸蛋子，""脸蛋子"即"脸"，最后重点突出的"脸蛋子"是孙眉娘展示风流狂荡、撒娇放浪的最重要的资本，也是吸引县令钱丁成就露水姻缘的制胜法宝，才有后来的干爹、公爹、亲爹联袂演出的檀香刑的大戏。"它伸出带刺的大舌头，灵活地舔着腮帮子和鼻子。""腮帮子"即腮，表现的是赵小甲透过通灵虎须看到紫檀木太师椅子上坐着的爹爹赵甲的原形是黑豹子，它舔着腮帮子和鼻子的举动与动物的本性非常类似，也暗示赵甲异化为动物的兽性行为。"叫花子们嘻嘻地笑着，有的龇着黄板牙，有的咧开缺牙的嘴。""板牙"即门牙，突出叫花子们以丑为要饭资本的特点，也为他们不同于正常的世俗社会的道德价值观念和评价标准作了铺垫。"那头黑猪的腰猛地弓了起来，与此同时，它的嘴里，发出了冲耳朵眼子的嚎叫"，"耳朵眼子"指耳孔；"一个衙役被挤趴在长凳的边缘上，正硌着肋巴骨"，"肋巴骨"指肋骨；"他调皮地说着，然后又用手拍着俺的腚垂子"，"腚垂子"指臀部；"俺也脱成个光腚猴子钻进了被窝"，"光腚猴子"指裸体。这些肢体称谓从表面上看都具有无关紧要的缀词对中心词的装饰作用，去掉这四个词的后半部分"眼子"

"巴""垂子""猴子"，并不妨碍语义的表达和人物的生理感受，但叙述者和人物的话语中出现的这些貌似啰唆的方言对表现人物的性格特征起到了烘托作用。比如赵小甲的"光腚猴子"的话语表述，将一个傻子的感性化的类比认知特点暴露无遗，他只能在猴子与光腚的类比中认知到自己的行为特征，非常吻合一个傻子的言为心声的直率特征。四是服饰："他只穿着一件汗褟儿，裸着半身蒜瓣子肉，虎背熊腰，胸脯上一片黑毛。""汗褟儿"指夏天贴身穿的中式小褂，这是北方人夏天最常见的打扮方式。五是饮食："儿子背靠着席棚，嚼着烫嘴的油炸鬼，腮帮子鼓鼓，满脸的喜气。""油炸鬼"指的是油条，显示出缺心眼的小甲贪吃的性格特征，对于亲情、爱情等精神的需求远远抵不过对物质的享受，也才有后来给老岳动旷古未闻的檀香刑时做到的心如止水。六是风俗："咱家小的时候就听到娘说过，说皇帝都是金龙转世，皇后都是赤凤脱生。""脱生"指旧时传说人或精怪死后，灵魂不灭，脱离肉体，投胎转世。在这里，"转世"与方言"脱生"并举，使得略微了解乡间民俗或传统文化的人都能理解"脱生"的含义，显示出作者的高妙之处。"还有小顺子，你这个寒冬腊月蹲锅框的小叫花子，不是老娘替你说话，你怎么能当上弓箭手？""蹲锅框"一般指的是乞丐蹲在做饭的锅旁边，靠锅里冒出的热气来取暖，具有鲜明的地域色彩。"咱家的媳妇是个人精，与那钱丁明铺热盖，让咱家蒙受了耻辱。""明铺热盖"比喻不正当的男女关系，小说中的高密县属于齐文化的范畴，而齐文化中的自由、狂放的特征在孙眉娘的身上得到了充分展示，一个方言词"明铺热盖"将不同于保守闭塞的鲁文化的特征暴露无遗，才有了在这种开放的齐文化观念的浸染下，看淡贞操、追求个性自由的眉娘与县令钱丁的轰轰烈烈的爱情故事。七是交际："老虎与俺碰了个照面，对着俺一龇牙，吓得俺一闭眼。""照面"指面对面地不期而遇，这是描写痴傻儿小甲通过通灵虎须看到县令的本相是老虎时，没有任何心理准备的生理反应，"照面"显示出缺少交际本领的赵小甲胆小懦弱的性格特征。衙役头儿一躬到地，高声唱道："老爷，您就赌好吧！""赌好"指等着听好消息。方言"赌好"显示出世故圆滑的衙役头儿深谙交际的规则，对上司逢迎拍马的行为方式和价值观念。八是动作："余早就知道是你薅了孙丙胡须，余还知道你是遵从了夫人的指使。""薅"的本义为除去（田草），引申义为"拔或揪"，这里受刘朴是为夫人报孙眉娘勾引有妇之夫之仇、使孙丙的颜面扫地的语境限制，最恰切的含义是"揪"。"套好了铁箍，你爹我和余姥姥各往后退了两步，抻紧了手里的牛皮绳子。""抻"的意思是"拉"，但比"拉"形象生动，为给偷咸丰皇帝的七星鸟枪的大逆不道的小虫子上二龙戏珠的酷刑，只有"抻"才能将两位刽子手的惨无人道的行刑手段淋漓尽致地表达出来，诠释清朝什么都落后、唯有刑罚是最先进的思想主题。"他高举起枣木棍子对着知县的脑袋就夯了过来。""夯"本指用以砸实地基的工具，在高密方言中还可以指用拳或棍棒打。在此语境中，"夯"比"打"更有气势，更能体现义军领袖孙丙对前来劝降的为虎作伥的县令钱丁的愤恨之情。"凌晨的寒气逼上身来，牙齿止不住地打得得，脖子不由自主地往腔子里退缩。""打得得"为象声词，形容因寒冷发抖而上下牙齿不停碰击。如果用"碰击"代替方言"打得得"，就体现不出赵甲为老佛爷召见显得精神而穿得单薄的良苦用心，形象化的语言的感性色彩，远超过干巴巴的理性叙述带给读者的审美愉悦。"俺看到刚刚被俺爹撅走了的那两个衙役，竟变成了两个穿衣戴帽的灰狼，手扶着腰刀柄儿，站在大门两侧。""撅"对人态度不好，骂骂咧咧，但是比骂的程度更重。用"撅"而不用"骂"更能体现出见过世面、深知衙役通行规则的赵甲对人仗狗势、狐假虎威的狗腿子的毫不留情。九是声音："她听到那持棍人发出了一声悠长的叹息，果然是个女人的声嗓。""声嗓"指嗓音。"俺那死去的娘就是迷上了他的公鸭嗓子才嫁给他做了老婆。""公鸭嗓子"指的是说话声音沙哑。独特的嗓音成就了每个人不同的命运结局，特别是孙丙因"公鸭嗓子"的迷人魅力才成就了一段姻缘，生的女儿孙眉娘成为整部小说穿针引线的最重要的人物。"俺捏着他的肩头，又说了一遍，他依然是不吭不哈。""不吭不哈"指沉默不语，表现出见过世面的刽子手赵甲面对儿媳求他保一保犯了弥天大罪的亲家孙丙的神态，此事的棘手程度远远超出他的能力和面子的范围，他只能一声不吭，装聋作哑。"他们在店前磨蹭一阵，便

吃二喝三地上马走了。""吃二喝三"指吃吃喝喝，乱吵乱叫。方言
"吃二喝三"将捕快秉承钱丁的旨意故意让犯人孙丙逃跑的咋咋呼呼
的行为表现得惟妙惟肖，这些人摸透了钱丁看在情人孙眉娘的面子上
故意徇私舞弊的心思，所以也就配合着演戏将场面的戏份儿做足。十
是时间："但太阳东南晌了，还没有一个茶客登门。""东南晌"指的
是太阳升到东南方向，10 点钟左右。没有用确切的时间来说明孙丙打
死德国技师后茶客不敢来的状况，显示出叙事者尊重当地习俗的良苦
用心。没有这些方言体现独具风采的风俗人情、地域环境、穿着打扮、
饮食习惯等的"在地性"特征的展示，就不可能建构起众声喧哗、杂
语共生的高密东北乡异彩纷呈的王国景观。

　　方言说到底是一个地域的民众在长期的社会生活和交际交往中使
用的语言工具，无论在具体的现实生活中还是在作者虚构的小说里都
是为人物服务的。"方言以其对语言规范的破坏彰显人的本真自由，
恢复人的生存常态，方言作为日常语言形式，呈现出语言的多种可能
性和极其多样性，它与人类日常感性的或经验的生活形态紧密相连，
因而能表达人的具体性、自然性及个性。"① 方言对人的性格、情感、
思想、神态的活灵活现的表现功能，才是莫言在长篇小说中不遗余力
地选择杂语共生的语言景观的原因。具体到《檀香刑》中的方言对人
物形象的刻画上也是如此，哪怕是一闪而过的边缘化的人物，莫言也
遵循"开口即响"的原则，让方言的审美功能最大化。李武作为小说
中无足轻重的人物，他在乡邻酒席上用方言吹炫自己与县令的关系亲密
的话语，将他的华而不实的性格表现得栩栩如生："大老爷就说，'梅
香，回去对夫人说，让她先歇了吧，俺跟小李子再拉会儿呱儿！'……
夫人拦住我说，'好你个小李子，整夜价拉着老爷东扯葫芦西扯瓢，连
俺都疏淡了，你小子该不该挨打？'"签押房是知县查阅公文、审批案
卷的比较神圣紧要的地方，怎么会是和自己逢迎拍马的下属随意聊天
的地方？所以，小说中用方言"拉会儿呱儿"表现的县令对他的亲切
的口吻根本就是无稽之谈，转述用"拉会儿呱儿"而不用更常见的方

---

① 何锡章、王中：《方言与中国现代文学初论》，《文学评论》2006 年第 1 期。

言"拉呱"具有的富含深意的讽刺性是显而易见的。夫人作为饱读诗书的曾国藩的外孙女竟是满口的方言土语，"整夜价"即整夜，"价"是表示语义关联的虚词，没有实在意义。"东扯葫芦西扯瓢"即说话东扯西拉，没有条理。方言的运用充分说明了李武是一个善于吹牛皮、搬弄是非的卑鄙小人，才有了后来的襟怀坦荡的孙丙得罪小人之后被押上公堂的结局，围绕着胡须的风波直接推动了情节的发展。对方言在塑造小甲痴傻的性格特征所起的作用方面作者也绞尽脑汁，主要通过和他有亲密关系的"他者"的视角进行的间接表述，与通过自我的观察和表现进行的直接展露相结合的方式，让方言服务于人物的心态、神情、言行举止的表现。在间接表现方面，知父莫如子，因此通过父亲赵甲的眼光看到的他的衣着打扮："咱家心中骂着儿子，知道跟他多说也没用，就吩咐他去把那身油脂麻花的沾满了猪油狗血的衣裳换下来。""油脂麻花"作为定语修饰中心词"衣服"，对表现小甲不知要好的痴傻心理起到了很好的修饰作用。"咱家眯着眼，看到儿子脱去衣裳，露出了一身横肉。儿子腿间那货囊儿巴唧，一看就知道不是个管用的家什。""囊儿巴唧"修饰的"那货"说明赵小甲是一个不谙风情的性无能者，这为年轻气盛、如花似玉的妻子孙眉娘出轨于县令的情节埋下了伏笔，最终在情人钱丁的参与下，让情节的发展更加波澜起伏。在直接展示方面，县令钱丁求见赵甲的时候，小甲透过通灵虎须看到县令"趁着俺虾腰的工夫把本相掩饰了大半，只余着一根尾巴梢子从袍子后边露出来，拖落在地上，沾上了不少污泥浊水"。用方言"虾腰"而不是"下腰""弯腰"的形象性和生动性是显而易见的，更重要的是用动物虾子的外形修饰中心词"腰"弯曲的程度，鲜活地表现出赵小甲对县令钱丁的威势的惧怕程度；"尾巴梢子"即尾巴，加上后缀"梢子"是为了突出形象性和痴呆的小甲的认知特点；"拖落"的语义重复带有的强调意味，也充分地显示出赵小甲认识事物的画面感，即他的性格的单纯性与他对世界的感性化的认知模式有密不可分的关系。正因为如此胆小懦弱的性格，才有赵小甲对爹爹对县太爷托大的行为心怀恐惧："皇帝爷官大，但远在天边；县太爷官小，但近在眼前，他随便找个茬子就够咱爷们喝一壶了。""找个茬子"即找茬，吹毛求疵地进行挑剔、批评；"够喝一壶"即"够呛"
"够受"，指情况达到或超过人所能忍受的限度，使人难以承受。这两
个方言词在同一个句子的连用一方面说明赵小甲对"县官不如现管"
的民间俗语的认同，另一方面也是现实的活生生的好朋友小奎对着
县令的轿子吐了一口唾沫就被打断腿的震慑作用，二者集中体现了
身处社会底层的赵小甲为保护自己免受伤害，养成的谨小慎微、胆
小如鼠的性格特征。

　　当然，在小说中通过方言的媒介刻画得最成功的人物形象当属号
称"狗肉西施"的孙眉娘，满口方言的她借助炉火纯青的口才将自己
胆大泼辣、充满心计的性格特征暴露无遗。以猫腔《檀香刑·长调》
中的一段唱词为例："爹啊爹，赵甲说要用檀木橛子把你钉，眉娘顿
时慌了情。……但见那，德国鬼子中国兵，眼睛瞪得赛铜铃，……吓
的俺，心窝里打鼓腿发颤，一腔蹲在地流平。纵然俺肩膀头上扎双翅，
要进县衙万不能。看阵势，这些兵武艺高强斗志坚，与那些草包县兵
大不同。县兵都是老熟人，在俺身上沾过腥，俺只要给他们一点小便
宜，铁打的栅栏一扫平。"在这段"眉娘诉说"里的开头部分出现了
大量的高密方言："檀木橛子"即"檀木桩"，是指用檀木做的短木
桩，用"檀木橛子"对父亲施以残酷的刑罚，一向镇定风流的孙眉娘
立即慌了情，反映出她不计前嫌、骨肉相连的孝道；"心窝"指心，
"腔蹲"是指突然受到惊吓，一下子坐到地上，屁股狠狠着地。"地流
平"即县衙门口平整的地面，这三个方言词是为了说明孙眉娘面对戒
备森严的士兵六神无主的心态；"肩膀头"即肩头，哪怕是肋生双翅，
也难以进入县衙救父亲的焦虑心理昭然若揭，清醒的理性认识也为仔
细端量比较德国鬼子和大清兵的不同提供依据；"草包"就是指徒有
其表、外强中干却非要装作自己有多大能耐的人，"沾过腥"就是占
过便宜、打情骂俏、动手动脚的意思，显示出眉娘的精明算计、颇有
智谋、善耍手腕、放浪不羁的性格；方言"万不能"和"大不同"中
的"万"和"大"作为修饰语都起到了进一步突出强调的效果，显示
出眉娘在今夕比较之下清醒的认知能力，反映出短暂慌张后的她果敢
决断、冷静分析的性格特征。也才有对自己弱点的深刻反思："朱八

爷的话千真万确，叫花子们舍生忘死，为的是救俺的爹。这样的关键时刻，俺怎么能先草鸡了？想到此俺的勇气倍增。俺想起了替父从军的花木兰，俺想起了百岁挂帅的佘太君。""草鸡"即懦弱畏缩，不行了，受不了的意思，就像阿波罗神庙上镌刻的格言"认识你自己"一样，孙眉娘在爹爹被捕的挫折和磨难中坚强起来的性格特征，与她一以贯之的果敢、理性、坚韧的行为表现是密不可分的。没有这些方言土语对孙眉娘的性格、心理、行为和心态的刻画和描摹，一个有思想、有灵魂、有主见的泼辣俊俏的女子形象就很难在读者心中留下刻骨铭心的印象。

历史题材的乡土小说中运用的方言毕竟受历史语境的限制，不能尽情地在杂语共生的长篇文体中，将储存在记忆里具有时代色彩的最鲜活的方言融汇到人物的言语行为中去，浓浓的方言情结承载着的乡土乡情也无法得到充分的展示，方言的价值和功能就大打折扣。从方言在语言中的地位来看，"在方言中植根着语言的在场。如果说土话是母语的话，在方言中也根植着栖居的乡土乡情，栖居着家乡。土话不只是母语，而且同时并首先是语言之母"[①]。方言中包含的"土气息泥滋味"只有在亲身经历的现实题材的乡土小说中，才能得到淋漓尽致的表达，所有的人物的行为、随意说出的话、生活的地域文化背景无须刻意虚构，一切都在大脑的记忆中留下了刻骨铭心的印象，尤其是从新中国成立后的合作化运动到21世纪的市场经济的轰轰烈烈的展开给农民的生活方式、价值观念、文化习俗带来的冲击最大，其中人性的潘多拉魔盒的打开放出的贪欲带来的生、死、疲、劳之苦，成为反映新中国成立后半个世纪的风云变幻的长篇小说《生死疲劳》表现的思想主题。在这篇小说中运用的土语、土话之丰富，就莫言整个创作的过程而言无出其右。

其实，20世纪50年代莫言家乡的一个单干户劳动的孤独身影，作为一幅凝重的画面承载的表现乡土变迁的审美功能一直没有找到恰

---

① ［德］海德格尔：《思的经验（1910—1976）》，陈春文译，人民出版社2008年版，第133页。

当的艺术表现形式，直到看佛教壁画中的六道轮回的画面才一瞬间点亮了沉睡的乡土记忆的明灯，方言的语料库随之喷涌而出，昨天与今天的沟通媒介方言借助蓝脸、西门闹、西门金龙、蓝解放、蓝开放、白氏、迎春、黄互助、黄合作、莫言等小说中人物的言行举止得到了充分展示的机会。方言作为莫言内心深处最不可割舍的记忆所起的重要作用，正如韩少功所说："根系昨天的，唯有语言。是一种泥土气息的倔头倔脑的火辣辣的方言，突然击中你的某一块记忆，使你禁不住在人流中回过头来，把陌生的说话者寻找。语言是如此的奇怪，保持着区位的恒定。"① 从小说中方言表现的特定地域的天文地理、风俗习惯、衣食住行、文体活动等方面的情况来看，方言的语料库在文本中主要集中在以下几个方面：一是时间，我听到爹说："老黑，老黑，明儿个咱就要开犁了。你好好吃，吃饱了有力气。""明儿个"指的是明天，"个"是虚词，无意义，显示出单干户蓝脸以饱满的感情、昂扬的斗志与那些赶社会的人比比看的心态和对明天的期盼。"我伸出一只手指，指点着洪泰岳那件五冬六夏都不换洗的制服褂子上那个鼓鼓囊囊的口袋。""五冬六夏"指不论寒暑，不管什么时候，没有时间限制的刻意强调，充分说明了单身汉洪泰岳在日常生活中需要一个女人照顾的处境，也为后来地主婆白氏平反之后，两个人的暧昧之情的发生提供了逻辑线索。这两个表示时间的方言名词也带有鲜明的民俗意味，就是在日出而作、日落而息的农耕模式中形成的对时间观念的模糊性的认知，带有鲜明的在地性的特征。二是器物，"这一马一骒，专门拉屯里那辆胶皮轱辘大车"。"轱辘"指车轮子，叠韵词"轱辘"的朗朗上口的节奏感和形象性是普通话车轮子无法比拟的。"我扬起后蹄，把一个破筐头踢飞。""筐头"即筐，用柳条、竹篾等编成的容器，"头"作为缀词，无意义，在这里成为西门驴发泄愤怒的工具，是为表现它第一次脱生为牲畜时半人半兽的思维方式和情感状态的特征服务的。三是动物，"但简单的事情，被你这颠三倒四、横生枝蔓、黑瞎子掰棒子的叙述，给弄成了一锅糊涂粥"。"黑瞎子"指狗熊，在

---

① 韩少功：《世界》，《新华文摘》1995 年第 3 期。

这里和"掰棒子"组成歇后语，是大头儿蓝千岁表达对叙述者蓝解放节外生枝、枝外生节的讲述故事的方式的不满。我正要追随父亲而去，那个卖牛的男孩，跑过来对我低声地说："我告诉你，那头母牛是个'热鳖子'。"所谓"热鳖子"，是指那种夏天里一劳动就口吐白沫、哮喘不止的牛。方言"热鳖子"是一个脱离特定地域的民众很难理解的词，从字面意思也难以寻绎到词的本义和延伸义，所以在小说中就采取了中断叙事的线性关系的方式，解释清楚之后，才对这头牛耕地时发生的匪夷所思的事情作出合情合理的解释。在这里，方言成为本体，小说中的故事情节倒成为为方言"热鳖子"服务的道具，这是叙事者单独解释这个方言的良苦用心所在。"一支锣鼓喧天、彩旗招展的队伍就上了街，从街东头游行到街西头，又从街西头游行回街东头，吓得槐树上的老鸹狂叫惊飞。""老鸹"指的是乌鸦，在民间的风俗文化中乌鸦是不祥的鸟，用方言"老鸹"对得知西门屯要树立为全县养猪典型的消息后民众狂热的情绪的讽刺，实际上留下了养猪场最终会乐极生悲、盛极而衰的线索。四是交际，"咱们也像那些当官家的女人一样抖擞起来，让人们知道，蓝解放有太太，蓝解放的太太也能上得台盘……""台盘"指互相应酬交际的场合或正式公开的场面、场合，这是黄合作被丈夫蓝解放冷落后自尊心得以充分展示的表现，也是自己"上得厅堂下得厨房"的自信心重新增强的心理反映。"如果是西门闹的年代当然可以，西门闹一夫三妻，外边还有相好的。""相好的"指姘居的男女，有不正当的男女关系，反映出闭塞落后的乡村人为追求真挚的爱情采取的畸形的男女关系，虽不道德却也有合理的成分。"胡宾原本也想跟着陈大福吵嚷，但他的老婆白莲，用沾满猪屎的胖手，扇了他一个嘴巴子"，"嘴巴子"指打耳光，在正常的交际场合遵循"打人不打脸，骂人不揭短"的古训，在这里用方言"嘴巴子"表现出白莲在大庭广众之下对丈夫胡宾毫不留情地批评，显示出她的强势。五是穿着打扮，"一大早，莫言的爹就急急忙忙地跑到我家，见到我家主人，什么话也不说，用夹袄袖子擦眼泪"。"夹袄"指的是双层上衣；"洪泰岳对一个梳着披毛的胖大妇人招招手，说：'杨桂香，过来，扶着她！'""披毛"指妇女的短齐发式，这两个穿着打扮的方言反映了时代的变化，已婚妇女由传统保守的髻改为非常精神的齐耳短发显示出合作化时期女性地位的提升，才有了小说中出现的妇女对家庭的顶梁柱的驳斥，一个方言词反映的女性身份地位的变化将许多各不相连的故事情节有机地串通起来。六是饮食，"你娘是个善良人，想当年身为西门家的姨太太，叫花子上门都是她亲自打发，出手大方，一次两个白面馉饳"。"馉饳"指用手揉成圆形，工艺比馒头复杂，口感比馒头更松软的一种发面馒头。方言"馉饳"作为色香味俱佳的精致食物，是为了表现过去的西门家的姨太太、现在的贫雇农蓝脸的妻子迎春始终如一的善良、大方、乐善好施的性格特点。"蓝解放的双手被绑，无法动弹，便用双脚猛蹬墙壁，使那本来就不结实的间壁墙摇摇晃晃，灰色的墙皮，像杂合面的大饼，一片片地跌落下来。""杂合面"指用杂粮制成的面粉，"大饼"即烧饼，合在一起组成的方言词汇使得掉落的灰色墙皮更加形象具体，也反衬出蓝解放倔强的性格，为推动他和庞春苗私奔的情节起到了重要作用。"伍元道，'我们这些人，都是草包肚子，吃什么什么香，你就照量着给我们置办上点就行了'。""草包"有多个义项，这里是自谦，是不讲究，不挑食的意思。将"草包"的本源意义上的"反刍动物的胃"引申为方言的"不讲究，不挑食"的义项，非常形象地展示出伍元等人被平反后的愉快心情。七是民俗，"我与她合房的当夜，就使她怀了孕，不但是怀了孕，而且是双胞胎"。"合房"指新婚夫妇同居，即俗称的洞房花烛夜。这里是西门驴回忆生前身为地主的西门闹和姨太太迎春新婚之夜的情景，才有后来的西门金龙和宝凤双胞胎的故事。"阎王爷让你到达官贵人家去投生你不去，为了我你甘愿落草为驴啊，我的掌柜的啊……""落草"有入山林与官府为敌的意思，这里指婴儿出生。方言"落草"其实体现了乡村比较浓郁的生育风俗，就是女子生孩子的时候，会在床上铺一层草垫或者谷草，孩子一出产道就直接落在草里。在这里蓝脸把用在人身上的"落草"直接用在了西门闹托生的驴身上，反映了他和西门闹的感情深厚，爱惜土地胜过自己的生命的倔强性格相似，从某种程度上说，蓝脸就是西门闹精神谱系中的人物，所以"落草"包含的丰富意蕴成为推动小说情节发展的一个关键点。"她那孝袍子拖在地上，不时因为踩着袍子的边缘而趔趄。""孝袍子"指的是丧服，是亲人去世之后，血缘关系与死者非常密切的人穿的以寄托自己的哀思白色的袍子，这里用在庞春苗的身上，是为了突出演戏挣钱的滑稽心态，一旦孝道加入了太多功利的色彩，那么在亲人的灵堂前的装模作样的哀悼就具有了强烈的讽刺意味，戏内与戏外的灵堂前对亲人的情感的对比，实际上是讽刺了西门金龙在母亲迎春去世后用钱排场的虚伪作风。八是行为，"我非常担心爹一时想不开寻了短见，但爹没有悬梁也没有跳河，他从那间屋子里搬出，睡在了牛棚里"。"寻短见"指的是自杀，方言显示出背叛父亲蓝脸入社的蓝解放内心的愧疚和担忧之情，说明他与父亲性格心理的相通，为他回归乡土埋下了草蛇灰线。"吃了这顿就不要管下顿，过了今天，就不要管明天，这驴日的岁月，没有几天折腾头了，早折腾完了，早吹灯拔蜡。""吹灯拔蜡"即垮台，散伙，这是皇甫屯的伙夫对吃公社食堂的看法，一句方言简单直接地道出了被遮蔽在冠冕堂皇的理由下面的事实真相，也为在食堂垮台后，饥民分食西门驴，推动他投胎转世为西门牛埋下伏笔。"我们光明正大，我们什么都不怕，老黑你负的是公伤，理应由公家照顾，我照顾老黑，就是为公家出夫！""出夫"指出义务工，抽出人或被派出去做临时性的修建、运输等事的夫役。蓝脸强调西门驴成为陈县长的坐骑出的是公伤，他照顾它自然就偷换概念为"出夫"，一句方言表露出蓝脸对驴像对人一样的浓浓的爱意和不舍的深情。九是动作，"鬼卒仿佛怕我逃跑似的，一边一位摽着我，他们冰凉的手或者说是爪子紧紧地抓着我的胳膊"。"摽"的意思是用胳膊紧紧地勾住，显示出鬼卒小心谨慎的防备心理。"那农民揎拳捋袖，欲与蓝脸动手打架，被同伙的人拉住劝说。""揎"是捋起袖子露出胳膊，"揎"的形象性和画面感是普通话中的动词"打""推"所不具备的，非常形象地说明了农民喜欢让拳头说话的解决问题的方式。"进门是一个方方正正的大厅，地面上铺着'莱阳红'大理石，蜡光闪闪，脚在上边打滑。""打滑"指因地面滑而站不稳或走不稳的状态，这里是通过狗小四的视角打量城里的新家的陌生化的感觉，为进一步引出狗小四与男主人蓝解放的恩恩怨怨拉开帷幕。

方言作为一种文化现象承载的审美功能不仅体现在对器物的认知、天文地理的理解、自然景观的表现上，更重要的是作为共同语的地域变体，在历史文化的传承和积淀中形成的思想观念的基因，会直接影响在此地域中生活的民众的生活方式、交际原则和文化习俗。这是由方言的特点决定的，"方言是共同语的地域变体，方言既是地域文化的载体，也是该地域在社会历史发展过程中的产物。方言既是多元文化的一部分，也是多元文化的主要承载者。不少方言语词都具有浓郁的地域色彩，折射出不同的社会生活，包括该地域人们在长期生活中形成的心理意识、思维方式及情感态度。恰到好处的方言词语运用，对作品人物形象的塑造，对地域文化的凸显，对作家表达生活认识和深层体验以及对作品语言的审美能起到很大的作用。对一个以反映地域文化为己任的作家来说，作品中用到方言是很自然的"[1]。方言对人物心态、行为和性格的作用，最终还是要落实到具体语境中人物的表现来展开，莫言在《生死疲劳》中运用了大量的方言表现器物、动植物、饮食、文化习俗等方面的内容，表面上看起来与刻画人物的性格并没有多大的关系，但实际上莫言采取迂回战术精致描摹的典型环境，正是表现人物性格的最佳舞台。与此同时，莫言还通过方言的灵活运用直接刻画人物的性格特征。"洪大哥，你大人不见小人的怪，不要和这个直杠子人一般见识。"方言"直杠子"是同义反复，意思是倔强、不会拐弯，在这里通过迎春向支书洪泰岳赔礼道歉，真实地表现出一心单干的蓝脸永不回头的倔强性格，同时善于察言观色的迎春与不识时务的蓝脸之间也形成了鲜明的对比，后来的迎春带着孩子加入合作社与蓝脸单干到底的不同表现，在一个方言词中就得到了充分地反映。"她的眼睛放着光，直盯着王乐云怀中那个美丽女孩子，伸出手，嘴里喃喃着：'好孩子……好孩子……胖得真喜煞个人啊……'""喜煞个人"即喜煞人，"个"是缀词，无意义。一般用作补语，比喻把人迷到了极点。这个方言词从迎春的心底里发出来的赞美，反映了她的真诚与善良的性格。"互助小嘴一歪，极端鄙视的口吻，明明醋溜溜但却装

---

① 吴子慧：《吴越文化视野中的绍兴方言研究》，浙江大学出版社 2007 年版，第 289 页。

正经地说：她呀，在小学校里，与马良才麻缠呢"，"麻缠"即纠缠，在这里是两人如胶似漆地爱恋的意思，方言的本源意义的丝麻缠绕在一起难分难解的形象性是纠缠所没有的，与后面的情节相对照更能表现出少女互助的酸葡萄心理。"爹说，他没想干什么，他就是一个人清静惯了，不愿意听别人支派。""支派"是支使、分派、调派的意思，它反映出蓝脸独立自由的个性意识，才有他在外界的压力下，一如既往地单干的雄心和壮志。"他也会心血来潮、晃悠到屯东田野里，去与蓝脸磨牙斗嘴。他当然不敢站在蓝脸的地里，他总是站在别人家的地里，与蓝脸争竞。""争竞"即计较、争辩，反映出卸任之后的洪泰岳仍然坚持自己的走集体化的道路的思想观念，明知无法说服蓝脸，还是一如既往地争斗下去的个性意识。从某种程度上说，用方言"争竞"表现的势均力敌的双方的价值观念、思想信仰、生活方式的不同，实际上又殊途同归地显示出两人的偏执性格犹如一枚硬币的两面，谁都离不开谁。

　　"方言作为一种母语，它承载了一个人从儿时就积累起来的对世界的那种认识、感受和情感体验。作为语言形式，它也不仅仅体现在几个方言词汇上，除此之外，它还包含了由语法和语音形式涵养而成的那种语调和语气。特别需要指出的是，方言还孕育了作家的一种特殊语感。"[1] 莫言泥沙俱下的极限式写作以及小说中出现的带有鲜明的地域色彩的语调和语气，都是由二十余年故乡的方言所决定的。故乡的记忆、故乡的人物、故乡人拉呱的方式、故乡独特的方言词汇，统统作为生命的有机体融化在莫言的灵魂和血肉之中，成为他建构高密东北乡王国的最重要的语料库。当然莫言的方言意识在创作中的表现是全方位的，"其对方言的运用表现在方言词汇、方言句法、方言音调多个方面"[2]。但就对方言词汇的语义分析和它在上下文语境中表现的思想主题、推动的情节发展、刻画的人物形象等方面的功能来看，莫言对方言的运用确实已达到不骄不纵、顺其自然的无技

---

① 张卫中：《汉语与汉语文学》，文化艺术出版社 2006 年版，第 196 页。
② 赵奎英：《规范偏离与莫言小说语言风格的生成》，《山东师范大学学报》2013 年第 6 期。

巧的机巧的境地。

第二节　俗语的灵活运用的统一性

俗语、民间谚语和歇后语的灵活运用，对莫言小说的语言风格的形成起到了重要作用。莫言在长达三十余年的摸爬滚打中，对民间的语言和文化的深刻理解和体察，使得他在人物的口语和叙事的语言中都会融入大量的鲜活生动的俗语习语来显示自己"高密味"的语言风格。民间流传的古代话本小说讲究的"话须通俗方传远，语必关风始动情"的传播规律，其中的"通俗"与"传远"、"关风"与"动情"的辩证关系，对莫言的语言铺排有比较大的影响。在长期的生活和劳作过程中形成的带有哲理和民俗色彩的地域俗语和谚语是浸润着劳动者智慧和情趣的艺术结晶，这种语言的"在地性""及物性"和"朴实性"让莫言受益无穷。莫言在成名之后曾深情地回忆道："我想，在作家写作的过程中，如果排除掉了民间的生动、活泼、不断变化的语言，那么，就好像是一个湖泊断掉了它外边活水的源头，我们只有不断地深入到民间去，注意学习和聆听活在老百姓的口头上的这种生动语言，才能使自己的语言保持一种新鲜的活力。"① 这可以看作是莫言对民间语言的精髓的深刻理解和经验总结。莫言把自己的如椽大笔始终插入肥沃的民间语言的土壤之中，才在艺术的百花园中开出了光彩夺目的奇葩。

一　俗语谚语的巧妙融合贯穿始终

可以说，俗语谚语的巧妙融合已成为莫言个性化语言色彩的突出表征，并贯穿于他20世纪80、90年代至21世纪创作的始终。从他一踏入文坛，每部小说都运用了俗语谚语、歇后语之类的乡村土语来刻画人物的性格，在异质的语言的相互杂糅中实现了"多语和弦"的艺术景观。综观莫言对俗语谚语的运用，也经历了一个从不自觉到自觉、

---

① 莫言：《我的文学经验：历史与语言》，《名作欣赏》2011年第10期。

从不成熟到成熟、从无意识到有意识的发展嬗变过程。从历时态的发展顺序来看，在1981—1984年间基本上属于摸索阶段。处女作《春夜雨霏霏》（1981）中的"我"作为一个留守在乡村中辛勤劳作的军嫂，对天气的敏感和经验就在一句俗谚"日头戴帽雨来到"中得到了淋漓尽致的展示。在这里对俗谚的巧妙穿插不仅表现了劳动人民在与大自然相处的过程中善于总结经验的智慧，更重要的是为表现军嫂的勤劳性格服务。《丑兵》（1982）中的"王三社"因为长得丑被战士们称为《巴黎圣母院》中的"卡西莫多"，当他主动要求为省里来的部队演出的慰问团当临时服务员的时候，小豆子接着我的话茬说的话"你这叫猪八戒照镜子——自找难看"，这样的侮辱人格的歇后语对丑兵的心灵造成很大的伤害，才会在小说中推动情节向前发展。《因为孩子》（1982）中的金桂和莲叶的孩子闹矛盾打架，莲叶气不过找金桂抱怨的时候，金桂所说的话："莲叶，看在姊妹的分上，看在邻墙隔家的面儿上，我没好意思去找你，你倒找上我来了。真是马善有人骑，人善有人欺！"从语义的逻辑关联上看，前面的有关邻里情分的理由与后面的"马善有人骑，人善有人欺"的俗语结论相得益彰，但从邻里关系中因为小孩吵架就彼此气愤不过的行为表现来看，客观冷静的叙述中又带有点嘲讽的意味，这显示出莫言运用俗语的时候，手段的高超之处。此外，形容二毛和莲叶自由恋爱结婚后的表现是"小两口好得蜜里调香油"，将甜蜜和琴瑟和谐的婚姻状态非常形象地表现了出来。《售棉大路》（1983）中的拖拉机手故意猛踩油门，使没有充分燃烧的柴油变成一股股黑烟包围杜秋妹来发泄对她的不满，杜秋妹让他积点德，他反唇相讥说的冠冕堂皇的话："你赶你的车，我开我的车，咱们是大路朝天，各走半边，井水不犯河水。"两个俗语连用的目的是加强拖拉机手反驳的气势，实际上在上下文的语境中又将他的蛮不讲理、耍奸使坏的行为暴露无遗，彼此就构成了语义上的反讽。到最后拖拉机手的棉花遭受火灾的时候，杜秋妹不计前嫌和众人帮助灭火之后，他红着脸、嗫嚅着说的话"您宰相肚里跑轮船"显然是对民间形容一个人宽宏大量的俗语"宰相肚里能撑船"的巧妙化用。蜡梅嫂因卖不了棉花、思念自己八个月零三天的娃而悲声哽咽时，杜秋妹用

"世上没有过不去的河，没有爬不上去的坡"的俗语来劝慰她，也是对坊间常说的"没有过不去的坎，没有趟不过的河"的改装。在卖棉花的路上，人们听到"局部地区有雷阵雨"的消息后的心理反应："人们心里像十五只吊桶打水，七上八下，全没了主意。"歇后语的形象性和含蓄性将人们的胆战心惊的复杂心态表现了出来，非常恰切。《民间音乐》（1983）中的花茉莉对三位小掌柜屈驾光临酒店，想挖走小瞎子的行为柳眉倒竖痛骂一顿之后，他们辩解说："俗话说，'有饭大家吃，有钱大家赚'，好说好商量，撕破了脸子你也不好看。"这里引用的俗语，实际上反映了深受儒家中庸伦理观念影响的民众奉行的"你好我好大家好"的行为准则和价值观念，在彼此的争吵之中引用俗语可起到以一当十的留白效果。《岛上的风》（1984）中的众战友安慰失恋的副班长李丹时引用的俗话"烟台苹果莱阳梨，胶东姑娘不用提"，带有明显的地域色彩。对山东的读者来说，会感到非常的亲切；外地的读者在品尝到山东的特产之后，对"胶东姑娘"的好处也就心领神会了。《白鸥前导在春船》（1984）中的邻居田家和梁家闹别扭，但分田到户的时候，他们两家的地偏偏分到了一起，小说用"不是冤家不聚头"的俗言来形容彼此的处境非常形象。此外，借"咸吃萝卜淡操心"来描述梨花对大宝关心自己的厌恶，用"狗嘴里吐不出象牙来"表现梨花对桂枝的悄悄话的驳斥，"隔墙有耳"的俗言说明老梁在家里说的狂话，不知被哪一个好事者传给老田的状况，"人凭衣裳马凭鞍"来进一步加深梨花精心打扮之后像"粉荷花一般的水灵"的感觉，都是俗语运用中的成功表征。《黑沙滩》（1984）中的梁全因为凭着良心和左场长在"黑沙滩事件"中站在一起被提前复员，同村的郝青林由于善于投机取巧入了党、升了副指导员，于是在两相对比中，村里人认为这是"狼走遍天下吃肉，狗走遍天下吃屎"的最好例证，用俗语作比较非常吻合村民们在千百年来的文化承传过程中形成的宿命意识。

到1985年，莫言在俗语的运用中迅速走向成熟。在这一年发表的所有小说中都大量地杂糅了俗语谚语。《透明的红萝卜》中小铁匠对刘副主任派遣小黑孩来铁匠铺帮拉风箱十分不满，认为这是"臭杞摆碟凑样数"，在具体的语境中非常形象；黑孩在菊子姑娘的胳膊上咬了一口之后，小石匠骂他"狗崽子，狗咬吕洞宾，不识好人心"，由民间的传说演化而成的歇后语，对小黑孩恩将仇报的反常行为的评价也很贴切；众石匠对小铁匠淬火技术不过关的抱怨："这是剥石头，不是打豆腐。没有弯弯肚子，别吞镰头刀子。"众人对于小铁匠淬火之后的钻头不是崩头就是弯尖的现状的评价，通过俗语表达得非常巧妙。《白狗秋千架》中的暖，面对从大城市回来的青梅竹马，物是人非的巨大变化用"人的命，天管定，胡思乱想不中用"来自我安慰，俗语的运用对于强化暖由一个青春烂漫的少女在毁容之后嫁给哑巴的不幸遭遇起到了反衬的作用，表面上是对不如意的现状怀着"既来之则安之"的安慰之心，实际上在前后的生活方式和理想追求的对比中，更加衬托出悲凉和不满的情绪。所以在和"我"的对话中说的"独眼嫁哑巴，弯刀对着瓢切菜，按说也并不委屈着哪一个，可我心是仍然立刻就沉甸甸的"，在俗语的语义联系中将暖自身不甘心接受命运的摆布，却又不得不安于现状的矛盾心态暴露无遗。对于他们小时候在蔡队长的鼓动下想当文艺兵的愿望和理想，她爹采取非常务实的态度给她泼冷水："给你们个棒槌，你们就当了针。他是拿你们当小孩哄怂着玩哩，好人不当兵，好铁不打钉，混混毕了业，回家来拉弯弯铁，别净想俏事儿。"满口的俗语显示出乡民根据自己的生活经验得出的结论的正确性。《球状闪电》中的蝈蝈高考落榜之后和校长的一番对话："校长说：事不过三，你再回一年炉吧，行就行，不行只好拉倒了。我说：校长，明年我一定好好考。电灯泡捣蒜，孬好是一锤子买卖啦"，无论是文化修养比较高的乡村校长，还是出自乡村的莘莘学子都体现出"在地性"的特征，在乡村文化的浸染之下，三句话不离本行也许就成为他们说话的典型乡土标记。俗语和歇后语的交替运用，也使得语言在杂糅的过程中呈现出色彩斑斓的景观。在小说中，以蝈蝈为核心将妻子茧儿、情人毛艳、自己的爹娘所说的方言俗语集中在了一起：在恋爱的时候，茧儿复述媒婆到她家提亲时说的话："你家茧儿不小啦——俗话说闺女大了不可留，留来留去结冤仇"，显示了茧儿的纯真和无城府；婚后她因不喜欢练字竟被丈夫用鸡毛掸子把手抽肿了，并评价她是"朽木不可雕，粪土之墙不可圬！"，两个俗语的连用是为了充分地说明蝈蝈由满怀希望改造自己的妻子到陷入极度失望的状态之后的愤怒之情，"女大三，抱金砖"的俗语对他来说竟成了莫大的讽刺。所以在毛艳的介入和比照之下，蝈蝈对自己的结发妻子提出离婚后，他的母亲所说的话都是用俗语来说明道理，才显得生动贴切："结发的夫妻，生死的冤家，一根绳上拴着的蚂蚱，跑不了你就跑不了她。"一系列的俗语才充分显示出深受宗法观念影响的老太太根本就没有现代个性意识和观念，所以才把自己儿子的婚姻看作长辈能做主的分内之事。情人毛艳毕竟曾经是大学生，个性意识和现代意识都比较鲜明，所以为激励蝈蝈要从狭隘、保守、懦弱、依附的宗法意识和乡村伦理观念中解放出来所说的话："你呀，前怕狼，后怕虎，白长了一嘴胡子"，就将俗语中的文化寓意非常自然地转换为果敢、坚决、有为的现代意识的支撑理由。面对着蝈蝈的娘的指责："闺女，这可是在俺家呀，你扫帚捂鳖算哪一枝子的？"以"横扫一切旧思想"的理由据理抗争。其中，用"扫帚捂鳖算哪一枝子"的形象性，来比拟毛艳作为一个外来人插手蝈蝈家的事情非常贴切。《石磨》中的四大娘用"懒驴上磨屎尿多"来评价珠子每到推磨的时候就借上厕所偷奸耍滑的小孩子行为，在责备中也充满了爱意。《秋水》里的爷爷对即将分娩的奶奶的安慰话"水大没不了山，树高戳不破天"，也是在长期的乡村生活中的经验总结，对鼓励陷入困境的人要放下包袱、坦然面对非常有说服力。《三匹马》中的歇后语"聋子耳朵——摆设""扒着眼照镜子——自找难看"都对具体语境的描摹起到了强化作用，《爆炸》中妻子说的俗语"屋漏偏遭连阴天，黄鼠狼专咬病鸭子"，在相互比照的过程中更加深了对生活困境的感受。

在1986年，莫言继续在自己驾轻就熟的语言套路上，表现自己对俗语谚语的灵活运用的功底，显示了莫言作为一个语言大家的风采。《筑路》中的队长出差之后，到晚上没人管的散漫状态自然影响到大家的睡眠，所以有人在黑暗中说"阎王不在家，小鬼上屋笆"，无论是对事情的比拟，还是对语境的考量都非常形象。刘罗锅的妻子在和他感情好的时候说的话："人背痦子，穿不上裤子；痦子背人，骡马成群", 显然具有浓郁的乡土气息和迷信色彩。谭家庄老乔家的闺女年纪轻轻就死了, 引发的感慨是"中午死, 下午殡, 人死如灯灭, 气化秋风肉做泥", 这样的俗语又显示出乡民对待死亡和无常比较达观的心态。《草鞋窨子》中的于大身听到我要改行和父亲一起赶集卖冰糖葫芦之后说的话: "也好, 一个人一辈子不能死丘在一个行当上, 就得常换着。树挪死, 人挪活", 同样在俗语的比附中将意思言简意赅地表达了出来。《断手》中的英雄苏社吃了老头的樱桃, 在老头让他拿钱的时候, 他故意扔在地上引发的争吵自然有人打圆场: "借着坡, 好下驴, 他也好做买卖, 你也好赶路。"俗语的寓意与让他服软, 弯腰拾起钱递到老人的手里, 以弥补他的面子的行为方式相得益彰。留嫚对苏社同病相怜, 作为残疾人在生活的逼迫下自立自强的经验介绍: "没有过不了的河, 没有吃不了的苦""欠人一分情, 十年不安生, 能不求人就不求人"都是在民间的俗语中寻求到了生活的勇气和智慧、为人处世的生活方式和价值观念的生动例证。《狗道》中的老先生鼓动乡亲们抗击日本鬼子所用的谚语"人心齐泰山移", 为后面的句子中的条件假设"只要大家齐心, 鬼子就进不了村"提供了重要依据; 四十出头、面容还算俏丽的刘氏对陷入绝境的爷爷的怜爱和安慰"古人说'天无绝人之路', 猛吃猛喝猛喘气, 养好了病再说", 也是借助俗语的普世性和含蓄性来劝解爷爷的巧妙设置的神来之笔。《高粱酒》中的罗汉大爷带豆官去抓螃蟹的时候说的"心急喝不得热粘粥", 显然是对坊间俗语"心急吃不得热豆腐"的改写。余占鳌杀死患麻风病的单扁郎之后, 想继续杀死他的爹, 为自己的极端行为开脱辩解的理由是: "索性一不作, 二不休, 扳倒葫芦流光油, 为那小女子开创一个新世界", 都是在俗语所包含的生活哲理中, 为自己的有违伦常和天理的过激行为找到可供借鉴的依据。奶奶在东家被杀之后, 挽留罗汉大爷的理由: "你别走, 不看僧面看佛面, 不看鱼面看水面, 不看我的面子也看豆官的面子上", 也是在俗语的连用上加强挽留的情感气势。曾外祖母劝解吃闭门羹的丈夫的话: "大风刮不了多日, 亲人恼不了多时", 也是在自然现象和人伦亲情的相互比照的俗语中寻绎到宽心的依据。小颜对曹县长那日被戴氏女子蒙骗住了的懊悔所说的劝慰的话："智者千虑，难免一失"，也是对俗语"智者千虑，必有一失"的巧妙化用，在这里将"必有"改为"难免"，程度上的减轻使得在特定语境中下级对上级的劝慰更入情入理，更有效果。《奇死》中的罗汉大爷安慰妻子被日本人强暴、女儿被杀死的悲愤难抑的爷爷时，也是用传统文化中的俗语"君子报仇，十年不晚！"来缓和爷爷的情绪。《高粱殡》中找爷爷复仇的郎中借骡子说事："不是冤家不碰头，人为财死，鸟为食亡，少年休笑白头翁，花开能有几日红，得让人处且让人，让人不算痴，过后得便宜……"由瘦骡子被芳香的草料诱惑引发的"物事"渐渐转移到"人事"的系列俗语和谚语，实际起到了旁敲侧击的作用。曹二老爷对胶县城綦家老翰林死去出大价钱抬棺椁的消息心知肚明，非常想做这笔生意，又怕完不成丢人的矛盾心态使他采取了欲扬先抑的鼓舞士气的手段和说话策略："没有弯弯肚子别吞镰钩刀子，你们以为这五百块大洋那么好挣"，才产生哀兵必胜的情感氛围，我爷爷余占鳌"真他妈的憋气，兵熊熊一个，将熊熊一窝！老子不干啦！"的憋屈话正是他所想要的效果。在这里，问与答中的俗语作为处事的依据都恰到好处地表明各自的立场，达到了言有尽而意无穷的审美效果。此外，用"大风刮不了多日，亲人恼不了多时"来解释我奶奶捐弃前嫌为亲人冒雨奔丧的行为，黑眼用"人活一世，草木一秋"来劝说余占鳌加入铁板会共同抗日，余占鳌与黑眼单打独斗时说的"不是鱼死，就是网破"，显示了他不顾一切、斗争到底的决心。

在20世纪80年代末期，莫言对俗语的运用更加考虑叙事的语境，选择俗语在表现人物的思想行为和情感意蕴方面所起的作用。在表现主题方面，俗语的通俗性、简洁性和含蓄性怎样才能更好地为表现主题服务，从而使得俗语的运用使整部小说能成为有机统一的整体，这是莫言通盘考虑俗语的审美效果和信息传达作用的重要转型。《欢乐》（1987）中的老人王天赐用"有理走遍天下，无理寸步难行！好汉做事好汉当"来表明自己打死吃菜园子里的青菜的鸭子的理由，显示了老头性格的急躁与倔强。白肉书记没有钓到鱼的时候，说的歇后语"泥菩萨放屁——神气！鱼都到哪儿去了？"显然具有自嘲的意味，村支书对卸任的公社书记骨头不硬嘴硬的嘲讽："褪毛的凤凰不如鸡。虎落平川遭狗欺！"，显然是对俗语"虎落平原被犬欺，落汤凤凰不如鸡"的改装，非常形象地显示出村支书的势利和世态炎凉的社会现实。嫂子对永乐连考三年都落榜的结局用"指望着兔子生骆驼？一岁长不成驴，到老是个驴驹子"的宿命观来解释，母亲用"今年考不上，过年再去考，只要功夫深，棒槌磨成针"来为他打气，同样体现了两人不同的性格。也为永乐在再次名落孙山后，选择自杀寻求欢乐的世界这样的小说主题建立起内在的关联性。《红蝗》（1987）中用"老乡见老乡，两眼泪汪汪"来表现"我"在城市中遇到老乡的感受，九老妈嘲笑"我"的话"你是个双黄的鸡子掉进糨糊里——大个的糊涂蛋！"，四老妈因出轨被休回家时对丈夫所说的话"常言道一日夫妻百日恩，百日夫妻似海深"，用"好花不常开，好景不常在，千里搭长棚，没有不散的宴席"来描述当年主持祭蝗大典的威严仪表都随风而逝之后的破败景象，这些俗语、谚语、歇后语对刻画人物、表现主题等方面所起的作用是有目共睹的。《飞艇》（1987）中的俗谚"看男人流泪不如看母狗撒尿"表现自己冻坏的脸蛋儿暖过来之后，奇痒又不能搔的痛苦心情，在自我安慰中更能体会出生活的困窘之处；"行行出状元"的俗语竟能成为评价七老妈是"讨饭行里的状元"的依据，黑色幽默中也充分表现出乡村社会民不聊生的苦楚，为表现小说的主题起到了很好的渲染作用。《天堂蒜薹之歌》（1988）中的"大风刮不了多日，亲人恼不了多时""宁拆三座庙，不毁一家婚""老鸹笑话猪黑，兔唇笑话齇鼻""丑媳妇脱不了见公婆""人比人要死，货比货要扔""人活一世，草木一秋""阎王要人三更死，谁敢留人到五更？""爹的棉袄，娘的裹脚，留给小辈，招财进宝""哑巴吃黄连，有苦说不出来""饱暖生淫欲，饥寒起盗心""好饭不能一顿吃完，好话不能一次说尽""天下乌鸦一般黑""癞蛤蟆想吃天鹅肉""疤眼子嫁兔唇，谁也不嫌谁""狗屎糊不上墙""竹筒里倒豆子，痛快点"等俗语谚语将民间的伦理观念和价值选择表现得淋漓尽致。民众在长期的交往中形成的符合当地生活观念和行为标准的方言俗语会突破时空的限制，在"一方水土养一方人"的逻辑验证中屡试不爽。莫言通盘考虑和安排不同的俗语在表现人物性格时所起的不同作用、进一步表现小说主题的时候，选择那些俗语可以作为永恒的审美元素，无形中就冲淡了小说的政治性和时事性的本事因子，这也是这部小说能够超越对具体事件的描摹和刻画，而成为经典的一个重要因素。《玫瑰玫瑰香气扑鼻》（1988）中的"狗爪子抹墙，尽道道""吃钢丝拉弹簧—肚子勾勾弯弯"等歇后语来说明小老舅舅对我的心理和行为的评价，确实非常形象；"两耳扇风，卖地的老祖宗""马无夜草不肥，人无外财不发""人生有三大险：骑马坐船打秋千"都是乡村社会根据生活经验总结出来的增广贤文，尽管有些带有宿命意识，没有科学的道理，但对表现小说中人物的心态和主题意蕴的"在地性"的需要都发挥了不可代替的作用。《生蹼的祖先们》（1988）中的"纸里包火藏不住，头上三尺是青天""要想人不知，除非己莫为！""死知府不如只活老鼠""鸟无头不飞，蛇无头不行"都是民间对人和各种动物不同的行为方式作出的价值判断，运用众所周知的俗语的哲理性和普世性，可以增强人物说话的气势，也对刻画人物性格起到了比较重要的参照作用。所以在母亲安慰"我"为爷爷的尸体如何弄到红树林里去而绞尽脑汁的时候说的话："孩子，别着急，慢慢思想。俗话说，'车到山前必有路，船遇顶风也能开'；'蜂蚕入怀，解衣去赶'；'眉头一皱，计上心来'；'世上无难事，只要肯登攀'"，连用四个俗语形成的一泻千里的语言气势，好像是显示了母亲对儿子的关怀和宽心，但与后面为防止儿子不专心思考问题而采取非人道的方式，叫人把他捆在树上的极端行为又构成了矛盾张力，没有这种俗语的气势形成的语言张力，就不能很好地表现对传统的伦理亲情颠覆和解构的小说题旨。《复仇记》（1988）中用古谚"黄眼绿珠，不认亲属"来应验大毛、二毛的爹阴沉、邪毒的性格，实际上也是借助于荒诞离奇的事件完成对儒家伦理中脉脉温情的亲情解构的主题。"君子报仇，十年不晚"的俗语是兄弟二人对阮书记杀父欺母的血海深仇的报复计划，但联系后文二人的懦弱、胆小的孱头性格又构成了莫大的讽刺。这就是莫言运用俗语的技巧。他既能够在俗语的正面意义上加强和烘托人物形象和表现主题，又能够根据语境和主题的需要，从反面的角度加强和比照嘲讽的意味，让二者之间在语义的矛盾张力中取得一个动态的平衡，增强语言的韵味和美感。《二姑随后就到》（1988）

中运用的"东虹雾露西虹雨，南虹收白菜，北虹杀得快"的谚语，为小说中的"天"和"地"两兄弟的复仇定下了基调，所以后面设置的杀人如麻的残酷情节，以及所体现出来的暴力美学意味都是对谚语的形象演绎。

当然，在他20世纪80年代的小说中，对俗语谚语的运用也不是平均用力的。其中运用俗语最多、也最为典型的小说首推他1989年出版的长篇小说《十三步》，尽管这部小说在发表之后，由于叙事视角的复杂多变、叙事结构的碎片式的拼贴、叙事人称的混乱等极端化的实验色彩带来的先锋性，远远超过读者和评论家的阅读期待视野，所以在当时他们几乎以集体失语的状态来面对这部小说的自生自灭。其实，这篇作者在叙事策略方面下功夫最深的现代小说本身就是一个巧妙的矛盾复合体，最前沿、最极端的先锋叙事和最传统、最乡土的俗语谚语的有机统一，留下了莫言在语言风格和叙事策略上的成功印迹。笼中叙事者的许多话语都用了俗语："说实话，害自家"，"实话好说，实话难听"，与类似《围城》中的智性警句"真理就像我一样，赤条条一丝不挂"相互比照，自然别有一番滋味在心头；"心中无闲事，不怕鬼叫门，心中有闲事，害怕鬼叫门"来描述殡仪馆的整容师李玉婵心中不安的心理状态也非常形象；"头上三尺有青天，青天者，上帝之谓也"的俗语与古语的相互对照本来就带有滑稽色彩，更与"殡仪馆里的上帝是只老耗子"的戏谑和反讽构成了黑色幽默，显示出莫言用语的高超。当然，在这篇小说中运用俗语主要是为刻画人物服务的，当小说的整体已拢不住互成碎片的情节片段的时候，人物形象的鲜活生动就成为叙事者考虑的核心所在。所以，对小说中的主要人物李玉婵、方富贵、张赤球等人都用了大量的俗语进行刻画。当李玉婵在清晨碰到从"美丽世界"逃出来的"活死人"方富贵老师的时候，想到的是"俗话说'远亲不如近邻，三世修成对门'，俗话说，'得饶人处且饶人'，俗话说，'与人方便，自己方便'，俗话说，'良言一句三冬暖，恶语伤人六月寒'"，在俗语的为人处世的原则的指导下，她和颜悦色地说的话"吃面还要论个先来后到"，都是借助俗语的交际规则来表现她的成熟、圆滑、老道的性格特征的。但"人死如虎，虎死如羊"的逝者为大的心理观念，对她的行为也会产生影响，所以对方富贵的请求"帮人帮到底，送人送到家"，只能比较爽快地答应。后来在她家简陋的设备上为方富贵整容成张赤球的时候，都是用了一连串俗语来表现她的泼辣爽快、干净利索的性格特征。在整容之前，她请求方富贵"遇事要三思，过后赚便宜"，并拿过一面镜子来请他再看自己一眼，原因是"生处不赚地面苦""儿不嫌母丑，狗不嫌家贫""敝帚自珍"；整容后，她鼓励方富贵的话"俗话说，'豆腐做好了，就要卖出去；孩子生出来，就应该养活他；媳妇进了门，难免见公婆；风筝做好了，就应该放它飞'，请睁开你的眼睛！""是福不是祸，是祸躲不过""脱了壳的知了，见风就硬"等励志和劝慰的俗语都显示了她的大度和从容；对方富贵"生米做成了熟饭。悔之晚矣"的软弱和空虚的表现，她面带微笑安慰："俗话说，'不要思南朝挂北国'，'一心不可二用'"，表现了她心理的成熟；在日常生活中，张赤球的胳膊肘子捣碎了玻璃，她脱口而出："俗话说，'旧的不去，新的不来'"，凸显了她善解人意和随机应变的能力；整容成功后实施的挣钱计划也全是用俗语表达自己的意思"八仙过海，各显其能""马瘦毛长奋拉鬃、穷鬼说话不中听，有钱的放个狗臭屁，鸡蛋黄味鹦鹉声""舍不得孩子打不着狼""人敬有钱的，狗咬提篮的"都表现出她在金钱的诱惑下世俗和冒险的一面。由此可见，莫言在小说中运用大量的俗语，从而从各方面表现了整容师的性格、心理和情感特征。此外，小说中运用的其他俗语谚语"朋友妻不可欺""瘦死的骆驼也比驴大""好马不配双鞍，好女不嫁二男""千里送鹅毛，礼轻情意重""鸡走鸡道，狗走狗道""十商九奸，嘴怪心坏""天下没有不散的宴席""人老奸驴老滑兔子老了鹰难拿""只要功夫深，铁棒磨成针""强扭的瓜不甜""捆绑不成夫妻""儿行千里母担忧"也都是紧紧围绕不同人物的性格而展开的。所以尽管这篇小说的主题是芜杂的，但刻画的人物性格还是比较鲜明的。

进入20世纪90年代，莫言在20世纪80年代俗语谚语运用的基础上更加追求个性化的语言。他认为："作家的语言，或者说小说的语言，是个性化作家或者是个性化作品的最显著标志。一个作家用什么样子的语言写作，当然有许多命定的因素，但追求个性化的努力，可以使得一个成熟作家的语言发生变化。这种变化，需要外部刺激，然后激活我们个性中已经存在的语言因子，内外结合成为文体。"① 莫言个性中储存的语言因子自然与他长期生活在乡村有关，所以在以往的创作经验的基础上，莫言继续探索个性化的语言。反映在 20 世纪 90 年代的小说中，就是俗语谚语的运用更加灵活多样，显示出莫言用语的睿智与成熟。《野种》（1990）中的指导员批评我父亲豆官作为民夫连的一员竟然开小差的行为时，运用的俗语"十个指头不齐，一粒耗子屎坏一锅粥"，非常符合当时的语境。不仅是面对的识字不多的民夫，只能用他们耳熟能详的俗语讲道理，才能收到事半功倍的教育效果，更重要的是贴切的比喻，非常形象地说明了我父亲的坏榜样所具有的破坏力。父亲在王生金的宝贝驴被连长失误打死之后的安慰话"死了好，死了吃驴肉，你忘了人说'天上的龙肉，地上的驴肉'吗！"典型地体现了一个流氓无产者的无赖相，俗语的语境错位性，也使父亲的性格塑造和主题的表现达到了完美统一。《地震》（1991）中的大志动员乡亲为躲避地震背井离乡、抛家舍业时说的话"留得青山在，不怕没柴烧"，显然具有打动人心的力量。《飞鸟》（1991）中的瘦子张同意附和许宝对教师尚秀珊的荒唐意见，大声嚷着"她这是'癞蛤蟆剥皮心不死'！"俗语显示出"文革"时期搞人身攻击和无情批斗的莫须有的罪证是多么荒诞！《翱翔》（1991）中的洪喜对妹子换来的媳妇逃跑之后安慰娘的话："娘，杨花在那边拴着她哩，一根线上拴两个蚂蚱，跑不了那一个，就跑不了这一个。"俗语的隐喻意义表现出乡村女性的可悲的命运，实际上乡村常见的丝线上拴的"蚂蚱"意象，就是她们为追求自己的幸福爱情而不得的象征和隐喻。《幽默与趣味》（1991）中的"姜太公钓鱼——愿者上钩！"，《模式与原型》（1992）中的"聋子耳朵——摆设""卤水点豆腐，一物降一物"，《战友重逢》（1992）中的"景德镇的瓷器，一套一套的""秃尾巴狗跳墙头——利索""大肉丸子不放盐，荤蛋一团""马尾捆豆腐提不起来的东西"等歇后语对表现人物的行为和心愿非常形象。当然，运用得最多的还是俗语，如《白棉花》（1991）中用"一朵鲜

---

① 莫言：《文学个性化刍议》，《文艺研究》2004 年第 4 期。

花插到牛粪上"来评价方碧玉和未婚夫疤瘌眼子国忠良的关系，"狗屎抹不上墙，死猫扶不上树"来说明"我"不成器，"人浪笑，猫浪叫，驴浪巴呲嘴，狗浪跑断腿"来表现孙红花咯咯的笑声中包含的色情意味，都是以人物的性格表现为中心的。《梦境与杂种》（1992）中的"惯子如杀子""不过人的命由天定，胡思乱想不中用""一日为师，终身为父""狗走遍天下吃屎，狼走遍天下吃肉，""人无千日好，花无百日红""人老奸，驴老滑，兔子老了鹰难拿"等俗语也都充分地显示出在地域文化的限制下，约定俗成的宿命意识、生活经验和交际原则，具有浓郁的"在地性"特征。《模式与原型》（1992）中的歪头张全的老婆用色相引诱"狗"为自己干活之后，又背后和孙六老婆骂他的话"那天他还想跟我弄个景……呸！癞蛤蟆想吃天鹅肉呢！"实际上就在名不副实的比拟中增添了反讽的意味，对表现张全的老婆人前一套、背后一套的虚伪、富有心机的本性起到了很好的烘托作用。"狗"在放牛的时候对母牛起性的生理需求，用人的"饱暖生淫欲，饥寒起盗心"来作比较，也显示了"狗"的动物的本性，也为小说表现"狗"这样的具有阿Q性格的人的思维方式和价值观念奠定了基调。《战友重逢》中的俗语"人死债不死""亲兄弟，明算账"显示出民间对金钱的态度和方式，"命里有时总会有，命里没有莫强求""人死如灯灭，气化春风肉做泥"反映了对命运的达观意识，"舍不出孩子套不到狼，挂不上蛐蟮鱼不会咬钩""江山易改，本性难移"展示了民间的经验和智慧，都对小说主题的表现起到了很好的陪衬作用。

在20世纪90年代中期，莫言的俗语运用主要体现在长篇小说上。或许是因为长篇小说文体的杂语性，或说众声喧哗更能体现他的文学语言个性化的重要特点，如巴赫金所说"长篇小说是用艺术方法组织起来的社会性的杂语现象，偶尔还是多语种现象，又是个人独特的多声现象"①。所以，莫言在成熟的俗语和谚语的灵活运用的基础上，在不违反任何汉语的规则的情况之下，有意识地运用现成的或根据语境

---

① ［俄］巴赫金：《巴赫金全集·第三卷》，白春仁、晓河译，河北教育出版社2009年版，第39页。

的需要略作改装的俗语谚语来为人物和主题服务。特别在长篇小说中，如何刻画一个栩栩如生的人物形象，成为莫言回归传统向古典文学致敬的重要表征。在这时，深深地扎根于民间的语言沃土中汲取能够让人物鲜活起来的俗语，就成为他语言和艺术上"大踏步撤退"的重要法宝。而且莫言渐渐领悟到"应该从人物出发、从感觉出发，应该写自己最熟悉最亲切的生活，应该写引起自己心里最大感触的生活"①。所以在《酒国》（1993）和《丰乳肥臀》（1995）中，从人物的性格和最熟悉的生活出发，写一些带有地域文化色彩的俗语来表现小说的主题意蕴。

《酒国》中的丁钩儿赞叹金刚钻英雄虎胆时用的俗语"没有金刚钻不敢揽瓷器活儿"，运用人名和工具名的相同之处，顺理成章地引出耳熟能详的俗语来形容人物的能耐，非常贴切。业余作者酒博士李金斗在和叙事者莫言的最初通信中，表现自己搞文学的决心时用的歇后语"我是王八吃秤砣铁了心"、俗语"长江后浪推前浪，流水前波让后波，芳林新叶催陈叶，青年终究胜老年""螳臂挡车，不自量力"都表现出他的随意挥洒、不受拘束、言过其实的行为和性格特征，莫言的回信用"有意招人恨则是'扒着眼照镜子——自找难看'了"自我解嘲，歇后语与后文"我本来就够难看了，何必再去扒眼睛"相对照，显得更加妙趣横生。在此后的书信交流中，用的俗语更加突出了李金斗的性格：用"不到黄河心不死""不到长城非好汉"表示自己努力克服不健康的恶劣情绪、百折不挠地写下去的决心；用"三十年河东，三十年河西""天转地旋，你上来我下去""人无千日好，花无百日红""两座山碰面难，两个人碰面易"等乱七八糟的现成的俗语和他改装的俗语，发泄自己对《国民文学》的编辑周宝和李小宝的不满；用"条条大路通罗马，条条水沟流酒城"来表现到酒国的途径之多，表现了他的夸张的风格，与"无论从地球上哪个地方，您都可以坐飞机乘轮船骑骆驼骑毛驴甚至骑着一头老母猪到达我们酒城"相对照，更具有幽默意味；在信中介绍酒国美酒之香、美酒之味、美女朗

---

① 莫言：《用耳朵阅读》，作家出版社 2012 年版，第 245 页。

朗唱酒歌的时候引用的俗语"酒逢知己千杯少，话不投机只管说"的后半句显然是对"话不投机半句多"的因袭和改装，却也显示出李金斗的机灵劲。由此可见，莫言在运用俗语的时候都是有目的的，紧紧围绕表现人物性格的需要来展开。他在其他的俗语和歇后语的运用方面也是如此，如"朝里有人好做官""人为财死，鸟为食亡""黄鼠狼子日骆驼，专拣大个的""包子有肉不在褶上，女人好坏不在脸上""一日夫妻百日恩，百日夫妻比海洋深"等都是紧扣人物的心理和行为来选择的俗语，在个别方面略作改变也是为了更好地表现主题的需要。

《丰乳肥臀》中的上官金童、母亲上官鲁氏，以及围绕上官家的女儿女婿发生的恩恩怨怨之所以感人至深，成为史诗性的人物，与莫言在小说中灵活地穿插俗语谚语有密切的关系。小说中无论是对主要人物还是跑龙套的次要人物的刻画，都离不开符合人物的身份和特征的俗语为其增光添彩。上官吕氏在媳妇难产的时候，首先是让兽医樊三来当产婆的，在樊三从没有干过这样的事情而退却的情况下，她采取软硬兼施的方式所说的话："樊三啊，难道你能见死不救？真真是'毒不过黄蜂针，狠不过郎中心'，常言道'有钱能使鬼推磨'"，显示出她的精明和吝啬的性格；在失败之后，不得不去找孙家大姑来接生时说的"病笃乱投医，有奶便是娘"的俗语，又表现出她低声下气的谦卑性格。母亲上官鲁氏说的俗语更是妙语如珠，对来弟和沙月亮的婚恋关系，母亲对来弟说："咱娘俩打开窗户说亮话吧，那姓沙的，是黄鼠狼给鸡拜年，没安好心肠，我看他在打你的主意"，对沙月亮说"姓沙的，你癞蛤蟆想吃天鹅肉，做梦去吧!"，两个俗语从不同的方面都表现出母亲的决心。母亲领孩子逃荒归来之后跟着铁路爆炸大队的士兵一起生活，不再忍受冻馁之苦发出的感慨"旱不死的大葱，饿不着的大兵"以及对二女婿司马库要在高密东北乡盖一座电影院之类的雄心勃勃的计划，母亲说："夹住尾巴吧，贤婿，人欢没好事，狗欢抢屎吃!"都是母亲在日常生活中对宝贵经验的总结，以后事态的发展完全应验了母亲的谶语，也说明了母亲的睿智和看待事物的前瞻性和辩证性。上官金童被独乳老金赶出家门时说的话："上官金童，你是抹不上墙的狗屎，扶不上树的死猫"，非常典型地体现了他在中西文化的夹缝中找不到自己生命价值的支撑点的懦弱个性，后被外甥媳妇一气之下轰出"东方鸟类中心"之后，他的硬气的话"一言既出，驷马难追。此处不养爷，必有养爷处""好马不吃回头草。饿死不低头，冻死迎风立。不争馒头争口气，咱们人穷志不穷"和他的后悔的想法"这简直是现世报，六月债，还得快，种瓜得瓜，种豆得豆，木匠戴枷，自作自受"就是他的矛盾性格的鲜明体现。从隐喻的意义上来说，他实际上反映出 20 世纪的知识分子在"中体西用"和"西体中用"的纠结中左右为难的心态。用这样的俗语来表现他的性格的同时，也深化了小说的主题。此外，"十年河东，十年河西，出水再看脚上泥！""狗急了跳墙，猫急了上树，兔子急了咬人，哑巴急了说话""种瓜者得瓜，种豆者得豆，种下了蒺藜就不要怕扎手""秤杆不离秤砣，老汉不离老婆""癞蛤蟆挡车——不自量力""小董骗骡子——不利不索""贪心不足蛇吞象。爱之过度便成仇""电灯泡捣蒜，一锤子买卖""穷到要饭不再穷，虱子多了不痒痒"等俗语、谚语和歇后语都是莫言在小说中通过人物之口说出的，开口即响的俗语，为人物多方面性格的表现发挥了重要作用，特别是根据具体语境的需要，改变和改编的传统俗语，更体现出莫言语言大师的风采。

在 20 世纪 90 年代末期，莫言对俗语谚语的运用一如既往地发挥其出色的语言风格，无论是对俗语的杂糅还是对俗语的改装都离不开对人物和语境感同身受的体会和思考。在 1998 年发表的小说中，《长安大道上的骑驴美人》中的侯七认为"好汉无好妻，癞汉娶花枝。鲜花插在牛粪上。鲜花基本上都插在了牛粪上"的后一句是对民间俗语的修饰和限定，对"鲜花"和"牛粪"的各取所需的精明算计的自觉认同，却也更体现出好奇者侯七典型的小市民心态。《白杨林里的战斗》中的黑色人与"我"的对话都是用俗语表明自己的立场：黑色人冷如寒冰地说："我们中国有几句俗话，一句叫做'开弓没有回头箭'，还有一句叫做'君子一言，驷马难追'""就像俗话说的那样，过了这个村，就没有这家店了""就像俗话说的那样，拉不出屎来怨厕所不正，不会游泳怨鸟挂藻菜"都显示出他讲究"言必行，行必果"的义气和愤世嫉俗的性格特征，而对于他说的其他高深莫测富有哲理内涵的话，我听不明白却伪装出大彻大悟的样子说："真是'听君一席话，胜读十年书'，真是'如坐春风，如沐春雨'，真是'打开两扇脑门骨，一瓢醍醐灌顶来'！"连用三个俗语形成的磅礴的语言气势其实更能反衬出我内心的懦弱与虚伪的品性。在小说《三十年前的一次长跑比赛》中，用歇后语"铁丝捆豆腐不能提"来形容本土右派朱总人的身材相貌，用"两耳扇风，卖地祖宗"来表现他的耳朵的不同寻常之处引发的对他的命运的评议，都是采取欲扬先抑的方式，为他后来取得的辉煌成绩作铺垫。当他用背越式跳法越过一米半高的横杆之后，让他不但在实际行动上，也在语言上体现出自信的性格："才知道我行？告诉你们这些兔崽子们，人不可貌相，海水不可斗量！俗话说得好，'没有弯弯肚子，不敢吞镰头刀子'！"才有他在运动会的长跑比赛中拿到第一的惊人之举。所以俗语不仅为以后小说的精彩描写埋下了伏笔，更重要的是将人物的精彩刻画和表现的主题意蕴有机地统一了起来。此外，用"猫浪叫，人浪笑，驴浪吧嗒嘴，狗浪跑断腿！"来比拟陈百灵是条浪狗，属于世界四大浪之一，也非常俏皮幽默；用"张飞吃豆芽，小菜一盘儿"之类改装的歇后语来表现张家驹跑一万米的感受，确实非常形象，因为万米的极限对任何一个运动员来说都不是"小菜一碟"，由此可见莫言在语言运用方面的技巧。《牛》中的杜大爷的形象非常生动，他的一系列的心理情感和性格特征都是通过俗语表现出来的。"骡马比君子，牛羊日它娘"说明了他根据动物的经验得出的带有伦理色彩的话语是非常切合实际的，当他发现双脊跳到生它的蒙古母牛背上时说的俗语，实际上也表现出他是一个深受传统伦理观念影响的老头，对君子和小人之辨是有自己的体会的，所以才在下面老董说的大话："你要能弄来只老虎，我也有办法。有治不好的病，没有骗不了的畜生"撇撇嘴，不以为然，低声道："真是吹牛皮不用贴印花！"，还有对"我"发誓不要老婆时说的"你这是叫花子咬牙发穷恨！"对自己在"好男不当兵，好铁不打钉"的民俗观念的影响下没有当八路，目前过着不太如意的生活用"比上不足，比下有余"自我安慰，都表现了他世事洞明的务实性格。此外，用老董的"十个麻子九个坏，一个不坏是无赖"来形容麻叔的无理纠缠，用"好死不如赖活着"来表现小罗汉对被阉割的小牛们的同情和怜悯，用"秤砣虽小坠千斤，胡椒虽小辣人心"来回应杜五花对自己小还不能娶媳妇的辩白，都表现了一个懵懂无知的少年的纯洁、好强、善良的品性。

在1999年的小说创作中，无论是长篇还是中短篇小说，莫言都用了俗语谚语来加强自己小说的语言风格。长篇小说《红树林》中描绘南江市副市长林岚在自己唯一的儿子大虎遇到麻烦的时候的心理状态："但兵来将挡，水来土掩，这是你挂在嘴边上的话。你是女中豪杰，巾帼男儿，大风大浪都经过，决不会在小河沟里翻了船。在这种艰难时刻你尤其要爱护自己的身体，留得青山在，不怕没柴烧。"在这里运用了一系列现成的和改装的俗语来表现她五味杂陈的心理情感，难能可贵的是，所有的俗语在语义的逻辑性和连贯性上都天衣无缝地融合在一起，共同为表现人物复杂的性格服务。在母性和亲情占据上风的时候，她请求公安局的老同学马叔帮助自己教育大虎，"其实是醉翁之意不在酒，但马叔却拿着棒槌当了针（真）"。同样体现出俗语的魅力风采。当然也是紧紧围绕主人公的性格而展开，正是自己的麻痹大意，亲情大于国法才最终酿造了银铛入狱的悲剧结局。《祖母的门牙》中"多年的水沟流成了河，多年的媳妇才能熬成个婆！""老虎腚上去拔毛""父不慈，子不孝""破罐子破摔""砍掉脑袋碗大个疤""人说世上黄连苦，我比黄连苦三分""人穷志短，马瘦毛长""多年的父子成兄弟，多年的婆媳成姐妹"等俗语对表现母亲和祖母的性格起了重要的作用。千百年来，婆媳之间的生命轮回就是在俗语所包含的伦理意蕴和文化价值观念的影响下代代相传的，这些俗语表现了乡村文化中原生态的家庭风貌。《藏宝图》中的歇后语"热豆包皮掉进灰堆里，吹也吹不得，洗也洗不得"，俗语"饭前不得罪厨子，睡前不得罪老婆""人靠衣服马靠鞍""人在屋檐下，不得不低头，识时务者为俊杰"都对人物和语境的形象描绘起到了画龙点睛的效果。《师傅越来越幽默》中的徒弟劝解被下岗的丁师傅的话："师傅，走吧，待在这里没人管饭，爹死娘嫁人，各人顾各人啦！"，在俗语的陪衬之下更增添了一种悲凉和无奈的色彩，为小说中丁师傅在"各人顾各人"的大环境中不得不自谋生路，从而建造情侣小屋收费进一步推动情节的发展奠定了基调。《野骡子》中的父亲在走投无路之际，回到前妻杨玉珍的身边，表现出一副"在人屋檐下，不得不低头"的样子，妻子的"好马不吃回头草，你要是有志气，我留也留不住你"的回答，都是用俗语来表现各人的性格。作为浪子回头的罗通是怀着对妻子的歉疚心理的，用俗语表现他的神态非常形象；杨玉珍作为被抛弃的女人，心里是爱恨交织的复杂情绪，但在表面上还不能就这么简单地接纳曾经伤害过她的男人，所以俗语作为挡箭牌的背后，包含的情绪和情感就给读者留下了广阔的想象空间。由此可见叙事者用俗语的良苦用心。

莫言曾说："语言问题是任何一个作家不能回避的，每个人都在拿笔写文章，每个人都在开口讲话，每个人有每个人的腔调，也就是说每个人有每个人的文风。那么对于一个作家来说，这当然显得就更加重要了。"①由于莫言在没有成为作家之前一直是以农民的身份生活在高密东北乡的辽阔大地上，因此那里的风土人情、山川风物、生活习俗、民间信仰等都通过语言的媒介，雕刻在他的脑海里。在偶然的机缘之下成为一名作家之后，作为触媒的仍然是语言所传递的儿童到少年时期乡村生活的刻骨铭心的印象。这样的生活经历和乡村语言文化的熏陶导致他刻画的农民形象栩栩如生，特别在语言上，"这种能说会道的农民，一张嘴便是连篇的谚语、顺口溜和粗俗而俏皮的骂人话，其间还夹杂着一些歪七歪八、半通不通的官方辞令：领袖语录、上级指示、报刊社论的言辞，等等，以显示自己不同一般的身份"②。这种"夹生的官腔、杂凑的语言"成为莫言驰骋自己语言实验和展示语言风采的最佳载体，也奠定了莫言大师级的语言风格的地位。

二 俗语的本体性回归的一致趋向

进入 21 世纪之后，莫言越来越感觉到回归俗语的本体性以摆脱语

---

① 莫言：《我的文学经验：历史与语言》，《名作欣赏》2011 年第 10 期。
② 张闳：《莫言小说的基本主题与文体特征》，《当代作家评论》1999 年第 5 期。

言工具论的束缚的必要性、回归民族传统显示文学的有根性、回归民间文化呈现乡村小说的在地性、回归方言俗语表达民众生活的鲜活性在文学创作中的重要作用。他用"大踏步撤退"的方式，从对西方文学的逻辑严密的语法表述中逃离出来，让从耳朵里听来的生动的民间俗语、谚语、歇后语，以原生态的方式出现在文学的舞台上。从此，方言俗语不再作为次一级的语言受到歧视，也彻底摆脱了只有在接受普通话和西方语言的改造之后，才有资格表现事物、刻画人物、表达感情的尴尬处境。作为话语本体的重要组成部分，显示出对表现乡村大地的本色特征具有无可比拟的优越性。这也是由俗语的交际功能和内容特征决定的："俗语是言语交际活动中最活跃、最富于民间社会生活色彩的部分，俗语反映的内容可透视出具有地方色彩的风土人情、生活习惯、历史文化、地理环境、景物特产等。"[1] 莫言在 21 世纪的小说中表现高密东北乡王国的地痞恶棍、流氓无赖、草莽英雄、痴男怨女、贩夫走卒的行为方式和生活状态的时候，大量的日常生活俗语的灵活运用，成为了解高密民俗文化的宝贵语料库。

在语言学转向的背景下，方言俗语在表现本民族文化的重要性、建立与世界文学对话的机制方面所具有的无可代替的地位，愈益成为地球村时代的作家的共识，莫言的不幸的童年生活经历养成的用耳朵阅读的习惯，与下乡知青的用眼睛阅读的感受是有很大的距离的，这两种不同的感受乡村生活的方式，造成了莫言的乡土小说与知青文学的不同的审美风貌。正如莫言所言："我接触的民间文化多数是从老百姓口口相传中来的。认识几个汉字是容易的，但是从老百姓口中听来那么多的故事是不容易的。这跟下到民间采风是两码事。"[2] 这种通过鲜活的感受得来的民间的文化知识、民间的方言俗语、民间的话语表述模式、民间的口耳相传的信息传播渠道已经深入莫言的灵魂之中，只不过在 20 世纪 80、90 年代的创作中更多的是无意识地受方言土语的支配。进入 21 世纪之后，从写《檀香刑》开始有意识地大踏步撤

---

① 隋清娥：《论莫言小说地域民俗文化特色在语言民俗方面的表现》，《齐鲁师范学院学报》2019 年第 6 期。

② 莫言：《作为老百姓写作：访谈对话集》，海天出版社 2007 年版，第 142 页。

退到民间的俗语谚语中，寻找真正表现中国作风和中国气派的审美风格的语言载体，到在苏州大学"小说家论坛"上的演讲提出的"作为老百姓写作"的口号，都显示出 21 世纪的小说创作的价值结构的支撑，离不开乡村俗语表达的民间地地道道的文化意蕴的特点。不过，不同的文体形式承载的俗语谚语的容量的区别是显而易见的，因此，莫言在 21 世纪的短篇小说、中篇小说、长篇小说中运用的俗语的数量是依次递增的，表现的民俗文化和地域风情的广阔性也是如此。

第一，短篇小说的偶尔点缀，尽显方言的画龙点睛之妙。"俗语、谚语是一个地方千百年流传下来的语言精华，它寓地方语言特点、社会生活方式与文化心理积淀于一体，在略显粗俗的语言中展示特定地域人们的生活经验、社会心理与行为取向，描述展示劳动大众的生活追求、生存智慧与审美趣味。"[①] 所以一句点到为止的俗语谚语，就将生活在特定地域中的民众的心态和支撑他们为人处世的缘由表达得淋漓尽致，收到言有尽而意无穷的审美效果。《枣木凳子摩托车》（2000）中的张小三家制作的枣木凳子，由于时代的变化已无用武之地，所以用歇后语"癞蛤蟆垫桌子——硬撑"来形容到他父亲这一代家传的手艺从鼎盛到衰落的局面非常形象；用"打井怕沙，割锯怕疤"的谚语来增强张小三对大疤连着小疤的枣木的愤恨之情，显示出少年的单纯幼稚的性格特征。《嗅味族》（2000）中的"我"从小就受到兄弟姐妹们的欺凌和压迫，刚才父亲用他的铁巴掌扇我耳光时，这些家伙幸灾乐祸的表情深深地印在我的脑海里，可转眼之间他们都围上来巴结我，想知道从哪里吃到如此美味的食物的情形又让我无比快意，这种心态用"六月债，还得快，人不可貌相，海水不可用斗量"来形容非常形象，连用两个俗语形成的语言气势将"我"内心的爽快暴露无遗。《倒立》（2001）中的"我"老婆面对"我"的同行老秦的玩笑话"能有什么事？发情了呗！"，用俗语"狗嘴里吐不出象牙来"一笑而过，显示出民间口语的鲜活有力。老秦对"我"讲小学同学孙大盛（现如今成为省组织部副部长）小时候的埋汰样子很不满意，用"此

---

① 吴子慧：《吴越文化视野中的绍兴方言研究》，浙江大学出版社 2007 年版，第 278 页。

一时也，彼一时也"的人的处境的变化来批评"我"的胡啰啰，道理就在俗语表现的时间的推移对人的未来发展的影响上，非常贴切。"我"对自己修车的重要性的辩解，认为这座城里没有了市长老百姓照样过日子，但没有自己人民群众会感到很不方便！被老婆说成是"死猫撮不上树，我这辈子嫁给你算是瞎了眼了"，一句俗语将"我"听到同学孙副部长请我吃饭的消息后，表现的自尊又自卑、好吹又好炫的性格特征展示了出来。宴席上见到今非昔比的省委组织部副部长孙大盛，想想他小时候猴精作怪的调皮模样，再看看如今成了精神气质俱佳的大人物，用真是"人不可貌相，海水不可斗量"的俗语来形容"我"内心的感慨胜过千言万语，尤其是对表现"我"这样的底层生活的老百姓的心理落差非常恰当。同学谢兰英在酒席上恭维孙副部长等人的话"男过四十一朵花，女人四十豆腐渣"是借鉴了俗语"男人四十一朵花，女人四十豆腐渣"，在俗语中为迎合孙副部长已过四十的实际情况只改一字，却将她贬低自己、逢迎拍马的心态暴露得清清楚楚，俗语作为人性的试金石折射出成人世界的官本位思想。对于孙副部长频频劝酒的别有用心，谢兰英不胜酒力婉言谢绝的得体举止，却被自己的丈夫"小茅房"评价为"你真是狗头上不了金盘托！"，俗语将其丈夫急于巴结高官、不顾自己的妻子感受的丑陋嘴脸暴露无遗。在宴席上，叙事者只是借人物之口说的两个俗语，就将同学聚会的根深蒂固的官本位思想不经意之间流露了出来，变味的同学情谊、变味的酒场文化、变味的人际关系，通过俗语表述的表层含义和深层意蕴的鲜明对比就充满了喜剧色彩！《木匠与狗》（2003）中的管大爷看到碰上了树疤，刨子的运动就不会那样顺畅的感叹"果然是'泥瓦匠怕沙，木匠怕树疤'啊！"俗语显示出他是一个经验丰富的老人；知道自己是个可有可无的人，并不讨木匠一家人的喜欢，就用俗语"龙王的儿子会凫水"作为类比的依据，对钻圈作为木匠的儿子长大了也一定是个好木匠的恭维，说明他是一个善于察言观色的人；看到钻圈叹气就劝道："小孩叹气，世道不济"，并给他再讲个木匠和狗的故事改变一下情绪，又表露出他是一个十分善良、善解人意的老人，所以三个谚语和俗语的交替运用，就从多方面展示出他是一个难以用是非好坏作出单一的价值判断的圆形人物。管大爷在讲故事的过程中对老兔子用计谋毁了好几只鹰的评价"人老奸，驴老滑，兔子老了鹰难拿"，具有鲜明的在地性的特征，是乡村民众根据生活经验和生产常识得出的充满智慧的结论。钻圈的老舅爷爷的家人跟沙湾李举人家打官司输了，弄得家破人亡，只好敲着牛胯骨沿街乞讨。在不知情的情况之下，面对李举人声泪俱下地数落打官司失败的事情，李举人用俗语"冤家宜解不宜结"作依据，想收可怜聪明的舅爷爷为干儿；没想到儿时的他竟然斩钉截铁地说："人活一口气，树活一张皮。宁敲牛胯骨，不做李家儿。"在这里，两句俗语都立场坚定地表明了个人的态度，对人物的行为举止、思想感情、性格心理的刻画均收到了意想不到的效果。

　　俗语承载的文化功能、表现的民间智慧和显示的伦理道德都说明了灵活运用俗语的重要性，因为俗语"是民俗文化的重要载体。许多民俗文人事象，正是通过这些地域民俗语言的言传身教一代代传承下来的。"① 莫言对伴随他成长的俗语的习得和认知，不仅成为他为人处世的行动指南，而且通过设身处地的换位思考，传达给小说中的人物的时候，人物秉承的俗语的文化价值观念成为小说中最亮丽的风景线。因此，在2004年创作的短篇小说中，莫言有意识地加大对俗语使用的力度和频率。同年发表的六篇短篇小说中都用了俗语来表现，它所积淀的文化价值观念对人物的性格和言语行为的影响正是作者突出的重点。《养兔手册》中的俗语"留分头的不戴帽，镶金牙的开口笑"，为我提干后将袖口挽上去一截，故意显露出戴的手表的虚荣心理找到了理由，也显示出在物质匮乏的乡村养成的"富贵不还乡，如锦衣夜行"的炫耀心理。小说中用歇后语"石灰点眼——白瞎"的本义，介绍了一个模仿了我们的装束的家伙将两包石灰打在了江秀英的脸上，栽赃陷害我们的插曲，承载文化意蕴的引申义的还原带来的陌生化效果，显示出叙事者别出心裁的语言策略。《挂像》中的革委会主任皮发红与妻子斗嘴的精彩之处，就是恰到好处地对俗语和歇后语的灵活运用。对皮发红根据公社革委会的指示，烧家堂轴子破四旧的极端行

---

① 叶春生：《地域民俗语言承载的一方文化》，《文化学刊》2013年第4期。

为，妻子从民间文化习俗和宗族信仰的角度表示反对，用俗语"听到风就下雨"，对丈夫拿上级的指示搪塞的拉大旗作虎皮的行为表示不满；丈夫用"你就甭给我'大家雀操鸽子，瞎唧喳了'"的歇后语予以反击，显示出皮发红对妻子提出的烧家堂轴子会遭报应的说法半信半疑，但又维持大男子汉一言九鼎的尊严，只好在矛盾的心态中用语义模糊的歇后语给自己找台阶下；紧接着妻子对皮发红和翠竹两人暧昧的事情大发雷霆："才当了几天主任，就腚沟里插扫帚——扎煞起来啦！这个折腾法，我看你是兔子尾巴——长不了。我先把这个小话放在这里搁着，咱们骑驴看唱本——走着瞧！"，这里连用三个歇后语形成的强有力的语言气势鲜明地显示出自己的观点，对丈夫打着革命的旗号干的"上边不要脸，下边不要腚"的肮脏龌龊之事旗帜鲜明地进行批判，没有歇后语的形象性对皮发红在"文革"时期所进行的极"左"革命的讽刺意味，就体现不出妻子根据说话的语境灵活运用歇后语的智慧，理屈词穷的皮发红也只好用"好男不跟女斗"的俗语为自己辩护，既表现出他根深蒂固的大男子汉主义的作风和一言堂的威势，也显示出他在传统的宗法文化观念的影响下色厉内荏的心态表征。《大嘴》中的大嘴的爹一声接一声地叹气，他娘的劝慰的话"心中无闲事，不怕鬼叫门！"是对俗语"不做亏心事，半夜不怕鬼敲门"的改装，因为不能用"亏心事"揭起丈夫因小时候嘴馋带来的政治的污点，所以改为"无闲事"表现出娘的善解人意，改装的俗语也充满了对人性的理解的智慧。哥哥听到大嘴向娘保证听话，不在人面前把拳头塞进嘴巴里去之后说的风凉话："听到个屁，狗改不了吃屎，猫改不了上树。"两句俗语诠释的"江山易改本性难移"的哲理也非常适合对大嘴本性的评价，运用的比兴修辞也将哥哥的比较狭隘的心胸暴露了出来，只从自己的利益和前途着想的本位观念淡化了他的亲情，才有了后来的听到五麻子咬出爹参加过还乡团，就气急败坏地质问爹"无风不起浪"，哥哥说："他为什么不咬别人，单咬你？"一句俗语进一步暴露了哥哥对传统孝道文化的漠视，兄友弟恭、父慈子孝的家庭伦理观念，在哥哥的两句俗语的映衬下已土崩瓦解。对于哥哥的咋咋呼呼、大祸临头的说辞，母亲极不满意，她老人家用一连串的俗语

"干屎抹不到人身上""兵来将挡，水来土掩。这个世界上，有翻不过去的山，有凫不过去的河，但没有过不去的日子!"来为孩子们鼓劲和撑腰，一方面显示出母亲的"女本柔弱，为母则刚"的气质和本性，另一方面也体现了她的临危不惧、坦荡无私的心胸，这与哥哥形成了鲜明的对比。《麻风女的情人》中对麻风夫妻照样生出漂亮健壮的孩子的理解是"破茧出俊蛾"，俗语隐喻的哲理与现实生活中丑陋的麻风女生出健壮的孩子的事实相得益彰；老头子在大庭广众之下红着脸认张林为师傅，对众人惊讶的神态解释的理由是"你们不要看年龄，有志不在年高，师父未必就比徒弟老"，这是对俗语"有志不在年高，无志空长百岁"的改装，因为主要用俗语的前一句突出年轻的张林武艺高强，后一句对武艺水平也算上成的老者来说显然不合适，所以改成"师父未必就比徒弟老"与俗语的前一句的语义一脉相连，顺理成章，显示出作者能根据上下文的语境巧妙措辞的卓越才华。《普通话》中的民办教师高大有为自己摆功劳，从他二十年前教扫盲班开始，一桩桩一件件滔滔不绝，叙事者用"陈谷子，烂芝麻，没完没了，老母猪忘不了万年的糠"来评价他的那些没有营养的废话非常形象。高大有在嫉妒心理作用下，到书记那里告状有可能成为书记的儿媳妇的解小扁，明摆着是"扒着眼照镜子——自找难看"，歇后语的思想意蕴是对高大有鬼迷心窍的不理智行为的讽刺，幽默中的反讽意味胜过千言万语。我们农民只有下大雨、刮狂风、下冰雹无法劳动时才可以休息，而钻探队里那些人每隔六天就歇一天，对于这种不平等，用俗语"人比人要死，货比货要扔"来自我解嘲，在表现我们没有一点儿脾气认命的同时，也颇有既来之则安之的自我安慰的意味。《月光斩》中的老铁匠不想吃饭，心思比较细的老三嘴里有粥，含含糊糊地劝道："爹，你还是喝一碗吧，人是铁，饭是钢，一顿不吃饿得慌。"用俗语劝说父亲喝粥的理由非常实在，两个暗喻的语义相连增强的言语气势与生理机能的反应之间构成了因果逻辑关系，对不善言辞的老三来说，借助俗语表达自己的心声非常贴切。

莫言小说中的俗语达到了即使是跨地域的读者也能理解的程度，能够根据特定语境和场合适时地改编约定俗成的方言土语，以契合表达思想情感的需要。这也与 21 世纪莫言对乡土语言的理解有关，他认为："这个乡土语言是需要驯化的，好的文学语言里必定包含了很多被作家驯化了的乡土语言。作家如果想对语言做出一点贡献的话，就要把方言土语驯化成让所有阅读中文的人都能看懂的话，大家都能看懂，它就变成普通话中的一部分，这个作家也就为丰富民族语言做出了某种程度的贡献。"[①] 因此，在以后的小说创作中，他始终如一地在杂语的糅合中贯穿着自己的语言观。《小说九段》（2005）中的婶婶对贵客赖在家里天天吃肉喝酒的行为极为不满，就借机指桑骂槐说"肉被狗吃了！"，贵客用"狗走遍天下吃屎，狼走遍天下吃肉"来为自己解嘲，显得很机智。《左镰》（2012）中的俗语"工分工分，社员的命根"是对人民公社时期的生产记工方式的鲜活记录，工分成为那时候的民众年终分配的重要依据，在物质比较匮乏的年代，工分的重要性是不言而喻的。《等待摩西》（2017）中摩西他娘对"我"手贱，"我"随手扔砖头砸到她怀孕的肚子的无意之举，提出的忠告是"嘴贱讨人嫌，手贱惹祸端"，运用比兴手法对我的劝诫胜过很多金玉良言，简洁明了，印象深刻。《表弟宁赛叶》（2017）中的"我"对典型的不学无术还自命不凡、志大才疏的表弟非常不满，对表弟借助酒力说的大话的重复性回答"你的才华，确实不在我之下"，重复的语义、语调和语气的变化自然具有明显的讽刺意味，所以敏感的表弟马上用歇后语"你这是西北风刮蒺藜，连风（讽）带刺！"予以反击，非常形象。这种歇后语的鲜活性也体现在"我"给表弟介绍的到工厂涮酒瓶子的差事，他感到十分委屈，于是"我"用"是高射炮打蚊子—— 大材小用了"来讽刺他也非常妥帖，"大事干不了小事不愿干"之类的眼高手低的行为，正是表弟的致命弱点，注定他啃老到老，一事无成。《晚熟的人》（2020）中的农场中年干部对常林不服管教说的话"不怕你小子嘴硬！咱们骑驴看唱本——走着瞧！"由歇后语的语面的表层含义，引申出语底的敌对关系的深层含义，让中年干部的不忿情绪得到了宣泄和缓和。蒋二作为大器晚成的晚熟的人的典型代表，借助

---

① 莫言：《跨界写作——在新作研讨会上的发言》，《中国文学批评》2019 年第 1 期。

"我"获得诺奖的名气开公司时来运转，用"人走时运马走膘，兔子落运逢老雕。我这是运气到了，而我的运气，是大哥您带来的"来巴结"我"显示了他的精明圆滑，先用两句俗语作铺垫引出自己的运气，然后很自然地衔接到运气的源头，没有俗语提供的语境作衬托，后面的逢迎巴结的话就显得比较突兀。蒋二对秘书单舒拉不会喝酒的托词根本不信，因为他的父亲单雄飞是喝酒的高手，所以他用俗语"龙生龙，凤生凤，老鼠生来会打洞！"的遗传规律来为自己的结论寻找依据，显得机智俏皮。这两处俗语对表现"我们都是晚熟的人"的思想主题起到了点睛的作用。《贼指花》（2020）中的驾船者身上带着一股子宰相家人的傲气，对作家和诗人很看不起，所以用歇后语"我看都是臭杞果子摆碟——凑数！"来表达自己的观点，但从他仅仅指出李白的"床前明月光"和施耐庵的《水浒传》作为文学的标杆来看，他的歇后语又是反讽解构的双刃剑，在贬低讽刺他人的同时也指向了自身，显示出叙事者利用语境造成语义理解的含混性的高超之处。作家胡东年在大庭广众之下掏出绿色的美元和红色的港元炫耀，同行武英杰的提醒"老胡，财富不露白，露白必招贼！"，实际上是用耳熟能详的俗语为下面的失窃事件埋下伏笔。《红唇绿嘴》（2020）中的覃桂英对于听信我父亲去世的谣言闹得大乌龙，用俗谚"一个谣言，增寿十年"化解尴尬的说话艺术，实际上为小说的题目红唇绿嘴的深层内涵作了不动声色的诠释，她的打着公知的旗帜颠倒是非、谋取个人利益的过剩语言，确实配得上"绿嘴"的网名。高密东北乡由于地势低洼，经常发生洪涝灾害，有领导希望能将本乡下辖的几十个村庄的人，全部移到高密西南部丘陵地带，但民众秉承着"生处不嫌地面苦，穷死饿死不离乡"的古训难离故土。两句俗语实际上是对"生处不嫌地面苦，人走千里不忘家"的改装，因为是民众死守故土而不是离开家乡之后的思念故土，所以根据语境的需要改变俗语的意蕴，以配合表达的思想主题的需要，这是作者不墨守成规，灵活运用俗语谚语的创新之处。对于自己获诺奖后受到的某些网络舆论不公正的待遇，也借小说中的覃桂英之口一吐为快："我看到公知骂你奴才，极左骂你汉奸，你是老鼠钻到风箱里——两头受气"。一句歇后语正是

"借他人酒杯，浇自己块垒"的典型体现，也为"我"后来不忍心发伤害她的谣言埋下伏笔。

第二，中篇小说的牛刀小试，初显俗语的艺术魅力。莫言说过："谚语、歇后语是他童年听习惯了的最熟悉的声音，是伴随他成长的一种精神氛围，也最早开启了他对世界的感知。"① 这种带有家乡味的谚语和歇后语是对生活在高密东北乡的民众日常生活经验的总结，体现出当地人的生产经验、交际方式、宗法观念和文化习俗的智慧结晶，揭示了祖祖辈辈在此生活的民众源远流长的文化根基和人际交往中最真实、最质朴的一面。这种俗语谚语对于儿童时期的莫言的认知方式和价值观念的形成所起的重要作用是不言而喻的，因为儿童从镜像期的自我认知到象征界的父权规训的自我身份的认同所需要的知识，全来自生养自己的故乡的认同规则的文化传承，这种知识对从小接受正规的学校教育的孩子来说，可能在异质的文化的相互碰撞和交流中更多地选择代表先进文化的现代文明，而对于小学未毕业就辍学的莫言来说，跟随在大人的劳动氛围中所受的口耳相传的文化教育是终生难忘的，尤其是家中的大爷爷就是故事篓子，在讲述故事的过程中运用的俗语谚语一方面显得故事情节生动有趣，另一方面也为几乎是文盲的听众提供"前理解"的参照，所有的这一切在莫言二十岁当兵前已成为丰富的语料库储存在他的脑海里，只等最佳契机唤醒他沉睡的记忆，就成为取之不尽用之不竭的鲜活语言的储存库。这种方言土语的艺术魅力在短篇小说中可能难以展示，但在中篇《扫帚星》（2002）和《变》（2009）提供的比较广阔的空间中，可以借助饮食起居、穿着打扮、风俗习惯、生产劳动、天文地理等方面的文化意蕴为载体得以充分显现。

《扫帚星》中的奶奶不是那种小肚鸡肠的女人，"虽然不是宰相，但肚子里也能撑开火轮船"显然是对俗语"宰相肚里能撑船"的巧妙化用，显示出与封建时代的宰相相比更加宽宏大量的心胸。祖母作为

① 胡群昌：《山东方言在莫言作品中的应用》，硕士学位论文，福建师范大学，2009年，第9页。

一个保守落后的接生婆，用不科学的土法接生当然导致了新生婴儿的死亡率居高不下，她用俗语"死生有命，富贵在天"的天命观就将自己本应负的责任推得一干二净，也反映出偏僻乡村的民众在大自然的淫威和两脚兽的盘剥下养成的逆来顺受的宿命观。自从新法接生推广之后，祖母就被认为是日薄西山气息奄奄的落后反动的、装神弄鬼的老巫婆子，民众对她明知道旧法接生已经到了寿终正寝的日子还垂死挣扎的逆行倒施的行为非常愤恨，评价她是"虎死不倒尸，醉死不认酒钱。"前一句是歇后语"虎死不倒尸——雄心在"，后一句是俗语"醉死不认半壶酒钱"的简装版，两句俗语对表现祖母心犹不甘拒不正视现实的糊涂思想还是非常形象的。正因为她对过时的旧法接生怀有深厚的感情，所以用俗语"人怕伤心，树怕伤根"来解释像钢铁一样坚强的她放声大哭的反常表现非常恰切；遇到这样的巨大打击，并不意味着像祖母这样的强势女人，因为这样一件事就一蹶不振，就像俗语所说"老虎虽死，威风犹在"，形象地说明了她仍然是让祖父颤抖的家长的地位毫不动摇。但祖母也不是固执蛮不讲理的人，在后来自家儿媳生产的时候，她并没有遵循俗话说的"肥水不落外人田"的原则自己接生，而是捐弃前嫌，让那个抢了自家饭碗，侮辱了自家尊严的仇敌，而且还当过妓女的二曼来接生。这句俗语对刻画祖母的复杂性格起到了很好的作用，有了这一句俗语的反衬，祖母原来固执保守的性格特征出现了松动。祖父对父亲坚决和母亲离婚的事情极为愤怒，嘴里念叨着："杂种，你要遭天谴的！骑驴看唱本，咱们走着瞧吧……"歇后语把祖父无法按照传统的父父子子的伦理观念，对已成为林业工人的儿子进行家法管教的无奈心态暴露无遗，只能用虚张声势的"走着瞧"为自己失败的行为寻找台阶。

自传体中篇小说《变》由于有自己的刻骨铭心的经历作铺垫，运用方言俗语形容家乡人的心态和性格的时候更加如鱼得水。刘老师查到他的因为嘴大而声名远扬的"刘蛤蟆"的外号是我起的之后，一脚将我踢倒在地时说的第一句话就是："你……你……老鸦笑话猪黑！也不撒泡尿自己照照，看看你那张樱桃小嘴！"，连用了两个语义重复的俗语，以加强在愤怒的情绪下居高临下的气势，不仅告诉我要知道有自知之明，而且用"樱桃小嘴"来讽刺我所拥有的和他类似的大嘴，没有前两个俗语在语义上形成的铺垫，最后一句的讽刺意味就体现不出来。张老师当众朗读何志武的作文引发的风波继续发酵，何志武不回答张老师的问题的傲慢态度，让张老师的师道尊严受到了挑战，"但开弓没有回头箭，他只好硬着头皮说：你给我滚出去！"在这里用谚语"开弓没有回头箭"就将张老师始料不及的尴尬处境表现得淋漓尽致，为了维护自尊和在学生心目中的形象，他只能硬着头皮继续呵斥他，导致事态向不可控的方向加速发展。对于国营胶河农场这样的大单位来说，给临近的小学装备一个军乐队，"那确是张飞吃豆芽，小菜儿一碟"，歇后语非常形象地说明了家大业大的农场支援小学建设军乐队的容易程度，歇后语的形象性和生动性远远超过抽象的轻而易举之类的描述性词语。何志武想问我借十元钱到外面闯荡一下，理由是"树挪死，人挪活"，谚语包含的民间智慧让他看到了大胆地闯荡一番可能带来的命运的转机，他也紧紧抓住来之不易的机会，取得了巨大的成功，反过来又印证了谚语的真理性。章技师和儿子亲兵都是篮球迷，章技师的儿子定点投篮失败后被他驱赶着爬地拱球，后来他失败了也被儿子用一根木棍毫不留情地敲打着高高翘起的屁股去拱球，一边敲一边说："快爬！快爬！别'绿豆芽进茅坑——冒充长尾巴蛆'"！歇后语显示出变本加厉的儿子对父亲的苛责的报复心理，隐隐地透露出对章技师教育孩子的野蛮方式的微讽。我的未婚妻是我在棉花加工厂当临时工时，由她的一个瓜蔓子亲戚介绍的。当时我很犹豫，但那人竟恶狠狠地说："你别不识好歹！肥猪拱门还以为是狗爪子挠的！"后面一句是对俗语"大年初三肥猪拱门"的改装，前半句"肥猪拱门"表示的送上门来的财富（未婚妻）是福气的象征，珍贵无比；后半句"狗爪子挠的"寓意是寻常的不值一提的东西，毫不珍惜。两相对比将我的不识抬举、不知好歹的一面表露得更加鲜明。田虎一到，我朝思暮想的司机梦彻底破灭，章技师安慰我："小莫，你满腹文采，当个臭车夫，岂不是高射炮打蚊子大材小用？"用歇后语来劝说我放弃自己的司机梦，不要气馁和沮丧，并用抬高我的才华贬低司机职业的方式赢得我的认同，与后面的歇后语的语义内涵相得益彰。我被留在大队部给那些学员们讲授哲学和政治经济学，但我并不具备这方面的知识，是"鸭子上架——全靠逼"。后面的歇后语是对"赶鸭子上架——强人所难"的改装，根据语境修改的原因一是并没有人赶我上课，原歇后语中的"赶"体现的被逼无奈的被动性不符合我那时的处境；二是"比喻——说明"式的结构中的本体部分的语义相应地要发生改变，在小说提供的语境中的"我"是自己逼迫自己、自己给自己压力，施动者与接受者是同一个人，与"强人所难"体现的外在的施动者提出的要求或条件超出接受者的能力的语义并不相同。所以根据语境条件的限制，适当地改变歇后语的个别组成部分，以达到准确地反映小说所要表现的主题的需要是莫言运用民间俗语的一大特色。这种改装的俏皮、幽默和智慧也体现在何志武为追求心爱的姑娘鲁文莉，采取迂回战术讨好她的爸爸鲁天公，花了八千元钱的高价买他的破车，对这种有明确意图的变相送礼的行为，小说中先用歇后语"项庄舞剑，意在沛公"引出改装版的"何志武买车，意在鲁文莉"，非常机智俏皮。对于后来鲁文莉离婚后想嫁给飞黄腾达的何志武，他以为是她贪恋钱财想做他的情妇，其实是大错特错的事情，所以后来的何志武用俗语"以小人之心度君子之腹"，对自己的荒唐行为进行了彻底反思，认为"我之所以基本上能够洞察他人之心，就因为与我交往的大都是小人，而鲁文莉，是个君子"，后面的解释实际上是对俗语内涵的形象说明，通过严厉的自我解剖与对鲁文莉坦坦荡荡的行为的敬重，进一步验证了俗语中的君子与小人之辨。后来，鲁文莉为女儿刘欢欢能够顺利进入高密县茂腔少年班找"我"帮忙，在请吃饭的时候，鲁文莉对"我"的恭维："你现在可是大人物了，我只能在电视上看你了"，"我"的回答"太夸张了吧？骗子最怕老乡亲，骗子更怕老同学"。在这里，根据前一句俗语创造的递进关系"更怕老同学"显得更风趣幽默，对化解两人地位的不平等带来的尴尬氛围起到了很好的辅助作用。

从莫言的 21 世纪中篇小说的创作使用的方言土语的特点来看，他对歇后语的喜爱是显而易见的，从使用的频率、数量和范围来说，在俗语、谚语和歇后语的选择上，对后者蕴含的幽默讽刺的智慧的赏识，更能得心应手地运用于人物性格弱点的调侃和表现思想主题的需要。这也是由歇后语的特点决定的，"由于歇后语那种特有的诙谐、幽默特点所决定，大量的歇后语都带有讽刺趣味，真正颂扬意义很浓的歇后语所占的比例很小"①。这对于用现代文明的"他者"眼光打量生养自己的故土的民众身上固有的弱点和缺点的莫言来说，对故乡血浓于水的情感，决定了他根本不可能用疾言厉色的方式，无情地揭露和批判从小朝夕相处的老乡根本就没有意识到的国民劣根性。所以从乡土的生活经验中得来的民间智慧化为歇后语鲜活生动的语言形式，为莫言解决情感与理智两难的问题提供了契机。歇后语就像苏格拉底和阿凡提一样，在看透了事相的本质之后，采取佯谬的方式将自己或他人常常忽视的缺点错误予以调侃、讽刺，在解颐幽默中认识到自身的弱点，呈现出轻快活泼的诙谐风格。

第三，长篇小说的发扬踔厉，尽显俗语的本体特征。俗语、谚语与歇后语是联系同一地域中生活的人们的情感纽带，即使是脱离乡土的游子也会在浓浓的乡间土语的蛊惑下寻找老乡，说一些亲切的家乡话以抚慰思乡之情。俗语说的"老乡见老乡，两眼泪汪汪"的情感反应，其实主要是由家乡的方言土语承载的熟悉的生活方式、价值观念、风俗习惯、审美风尚等方面的共同感受决定的。这也是由乡村土语的特征引发的，由于口耳相传的谚语与俗语"来自民间，是劳动大众的语言，以乡土语言对劳动大众的生产与生活、情感与心理等进行简练、准确和生动的描述，其俗性使之成为具有强烈地方色彩的民间话语系统和地域乡土语言文化"②。莫言作为情感细腻、感觉敏锐的作家，对故乡的刻骨铭心的感受在拉开审美的距离之后更加强烈，对以民间生活与劳动大众为描述对象的俗语尤为怀念，尽管它们的表述形式直截了当，难免粗俗，但未经文人加工的原生态的语言的粗俗性、直接性和鲜活性，正是莫言极限式的杂语写作所需要的。小时候储存在脑海中的表现故乡的山川风貌、风土人情、宗族文化的俗语，随着岁月的

---

① 马国凡、高歌东：《歇后语》，内蒙古人民出版社1979年版，第5页。
② 吴子慧：《吴越文化视野中的绍兴方言研究》，浙江大学出版社2007年版，第290页。

流逝而愈益鲜活。那种不拘一格、充满智慧的语言表达形式，尽管在中短篇小说中可以借助刻画的人物和叙述的事件得到一定程度的表现，但受篇幅的限制，总是不能尽情释放历久弥新的家乡俗语的语言魅力，那种泥沙俱下、沿路开花、杂语共生的语言景观，也只有在长篇小说提供的广阔舞台上才能尽情地展示闪转腾挪的功夫。况且，充满了民间智慧的俗语对乡村生活的全面渗透，也只有长篇建造的"高密东北乡王国"才能与之匹配。因此，从《檀香刑》（2001）、《四十一炮》（2003）到《生死疲劳》（2006）、《蛙》（2009），十年间莫言用四部长篇小说的形式宣泄自己创作的激情，其中表现的风土人情、刻画的痴男浪女、表达的乡土情感都离不开俗语的形象性、诙谐性、智慧性的审美特征。

在莫言的笔下，俗语已成为有生命的能够自我繁殖、频频蜕变，有性格和情感的有机体，在他的脱离理性制约的下意识支配下获得了独立的本体地位。"不是他写小说而是小说写他"的创作快感其实很大程度上来源于他对方言俗语的熟悉，这些烂熟于心的语言碰到合适的机会，就附着在人物、环境和故事情节的要素中自我展现，与描写的土腥气味的环境中生活的沾满泥土滋味的民众的生活方式、价值观念合二为一。在他的四部长篇中都体现出俗语作为脱缰的野马的鲜活个性，由于每部长篇小说都是莫言展现自己语言才华的最佳舞台，因此不妨以《蛙》为切入点，看一下他在娴熟地运用俗语的时候体现的乡土语言的本色特征。奶奶看到我出生的时候先出一条小腿，确实把她老人家吓呆了，因为乡间有俚语曰："先出腿，讨债鬼。"小孩出生先出腿意味着难产，导致的后果很可能是母子双亡，给这个家庭带来巨大的物质损失和精神痛苦，称婴儿为"讨债鬼"毫不为过，一句俗语将乡村文化浸润下的最具地域性特征的文化信息和文化观念传达出来了。姑姑用俗语"人不可貌相，海水不可斗量"来安慰我长得丑产生的自卑心理，非常贴切。用俗语"落时的凤凰不如鸡"来比拟上海资本家的千金小姐的黄秋雅与土生土长的非常强势的姑姑，尽管把姑姑比作那只"鸡"不太好听，但从两人的处境和地位来看，确实是话糙理不糙。姑姑向深受"不孝有三无后为大"的父老乡亲宣传计划生育的讲话，也只能用方言土语才能收到一定的效果，所以姑姑的开场白大多是这样几句话："敲锣卖糖，各干一行。干什么吆喝什么。三句话不离本行。"用多个俗语具有的亲切感拉近与民众的心理距离，能在舆论宣传的气势上站稳脚跟。代表民众在代代相传的过程中形成的生育观念的母亲极为反感计划生育的政策，认为人一辈子生几个孩子，都是命中注定的，不用计划。所以对姑姑费尽心机宣传的效果，用一句歇后语"瞎子点灯——白费蜡"就全部概括了，歇后语的比喻义非常形象地说明了传统文化形成的习俗观念很难改变，姑姑想用快刀斩乱麻的方式收到立竿见影的效果注定是要落空的。姑姑对王肝拼命追求小狮子的事情很不以为然，认为"他是癞蛤蟆想吃天鹅肉"，地上爬的癞蛤蟆与天上飞的天鹅之间的距离犹如天堑，以此来说明两个年轻人之间的距离非常形象。后来姑姑认为自己的忠心耿耿的助手小狮子长得并不出众，但在王肝眼里是天下第一美人，这种情况，"说文雅点，这叫情人眼里出西施；说粗俗点，这叫王八瞅绿豆，看对眼了"。先用一句耳熟能详的俗语，再用一句歇后语标明王肝会无条件地追求小狮子的原因，"萝卜青菜各有所爱"。相对文雅的俗语和比较粗俗的歇后语的叠加运用，突出强调了王肝爱小狮子的痴狂与真挚。爱的纯粹性决定了他不希望借助任何人的力量，用俗语"强扭的瓜不甜"来表明他要用坚持不懈的努力，赢得她的芳心，非常贴切。最后，在小狮子要嫁给我，我从哥们儿义气的角度感到心里愧疚时，姑姑用"良禽择木而栖"来解除我内心的包袱。谚语中包含的比喻意义和主动色彩减轻了我的心理负担，因为确实是我比王肝优秀，小狮子主动向我示好，谚语的比拟与现实生活中我与小狮子的爱情关系达到了和谐统一的程度。

　　姑姑对于在计划生育的实施过程中遇到的王肝的爹、肖上唇之流的无赖活得自由自在，而自己光明磊落、问心无愧、兢兢业业执行党的政策的人却遭遇坎坷，因此对俗语"善有善报，恶有恶报"产生怀疑是有道理的，也显示了姑姑对广大民众"信则有"的宿命论的反思；母亲恰恰是善恶因果报应的宿命论的坚定信奉者，她说的"报应还是有的，只是没到时候"，是对俗语的后两句"不是不报，时候未到"的口语化表达。俗语的前两句与后两句在语义上的关联被叙事者有意识地断开，分别从反正两个方面加以对照，标明信奉无神论者的姑姑和信仰因果报应的宿命论的母亲之间的巨大差距。二者之间的心理和行为的差距，也表现在对待姑姑升官成为政协常委这件事情的态度上，母亲是怀着官本位心态向自己的儿子报告这一消息的，而姑姑用"臭杞摆碟——凑样数"表明不值一提的态度，表现了她的谦逊与自嘲的性格特点，歇后语化抽象为具体，非常生动。我的妻子王仁美怀孕的事情被部队知道之后，我就面临着要孩子延续香火，还是流产保工作的两难选择，在鱼和熊掌不可兼得的情况之下，足智多谋的袁腮用一句俗语"天无绝人之路"来表明只要我敢于冒风险，还有钻政策的空子的回旋余地，他提供的建议是给部队拍个电报，说王仁美并没怀孕，是仇家诬告。但我担心消息一旦败露，自己的前途就彻底完了，袁腮用"甘蔗没有两头甜"表示没有办法。在二人想对策的交流过程中，袁腮用的两个俗语对表达自己观念的形象性起到了很好的陪衬作用，俗语凝缩的民间智慧和生活经验包含的哲理，在表现袁腮的足智多谋和圆滑变通的性格方面达到了有机的契合。我妻子为躲避流产逃跑了，姑姑用俗语"跑了和尚跑不了庙"显示了她的丰富的生活经验和对人性的深刻洞察，因为怀孕的妻子王仁美只有藏在娘家才能得到最好的照顾，所以姑姑一口咬定就在我岳父家藏着。俗语的表层含义指向的是王仁美受家庭观念的影响，最终还是无法脱身，深层意蕴却指向了姑姑为完成计划生育的任务绝不徇私舞弊的大义灭亲精神，为下面妻子的流产导致大出血死去留下线索。为了帮助怀孕的妹妹王胆逃离以姑姑为首的计划生育执法者的追捕，王脚和王肝捐弃前嫌共同协作，用坚固的筏子载着王胆顺流而下。我看到他们父子由所谓的"父子绝交"到关键时刻的精诚合作，不由得想起一句谚语"上阵还需父子兵"。其实这句格言式的谚语还有一上句"打虎还需亲兄弟"，但这里表现的是遇到危机时的血肉相连的父子表现，所以只选择下一句更加符合上下文的语境。姑姑对卫生院院长黄军忘恩负义的行为极为不满，当年他上卫校时，还是姑姑找卫生局沈局长说了情，可他"一朝权在手，翻脸不认人"。这句俗语是对"一朝权在手，便把令来行"的改装，将语义逻辑顺延的"便把令来行"改为"翻脸不认人"，将句子的中性意义变为带有强烈的道德谴责色彩的贬义，更突出了这小子的两项特长"一是请客送礼拍马屁，二是诱奸大姑娘"的卑鄙意蕴。我又一次看到了那座森严的牛蛙塑像感到一阵寒战，想到父亲对我的教导"无事胆小如鼠，有事气壮如虎""是福不是祸，是祸躲不过"就感到没什么可怕的了。前一句标明发生了事情要有责任担当，后一句表示当决定命运的大事发生的时候要保持达观的心态，连用两句带有箴言意味的俗语形成的强大气势，才能攻克我心造的幻景的壁垒，为我放下包袱，静下心来专心致志地写剧本作铺垫。我给杉谷义人写信汇报自己写的以姑姑为原型的戏剧依然没有动笔，原因是搜集的素材实在是太多了，感觉有点像"狗咬泰山——无处下嘴"。这句歇后语是对"老虎吃天——无处下嘴"的改装，歇后语的语面的表层含义都差不多，但改装后突出了山东地域色彩的成分，表现了莫言的思乡之情。也许是在写作的过程中脑海的无意识的一闪念，但正是这种潜意识的词语的置换更体现出莫言的故乡情谊。我对小学同学陈鼻的不幸遭遇非常同情，在他乞讨的碗里放了一张百元新钱，在心里不相信他面对着一张百元大钞会无动于衷，结果我错了。感觉到自己是"以小人之腹度君子之心"。俗语表达的自己以世俗的眼光打量看破红尘的陈鼻是一场典型的错位的对话的观念，非常切合当时的处境，由此不惜将不名一文身份低贱的乞丐称为君子，而自己这个在别人眼中所谓的成功人士贬抑为小人，体现出比较鲜明的自审意识，也才有后文的对陈眉为自己代孕生子的真诚忏悔。姑姑对我成为剧作家很不以为然，认为可惜天才的蛋生得脑炎死了，才轮得到我舞文弄墨，是典型的"山中无老虎，猴子称大王"。俗语是对姑姑描述的事件的最好概括，因为蛋生一岁抓周时，第一把就将一支毛笔捞在手里，儿时的无意识行为反映出他巨大的舞文弄墨的潜力，没有他，我这个普通人才有机会滥竽充数为重要角色。在我写的九幕话剧《蛙》中，陈眉在毁容之后原本想自杀，但后来不想了，黑衣人甲顺着话头说的"活着好，好死不如赖活着嘛！"非常吻合上下文的语境。运用的这句俗语是乡村老百姓在难以忍受的苦难面前唯一安慰自己的理由，尽管带有一定的阿 Q 的精神胜利法的色彩，但也不失为抚慰痛苦的心灵的一剂药方，所以用在这里对陈眉艰难处境的描绘非常形象。这样一个花季少女遭受火灾，成为一个丑陋的无法见人的怪物，对她的精神打击之大可想而知，苟且偷生的赖活状态确实就是最好的说明。

探讨莫言在 21 世纪的小说中运用俗语的审美价值，离不开对语言的价值功能的思考，如果从根源上探寻不同地域积淀和流传的文化景观的最大差距，绝不是舌尖上品尝的食物、代表不同民族风格的服饰或显示地域风情的风俗习惯，而是最质朴的语言，因为所有的饮食文化、服饰文化、风俗文化最终都要通过语言表达出来。从语言在人际交往方面的功能来说："语言在人与人之间建立起联系的纽带。当人们使用同样的词汇来讨论同一事件时，由于他们所采取的说话方式很相似，他们就会确信自己与他人生活在同一个世界中。"[1] 所以莫言在小说中才那么有意识地运用方言俗语表达高密东北乡王国的风土人情，立体地展示出这里的山川风貌、飞禽走兽、剽悍的民风、粗俗的玩笑的本真面目。以俗语谚语为载体，深刻地反映了家乡老百姓的生活智慧和习俗信仰，以俗语蕴含的泥土的芬芳和原生态的气息，凸显出鲜明的在地性特征，俗语的本体地位由此确立。

---

① ［美］段义孚：《逃避主义》，周尚意、张春梅译，河北教育出版社 2005 年版，第 123 页。

结　　语

对于莫言在两极之间自由穿梭的极限式写作、风马牛不相及的事情有机地融合在一起的想象力、沉浸在物我合一的氛围中的感觉化抒写等与众不同的创作风格，评论家总是不吝赞美之词。因此，莫言的桂冠中充满了天才、奇才、怪才的旗帜。在他获诺奖后，更是从他辍学与天上的鸟儿作伴、与放牧的牛凝眸、与身边的树的交流中寻找不合语法规范却符合上下文语境的奇妙的想象力的来源，关注不受外在的环境条件和内心小宇宙压制和束缚的天马行空，却恰恰忘记了莫言创作中万变不离其宗的天马的缰绳。尽管莫言在近四十年的创作中，经历了审美风格由幼稚到成熟、由模仿到独创、由先锋到民间的嬗变历程，但刨除根据文坛创作的潮流归纳的乡土派、寻根派、先锋派、新历史派、新写实派等林林总总的名号的遮盖，采取减法的方式进行还原，大道至简之后剩下的核心就是语言、故事和结构。正如莫言在《超越故乡》中所说："剥掉成千上万小说家和批评家们给小说披上的神秘外衣，展现在我们面前的小说，就变成了几个很简单的要素：语言、故事、结构。"[1] 所以从莫言小说的纷纭复杂的审美景观中，只择取"讲故事"的主题意蕴、情节结构的铺排、独创"莫氏"语言风格三个方面考察它们的历史连续性。

从内在的逻辑关联来看，无论以本土的发生学还是福柯的谱系学为理论切入点，阐释莫言的创作风格的嬗变，都绕不开这三者你中有

---

[1]　莫言：《超越故乡》，《名作欣赏》2013 年第 1 期。

我、我中有你的纠缠关系。用包含与被包含的关系来衡量，范围最大的当属故事，莫言自称一个讲故事的人，故事的劝善惩恶、忠孝节义、神仙鬼怪、花妖狐媚等比较神奇的思想意蕴，自然离不开"讲"的艺术技巧。这就涉及中间层级情节结构如何安排的问题，文学理论上涉及的"文似看山不喜平"的顾忌，实际上就是针对的情节结构，从杂乱无章的素材到井然有序的题材的华丽转身也是情节结构的功劳。情节结构的铺排和发展，离不开审美赋形的载体或工具，这是只有最低层级的语言才能彻底解决的大问题。正如万丈高楼平地起靠的是毫不起眼的砖块一样，处于故事、结构组成的金字塔最底层的语言，恰恰是小说的三要素中最核心的部分。由语法和字词构成的语言，才能将曲折离奇的情节的因果关系、结构形式的技术性的审美要素和人物的活动，以及人际关系构成的栩栩如生的故事讲清楚，"故事"的审美意蕴与"讲"的艺术技巧的辩证张力都是由微不足道的语言铸就的，莫言小说的杂语共生、泥沙俱下的极限式写作风格、与众不同的怪味寻踪体现的作家的个性特征，说到底还是语言特色的审美赋型的结果。当这三者构成了如此紧密的关系的时候，对彼此的构成要素的历史连续性和辩证统一性的考察可以从以下两个方面进行。

第一，世界性和民族性的联姻。在莫言的整个小说创作过程中离不开世界性的横坐标与民族性的纵坐标形成的纵横交错的网络结构的制约，如同"胸怀祖国，放眼世界"的视域融合的开放眼光离不开祖国的强大后盾，同样，对莫言来说，世界性的开阔胸襟是在深厚的民族根基奠定的坚实基础上逐渐养成的，二者的辩证关系对于一个优秀的作家来说缺一不可，对于一个获得诺贝尔文学奖的大师级作家来说更是如此。具体来说，域外的世界性的审美基因已经化为灵魂和血肉融会贯通于莫言小说创作的始终，至于初期受马尔克斯《百年孤独》的影响创作的《红高粱家族》，受川端康成《雪国》的灵感激发写成的《白狗秋千架》中拉起了高密东北乡的大旗，如同福克纳把眷恋故土的深情寄托于那邮票般大小的约克纳帕塔法县一样，从此莫言也在众多作品设置的高密东北乡的血地背景上招兵买马。所有这些可以明显找到的一一对应的情节细节、思想主题、创作背景，其实都是对象之间相互映射的皮毛内容。在莫言真正走向成熟之后，所谓的世界性的核心亦不再是山川河流、荒草甸子、孤烟大漠、鸣禽花卉等外在的自然景观所能统摄的，而是文化精神、思想观念和价值判断的人类性的视野。这种超越国族、民族、阶级性的视野在其代表作《红高粱家族》中已初见端倪，那座被雷电劈开的千人坟中的枯骨打破了大和民族和中华民族、国民党士兵和胶高大队战士、叱咤风云的将军和默默无闻的普通士兵、狗和人之间的壁垒森严的界限，一切在历史中清清楚楚的民族、党派、级别、人畜的分类，在真正的现实面前都变得漫漶不清，这只有站在全人类的角度上才能对历史的是非恩怨作出客观公正的评价，对先入为主的万物灵长的人类的奴役动植物、无限制地掠夺大自然的骄傲自大的行为予以深刻的反思。这种人类性的视野才有在后来的小说中不断回响的永恒的旋律："众人有罪，我亦有罪"的悲悯情怀和忏悔意识，"把好人当坏人写，把坏人当好人写，把自己当罪人写"的辩证关系才落到实处，才有获得第八届茅盾文学奖的《蛙》触动人的灵魂的震撼力度。

所有这一切都是建立在民族性的基座上的，创作具有中国作风和中国气派的"外之既不后于世界之思潮，内之仍弗失固有之血脉"（鲁迅语）的文学作品是莫言小说创作的不竭的动力。从他文学创作的发生学考察，当他离开生养自己的沃土，用他人的话语讲述他人的虚假故事的时候，实际上故乡的带有鲜活的民族性的审美元素，遵循艺术的辩证法已悄然开始回归，突出的表现就是他的处女作《春夜雨霏霏》中的女主人公，在突出流行的思念守卫边疆海岛的新婚丈夫的爱国观念的时候，言行举止在不经意之间流露出的民族性的元素稀释了僵化的思想主题。不过，那时候的莫言并没有将民族性的审美元素上升到主体性的位置，尽情地挖掘取之不尽用之不竭的艺术宝库，而是在世界性思潮的影响下，将现代主义、后现代主义的东西当作要弄艺术的十八般武艺肆意炫耀。值得注意的是，即使是受域外思潮影响如此之深的时候，莫言也对只管"怎么写"不顾"写什么"的形式主义割裂内容与形式的关系深感不满，他还是在先锋思潮的极端实验中守住民族性的讲故事的本事内核。并且经过改造后加入了民族性的味道，以转变生搬硬套世界性的思想观念、艺术形式的极端实验带来的无根的不适感。比如《高粱酒》中的我爷爷往酒篓中撒的一泡尿，竟然使得普通的高粱酒发生质的变化，变成了香气馥郁、饭后有蜂蜜一样甘甜回味、醉后不损伤大脑细胞的高级高粱酒就带有浓郁的民族色彩的恶作剧意味，这种意味的文化象征蕴涵也是对亦步亦趋地模仿西方文化思潮的反思和批判，就是文学的创作在吸纳西方的优秀的文化基因的时候，一定要有民族化的坚挺的审美意蕴的支撑，否则就会成为无源之水，无本之木。在走过曲曲折折的创新与探索的道路之后，莫言在 21 世纪的小说创作中越来越感觉到民族化的东西的重要性，他才在 21 世纪的曙光沐浴下冷静地反思走过的浪子回头之路，从而在《檀香刑》的创作中更加坚定"大踏步撤退"的信心和决心，用民族化的"凤头——猪肚——豹尾"来代替云山雾罩不着边际的西方化的先锋结构。从此之后，他无论在短篇还是在中长篇小说中都不断增加民族化的审美元素，同时又不排斥世界化的文学观念对自己创作的影响，才真正显示出世界性和民族性的有机融合、有容乃大的风度和气象。

第二，先锋性和本土化的融合。莫言的小说构建的高密东北乡王国离不开先锋性和本土性的支撑，缺少任何一维的有力制衡都会使得坚固的艺术大厦发生倾斜。莫言之所以被文学史和评论家归入先锋作家或形式主义作家的阵营，是因为莫言在讲故事的时候，非常喜欢玩弄一些叙事的小花样。在"讲什么"和"怎么讲"之间从不袒护任何一方，总是在获得触动灵魂的故事素材之后，绞尽脑汁地寻找与内容相匹配的最佳艺术形式。就像他在小时候即被家乡的一家单干户与时代潮流相抗衡的精神深深触动，作为一幅触动灵魂的画面久久地在脑海中盘旋，但苦于没有恰当的艺术形式表现自己本土化的审美风格，只好搁置；直到看到寺庙里六道轮回的壁画才激发起久已沉睡的记忆，唤醒了本土化的审美意象与鲜活生动的人物形象和语言，不是自己苦苦寻找相关的乡土意象，而是众多的乡土意象纷至沓来争相表现，才使得人畜混杂的先锋色彩与浓郁的乡土文化观念有机地融合在一起。

如果对这种先锋与本土的融合进行谱系学的寻踪探源，《红高粱家族》中讲的本土化的故事与把它切成五骨碌的碎片化的结构形成的艺术张力，就拉开了先锋与本土相互融合的序幕。这五部中篇小说表现的事件都是发生在同一时空下的事情，只不过在按照传统的小说叙述逻辑的时候，要遵循线性的因果关系讲述一个完整统一的故事；在这里莫言接受先锋性的比较激进的叙事策略，借鉴电影蒙太奇的艺术手法拉长或缩短、简略或突出事情的发展历程，并且，事件的发展也不再按照时间的发展顺序，具有了颠倒和拼贴的意味。但只要读完整部小说，读者就可以按照获取的事件先后发展的信息重新予以组装和还原，这是不同于马原式的极端的叙事圈套的融合之路。另外，在比较极端的艺术形式的探索中包蕴的故事内核，却是地地道道的本土化的生命元素。无论是我奶奶的大喜的日子的颠轿，还是三天之后的回门风俗都带有浓郁的本土化的色彩，就连余占鳌带领的土匪由伏击战变成遭遇战的抗日行为都显示出比较鲜明的本土化特征。只不过前期先锋性的主体色彩占据突出的地位，只在细节和情节的铺排和渲染上显示出浓郁的本土化特征。随着莫言对小说创作的反思和创作经验的成熟，后期小说中两种元素的比重逐渐发生分化，本土化的审美元素占据了核心地位。但二者相互融合的特色从未发生改变，这就是在阐释故事、结构和语言的时候，都要分别考察它们在每个阶段的特点，然后再采取综合的策略分析彼此相互融合有机贯穿的真正原因。

参考文献

［俄］巴赫金：《巴赫金全集》（第 3 卷），白春仁、晓河译，河北教育
　　　出版社 1998 年版。

［德］倍倍尔：《妇女与社会主义》，葛斯、朱霞译，生活·读书·新
　　　知三联书店 1995 年版。

陈思和：《中国当代文学史教程》，复旦大学出版社 1999 年版。

丛新强：《莫言长篇小说研究》，山东大学出版社 2019 年版。

［美］段义孚：《逃避主义》，周尚意、张春梅译，河北教育出版社 2005
　　　年版。

［法］古斯塔夫·勒庞：《乌合之众——大众心理研究》，冯克利译，中
　　　央编译出版社 2014 年版。

［德］海德格尔：《思的经验（1910—1976）》，陈春文译，人民出版社
　　　2008 年版。

贺立华、杨守森编：《莫言研究三十年》（共 3 册），山东大学出版社
　　　2013 年版。

贺立华、杨守森编：《莫言研究资料》，山东大学出版社 1992 年版。

贺立华、杨守森等：《怪才莫言》，花山文艺出版社 1992 年版。

［德］黑格尔：《美学》（第三卷），朱光潜译，商务印书馆 1981 年版。

胡沛萍、张华：《"狂欢化"写作：莫言小说的艺术特征与叛逆精神》，
　　　山东大学出版社 2014 年版。

［美］华莱士·马丁：《当代叙事学》，伍晓明译，北京大学出版社 2005
　　　年版。

［英］科林伍德：《艺术原理》，王至元、陈华中译，中国社会科学出版社 1985 年版。

孔范今、雷达、吴义勤等主编：《莫言研究资料》，山东文艺出版社 2006 年版。

李桂玲：《莫言文学年谱》，复旦大学出版社 2014 年版。

［美］利昂·塞米利安：《现代小说美学》，宋协立译，陕西人民出版社 1987 年版。

廖四平：《当代长篇小说的桂冠：莫言长篇小说研究》，中国社会科学出版社 2019 年版。

林建法、徐连源：《中国当代作家面面观：寻找文学的魂灵》，春风文艺出版社 2003 年版。

刘广远：《莫言文学论》，东北师范大学出版社 2019 年版。

鲁迅：《鲁迅全集》（第一卷），人民文学出版社 1981 年版。

鲁迅：《鲁迅全集》（第三卷），人民文学出版社 1981 年版。

鲁迅：《鲁迅全集》（第九卷），人民文学出版社 1981 年版。

［英］马林诺夫斯基：《文化论》，费孝通译，商务印书馆 1946 年版。

莫言：《会唱歌的墙》，作家出版社 2005 年版。

莫言：《莫言：散文新编》，文化艺术出版社 2010 年版。

莫言：《莫言文集》（共十二册），当代世界出版社 2004 年版。

莫言：《莫言小说集》（共十六册），上海文艺出版社 2012 年版。

莫言：《说吧莫言》，海天出版社 2007 年版。

莫言：《碎语文学》，作家出版社 2012 年版。

莫言：《晚熟的人》，人民文学出版社 2020 年版。

莫言：《我的高密》，中国青年出版社 2011 年版。

莫言：《小说的气味》，春风文艺出版社 2003 年版。

莫言：《用耳朵阅读》，作家出版社 2012 年版。

莫言、王尧：《莫言王尧对话录》，苏州大学出版社 2003 年版。

莫言研究会编：《莫言与高密》，中国青年出版社 2011 年版。

［俄］尼古拉·别尔嘉耶夫：《论人的奴役与自由》，张百春译，中国城市出版社 2002 年版。

［法］让·波德里亚：《消费社会》，刘成富、全志钢译，南京大学出版社 2001 年版。

［法］萨莫瓦约：《互文性研究》，邵炜译，天津人民出版社 2003 年版。

申小龙：《中国语言的结构与人文精神》，光明日报出版社 1988 年版。

［俄］什克洛夫斯基：《散文理论》，刘宗次译，百花洲文艺出版社 1994 年版。

［美］苏珊·朗格：《情感与形式》，刘大基等译，中国社会科学出版社 1986 年版。

苏雪林：《苏雪林选集》，安徽文艺出版社 1989 年版。

童庆炳、程正民：《文艺心理学教程》，高等教育出版社 2001 年版。

汪民安：《身体空间与后现代性》，江苏人民出版社 2006 年版。

汪曾祺：《汪曾祺文集文论卷》，江苏文艺出版社 1993 年版。

王德威等：《说莫言》，上海书店出版社 2013 年版。

王瑾：《互文性》，广西师范大学出版社 2005 年版。

王西强：《莫言小说叙事研究：一种基于叙事视角和人称机制的文本细读》，中国社会科学出版社 2017 年版。

王义祥：《当代中国社会变迁》，华东师范大学出版社 2006 年版。

吴子慧：《吴越文化视野中的绍兴方言研究》，浙江大学出版社 2007 年版。

［美］希利斯·米勒：《解读叙事》，申丹译，北京大学出版社 2002 年版。

［美］悉德·菲尔德：《电影编剧创作指南》，魏枫译，世界图书出版公司 2012 年版。

徐岱：《小说叙事学》，中国社会科学出版社 1992 年版。

杨扬主编：《莫言研究资料》，天津人民出版社 2005 年版。

叶开：《莫言评传》，河南文艺出版社 2008 年版。

［美］詹姆斯·施密特编：《启蒙运动与现代性：18 世纪与 20 世纪的对话》，徐向东等译，上海人民出版社 2005 年版。

张卫中：《汉语与汉语文学》，文化艺术出版社 2006 年版。

张相宽：《莫言小说创作与中国口头文学传统》，作家出版社 2021 年版。

张旭东、莫言：《我们时代的写作：对话〈酒国〉、〈生死疲劳〉》，上海文艺出版社 2013 年版。

张雪飞：《个体生命视角下的莫言小说研究》，中国社会科学出版社 2018 年版。

张寅德主编：《叙述学研究》，中国社会科学出版社 1989 年版。

张志忠：《莫言论》，中国社会科学出版社 1990 年版。

张志忠：《莫言与当代中国文学创新经验研究》，作家出版社 2021 年版。

中共中央马克思恩格斯列宁斯大林著作编译局：《马克思恩格斯选集》（第三卷），人民出版社 1995 年版。

钟敬文：《钟敬文文集：诗学及文艺论卷》，安徽教育出版社 2002 年版。

周作人：《周作人文类编》（第 6 卷），湖南文艺出版社 1998 年版。

朱德发：《20 世纪中国文学理性精神》，上海人民出版社 2003 年版。

朱维之、赵澧：《外国文学史》（欧美卷），南开大学出版社 2009 年版。

后　记

　　对莫言的研究，始于我的硕士论文《喧嚣与沉默的精灵——论莫言的小说创作特色》。毕业之后，在教学之余，我仍然一如既往地关注莫言的新作与学术界的研究现状，经过十余年的经验积累和对莫言创作特色的进一步认知，在2016年成功申请到了山东省社科规划重点研究项目"莫言小说创作的历史连续性研究"（项目编号：16CZWJ02），其后又是长达五年的艰苦跋涉，终于完成了30余万字的课题的研究工作，其中的甘苦滋味只能用"如鱼饮水冷暖自知"来聊以自慰。

　　对于莫言的小说创作研究所采用的方法，固然可以按照作家的创作谈提供的思路和时代思潮的变化作为重要的参照标准进行分期，但分期造成的断裂与作者的实际创作状况的连续性之间是存在着难以解释的矛盾张力的，断裂中的连续与连续中的变化如同流淌的河水一样，动态的变化与静止的研究之间的范畴的人为界定违背了探寻作者前后期创作的内在关联，变与不变的辩证关系意味着即使是莫言这样善于求变创新的作家也有永恒的质素限定着文本的审美风格，那种泥沙俱下的语言特色、天马行空的想象力、毛茸茸的感觉化叙事所形成的"莫氏"风格成为一道亮丽的风景线，即使不署名，也能从众多的文本中一眼就能发现带有"莫氏"徽章的典型标记。既然如此，打破惯常的年代学的分期标准，运用福柯的发生学和谱系学的的相关理论还原莫言小说创作的斑斓色调，从小说的语言、故事、结构三个方面纵向考察莫言整个创作历程的风貌，还是比较符合作家的创作实际的。在这方面，学者关注得不是太多，因此书稿系统地梳理这三者之间的内在关联以及对莫言小说创作风格的深远影响，弥补了研究莫言的内在连续性方面的不足。

我的硕士生导师蔡世连先生是引领我走进莫言殿堂的第一人，2002 年跟从蔡先生读书期间，只因为追随热点写过一篇关于《檀香刑》的小文章，先生就建议我做作家论，考察莫言小说的创作特色。从那之后，我就与莫言的小说结下了不解之缘。随着阅历的增长，也逐渐理解了原来比较模糊的情节和细节的巧妙之处。如果说书稿有可值得借鉴的地方，那首先应归功于蔡先生。师恩难忘，先生年事已高，借此机会祝先生健康长寿。

本课题的相关成果曾在《社会科学辑刊》、《东方论坛》、《北华大学学报》（社会科学版）、《聊城大学学报》（社会科学版）、《湖北工程学院学报》、《湖南工程学院学报》（社会科学版）、《枣庄学院学报》、《潍坊学院学报》、《三峡论坛》上发表过，在此感谢从未谋面的诸位先生的垂青和厚爱！也向本书的责任编辑陈肖静老师表示真诚的谢意，陈老师的认真负责的态度、一丝不苟的敬业精神保证了书稿的质量。另外，本书稿受到洛阳师范学院河南省一级重点学科"中国语言文学"的资助，在此一并表示感谢。

曹金合

2022 年 1 月 6 日